U0453399

国家社科基金重大委托项目
"中国少数民族语言与文化研究"

·中国社会科学院民俗学研究书系·

朝戈金 主编

神话观的民俗实践
稻作哈尼人神话世界的民族志

Practicing Folklore in Vernacular Conceptions of Myth:
Ethnographic Research on Mythologic World of the Rice-Farming Hani People

张 多 | 著

中国社会科学出版社

图书在版编目（CIP）数据

神话观的民俗实践：稻作哈尼人神话世界的民族志／张多著．—北京：中国社会科学出版社，2022.8

（中国社会科学院民俗学研究书系）

ISBN 978 - 7 - 5227 - 0387 - 9

Ⅰ.①神… Ⅱ.①张… Ⅲ.①哈尼族—神话—文学研究—中国 Ⅳ.①I207.73

中国版本图书馆 CIP 数据核字（2022）第 147145 号

出 版 人	赵剑英
责任编辑	张　林
特约编辑	肖春华
责任校对	刘　娟
责任印制	戴　宽

出　　版	中国社会科学出版社
社　　址	北京鼓楼西大街甲 158 号
邮　　编	100720
网　　址	http://www.csspw.cn
发 行 部	010 - 84083685
门 市 部	010 - 84029450
经　　销	新华书店及其他书店
印　　刷	北京明恒达印务有限公司
装　　订	廊坊市广阳区广增装订厂
版　　次	2022 年 8 月第 1 版
印　　次	2022 年 8 月第 1 次印刷
开　　本	710×1000　1/16
印　　张	26.75
插　　页	2
字　　数	426 千字
定　　价	148.00 元

凡购买中国社会科学出版社图书，如有质量问题请与本社营销中心联系调换
电话：010 - 84083683
版权所有　侵权必究

"中国社会科学院民俗学研究书系"编委会

主　编　朝戈金

编　委　卓新平　刘魁立　金　泽　吕　微　施爱东
　　　　巴莫曲布嫫　叶　涛　尹虎彬

总　　序

自英国学者威廉·汤姆斯（W. J. Thomas）于19世纪中叶首创"民俗"（folk-lore）一词以来，国际民俗学形成了逾160年的学术传统。作为现代学科意义上的中国民俗学肇始于"五四"新文化运动，近百年来的发展几起几落，其中数度元气大伤。从20世纪80年代开始，这一学科方得以逐步恢复。近年来，随着国际社会和中国政府对非物质文化遗产（其学理依据正是民俗和民俗学）保护工作的重视和倡导，民俗学研究及其学术共同体在民族文化振兴和国家文化发展战略中，都发挥着越来越重要的作用。

中国社会科学院曾经是中国民俗学开拓者顾颉刚、容肇祖等民俗学家长期工作的机构。近年来又出现了一批较为活跃和有影响力的学者，他们大都处于学术黄金年龄，成果迭出，质量颇高，只是受学科分工和各研究所学术方向的制约，他们的研究成果没能形成规模效应。为了改变这种局面，经跨所民俗学者多次充分讨论，大家迫切希望以"中国民俗学前沿研究"为主旨，以系列出版物的方式，集中展示以我院学者为主的民俗学研究队伍的晚近学术成果。

这样一组著作，计划命名为"中国社会科学院民俗学研究书系"。

从内容方面说，这套书意在优先展示我院民俗学者就民俗学发展的重要问题进行深入讨论的成果，也特别鼓励田野研究报告、译著、论文集及珍贵资料辑刊等。经过大致摸底，我们计划近期先推出下面几类著作：优秀的专著和田野研究成果，具有前瞻性、创新性、代表性的民俗学译著，以及通过以书代刊的形式，每年选择优秀的论文结集出版。

那么，为什么要专门整合这样一套书呢？首先，从学科建设和发展的角度考虑，我们觉得，民俗学研究力量一直相对分散，未能充分形成集约效应，未能与平行学科保持有效而良好的互动，学界优秀的研究成果，也较少被本学科之外的学术领域所关注，进而借鉴和引用。其次，我国民俗学至今还没有一种学刊是国家级的或准国家级的核心刊物。全国社会科学刊物几乎没有固定开设民俗学专栏或专题。与其他人文和社会科学的国家级学刊繁荣的情形相比较，学科刊物的缺失，极大地制约了民俗学研究成果的发表，限定了民俗学成果的宣传、推广和影响力的发挥，严重阻碍了民俗学科学术梯队的顺利建设。再者，如何与国际民俗学研究领域接轨，进而实现学术的本土化和研究范式的更新和转换，也是目前困扰学界的一大难题。因此，通过项目的组织运作，将欧美百年来民俗学研究学术史、经典著述、理论和方法乃至教学理念和典型教案引入我国，乃是引领国内相关学科发展方向的前瞻之举，必将产生深远影响。最后，近些年来，国内外非物质文化遗产保护工作的大力推进，也频频推动国家文化政策在制定和实施中的适时调整，这就需要民俗学提供相应的学理依据和实践检验，并随时就我国民俗文化资源应用方面的诸多弊端，给出批评和建议。

从工作思路的角度考虑，"中国社会科学院民俗学研究书系"着眼于国际、国内民俗学界的最新理论成果的整合、介绍、分析、评议和田野检验，集中推精品、推优品，有效地集合学术梯队，突破研究所和学科片的藩篱，强化学科发展的主导意识。

为期三年的第一期目标实现后，我们正着手实施二期规划，以利我院的民俗学研究实力和学科影响保持良好的增长态势，确保我院的民俗学传统在代际学者之间不断传承和光大。本套书系的撰稿人，主要来自民族文学研究所、文学研究所、世界宗教研究所和民族学与人类学研究所的民俗学者。

在此，我代表该书系的编辑委员会，感谢中国社会科学院文史哲学部和院科研局对这个项目的支持，感谢"国家社科基金"以及"中国社会科学院哲学社会科学创新工程的支持"。

朝戈金

序　言

将神话母题研究引向生活世界

"母题"（motif）一词在艺术学、考古学、历史学等诸多学科中都有广泛应用，在国际民间文学和民俗学领域更是核心概念之一。美国著名民俗学家丹·本－阿莫斯（Dan Ben－Amos）曾在盛赞斯蒂·汤普森（Stith Thompson）编纂的《民间文学母题索引》时指出："母题已成为民俗学中一个独具特色的概念。按照理查德·多尔逊（Richard Dorson）的观点，具备运用斯蒂·汤普森的《民间文学母题索引》的能力，成了民俗学家必不可少的技能，而且也是使他区别于其他文化领域学者的决定性特征。"① 在阿莫斯看来，能否把握母题这一概念并运用其索引来开展研究工作，成为国际民俗学者的一项基本技能和身份标识。

不过，迄今为止，学者们对"母题"的界定和理解并不相同。例如，在其最初索引的编制者汤普森看来，母题"是构成传统叙事文学的元素"（the elements which make up traditional narrative literature），它"包括叙事结构中的任何元素"（to include any of the elements of narrative structure），② 是

---

① Dan Ben－Amos. "The Concept of Motif in Folklore," in Venetia J. Newall, ed., *Folklore Studies in the Twentieth Century*: *Proceedings of the Centenary Conference of the Folklore Society*. Woolbridge, Suffolk: D. S. Brewer, 1980, p. 17. 该文的中文译文可参考［美］丹·本·阿姆斯《民俗学中母题的概念》，张举文译，李扬校，刘守华、陈建宪编《故事研究资料选》，中国民间文艺家协会湖北分会编印，1989 年，第 75—97 页。

② Stith Thompson. *Motif－Index of Folk－Literature*: *A Classification of Narrative Elements in Folktales*, *Ballads*, *Myths*, *Fables*, *Medieval Romances*, *Exempla*, *Fabliaux*, *Jest－books*, *and Local Legends*, "Introduction," Revised and Enlarged Edition. Bloomington: Indiana University Press, rev. 1955－1958, p. 11, p. 19.

一个故事中最小的、能够在传统中持续的元素,它具有某种不寻常的和动人的力量。① 汤氏的界定为国际民间文学和民俗学领域的相关探讨提供了基础。在此之后,阿兰·邓迪斯(Alan Dundes)、丹·本—阿莫斯以及中国民俗学者刘魁立、金荣华、陈建宪、吕微、户晓辉等,也都对这一概念做过集中阐述。② 近年来,我也曾在与张成福共同编制的《中国神话母题索引》中,吸纳并适当修正前辈学人的观点,将"母题"界定为"指在不同的叙事作品中反复出现的、易于日常生活形态的叙事元素,是构成叙事的基本单位"。③ 神话中出现的母题一般有三类:(1)一个形象或特征,如神话中的创始者、天梯、三足乌等;(2)一个场景或其特性,如天上起初有10个太阳、原始之水、天地相连等;(3)一个事件(行动)或其特性,如造人、射日、分离相连的天地等。这些叙事元素反复出现在神话中,并经由不同的排列组合,形成各种类型的神话文本和千姿百态的异文(version或variant)。④

那么,学者们为什么要划分母题?或者说,划分母题的目的和意义何在呢?这不能不提到20世纪上半期十分活跃的历史—地理学派。这派学者认为民间文学研究的重要任务之一就在于广泛、详尽地研究故事情节,以确定这些故事的最初发祥地及其流传的地理途径。为了便于比较众多的故事异文,并从中探求故事的原型和发祥地,该派学者把世界各地、各民族中流传的类似或雷同的故事情节划分为"类型"(type),后来觉得类型的划分还不够精细,于是又进一步划分出母题。类型和母题的划分以及相关索引的编纂,原本的主要目的都是为民间文学的系统分类提供一个共同的基础,便于世界民间文学的比较研究。用汤普森的话说就是:"世界民间文学中有许多共同的东西。单个母题中的相似之处比完形故事中的更为常见。

---

① [美]斯蒂·汤普森:《世界民间故事分类学》,郑海等译,郑凡译校,上海文艺出版社1991年版,第499页。
② 参见本书"导论"中的概要梳理;杨利慧、张成福:《中国神话母题索引》,"前言",陕西师范大学出版总社有限公司2013年版,第3—7页。
③ 杨利慧、张成福:《中国神话母题索引》,"前言",陕西师范大学出版总社有限公司2013年版,第7页。
④ 杨利慧、张成福:《中国神话母题索引》,"前言",陕西师范大学出版总社有限公司2013年版,第7—8页。

因此，假如我们要将全世界的传统叙事资料加以系统整理以使之井然有序（举个例子说，就像科学家们处理世界范围内的生物学现象那样），那么就必须通过对单个母题加以分类的方法，而正是这些细节组成了那些丰满的民间叙事，也正是这些简单的元素能够为全部传统文学的系统分类提供一个共同的基础。"① 刘魁立在谈到世界各国的类型索引和母题索引时也认为："对于民间文学作品进行深层的研究，不能不对故事的母题进行分析。就比较研究而言，母题比情节具有更广泛的国际性。"②

毋庸说，在历史—地理学派及其划分类型和母题的做法中，体现出鲜明的"以文本为中心"的观念，即将民间文学的文本视作自足的、抽象的、与语境相剥离的事象，学者们由此比较文本的异同，追溯其可能的源头和流变的过程。这一文本中心观在民间文学和民俗学内长期占据主导地位，形成了盛行的"文本分析"（textual analysis）研究范式。

但是，自20世纪60年代以来，在世界范围内，民俗学的研究范式逐渐出现了转向：与具体语境相脱离的、抽象的、静态的文本分析逐渐为流动性的语境研究（contextual studies）方法所取代。在中国民俗学界，90年代中期以后，语境研究逐渐成为中国民俗学的主导性研究方法，学者们纷纷强调在田野中观察民俗生活，强调民俗表演的情境，以此对社区中特定的民俗事象和事件进行语境的描述和分析。③ 在这一新范式的冲击下，许多经典的探讨民间文学形式特性的概念以及研究方法，包括类型和母题的比较研究、形态学与结构主义等，逐渐被冷落，而民间文学文本自身及其艺术审美特性也不免受到忽视。这一局限和不足引起了一

---

① Stith Thompson. *Motif – Index of Folk – Literature*, "Introduction," p. 10.
② 刘魁立：《世界各国民间故事情节类型索引述评》，《刘魁立民俗学论集》，上海文艺出版社1998年版，第376页。
③ 刘晓春：《从"民俗"到"语境中的民俗"——中国民俗学研究的范式转换》，《民俗研究》2009年第2期；拙文《语境、过程、表演者与朝向当下的中国民俗学——表演理论与中国民俗学的当代转型》，《民俗研究》2011年第1期。

些敏锐的民俗学者的关注并引发了持续的反思和大讨论。①

那么，如何既承接民间文学和民俗学所得以安身立命的经典学术传统，又吸纳新取向的合理主张以开展当下的学术研究？直面并探寻这些问题的解答之方是当下民俗学建设的重要任务。几年前，我曾针对这一问题尝试性地提出了一种"综合研究法"（synthetic approach），主张在研究中兼顾文本与语境、长时段的历史与具体表演时刻、集体传承与个人创造以及大范围的历史—地理比较研究与某一特定区域的民族志研究，②但是显然，该方法的提出还处在初步探索阶段，尤其是如何把语境的视角与文本中那些相对稳定的内核的探究相结合，还需要更多、更深入的思考和实践。

在这样的学术发展脉络中来看张多的这部在博士学位论文的基础上改进完成的著作，便可清晰地看出：作者广泛吸纳了晚近国际国内民俗学界的相关理论成果，在对既有文本分析范式予以反思的基础上，对语境研究范式做出了新的探索，特别是在神话母题研究方面，迈出了具有突破性的一步。

在我看来，本书的首要贡献在于将神话母题研究引向了生活世界。如前所述，母题概念的提出是文本中心观的产物，长期以来，国际民俗学和神话学界的相关探究成果几乎都是将母题作为去语境化的、静态的、抽象的叙事元素，与神话所生存的社区及其日常生活相剥离，较注重其对于人类的普遍意义，却忽视其对于特定地域和族群的意义和功能。与此取向不同，本书作者力图在云南哀牢山腹地元阳县全福庄哈尼人的日常生活中去理解母题的本质及其实践机制。他在当地哈尼人的口头传统演述、苦扎扎节、丧礼以及服饰等多种语境中，详细考察文化实践与神

---

① 例如，周福岩：《表演理论与民间故事研究》，《鞍山师范学院学报》2001年第1期；陈建宪：《走向田野 回归文本——中国神话学理论建设反思之一》，《民俗研究》2003年第4期；刘晓春：《从"民俗"到"语境中的民俗"——中国民俗学研究的范式转换》，《民俗研究》2009年第2期；拙文《语境的效度与限度——对三个社区的神话传统研究的总结与反思》，《民俗研究》2012年第3期。此外，康丽所主持的"经典研究范式的当代思考"微信公众号专栏，也集中体现了对这一问题的反思。

② 拙文：《民间叙事的表演——以兄妹婚神话的口头表演为例，兼谈中国民间叙事研究的方法问题》，吕微、安德明《民间叙事的多样性》，学苑出版社2006年版。

话母题之间表里交融、相辅相依的关系，例如神话母题承载着哈尼人的宇宙观、人观和价值观，形塑了哈尼人的整个社会文化制度，指导着哈尼人与哀牢山诸多民族的相处之道；苦扎扎节上的杀牛分肉、骑磨秋和荡秋千是对补天补地、天人沟通等神话母题的象征性模拟；死亡母题与其丧礼仪式相互依存，彰显着仪式的功能与合法性……最终，作者创造性地提出母题是在民俗实践过程中动态生成的、"一种描述叙事和观念存在方式的机制"，神话母题是"神话观被实践的最典型方式"（见本书"结论"）。这一成果突破了母题研究长期囿于文本形式分析的局限，进而将其引向了丰富广袤的民间生活世界，生动地揭示了母题在本土文化语境中的生机和重要性，有力推动了母题的文本分析与语境研究的结合，不仅为神话学开辟了一方新的探索天地，也昭示了母题这一经典概念在当代以及未来的更多拓展潜力。

  本书的另一大显著成绩还在于推进了神话的民族志研究，并为其提供了又一个可资借鉴的范例。在世界神话学史上，古代典籍神话一直居于核心地位，学者们多运用古代文献和考古学资料对神话以及其中的神祇进行溯源性的考据。为纠正这一偏颇，我一直倡导运用田野作业方法对当代社会中流播的神话进行描述和阐释，几年前与学生合作出版的《现代口承神话的民族志研究——以四个汉族社区为个案》一书，更力图运用民族志式田野作业（ethnographic fieldwork）的方法，比较深入地考察神话在当代特定社区中的存在形态、具体情境中的发生过程以及那些传承神话传统的人们对神话的理解。[①] 民族志式田野作业方法更注重事象、情境以及主体之间的互动，与聚焦于特定民俗事象的历史、结构、一般实践过程及其生存现状的"以事象为中心"的田野作业[②]相比，显然实践难度更大，成果的撰写也更繁杂，因此，可称作民族志研究的神话

[①] 杨利慧、张霞、徐芳、李红武、仝云丽：《现代口承神话的民族志研究——以四个汉族社区为个案》，陕西师范大学出版总社有限公司2011年初版，2018年修订再版，书名为《当代中国的口承神话》。

[②] 关于"以事象为中心"的田野作业和民族志式田野作业方法的更多阐述，请参见拙文《从"以事象为中心"的田野作业到网络民族志——当代神话研究方法探索30年》，《民俗研究》2022年第2期。

学成果并不多。张多此书则立志要"借助民族志方法去探索神话观念如何在生活现场被实践",他对自己要撰写出的神话民族志有着比较清楚的认识和自觉的追求:"神话民族志的追求,是在将神话作为本土经验来对待的同时,也注意对神话背后基础性全局观念的阐释"(见本书"导论"),"并不是简单地去田野中验证索引里的神话母题,而是在田野现场观察哈尼人如何实践他们的神话观、如何运用特定的描述手段构筑他们的神话世界,进而与学术概念对话"("结论")。为达到上述目标,作者多次深入哀牢山哈尼人村寨进行生活和调查,从中日渐深入地理解神话对于当地社区和哈尼人的意义。为此,他曾在调查丧礼时被人误解、呵斥而满腹委屈;曾被毒虫、虱蚤叮咬了80多处伤口并留下了永远的疤痕;更在调查过程中遭遇死亡等突发事件,感受到身心和伦理的双重冲击(参见本书"附录")。这样的努力和付出显然也换来丰厚的学术回报:本书对哈尼人的神话世界的描绘翔实而鲜活,特别是对"哈尼哈巴"演述情境、苦扎扎节、全福庄的葬礼的描述,不仅展现出神话、情境以及主体之间的互动,也为作者最终结论的获得奠定了比较坚实的基础。

　　书中提出了诸多富于启发性的理论观点。例如,认为神话作为文类的本质是"人类全局性观念的表述(存在)方式",而界定神话的关键在于"神话观"(见"导论"),进而倡导神话研究应"以观念实践为中心"("结论");主张神话母题是在叙述活动中动态生成的一种表达机制(见"结论"),神话主义对神话资源的挪用与重述是运用了神话母题的表述机制(第八章)……如此等等。这些见解对学界重新理解神话、神话观、母题以及神话主义的本质和特点均具有重要启示作用。

　　书末附录中出现的《中国哈尼族神话母题索引》也值得读者关注。从神话文本中辨识和划分母题十分繁难,索引的编制更加不易。该索引是国内首个特定少数民族的神话母题索引,不仅体现出作者对哈尼族神话的热爱和用心,也与本书正文内容构成了彼此呼应的关系,如果没有先做这一索引,作者在调查中对各类语境中呈现出的神话母题的辨识无疑会比较困难(不过,反过来说,文中也许也会少一些先入为主认定母题的不足吧)。

　　总的说来,本书目标明确,问题意识清晰,视野开阔,观点多有创新，资料也比较丰赡翔实。2017年，这部博士学位论文（答辩时的题目为《哈尼人的神话世界——以母题的生活实践为中心的民族志》）在匿名评审时被三位专家全部评为优秀。随后答辩时，也被以刘铁梁教授为主席，以巴莫曲布嫫、陈泳超、万建中、岳永逸四位教授为委员的答辩委员会给予了"优"的成绩，认为该文"着力描述了哈尼人日常生活实践中呈现出的神话母题，创造性地提出了'以母题的生活实践为中心的民族志'的学术主张，这对于进一步推进民俗学界有关语境研究范式的反思具有重要的学术价值"；"作者的调查深入细致，理论与民族志描写相得益彰，可以看到作者顽强的学术追求、严谨的治学态度"，"是一篇优秀的博士学位论文"。2018年底，该文被评为北京师范大学优秀博士学位论文。

当然，本书也难免有不足之处。我觉得其中对于神话母题在民俗实践中"动态生成"的过程还需要进行更充分的论证。再者，书中使用的专业术语较多，但它们之间的关联还有待厘清，特别是对一些学术史上的重要理论及其核心概念，也需要更多的理解消化和融会贯通。此外，书中提出了大大小小很多论点，有些缺乏论证，这也影响了论著的精深度。

在序言的最后，我想稍微介绍一下我所了解的本书作者，希望对读者更好地理解本书有些助益。张多是云南人，对少数民族神话一直情有独钟（参见附录二《我与哈尼》），硕士阶段便师从秦臻先生，撰写了有关哈尼族鱼创世神话的学位论文，该文后被评为云南省优秀硕士论文，也为他的博士论文写作奠定了较坚实的基础。2014年，张多以优异成绩从云南大学文学院考入北师大，进入我门下攻读民间文学专业博士学位，方向依然是神话学。在北京就读的三年间，他非常勤奋刻苦，博览群书，同学们都开玩笑地称他为"张百度"，意思是没有他不知道的人和事儿。我觉得最可贵的，是张多对民俗学事业的热忱，他不仅热心参与并组织各类学术活动，还常常拿出自己的时间和精力，为民间文学研究所和中国民俗学会做事，任劳任怨。张多也很热心助人，许多在读的学生都曾在学业上得到他的帮助。2016年夏至2017年初冬，张多得到北师大文学院的专项资助，曾前往美国民俗学教育与科研的重镇——印第安纳大学民俗学与民族音乐学系访问交流,师从苏独玉(Sue Tuohy)博士,学术视野因此更加开阔。强烈的事业心加上勤奋好学,使他在北师大学习期间,先后获得了中国民俗学会"生命树"奖、三次获得民间文化青年论坛奖、两次获得博士研究生国家奖学金,2017年毕业时,他被评为北师大优秀毕业研究生。

  2019年夏秋,张多从中国社会科学院民族文学研究所博士后流动站顺利出站,前往他的母校云南大学工作。云南有着丰厚的民族民间文化资源,这里的很多民族都有着多姿多彩的活形态神话,加之云南大学拥有李子贤等老一辈神话学者多年耕耘奠定的深厚神话学传统,无疑使这里成为探究民族民间文化魅力的肥田沃土。张多回到母校后如鱼得水,充分发挥优长,迅速协助学院成立了云南大学神话研究所,举办了国际学术研讨会和系列学术讲座。作为他的博士导师,看到张多茁壮成长,自然打心里感到欣慰。在此,我由衷祝贺张多的第一部专著顺利出版,也期望他在家乡和母校更加勤奋精进,持之以恒,不骄不躁,为中国民俗学和神话学事业做出更多贡献。

  是为序。

杨利慧

2022年1月30日

于北京师范大学

目　　录

导论　在民俗实践中理解神话 …………………………………… (1)
　一　神话不须是一篇完整叙事 …………………………………… (5)
　二　为什么是"母题"？ …………………………………………… (8)
　三　语境中的文本呈现 …………………………………………… (14)
　四　母题的实践意义 ……………………………………………… (19)
　五　神话民族志 …………………………………………………… (25)

第一章　制造文本："哈尼族神话"的话语实践 ………………… (36)
　一　哈尼族口承神话的文本化历程 ……………………………… (37)
　二　国家文化话语中的哈尼族神话 ……………………………… (43)
　三　国际学术中的"哈尼/阿卡" ………………………………… (46)
　四　神话作为建构文化史、文学史的素材 ……………………… (51)
　五　走向多元：哈尼族神话研究的新图景 ……………………… (55)

第二章　哀牢之路：本土知识的步步深入 ……………………… (59)
　一　哀牢山的多民族社会 ………………………………………… (62)
　二　元阳县全福庄 ………………………………………………… (67)
　三　哈尼族的族称与支系 ………………………………………… (72)
　四　父子连名制、血缘集团与祖先 ……………………………… (74)
　五　本土概念与田野人物 ………………………………………… (79)

第三章　哈尼哈巴：作为本土文类的口头艺术实践 …………（83）
  一　哈尼语、哈尼文的相关问题 ……………………………（85）
  二　本土文类和"哈巴"的文类性质 ………………………（89）
  三　哈尼族语言实践中的诸文类概念 ………………………（93）
  四　窝果十二路：本土文类与学术文类的互文 ……………（98）
  五　哈巴惹：哈尼哈巴的实践形式 …………………………（102）

第四章　造天造地：宇宙图式与神人谱牒 …………………（107）
  一　神鱼创世观的口头传承 …………………………………（108）
  二　"神鱼"意象的身体实践 ………………………………（117）
  三　宇宙结构与家屋 …………………………………………（122）
  四　神谱与人谱 ………………………………………………（137）
  五　兄妹始祖与兄弟民族 ……………………………………（147）
  六　宇宙观的核心地位 ………………………………………（156）

第五章　补天补地：神话模拟与象征性实践 ………………（160）
  一　杀翻神牛补天地 …………………………………………（161）
  二　苦扎扎节的隐秘诉求 ……………………………………（167）
  三　人间对创世秩序的模拟 …………………………………（170）
  四　往来于天地之间 …………………………………………（178）

第六章　魂归祖灵：在关键礼仪中呈现核心母题 …………（191）
  一　丧礼制度 …………………………………………………（193）
  二　聚焦全福庄的一次丧礼 …………………………………（198）
  三　生命历程的口头表演 ……………………………………（209）
  四　死亡神话母题群 …………………………………………（213）
  五　不死药和灵魂观 …………………………………………（219）

第七章　遮天大树：作为文化整合资源的核心母题 ………（226）
  一　昂玛突和宇宙树 …………………………………………（227）

二　漫江河村的咪谷和寨神林 …………………………………… (236)
　　三　"寨神没下来！" …………………………………………………… (240)
　　四　"隐秘的祭祀"与"公开的祭祀" ……………………………… (244)
　　五　一个仪式的两次节庆 …………………………………………… (250)
　　六　遮天大树王 ……………………………………………………… (254)

第八章　哈尼梯田：异质性语境中神话的存续力 ………………… (259)
　　一　遗产化与神话主义 ……………………………………………… (260)
　　二　异质的生活现场和异质的神话 ………………………………… (270)
　　三　地方精英的创造力 ……………………………………………… (276)
　　四　胜任表演：摩批歌手的应对之道 ……………………………… (282)

结论　追索神话观在民俗实践中的复杂呈现 ……………………… (288)
　　一　在民俗实践中动态生成的母题 ………………………………… (289)
　　二　"以观念实践为中心"的神话研究 …………………………… (293)
　　三　呈现哈尼人的神话世界 ………………………………………… (296)

主要参考文献 ………………………………………………………… (299)

附　录 ………………………………………………………………… (323)
　　附录一　中国哈尼族神话母题索引 ………………………………… (323)
　　附录二　我与哈尼 …………………………………………………… (374)
　　附录三　田野日志选摘 ……………………………………………… (378)
　　附录四　田野突发事件与田野伦理 ………………………………… (389)

后　记 ………………………………………………………………… (401)

图 目 录

图1 印第安纳大学民俗学与民族音乐学系的
　　　Stith Thompson（1885—1976）像 ……………………（10）
图2 元阳县概况图 ……………………………………………（68）
图3 全福庄大寨区域卫星图 …………………………………（70）
图4 俯瞰全福庄的梯田 ………………………………………（71）
图5 都江堰的"和夷氐绩"题刻 ……………………………（76）
图6 哈尼族女性服饰中的银鱼 ……………………………（120）
图7 全福庄纳索垒仪式上抹黑脸的儿童手持木剑 ………（128）
图8 阿者科寨的蘑菇房 ……………………………………（134）
图9 《神和人的家谱》（卢朝贵）的神人家谱 ……………（141）
图10 苦扎扎待宰的水牛 ……………………………………（173）
图11 众人合力把牛按翻在地 ………………………………（173）
图12 剥牛皮 …………………………………………………（174）
图13 "补天"的牛皮 ………………………………………（174）
图14 大咪谷坐镇秋房中指挥 ………………………………（175）
图15 村民前来分肉，肉切分好铺在芭蕉叶上 ……………（175）
图16 骑磨秋、荡秋千 ………………………………………（187）
图17 元阳县阿者科寨的磨秋 ………………………………（187）
图18 摩批和助手们在灵堂中举行丧礼博扎仪式 …………（201）
图19 前来上祭的外村亲戚 …………………………………（204）
图20 棺材上画的"德摩斯批"符号 ………………………（217）

图 21　沙拉托乡漫江河村 …………………………………（237）
图 22　漫江河村的梯田 ……………………………………（237）
图 23　咪谷准备进入寨神林中的神树围墙 ………………（239）
图 24　绿春县民族风情园广场东侧用于代表"阿倮欧滨"
　　　神树的绿化带大榕树 ……………………………（251）
图 25　绿春县博物馆《都玛简收》展厅的遮天树景观和简收
　　　雕像 ………………………………………………（257）
图 26　景区的木质哈尼梯田导游图 ………………………（271）
图 27　日月牌 ………………………………………………（280）

表 目 录

表 1　哈尼族支系与族称关系表 …………………………………（73）
表 2　元阳县全福庄卢氏、麻栗寨李氏和硐埔寨朱氏的谱牒比较 …（77）
表 3　哈尼语方言音系 ……………………………………………（85）
表 4　哈尼文拼音方案·声母 ……………………………………（87）
表 5　哈尼文拼音方案·韵母和声调 ……………………………（88）
表 6　朱小和等歌手使用的文类概念辨析 ………………………（94）
表 7　哈巴文类概念所用词汇的语言学分析 ……………………（96）
表 8　哈巴路数与神话母题的对应关系 …………………………（101）
表 9　遮天树神话的母题群 ………………………………………（234）
表 10　哈尼族文化遗产化的项目列表 ……………………………（262）

导　论

在民俗实践中理解神话

2015年8月3日正值全福庄的苦扎扎节，整个山村烟雨濛濛，不远处的层层梯田苍翠欲滴。我在屋子里听到门口有人说："快要杀牛了！"我赶紧收起笔记本电脑，随手拿了把破伞一路小跑到磨秋场。一头膘肥体壮的公水牛已经被众男人拉到场中央。

男人们高声呼喊着，合力把大水牛按翻在地。水牛力气很大，在地上拼命挣扎着不让男人们近身。一个壮小伙跳将起来，骑在牛身上，主刀的屠夫见势把刀尖送入牛的喉咙，霎时间鲜血涌出，被另一人接入预备好的铁盆里。我在一旁看得心惊胆战。

牛咽气后，男人们砍下牛头，开始剥牛皮、分解各部位。大咪谷在秋房中指挥若定，主导着仪式环节，并把牛心、牛肝、牛鞭单独装在背篓中，用来祭祀磨秋桩。众人分工有序，一派繁忙。

我这个"在场的局外人"呆立一旁，脑海里满是哈尼人口头传统（oral tradition）中"杀牛补天地"的神话，仿佛就站在众天神合力杀牛补天补地的现场，就连男人们的呼喝声都那样真切。① 在进入哀牢山开展田野作业之前，我已经无数次阅读了朱小和演唱的哈尼哈巴《窝果策尼果·查牛色》文本，他演唱天神如何杀牛、如何用牛皮补天，以及用牛骨支地，用牛眼做日月……眼前的杀牛仪式，果真和神话中杀牛的叙述有关吗？

在我以往的田野经验中，西南地区许多民族在夏季节日中都会杀牛，

---

① 有关苦扎扎节杀牛的论述，详见第五章。

通常主要目的是祈祷谷物生长和人丁繁衍。那天晚上，我回到田野合作人卢朝贵先生位于全福庄大寨的家中，我问他苦扎扎节为什么要杀牛？他说，哈尼族远古时候的苦扎扎祭祀是要用人头的，非常残酷。后来天神飞临人间，告诉人类用杀牛替代活人祭祀。① 朱小和在《窝果策尼果·奇虎窝玛策尼窝》中唱道：

> 每年苦扎扎的时候，
> 不准再杀男人，
> 在杀人供祭的秋场上，
> 要立起高高的荡秋和磨秋，
> 在杀人供祭的秋场上，
> 要杀翻最壮的那条牛，
> 砍下牛头顶人头，
> 拿去贡献天上的神。②

朱小和是名满哀牢山的歌手和摩批，古典知识极为渊博。这次现场看杀牛仪式的前两天，我到与全福庄一山之隔的硐浦寨拜访过他。如他歌中所唱，苦扎扎杀牛的来历，还揭示了为什么要用牛做活人的替代品。在"查牛色"这一支哈巴中，他不惜用数百行篇幅，用尽词汇去描述牛身体各个部位化生天地万物的宏大场面。在"塔婆罗牛"这一支哈巴里，他又说杀牛是为了稻谷、人畜的繁衍：

> 我拿出篾牛的心肝献你，
> 我塔婆的心意也拿来献你；
> 神呵，

---

① 访谈对象：卢朝贵。访谈人：张多。时间：2015年8月3日。地点：元阳县全福庄大寨。
② 朱小和演唱：《窝果策尼果·奇虎窝玛策尼窝》，西双版纳州民委编：《哈尼族古歌》，云南民族出版社1992年版，第353页。

> 我为人间的庄稼向你求告，
> 我为人间的牲畜向你求告，
> 我为人间的七十七种人向你求告，
> 愿百样庄稼低头饱满，
> 愿数不清的牲畜关满大圈，
> 愿我的儿孙繁衍不断。①

在哈尼族的古典知识中，正因为牛具有极强的化育万物的能力，才被用来替代活人祭祀。这是我第一次亲眼看到的哈尼族苦扎扎节的杀牛仪式。一旁的秋房中，大咪谷坐镇指挥男人们杀牛、分肉，俨然就是最高天神的化身。我意识到，"杀牛补天地"的口承神话演述背后是一种更深层次的宇宙观在指引着节庆与仪式。

在神话学的理论中，"杀牛补天地"是一个母题（motif）。学者通过海量文本的比对，从中提取出反复出现的叙述要素，成为分析民间叙事文本的有力工具。但我在田野现场，强烈地感觉到母题在平日里是一个隐身于文化观念中的存在（existence），而一旦进入叙事和仪式就被赋形，从而显现出来。这种赋形是人们在传统知识的"传统武库（repertoire）"中调用它的结果。也即母题不是现成的叙事成分，而是一种观念的标记。在生活实践中观察人如何运用"作为神话存在方式的母题"，是以往神话研究和母题研究鲜有注意的问题。

这次观摩杀牛的经历，促使我将田野调查的重心转移到"观察母题如何被调用来表述神话观"，而不仅仅是描写哈尼族文化中神话的表现。我给自己设定了一个规则：虽然我事先已经通过编制《中国哈尼族神话母题索引》（见附录一）知道了哈尼族的神话"母题"包括哪些，但我在田野中并不急于将已知的母题和其民俗生活实践相对应。比如杀牛仪式，尽管其与神话中的表达像极了，但我还需要探究其间的种种关联。正是这种自我约束促使我渐渐感知到探寻"哈巴"这个口头传统，或曰

---

① 朱小和演唱：《窝果策尼果·塔婆罗牛》，西双版纳州民委编：《哈尼族古歌》，云南民族出版社1992年版，第189—190页。

总括性的本土文类（vernacular genre）体系，是我进入哈尼族神话研究的必经之路。

随着田野调查的推进，我感到经典的神话母题研究方法，能有效说明"神话"这个学术概念如何在生活实践中被表述。但以往的母题研究多数是在文本对比中抽绎母题，将母题视为现成的成分，从而未能充分评估母题方法的效度。对此，丹·本—阿莫斯（Dan Ben – Amos）、吕微、户晓辉等学者早有批评。① 母题作为学者对叙事内核的抽象概括，到底能不能运用到实践研究中？在民间文学由文本（text）转向语境（context）研究的过程中，往往因为流于语境描写而失掉神话叙事本身。那么，神话研究到底如何兼顾文本和语境？神话文本的意义从何而来？这些困惑都促使我在田野中既注意追索神话文本的生产过程，也注意群体（group）对其语言艺术和文化观念的实践。

从实践对人的意义来说，实践是人的存在方式。民俗实践就是人的民俗生活的存在方式，具体体现为民俗事象的文化表现形式（cultural expressions）。民俗实践植根于不断的民俗文化习得/再习得之过程。因此"神话"在学者和文化持有群体这两个主体间的话语实践形式存在显著差异，这为民族志方法介入神话研究的有效性提供了依据。对作为文化群体的哀牢山哈尼人而言，哪些神话母题对他们有重要意义？哈尼人的口头艺术实践中存不存在类似母题这样的标记叙事存在的机制？这些问题都是民族志研究需要回答的。

有关神话学学术史的梳理，前人已经做过大量工作。本书对世界神话学史与中国神话学史的知识框架，基本上继承了大林太良②、布鲁斯·林肯（Bruce Lincoln）③、罗伯特·西格尔（Robert A. Segal）④、刘锡诚⑤、

---

① 详见后文导论中有关母题的小节。
② ［日］大林太良：《神话学入门》，林相泰、贾福水译，中国民间文艺出版社1989年版。
③ Bruce Lincoln, *Theorizing Myth: Narrative, Ideology, and Scholarship*, Chicago: University of Chicago Press, 1999.
④ Robert A. Segal, *Myth: A Very Short Introduction*, London: Oxford University Press, 2004.
⑤ 刘锡诚：《二十世纪中国民间文学学术史》，中国文联出版社2014年版。

潜明兹①、黄泽②、杨利慧③等学者的前期梳理与研究。我尤其注意在民俗学和民间文学学科发展的脉络中探讨神话学问题。

本书的研究对象是中国境内的一个讲藏缅语族语言的民族——哈尼族。本书单独使用"民族"一词时特指当代中国的民族（minzu）概念，不对应任何外文词汇。我主要研究的是哈尼族的哈尼支系（哈尼人）④ 的口承神话。我试图克服以往神话研究容易将语境与文本对立、区分开的局限，从田野调查视角出发，探究民俗文化实践中的本土文类、神话概念与母题概念之间如何产生勾连，从而在民族志基础上反思民间文学经典研究范式。我在民族志描写的同时渗入了前人搜集整理的书面化文本的分析，盖因我研究的核心问题既不单是演述语境也不单是文本，而是神话观念在民俗生活中的实践，因而无论民族志资料还是文本化的资料都能有效地为我所用。这一思路大部分受益于中国民俗学 20 世纪 90 年代以来发生的"语境转向"以及 21 世纪初对实践民俗学和"朝向当下的神话学"的探索。

一　神话不须是一篇完整叙事

"神话"在认识论层面可以大体界定为群体生活中有关世界、文明起源的观念及叙事。只要群体的生活制度在延续，群体成员对"起源的叙述方式"的记忆、重述、表征就会不断被付诸实践。进一步说，在民俗学的理论中，神话可被视为一种特殊的艺术性交流的类型，它可以沟通天人、生死、过去和未来、此地和远方，因而这种交流往往攸关人类的基本生存命题。

---

① 潜明兹：《中国神话学》，上海人民出版社 2008 年版。
② 黄泽、黄静华：《神话学引论》，海南出版社 2008 年版。
③ 杨利慧：《神话与神话学》，北京师范大学出版社 2009 年版。
④ 按照中国民族学表述的通行做法，少数民族支系可以用"×人"表述，如纳西族摩梭人、哈尼族碧约人。本书所称的"哈尼人"指"哈尼族哈尼支系"。（哈尼族支系情况详见表 1。）

但是，在存在论意义上，"神话"并不是一个可以被界定清楚的分析性概念，它有自身元发性的意义释放能力。因此我倾向于寻求在群体生活中理解"神话"，而不是将其简单视为一个现成的可供分析的对象，并且悬置其"西学""民族主义"的潜在概念指向。有鉴于此，本书中的"母题"概念同样不是在叙事中天然存在的现成成分，它也是在艺术性交流实践中显现出来的。在生活现场，哈尼人自己虽然并不从哈巴演述的叙事中抽绎母题，但是他们的口头艺术实践却也有类似母题的提示、标记机制。

神话学是一门独立的国际显学，许多学科将"神话"作为重要研究对象，其中，民俗学是在神话研究中取得重大成就的学科之一。通常意义上，神话主要被视为民俗学的一种文类/类型（genre），并且是核心性的民俗类型。进一步说，神话叙事是人类语言艺术中最独特的类型之一。能像神话这样久远、深刻、广泛、持续地影响整个人类文明进程的语言艺术类型屈指可数。杰克·古迪（Jack Goody，1919—2015）进一步区分了"神话学"和"神话"，他认为前者是观察者建构的对世界观的论述，而后者是围绕世界观主题进行的真实记诵。他在更为狭义的意义上界定神话，认为神话仅在具体有限的环境里才被记诵，比如仪式。神话承载的"知识"往往不对所有人开放。[①] 类似古迪这样的狭义界定比较接近我将要讨论的"神话"，当然我无意在成千上万对神话概念的论证中表态，而是为呈现研究行为与社会事实划定基本范畴。

"Myth"这一概念源于古希腊学术。"Logos（逻各斯）"与"Mythos（秘索思）"是一对古希腊哲学的基础性概念，经过赫西俄德（Hesiod）等诗人和柏拉图（Plato）等哲学家的塑造，"myth"逐渐成为一个集叙事、审美、历史与意识形态于一身的学术领域。19世纪末，孙福宝、章太炎、梁启超等人最早从日语将"神话"概念引进汉语学术界。[②] 长期以

---

① ［英］杰克·古迪：《神话、仪式与口述》，李源译，中国人民大学出版社2014年版，第51页。
② 有关汉译"神话"一词在19世纪末出现于汉语学术界的考证，参见谭佳《神话与古史：中国现代学术的建构与认同》，社会科学文献出版社2016年版。

来，学者们就"神话"概念是否适用于中国争论不休。① 有的学者直接将其音译为"秘思",② 正是为了避免中文"神话"一词带来的误解。其实，就像"史诗 epic"和"宗教 religion"概念一样，当我们回溯西学根源时会发现当前认知的一些文化错位。但是，概念所指代的事实本身无疑在中国社会是存在的，中国神话学致力于探索中国的神话实践，并不能简单认为是西学东渐浪潮中的搬用。

神话的主要概念内涵体现为"现时世界和群体起源的观念表达"。这种"表达"的性质首先是经久传承的语言艺术传统，其次是构成群体文化特征的基础性叙事框架，再次是群体发展过程中可资回溯和重述的交流资源，最后是群体信仰、审美并产生认同感的实践理性。神话内蕴着"超越界的临现"，是一种"超越的统觉"。③ 神话的话语实践是超越性的，使人超越寿命限制而获得更完整的时空体验，同时也使社会历史获得超越意义。神话不一定是一篇完整的叙事，它可能只是完整叙事中的片段，且这一片段可以在多样的表达实践中重现。

神话不须是一篇完整叙事，相当于说神话的本质特征未必指向一个相对完整的故事性片段，那么它一定指向什么呢？例如，在哈尼族婚礼的哈巴演唱中，歌手先要唱开天辟地，接着唱祖先迁徙、婚姻制度由来，再唱人的出生、成长、恋爱，直到结婚。这一个完整的婚礼哈巴中，只有前面的小部分是典型意义的神话，并且根据婚礼的现实情形，歌手往往会将创世纪的部分寥寥几行带过，重点演唱人的生命历程。那"寥寥几行"虽然不是"完整叙事"，但不可或缺。而这"不可或缺的寥寥几行"正可以说明神话的普遍存在方式是"观念之表达"。有关这一点，吴晓东对贵州三都县排烧苗寨的研究就是典型的例证。吴晓东摒弃传统的神话文本整理方法，而将他与苗族村民的谈话直接呈现出来，让读者在

---

① 这方面的典型观点比如，陈连山《走出西方神话的阴影——论中国神话学界使用西方现代神话概念的成就与局限》，《长江大学学报》（社会科学版）2006 年第 6 期。

② 杨素娥：《伊利亚德写作的背景》，伊利亚德：《圣与俗——宗教的本质》，杨素娥译，胡国桢校，桂冠图书股份有限公司 2001 年版，第 19 页。

③ 关永中：《神话与时间》，台湾学生书局 2007 年版，第 9、14 页。

断续、零碎的交谈语境中直观神话叙事。①

当然，神话也可以是一篇完整的"精彩的故事"②，歌手和故事家可以将其充分演绎，但这并不是其全部的状态。在生活中，神话往往只是一个意象、几句言辞或者身体行为。神话的这种特征，说明其存在形态可长可短、可简可繁、可说可唱，并且可重复。进一步说，神话作为一种表达文化，其要表达的是牵涉人类文明全局性的重大、基础性观念问题，比如宇宙、世间万物、超自然、灾难、生死存亡、文明开创等。虽然这些神话都要落实到具体的群体文化中，但其表达一定是站在人类全局的高度的。比如大禹治水神话，虽然其与历史、传说难以分割，但其中"灾难毁灭人类""九州天下""文化英雄治水"等都是典型的事关文明兴衰的基本观念。再比如牛郎织女传说中，有关天宫、天河、天神、星宿的片段就是神话，但整个叙事却又是另一种文类。

既然神话的内核在于"原初观念的表达"，那么就需要有一个概念来描述这种内核。基于这个内核，神话的定义再多也可以得其要领，可以区别于其他表达文化。事实上，在民间文学/民俗学的神话研究中早已有一个现成的概念工具——母题（motif）。

二 为什么是"母题"？

"母题"在19世纪后半叶到20世纪初，已经是文学、艺术、历史、哲学研究中广泛使用的术语。③ 但将母题上升为一种宽泛意义上的理论方法，仍要归功于美国民俗学家斯蒂·汤普森（Stith Thompson，1885—1976）。他继承前人成果，进一步将母题、类型打造成为民俗学、民间文学研究中实用性极强的工具。但是民间文学的"母题"研究在学科内部

---

① 吴晓东：《神话、故事与仪式——排烧苗寨调查》，学苑出版社2020年版。
② [英]柯克：《希腊神话的性质》，刘宗迪译，华东师范大学出版社2017年版，第21页。
③ Dan Ben-Amos, "The Concept of Motif in Folklore" (1980), In Alan Dundes, ed., *Folklore: Critical Concepts in Literary and Cultural Studies*, Volume IV, London and New York: Routledge, 2005, pp. 196–224.

却是一场旷日持久的争论,在不断质疑和实践中,母题研究也得到了极大发展。

在汤普森划分"母题"之前,芬兰历史—地理学派(The Historical-geographical School)的类型(type)和类型索引已成为民间文学研究重要方法。芬兰民俗学家安蒂·阿尔奈(Antti Aarne,1867—1925)于 1910 年编纂的《民间故事类型索引》经过汤普森修订增补后,形成了"阿尔奈—汤普森分类体系"(简称 AT 分类法)。汤普森早期对北美印第安人神话有很大兴趣,他注意到不同文本中叙事元素的相似性。汤普森不满足于划分类型的程度,因此编纂了六卷本的巨著《民间文学母题索引:对民间故事、歌谣、神话、寓言、中世纪传奇、轶事、故事诗、笑话集和地方传说中的叙事成分的分类》(1932—1937)①。

彼时美国民俗学偏重文学研究,民俗学者常被称为"literary folklorist"(文学式的民俗学家)。汤普森这一巨著不仅在文学研究与民俗研究之间架起了桥梁,更使美国民俗学得到发展。理查德·多尔逊(Richard Dorson,1916—1981)认为具备运用这部索引的能力,成为民俗学家区别于其他文化领域学者的决定性特征。② 阿兰·邓迪斯(Alan Dundes,1934—2005)也说能够使用母题和类型编目工具,已成为民俗学家国际化的必备条件。③ 尽管在田野经验中,"索引"极大程度地帮助我迅速把握田野中遇到的叙事类属和结构,但实际上许多田野研究者对索引方法是不屑一顾的。威廉·巴斯科姆(William Bascom,1912—1981)曾批评人类学家对汤普森《索引》的忽略是"声名狼藉"(notorious)的。④ 21

---

① Stith Thompson. *Motif-Index of Folk Literature: A Classification of Narrative Elements in Folktales, Ballads, Myths, Mediaeval Romance, Exempla, Fabliaux, Jest-Books and Local Legends*, New Enlargde and Revised Edition, Vol. 1-6, Bloomington: Indiana University Press, 1955-1958.

② Richard M. Dorson. "Introduction: Concepts of Folklore and Floklife Studies", *Folklore and Folklife: An Introduction*, Richard M. Dorson, (ed.), Chicago: University of Chicago Press, 1972. p. 6.

③ [美] 阿兰·邓迪斯:《民俗解析》,户晓辉编译,广西师范大学出版社 2005 年版,第 228 页。

④ William Bascom. "Cinderella in Africa." In Alan Dundes. (ed.), *Cinderella: A Casebook*, Milwaukee: University of Wisconsin Press, 1988, pp. 148-168.

图 1　印第安纳大学民俗学与民族音乐学系的 Stith Thompson （1885—1976）像（张多 2016 年 9 月 7 日摄于美国布鲁明顿）

世纪的美国民俗学虽然已经转型为以田野研究为基础，但是母题、类型方法在诸多民族志中依旧是基础性的研究手段。

《索引》体量庞大，汤普森并未将母题概念做细致界定。他在《民间故事》（*The Folktale*）一书中说："一种类型是一个独立存在的传统故事，可以把它作为完整的叙事作品来讲述，其意义不依赖于其他任何故事。……组成它的可以仅仅是一个母题，也可以是多个母题。……一个母题是一个故事中最小的能够持续在传统的成分。要如此它就必须具有某种不寻常的和动人的力量。"① "故事中最小的能够持续存在于传统中的成分"② 是后学对汤普森"母题"理解的基点，其中"最小的（smal-

---

① ［美］斯蒂·汤普森：《世界民间故事分类学》，郑海等译，上海文艺出版社 1991 年版，第 498 页。

② 原文为 "…the smallest element in a tale having a power to persist in tradition." Stith Thompson. *The Folktale*. New York: Dryden Press, 1946, p.415.

lest）"成为一个关键词。

　　后学基本都继承了汤普森"最小叙事元素（单位）"的观点，此外，汤普森还提到母题的一个特点"重复（repetition）"。"总的来说，我已使用了任何不论是流传的或文献的叙事，只要它能够构成一个足够强大的传统并引起它的多次重复。"① 尽管汤普森在不同文章中对母题的界说不尽相同，但"最小""可重复"这两个关键特征，已经使"母题"具备应对海量民间文学文本分类的能力。问题在于"最小"和"重复"的标准无法确立，提取母题有赖于学者的经验。这是母题方法受到质疑的主要问题。此外学者还批评《索引》过分强调共性，在《索引》中文化的差异往往很小。②

　　20世纪前半叶，"母题""类型"以及俄罗斯民间文学家普罗普（Vladimir Propp, 1895—1970）提出的"功能（function）"，成为民间文学形态研究的三个重要学理概念。汤普森曾说："对于民间叙事作品作系统的分类，必须将类型与母题清楚地区分开来，因为对这两方面项目的排列实质上是不一样的。"③ 汤普森强调母题是可以构成"类型"的一个元素。刘守华将这种构成关系概括为"母题序列"或"母题链"。④ 林继富进一步界说："学术术语'类型'和'母题'的提出就为解读故事内涵创造了独特的视角，也开辟了深入故事内部肌理的路径。我们要清醒地认识到，母题、类型分析本身不是形式主义，它是一种研究方法，是一种解释民俗的有效手段。"⑤ 学者们力图避免将母题比较研究泛化为形式主义。为此，阿兰·邓迪斯结合母题与功能，提出母题位（motifeme）

---

① Stith Thompson, *Motif-Index of Folk Literature: A Classification of Narrative Elements in Folktales, Ballads, Myths, Mediaeval Romance, Exempla, Fabliaux, Jest-Books and Local Legends*, New Enlargde and Revised Edition, Vol. 1, Bloomington: Indiana University Press, 1955, p. 11.

② Dan Ben-Amos. "The Concept of Motif in Folklore" (1980), In Alan Dundes, (ed.), *Folklore: Critical Concepts in Literary and Cultural Studies*, Volume IV, London and New York: Routledge, 2005, pp. 196-224.

③ ［美］斯蒂·汤普森：《世界民间故事分类学》，郑海等译，上海文艺出版社1991年版，第498页。

④ 刘守华：《比较故事学考论》，黑龙江人民出版社2003年版，第26页。

⑤ 林继富、王丹：《解释民俗学》，华中师范大学出版社2006年版，第259页。

和母题位变体（allomotif）。①

邓迪斯对汤普森"母题"的批评主要着眼于其并无任何"度量衡（measure）"的规范，但又声称这是一个"单位/元素"。并且作为母题的人、物、事件都不能作为一个计量单位。母题分类本身相互包含，没有做到相互排他（mutually exclusive）。此外，"最小"的特征容易导致人们把母题当作独立于语境之外的实体。② 因此motif不适合作为一个叙事分析单位。邓迪斯在普罗普"功能"的启发下，结合语言学"音位"分析提出母题位和母题位变体。母题是母题位的表现形式，而处于同一母题位的母题就可称为母题位变体。后来邓迪斯将母题位运用到印第安人民间叙事研究，着重讨论了四种母题位模式。③ 但遗憾的是，邓迪斯的这一理论创造尚未被学界充分批评和运用。丁晓辉认为，邓迪斯虽然在汤普森和普罗普之间建立了联系，超越了汤普森，但并没有真正超越普罗普。④

此外，克洛德·列维—斯特劳斯（Claude Lévi-Strauss，1908—2009）的"神话素"（mythèmes）⑤ 概念虽然和"母题"本身无关，但是

---

① "motifeme"和"allomotif"概念，中文翻译有多种。陈建宪等译为"母题要素"和"母题群"，[美]阿兰·邓迪斯：《世界民俗学》，陈建宪、彭海斌译，上海文艺出版社1990年版，第294、300页。刘魁立译为"母题素"和"母题变素"，见刘魁立《刘魁立民俗学论集》，上海文艺出版社1998年版，第111页。李扬等译为"母题素"和"母题变项"，王珏纯、李扬：《略论邓迪斯源于语言学的"母题素"说》，《青岛海洋大学学报》（社会科学版）2000年第2期。户晓辉译为"母题素"和"变异母题"，[美]阿兰·邓迪斯：《民俗解析》，户晓辉译，广西师范大学出版社2005年版，第15页。后来，丁晓辉在详细辨析这两个概念后，认为motifeme应译为"母题位"，allomotif应译为"母题位变体"，见丁晓辉《母题、母题位和母题位变体——民间文学叙事基本单位的形式、本质和变形》，《民族文学研究》2013年第1期。我采取丁晓辉的译法。

② Alan Dundes, "From Etic to Emic Units in the Structural Study of Flokltales." *Journal of American Folklore*, 75 (296), 1962.

③ 核心双母题位序列（nuclear two motifeme sequence），两种四母题位序列（four motifeme sequence）和六母题位组合（six motifem combination）。其评析参见丁晓辉《民俗学界的"产翁"——阿兰·邓迪斯研究》，华中师范大学，博士学位论文，2013年，第56—63页。

④ 丁晓辉：《母题、母题位和母题位变体——民间文学叙事基本单位的形式、本质和变形》，《民族文学研究》2013年第1期。

⑤ Mythèmes和motifeme都借鉴了索绪尔（Ferdinand de Saussure）语言学"音位"理论以及普罗普的"功能"，强调的不是"元素"，而是"组合关系"，因此，我认为Mythèmes应翻译为"神话位"。

对神话母题研究至关重要。他的分析着眼于三点：神话的构成成分有组合关系；神话是一种特殊的语言表达；神话作为"大构成单位"的单位主要体现为句子。他认为神话的构成成分是以"关系束"的组合形式获得表意功能的。神话本质上是语言和元语言的结合。① 神话素的提出是着眼于对普罗普抽象的"功能"概念无法在材料中复原的批评，② 体现了结构主义的要旨。

吕微曾结合汤普森的"母题"和普罗普的"功能"，提出"功能性母题"③ 概念，力图将母题和功能视为叙事本质而非直接的内容。后来他进一步反思，认为汤普森的"母题"概念实际上是"纯粹形式的概念"，无关乎叙事内容切分。④ 户晓辉认为母题和功能是未完成和未封闭的存在现象，是民间叙事的整体存在方式。⑤ 他针对丹·本—阿莫斯、吕微对母题的批评，进一步提出母题并不是叙事中的"素材""质料""成分"，而是汤普森作为学者与民间叙事的他者"交互主体"的认识产物。⑥

以上种种对母题概念的反思、批评，大体上有两个重要进展：一是母题无关乎单个叙事文本中的内容，而关乎跨文本、跨文化、跨文类的叙事存在形式；二是母题的首要判断标准是"可重复"。这两点恰恰和神话息息相关。

"神话"本质上也不是单个叙事中的成分，而是可以游走于多种文本中的表达形式。这些表达形式的内核主要是人类基本的全局性原初观念。也就是说，神话作为文类的本质是"人类全局性观念的表述（存在）方式"。而神话母题恰恰可以用来标记或描述"表述（存在）方式"这一

---

① ［法］克洛德·列维—斯特劳斯：《结构人类学》，张祖建译，中国人民大学出版社 2006 年版，第 193—195、535—538 页。

② 普罗普认为这是列维—斯特劳斯对"功能"的误解。普罗普的"功能"并在不是在跨文化、跨文类的比较中抽绎出来的，而是基于同一种文类内部的研究，比如神奇故事。

③ 吕微：《神话何为——神圣叙事的传承与阐释》，社会科学文献出版社 2001 年版。

④ 吕微：《母题：他者的言说方式——〈神话何为〉的自我批评》，《民间文化论坛》2007 年第 1 期。

⑤ 户晓辉：《返回爱与自由的生活世界：纯粹民间文学关键词的哲学阐释》，江苏人民出版社 2010 年版，第 190—191 页。

⑥ 户晓辉：《内容与形式：再读汤普森和普罗普——"一个馒头引发的血案"：对吕微自我批评的阅读笔记》，《民间文化论坛》2007 年第 1 期。

部分。所以我认为，母题方法非常适用于神话研究，因为母题的本质是一种表达形式而非叙事成分，其存在方式与神话非常相似。因此，某种程度上可以说，神话母题是神话的典型存在方式。

界定神话的关键在于"神话观"，也即人类的全局性原初观念。阿兰·邓迪斯认为，世界观（wordview）和价值观（values）是神话之要害，探究人如何认识所处的世界是神话研究的重要动机。① 而从动态实践的角度看，神话观的直接存在形式主要就是母题。比如哈尼族母题"神鱼造天地"可以是讲述中的一个叙事情节，也可以是仪式中的身体表达，也可以是具象化的图像符号；然而在背后起作用的是宇宙观念，或曰"传统"。如何看待母题的问题本身就蕴含着如何重估"神话"含义的问题。在当代神话学注重文本批评与语境描写相融汇的实践研究中，母题将发挥更重要的桥梁作用，这是汤普森未曾料到的。

三 语境中的文本呈现

中国神话学研究历来存在两条大脉络。一是实证主义和复古主义研究，将发现与阐释异时空中"他者"的神话作为主要目标；二是浪漫民族主义研究，将生产神话文本作为切近民族精神的必由之路。在21世纪学术语境中，这两种研究范式的边界日益模糊。在建构主义和本质主义的对话中，神话甚至民间文学已经不是单纯的"文学"或"文类"问题，而成为现代学术理解人类自身的重要途径。

这种研究思路就是王杰文所言的"语境主义者重返文本"。也即其研究重心在于关注"语境中的文本呈现"（emergence of text in context），研究民俗事件的参与者如何通过记忆与想象的行为，把他们的现场经验与先在知识整合，从而完成社会互动的过程。② 具体到哈尼族神话研究，我希望借助民族志方法去探索神话观念如何在生活现场被实践，而要分析

---

① Alan Dundes (de.) *Scared Narrative: Reasings in the Theory of Myth*, Berkeley, Los Angeles and London: University of California Press, 1984, p. 315.

② 王杰文：《表演研究：口头艺术的诗学与社会学》，学苑出版社2016年版，第50—52页。

神话的生活文化实践就必须辨析"神话"这个"先在知识"。

20世纪上半叶，民俗学把"文本"定义为某种口头艺术表演的记录，并试图基于这一被对象化的"文本"以获得相关民俗事象的"意义"。①而"二战"后，民俗学家更为重视亲身投入田野研究。正如彭牧所言："在很大程度上，民俗学家第一次直接面对他们文本背后的田野。在民俗学家脑海中，调查对象不能再隐为抽象的'民'的化身，而是交往过的有血有肉的人。田野作业也逐渐在民俗学研究中占有了中心地位。"②

1958年，美国民俗学家阿梅里克·帕雷德斯（Américo Paredes，1915—1999）的民族志《手枪握在他手上：边境民歌及其英雄》③出版后，引发了当时文学式的民俗学家对指向主体经验的方法论的关注。该著作以美墨边境地区为田野地点，尝试将民间传说、口头表演的研究放置在个体经验与地方文化语境中分析。这种将"研究者"主体让渡给"民"（folk）主体的方法，为流行的母题类型、历史—地理比较研究带来新气象。

1948年至1960年间，琳达·戴格（Linda Dégh，1918—2014）先后12次到匈牙利塞克勒人（Szekler）社区进行田野作业。1962年，她的民族志《民间故事与社会》在柏林初版。琳达·戴格的民族志书写为民间文学研究带来了生机，鲜活的讲述者、讲述传统、讲述时机研究不仅大大弥补了书面阐释的单一，更为重新理解民间叙事带来了契机。④她提出的"以表演者为中心"（performer-centered）的方法，更为直接切近民间叙事的核心主体提供了可能。⑤戴格的故事研究对田野和文本同样重

---

① 王杰文：《"民俗文本"的意义与边界：作为"文化实践"的口头艺术》，《民间文化论坛》2014年第2期。

② 彭牧：《实践、文化政治学与美国民俗学的表演理论》，《民间文化论坛》2005年第5期。

③ Américo Paredes, *With His Pistol in His Hand: A Border Ballad and Its Hero*. Austin: University of Texas Press, 1958.

④ Linda Dégh, *Folktales and Society: Story-telling in A Hungarian Peasant community*, translated by Emily M. Schossberger, Bloomington: Indiana University press, 1989 (1969).

⑤ Linda Dégh, *Narratives in Society: A Performer-Centered Study of Narration*, Helsinki: Academia Scientiarum Fennica, 1995.

视，吸收了俄罗斯民族志故事研究的传统，以及欧洲故事比较研究和历史—地理学派的方法论。① 她的研究也为后来的民间文学民族志研究提供了一个经典范例。

20世纪六七十年代，西方人文社会科学掀起了"二战"后思想变革的高潮。以皮埃尔·布迪厄（Pierre Bourdieu，1930—2002）、米歇尔·福柯（Michel Foucault，1926—1984）、哈罗德·加芬克尔（Harold Garfinkel，1917—2011）、安东尼·吉登斯（Anthony Giddens，1938—）等为代表的学者促成了社会科学领域的"实践转向"。这一转向强调社会建构对于当代知识生产的巨大动力，从本体论层面赋予实践以社会生活的核心地位。"实践理性"成为在技术高度发达的当代社会中反思人与社会、人自身意义的有力思想武器。而在此之前一个更为宏大的学术背景是20世纪初兴起的"语言学转向"（the linguistic turn）。语言学转向标志着西方哲学不再将语言仅仅作为工具，而是把语言问题作为反思哲学自身的起点。

在实践转向与语言学转向的双重影响下，以乔姆斯基（Avram Noam Chomsky，1928— ）为代表的语言学家，开始探索语言运用、语言能力、口头行为、普遍语法等问题。这种语言学理论对民间文学的影响，直接体现在戴尔·海默斯（Dell Hymes，1927—2009）对"语言运用/（performance）"的重视。戴尔·海默斯在20世纪60年代初提出了交流民族志（Ethnography of Communication），这种分析方法颠覆了以往单纯释义的民间文学研究，而使分析特定情境中的语言、非语言和交流成为可能。② 他的工作进而启发理查德·鲍曼（Richard Bauman，1940— ）完成了对作为一种交流框架的"表演"（performance）的阐述。③ 民间文学开始反思"文本"（text）和"语境"（context），推进"交流""主体

---

① 张静：《西方故事学转型与民族志故事学的兴起——以琳达·德格的"以讲述者为核心的叙事表演研究"为中心》，《广西民族大学学报》（哲学社会科学版）2016年第3期。
② Dell Hymes. Introduction: Toward Ethnographies of Communication, *American Anthropologist*, Vol. 66, No. 6, Part 2: The Ethnography of Communication (Dec., 1964), pp. 1-34.
③ ［美］理查德·鲍曼：《作为表演的口头艺术》，杨利慧、安德明译，广西师范大学出版社2006年版。

经验""本土经验""过程"的研究。民俗学的民族志方法在这种理论视角下变得更为"接地气",更为贴近文化主体的经验与理解。

2000年前后,当戴尔·海默斯、理查德·鲍曼、罗杰·亚伯拉罕（Roger Abrahams）和丹—本—阿莫斯等一批美国民俗学者的理论被介绍到中国时,西方现代民族志的代表作也同时被系统译介到中国。由此,中国民俗学开始重视对自身"民间文艺"传统的反思,开始重视民族志研究。在特定区域的特定群体文化中研究本土的语言艺术,成为中国民间文学新的发展方向。当然也有批评的意见。毛巧晖指出20世纪50年代以来的中国民间文艺工作对民间文学的搜集整理某种程度上继承了先秦以来官方求诗的传统,有其思想自主性,因此民间文艺学不一定需要全盘引入西方田野作业方法。① 她的观察是切中要害的,但并未深究20世纪下半叶民间文艺学诸多引入"田野作业"的实践多大程度上丧失了"民间文艺"的文学性？田野研究中弱化文学本体研究的现象是民族志方法本身导致的吗？

民族志作为源于欧美的人文社会科学研究方法,与欧洲人类学、民俗学肇始期对"他者"文化群体的关注密切相关。现代民族志研究需要具备系统的学术训练,尤其是研究者需要具备胜任田野作业、提炼文化书写的能力。这种学术方法本身在20世纪也经历了若干讨论与转变。詹姆斯·克利福德（James Clifford）总结民族志研究范式发展到21世纪,已经从过去的实验模式（experiment mode）、阐释模式（interpretative mode）,发展到了对话（dialogical mode）和复调模式（polyphonic mode）。② 从这个意义上说,中国民间文学的民族志研究尚处于初级阶段。

对中国神话研究而言,出于理解文化群体对宇宙、自然、历史之观念的田野研究尚十分缺乏。21世纪神话学中许多"田野调查"的工作实际上并不细致。过分强调学者自己的"文学性"而不注意各种群体关系

---

① 毛巧晖：《20世纪下半叶中国民间文艺学思想史论》,上海文化出版社2010年版,第184页。
② ［美］詹姆斯·克利福德：《文化的困境：二十一世纪民族志、文学和艺术》,1988年,21—54页,转引自朱刚《民俗学的理论演进与现代人文学术的范式转换》,《青海社会科学》2013年第1期。

中被实践的"文学性",依旧是中国神话学研究的时弊。

杨利慧对中国神话学缺乏对神话表达者(演述人)立场的关注有比较集中的反思。她受到钟敬文的影响,① 注意民族志方法对神话学的重要性,从20世纪90年代起一直倡导"朝向当下"的神话研究。她从博士论文②开始便尝试民族志书写,并积极借鉴表演理论、遗产理论。2011年,杨利慧师生合著的《现代口承神话的民族志研究》③,旗帜鲜明地提出对中国神话进行民族志研究。该著对神话民族志研究方向是一种明确表态,这在"古典文献大国"的神话学阵地中尤为可贵。

另外,在日常生活流程之外偶发性的神话讲述也是神话学研究的范围。只要在群体的生活体系中,原发性与偶发性的神话表达都应当被民族志研究所关注。布迪厄认为:神话或仪式往往为一些部分的和选择性的解读提供表层意义,而这类解读也指望从某个特殊的新发现,而不是从所有同类成分的系统性关系中,得出每个成分的意义。④ 因此民族志的长处正是要求研究者对群体的系统性生活制度有很大程度的把握。

总的来说,格尔茨(Clifford Geertz)之后的民族志方法本身也是20世纪实践转向的组成部分,口头程式理论、交流民族志、表演理论、影像民俗学等民俗学研究都对民族志方法有反思与促进。这些隐含"实践理性"的方法为民间文学研究带来了革命,特别是对母题类型学说等传统方法提出了质疑。但是,这并不表示传统方法在当代不具有适用性。康丽讨论文本集群的传统属性与聚合边界问题时,认为文本结构研究与实践语境研究并不矛盾。

> 如果能够转换视角,寻找并运用恰当的研究中介,将两种经典

---

① 钟敬文:《论民族志在古典神话研究上的作用——以〈女娲娘娘补天〉新资料为例证》,《北京师范大学学报》1981年第2期。

② 杨利慧:《女娲的神话与信仰》,北京师范大学,博士学位论文,1993年;中国社会科学出版社1997年版。

③ 杨利慧、张霞、李红武、徐芳、仝云丽:《现代口承神话的民族志研究——以四个汉族社区为个案》,陕西师范大学出版总社有限公司2011年版。(2018年再版时更名为《当代中国的口承神话》。)

④ [法]皮埃尔·布迪厄:《实践感》,蒋梓骅译,译林出版社2012年版,第5—6页。

范式统合在同一对象的研究实践中，就可以更为有效地划定口承文本的传统属性与聚合边界，清晰地呈现出历史积淀而成的文化意义在共时层面的存在形制，揭示出叙事结构与文化义存的互动规律，也为在语境视野下的变异研究坐实探究的可能与比较根基。①

同样，民俗学视角下的中国神话研究，不应因为语境研究而失掉"文本（文学）"研究的优势。神话的民族志研究也不能流于转述（或重述）本土的、局内人的观点，而毫无研究者的理论创见。神话民族志的追求，是在将神话作为本土经验来对待的同时，也注意对神话背后基础性全局观念的阐释。这种研究致力于在群体文化实践中探索本土知识与学者抽象出来的"神话"知识之间的对话；致力于探索"神话母题"标记叙事的机制如何被人运用进而对特定群体产生意义。

四 母题的实践意义

母题在过去数十年的研究中，主要被看作一种文本分类、分析的工具，其概念的模糊性导致了学者们在实际研究中对母题的理解并不一致。并且母题的跨文化、跨文类、跨文本特性，使其难以脱开"历史—地理"的研究范式，而难以运用于具体叙事表演的分析。但是，对这种局限性的原因，多数学者没有意识到这些跨文本的母题并不是直接的叙事成分（与内容无关），②它原本就不是分析叙事本身（本体）的工具。

母题真正的有效性在于，它能够阐释某些典型的叙事传统的存在方式，能够描述从"叙述传统"到"语辞表达"的中间介质，因而母题是实践性的概念。它的原理类似于认知哲学（或认知心理学、认知语言学、认知人类学）中的"图式"（schema）。图式是一种抽象的概念结构或框

---

① 康丽：《民间文艺学经典研究范式的当代适用性思考——以形态结构与文本观念研究为例》，《清华大学学报》（哲学社会科学版）2016 年第 1 期。

② 吕微：《母题：他者的言说方式——〈神话何为〉的自我批评》，《民间文化论坛》，2007 年第 1 期。

架,人们用之以组织过去的经验并帮助解释新的语境。① 认知人类学家引进认知心理学的图式概念并改造为适宜结构性地表征文化知识的方式,即文化图式(culture schema)。② 母题也就相当于"叙事图式"(narrative schema),它可以结构性地连接不同的叙事传统,连接不同的文类,也可以连接不同文本。神话母题将叙事传统中的神话观念转换为特定形式,使人可以用之解释出现在口承、书写、图像语境中的神话观念,也可以通过叙事图式联通不同的叙事传统。例如"洪水遗民"母题作为一个叙事图式,既连接了哈尼族的口头传统、工艺传统、仪式传统,又连接了哈尼族、拉祜族、彝族的文化传统。

美国认知心理学家雷梅哈特(David Everett Rumelhart)把图式称为"认知的建筑模块"(building blocks of cognition)。根据他的定义,图式是"记忆中储存的表征一般概念的数据结构",其本质上是知识单元结构,能够表征不同层级的抽象知识。③ "叙事图式"工作的数据清单也就是母题索引,通过索引可以将母题的诸多图式线索呈现出来。编制母题索引的意义就在于为母题标记叙事、连接传统的具体工作情形做一个总览。阿尔奈和汤普森的"类型索引"和"母题索引"已经成为民间文学基础方法。后来汉斯—约尔格·乌特(Hans - Jörg Uther)对 AT 类型索引增订后形成三卷本《世界故事类型:分类与书目》,④ 称为 ATU(Aarne - Thompson - Uther)分类法。通过民间叙事类型分析,可以进行历时与共时的比较研究。通过母题索引,民间叙事的关联规律、叙事图式一目

---

① Gureckis, Todd M. & Robert L. Goldstone, "Schema," in Patrick C. Hogan (ed.), *The Cambridge Encyclopedia of the Language Sciences*, Cambridge, UK: Cambridge University Press, 2010. pp. 725 – 727.

② Shore Brad, *Culture in Mind: Cognition, Culture and the Problem of Meaning*, Oxford University Press, 1996, p. 45.

③ David Rumelhart, Mcclelland James, & the PDP Research Group, *Parallel Distributed Processing: Explorations in the Microstructure of Cognition Volume* I *Foundations*, Cambridge: the MIT Press, 1986.

④ Hans - Jörg Uther. *The Types of International Folktales: A Classification and Bibliography* (FF Communications, 284 – 86) (3 vols), Helskinka: Academia Scientiarum Fennica/Suomalainen Tiedeakatemia, 2004.

了然。

从20世纪20—90年代，世界各地的学者都编制了各地区的民间故事类型或母题索引，种类繁多，涵盖了欧洲、拉丁美洲、非洲、亚洲等。① 其中以池田弘子编纂的《日本民间文学类型和母题索引》②、美国学者约翰内斯·威尔伯特（Johannes Wilbert）和卡琳·西莫努（Karin Simoneau）编纂的《南美印第安人民间文学通用索引》③ 最具代表性。

相比国际上的情形，中国神话母题索引的编制较晚。1971年，何廷瑞在《台湾原住民的神话传说比较研究》书后附了神话母题索引。④ 这是较早由中国学者编制的中国神话母题索引。2013年，经过十多年的编纂，杨利慧、张成福合著的《中国神话母题索引》出版，⑤ 这是世界首部中国神话母题索引。同年，王宪昭的《中国神话母题W编目》出版，⑥ 这部编目虽然没有检索母题来源的功能，但其对母题的编排独出机杼，也有重要价值。王宪昭的W编目在2015年进行了数据库建设。⑦ 王宪昭后来又编纂了《中国人类起源神话母题实例与索引》⑧，创造了一种为母题举证叙事实例、关联书刊的工具书。

杨利慧从1997开始着手编制中国神话母题索引，在张成福的协助下，《中国神话母题索引》16年方成。后来她通过对中原地区兄妹婚神话的田野调查，进一步发现语境固然对神话传播、变异有极大影响，但是往往

---

① 对世界各地类型索引、母题索引的编纂情况，参见刘魁立《世界各国民间故事情节类型索引述评》，《刘魁立民俗学论集》，上海文艺出版社1998年版；金荣华：《从"英雄神奇诞生"论情节单元的跨国、跨故事现象和情节单元索引的编写》，《民间文化论坛》2016年第6期。

② Ikeda Hiroko. *A Type – and Motif – index of Japanese Folk literature*, FFC 209, Helsinki, 1971.

③ Johannes Wilbert, Karin Simoneau, *Folk Literature of South American Indians. General Index*, Los Angeles：UCLA Latin American Center Publications, 1992. 该索引内含23个母题群和135个亚群，共10150个母题。

④ Ho Ting – jui, *A Comparative study of Myths and Legends of Formosan Aborigines*. Taipei：The Orient Cultural Service, 1971.

⑤ 杨利慧、张成福：《中国神话母题索引》，陕西师范大学出版社总社有限公司2013年版。

⑥ 王宪昭：《中国神话母题W编目》，中国社会科学出版社2013年版。

⑦ 中国神话母题W编目网站 http：//myth.ethnicliterature.org/cn/.

⑧ 王宪昭：《中国人类起源神话母题实例与索引》，中国社会科学出版社2016年版。

核心母题及其组合却相对稳定。① 在民间文学研究中语境也有其效度和限度，而母题依然能有效说明叙事本身的存在方式。作为"叙事图式"，母题能够描述神话观念中的信号如何进入具体的叙事表演实践中，如何通过叙事图式连接不同的神话传统。而"神话母题索引"就是一个叙事图式的路线图，将中国各民族、各地域以及汤普森索引之间的路径关系呈现出来。

我在研究哈尼族神话时也发现，如果缺少描述哈尼族神话类似"叙事图式"的表述机制，往往难以处理田野中不断获得的各种线索。比如，哈尼族生活实践中"牛"意象比比皆是，有耕牛、牺牲牛、神话中的查牛、牛皮鼓、丧牛、牛皮补天神话、牛尸体化生神话等，而一旦掌握了"牛化生万物"这个母题（叙事图式），各种牛的文化线索就能连通起来，从而指向"牛具有生命灵力"这一传统文化观念。

有鉴于此，我运用20世纪70年代以来搜集整理的哈尼族神话文本编制了《中国哈尼族神话母题索引》（附录一）。该索引沿用杨利慧的母题索引框架，取舍增补。编制单一民族群体的神话母题索引，是有别于跨文化文本比较的做法。稻田浩二倡导按照"传承圈""文化圈"编制不同范围的索引，② "传承圈"指同一民族文化内部。哈尼族的神话母题索引正是这种民族内部的索引，能为调查提供高效工具。这种索引暗示着同一民族内部的文化也具有多样性。母题索引的整体直观，促使我思考在语境研究中如何反观文本，从而开掘神话母题实践研究的更多可能性。

事实上，早在19世纪，俄国学者维谢洛夫斯基（Alexander Veselovsk，1838—1906）在《历史诗学》中已经意识到母题有实践性的一面。他区分了母题和情节，认为母题是一种格式，且与原始思维密切相关。③ 德国学者鲁道夫·德鲁克斯（Rudolf Drux）也很早意识到母题是"一个关涉内容的图式"，它不受具体历史语境约束，可自由地被用于人物、地点、

---

① 杨利慧：《语境的效度与限度——对三个社区的神话传统研究的总结与反思》，《民俗研究》2011年第1期。
② 刘魁立等：《民间叙事的生命树》，中国社会出版社2010年版，第22页。
③ [俄] 维谢洛夫斯基：《历史诗学》，刘宁译，百花文艺出版社2003年版，第594—595页。

时间之塑造。① 户晓辉进一步指出，母题是一个独立的、自由的纯粹形式，一旦进入叙事便可以发挥关涉内容的功能。② 户晓辉指出："汤普森的母题实际上要描述的是民间叙事的存在方式和存在状态，但他本人却一直稀里糊涂和不自觉地把母题看作对民间叙事作品中出现的现成成分的描述。"③ 母题概念实际上是描写民间叙事的存在方式，也即母题作为叙事图式勾连叙事能力。而且"motif"这个词本身也含有"动机"的含义。

母题在一个个文本中反复出现，并不是它的本质特征，因为研究者始终无法穷尽它到底重复出现了多少次。重要的是母题具备反复进入不同叙事的能力，因为其工作机制是"图式"的。英国语言学家库克认为，图式是"典型情况的心理表征"，文本中的语言成分或语境成分可以激活大脑中的图式，从而理解话语。④ 因此，神话母题是描述神话存在方式的一种标记手段，是神话观连接各种表达形式的叙事图式。神话多与起源观念有关，这些观念在人类文化中往往处于基础位置。人类运用这些起源观念建立了各不相同的社会文化。运用传统的结构、形态方法，可以有效分析神话的普遍形式和内容；而运用民族志方法能有效地阐释特定群体如何运用起源观念建立自身具有辨识度的文化，也即神话的功能和意义。

在哀牢山区的田野作业过程中，我一直在思考母题到底是谁的母题？也许一个母题广泛存在于世界许多群体中，同时也存在于哈尼族中，但并不代表这个母题对哈尼族有直接重要意义。特定母题进入哈尼族叙事的意义在索引中体现不出来。因此从若干哈尼族神话文本中归纳母题的做法是静态的，并不能解答母题如何被哈尼人用以表达观念？要解答后一个问题，就须在民族志研究中观察并深描人运用母题的具体实践机制。

---

① 户晓辉：《返回爱与自由的生活世界：纯粹民间文学关键词的哲学阐释》，江苏人民出版社2010年版，第182页。
② 户晓辉：《返回爱与自由的生活世界》，第184—185页。
③ 户晓辉：《返回爱与自由的生活世界》，第160页。
④ Guy Cook, *Discourse and Literature: The Interplay of Form and Mind*. Oxford: Oxford University Press, 1994. p. 11.

对神话而言，一个母题便于重复正因为它具备叙事图式的表征能力。这里需要进一步辨析结构主义叙事学中的"故事语法"（story grammar）概念。故事语法指故事的"规则系统"，描写的是文本中的常规成分如何构成故事序列，普罗普的功能即为"规则系统"。而叙事图式强调受众对故事将如何推进的一套期待，是一种心理机制。① 但是神话母题又不同于一般的叙事图式，它是具有"元"意义的符号。② 而且不是每一个母题对群体而言都同等重要，因此有必要进一步强调"核心母题"的概念。

稻田浩二在与刘魁立的讨论中强调"核心母题"。刘魁立基于母题在同类型叙事中地位的差异提出"中心母题"概念，其他母题的组合以此为中心。而稻田浩二站在历时的角度提出"核心母题"，意在将重复出现的关键性母题凸显出来。③ 在汤普森看来，某个叙事成分能否进入母题索引不由它在单个文类中的状况决定，而要看它在跨文化、跨地区的许多文类中重复使用的情况。④ 但他们已经区分了"大范围比较"和相对单一"类型""文化圈"中的比较。母题"重复"的标准未必只能是跨地区、跨文化的反复比对，也可以是相对集中的比较。

如果在单一文化范围内研究神话，跨文化比较提取的母题就不适用，需要在田野中检验其叙事图式的实践情形。母题不限于神话，但神话体现为母题。这种关系也必须在神话叙事实践的现场观察，才能确认其对特定群体的意义。

最后需要补充说明，母题自己并不会活动，叙事图式只是个抽象概括。母题之所以具备叙事图式的功能，完全仰赖于运用母题的人。神话研究最终也是要探索人的精神世界。本书力图探索母题与神话观之间的实践关系，将神话母题视为人在文化实践中可资运用的表达工具。当这些表达指向人观（包含生命观）和世界观（包含宇宙观）等重大

---

① 唐伟胜：《认知叙事学视野中的叙事理解》，《外国语》2013年第4期。
② 德国学者于尔根·莫恩（Jürgen Mohn）认为神话是科学元语言，是研究者构造出的现象，具体的神话则是研究者用元语言的神话现象构造或发现的现象。户晓辉：《返回爱与自由的生活世界》，第202—204页。
③ 刘魁立等：《民间叙事的生命树》，中国社会出版社2010年版，第27—35页。
④ 户晓辉：《返回爱与自由的生活世界》，第160页。

全局性问题时,就体现为核心神话母题。这种研究不仅是对传统"母题"研究的掘进,也有助于让哈尼人复杂且抽象的"神话世界"呈现出来。

五 神话民族志

区分民族志(ethnography)和田野研究(field study)这两种有微妙差异的方法是本书论述的前提。田野研究指基于田野调查的质性研究,其结果未必呈现为民族志。民族志是系统的、有机的、自觉的文化书写,通常呈现为一部单独的作品。这两种方法都以田野调查为前提,因此二者有着相似的研究取向。但是民族志更注重系统的"深描""阐释",注重在有机的表述中完整呈现研究过程、交往细节与本土经验。当然,民族志的表述策略、伦理等问题也经历了许多讨论,但总的来说,民族志和那些将田野调查所得作为片段素材的研究有很大不同。

有关神话的民族志研究有着丰厚的学术史。本节将撮要其中的重点,以深入阐释本书有关使用民族志方法来研究神话的主张。

(一) 欧美神话学的民族志传统

1926年,马林诺夫斯基(Bronislaw Kaspar Malinowski)在《原始心理学中的神话》(*Myth in Primitive Psychology*)里说:"我报告事实与讲神话的方法,乃隐藏了范围很大、内容相连的信仰方案。这项方案,自然不是清楚地存在土人民俗之中。然它的确相当于一项具体的文化实体,因为土人一切关于死亡与来生的信仰、感情与预兆等具体表现,都穿插在一起,形成一个有机的单位。"① 马氏的功能学派为神话学开启了新方向。将神话与民俗文化视为有机整体,且关注文化语境,这是马氏的远见卓识。

可见,早在20世纪初,在以范·根纳普(Arnold van Gennep)、博厄

---

① [英] 马林诺夫斯基:《巫术科学宗教与神话》,李安宅译,上海社会科学院出版社2016年版,第171页。

斯（Franz Boas）和马林诺夫斯基为代表的民族志研究方法论影响下，西方学者已经意识到语言艺术（尤其是口头艺术）应当放到其生息的土壤中去研究。许多民俗学家、人类学家在田野作业过程中，纷纷阐述了民间叙事传统对当下社群文化的重要意义。而"神话"始终处在这一学术脉络的核心位置。在欧洲，范·根纳普的《马达加斯加的禁忌与图腾》（1904）和《澳大利亚的神话与传说》（1906）① 等成果在其过渡仪式理论视域下，初步展现了运用民族志研究神话的有效性。马氏的《西太平洋的航海者》② 等对巴布亚新几内亚地区神话的研究以其"科学"的田野作业规范，增强了神话研究的社会维度。在美国，博厄斯有《钦西安人神话学》③ 等一系列印第安人神话学著述。④ 博厄斯很注意记录与研究口承神话的语言学规范。这三位学者在神话民族志研究史上有重要位置。与古典学、历史语言学的神话学范式不同，民族志方法为研究当代社会"活"的神话，提供了可操作的方法。

民族志方法的引入使神话学找到了"文学"与"古典学"之外的新路径。这种路径让神话持有者对神话的讲述、观念得到凸显。也促使神话学去关注书写系统之外的璀璨的神话世界。诸如雷蒙德·弗斯（Raymond Firth）对波利尼西亚群岛提科皮亚人神话的研究⑤、法国传教士连赫（Maurice Leenhardt）有关美拉尼西亚群岛神话的民族志⑥、露丝·本

---

① 张举文：《对过渡礼仪模式的世纪反思（代译序）》，[法] 阿诺尔德·范热内普：《过渡礼仪》，张举文译，商务印书馆2012年版，第viii页。

② [英] 马凌诺斯基：《西太平洋的航海者》，梁永佳、李绍明译，华夏出版社2002年版。

③ Franz Boas. *Tsimshian Mythology*, Washington, D. C.：United States Government Printing Office, 1916.

④ 其他还有如 Franz Boas, "Folk–Tales of Salishan and Sahaptin Tribes", *Memoirs of the American Folk–Lore Society*, *vol.* 11. Lancaster and New York, American Folk–Lore Society, 1917, pp. 30–32.；Franz Boas, *Kwakiutl Culture as Reflected in Mythology*, Memoirs of the American Folklore Soc. 28. New York：Stechert, 1935. 等。

⑤ [新西兰] 雷蒙德·弗斯：《神话的可塑性：来自提科皮亚人的个案》，宋颖译，[美] 阿兰·邓迪斯编：《西方神话学读本》，朝戈金等译，广西师范大学出版社2006年版，第253—264页。Raymond Firth. *We the Tikopia*：*A Sociological Study of Kinship in Primitive Polynesia*. London：Allen and Unwin, 1936.

⑥ Maurice Leenhardt, *Do Kamo*：*Person and Myth in the Melanesian World*. Translated by Basia Miller Gulati. Chicago：University of Chicago Press, 1979（1947）.

尼迪克特（Ruth Benedict）对非洲祖尼人神话的研究①等，构成了20世纪上半叶神话民族志的学术图景。这些民族志研究从"异文化"群体入手，力图将神话放回到它生长的社会中，探究迥异于古希腊神话、古罗马神话的起源叙事。并且，"语境""功能""结构"这些民族志基本观念在神话研究中得到了很好的体现。

20世纪六七十年代，神话民族志有了更为深入、集中的描写，尤其是口头表演得到了记录和分析。比如加里·高森（Gary H. Gossen）的玛雅人神话民族志《太阳世界里的查姆拉》②、约瑟夫·巴斯蒂恩（Joseph W. Bastien）关于安第斯山艾马拉人的民族志《秃鹰之山》③，都聚焦拉丁美洲印第安人的宇宙观、时空观，在社区语境中理解口承神话。这些神话民族志充分注意到作为民俗类型（folklore genre）或者口头传统（oral tradition）的神话如何在群体日常生活中被实践，在具体的人物、事件、仪式、交流中推进了对现代口承神话的理解。

在20世纪人文社会科学实践转向、语言学转向的大背景下，口头诗学、民族志诗学、表演理论等逐渐发展成熟。受到这些理论的影响，民间文学的民族志研究佳作迭出，尤其是经过戴尔·海默斯、理查德·鲍曼、查尔斯·布瑞格斯（Charles L. Briggs）等代表性学者的提升，民族志诗学、表演理论的影响力已经从语言人类学、民俗学扩大到其他更广泛的领域。

在这一脉络下，神话民族志佳作迭出，尤其是表演理论为神话学开启了一种"交流框架"研究的范式。查尔斯·布瑞格斯的《胜任表演：墨西哥人口头艺术中传统的创造力》以美国新墨西哥州的田野为基础，探讨了语境与文本、文类与语境化、表演与行为等问题。④ 艾伦·巴索

---

① Ruth Benedict. *Zuni mythology*, Columbia Conibutions to Anthropology 21. 2 vols, New York: Columbia University Press, 1969 (1935).

② Gary H. Gossen, *Ghamulas in the World of the Sun: Time and space in a Maya Oral Tradition*. Cambridge: Harvard University Press, 1974.

③ Joseph W. Bastien, *Mountain of the Condor: Metaphor and ritual in an Andean Ayllu*. Long Grove: Waveland Press, Inc., 1985 (1978).

④ Charles L Briggs, *Competence in Performance: The Creativity of Tradition in Mexicano Verbal Art*. Philadelphia: University of Pennsylvania Press, 1988.

（Ellen B. Basso）的民族志也是运用表演理论探讨神话问题的力作。① 阿科斯·奥斯托（Akos Östör）的《神之剧》研究了印度西孟加拉邦宗教节日中的神话、地方性、意识形态和时空观。他的民族志受到结构主义神话学的影响较大。② 这些研究的问题意识大都从田野作业当中产生，诸如语言的运用、交流的机制、讲述者、语境的层次、表演、个体创造等问题得到前所未有的凸显。

（二）日本、中国的神话民族志图景

在 20 世纪中期，西方民间文学的田野研究方法也深刻影响了中国和日本的神话叙事研究。中、日两国在神话的田野研究上起步晚于西方，但都有各自不同的学术史背景和特色。

日本神话学的田野方法主要受到欧洲民族学、人类学的影响，大林太良、伊藤清司、御手洗胜等在早在 20 世纪四五十年代就着手进行田野研究。大林太良的神话研究方法深受德国民族学的影响。③ 1955—1956 年，大林太良对东南亚日蚀神话进行了田野研究，著有《东南亚的日蚀神话》，回日本后继续从事日本神话与东南亚、中国的比较研究。④ 大林太良对云南少数民族神话颇为关注，比如《云南佤族的木鼓》一文分析了拉木鼓仪式蕴含稻谷丰产神话意义。⑤ 但这些都不能算民族志成果。

还有一些具有民俗学背景的神话学者也颇值得注意。1974 年，日

---

① 艾伦·巴索运用表演理论，抓住话语（Discourse）、文类、事件、音乐等关键问题来阐述印第安人的神话实践。她研究的群体是居住在巴西马托格罗索州鑫谷国家公园的卡拉帕罗印第安人。Ellen B. Basso, *A musical view of the universe: Kalapalo myth and ritual performances*. Philadelphia: University of Pennsylvania Press, 1985.

② Akos Östör, *The Paly of Gods: Locality, Ideology, Structure, and Time in the Festivals of Bengali Town*, Chicago and London: The University of Chicago Press, 1980.

③ ［日］山田仁史：《大林太良与日本神话学》，王立雪译，《长江大学学报》（社会科学版）2011 年第 9 期。

④ 乌丙安：《20 世纪日本神话学的三个里程碑》，《东南大学学报》（哲学社会科学版）2003 年第 4 期。

⑤ 大林太良『雲南 Wa 族の材木太鼓』、『民族學研究』1964（29）。

本中国民话之会由村松一弥倡导在东京成立。① 这个学术团体注重对中国西南进行田野调查，逐渐形成了中国西南神话研究的声势。后来如斧原孝守、工藤隆、冈部隆志等一大批神话学家都曾到中国西南地区进行田野调查且成绩斐然。比如斧原孝守对月食神话、谷种起源神话、文字丧失神话的研究②；村井信幸对纳西族神话中的神圣动物的研究③；冈部隆志对云南小凉山彝族火把节起源神话的研究④；工藤隆对白族歌会与彝族《勒俄特依》的研究⑤；这些田野研究的成果虽然在细节分析上深浅不一，但都较为精准地把握了调查地文化的要害并且眼光独到。

20世纪日本学者对中国西南的研究，多是运用田野材料进行比较研究，书写民族志的极少；而在日本学者对琉球群岛的研究中，出现不少优秀民族志。津田顺子⑥从民族志的视角，探讨狩俣神歌的历时性演化，呈现了本土民俗类型在地方生活中的生存状况。森田真也⑦研究久高岛的始祖神话、竹富岛的御岳神话与神役祭祀组织的关系。居驹永幸的民族志试图描写琉球宫古岛狩俣聚落的"神歌"。⑧ 町健次郎选取一个孤立海岛进行田野。⑨ 他展示了在相对独立的社区中神话的实践特

---

① 这个学术团体包括伊藤清司、饭仓照平、西胁隆夫、铃木健之等神话学者，注重对中国西南的调查。
② 斧原孝守『雲南少数民族の月食神話』、『比較民俗学会報』1992、13（03）；［日］斧原孝守：《云南和日本的谷物起源神话》，郭永斌译，《思想战线》1998年第10期；斧原孝守『中国大陸周辺における文字喪失神話の展開』、『東洋史訪』2002（08）。
③ 村井信幸『西南中国のナシ族の神話に現れる竜』、『東洋研究』1997（123）；村井信幸『ナシ族の神話伝承に現れる鶏の役割について』、『東洋研究』1998（128）。
④ 冈部隆志『中国雲南省小涼山彝族の「松明祭り」起源神話および「イチヒェ儀礼」』、『共立女子短期大学文科紀要』2001（44）。
⑤ 工藤隆『声の古代－古層の歌の現場から』東京：武蔵野書店、2002年；工藤隆『現地調査報告・中国雲南省剣川白族の歌垣』（1）（2）、『大東文化大学紀要』1997（35）、1999（37）；工藤隆『現地調査記録・中国四川省涼山地区美姑彝（メイグーイ）族文化（3）創世神話「勒俄特依（レーテオーテーイー）」』、『大東文化大学紀要』2000（38）。
⑥ 津田順子『神歌の伝承と変成——沖縄県宮古島狩俣集落の事例から』総合研究大学院大学博士論文、1997年。
⑦ 森田真也『沖縄における司祭者と祭祀組織の民俗学的研究』神奈川大学博士論文、1999年。
⑧ 居駒永幸『歌の原初へ：宮古島狩俣の神歌と神話』東京：おうふう、2014年。
⑨ 町健次郎『奄美大島開闢神話の民俗学的研究』琉球大学博士論文、2012年。

征。琉球的神话研究成为日本神话民族志研究的一个亮点。

中国学者用田野研究方法研究神话在20世纪20年代就见端倪。凌纯生、芮逸夫、杨成志、陶云逵、庞新民、姜哲夫、李霖灿等学者对南方少数民族的调查，确立了在中国具体社区中研究神话的范式。芮逸夫受"文化遗留物"思想的影响，运用少数民族神话来旁证典籍中的伏羲女娲神话。① 凌纯生的《畲民图腾文化的研究》（1948）② 是很有代表性的神话学田野调查报告，他不仅注意到丽水畲族《狗皇歌》等口头传统，还注意到畲族祖图的神话学价值。凌纯生受弗雷泽（James George Frazer）、涂尔干（Émile Durkheim）等图腾学说的影响较多。这一批学者的田野调查非常扎实，所运用的摄影、速写、语音、地图方法都能与田野书写有机融合。他们用西学方法研究中国问题，揭示了少数民族社会生活中的仪式、宇宙观和口头传统之间的关联。

20世纪下半叶，中国台湾学者王孝廉③等继续深化民族调查中的神话研究，大陆学者如乌丙安④、李子贤⑤、张振犁⑥、富育光⑦等学者也运用田野方法，做出了更具神话学本体特点的成绩。这些基于田野调查的神话研究，都有很强的本土问题意识，对西学的借鉴比较恰当。其中，李子贤基于对云南"神话王国"的研究提出"活形态神话"理论。张振犁领衔"中原神话调查组"发现典籍中的神话在民众生活中依旧鲜活。他们的田野研究呈现出中国神话学的本土特征。

---

① 芮逸夫：《苗族的洪水故事与伏羲女娲的传说》，《人类学集刊》，1938年1卷1期。
② 凌纯生：《畲民图腾文化的研究》，《中央研究院历史语言研究所集刊》第十六本，1948年1月。《中研院历史语言研究所集刊论文类编（民族与社会编）》，中华书局2009年版，第365—411页。
③ 王孝廉：《中国神话世界》，洪叶文化事业有限公司2005年版。
④ 乌丙安：《神秘的萨满世界》，上海三联书店1989年版。乌丙安『中国東北地方のシャーマンの神歌』東京：勉誠社、1994年。乌丙安：《满族神话探索——天地层·地震鱼·世界树》，《满族研究》1985年第1期。乌丙安：《萨满教的亡灵世界——亡灵观及其传说》，《民间文学论坛》1990年第2期。
⑤ 李子贤：《探寻一个尚未崩溃的神话王国》，云南人民出版社1991年版；李子贤：《再探神话王国——活形态神话新论》，云南人民出版社2016年版。
⑥ 张振犁：《中原神话研究》，上海社会科学院出版社2009年版。
⑦ 富育光：《萨满教与神话》，辽宁大学出版社1991年版。

20世纪后半叶，中国神话学者在田野研究方面成绩可观，但是严格意义上的民族志作品仍旧阙如。一般田野研究的目的通常不是完整、系统地呈现神话对特定社区的意义，也未能深入特定群体的生活世界中探究神话的实践。而神话民族志致力于深入、系统地呈现神话在群体生活中如何被实践？神话对他们有何意义？学者的"神话"概念与当地的知识如何对话？

基于这种诉求，杨利慧有关"现代口承神话民族志研究"的倡导，最能体现神话民族志的中国实践。杨利慧从20世纪90年代跟随张振犁"中原神话调查组"在华北进行田野调查开始，就意识到运用民族志方法阐释鲜活的本土神话的重要性。在前贤工作基础上，杨利慧的《女娲的神话与信仰》[①]较好地体现了古典文献、考古证据、田野调查、民族志书写的结合。她从河南淮阳太昊陵人祖庙会的空间和事件入手，探讨女娲、伏羲神话的表演与变迁。[②]她与张霞、徐芳、李红武、仝云丽合著的《现代口承神话的民族志研究》，[③]鲜明地倡导用民族志方法研究口承神话。此后，杨利慧将导游群体的"导游词"讲述与神话研究相结合，创造性地探索了口承神话在新群体中的表演实践。[④]

"现代口承神话的民族志研究"的理论方法有别于以神话为论证材料的田野研究，而是直击神话表演的现场。她积极吸收表演理论、民族志诗学的理论优势，有效地阐释了当代中国人的神话世界。在杨利慧主张的影响下，陆续涌现了不少深描当下中国社区、群体中神话叙事的民族

[①] 杨利慧：《女娲的神话与信仰》，中国社会科学出版社1997年版。
[②] 杨利慧：《民间叙事的表演——以兄妹婚神话的口头表演为例，兼谈民间叙事研究的方法问题》，吕微、安德明编：《民间叙事的多样性》，学苑出版社2006年版，第233—271页。杨利慧：《中原汉民族中的兄妹婚神话——以河南淮阳人祖庙会的民族志研究为中心》，《云南师范大学学报（哲学社会科学版）》2010年第6期。
[③] 杨利慧，张霞，徐芳，李红武，仝云丽：《现代口承神话的民族志研究——以四个汉族社区为个案》，陕西师范大学出版总社有限公司2011年版。
[④] 杨利慧：《遗产旅游语境中的神话主义——以导游词底本与导游的叙事表演为中心》，《民俗研究》2014年第1期。

志研究。① 这些个案都体现了"朝向当下"的研究旨趣,从而大异于中国古典文献神话的路径。

中国、日本的神话学主要借鉴了田野研究方法,而民族志书写比较薄弱。民族志方法的推进不仅呈现了人类社会的文化多样性,也使神话学逐渐从古希腊诗学、哲学,从历史比较之学、文学符号之学,走进当代人的生活世界,为依赖古典文本的神话学开辟了新途径。

(三) 神话民族志研究的新进展

神话民族志研究在近些年有了长足发展,有许多新的探索之作出现,讨论了一些前沿的问题。

神话民族志究尤其注意对"个人"的追踪。"以表演者为中心"的研究转向使以往被忽视的神话传承人受到重视。表演理论的一个重点即是对个人与某个社区民俗的"库藏"研究(repertory analysis)。② 受此影响,罗伊·卡什曼(Ray Cashman)的《帕基·吉姆:爱尔兰边境的民俗和世界观》是一部有关个人的民族志,主人公 Packy Jim 是民族志唯一的角色,整部民族志围绕着他的生活、讲述、世界观、经验和回忆展开。卡什曼最终回答了民俗个体如何"使用传统来建构自我"③。

在中国神话研究中,也有不少专注于承载神话之个体的民族志研究。比如杨利慧研究团队中张霞、李红武的民族志是研究社区中神话讲述者

---

① 比如林静:《羌族族群认同的变迁——以四川省北川县大禹庙的重建为个案》,北京师范大学,硕士学位论文,2008 年;肖潇:《遗产旅游与哈尼族神话传统的变迁——以云南箐口村"窝果策尼果"的旅游实践为个案》,北京师范大学,硕士学位论文,2013 年;高健:《表述神话——佤族司岗里研究》,云南大学博士论文,2015 年;杨泽经:《神话传统的流动——湖南泸溪苗族盘瓠神话的民族志研究》,北京师范大学,硕士学位论文,2016 年;吴新锋:《心灵与秩序:"神话主义"与当代西王母神话研究》,《云南师范大学学报》(哲学社会科学版)2016 年第 6 期;张多:《遗产化与神话主义:红河哈尼梯田遗产地的神话重述》,《民俗研究》2017 年第 6 期等。

② 彭牧:《实践、文化政治学与美国民俗学的表演理论》,《民间文化论坛》2005 年第 5 期。Repertory 一词又译为"传统武库与个人才艺"。为行文便利,本书涉及这个概念时皆译为"传统武库"。

③ Roy Cashman, *Packy Jim: Folklore and Worldview on the Irish Border*, Madison: The University of Wisconsin Press, 2016.

的代表作。① 他们的研究也受到理查德·鲍曼的表演理论与琳达·戴格的"以表演者为中心"等的影响。此外，杨红对萨满神话中萨满的"成巫过程"的研究②；简美玲对贵州苗族歌师的口头/书写互动的研究③；以及吴晓东对贵州三都苗族的神话学访谈和调查④也颇值得注意。

对神话表演过程中"个体"研究的核心是对个体经验的分析，尤其是宗教经验。詹姆斯·格里菲斯（James J. Griffith）的《边境地带的民间圣人》颇有代表性。他通过美国、墨西哥边境地区6位民间圣人的建构历程，展现了宇宙观、神话叙事在民间信仰个人崇拜中的实践与运动。⑤类似的还有陈器文⑥、陈志勤⑦、高海珑⑧等的研究。

"语境"常被理解为仅仅是口头表演、仪式表演的"情境性语境"（the situated context），事实上语境研究的张力远不止如此。李维斯—威廉姆斯（J. D. Lewis – Williams）创造性地把图像作为核心，探索非洲布须曼人神话叙事、岩画符号的当代意义，从视觉的角度切入神话观的理解。⑨ 他的工作显示了语境研究的多面性。与此类似，威廉·道奇（William A. Dodge）的《黑岩》⑩探讨了一处祖尼人文化景观的地方意义。图

---

① 张霞：《讲述者与口承神话的变异——重庆市走马镇工农村神话变异的个案研究》，北京师范大学，硕士学位论文，2002年；李红武：《现代民间口承神话演述人及其神话观研究——以陕西省伏羲山、女娲山演述人为个案》，北京师范大学，硕士学位论文，2005年。
② 楊紅『現代満州族シャーマニズムの研究：シャーマンの神話・成巫過程・儀礼を中心として』名古屋大学博士論文、2008年。
③ 简美玲：《苗人古歌的记音与翻译：歌师 Sangt Jingb 的手稿、知识与空间》，《民俗曲艺》（台北）183期，2014年。
④ 吴晓东：《神话、故事与仪式——排烧苗寨调查》，学苑出版社2020年版。
⑤ James J. Griffith, *Folk Saints of the Borderlands*: *Victims, Bandits & Healers*, Tucson: Rio Nuevo Publishers, 2003.
⑥ 陈器文：《玄武神话、传说与信仰》，丽文文化股份有限公司2001年版；陕西师范大学出版总社有限公司2013年版。
⑦ 陈志勤『中国江南地域の紹興周辺における水神信仰——治水に関する神話伝承を中心として』、櫻井龍彦編『東アジアの民俗と環境』奈良：金寿堂出版、2002年、頁166—180。
⑧ 高海珑：《重构火神——"活态神话"记忆机制研究》，湘潭大学出版社2016年版。
⑨ J. D. Lewis – Williams, *Myth and Meaning*: *San – Bushman Folklore in Global Context*, Walnut Creek: Left Coast Press Inc, 2015.
⑩ William A. Dodge, *Black Rock*: *A Zuni Cultural Landscape and the Meaning of Place*, Jackson: University Press of Mississippi, 2013.

像作为一种叙事,其内在的叙事机制可以抽象为一种表演机制,彭牧将其概括为"内在的表演"与"外在的表演"。① 同时图像也不能抽离其刻画之所,而应该在景观的语境中加以凝视。可见,即便没有口头表演、仪式活动,静态的图像和景观同样是神话意义的表演之所。

这些神话研究,大都体现出在实践的意义上探索神话的努力。实践的神话学不再将学者的知识视为理所当然,学者不应"傲然抽身"或"盲目投身"于研究之域,而要从"本土经验文化"(vernacular expressive culture)的场域出发探问人本身。神话学从以往的古典学、文明史、艺术史、语言构拟、心理图式、结构象征这些研究视野中突围出来,关注个人的表演、社区的生活、本土的文化和公共文化建设。民俗学最核心的一些概念如文类(genre)、传统(tradition)、表演(performance)、社区(community)、口头艺术(verbal art)等在神话民族志研究中都得到了深入的阐释。

我认为,神话民族志书写不能丢掉神话叙事本体,不能因为外部语境的描写而弱化对叙事文本的观照。民族志虽然长于语境描写,但是现代民族志对抽象文化的描写提出了更高要求。民族志说到底是学术研究,不能流于转述局内人的观点,而应该在饱含地方感和本土经验的民族志书写中体现研究者的理论思考。近年来出现的几篇有关苗族盘瓠神话、鲧禹神话、傣族神话、傈僳族神话研究的博士论文,② 都强调民族志诗式的田野研究对深究中国神话学问题的有效性。

神话民族志书写应该依托于特定文化表现形式,开掘其所实践的神话(myth)、宇宙观(cosmology)、起源(origin)、叙事(narrative)等;应当从文类、表演、生活、个人等不同层面深描社区生活中的神话实践。神话民族志的倡导主要针对神话学以往注重古典研究、溯源研究、比较

---

① 彭牧:《作为表演的视觉艺术:中国民间美术中的吉祥图案》,吕微、安德明编:《民间叙事的多样性》,学苑出版社2006年版,第109—128页。
② 李方:《盘瓠神话传说与信仰研究——以绥宁苗族为中心》,湖南大学,博士学位论文,2017年;荣红智:《风土、传说与历史记忆:鲁北地区的大禹传说研究》,山东大学,博士学位论文,2018年;高志明:《傈僳族神话存在形态研究》,北京师范大学,博士学位论文,2020年;霍志刚:《傣族神话传承动力的民族志研究》,北京师范大学,博士学位论文,2020年。

研究的学术史，希望拓展目光朝向当下的研究。而民俗学的"实践转向"①恰好也注重口头艺术在民俗生活中的实践，因此神话民族志在理论方法上更多借鉴当代民俗学的思路。同时，在民俗学实践理论的掘进中，神话民族志研究也是一个很有潜力的领域。

---

① 2010年到2020年，中国民俗学界兴起的以"实践"为关键概念的研究潮，其能否构成一种学术史意义上的"转向"还有待更长时段的观察。当然也有同行对40年来的"各种转向"不以为然。这完全取决于同好研究能否真正推动学术范式的演替。

第一章

制造文本:"哈尼族神话"的话语实践

就像"神话"一样,"哈尼族神话"这一学术命题的产生也是现代性话语实践的结果。哈尼族神话研究迄今有至少 70 年的历史。在进入哀牢山区进行田野调查之前,我不可能对前人大量的神话文本搜集、整理、翻译活动视而不见。相反,我对哈尼族神话研究产生兴趣,很大程度上是由前人的文本制作和文本研究引起的。因此在进入民族志的在地描绘之前,我们仍有必要在研究文献中爬疏一番。

有鉴于本书力图探索神话观念的实践以及"语境中的文本呈现",且主要田野合作者卢朝贵先生本人就是哈尼族民间文学搜集、整理、翻译的核心人物,因此本章将站在相对宏观的立场上,对哈尼族神话文本制作的历程作一述评,以厘清"哈尼族神话"这个命题的建构历史,从而为探讨本土文类打下基础。

哈尼族神话研究是从口承神话的文本化(textualization)开始的,而在研究初期,这种文本化的动机主要是源于民族国家建立的需求。作为较早论述"神话"问题的中国人,蒋观云早已注意到神话在塑造民族国家文化上的巨大作用。他说:"一国之神话与一国之历史,皆于人心上有莫大之影响。"① 这种观点对当时知识分子来说是"新文化"之论,也是 20 世纪中国神话研究最主要的思想基础。这种观念虽说不是完全舶来,但不可否认其西学之源。正如刘大先所言:"这种民族主义由德国假道日

---

① 观云:《神话历史养成之人物》,《新民丛报·谈丛》(横滨),1903 年第 36 号。

本，对一大批后来成为现代中国文化重要人物的留日学生产生作用，对于传统和神话的重新发明是其中的一脉。"[①] 蒋观云正是其中一员。

在中国现代民族国家建立的过程中，逐渐确立了"中华民族""少数民族""多元一体""铸牢中华民族共同体意识"等政治话语。而神话和神话学在构建民族文化史（特别是族别文学史）的工作中扮演着重要角色。同理，20世纪中叶，少数民族文学在这样的背景下逐渐成为一门显学，在促进民族国家认同、促进国家"中心—边缘"文化之整合发挥了重要作用。

1950—1954年，国家对少数民族开展集中摸底调查，在调查基础上陆续确认了第一批38个少数民族，且获得官方族称。哈尼族于1952年被确认为单一民族。20世纪50年代大规模民族调查带来的新问题是，被识别出的少数民族何以在文化政治的层面得以确证？而民族史、民族文学正是完成这一"确证"的两条基本路径。这一点在周恩来1958年对云南大学的视察便可见一斑，时任国务院总理的周恩来对云南大学提出要求，指示要办好民族文学和民族史两个专业。云南大学中文系遂于1959年设立了中国第一个少数民族语言文学本科专业。

对缺乏书写传统的少数民族而言，其口头传统就是其民族史、民族文学的主要形式。而口头传统恰恰是民间文学学科的主要研究领域。因此，在现代民族国家话语和现代学术话语的框架下，重构哈尼族民族文化体系就主要倚重民间文学的力量。

一 哈尼族口承神话的文本化历程

和其他许多少数民族一样，哈尼族民族民间文学的发现主要伴随着对口头传统的文本化过程。目前所见最早的哈尼族神话文本化记录，是墨江哈尼族自治县民间用汉字符号记录的哈尼语豪白方言神话。这些"哈尼语方块字写本"原由墨江县溪立村赵益宏所藏，至晚出现于1949年，用汉字部件组成记音符号，内容主要涉及宇宙起源、人类起源、仪

[①] 刘大先：《现代中国与少数民族文学》，中国社会科学出版社2013年版，第278页。

式祭词等。王尔松最早公开了该批写本中的一则日月神话。① 该批写本分两部分，分别由毛笔和圆珠笔抄写，后收藏于玉溪师范学院濒危语言研究中心的许鲜明、白碧波处，并于2015年由云南省少数民族古籍整理出版规划办公室出版。② 该批写本中涉及神话的文本有《天神地神的诞生》《天地的形成》《造天造地经》《天蛋地蛋经》《祭献雷神经》等。这些运用汉字记音和造字手段的哈尼族口头传统誊录文本，反映了一些受到汉字文化影响较大的哈尼族地区（墨江县很典型），知识分子有意识地将仪式中的祭祀颂辞和哈尼哈巴进行文本化，这不仅是西南藏缅语文明中"文字神圣"观念的反映，也反映出这些仪式语境中被演述的神话位居哈尼族文化的核心位置，殊为重要。

1952年，学院派学者开始介入哈尼族民间文学的搜集与文本化工作。西南民族学院③1952年对该校第一、二期哈尼族学生进行访谈，撰有《云南僾尼（哈尼）族情况》。报告中记录了李默斗讲述的洪水兄妹婚神话，以及另一则兄妹婚再殖人类后"文字遗失"的神话。1953年，西南民族学院又对墨江县水粢村的马仲武、戴光庭进行访谈，记录了一则"遮天大树"的神话。④ 上述三则神话包含了洪水、葫芦避水、再殖人类、吞吃文字、遮天大树等哈尼族最基本的神话母题，叙述情节完整。这是目前所见哈尼族最早的直接源于口承神话的文本。

和学院派相比，国家文化机构对哈尼族民间文学的搜集整理，无论执行力还是影响力都要大得多。1956年3月在昆明召开了云南文学艺术工作者第一次代表大会。讨论了"发展民族民间文艺问题"。⑤ 会上成立中国作家协会昆明分会民族文学工作委员会。1956年8—9月，中国作家

---

① 王尔松：《哈尼族文化研究》，中央民族大学出版社1994年版，第70—79页。
② 云南省少数民族古籍整理出版规划办公室编：《云南少数民族古籍珍本集成·第十七卷（哈尼族）》，云南人民出版社2015年版。
③ 该校2003年更名为西南民族大学。
④ 马仲武、戴光庭口述，杨元芳整理：《云南布都族简况》（1953年10月），赵心愚、秦和平编：《西南少数民族历史资料集》，巴蜀书社2012年版，第86页。
⑤ 云南省文学艺术界联合会编：《云南省志·文学志》（第三章·民间文学[初稿]），1990年，见云南省民间文艺家协会、云南省民间文学集成编辑办公室编：《云南民族民间文艺通讯》（第十四辑·民间文学志专号），1993年，第14页。

协会昆明分会组织了对云南各民族民间文学的普查。3个调查组分赴红河、大理、丽江等地调查了彝族、白族、哈尼族、傣族、纳西族等的民间文学。哈尼族调查队由民族学家宋恩常带队，到元阳后访问了摩批张博惹、朱小和等人。随后11月20—25日召开云南省民族民间文学工作会议，除了摸清云南民族民间文学的基本状况，还强调要培养地方民间文艺整理研究的人才。

这一时期，彝族撒尼人的《阿诗玛》、白族的《望夫云》、傣族的《召树屯》等著名的搜集整理作品都已发表，但哈尼族民间文学还迟迟没有整理发表。迟至1957年《云南民族文学资料》出版，其中刊行了一部分经过初步整理的哈尼族神话、歌谣、故事汉译文本。①

1958年9月，云南省委宣传部组织了民族民间文学调查。这次调查是当时云南省最大规模、最专业的一次民间文学调查。"1958年调查"由来自云南大学中文系、昆明师范学院中文系、中国作家协会昆明分会等单位共计115人组成7支调查队，分赴大理、丽江、红河、楚雄、德宏等地调查。调查队在各地又与地方文艺工作者合作，搜集到万余件民间文学作品。这次调查形成的《红河自治州哈尼族文学发展概论》《绿春文学调查报告》等，也是当时学术界对哈尼族民间文学最全面的认识。

这次调查的主要目的是国家对边疆少数民族的"文学"进行摸底普查，从而为建构民族文化体系提供依据。在这样的逻辑下，知识分子调查"民族民间文艺"尤其倚重民间文学的基本搜集整理方法。这种发动知识分子"到民间去"的实践，直接继承了歌谣运动以来的民间文学研究方法。

1978年之后，以民间文学"三套集成"为代表的国家搜集整理运动，又接续了"到民间去"的民间文艺工作方式。但是与"1958年调查"不同的是，"三套集成"带有更强的学术目的。1984年3月19日，云南省民间文学第一次集成工作会议召开。同年4月23—28日，云南省民族文

---

① 云南省文学艺术界联合会编：《云南省志·文学志》（第三章·民间文学［初稿］），1990年，见云南省民间文艺家协会、云南省民间文学集成编辑办公室编：《云南民族民间文艺通讯》（第十四辑·民间文学志专号），1993年，第15页。

学研究所、云南省民间文艺研究会举办了神话学术讨论会，这是云南省内首次举行神话专门讨论会。同年9月全国民间文学集成工作座谈会在昆明召开。

在"三套集成"工作的推动下，新搜集、翻译的哈尼族神话文本不断发表。比如作品集《绚丽的山花》①《哈尼族民间故事》②《普洱民间文学集成（二）》③，以及马蒲成唱的《送葬歌》、④朱小和讲述的种子起源神话《塔坡取种》、⑤《山茶》杂志发表的人类起源神话《地下人》《始祖塔婆然》、⑥张牛朗等演唱的《十二奴局》⑦、赵呼础演唱的丧礼哈巴《斯批黑遮》⑧等。朱小和演唱的《哈尼阿培聪坡坡》⑨、批二演唱的《雅尼雅嘎赞嘎》⑩也相继出版，这两部迁徙史诗包含若干神话诗章。

1990年，《云南省志·文学志》的"民间文学"部分辟有"哈尼族民间文学"专章，较多介绍神话。该文注意到哈尼族神话"绝大部分都保存在史诗中"。⑪该文提及了《兄妹传种》《天怀孕、地怀孕》《天上出九个太阳》等神话文本，且对《奥色密色》《神的古今》等篇目作了概述。该文提出的"神的体系在哈尼族父子连名制中有所反映"观点很有价值。

1992年，《哈尼族古歌》出版。该书主体部分是朱小和演唱的《窝

---

① 元阳县民委编：《绚丽的山花》，1984年7月，内部资料。
② 本书编辑组编：《哈尼族民间故事》，云南人民出版社1984年版。
③ 普洱县文化广播局、民委编：《普洱民间文学集成（二）》，1989年10月，内部资料。（注："普洱县"指今普洱市宁洱哈尼族彝族自治县）
④ 马蒲成演唱，李永万翻译，史军超整理：《送葬歌》，《山茶》1984年第2期。
⑤ 朱小和讲述，卢朝贵搜集整理：《塔坡取种》，《山茶》1985年第1期。
⑥ 批则讲述，杨万智搜集整理：《地下人》，《山茶》1986年第6期。陈布勤讲述，杨万智搜集整理：《始祖塔婆然》，《山茶》1986年第6期。
⑦ 张牛朗等演唱，赵官禄、郭纯礼、黄世荣、梁福生搜集整理：《十二奴局》，云南人民出版社1989年版。
⑧ 赵呼础演唱：《斯批黑遮》，李期博、米娜译，云南民族出版社1990年版。
⑨ 朱小和演唱，史军超、芦（卢）朝贵、段贶乐、杨叔孔译：《哈尼阿培聪坡坡》，云南民族出版社1986年版。
⑩ 景洪县民族事务委员会编：《雅尼雅嘎赞嘎》，云南人民出版社1992年版。
⑪ 云南省文学艺术界联合会编：《云南省志·文学志》（第三章·民间文学［初稿］），1990年，见云南民间文艺家协会、云南省民间文学集成编辑办公室编：《云南民族民间文艺通讯》（第十四辑·民间文学志专号），1993年，第61—63页。

果策尼果》,这部作品集是哈尼族民间文学搜集整理的又一个里程碑。《窝果》大约28000余行,实际总体规模远超30000行,可谓哈尼族神话的集大成者。《哈尼族古歌》另收入西双版纳歌手阿大等演唱的《阿培阿达埃》《天地人鬼》《葫芦里走出人种》3首创世哈巴,① 篇幅都较短,仅数百行。朱小和演唱的《窝果》不仅言辞古雅、母题丰富、体系完整,而且在初次创世与二次创世的神话逻辑衔接上,显示了歌手高超的表演技艺。

进入21世纪,历时二十多年的"三套集成"工作进入收尾阶段,2003年出版的《中国民间故事集成(云南卷)》《中国歌谣集成(云南卷)》收录了若干哈尼族史诗、神话文本。"三套集成"是中国民间文艺学发展史上的一件大事,也是哈尼族民间文学首次在各民族、各地域的层面上反映本民族的口头传统。

2004年,绿春县知识分子搜集整理的韵文神话《都玛简收》② 出版。此后,随着"三套集成"工作告一段落,哈尼族民间文学的搜集整理工作明显停滞。究其原因,一方面是因为民间文学学科转向"语境"研究,过去的搜集整理、记录翻译方式饱受诟病。另一方面是因为进入21世纪后,少数民族文学的文化政治功能大大减弱,其文化经济的功能被日益强化。

巴莫曲布嫫指出,20世纪许多民间文学搜集整理文本存在"民间叙事传统格式化"③ 的问题。这个问题在哈尼族神话文本化工作中较突出,表现在汉译时人为删减、整合。比如1989年版《十二奴局》,将若干位歌手的演唱通过编译者重新编排,形成了一部"哈尼族史诗"。这类成果应属于"以传统为取向的文本"(tradition - oriented text)。④ 这种文本经过人为编排与口头文本已经相去甚远。但在刘宗迪看来,这种知识分子

---

① 西双版纳傣族自治州民委编:《哈尼族古歌》,云南民族出版社1992年版。
② 白们普、白木者等演唱,卢保和等编译:《都玛简收》,云南民族出版社2004年版。
③ 巴莫曲布嫫:《史诗传统的田野研究:以诺苏彝族史诗"勒俄"为个案》,北京师范大学,博士学位论文,2003年,第36—40页。
④ Lauri Honko. *Textualising the Siri Epic*, Helsinki: Suomal Ainent Iedea atema academiasc entuarumfennica, 1998, pp. 36 - 41.

"到民间去"采集并加工的神话文本,正是一种民间文学的再创造,反而是民间文学顺应现代传播的一种途径。他认为:

> 中华人民共和国成立之初,也面临着建立一个新的多民族社会主义国家的伟大任务。文学由于具有深入人心的情感力量,因此是民族"想象的共同体"赖以认同的重要纽带。……为了建立社会主义的新文学,文学艺术工作者就必须……到民间采风,搜集民间文学,对其进行改造和提升,创造出为人民群众喜闻乐见的文学。民间文艺学学科在新中国成立后获得崇高的地位,可以说是历史的必然。①

刘宗迪站在文学本位立场上,认为当下民间文学研究的实证主义倾向使其背离了当代文学传播的循环。但现实情形是,大量到民间去采集的哈尼族神话文本,即便经过主流文学话语的加工,也未能很好地融入主流文学传播循环。许多汉译或双语的神话文本读者群体非常狭小,大多数在图书库中束之高阁。

综观现代知识分子对哈尼族神话的搜集、整理、翻译、改编,一方面大体上完成了重塑哈尼族现代性文学话语的政治任务,塑造了一批文学经典文本;但另一方面却未能使哈尼族文学融入主流文学传播中,反而使其成为一种边缘文学。哈尼族既缺乏像张承志、阿来这样有主流文学影响力的少数民族职业作家,也缺乏像《格萨尔》《玛纳斯》这样能持续保有国家文化政治地位的少数民族民间文学经典。因此到21世纪,哈尼族神话研究也渐渐失去对知识分子的吸引力。到民间搜求神话的热潮也转为对"哈尼梯田"文化遗产研究的新热潮。②

---

① 刘宗迪:《超越语境,回归文学——对民间文学研究中实证主义倾向的反思》,《民族艺术》2016年第2期。
② 哈尼梯田遗产化的情形,参见张多:《从哈尼梯田到伊富高梯田——多重遗产化进程中的稻作社区》,《西北民族研究》2018年第1期。

二 国家文化话语中的哈尼族神话

　　知识分子对哈尼族神话的搜集、整理、翻译、改编虽然都烙印着他们的个人审美、文学追求和意识形态，但不可忽视，从1952年开始持续半个世纪的大规模搜求，脱不开国家政治态势的"上层建筑"。1949年之后中国民间文学在政治体制内取得独立地位，① 纳入"文艺工作"进行管理。民间文艺作为文化政治的重要组成部分，一些大型出版项目得以实施。毛巧晖认为新中国建立之初少数民族神话研究是现代民族国家与民族文化遗产共构的产物。② 但平心而论，为数众多的民间文学作品集对大众读者的影响力非常有限。

　　在国家层面，哈尼族的民间文学屡被选入国家项目。比如1958—1961年贾芝、孙剑冰编的《中国民间故事选》纳入中国科学院文学研究所"中国各民族民间文学丛刊之一"出版。1960年中国作家协会昆明分会编的《云南民族民间故事选》出版。哈尼族和"兄弟民族"的作品集合成一幅国家话语下的民族民间文艺图景。

　　在地方层面，哈尼族神话也多有集结。比如：1989年，西双版纳的两部作品集《西双版纳哈尼族歌谣》《西双版纳哈尼族民间故事集成》出版，两部书的主要"作品"大多是属于神话范畴。③ 同年，《哈尼族民间故事选》④ 出版。这些"作品集"是国家文化行为与地方文化诉求协谋的产物，相比国家出版工程，地方出版物更容易使普通读者阅读到搜集整理的作品。而这正是20世纪90年代民间文学搜集整理热潮的核心目的之一（也即文艺目的）。

---

　　① 毛巧晖：《20世纪下半叶中国民间文艺思想史论》（修订版），学苑出版社2018年版，第25—39页。
　　② 毛巧晖：《民族国家与文化遗产的共构——1949—1966年中国少数民族神话研究》，《中南民族大学学报（人文社会科学版）》2015年第1期。
　　③ 勐海县民委编：《西双版纳哈尼族歌谣》，云南少年儿童出版社1989年版；阿海、刘怡主编：《西双版纳哈尼族民间故事集成》，云南少年儿童出版社1989年版。
　　④ 刘辉豪、阿罗编：《哈尼族民间故事选》，上海文艺出版社1989年版。

作为"三套集成"搜集整理的副产品,《哈尼族神话传说集成》① 是首部哈尼族神话的专门作品集。该集成汇集了大量各地区哈尼族的创世神话与迁徙传说,其中许多篇目如《动植物的家谱》《杀鱼取种》《三个神蛋》《阿扎》《三个世界》《补天的兄妹俩》等,成为日后研究者经常引用的文本。后来"三套集成"省卷本中的哈尼族神话,多数直接选自该书。

另外,一些大型国家出版项目将哈尼族神话以不同于"作品"的形式呈现在多民族国家的文化图景中。《中国各民族宗教与神话大词典》②《中国各民族原始宗教资料集成》③ 包含"哈尼族卷"。两部书将 1950 年以来历次哈尼族民族调查搜集的民族宗教成果集中汇编,其中大部分宗教仪式都和神话表演的场景有关。辞书和"资料集成"成为国家文化设计中呈现哈尼族神话的别样形式。

尽管进入 21 世纪后,哈尼族神话的搜集整理越来越少,但是地方政府仍旧将民族文学作为彰显文化政治的手段。作为全国唯一的哈尼族民族自治州,红河州政府编纂的《哈尼族口传文化译注全集》第一批 20 卷于 2010 年出版。④ 其中朱小和的《窝果策尼果》将 1992 年未出版的 4 首补全了。《四季生产调》卷新收入白们普的《哈尼虎拍腊拍补》和汤帕、桑俄唱的《禾朵啦朵》。《都玛简收》卷新收入白然里唱的《缩最禾土玛绕》。《白宏莫搓搓能考》为新翻译的李议发唱的丧礼祭词。最可贵的是,"全集"全部采用"四行体"(哈尼文、国际音标、汉语直译、汉语意译),极大改进了以往单一意译的搜集整理工作方式。

这部《全集》由政府力量组织,重新集结了大批地方民间文艺工作者。政府力量参与民间文学搜集整理无疑有巨大优势。《全集》于 2012—

---

① 云南省民间文学集成办公室编:《哈尼族神话传说集成》,中国民间文艺出版社 1990 年版。
② 本书编委会:《中国各民族宗教与神话大词典》,学苑出版社 1990 年版。
③ 吕大吉、何耀华主编:《中国各民族原始宗教资料集成》,中国社会科学出版社 1999 年版。
④ 红河哈尼族彝族自治州人民政府编:《哈尼族口传文化译注全集》,云南民族出版社 2010 年版。

2013 年出版了 21—30 卷。① 这 10 卷多为近年来搜集整理的哈巴、祭词、叙事诗。《全集》将 30 年来哈尼族重要的神话、史诗集中整理，规模和质量空前。尽管也存在记音不准或翻译失准的情况，但它无疑是哈尼族神话搜集、整理、翻译的一个新标杆。

总的来说，在国家文化设计中，少数民族神话的呈现越来越摆脱"作品"的模式，转而走向档案典藏模式。2012 年文化部民族民间文艺发展中心启动了"中国史诗百部"工程，分"中国史诗影像志""中国史诗资料集""中国史诗数据库"三部分。工程"侧重于濒危的第一手史诗资源的抢救与挖掘，以仍在民间活态传承的史诗为主要项目对象，……以保留直观的、真实的、有价值的文化资源为最终目标"。② 哈尼族"窝果策尼果""哈尼阿培聪坡坡""阿波仰者"等多部神话性质的"史诗"位列其中。这种用新手段、新观念为国家建档、修典的文化政治行为，也能够反映"民族文学作品"在国家文化规划中位置的微妙变化。

站在国家文化顶层设计的角度看，20 世纪五六十年代年代对哈尼族神话普查是民族文化大摸底的副产品。那时候，神话是认知少数民族文化的切入点，尤其对无文字民族而言神话更是其文明载体。20 世纪八九十年代对哈尼族神话的大规模搜集整理，则是重塑民族文学的重点工作。此时，神话不仅承载着"文化史"，更是一种民族文艺的经典形式。随着各民族文学史书写的告一段落，少数民族文学体系的重构基本完成，"神话文本"所承担的"文学源头"的使命随之结束。而 2000 年以后的大规模出版、修志，是国家发展到新阶段之后，少数民族文学政治地位改变的结果。这时候，神话转而以"经典"的形式进入新的国家文化话语。

2017—2018 年启动的国家"《中国民间文学大系》出版工程"（由中国民间文艺家协会实施）单设神话卷，将神话、故事、传说分开设卷，

---

① 包括《阿培瞿羽炎雅》2 卷、《独玛沃》1 卷、《贝纳纳拉枯》1 卷、《搓西能批突》2 卷、《罗美耐扎饶》2 卷、《窝哲查》1 卷、《玉姆杜达》1 卷。

② 文化部民族民间文艺发展中心，http://www.cefla.org/home/Detail/126.（现为文化和旅游部）

并分省设卷，这正是现代口承神话文本走向"经典化"实践的最新表征。在已出版的《中国民间文学大系·神话·云南卷（一）》①中，收录了41篇哈尼族文本。

  诸神神话：《神的古今》《神和人的家谱》《栽秧女神》《火娘》
  创世神话：《茶叶先祖造天地》《摩咪天神造天地》《造天造地》《祖先鱼上山》《查牛补天地》《天、地、人和万物的起源》《青蛙造天地》《三个世界》《补天的兄妹俩》《永生不死的姑娘》《太阳和月亮》《公鸡请太阳》《玛勒携子找太阳》《射太阳的英雄》《风姑娘》《动植物的家谱》
  人类起源神话：《俄孔八森造人》《杀鱼取种》《阿奇阿萨》《俄妥努筑与仲墨依》《侯波与那聋》《里斗和里收》《兄妹传人种》《黑葫芦传人》《山风传人种》《燕子救人种》《天、地、人》
  文化起源神话：《德摩诗琵杀龙》《起死回生药》《塔坡取种》《年月树》《阿扎》《英雄麦玛》《人鬼分家》《祭鬼的故事》《头人、贝玛和铁匠》《三兄弟找文字》

这次"大系"集成中约有一半的文本是《中国民间故事集成·云南卷》中的文本，也再次通过国家修典的方式将这些文本"经典化"，成为哈尼族文学、文化对外传播与传衍的基础性材料。至于这样的书面文本流布会不会导致尚在民间以口头方式传衍的神话被边缘化、遮蔽化，还有待更多的调查研究，至少我对此抱有十分的担忧。

三 国际学术中的"哈尼/阿卡"

哈尼族神话研究的历史进程，除了受到来自知识界、国家话语的双重影响，也不能忽略其在国际学术话语中的消长。哈尼族是一个跨境民

---

① 中国文学艺术界联合会、中国民间文艺家协会总编纂：《中国民间文学大系·神话·云南卷（一）》，中国文联出版社2019年版。

族，其民族主体主要在云南，部分家支从云南向南迁徙到今天的老挝、缅甸、越南、泰国境内。西方学术界早在20世纪五六十年代就有比较便利的条件对东南亚山地族群展开研究。

高地东南亚研究是西方学术一个重要的领域。在东南亚研究中，哈尼族通常被称为"阿卡人"（Akha），阿卡本为哈尼族一个支系的自称，该支系也自称"雅尼"。① 缅甸、老挝、泰国的哈尼族多为阿卡支系，但同时也有其他支系。西方学界习惯性将东南亚的哈尼族统称为"阿卡"。

从20世纪中叶开始，以格朗菲尔德（F. V. Grunfeld）、保罗·路易斯（Paul W. Lewis）、爱德华·安德森（Edward F. Anderson）、戴维·德林格尔（David W. Dellinger）、图克（Deborah E. Tooker）、科里亚·坎迈（Cornelia Ann Kammerer）等为代表的一批欧美学者，在泰国北部、缅甸掸邦等东南亚的阿卡人地区进行田野研究，但他们对中国的哈尼族研究知之甚少。

这些人类学背景的学者对阿卡人的调查偏重社会制度。保罗·路易斯20世纪60年代在泰国北部展开田野作业。1969—1970年四卷本《缅甸阿卡民族志》出版，② 标志着西方对东南亚阿卡族群的研究进入成熟阶段。1985年格朗菲尔德的《泰国密林中的游迁者》③ 被译介到中国。科里亚·坎迈的博士论文《通向阿卡的世界》④ 是一部关于泰国北部阿卡人的综合性民族志。亲属制度、宗教仪式和社会结构这些人类学经典命题在阿卡社会中得到了深入讨论。

相比欧美的人类学研究，日本学者对东南亚阿卡人与中国哈尼族神话的研究更为专业，许多日本神话学家都研究过哈尼族神话。日本学者关注云南和东南亚有一个重要原因就是"照叶树林文化带"研究热。"照

---

① 对"阿卡"的若干称谓问题，参见张雨龙：《哈尼族"阿卡"释义》，《云南社会科学》2013年第2期。

② Paul W. Lewis, *Ethnographic Notes on the Akhas of Burma*. 4 vols. New Haven：HRAFlex Book，1969–1970.

③ ［美］F. V. 格朗菲尔德：《泰国密林中的游迁者——阿卡人》，刘彭陶译，云南省民族研究所编印：《民族研究译丛》第5辑，1985年，内部资料。

④ Cornelia Ann Kammerer, *Gateway to the Akha Would：Kinship，Ritual，Community among Highlanders of Thailand*, Ph. D. dissertation, University of Chicago, 1986.

叶树林"相当于亚热带常绿阔叶林,特指从喜马拉雅山经云南、东南亚到日本的以水旱稻、杂粮、薯类混杂农业为特征的文化带。① 哈尼族是这种农业文化类型的典型,云南也是照叶树林文化带的中心地带。因此日本学者非常热衷于哈尼族、彝族等神话与日本的比较研究。

早在1982年,森田勇造的《"倭人"源流考》就重点考察了从云南到阿萨姆地区的文化。② 1983年民俗学家鸟越宪三郎《倭族之源——云南》③ 出版后在日本影响很大。他在比较哈尼族、傣族、佤族等与日本民俗之后,提出倭族发源于云南。鸟越宪三郎擅长在比较民俗学研究中运用神话学。民俗学家荻原秀三郎的《云南——日本的原乡》④ 注意到云南哈尼族和泰国阿卡族的神话与民间信仰。这两本书在当时中日两国产生了极大影响,也直接促使了20世纪八九十年代的三十多年中,大批日本学者来到云南从事田野调查,其中"哈尼族"与"神话学"是日本学者关注的焦点。到访云南的学者中,比如伊藤清司、工藤隆、白鸟芳郎、君岛久子等都是著名神话学家。

著名神话学家伊藤清司从1970年前后就开始关注云南民间文学搜集整理的成果,1977年到云南调查。1980年,伊藤清司发表论文《眼睛的象征》⑤,这篇论文专论了彝语支民族的眼睛神话,关注到彝族、哈尼族丰富的"独眼人""直眼人""横眼人"神话。1984年,伊藤清司的著作《日本神话与中国神话》⑥ 出版,论及云南彝语支民族的口承神话。

类似伊藤清司这样的比较神话学研究,是20世纪下半叶日本神话学

---

① 中尾佐助『照葉樹林文化論』札幌:北海道大学出版会、2006年;佐々木高明『照葉樹林文化の道:ブータン・雲南から日本へ』東京:日本放送出版協会、1982年。
② 森田勇造『「倭人」の源流を求めて:雲南・アッサム山岳民族踏査行』東京:講談社、1982年。
③ 鳥越憲三郎編『雲南からの道:日本人のルーツを探る』東京:講談社、1983年。汉译本参见[日]鸟越宪三郎:《倭族之源——云南》,段晓明译,云南人民出版社1985年版。
④ 荻原秀三郎『雲南——日本の原郷』東京:佼成出版社、1983年。
⑤ [日]伊藤清司:《眼睛的象征——中国西南少数民族创世神话研究》,马孝初、李子贤译,《民族译丛》1982年第6期。
⑥ 伊藤清司『日本神話と中国神話』東京:学生社、1979年。

的主要范式。比如谷野典之①认为以尸体化生为基础融合天柱神话的创世观是彝语支民族神话的特点。菅原寿清②注意到口承神话在稻作农业仪式中的功能。

日本学者中，欠端实和稻村务对哈尼族的田野调查十分深入，他们都有民俗学背景。欠端实的研究如《哈尼族的生命树》等③在论述哈尼族祭祀仪式时重视用神话的民族志材料论证民俗。他的著作《神树与稻魂——哈尼族文化与日本文化》④抓住关键仪式对象"神树""水稻"进行跨文化比较研究。

稻村务从民族志视角研究中国哈尼族和泰国阿卡人祭祀寨门的仪式、神话和民俗。⑤他的《作为意识形态的"他界"》⑥一文注意到丧礼哈巴演唱对塑造哈尼族民众意识形态的意义。稻村务同时对东南亚、云南两方的哈尼族都有深入的田野调查，其细致程度在国际哈尼族研究中也是较为罕见的。

长期以来，欧美的阿卡人研究、日本的哈尼族/阿卡人研究与中国的哈尼族研究缺乏有效交流。有鉴于此，一些学者试图促进三方面研究的合流。而最终达成这种合流的契机，恰好是一次神话学的国际研讨会。

1993年是哈尼族神话研究乃至哈尼学⑦发展的一个节点。1993年2—

---

① 谷野典之『雲南少数民族の創世神話』、飯倉照平『雲南の少数民族文化』東京：研文出版、1983年、頁7—56。

② 菅原寿清『フィールドノート—アカ（ハニ）の人びとの稲作儀礼についての覚え書き』麗澤大学東南アジア研究会、1992年。

③ 欠端實『ハニの生命観——聖樹崇拝を中心として』、『比較家族史研究』1994（8）；欠端實『ハニ社会における聖なる空間』『ハニ（アカ）族の社会と文化』麗澤大学東南アジア研究会、1994年；欠端實『ハニの新嘗：家の祭としての新嘗』、『アジア民族文化研究』2002（1）。

④ 欠端實『聖樹と稲魂：ハニの文化と日本の文化』東京：近代文芸社、1996年。

⑤ 稲村務『ハニ族の村門：西双版納ハニ族の階層とリニジの動態』、『比較民俗研究』1991（9）；稲村務『比較民俗学と文化人類学における「比較」概念点描：「アカ種族」社会における村門の意味』、『比較民俗研究』1995（9）。

⑥ 稲村務『イデオロギーとしての「他界」：雲南省紅河のハニ族の葬歌を通じて』、『比較民俗研究』2003（19）。

⑦ 哈尼学，指专门研究亚洲"哈尼/阿卡"族群的学科。"哈尼学"一词最早见于1989年7月在个旧成立的"红河哈尼族彝族自治州哈尼学学会"，该会有刊物《哈尼学研究》。后来中央民族大学成立哈尼学研究所，有集刊《中国哈尼学》。

3月,"首届哈尼族文化国际学术讨论会"在云南大学和红河州召开。这次会议由神话学家李子贤发起。来自美国、德国、法国、荷兰、瑞典、日本、波兰、泰国以及中国海峡两岸的130余位学者齐聚个旧和建水。这是历史上第一次将全世界研究哈尼族的学者聚集在一起,并议定会议将在今后继续召开。

这次会议有许多哈尼族神话研究的新成果,比如瑞典学者汉森(Ingalill Hansson)的《哈尼与阿卡丧葬祭词比较》涉及丧礼口头传统中的神话演述。欠端实《哈尼寨门的性质》讨论了再生神话。德国学者舒尔兹(Friedhelm Scholz)的《超越人类之始:阿卡神话主题》涉及泰国阿卡人的死亡起源神话。荒屋丰的《"遮天树王"与"森林之王"》研究了哈尼族宇宙树神话与"昂玛突"祭祀的关联。① 刘锡诚的《神话与象征》② 从象征的角度分析了哈尼族宇宙起源神话、人类起源神话与相关民间信仰仪式。这个会议平台将"哈尼/阿卡研究"或"哈尼学"真正意义上提升为一个国际学术领域。

1996年5月,第二届"国际哈尼/阿卡文化学术研讨会"在泰国清迈、清莱举行。这届会议考虑到东南亚哈尼族主要是阿卡支系,各国对哈尼族的族称多为"阿卡",因此会议名称加上了"阿卡",此后一直沿用"哈尼/阿卡"的表述。往后几届会议则鲜有神话学方面的新成果。"国际哈尼/阿卡文化学术讨论会"是一个重要的哈尼学国际平台,参会者有各国哈尼族知识分子。这样的交流机制在中国跨境民族研究中并不多见。

总的来说,哈尼族神话研究是一门国际学术。欧美学者擅长于民族志研究方法,但神话并不是关注重点;日本学者喜好比较神话研究,并且多以"寻根"为目的;中国学者则多为文化史、民间文艺的研究。在国际学术话语中,哈尼族研究总体上仍然属于东南亚研究的范畴。但日本学者出于文化寻根而对哈尼族神话开展的大规模专题调查研究,不但

---

① 李子贤、李期博主编:《首届哈尼族文化国际学术讨论会论文集》,云南民族出版社1996年版,第348—360、450—474、475—490、558—560、583—598页。

② 刘锡诚:《神话与象征——以哈尼族为例》,《中央民族学院学报》1993年第3期。

是哈尼族神话研究的重要一支，更是海外中国研究领域不可忽视的特殊现象。

四 神话作为建构文化史、文学史的素材

前文已经从神话搜求、文化政治、国际话语三个层次分析了哈尼族神话研究70年来的不同面向，也述及神话是重塑民族文化、民族文学的重要资源。因此仍有必要站在学院派知识分子研究实践的立场，细读神话参与民族文化史、文学史建构的进程。

中国学术界对哈尼族的研究始于20世纪50年代初的少数民族社会历史调查，但对哈尼族民间文学的研究则较晚近。1979年，傅光宇、王国祥的《哈尼族文学简介》[①]介绍了哈尼族历史、口头文学的情况，是较早的研究专文。1982年，毛佑全发表的论文《哈尼族原始图腾及其族称》[②]，从"图腾神话"的角度探究哈尼族的民间信仰与族称。史军超后来对这种将图腾用于哈尼族研究的思路提出批评，认为哈尼族的祖先信仰并不适用"图腾"理论。[③]

总体来看，文本分析方法是20世纪80年代哈尼族神话研究的主要范式，这与大规模搜集整理工作的开展有关。例如杨生周[④]、杨笛（杨叔孔）[⑤]、李期博[⑥]、史军超[⑦]等的研究，这些作者都是参与民间文学搜集整理的学者，其中像李期博、史军超是哈尼族本民族的高级知识分子。他们的神话研究虽然都以调查和生活经验为基础，论述中也不乏文

---

① 傅光宇、王国祥：《哈尼族文学简介》，《思想战线》1979年第5期。
② 毛佑全：《哈尼族原始图腾及其族称》，《思想战线》1982年第6期。
③ 史军超：《"图腾"的迷惘——从哈尼族族称来源的误识到泛图腾论的式微》，《红河民族研究》1990年年刊。
④ 杨生周：《哈尼族神话传说故事与习俗》，《中央民族学院学报》1984年第3期。
⑤ 杨笛：《哈尼族的"哈巴"艺术》，《红河群众文化》1986年第1期。
⑥ 李期博：《原始文化的汇总——哈尼族古籍〈斯批黑遮〉浅析》，《红河民族语文古籍研究》，1986年第1期。
⑦ 史军超：《神话和史诗的悲剧——哈尼族文化精神论（一）》，《金沙江文艺》1987年第5期。

化细节，但是其文学式的叙述往往夹杂着现代知识阶层的文学观、价值观、历史观和审美观。这种神话研究和书写范式对哈尼学影响深远，至今依旧不衰。

20世纪80年代后期，哈尼族民间文学研究进入了繁荣时期，比较研究开始盛行。1988年，哀牢月①较早开展了哈尼族神话和其他民族的比较研究。同年，内部刊物《红河民族语文古籍研究》杂志发表了两篇哈尼族神话研究论文。白宇讨论了元江哈尼族神话中的神圣祖先"阿波仰者"的有关问题。② 史军超分析了哈尼族洪水神话的体系问题，③ 还试图从文化意识的角度概括哈尼族神话。④ 这些研究一方面体现了哈尼族神话文本被越来越多地用来搭建民族文化的理论框架，另一方面这些研究的学术视角也显示出那个时代的少数民族文化研究已经有较多可资利用的民间文本，能够支撑从民族素材到理论抽象的文化研究。在同一年有多篇佳作发表，这在哈尼族神话研究史上是空前的，说明20世纪80年代后期少数民族民间文学研究获得了更多文艺与政治话语权。

这种话语权在1989年得到进一步发挥。这一年哈尼族神话研究佳作迭出，许多成果至今依然深具影响力。比如音乐学家李元庆的《哈尼哈吧初探》⑤ 是第一部研究哈尼哈巴的专著。他从音乐结构的角度分析了哈巴的演唱特点，对哈巴作出了初步的分类，其中多有涉及神话的韵文演唱。再比如李子贤的论文《鱼》⑥ 是哈尼族神话研究的标志性成果。李子贤抓住哈尼族创世神话的核心母题，把鱼创世神话放在比较视野中观察，同时还有民族志的细节与阐释。这些成果都具有相当的学术价值，对哈尼族民间文艺特别是神话研究而言可谓进了一大步。

经历20世纪50年代以来历次大规模调查，哈尼族的口头传统、民

---

① 哀牢月：《哈尼族开辟神话与其他民族的比较研究》，《思茅文艺》1988年第4期。
② 白宇：《仰者形象嬗变论》，《红河民族语文古籍研究》1988年第1期，内部刊物。
③ 史军超：《洪水神话：生殖的花原——从哈尼族洪水神话系统出发》，《红河民族语文古籍研究》1988年第1期，内部刊物。
④ 史军超：《神话的整化意识》，《云南社会科学》1988年第1期。
⑤ 李元庆：《哈尼哈吧初探》，云南民族出版社1989年版。
⑥ 李子贤：《鱼——哈尼族神话中生命、创造、再生的象征》，《思想战线》1989年第2期。

俗、宗教、社会制度等方面的材料已经非常丰厚。基于此，20世纪90年代一批文化史成果涌现，如孙官生、毛佑全等的文化史。①这些著作从哈尼族民俗文化的整体出发，分条目概述了哈尼族文化的各个方面。学者们大多依据汉译神话文本阐释，或将神话作为资料来论述文化心理，多少忽视了口承神话本身的语境和实践。

自此，哈尼族神话研究的三种主流范式基本形成，即文学式的文本解释研究、文化史研究、基于田野调查的比较神话学。21世纪初，哈尼族神话研究的主流依旧延续了上述三种研究范式。出自于这三种研究方法的著述数量非常庞大，参差不齐，以下择要概观之。

在文学文本阐释方面，代表性的成果比如宣淑君[2]、李光荣[3]、白碧波[4]、钱叶春[5]等的文章。这些研究都试图从文学研究关联"文化研究"。另有陈丁昆[6]、白玉宝[7]等研究了哈尼族的神谱与人谱相连的问题，这是哈尼族神话的一个关键问题。这种范式的研究者虽然都使用搜集整理文本作为基本分析材料，但较少将这些文本的口头演述情形作为重点，大多从文学理论出发进行审美批评。

文化史方面溯源研究较多，运用调查材料建构哈尼族历史发展进程。神话是文化史建构非常倚重的素材。史军超[8]、雷兵[9]、李克忠[10]等的成

---

① 孙官生：《古老·神奇·博大：哈尼族文化探源》，云南人民出版社1991年版；毛佑全：《哈尼族文化初探》，云南民族出版社1991年版；毛佑全：《哈尼族文化史》，辽宁人民出版社1994年版。
② 李光荣、宣淑君：《论哈尼族神话的崇高美》，《民族文学研究》1994年第1期。
③ 李光荣：《论哈尼族神话的"期待原型"》，《云南师范大学学报》（哲学社会科学版）2001年第1期。
④ 白碧波、许鲜明：《〈哈尼族亡灵经〉的"衔接"手段》，《云南师范大学学报》（哲学社会科学版）2007年第1期。
⑤ 钱叶春：《哈尼族古歌〈求福歌〉的文化诗学研究》，《民族文学研究》2010年第2期。
⑥ 陈丁昆：《试析哈尼族神话中的神统世系》，《民族文学研究》1995年第1期。
⑦ 白玉宝：《论神人一体的哈尼族连名谱系》，《玉溪师范学院学报》2012年第5期。
⑧ 史军超：《哈尼族神话传说中记载的人类第一次脑体劳动大分工》，《云南民族学院学报》1997年第3期。史军超主编：《哈尼族文化大观》，云南民族出版社1999年版。
⑨ 雷兵：《哈尼族文化史》，云南民族出版社2002年版。
⑩ 李克忠：《形·声·色——哈尼族文化三度共构》，云南民族出版社2001年版。

果，都是文化史建构的典型。王清华的《梯田文化论》① 系统阐述哈尼族梯田稻作文化，运用大量神话文本作为论证文化史的素材。此外，也有像《寨神》② 这样本民族学者书写的实证研究著作。这种范式较多运用历史学、民族学方法，包含较多民族志细节描写。

在比较神话学方面，涌现出许多更为专门的神话研究。哈尼族文化与日本文化的比较研究成为一个热点。比如孙官生③、曾红④、吕俊梅⑤等的成果，都明显地在跟进日本"照叶树林"研究热。李子贤的《牛的象征意义试探》⑥ 延续了他《鱼》文的思路，是哈尼族神话研究的经典力作。这类研究虽然是专注于神话研究，但其跨文化比较的研究思路决定了其在神话演述细节上有较多缺失。

1998 年出版的《哈尼族文学史》⑦ 是哈尼族文学研究的一个里程碑，也是将神话文本运用于建构民族文学史的集大成者。《哈尼族文学史》打通了口头传统与作家文学的区隔，建构出哈尼族逾千年的文学发展史。史军超使用了一种新的文学史分期方法，也即使用哈尼族本土知识和概念，但又基本符合主流历史观的分期。他将哈尼族文学史分为"窝果奴局文学时代""迁徙史诗时代""贝玛文学时代""当代文学"。书中大量使用一手的搜集整理文本是其成功的关键。但这部文学史的个人色彩过于浓厚，缺乏宏观逻辑与微观逻辑的有效衔接，文风过于铺排。但这些瑕疵并不影响其经典研究力作的学术史评价。

总的来说，站在学院派知识分子的角度审视哈尼族神话研究，无论是其 20 世纪 80 年代的"文化热"，还是 20 世纪 90 年代的"神话热"，

---

① 王清华：《梯田文化论——哈尼族生态农业》，云南大学出版社 1999 年版。
② 李克忠：《寨神——哈尼族文化实证研究》，云南民族出版社 1998 年版。
③ 孙官生：《论哈尼文化与日本文化的"血缘"关系》，《红河社会科学》1990 年第 3 期。
④ 曾红『雲南省ハニ族の神話と日本神話』『東アジアの古代文化』（66）東京：大和書房，1991 年。
⑤ 吕俊梅、郭晋勇：《哈尼族与日本关于鱼的文化对比》，《红河学院学报》2013 年第 5 期。
⑥ 李子贤：《牛的象征意义试探——以哈尼神话、宗教仪礼中的牛为切入点》，《民族文学研究》1991 年第 2 期。
⑦ 史军超：《哈尼族文学史》，云南民族出版社 1998 年版。

都与当时中国整体的文化艺术氛围相吻合。而《哈尼族文学史》的出版，则标志着哈尼族神话参与文学史建构的历史进程达到顶峰。进入 21 世纪，知识分子对哈尼族神话的研究热情明显减退。哈尼梯田研究热潮取而代之，成为在"文化遗产"时代哈尼族文化塑造的新标志。

五　走向多元：哈尼族神话研究的新图景

哈尼族神话在经历了 20 世纪 50 年代的"认识"阶段、20 世纪六七十年代的"进一步认识"阶段，到 20 世纪八九十年代的佳作迭出、高潮迭起，再到 21 世纪的落潮阶段。这个历史进程与整个中国少数民族神话研究的境遇基本一致，其背后是国家政治话语在不同时期对"民族文学"的不同定位在起作用。正如刘大先所言，中国少数民族文学学科带有强烈的国家性和当代性，其话语发生与国家政治、文化想象、文化规划有直接关系。[①] 但也应该看到，哈尼族神话研究除了国家话语的规训，还蕴涵着更多复杂互动。

当哈尼族民族文学、民间文学、神话研究在进入 21 世纪逐渐卸下政治功用时，反而面临一个从事学院派学术研究的良好时机。比如在民俗学的"语境"转向过程中，哈尼族神话研究领域出现不少新颖之作。秦臻凭借在绿春县田野调查中获得的独家资料，在其田野报告《隐秘的祭祀》[②] 中，从摩批的知识出发对绿春县"阿倮欧滨"祭祀进行田野深描，彰显了一位大"咪谷"的神话观和传统知识库藏。刘镜净的哈尼哈巴研究[③]从口头传统文类角度概括了"哈巴"的表演实践。她运用口头诗学理论，凭借扎实的田野阐释，有力反思了民俗学本土文类的问题。张多则抓住文化遗产时代的新变，将田野视野转移到遗产旅游现场，探讨了遗

---

① 刘大先：《中国少数民族文学学科之检省》，《文艺理论研究》2007 年第 6 期。
② 秦臻：《隐秘的祭祀——一个哈尼族个案的分析》，《民族艺术研究》2004 年第 5 期。
③ 刘镜净：《试论口头传统文类的界定——以云南元江哈尼族"哈巴"（$xa^{33}\ pa^{31}$）为个案》，中国社会科学院研究生院硕士论文，2007 年。（《口头传统文类的界定——以云南元江哈尼族"哈巴"为个案》，中国社会科学出版社 2017 年版。）

产旅游中的神话主义。① 这些探索与过去"确证民族文学"那样的研究不同,暗示了神话研究在第一手田野报告中还有很多新的学术增长点,哈尼族神话研究远远没有到可以生产出确定无疑知识的地步。从民族志的角度看,甚至哈尼族的神话研究仅仅完成了基础性工作。

在哈尼族神话研究领域,晚近出现的一些新思潮、理论与方法值得注意。这其中显著的一点是,哈尼族神话所背负的国家文化政治意味在新一代研究者的书写中逐渐淡化,但是民族主体声音的流露却因而有了更大空间。哈尼族著名语言学家白祖额(1929—1999)之女白永芳(1973—2018)的研究很有代表性。

白永芳是哈尼族新一代学者的代表。她的研究围绕哈尼族文化展开,涉及民俗学、民间文艺学、文化人类学、民族学等。她的博士论文专攻哈尼族服饰民俗研究,虽然重点是服饰,但是她力图将服饰承载的民族史、民族文化、口头传统加以放大,从而为构建哈尼族千年历史提供旁证。白永芳从撰写硕士论文②时起就专注于哈尼族服饰研究,尤其探讨了服饰中的神话。到博士论文③阶段,她依托深入的田野作业,强调自己作为哈尼族所带来的内部视角和主体声音。她探讨了服饰与神话、迁徙记忆、历史脉络的关系,将大跨度的民族史建构与微观的共时研究相衔接。在她的研究中,民族文化的主体自觉意识得到了更充分的表达。

除了在哈尼族历史文化的内部进行现代性建构,哈尼族知识分子也致力于在主流学术图景中重述哈尼族哲学。对无书写传统的哈尼族而言,神话是承载宇宙观、世界观、价值观、生命观的主要载体。白玉宝、王学慧④试图全面总结哈尼族哲学思想,运用主流哲学话语,从神话文本中

---

① 张多:《遗产化与神话主义:红河哈尼梯田遗产地的神话重述》,《民俗研究》2017 年第 6 期。

② 白永芳:《哈尼族女性传统服饰及其符号象征》,中央民族大学,硕士学位论文,2005 年。

③ 白永芳:《哈尼族服饰文化中的历史记忆——以云南省绿春县"窝拖布玛"为例》,中央民族大学,博士学位论文,2009 年。(白永芳:《哈尼族服饰文化中的历史记忆》,昆明:云南人民出版社,2013 年。)

④ 白玉宝、王学慧:《哈尼族天道人生与文化源流》,云南民族出版社 1998 年版。

提炼哲学问题。作为本民族中涌现的杰出主流哲学家，李少军①的哲学著述也有相当的理论深度。神话与哲学本来就有诸多重叠范畴，因此，哈尼族知识分子试图将哈尼族的传统思想重构为主流哲学话语的努力，也是哈尼族神话研究不可忽视的路径。

除了本民族知识分子开拓多元研究的努力，其他学者也在试图进入哈尼族文化内部，继续探究哈尼族的神话世界。除了我本人有关哈尼族"鱼创世神话"的"小题大做"式的比较神话研究外，②还有舒梓、肖潇等的结构主义、神话主义研究，也颇有新见。③

多样化的研究使哈尼族神话研究成为一个积累丰厚的领域。纵观70年来的哈尼族神话研究，虽然在神话文本搜集整理和文学史建构方面取得很大成就，但是学者对哈尼族神话本身的表演、呈现、内容、意义和生成过程则少有追问，从而常常在"文学"与"文化"之间简单划等号。如何看待神话"文本"的来源、生成和民俗过程，是未来哈尼族神话研究一个不容回避的问题。

神话在哈尼人的生活中原本主要是口头表演，神话被写定为书面文本的过程也是去语境化（decontextualization）的过程，并且在进一步运用中被再语境化（recontextualization）。④ 神话脱离口头表演而进入书面系统后，获得了书面文本的自足性，有自身的叙事轨迹。学者从这些文本中提取出"神话"，再通过学术写作将其反馈到哈尼学的知识生产中。这也是神话文本得以被用来建构哈尼学的主要依据。

虽然哈尼族神话在有关哈尼族研究的论述中随处可见，但大都看不

---

① 李少军：《哈尼族传统世界观探析》，《中央民族大学学报》（哲学社会科学版）2000年第6期。李少军编著：《诗性的智慧——哈尼族传统哲学思想研究》，民族出版社2006年版。

② 张多：《神话意象的遮蔽与显现——以哈尼族鱼创世神话为中心》，云南大学，硕士学位论文，2014年。

③ 舒梓：《论哈尼族神话的结构》，云南大学硕士学位论文，2010年；肖潇：《遗产旅游与哈尼族神话传统的变迁——以云南箐口村"窝果策尼果"的旅游实践为个案》，北京师范大学，硕士学位论文，2013年。

④ 理查德·鲍曼还区分了"文本"（text）和"话语"（discourse），认为文本就是"可去语境化"（decontextualizable）的话语。Bauman, Richard. Briggs, Charles L., "Poetics and Performance as Critical Perspectives on Language and Social Life", *Annual Review of Anthropology.* Vol. 19. p. 73.

到知识的谱系。许多本民族学者也常常将主体性视为理所当然的，习惯性地将自我经验直接转化为学术讨论，反而将主体客体化了。由于哈尼族民间文学研究带有文艺目的，因此学者往往兼有文人的角色。但是文艺目的和学术目的混淆的后果就是：一方面生产出来的文本与普通读者和哈尼族读者脱节；另一方面凝结出来的研究，与学术规范脱节，与同行对话脱节。

20 世纪 50 年代至今，哈尼族的神话文本、集汇大量问世。这些以国家工程为名义的出版物，体现国家意识形态对地方知识、民族文化整编的重视。同时也使得"原先处于沉默和失语状态"[①] 的哈尼族文化（神话）得到了言说的机会。因此，评骘 70 年来的哈尼族神话研究，须在国家文化政治、民族文化认同、学术范式转换三个维度之间交互观照，既要看到国家话语与少数民族文化之间的政治学互动，也要看到神话搜求、改编与重述活动背后知识分子的运作。哈尼族神话研究并不是一个单纯的学院派学术实践，它是多重力量合作、碰撞与消长的学术史，是哈尼族文化向现代性转型的历史标记。

至此，对学术历程的梳理、对神话文本的阅读构成了我进入田野的"前在知识"。但是，当我走进哀牢山站在层层梯田之上的时候，这些前在知识都"消失"了。我面对的是一个山地稻作社会的生活细节，神话何处寻？田野从哪里入手？"前在知识"与"在地知识"又会发生怎样的碰撞？带着重重疑虑，我踏上了"痛苦的"田野之路。

---

① 刘大先：《现代中国与少数民族文学》，中国社会科学出版社 2013 年版，第 70 页。

第 二 章

哀牢之路：本土知识的步步深入

2021年1月，我再次回到元阳县，这次回到梯田的身份已然成了省里的"专家"，回望8年来出入梯田做研究，我和梯田都发生了巨大变化。当初那个略显凋敝却保存了大量传统蘑菇房的偏远村落——阿者科，现在已经成为各种社会资源投入其中、游客如织、"展演"不断的乡村振兴明星村。当年，我只身在元阳的山路跋涉，顶着"研究生"的尴尬帽子，① 孤独无助并初尝何谓"田野"（fieldwork）的时候，哈尼乡亲们也开始接触何谓"遗产"（cultural heritage），开始被动卷入梯田遗产化的大浪潮。山乡巨变拉开序幕，这种不可逆的时代变迁至今仍在梯田村落中徐徐伸展触角。

21世纪初，中国民间文学曾经引发一场反思田野方法的大讨论，学者们在"田野是实验场还是日常生活本身"问题上产生较大分歧。② 这种分歧至今依旧存在，并延伸出诸如"告别田野"③ "民间文学向田野索要

---

① 到元阳做研究的各种学科的本科生、研究生、大学教师数量众多，当地人往往对这样的身份态度复杂，一方面这些高学历人才来研究哈尼族使他们感到自豪，另一方面这么多研究生来去无踪，似乎没有给当地人带来多少实惠。

② 施爱东整理：《作为实验的田野研究——中国现代民俗学的"科玄论战"》，中国社会科学出版社2016年版。

③ 施爱东：《告别田野》，《民俗研究》2003年第1期。

什么"①"走向田野、回归文本"②"超越文本、回归文学"③ 等论题。从这些讨论中可以窥见民间文学/民俗学学科的焦虑及其学术体系转型的努力。

学者们担忧民间文学/民俗学如果全面走向田野研究，致力于生产个案研究，会逐渐丧失自身生产文本、批评文本、实践文本的传统优势。在我看来，中国民间文学和民俗学研究仍有必要继续推进田野研究，致力于书写民族志。事象与个案研究带来的碎片化、平庸化问题并不是民族志方法本身导致的。在推进民族志研究的同时，也应当思考如何将个案深描与文本批评相融汇；将田野书写与资料建档相结合；将理论分析与文艺审美相贯通。

具体到神话学，迄今为止，中国神话学对当下中国人生活中的神话学问题研究非常薄弱，以往多数学者将精力放在古典文献、文物、神话文本的研究上。文献、文物研究对探索中国数千年时间跨度的神话观念无疑有重要意义，也能有效阐释古代人对自身与世界关系的认知方式。但是经久传承的神话观念对当下社会生活的影响也是神话学的不可忽视的研究领域。如果民族志方法运用得当，将能有效弥补现有神话研究脱离当代生活带来的缺憾。

在我进入哀牢山区进行田野作业之初，目光停留在水稻梯田上，认为只要抓住稻作农业民俗就能进入哈尼族的神话世界，于是自然而然地注意到了节日和礼仪，因为神话实践主要在这些场合呈现。但是当我描述完仪式过程、找到神话叙事在仪式上的表现之后，再也无法阐释更多。而这也是第一章所述以往研究共有的问题。于是我暂时走出哀牢山，回到书斋中研读经典神话学著述。当翻阅各种神话母题索引时，我有了一

---

① 施爱东：《民间文学：向田野索要什么?》，陈泳超主编：《中国民间文化的学术史观照》，黑龙江人民出版社 2004 年版。
② 陈建宪：《走向田野，回归文本——中国神话学理论建设反思之一》，《民俗研究》2003 年第 4 期。陈建宪：《略论民间文学研究中的几个关系——"走向田野，回归文本"再思考》，《民族文学研究》2004 年第 3 期。
③ 刘宗迪：《超越文本，回归文学——对民间文学研究中实证主义倾向的反思》，《民族艺术》2016 年第 2 期。

种编制哈尼族母题索引的冲动。当我花费数月时间编制完《中国哈尼族神话母题索引》时,我忽然意识到经典的"母题"方法似乎依旧具有对神话的阐释力。那么,哈尼人在生活实践中是否存在类似母题这样的描述神话存在的机制呢?

当我带着问题意识重新回到哀牢山时,发现对于同一节日、同一仪式,我能"看到"更多的深层次的信息了,那种描述神话存在的本土机制若隐若现。但是我依然没能走进哈尼人精神世界中那些最富情感、最关键的部分。于是我向著名哈尼族民间文艺家卢朝贵先生寻求帮助,一方面他数十年专精于哈尼哈巴翻译,另一方面他也深谙哀牢山的山地稻作社会。同时,哈尼族学者刘镜净对元江哈尼族的田野研究[①]也给了我许多启发,她有关"哈巴"的研究已经触及到哈尼族口头传统的核心问题。

在全福庄的卢先生家,我开始注意哈尼族谱牒。通过谱牒,我理解了家支血缘与村落分布的关系,由此在许多问题上找到了突破口。卢先生在哈尼语翻译上给我许多启示,让我能清晰地检视口头表演与搜集整理文本的关系,尤其是对朱小和的语言艺术有了深入的体会。后来在沙拉托乡和绿春的调查,全福庄的经验大大提高了我的洞察力。而这些文化经验的获得,与我用语文学方法深入释读搜集整理的神话文本有莫大关系。区域的田野实感与文本的结构形态、语言修辞相结合激发了许多研究灵感。

我抓住哈尼族的哈尼支系,通过以元阳县为主、绿春县为辅的调查策略,构成了田野的点和面。我渐渐理解了哈尼哈巴口头表演中那些隐含的意义,逐渐能体会哈尼人宇宙观念在生活中的表露,慢慢能领悟哈尼人表述神话的逻辑。由此我坚信民族志方法在神话研究中具有不可替代的作用。我尝试在民族志书写中融汇文本批评,探索一种以母题的实践为中心的神话研究。这种研究最终指向神话的本体研究,而不仅仅是外部语境的描写。考虑到文本和语境之间复杂的动态关联,民族志书写应该致力于在语境中呈现文本,在文化实践中透析神话观念。

---

① 刘镜净:《口头传统文类的界定:以云南元江哈尼族哈巴为个案》,中国社会科学出版社2018年版。

一　哀牢山的多民族社会

在哀牢山久了，天天身处哈尼梯田的绝世美景中，也会麻木。我的田野点虽然是"世界文化景观遗产"，但田野工作的艰辛不足为外人道。我在哀牢山每一次调查都要面对毒虫的叮咬。2014年那次，全身被叮咬80多处，花了3个月方才痊愈，并且身上留下了永久的疤痕。还有一次，在遭遇生离死别的田野突发事件后，自身心理受到极大创伤。[①] 有时候我非常沮丧，田野作业的意义到底是什么？这样持续数年只身进山，从哈尼乡亲的一言一行中淘金般地体悟信息，到头来又能贡献出什么新知识？

在中国，凡研究哈尼族必交代哀牢山几乎成为一个学术惯例。[②] 的确，如果不对哀牢山的环境形态有所了解，就很难理解哈尼族的稻作文化。红河哈尼族彝族自治州元阳县是我主要的田野调查地点，但是元阳县并不是一个孤立的行政单元，唯有在哀牢山区的区域视野中，才能准确理解元阳的山地社会。我最早于2013年夏天到元阳进行田野调查，那个阶段，同时也对绿春县、江城县、墨江县、元江县、红河县等哀牢山区域的哈尼族聚居区进行了调查，目的就是希望能够对区域有整体的观照。

虽然2013年才正式进入哀牢山进行田野调查，但此前我已经以旅行者的身份游走于哀牢山区。现代田野科学已经充分认识到"旅行"对民族志工作者自身的意义。田野的视野一般都建立在更广阔、持续和习惯性的旅行过程中，而不是像以前那样在可控制的研究地点中机械地工作。

[①] 关于这一次事件，详见我书后的专文（附录四）。张多：《田野伦理与田野突发事件——以一次"田野奇遇"为个案》，《民间文化论坛》2014年第6期。该文收入施爱东编：《作为实验的田野研究：中国现代民俗学的"科玄论战"》，中国社会科学出版社2016年版，第214—222页。另有一篇学术札记《悲伤的田野：突发事件的伦理反思》，收入郑少雄、李荣荣编：《北冥有鱼：人类学家的田野故事》，商务印书馆2016年版，第34—35页。

[②] 哈尼族分布很广，但哀牢山区是哈尼族分布的核心区。因为本书所有研究都是围绕着哀牢山区的哈尼族展开研究，因此对于澜沧江—湄公河流域的哈尼族的地理生态不做详细解释，但这并不意味着二者无关联。

理解田野作业，应将其作为一种"习惯"，而不是地点和群体。① 早在2007—2012年期间，我已经通过旅行对昆明哈尼族、墨江哈尼族、新平哈尼族、老挝北部阿卡人有了直观的了解与经验。

2012年，我有幸参加了云南大学白永芳博士带领的江城县哈尼族村落调查组。白永芳是新一代哈尼族学者的杰出代表，她的父亲是哈尼族著名语言学家白祖额。当年夏天，白老师带着我和小组成员在哀牢山区西南缘的江城哈尼族彝族自治县进行了十多天田野作业。后来我发表了第一篇民族志体文章，② 由此我完成了田野的"成年礼"，走上了民族研究的道路。之后几年，白永芳老师对我在绿春县的跟踪田野工作多有帮助。③

2013年夏天，云南大学秦臻老师带我到元阳县、绿春县、景洪市、勐腊县进行近1个月的田野调查，成天在哀牢山间上下穿梭，常常一天时间要往返近千米的海拔区间。在元阳、绿春，我们访问了箐口村的云南大学哈尼族调查基地，这是一个名副其实的"学术村"，已经生产了数十篇硕、博士论文和若干学术论文。我们在绿春县走访了政府部门、博物馆和大寨村，拜访了大寨村的大咪谷。随后我们到了勐腊县，对一个与老挝交界的哈尼族、傣族杂居村落进行调查。那次调查使我认识到，要想研究哈尼族，宏观区域视野至关重要。我也在若干次进出哀牢山的过程中建立起了对这一山地社会的空间认知。

根据在江城、绿春、元阳、勐腊的田野，我完成了关于哈尼族创世神话的硕士论文。④ 在我进入北京师范大学求学，选择博士论文课题的时候，毫不犹豫地延续了对哀牢山区哈尼族神话的探索。为此，2014年5月我对墨江县"哈尼太阳节暨双胞胎节"进行调查，观看了当地根据哈

---

① ［美］古塔、弗格森：《人类学定位——田野科学的界限与基础》，骆建建，袁同凯，郭立新译，华夏出版社2013年第2版，第204—205页。

② 张多：《边境哈尼族村落文化变迁的时间机制——以云南省江城县龙富村为例》，《红河学院学报》2013年第6期。

③ 但令人心痛的是，白永芳老师于2018年8月5日因病逝世，她的早逝是哈尼族研究领域的重创。

④ 张多：《神话意象的遮蔽与显现——以哈尼族鱼创世神话为中心》，云南大学，硕士学位论文，2014年。后来，该文荣获2016年云南省优秀硕士学位论文。

尼哈巴改编的歌舞剧《诺玛阿美·阿墨江》的首演，并调查了县城的水粪村和那诺乡。2014年6月，我和云南大学张雨龙博士（哈尼族）冒着河谷里40多摄氏度的极端高温到元江县羊街乡调查那里的苦扎扎节。2014年7—8月，我在元阳县全福庄和硐埔寨进行田野调查。正是这次调查，我和卢朝贵先生建立了合作研究关系，并访问了著名歌手朱小和。整个夏天我几乎都在哀牢山区，进一步认识了哈尼族庞大的山地社会，也触摸到了神话学研究中的若干可能性。

2015年7—8月，我又回到全福庄进行单个村落的长时段调查，在1个月的时间里，我接连遇到了苦扎扎、驱邪仪式和一次丧礼。这些重要的民俗活动能够集中地碰到一起并不容易，这大大提高了我调查的效率。2015年11月，我又到绿春县调查了十月年和阿倮欧滨祭祀，并且回到全福庄回访。这次调查巧遇了我的另一位报道人——哈尼族青年阿蒲。2016年2月，我到阿蒲家，元阳县沙拉托乡漫江河村调查了昂玛突和哈巴。

2017、2018年冬天，我回到元阳县进行跟踪田野调查。哈尼梯田世界遗产核心片区快速地变化着，民间文化传承也有了新的契机。大鱼塘村建立起新的哈尼哈巴传承中心。在2020年新型冠状病毒肺炎疫情期间，我通过自媒体追踪梯田山乡的动态。疫情期间，在中国社会科学院民族文学研究所的"民文沙龙"分享了哈尼族社区防疫动员仪式及其神话观的田野个案，① 这也是我之前在全福庄的田野工作开始产生学术效应的尝试。

2021年早春我再次回到元阳，哈尼族民间文学研究者马智先生跟我谈了许多有关哈尼哈巴传承的设想。2021年，马智会同云南省社科院的史军超、刘镜净等一批哈尼族知识分子，在元阳成立哈尼族贝玛文化书院，致力于搭建哈尼族民间文艺传承的平台。这次重返元阳，元江河谷里的高速公路刚刚通车，从昆明到元阳的时间大大缩短。山乡社会面貌的剧烈变化，是这些年关注哀牢山最强烈的感受之一。

---

① 中国社会科学院民族文学研究所"民文沙龙"第27期"文学传统与禳灾叙事"，引言人之一，讲演题目为《哈尼族的除疫仪式和瘟疫神话观》（2020年5月19日，线上）。

连续多年追踪，我只敢说对哈尼族口头传统有了一定程度的认识。但是最起码，我对哀牢山区哈尼族文化的认识，不是从一个村落得来的，也不是从一个地点出发的，而是在经年累月的区域观察基础上选择了最终的调查点。在我个人的学术训练中，还兼有对云南汉族、回族、景颇族、白族、傣族等的田野调查经历，这些经验构成了我的"西南研究"区域观。王铭铭指出西南研究形成了"区域模式"（regional model）、"族群模式"（ethnicity model）和"跨境模式"（transnational model）三种研究范式。[①] 于我而言，对哈尼族的田野调查以及其他田野经验，已经使我一定程度上了解了区域、族群、跨境三种研究范式的基本情形。这对进入一个族群的神话研究而言是重要的前期积累。

在东亚、东南亚季风区的中低纬度地带，水稻梯田是十分常见的田制。比如中国广西龙胜各族自治县、湖南新化县、贵州从江县、浙江云和县、江西崇义县，以及菲律宾、印度尼西亚等都有比较典型的稻作梯田农业。但是哀牢山的水稻梯田之所以"举世闻名"，就因为其山势之高峻，生态之独特，人口之繁盛。理解哀牢山区的空间环境有5个关键词：海拔、地理分界线、流域、河谷、坡度。

哀牢山脉是一列西北—东南走向的山脉，从云南省大理白族自治州开始，一直绵延到越南北部的安沛省，全长600余公里。主峰大磨岩海拔约3165.9米，位于新平彝族傣族自治县和镇沅彝族哈尼族拉祜族自治县交界处。其他著名高峰有番西邦峰（3143米，越南老街省）、西观音山（2939.6米，元阳县）等。哀牢山脉平均海拔在2000米以上。哀牢山区是中国最大的原始中山湿性常绿阔叶林区。"哀牢"之名源于古代云南高原族群"哀牢"，为汉语文献对其族称的记录。尽管"哀牢"的族属争议很大，但由于历史迁徙，基本与今日哀牢山的若干族群没有族源关系。因此，"哀牢"作为一个古称，和今天的哈尼族没有直接联系。

哀牢山脉东坡山脚下是元江，越南称红河，元江—红河是著名的深切河谷，江面海拔只有50—200米，江面与哀牢山相对高差极大，可达

[①] 王铭铭：《中间圈："藏彝走廊"与人类学的再构思》，社会科学文献出版社2008年版，第186—191页。

3000米以上。"哀牢山—红河剪切带"（Ailao shan - Red River Shear Zone）是地质学上著名的"地质不连续带"，是板块运动的重要边界。因此，哀牢山—红河剪切带成为云南高原重要的地理分界线，其东部为云贵高原的主要高原面，云南较大的坝子都集中在这一区域；其西部则为横断山系向南部延伸的纵列河谷地区。从哀牢山向西，依次排列着李仙江、无量山、澜沧江、云岭、怒山、怒江、高黎贡山、伊洛瓦底江等南北走向的高山纵谷。而哈尼族聚居的区域正好以元江—红河为界，位于西部纵谷区的哀牢山、无量山、澜沧江—湄公河流域、李仙江—黑水河流域等地区。

因此，在哈尼族分布区域的行政区划地理概念，就有诸多容易混淆之处。以下主要辨析"元江""红河"两个十分复杂的地名系统。

元江：本书的"元江"有两个所指，一是指中国境内的河流元江，二是指玉溪市所辖的元江哈尼族彝族傣族自治县。为避免混淆，本书使用完整的"元江—红河"代指这一国际河流。用"元江县"指代该县域。

红河："红河"一名就更为复杂，其主要有四个所指：（1）红河哈尼族彝族自治州；（2）越南境内河流（元江出境的下游河段）；（3）红河州所辖红河县；（4）中国境内民间习惯称河流"元江"为"红河"。

作为河流，元江—红河的每一个江段都有当地的专有名称，从上游到出境依次为礼社江、嘎洒江、漠沙江、元江、红河。但在滇南地区，各民族都习惯称之为"红河"。本书将避免使用"红河"这一简称，在具体使用中都将使用具体全称。但有一个例外，即作为世界文化遗产的"红河哈尼梯田"，这一"红河"指的是红河州。

红河南岸四县（江外）："红河—元江"延伸出另一个地理概念"红河南岸"。"红河南岸"是描述哈尼族聚居区位置的专有名词，实际上应为西南岸。红河哈尼族彝族自治州的行政区划也可分为"红河南岸四县"和"红河北部"两部分。"南岸四县"指的是元江—红河以南的红河县、元阳县、绿春县、金平苗族瑶族傣族自治县，这4个县也是哈尼族分布的核心区。"红河北部"则指的是红河州的北部地区。"红河北部"主要是汉族、彝族、回族、苗族、瑶族、壮族的聚居区。在汉文古籍中，以临安府（建水）为基础视角的记载，也会用"江外"概念来指称南岸四县地区。比如绿春县与越南孟谍县交界区域在清代史籍中称为"江外三猛屯方";清代在哀牢山区有"江外十八土司"等。

立体族群分布:元江—红河干流发源于巍山彝族回族自治县,中游江面的平均海拔大约在200米,在河口县出境处只有76米。因此,从江面到哀牢山山脊,海拔相对高差可达2700米以上。由于哀牢山脉东西宽度较为狭窄,因此哀牢山东坡坡度较大,此区域的水稻梯田开垦坡度可达75°。由于海拔高差大,哀牢山区也呈现出立体气候的特征,河谷终年炎热干燥,是中国重要的热区。中山地区为亚热带季风气候。高山地区气候类型复杂,有草甸与针叶林分布。

在这样的山地空间里,于中、越两国立体分布着若干族群聚落。低海拔河谷区主要是傣族(泰族)、壮族(岱依族)、白族;城镇交通线区域主要是汉族、回族、京族;中山区主要是哈尼族、彝族、拉祜族、贡族;高海拔山区主要是苗族(赫蒙族)、瑶族、布朗族(莽人)。因此哀牢山区是一个多民族杂居的山地区域。但是,哈尼族人口占据该区域人口的主体,根据中国各县2010年人口普查数据和越南哈尼族人口数据推算,仅哀牢山区哈尼族人口已经超过100万,占世界哈尼族人口的半数,且远超该区域其他民族人口数。

哈尼族的梯田开垦在坡度陡峭的高山之上,养活了百万人口,充分体现了哈尼族顺应自然环境,利用自然条件因地制宜的生存能力。在这样的山地稻作劳作模式之下,哀牢山哈尼族发展出自己一套复杂、完备的文化制度和观念体系。

二 元阳县全福庄

在莽莽哀牢山中,我选择了元阳县作为主要的长期调查地点。元阳县不仅是红河哈尼梯田世界遗产地的核心区,也是整个哀牢山南段地区的中心。元阳哈尼族分布集中,中山地区的哈尼族分布带和绿春县、红河县、金平县相连成片。同时,元阳县也是哈尼族民间文学搜集整理活动的中心,如杨批斗、朱小和、卢万明、卢朝贵等著名歌手、民间文艺家都是元阳人。

元阳县是我国最主要的哈尼族聚居区之一，是中国哈尼族常住人口超过 17 万人的四个县之一（2020 年人口普查数据：红河县 225112 人；墨江县 175197 人；元阳县 189225 人；绿春县 181681 人。）根据 2020 年数据，元阳县哈尼族人口约占总人口的 52.7%，人口占比远低于绿春县、红河县、墨江县。主要原因是元阳县境内尚有大量汉族、彝族、傣族、苗族、壮族、瑶族的世居聚落。少数民族人口占全县总人口的比例在 2020 年已经达到 88%。

元阳县全境皆位于哀牢山区，东北隔元江—红河河谷与建水县、个旧市相望，其他几个方向皆属于哀牢山区——西北接红河县、西南接绿春县、东南接金平县。元阳县面积约 2190 平方公里，高差极大，最低海拔 144 米，最高海拔 2940 米（东观音山）。全县年降水量平均约 900 毫米，属垂直立体气候，由于有元江—红河热带河谷拉高平均气温，年平均气温达 24.4℃。

图 2　元阳县概况图（来自百度，不作划界依据）

"元阳"之名为汉语，取"元江之南"之意。由于元阳位于北回归线以南，终年日照条件较好，所以尽管位于元江—红河之南，但并不遵循"山南水北为阳"的地名原则。元阳地域西汉起属益州郡，历代政区归属不断更迭，至明清两代为土司辖地。元阳地方从明洪武十五年（1382）

至清末，先后置纳楼茶甸、宗瓦掌寨、五邦掌寨、稿吾土把总、猛弄掌寨、纳更土巡检等土司政权。1951年正式设立元阳县。

元阳县人民政府驻地从1951年至1995年4月设在山腰的新街镇，但因为地质灾害隐患和山地狭小，县治于1995年迁到河谷江边的南沙镇。这两地气候差异极大。冬季，河谷的南沙镇气温可达30℃以上，而半山新街镇则会出现较大降雪。夏季河谷气温则常常突破40℃，但山上很凉爽。因此，我田野调查时如果依据元阳县的天气预报（官方预报对象是南沙镇气温）准备行装则会出大问题。有趣的是，元阳人对老县城——新街镇念念不忘，以至于"老县城"一直作为元阳人称呼新街的通用语。于是许多外地来的人搞不清楚到底哪里是新县城，哪里是老县城。因为老县城反而叫新街，而新县城原为傣族聚居地，全然看不出"哈尼族"和"梯田"的踪影。

元阳县的河谷地区主要是傣族、壮族的聚落，汉族聚落分布于低山、城镇和交通线，瑶族聚落位于中低山地区，广大中山或高山地区则是哈尼族、彝族聚落，而苗族主要分布于高山区。哈尼族的水稻梯田主要分布在海拔900米至2000米的亚热带山地地带，根据海拔不同种植不同的稻种。

我的调查地点主要在元阳县西部，包括新街镇、沙拉托乡和攀枝花乡。新街镇和攀枝花乡是"红河哈尼梯田"世界遗产地的遗产核心区，梯田规模最大。沙拉托乡则位于遗产地缓冲区。

新街镇的全福庄是我最主要的田野点，说起来全福庄与我还有一点历史瓜葛。我一直很纳闷"全福庄"之名是一个典雅的汉语名称，与周边村落名称格格不入。原来这里在明代初期曾经是沐英（1344—1392）家族的庄园。沐英是明朝开国大将，本为皖江地区人氏，率军平滇后世代镇守云南。沐英及其军队与明代云南回族群体的塑造有密切关联，其本人的族属也极可能是回族。① 明代时，全福庄是沐英家族在哀牢山区设

---

① 沐英的族属问题目前争议较大，本书不予讨论。但我认为，"汉族""回族"两种观点均不可取。因为明初时不存在当代所谓"汉族""回族"的族群共同体，彼时回族的文化共同体尚在形成过程中。

立的 15 个庄园之一，其农产专供沐氏家族。元阳有两座庄园，除了全福庄，还有马街乡的暮春庄。巧的是，我的父系家族正是随沐英由苏皖一带迁滇，第一代祖为沐英的文书（秘书）；而我母系家族则与沐英同为江南迁滇的回回群体。从全福庄的名称来源可见，哈尼族的水稻梯田农业并不是一个自足的、"世外桃源"般的文化体系，它一直是滇南复杂社会进程的参与者。

全福庄位于麻栗寨河谷的上部，整个山谷放眼尽是梯田，这就是目前全国面积最大的单个水稻梯田片区——坝达梯田片区，面积达 14000 亩，有 3000 多级梯田。全福庄海拔约 1700 米，坝达梯田景观区的上部主要属于全福庄的田。目前，坝达梯田片区已经成为哈尼梯田景区的核心景点，在地势最高的坝达村建有大型观景台。全福庄也是一个观景点。著名的民俗旅游村箐口村就位于全福庄北侧山下方，站在全福庄观看核心景区可一览无余。

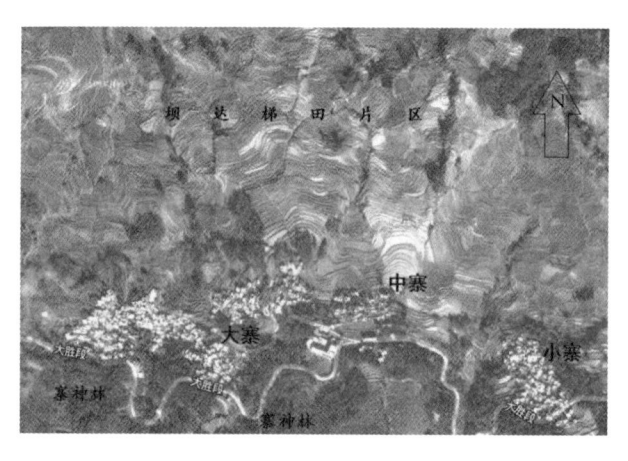

图 3 全福庄大寨区域卫星图（比例尺 1 : 10000，来源谷歌地图，张多有补充）

全福庄村委会包含大寨、中寨、小寨、上寨（小上寨）4 个自然村，卢朝贵家在大寨。2014 年村委会人口 2355 人，其中大寨 1163 人。① 全福庄原籍人口全部为哈尼族，有个别嫁入的汉族、彝族、傣族。但是村中

---

① 这是 2014 年 8 月 2 日作者到村委会向相关负责人询问的人口数据，仅供参考。

图4　俯瞰全福庄的梯田（张多 2015 年 11 月 29 日摄于全福庄东侧观景点）

青壮年人口大部分常年在外打工，遍布上海、广州、昆明、深圳等城市。从人口结构可以看出这个邻近越南的村落，从不是一个闭合的"地方"，其与外界的交往已经有相当的程度。

全福庄也有自己本身的哈尼语名称，叫作 jiqcol，意思是"晚上打着火把迁来的人"。而卢姓哈尼族的汉姓"卢"，是明代临安知府陈晟赐姓。今天哈尼族几乎全部都使用汉姓，其中南岸四县的哈尼族汉姓，大多为临安府赐姓。卢氏的哈尼语姓氏（族姓）为 Olniul，译为"俄纽"。卢朝贵的哈尼语名字叫"朗撒然"（La Savq Ssaq）。全福庄以卢、李二姓为主，还有高、杨、陈等姓，其中李姓的族姓为 Hoqzel。哈尼族姓李的非常多，但是实际上李姓包含了若干个家支。

虽然隔壁的箐口村是著名的"田野调查村"，但调查过全福庄的人也不少。全福庄是元阳县著名的村落，人口集中、梯田规模大、研究者到访较多。从 20 世纪 90 年代开始卢朝贵家已经接待学者 50 余人，当然其中在全福庄展开田野作业的不多。卢先生时常对我提起琉球大学的稻村务、京都大学的宫崎猛，等等。尽管我们俩都是云南人，但他总和我说普通话，俨然还是把我当作"北京来的"学者。

相比之下，交通更为闭塞的沙拉托乡漫江河村就没有那么热闹。漫江河村的梯田远不如坝达壮观美丽，也没有像样的公路通达。但是漫江河村尚未受到来自学术界的太多干扰，反而为我提供了对比全福庄的参照系。但改变即将来临，沙拉托乡是元阳、绿春、红河三县的交界处，新的民用机场就选址在漫江河村上方的山顶，以方便三县。

除了全福庄和漫江河村，在田野期间我还走访了新街镇的爱春村、牛洛浦村、阿者科寨、多依树村、坝达村、普高老寨、大鱼塘村、土锅寨、箐口村、胜村、镇上的街道办，以及到攀枝花乡硐埔寨。当然我的观察也包括县城南沙镇，以及东部的逢春岭乡。在元阳县的群山之间上上下下，一天之内可能要辗转上千米的海拔，这让我深深了解耕种梯田上下来回的艰辛。

三 哈尼族的族称与支系

哈尼族是一个擅长山地农业的庞大族群，目前其传统聚落分置于中国、老挝、泰国、缅甸、越南5个国家，其中中国境内人口约173.3万人（2020年第七次全国人口普查数据），东南亚国家境内人口约80万人[①]。云南省南部的哀牢山区是哈尼族最主要的聚居区。涵盖哀牢山脉中段的6个县是哈尼族人口最集中的地区，依据2020年人口普查数据分别为红河县22.5万人、墨江县17.5万人、元阳县18.9万人、绿春县18.2万人、金平县8.5万人、元江县8.1万人。

从民族史的源流来看，云南的数十个世居民族群体可以分为：氐羌族系、百越族系、百濮族系、苗瑶族系、阿尔泰族系、汉族、回族七大民族集团。[②] 哈尼族和多数氐羌系民族一样使用藏缅语族语言。在藏缅语族中，哈尼语属于彝语支语言。严格意义上，彝语支民族包括彝族、哈尼族、拉祜族、傈僳族、纳西族、基诺族、阿昌族。白族的族属与彝语支民族渊源颇深，但白语不是彝语支语言。

由于迁徙历程漫长、分布地域广阔、支系繁多，使哈尼族的族称成

[①] 该数据采信白永芳：《哈尼族服饰文化中的历史记忆——以云南省绿春县"窝拖布玛"为例》，云南人民出版社2013年版，第1页。

[②] 其中氐羌系包括藏族、彝族、白族、哈尼族、纳西族、傈僳族、拉祜族、景颇族、普米族、基诺族、阿昌族、怒族、独龙族，以及毕苏人、老缅人、拉基人等。

为十分复杂的问题。1950年以前，哈尼族并无统一族称。汉文古籍记载中，对哈尼族有若干族称，有的是他称，有的是自称的音译。这些汉文古籍族称有：和、和夷、和蛮、和泥、禾泥、和尼、窝泥、倭泥、窝尼、斡泥、俄泥、阿泥、哈泥、阿木、罗缅、糯比、路弼、卡惰、毕约、惰塔等。

哈尼族各支系自称多达30余种，如哈尼（Haqnil）、阿卡（Alkaq）、雅尼（Ssaqniq）、碧约（Biqyaoq）、卡多（Kaqdo）、豪尼（Haoqniq）、白宏（Beqhmq）、奕车（Jiqcelil）、阿木（Aqmu）、哦怒（Hhoqnml）、多尼（Dolnil）、卡别（Kaqbieiq）、Ngu'ò'i Hà Nhì（越南语转写）、Kau（缅语拉丁转写）等。其他民族对哈尼族的他称则更为复杂，如汉族、傣族称阿卡为"僾尼"，汉族、彝族称哦怒为"西摩洛"、汉族称豪尼为"布都"等。不仅如此，哈尼族内部各支系间还有若干互称。比如元阳的"艾倮""糯毕""糯美""果和"等就是哈尼支系内部不同家支间的互称。再比如西双版纳、老挝、泰国的雅尼支系内部互称"觉围""觉交"，但其自称却同时存在"阿卡""雅尼"等，甚至当代也会用"僾尼"作为自称或互称。

表1　　　　　　　　　　哈尼族支系与族称关系表

自称	互称或他称	主要分布地区
哈尼	哈尼	元阳、绿春、红河、金平、滇中部分县、越南北部
	艾倮	元阳新街镇
	腊咪、期弟	绿春、红河、墨江、江城、越南北部
	果和	元阳、红河、金平
	糯毕、糯美	金平、元阳、红河、建水、元江、新平、越南北部
	果作、果觉、果角	金平、绿春、江城、越南北部
	奕车	红河浪堤乡、大羊街乡、车古乡
	哈欧	绿春大兴镇
	哈备	金平者米乡
	阿乌	元阳、金平
雅尼、阿卡	僾尼、卡戈、觉围、觉交、高、布里等	景洪、勐腊、勐海、澜沧、孟连、缅甸掸邦、泰国北部、老挝北部

续表

自称	互称或他称	主要分布地区
豪尼	多塔、阿松、布都	墨江、宁洱、思茅、景谷、镇沅、江城、红河、元阳、绿春、元江
白宏	布孔	墨江、江城、镇沅、景东、绿春、红河、元阳、新平、元江
碧约	碧约	墨江、宁洱、镇沅、江城、新平、红河、绿春
卡多	卡多	思茅、墨江、宁洱、镇沅、江城、新平、元江、绿春、红河
哦怒	西摩洛	墨江、江城、镇沅、景东、元江、新平、红河、元阳、绿春
阿木	阿木	墨江、宁洱、江城、镇沅、景东、元江
卡别	卡别	墨江、绿春
多尼	多尼	金平、元阳、绿春、墨江、镇沅、宁洱
果克	阿克	勐海、景洪、缅甸掸邦
搓梭	排角	勐腊、老挝丰沙里省
龙比	补过	勐腊

由哈尼族族称称谓的复杂性可见,哈尼族是一个经过漫长历史分化、融合、迁徙的庞大族群集团。在其历史迁徙过程中,哈尼族群体与其他西南民族走廊上迁徙的群体产生了密切的互动,比如迁徙史诗《哈尼阿培聪坡坡》《雅尼雅嘎赞嘎》中表述的那些部族征战、政权更迭与文化交往。中华人民共和国成立后,着手进行民族调查与识别工作,1952年根据民族调查和民众反馈,将人数最多的哈尼支系作为统一族称——哈尼族。而本书题目中的"哈尼人",指哈尼族哈尼支系。当然,即便是哈尼支系,也不是一个确定无疑的闭合概念,从表1中哈尼支系内部的诸多他称、互称便可见一斑,这是需要特别说明的。

四 父子连名制、血缘集团与祖先

站在民族学的角度看,哈尼族是彝语支族群集团中的一员。彝语支诸民族，不仅有着密切的族源同源关系，在今天依然共享着相近的语言、宗教、民俗、艺术和生计模式。且哀牢山区中山地带，也是哈尼族、彝族、拉祜族的共同分布区。

彝语支民族的共同祖先，氐羌民族集团的先民早在距今10000年到20000年前已经开始由甘青高原向川西高原迁徙，有两地旧石器时代遗址为证。但从旧石器时代遗址的分布和规模来看，当时甘青族群向川西高原迁徙还较为分散，其活动范围仅限于雅砻江上游、大渡河上游、嘉陵江上游地区的河谷阶地。① 直至新石器时代，氐羌民族集团向南迁徙才渐成规模，且随着族群分化而呈现出民族集团内部的文化多样性。根据哈尼哈巴迁徙记忆的描述，彝语支民族祖居地也大致在甘青高原。哈尼哈巴当中有一支重要的类别就是"聪坡坡"，即演唱祖先迁徙的历程。朱小和演唱的《哈尼阿培聪坡坡》和批二演唱的《雅尼雅嘎赞嘎》是两个代表性文本。"聪坡坡"中所记忆的最古老的祖居地"虎尼虎那""什虽湖"可与民族志研究、考古研究、民俗研究的若干证据产生一定程度的对应关系。白永芳认为其地大致在祁连山脉到青海湖一带。② 当然，有关"虎尼虎那""什虽湖"对应哪一个实际地域的问题，至今仍然缺乏令人信服的证据链。

汉魏时代，氐羌系族群中仍滞留在今甘青高原的氐人和羌人发生了较大融合与分化。而先期南下的氐羌系民族，在西南民族走廊地区形成了昆明、叟、摩沙、僰、和夷、冉駹、白狼、槃木、唐菆、徙、筰都、邛都、丹、犁等族群。这些"西南夷"族群中，和夷、叟、僰、昆明等族群与现代哈尼族族源有密切关系。《尚书·禹贡》载："华阳黑水惟梁州，岷、嶓既艺，沱、潜既道，蔡、蒙旅平，和夷厎绩。厥土青黎，厥田惟下上，厥赋下中三错。"③《禹贡》中的"和夷厎绩"指的是和夷人群治水的伟大功绩，"厥田惟下上"指此地之田为下等中的上等，即九个

---

① 石硕：《从旧石器晚期文化遗存看黄河流域人群向川西高原的迁徙》，《西藏研究》2004年第2期。

② 白永芳：《哈尼族服饰文化中的历史记忆——以云南省绿春县"窝拖布玛"为例》，云南人民出版社2013年版，第186—191、222—224页。

③ 《尚书正义》，阮元校刻：《十三经注疏》，中华书局2009年影印本，第315页。

等级中的第七等。和夷即为现代哈尼族的族源之一,后来南迁的"和蛮"族群大部分继承了和夷群体。但唐宋时期的和蛮已经大不同于和夷,和蛮经过魏晋时期与昆明族、叟族、僰族融合,已经朝着单一民族哈尼族的方向发展。① 宋元时西南地区的乌蛮族群,已经接近今天彝语支诸民族的共同祖先。现代哈尼族族源既有乌蛮也有白蛮,从乌蛮可以上溯至和夷、昆明、叟、蜀等羌系因子,从白蛮可以上溯至僰、巴、賨等氐系因子。②

图5　都江堰的"和夷氐绩"题刻(张多 摄影)

彝语支各民族的"父子连名制"是证明其同源异流的有力证据。在今天,彝族、哈尼族、纳西族、傈僳族、拉祜族等仍然以父子连名作为宗族谱牒的记忆手段。哈尼族的父子连名谱牒主要依靠摩批记忆和背诵,也正因为摩批掌握了数百年族群家支血缘分化的详细情形,摩批才与特定家支产生较强的对应关系。摩批也因为这种特殊地位,在沟通祖灵、沟通神鬼世界、送灵返祖的重大事务中担当要角。在各个家支的父子连名谱牒中,从最早的一代祖先"俄玛"到开初几代祖先其实都是神话中的创世神祇。摩批不仅要能记诵谱牒,还要阐释每一代祖先的事迹、历

---

① 段丽波:《中国西南氐羌民族源流史》,人民出版社2011年版,第283页。
② 张多:《神话意象的遮蔽与显现——以哈尼族鱼创世神话为中心》,云南大学,硕士学位论文,2014年,第71页。

史。因此，哈巴文化宝库的形成也与这种标记血缘与记忆的需求有关。

目前，云南各县、老挝、越南、缅甸、泰国的哈尼族父子连名谱牒，被学者记录的已经有数百个家族。通过对比这些谱牒，可以清晰地看到时代越久一致性越高，时代越近则分化越明显。比如同为哈尼支系艾倮支的全福庄卢氏、麻栗寨李氏和硐埔寨朱氏的谱牒，如下表所示。

表2　元阳县全福庄卢氏、麻栗寨李氏和硐埔寨朱氏的谱牒比较①

代际	全福庄卢氏	麻栗寨李氏	硐埔寨朱氏
1	俄玛 Oqma	俄玛 Aoqma	俄玛 Aoqma
2	玛窝 Mahhaol	俄北 Aoqbei	玛窝 Mahhaol
3	窝赫 Hhaolheeq	窝赫 Aoqheivq	窝赫 Hhaolhoq 窝交 Hhaoljaol
4	——	——	交年 Jiaolneivq
5	——	——	年最 Neivqzyuq
6	——	——	最吾 Zoqwuq
7	赫托 Heeqtaol	赫托 Heivqtol	吾托 Wutul
8	托玛 Taolma	托玛 Tolma	托玛 Tulma
9	玛效 Maxoq	玛效 Maxoq	玛效 Mayol
10	效涅 Xoqniaq	效涅 Xoqneivq	效涅 Yolnieiq
11	涅北 Niabe－北苏 Besul	涅北 Neivqbei	涅北 Neivqbiq
12	苏咪乌 Sulmilwul	苏咪乌 Sulmilwul	苏咪乌 Sulmilwul（尊号 Aqpyuq）
13	乌退里 Wultyuqli	乌退里 Wudiqli	乌退里 Wultyuqli
14	退里早 Tyuqlizao	退里早 Diqlizao	退里早 Tyuqlizao
15	早莫耶 Zaomoqyeil	早窝耶 Zao'alyeil	早窝耶 Zaohhoqyeil
16	莫耶恰 Moqyeilqa	窝耶恰 Alyeilqa	窝耶恰 Hhoqyeilqa
17	恰体姒 Qativqsiq	恰体姒 Qativqsiq	恰体姒 Qativqsi
18	体姒里 Tivqsiqli	体姒里 Tivqsiqli	体姒里 Tivqsi'lil
19	里博卑 Liboqbei	里博卑 Libobei	里博卑 Lilbaoqbeiv
20	博卑乌 Boqbeiwu	博卑乌 Bobeiwu	博卑乌 Baoqbeivwul

---

① 本谱牒记音参考我田野调查材料，以及史军超：《哈尼族文学史》，云南民族出版社1992年版；杨六金：《红河哈尼族谱牒》，民族出版社2005年版；红河哈尼族彝族自治州人民政府编：《红河州哈尼族谱牒（六）》，云南民族出版社2011年版。但汉译则根据我田野调查和通行用字重新翻译。

续表

代际	全福庄卢氏	麻栗寨李氏	硐埔寨朱氏
21	乌赫然 O'hoqssaq	乌赫然 O'haoqssaq	乌赫然 Wul'haoqssaq
22	赫然搓 Hoqssaqcol	赫然搓 Haossaqcol	赫然搓 Haoqssaqcol
23	搓莫于 Colmoqyil	搓莫于 Colmoyul	搓莫于 Colmoq'yul
24	莫于直 Moqyilzyuq	莫于直 Moyulzyuq	莫于直 Moq'yulzyuq
25	直塔乌 Zyuqtaowuq	直塔乌 Zyuqtowuq	直塔保 Zyuqtaoqbaoq
26	乌勒批 Wuqleqpil	乌勒批 Wuqlipyul	塔保撒 Taoqbaoqsav
27	批玛刀 Pilmadaol	批玛刀 Pyulmadaol	撒律贝 Sav'luvbeeq
28	玛刀达 Madaoldaq	玛刀达 Madaoldaq	贝哈毕 Beeqhaqbil
29	达度苏 Daqdusul	达度苏 Daqdusul	哈毕能 Haqbilngeel
30	苏毛左 Sulmaoqzoq	苏毛左 Sulmoqzyuq	能莫作 Ngeelmoqzoq
31	毛左茨 Maoqzoqcil	毛左茨 Muzyuqqil	莫作鲁 Moqzoqluv
32	茨咪普 Cilmilpuq	茨咪博 Qilmibo	鲁毕博 Luvbilbol
33	普乌苏 Puqwulsul	博乌苏 Bowulsul	毕博能 Bilbolngeeq
34	乌苏度 Wulsuldu	——	能雷涛 Ngeeqleitaol
35	苏度 Suidu	苏度 Sulduq	涛雷塞 Taolleisseil
36	度册 Duceil	度册 Duqca	塞诶朴 Sseihhyuqbyu
37	册咪 Ceimi	册咪 Cami	诶朴扫 Hhyuqbyusaol
38	咪霞 Mixa	咪特恩 Miteiq'eil	扫捞举 Saollaoljyu
39	霞苏 Xasuq	特恩批 Teiq'eilpil	举哺追 Jyubyuqzyuq
55	……		……
68	……		……

  哈尼族的父子连名制实际上是一个神话宗谱和家谱连缀的"神人谱牒",尤其是"苏咪乌 Sulmilwul"以前的11代人,一般都是创世神话中的天神赫各类神祇,他们不仅是造天造地的神,也是繁衍人类与万物的始祖神。有些谱牒也包含人鬼尚未分家时的"鬼"祖先。在哈尼支系的谱牒中,一般认为苏咪乌是第一代人类始祖,因此通常加上尊号阿培 Aqpyuq,意为祖先,类似于汉语神祇的尊号"某爷"(如祖师爷)。在神、人、鬼未分家的创世时代,俄玛 Aoqma 是最高天神,通常也译为"奥玛"。俄玛对应的神话母题就是"天帝",天界的最高掌管者。在雅尼

支系的谱牒中，还有"俄玛"之前的几代造天造地的神谱，如"奥色色地滇""密色色地滇"等。

从朱氏、李氏、卢氏谱牒的对比可以看出，朱小和家族在第24代"莫于直Moq'yulzyuq"时就与全福庄卢氏、麻栗寨李氏分化开了。而卢、李二支则一直到第35代"册咪Ceimi"时才分开。3个家族的血缘亲疏关系一目了然。同时，"莫于直"的后代兄弟，也是雅尼支系与哈尼支系分化的重要时期。在西双版纳、越南封土县、老挝丰沙里、缅甸掸邦、泰国清莱等地的阿卡人（雅尼支系）父子连名谱牒中，其祖先是"莫于直"的儿子"直塔帕"，而缅甸、泰国的阿卡又在"直塔帕"的下一代与西双版纳、老挝丰沙里、越南封土县的阿卡人分化。

父子连名谱牒是每一个哈尼人社会定位的坐标，谱牒不仅标示了个体在地域性血缘集团中的家支辈分，也标示了个体与祖先、神祇的关系。谱牒对于理解哈尼族的神话十分重要，它是神话世系连接现实人群的纽带。

五 本土概念与田野人物

本研究经常涉及的一些哈尼语专门术语，在此也需要一一交代。

哈巴（Habaq/ $xa^{33}pa^{31}$）：哈巴是哈尼族口头传统的核心载体，是由摩批、歌手口头传承的民族知识表述形式，涵盖了哈尼族知识体系、观念体系的主要部分。哈巴主要依赖摩批或歌手的记忆保存，通过口头演唱传播，通过师承和家传两种途径传承。哈巴是哈尼族历史、哲学、文学、民俗、信仰、艺术、律法、技术、生存经验的百科全书，在哈尼族生产生活中扮演者"指南""经典"的角色。哈巴的称谓在各地区不同，例如拉巴、惹咕、数枝等。

摩批（Moqpi/ $mo^{31}phi^{33}$）：摩批和咪谷是哈尼族两种主要的祭司。摩批主要从事在血缘宗族框架内的仪式活动，比如婚礼、丧礼、叫魂。摩批掌握着血缘集团的父子连名制谱牒，并掌握包含宇宙、历史、制度、仪典等古典文化在内的一整套"哈巴"曲库。摩批是哈尼族传统社会结构中三种能人（头人、摩批、工匠）之一。从社会权力角度看，摩批的权威高于咪谷。但在村落社会中，二者相互配合，以保障村落生活的顺利延续。摩批在一些方言中又称贝玛、呗摩、毕摩。一般而言，摩批按等级高低也分为仰批（血缘宗族专有高等祭司）、翁批（一般性祭司）、收批（助手或女性祭司）。① 摩批主要通过家传和师承两种途径培养，一些摩批世家享有较高社会权威。

咪谷（Milguq/ $mi^{55}gu^{31}$）：咪谷是村落选举的公共祭司，主要负责村落共同体内部的公共祭祀，如昂玛突、苦扎扎。咪谷是村落沟通神祇的代言人，并无实权。咪谷的人选必须在健康、品德、精神、人际、生涯、亲属等诸多方面和和顺遂，要求极高。但随着1950年头人（土司）制度的瓦解、工匠阶层的衰落，现代村落的咪谷获得了一部分社会权威。当代哈尼族的社会权力结构主要由摩批、党政干部、咪谷、知识分子或长老等角色组成。

昂玛突（Hhaqmatul/ $ɣa^{31}ma^{33}tu^{55}$）：昂玛突是哈尼族三大节日之一，节期各个村落自行决定，一般在春耕前。主要活动包括祭寨神林、祭水神、祭寨门、祭祖先、祭稻谷、巡游驱邪、分圣肉、享圣餐、摆长街宴、诞生礼仪、染彩蛋、舂糯米粑、待客等。祭祀活动由咪谷主持。在一些方言又称为昂玛奥、普玛突。

苦扎扎（Kuqzalzal/ $khu^{31}tsa^{55}tsa^{55}$）：苦扎扎是哈尼族三大节日之一，节期各个村落自行决定，一般在春耕结束入夏时节。苦扎扎的主要活动是祭水井、祭磨秋桩、撵磨秋、杀牛分圣肉、接新水、祭祖先等。祭祀仪式由咪谷主持。苦扎扎在一些方言中又称为耶苦扎。

十月年（Zalteilteil/ $tsa^{55}the^{55}the^{55}$）：十月年是哈尼族三大节日之一，为岁首新年。节期一般在哈尼历十月，也即农历冬月至腊月间。现代也有一些地方将十月年与春节整合。新年主要活动是祭祖、吃糯米团和糯米粑、杀年猪、摆长街宴、歌舞娱乐、人际交往等。十月年哈尼语称"扎勒特"或"扎特特"（做糯米团），一些方言又称"甘通通"（开路）、"胡息扎"（吃年饭）、"嘎汤帕"（复苏）等。

---

① 毛佑全：《论哈尼族"莫批"及其原始宗教信仰》，戴庆厦主编：《中国哈尼学·第二辑》，民族出版社2002年版，第102—106页。

窝果策尼果（Olggoqceqnilgo/ o^{55} go^{31} tshei^{31} ni^{55} ko^{31}）：《窝果策尼果》一指著名摩批朱小和演唱的哈巴文本，由卢朝贵翻译为汉语出版。[①] 同时，"窝果策尼果"又是哈巴最主要的基干部分，一般又被称为"窝果奴局"，即十二支基本的唱辞。本文将以书名号和双引号区分两种所指。除了出版的文本外，在卢朝贵、史军超处尚有搜集整理手稿保存。

本书的田野合作者主要是元阳县的卢朝贵、马继春，研究过程中访问的相关重要人士包括元阳县朱小和、李有亮、许撒斗、许叔龙、车然抽、罗美梅、许生博、白倮牛、卢金华、李学辉、张明华、马智，绿春县的白宝鲁、卢保和、龙元昌，元江县的倪伟顺等。哈尼族学者白永芳、李泽然、刘镜净、黄绍文、张雨龙、黄雯、卢璘等也给予许多学术上的帮助。以下将简单介绍3位民族志中主要出现的田野人物。

朱小和，男，哈尼族，1940年生于元阳县硐埔寨。朱小和在梯田里耕耘了一辈子，但同时他也是摩批和工匠。这两个农民之外的身份足以使他在哈尼族地方社会具有较高威望。朱小和的大伯是原猛弄土司的家族摩批，学识渊博。朱小和从小跟随大伯学习古典文化，后又跟随祖父朱侯惹学习。1954年拜高城村摩批普科罗为师。他20多岁就显现出超群的才能。"文革"期间，朱小和在攀枝花乡铁厂务工劳动。他那动听的歌喉、渊博的哈尼族古典知识，让他成为远近闻名的歌王和故事家。1981—1982年他演唱的《哈尼阿培聪坡坡》《窝果策尼果》被县文化馆系统记录翻译，出版后成为哈尼族民间文学搜集整理工作的里程碑。2007年入选第一批国家级非物质文化遗产代表项目《四季生产调》代表性传承人。朱小和不仅是哈尼族的著名民间文艺家，更是云南省为数不多在各种国家层面民间文艺场合被介绍的民间文艺家。但遗憾的是，至今为止学界没有对他开展深入追踪研究的成果。

卢朝贵（朗撒然），男，哈尼族，1945年生于全福庄，是一位学者兼民间文学讲述人。1952—1963年他在元阳县接受了小学、初中教育。

[①] 该部《窝果策尼果》由朱小和演唱，卢朝贵、史军超、杨叔孔搜集整理翻译，先后收入西双版纳州民委编：《哈尼族古歌》，云南民族出版社1992年版；红河州人民政府编：《哈尼族口传文化译注全集》，云南民族出版社2012年版。

1963—1967年卢朝贵在元阳县粮食局工作，1967—1976年回家务农。"文革"期间，卢朝贵多次协助元阳县文化馆进行民间文学翻译工作。当时馆长是著名民间文艺家杨叔孔。1967年杨叔孔到全福庄采访歌手卢万明，发现了卢朝贵的翻译才能。1976年卢朝贵被调到全福庄茶厂，后任厂长。1980年卢朝贵正式调到县文化馆工作。1979—1981年，卢朝贵参与了对摩批、咪谷、歌手的"平反"工作，并投身民间文学搜集整理翻译工作。1984年他调任元阳县文学艺术界联合会，1991年他又调任元阳县政协文史委员会。但是从1980年到2008年退休，他始终兼顾文化馆的民间文学翻译和研究工作。退休后他回到全福庄务农，并且继续从事哈尼族文化研究。此外，1985—1987年，卢朝贵曾到中央民族学院举办的少数民族古籍班系统学习民族古籍翻译。

马继春（阿蒲），男，哈尼族，1990年生于元阳县沙拉托乡漫江河村。2013年毕业于云南国土资源职业学院，毕业后到红河县国土资源局工作。他从中学开始自学哈尼文，2011—2012年在红河州电视台民族语频道、红河州民族语电影译配中心担任哈尼语节目配音。马继春大学毕业后，利用工作之余组织村里和乡里的文艺队，热衷于哈尼族民族文化的搜集和实践。同时，他还是一位擅长运用新媒体分享哈尼山乡生活点滴的年轻人。

第 三 章

哈尼哈巴:作为本土文类的
口头艺术实践

在我最初到哈尼族地区开展田野工作时,也犯过张口就问"请你讲讲哈尼族的神话"这样的错误。随着田野调查逐渐深入,我愈加体会到并反复提醒自己,哈尼族语言文化里原本没有"神话""史诗"这样的学术概念。对哈尼族而言,能够对应"现时世界与群体起源的叙事"这种文类的无疑就是"哈巴"(Halbaq/ $xa^{33}pa^{31}$)。哈巴作为哈尼族典雅的、最重要的、最主要的、承传千年的语言艺术,包含了学者所界定的神话、史诗、叙事诗、歌谣、民间故事、民间传说、谚语等文类。厘清哈尼族的口头文类"哈巴"与学术文类"神话"之间的关系,是本民族志书写首先要呈现的问题。

总的来说,学界对"神话"概念的界定,主要来自三种话语范畴:作为"文类—文本"的神话;作为"文化—事象"的神话;作为"存在—现象"的神话。从文类/体裁角度界定的"神话"往往以叙事(narrative)或文本(text)的面貌出现,传统民间文学研究的正是"神话文类"。从文化(culture)角度定义的"神话"关注文化事象的功能(function)和意义(meaning),文化史、人类学研究多数属于此类。存在(existence)意义上的神话显示出哲学、思维、信仰和符号学的向度,神话哲学、结构主义等研究的是可超脱叙事的神话存在。[1] 西村真志叶把体裁视

---

[1] 张多:《"朝向当下"的神话学实践——评〈现代口承神话的民族志研究——以四个汉族社区为个案〉》,《民俗典籍文字研究》第16辑,商务印书馆2015年版,第254页。

为"经过一定的语境化而得到组织化的话语形式",从而去"观察民间运用这种知识在日常生活世界的多样性中组织秩序的过程"。① 这个过程就是一种"叙事文类",从语言生成活动转变为活生生的经验的过程。从神话的角度来看,西村的界说也适用于神话文类。因此本书主要立足于民间文学的文类研究,将神话理解为现时世界与群体起源的叙事。

在民俗学/民间文学研究中,文类(genre)是一个最基本的分析单元。学者对民间叙事或口头表演的分析有赖于对其先进行分类,形成神话、史诗、民间故事、民间传说、歌谣、小戏等经典文类。这种由学者站在理论立场上对民间叙事进行分类,被丹·本—阿莫斯称为"分析性范畴(analytical categories)"。同时,他区分了社群文类(ethnic genres):

> 社群文类是文化的传播方式,分析性范畴是文本组织的模式。……不同的民俗传播系统,各有其内在的逻辑一致性,各有不同的社会历史经验和认知范畴。由于每种语言的语法都是独特的,并有其逻辑上的一致性,所以口头文学的本土化分类是特殊的,不需要符合任何对任何民俗文类的分析性描绘。文类的社群系统构成了一种民俗语法,是对文化语境中复杂信息表达的交际规则的文化确认。②

对于丹·本—阿莫斯的划分,范雯在其羌族研究中采取了一对更易理解的迻译法:分析性文类和本土文类。③ 但实际上,在美国民俗学研究中还有一个概念"vernacular",对译为"本土"更为贴切。但无论使用什么表述,民俗学家日益明确了民俗研究尤其是口头表演研究中的学术"文类"和语言实践中的"文类"存在明显的分野。而这种认识对审视哈

---

① 西村真志叶:《日常叙事的体裁研究:以京西燕家台村的"拉家"为个案》,中国社会科学出版社 2011 年版,第 9 页。

② Dan Ben‑Amos, "Analytical Categories and Ethnic Genres." *Genre* (2), 1969. Dan Ben‑Amos, "Analytical Categories and Ethnic Genres." In *Folklore Genres*. Edited by Dan Ben‑Amos. Austin: University of Texas Press, 1976: p. 215.

③ 范雯:《"分析性文类"与"本土文类"——基于蒲溪羌族口头民俗的田野研究》,《民间文化论坛》2017 年第 2 期。

尼族"哈巴"这一语言实践行为至关重要。

一 哈尼语、哈尼文的相关问题

哈尼语属于藏缅语族彝语支，与彝语、拉祜语、纳西语、傈僳语、基诺语等有语源关系。由于哈尼族分布地域广泛，与其他族群（语言集团）接触频繁，因此，哈尼族的语言掌握情况较为复杂。一方面，时空区隔形成了若干哈尼语内部方言；另一方面，哈尼语也不断吸收其他语言成分。哀牢山区哈尼族大多兼通汉语、彝语；西双版纳的哈尼族大多兼通傣语、汉语，有的通拉祜语、布朗语、基诺语；缅甸、泰国和老挝的阿卡人大多兼通缅语、泰语、老挝语，有的会说汉语；越南哈尼族则兼通越南语或者汉语。各种语言的借词进入哈尼语的情形也因地域差异各有不同。

根据20世下半叶以戴庆厦为代表的语言学家的田野研究，哈尼语被分为三大方言：哈雅方言、豪白方言、碧卡方言。三大方言的命名正好取用了哈尼、雅尼、豪尼、白宏、碧约、卡多六大支系的自称。本文涉及的元阳县新街镇、沙拉托乡哈尼族，主要使用的是哈雅方言的哈尼次方言，新街镇的麻栗寨话是其代表音。

表3　　　　　　　　　　哈尼语方言音系

哈尼语	哈雅方言	哈尼次方言	红河州绿春县大兴镇大寨话
			红河州元阳县新街镇麻栗寨话
			红河州金平县金河镇马鹿塘话
			红河州红河县甲寅乡甲寅话
			红河州红河县浪堤乡浪杂话
		雅尼次方言	西双版纳州勐海县格朗和哈尼族乡格朗和话
			普洱市澜沧县惠民哈尼族乡那东话
	碧卡方言		普洱市墨江县联合乡菜园村碧约话
			普洱市墨江县通关镇民兴村卡多话
			普洱市墨江县雅邑乡大寨村哦怒话
	豪白方言		普洱市墨江县龙坝乡水癸村豪尼话
			普洱市墨江县雅邑乡坝利村白宏话

哈尼族是一个没有传统文字的民族，但是在哈尼族神话中，文字丢失的神话非常普遍。文字起源作为文化起源神话中一个重要的母题，在一个群体的文化记忆中有重要位置。哈尼族神话中体现的文字记忆，是探讨其口头传统的一个不容忽视的问题。① 哈尼族迁徙叙事中说"哈尼先祖的字书是智慧神的嘴巴和眼睛"，有文字的卷册是珍宝，摩批一直随身携带，但是在过"诺玛阿美河"的时候，摩批把字书叼在嘴上，因浪大不慎把字书吞下，从此哈尼族丢失了文字。② 从整个彝语支民族的文字体系（彝文、东巴文、铎系文）现状来看，哈尼族先民历史上有可能曾经掌握文字，其文字丢失神话表征着现代哈尼人的文字记忆。

目前所知在1927年，意大利籍天主教神父坡塔路批（Potaluppi）在缅甸掸邦景栋创制第一套阿卡文方案。此后，世界上曾出现过若干套哈尼（阿卡）文方案，其中东南亚各国的哈尼文多为欧美传教士制定，多数流通范围狭窄。

中国哈尼文方案创制工作始于20世纪50年代。1952年，云南民族学院语文教研室哈尼语组的王尔松和秦风翔，以拉丁字母创制了第一套"豪尼（布都）文字方案"。1957年，在中央民族学院戴庆厦、王尔松、白祖额等人的参与下，云南省民委③选用绿春县大寨话（窝拖布玛村）为标准音，制定了"哈雅方言哈尼次方言文字方案"，并撰写《关于划分哈尼语方言和创制哈尼文的意见》调查报告，制定了《哈尼文字方案》（草案）。这套拼音文字在1957年3月召开的云南省少数民族语文科学讨论会通过，又经1958年4月在北京召开的全国第二次少数民族语言科学讨论会讨论，呈报中央民族事务委员会批准试行。

---

① 从民族史的角度看，彝语支民族是有传统文字的，至今仍在使用的有彝文、东巴文等，哈尼族在彝语支民族尚未分化的时代是否掌握文字，目前无法考证。但哈尼族神话中有摩批吃掉经书从而丢失文字的记忆。此外需要注意，彝语支民族的文字主要是在祭司（如毕摩）群体中使用和传承，普通民众并不掌握。
② 云南省民间文学集成办公室编：《哈尼族神话传说集成》，中国民间文艺出版社1990年版，第274—276页。
③ 具体实施单位为1956年组建的中国科学院少数民族语言调查第三工作队哈尼语组，以及云南省民族事务委员会语文研究室哈尼语组。

1981年5月，西双版纳州人民广播电台、中国社会科学院民族研究所、西双版纳州民委等单位合作，以勐海县格朗和哈尼族乡苏湖村委会丫口老寨语音为标准音，在"大寨话方案"的基础上创制了"哈雅方言雅尼次方言文字方案"。从1957年到1993年，试行的哈尼文在滇南各地的推广经历诸多起伏，也发现了一些文字方案的缺陷。期间，中央民族大学和云南民族大学等曾断续开办过哈尼语专业的专科、本科班。

1993年，云南省民族事务委员会少数民族语文指导工作委员会组织统一哈尼文方案的工作，将哈雅方言的两套文字统一为"哈尼文方案"。因为哈雅方言的使用人口占哈尼族人口的大多数，因此这套"哈尼文方案"在1994年经国家批准，成为中国官方推行的哈尼族通行文字。此后，哈尼文出版物也不断增多。但当前掌握哈尼文的只是少数知识分子。目前云南民族大学开设有教授这套方案的哈尼语大学本科专业。

从1999年开始，中国、缅甸、泰国的一些哈尼族学者，致力于推动国际通行哈尼文方案的制定工作。经过多年努力，中、缅、泰、老四方学者综合各国现有文字拼音方案，于2010年1月2日在景洪发布了"民间国际通用哈尼/阿卡文方案"。这套文字仍以中国1994年官方方案为基础，并借鉴了缅甸、泰国拼音方案。虽然一些学者致力于在各国推介这套文字，但目前收效很有限。

有鉴于1994年哈尼文拼音方案的法律地位，以及迄今已有大量以这套文字方案编写的书籍、教材公开出版，本书的哈尼文拼写方案采用1994年哈尼文拼音方案。

表4　　　　　　　　哈尼文拼音方案·声母

哈尼语声母		双唇音	颚化双唇音	唇齿音	舌尖前音	舌尖中音	舌面前音	舌面后音
清塞音	不送气	b [p]	bi [pi]		z [ts]	d [t]	j [tɕ]	g [k]
	送气	p [ph]	pi [phi]		c [tsh]	t [th]	q [tɕh]	k [kh]
浊塞音	不送气	bb [b]	bbi [bj]			dd [d]		gg [g]
	送气							
塞擦音	不送气				zz [dz]		jj [dʑ]	
	送气							

续表

哈尼语声母		双唇音	颚化双唇音	唇齿音	舌尖前音	舌尖中音	舌面前音	舌面后音
鼻音		m [m]	mi [mj]			n [n]	ni [ɲ]	ng [ŋ]
边音						l [l]		
擦音	清音			f [f]	s [s]		x [ɕ]	h [x]
	浊音				ss [z]		y [ʑ]	hh [ɣ]

目前的哈尼文书写系统以哈尼语哈雅方言的绿春县大寨话为标准音，通行拼音方案中有31个声母、26个韵母、4个声调。哈尼文声调的标示使用的是拉丁字母标示法，这样便于计算机录入。大寨话音系的语音特点为辅音分清浊，元音分松紧。其中元音的松紧对立是藏缅语族语言的突出特征。紧元音又称紧喉元音，在哈尼语中元音松紧是构成音位对立的。

表5　　　　　　　哈尼文拼音方案·韵母和声调

哈尼语韵母	单元音	松	i [i]	yu [ø]	ei [e]	a [a]	ao [ɔ]
		紧	iv [i̠]	yuv [ø̠]	eiv [e̠]	av [a̠]	aov [ɔ̠]
		松	o [o]	e [ɤ]	u [u]	ee [ɯ]	ii [ɿ]
		紧	ov [o̠]	ev [ɤ̠]	uv [u̠]	eev [ɯ̠]	iiv [ɿ̠]
	复元音		uei [ue]	ua [ua]	ia [ia]	ie [iɤ]	iei [ie]	iao [iɔ]
声调	调值		55	33		31	35	\
	标记		l	此声调不做标记		q	f	\

本书在一般情况下，只标注哈尼语词汇的哈尼文拼写，有必要时才标注国际音标。由于口头传统文本的语音因歌手的方言差异而呈现出差异，所以哈巴记录文本的哈尼文记音出现偏差在所难免。有鉴于此，我田野研究有意识选择了恰当的合作者。本书主要关注的哈巴歌手朱小和，与其多年的徒弟、翻译（记音）者卢朝贵持相同的方言。卢朝贵的语言能力非常强，且经过哈尼文训练，这就保证了其哈巴记音、翻译的准确性。包括在沙拉托乡调查，也选择了学习过哈尼文的马继春作为

合作者。

本书还将涉及大量哈尼哈巴的汉语翻译问题,因此有必要对汉语使用作一说明。哈尼哈巴的汉语翻译,大致有两种汉语的使用方式,一种是使用普通话的词汇、语法进行翻译,一种是使用汉语西南官话(北方方言—西南次方言—云南话—昆贵片)翻译。早期搜集整理的文本中,多数是用昆贵片汉语方言翻译的。就我的田野合作者卢朝贵而言,他使用汉语的是云南话昆贵片元阳县的方言,他翻译的大量哈巴文本多数使用了昆贵片方言。我的母语正是昆贵片的标准音之一昆明话。同时我有良好的汉藏语比较语言学功底。这是我在分析口承神话汉语翻译问题上的优势。

我在田野调查过程中也尽可能地学习哈尼语,但由于哈尼语各方言差异较大,而哈巴演唱又使用古典语言。因此学习哈尼语用于研究困难重重。目前我只能简单听说一些日常用语。但是在田野过程中,我充分利用与卢朝贵合作研究的机会,基本掌握了哈巴哈尼文的拼写规则和常用词。

二 本土文类和"哈巴"的文类性质

在哈尼族口头传统研究中,学者们常常在文类的界分上面临困境,"歌""古歌""歌诗"等尚未成熟的学术性文类概念,以及"史诗""神话""歌谣"等成熟的学术文类往往被用于界定同一内容的演唱实践。自20世纪50年代以来,哈尼族的大量口头演唱文本被知识分子搜集整理,并翻译为韵文体汉语文本。比如著名歌手朱小和演唱的创世史诗《窝果策尼果》、迁徙史诗《哈尼阿培聪坡坡》、史诗《四季生产调》等,都成为哈尼族民间文学的"经典文本"。但是用"史诗"文类框定这些口头表演,很容易遮蔽掉哈尼族口头艺术的本土话语和本土知识。

本书所要讨论的是哈尼族文化中总括性的本土概念——"哈巴"(Habaq 或 Halbaq)[①]。哈巴是哈尼族语言艺术的一个核心类别,这一概

---

① 哈尼语概念之后的括号为哈尼文拼写,下文同。

念是理解哈尼族口头艺术的关键。此前，刘镜净运用口头诗学、民族志诗学的理论方法，将哈巴视为一个文类。她首先将哈巴与哈尼族本土知识联系起来。比如她注意到哈巴在哈尼语不同方言中又有拉巴（ɬa^{31}pa^{33}）、惹咕（ze^{33}ku^{33}）、数枝（ʂu^{31}tʂ^{33}）等称谓，民众通常解释为"山歌""曲子"或"调子"。① 刘镜净在"哈巴"何以在语言实践中成为文类的问题上，为后来人留下了探索的空间。另有曾静、郑宇合写的《哈尼族丧礼中"哈巴惹"的戏剧特征探析》一文，试图用理查德·谢克纳（Richard Schechner）的戏剧表演观来重新定义哈巴。但是由于作者对表演理论（及其不同表演观）缺乏深入了解，因此止步于将哈巴描述为"具备了综合诗、歌、表演者、观众、剧场等为一体的戏剧特征"。② 但是其对丧礼哈巴演唱竞赛的描述，对立体地理解哈巴是有价值的。

在20世纪60年代末以前，民俗学家通常将"文类"视为按照一定的类型学原则对口头民俗文本进行的分类。随着20世纪60年代末表演研究、语言人类学的推进，民俗学家越来越重视文类概念的"语言实践"本质。在表演理论的视野中，文类是约定俗成的、指向话语生产和接受的框架（framework）。理查德·鲍曼对此进一步阐释，认为文类是指向特定文本的生产和接受的言说方式。③ 这种理解对界定"哈巴"何以构成哈尼族的本土文类很有助益，也即须先在口头表演的语境中分析哈巴的产生和接受机制。

哈巴的演唱是无乐器伴奏的，全靠歌手的演唱技巧来驾驭旋律和节

---

① 刘镜净：《口头传统文类的界定——以云南元江哈尼族"哈巴"为个案》，中国社会科学出版社2018年版，第2页。[本书所引该著作的有关观点，又见刘镜净：《试论口头传统文类的界定——以云南元江哈尼族"哈巴"（xa^{33}pa^{31}）为个案》，中国社会科学院研究生院硕士论文，2007年；刘镜净：《哈尼族口头传统"哈巴"研究的学术走向》，《贵州民族大学学报》（哲学社会科学版）2015年第5期；刘镜净：《口头传统文类的界定——以哈尼族"哈巴"为个案》，《西北民族研究》2017年第1期。]

② 曾静、郑宇：《哈尼族丧礼中"哈巴惹"的戏剧特征探析》，《北方民族大学学报》2018年第1期。

③ Richard Bauman, *A World of Others' Words: Cross-Cultural Perspectives on Intertextuality*. Oxford: Blackwell Publishing, 2004, pp. 3-4.

奏。掌握哈巴知识的通常是祭司摩批，摩批的等级高低也与其掌握哈巴的程度有关。1989年，李元庆研究哈巴的著作《哈尼哈吧初探》出版，此时李元庆已经意识到哈巴文类的问题，并提出"传统分类法"。[①]他从哈尼族内部视角，将哈尼族演唱艺术分为"哈巴"和"阿茨"两类。哈巴是仪式上演唱的庄重典雅之音，而阿茨则是劳动与生活场景的情歌和山歌，这种分类十分类似中原古典诗学的"大雅"与"小雅"之别。李元庆认为"阿茨"具体可分为大声唱的情歌"茨玛古"和情人幽会时小声唱的"茨然"两类。但在我的田野作业中，哈尼族地方知识分子多次反对这个观点，认为情歌大小声完全是根据恋爱情境灵活调整的，不能作为"阿茨"的分类标准。可见，即便在哈尼族内部知识中去归纳文类，也会遇到各种标准相互抵牾的困境。

目前，刘镜净的研究已经初步解决了"哈巴"作为口头传统文类的基本界分的问题。她认为："应当在尊重传统知识、遵从本土分类体系的基础上将民间话语转换为学术表达，如果暂无合适的术语与它相对应，我们宁可还是沿用民间话语，而不是硬拉一个术语过来用，以至消解了民间话语所承载的丰富而独特的文化内涵。"[②] 哈巴就应被视作一个哈尼族内部的文类，不应套用其他现成术语。

哈巴是哈尼族口头传统中的一个总括性重大文类，在这个大框架下，还包含着诸多亚类型。比如"聪坡坡"就是专门演唱迁徙历史的一个类型。从哈巴演唱的结果来看，哈尼族文化内部（或歌手头脑中）存在着诸多文本类型，这些文类相互交织，形成了哈巴整体的宏大体系，也即"本土文类"。但我所言的"本土文类"比较接近西方民俗学的"本土"（vernacular）概念，而不完全是丹·本-阿莫斯使用的"ethnic"概念。

"vernacular"一词在汉语中找不到完全对应的词来翻译，综合来看，

[①] 李元庆：《哈尼哈吧初探》，云南民族出版社1989年版，第2页。
[②] 刘镜净：《口头传统文类的界定》，第88页。

用"本土/本土性"对译比较贴切。① 理查德·鲍曼在《本土语文学》一文中分析了作为民俗学概念的"vernacular"。他认为 vernacular 的特征是：（1）日常习得的交流资源和实践；（2）在交互秩序与生活世界当中即时性的、理性的交流关系；（3）在地方与区域意义上，以有界限的空间作为分配和流通基准。② 这几个特征概括了"本土/本土性"是作为对抗全球化、标准化的文化多元主义概念。它强调从特定社区、群体内部的共同知识出发来界定民俗文类，尤其强调是当下正在运用的知识，而不是用现成的学术划分标准来套用。戴安娜·苟斯丁（Diane Goldstein）更是提出民俗学的"本土转向"（vernacular turns），意在将普通人的而非专家的知识放置于更为公共的话语中被分享和讨论。③

因此，为了强调民俗学口头表演特定的"交流""即时"特性，我提出"本土文类/本土型式"（vernacular genre）的概念，来概括诸如哈尼族"哈巴"这样的口头文类。此前还有一些中国民俗学者在田野研究中也提出过类似概念。比如黄静华对拉祜族"牡帕密帕"的研究指出"古根"是比"牡帕密帕"更加上位的文类概念。她已经注意到："'牡帕密帕'一词来自拉祜族语库，然其本意不足以承担拉祜族史诗的全部内容，至少在公共层面，它的使用部分地遮蔽了此叙事传统的本土称法。"④ 李生

---

① 李明洁曾将 vernacular 译为"民间话语"（参见［美］戴安娜·埃伦·戈德斯坦（Diane Ellen Goldstein），李明洁译，李维华校：《民间话语转向：叙事、地方性知识和民俗学的新语境》，《民俗研究》2016 年第 3 期），但我认为这个翻译不妥。它虽然表达了"从民间角度发出的话语"这层主要意思，但却不能表现"从特定社区和群体内部的、当下的立场出发"这个特殊意义。并且"民间"一词在中国民俗学是一个含义丰富、充满歧义的术语。再者，vernacular 并不仅仅指方言、语言、话语，它也可以直接运用于物质文化、风俗和信仰，比如 Vernacular Landscape（本土景观）、Vernacular Beliefs（本土信仰）、Vernacular Literature（本土文学）、Vernacular Building（本土建筑）、Vernacular Architecture（民居）、Vernacular Priest（本土祭司）、Vernacular Practice（本土实践）、Vernacular Commentary（本土注解）等。另外需要说明，Vernacular 在近代中国研究中，还专用于"白话""白话文"概念的英译。此外，巴莫曲布嫫还提供了另一种翻译方式："本地、本地的"，一并列出供参考。

② Richard Bauman, "The philology of the Vernacular". *Journal of Folklore Research*, 45（1），2008.

③ Diane Goldstein, "Vernacular Turns: Narrative, Local Knowledge, and the Changed Context of Folklore." *Journal of American Folklore*, Vol. 128, No. 508, Spring 2015.

④ 黄静华：《史诗文类视角中的拉祜族"古根"叙事传统》，《中国社会科学报》2015 年 11 月 6 日。

柱在河北南部的研究中，发现了"功"这个"民俗语汇"。他认为民俗语汇是"认知地方实践的一种可能"，倡导"发掘出民俗语汇在建构本土话语体系、理论体系中的学术潜力"。① 他的思考也与"本土/本土性"概念的关键部分不谋而合。可见对"本土"认知与实践的问题，中、美学者都有基于田野的自觉认识。

基于现有研究，我将"vernacular"译为名词的"本土性"和形容词/名词的"本土"。② 具体而言，"本土文类"指的是特定社区或群体内部用作达成艺术性交流的语言实践方式。本土文类可以是经久传承的话语运作模式、民俗实践型式，也可以是新兴的认同性交流实践和模式化行为。

三 哈尼族语言实践中的诸文类概念

2015 年夏天，我在元阳县新街镇全福庄进行田野调查，合作研究者是著名哈尼哈巴翻译家卢朝贵先生。卢先生是著名歌手朱小和大部分口头文本的主要翻译者。比如《窝果策尼果》《哈尼阿培聪坡坡》这两部"史诗"正是卢先生的译笔。我通过研读口头文本翻译手稿，并随卢先生进行深入学习，又访问朱小和先生，从而得以从语言学的角度整体梳理朱小和的语言艺术。

首先，"窝果策尼果"中的"窝果"（hhol kov）一词对理解哈巴十分重要。Hhol 是"话语（叙事）"，kov 是"诗行（韵文）"，"窝果"这个词本身就是一种文类概念，也即通过演唱来表现的远古叙事，是一种口语运用的实践形式。"窝果"概念本身已经规定了这一套哈巴的形式和

---

① 李生柱：《冀南醮仪中"功"的逻辑与实践——兼论民俗语汇作为民俗学研究的一种可能路径》，《民俗研究》2016 年第 6 期。当然，孙艳艳在河南周口的田野研究也从民间信仰层面回答了"跑功"这样的本土范畴。孙艳艳：《被动的表述与主动的实践——以河南周口地区的"看香"与"跑功"信仰活动为例》，《宗教人类学》2017 年第 1 期。

② 王杰文在论述鲍曼《本土语文学》时也将 vernacular 翻译为"本土"。王杰文：《表演研究：口头艺术的诗学与社会学》，学苑出版社 2016 年版，第 130 页。王立阳亦采用了"本土语文学"的译法，见理查德·鲍曼：《本土语文学》，王立阳译，[美] 李·哈林编：《民俗学的宏大理论》，程鹏等译，上海社会科学院出版社 2018 年版，第 83 页。

内容。但是在哈巴演唱中,还有很多和窝果平行的本土文类概念。

在朱小和的唱本中,有一些不同的词最终都被翻译为"古歌",其中最常用的词是 hhol hoq($ɣo^{55}xo^{31}$)。哈尼语哈雅方言中 hhol 是"规矩"或"不可逾越的硬道理"之意,而 hoq 就是"遵循传统的""正确的"。因此 hhol hoq 可直接翻译为"古歌",就是"古典的歌"。此外,soq daoq、daoq xal 这两个词也被翻译为"古歌"。绿春县歌手白们普喜欢使用 soq daoq 这个词,soq 是"古老的",对应汉语形容词"古"。Daoq 有"话"和"规矩"的意思。这里的"话"的意思是"言说的"或者"说出来的",是一个名词。于是 soq daoq 这个词意思就是"言说出来的规矩"。

可见,"口头性"在哈巴的分类观念中是一个重要标准,内涵着规矩都是由祖先"说定"了的。Xal 意思是"百",引申为"千百",表示数量极多。所以在这里,soq daoq(古话)、hhol hoq(古歌)、daoq xal(〔祖辈说的〕千言万语)这 3 个文类概念,都可以对应到"古歌"范畴中,都表示古典的规范、古老的言说、老话。而这 3 个概念的核心就是"口头的",口头传承下来的话语具有规范当下的约束力。这 3 个文类概念都是哈巴大概念下的亚类型。

在朱小和与白们普等歌手演唱的哈巴"窝果策尼果"和"砍倒遮天树王"中,至少出现了 15 种文类概念,而他们共同使用的高频文类概念就是 hhol hoq。我查阅了哈尼语词典,又经过语言学的分析,将这 15 个文类概念进行了比较。

表6　　　　　　　　朱小和等歌手使用的文类概念辨析

哈巴演唱用词	国际音标	卢朝贵等汉译	文类概念精释	摩批歌手
aq jeiq	[a^{31} tɕ e^{31}]	古规	遗留下来的东西（有亲切感的）	朱小和
doq eil	[t o^{31} e^{55}]	古话、话语	讲出来的话语	白们普
doq meq	[t o^{31} $mɣ^{31}$]	话好、声音	美好的话、良言	朱小和
doq yul	[t o^{31} $ø^{55}$]	古歌、古话	那些久远的话语	朱小和
doq zol	[t o^{31} tso^{31}]	古歌、话美、古规	习（传承）得的话语	朱小和
hal baq	[x a^{55} p a^{31}]	哈巴、古歌	哈巴调式	朱小和

续表

哈巴演唱用词	国际音标	卢朝贵等汉译	文类概念精释	摩批歌手
hhaol doq	[ɤɔ⁵⁵ to³¹]	律言、经典	言说出来的规矩（一句句规矩）	白们普
hhaol jeiq	[ɤɔ⁵⁵ tɕi³¹]	古礼	遗留下来的规矩	朱小和
hhol hoq	[ɤo⁵⁵ xo³¹]	古经、古规、格言	有根可循的规矩	朱小和、白们普
hhol kov	[ɤo⁵⁵ kho̠]	窝果、古经	一行一行的规矩	朱小和
hhol lul	[ɤo⁵⁵ lu⁵⁵]	古礼、古歌	生生不息的规矩	朱小和
hhol ma	[ɤo⁵⁵ ma]	规大、古规	最大的规矩	朱小和
hhol yul（hhol yol）	[ɤo⁵⁵ ø⁵⁵]	古规、古礼、旧规	那些久远的规矩	朱小和
hoq bei	[xo³¹ pe]	古规、古礼、古经	开初的规矩（音译：霍本）	朱小和
soq doq	[so³¹ to³¹]	语言	齐整的话语（出口成章的话语）	白们普
yeil byul	[ze⁵⁵ pø⁵⁵]	神话	人类起源的事	朱小和
yeil doq	[ze⁵⁵ to³¹]	神话	无边无际的话、神话、漫话	朱小和
yeil gaq	[ze⁵⁵ ka³¹]	古经、故事、传说	美妙的故事	朱小和
yeil lul	[ze⁵⁵ lu⁵⁵]	古话、古典	充满激情的故事	白们普

从比较可以看出，哈巴体系中的亚文类概念，多数都是表达"规矩""话语""故事"这些语义，由此可见哈巴这个总括性文类的核心意涵是对生产生活、意识形态的表述和规定。这种文类意义与"神话"十分接近，这也说明用神话学的理论、方法来研究哈尼哈巴，具有语言实践上的有效性。

表6所列的这些文类概念，在哈尼族文化中并没有现成的界定，有些概念也只是表达相同内涵用了不同名称。但在摩批、歌手演唱哈巴的实践中，这些概念信手拈来，各有位置，似乎又有其特定的所指。因此，有必要对这些文类概念的每一个词根做语言学的语义分析，来探究歌手使用这些概念是基于怎样的共同理解。每一个单词单独使用的文类意义和组合使用的文类意义也有着微妙差异。

表 7　　　　　　　　哈巴文类概念所用词汇的语言学分析

哈尼语单词	基础义项	引申义项	文类概念意义
byul	人类	人类	人类起源
doq	言语	话语、句	话语
eil	说	讲、说	言说、说出的
gaq	美好	美妙、可爱、娇好、牵挂、爱恋	美好的
hhol	坚固、坚硬、凝固	规定、规矩、规范	规矩
hoq	基础、铺垫	正确、合适、垫	有根据的、规矩的
jeiq	遗下、剩下、留下	遗留下来的、遗产	祖先留下来的
kov	行（量词）	行、一行、一行行	诗行
lul	膨胀、生发、生长、鼓起	躁动、炒、发情	生生不息、充满激情
ma	大	大	最大的、第一位的
meq（meeq）	好的（形容词）	很好的	美好的
soq	齐、整	书写、文章	出口成章的
yeil	宽	（作量词）	一类叙事、一段故事
yol（yul）	远处的	那	久远的那个
zol	读	学习	传承

这些文类概念大多是在哈巴的"歌头"和"歌尾"部分出现，歌手在演唱开始时，总要先向听众交代自己要唱什么，为什么唱，以及交代（夸耀）自己的能力。而像朱小和这样的技艺超群的歌手，其语言库非常丰富，他在同一段演唱中往往不愿意重复用词，于是就出现了如此多样的"要唱什么"的文类概念。也即这 15 个文类概念在每一支哈巴演唱中都是用来指称"所唱的这一支哈巴"。这些文类概念可以理解为对"哈巴"各个层面意义、功能的细分解释。

事实上，通过表 7 可以看出在哈巴本土文类概念中，有 3 个词十分关键：doq（话语）、hhol（规矩）、yeil（故事）。这 3 个词不仅是诸多概念的词根，而且它们本身就是典型的文类概念，在哈巴演唱中出现频率极高。Hhol 是不可逾越的规矩，有典章、律法的文化功能，这种文类往往演唱的是社会规范，是一种典范的语言艺术实践。Doq 是格言、良言，是经过经验沉淀的知识总结，蕴含着哲理与智慧。Yeil 就是故事（story），是具有完整情节的一段叙事，讲述哈尼族的久远事件与场景。

综合若干本土文类概念，"哈巴"是一个总括性的上位概念，其他的"古规""古礼""古话"都是从属于"哈巴"概念的，或者说是为"哈巴"的演唱方式服务的。在"哈巴"的交流框架下演唱的，就是这些"规矩""故事""话语"。理查德·鲍曼借用贝特森（Gregory Bateson）和欧文·戈夫曼（Erving Goffman）的"框架"（frame）概念来解释"表演（performance）"的本质。简而言之，框架就是有限定的、阐释性的语境，可被特定社区的人用作日常交流的资源。① 如果哈巴是哈尼族日常话语交流的一个阐释性框架，那么其需要有一个阐释性指导原则（interpretive guidelines），对此，刘镜净的研究提供了启发。

刘镜净借鉴戴尔·海默斯（Dell Hymes）的"Model of SPEAKING"（言说模型）对哈尼族哈巴的演唱要素进行了分析。继而得出哈巴的阐释性界定：

> 首先，"哈巴"是哈尼族的一种韵体歌唱传统，只唱不说，无乐器伴奏，其首要特征便是它演唱的内容都是古规古矩，是祖先传下来的，后人只能照唱而不能随意编造。……其次，"哈巴"所唱述的内容涉及哈尼族关于天地万物、人类繁衍、族群历史、四时节令、历法计算、生老病死、宗教信仰、风俗习惯等方面的种种知识，这些演唱内容决定了其受众的宽泛性，可以说是老少皆宜，而其演唱者也因此没有限定，只要会唱，不论男女老少都可以唱。②

但这样的界定依旧是特征排列式的集合性定义，尚不能明晰哈巴作为文类的边界。刘镜净进而运用语言学义素分析法对上述话语实践要素进行归纳，得出了一个等式："哈巴 = 哈尼族 + 韵体 + 古规古矩 + 演唱

---

① ［美］理查德·鲍曼：《作为表演的口头艺术》，杨利慧、安德明译，广西师范大学出版社2006年版，第9—11页。
② 刘镜净：《口头传统文类的界定》，第80页。

者、受众、演唱场合和地域不限+无伴奏"。① 这个建立在民族志诗学研究基础上的义素分析可以看作是哈巴作为交流"框架"的一个阐释性指导原则。而在某种程度上,"框架"和"文类"有着类似的阐释性原则的界定方式。而"本土(vernacular)"是一个比"文类"更普通的概念,"本土"着眼于当地的、地域性的定义、生产和表述。② 当一个本土的交流框架指向语言艺术时,它往往可以被视为一个口头艺术的本土文类,比如彝族的克智论辩③、羌族的德旨④等。

作为一种指向特定话语生产和接受的框架,哈尼哈巴本身就已经构成了一个文类。这种文类是从哈尼族自身的语言实践出发的,因此它是一种"本土"意义上的交流框架,也即本土文类。哈巴的口头表演、共同理解、实践传统都构成了界定哈巴的主要出发点。但是,本土文类的提取与阐释,是否意味着学术文类的失效。如果并非如此,那么学术文类是否可以与本土文类进行对话?

四 窝果十二路:本土文类与学术文类的互文

文类是一个流动的集合概念,无论是学术文类诸如神话、史诗,还是本土文类的"哈巴",都是一种处理语言交流实践的权宜之计。但是针对一个具体的语言交流实践事件,一些指向语言运用的规律性问题是客观事实,不论内部知识还是公共知识都是围绕这些规律性事实来阐释。因此,本土文类与学术文类之间存在互文。比如"哈巴"和"神话"之间就有诸多共同的文类意义上的指向性。

从哈巴的演唱过程来看,歌手使用的文类概念实际上就是用不同的

---

① 刘镜净:《口头传统文类的界定》,第81页。
② Martha Sims, Martine Stephens. *Living Folklore*: An Introduction to The Study of People and Their Traditions. Logan: Utah State University Press, 2011. p. 6.
③ 参见巴莫曲布嫫:《史诗传统的田野研究:以诺苏彝族史诗"勒俄"为个案》,北京师范大学,博士学位论文,2003年,第159—190页。巴莫曲布嫫:《克智与勒俄:口头论辩中的史诗演述(一)(二)(三)》,《民间文化论坛》2005年第1、2、3期。
④ 范雯:《"分析性文类"与"本土文类"——基于蒲溪羌族口头民俗的田野研究》,《民间文化论坛》2017年第2期。

词界定"神话"。比如 doq（规矩）、hhol（话语）、yeil（故事）这三个本土文类所蕴含的叙事意义，与"神话"就非常吻合。作为"起源叙事"，神话符合"规矩"的语义，内蕴着宇宙秩序、人间秩序奠定。作为"群体性语言艺术"，神话符合"话语""故事"的涵义，表征着神话作为语言的本质。

因此，哈尼哈巴的"规矩"层面对应的是神话的功能，"话语"层面对应神话的形式，"故事"层面对应神话的意义。母题作为一个桥梁，贯穿于哈尼族神话的形式、功能与意义之中。"哈巴"和"神话"在有关表述创世叙事的形式、功能、意义上，有着共同的文类指向。

哈尼族歌手在谈论哈巴时常说"奴局（nuqjoq）""窝果（hhol kov）"。"奴局"意为"路子""条"，引申为"调""篇章"。"窝果"意为"古典的歌"。"窝果策尼果"即为"古歌十二路"之意，而并不是一个"作品"的标题。歌手将哈巴演唱的内容分为若干条线索、头绪，沿着每一条线演唱就能延伸出无穷的篇章。正如黄雯对歌手陈梅娘的调查显示，奴局是歌手记忆、复述哈巴的线索，而不是现成的形式规定。① 因此这些线索就像一条条路，通向哈尼族口头传统的深处。正如赵官禄所言："一个'奴局'之内又包含若干个有联系而又可以独立存在和演唱的内容，习俗上称之为'哈巴'。"②

通常哈巴由最基本的 12 条路开始，"策尼果"就是"十二"之意。但在实际演唱中很少一次唱完 12 路歌。并且鉴于歌路不断延伸，尚可延伸出 24 路、36 路、72 路等，因此这些数字实际上是虚指，言"许多调""若干调"。这些"十二调"或"七十二支哈巴"汇总起来就是"哈巴"。比如"窝果策尼果"之下可分出"窝扎尼期厄扎"，"尼期厄扎"就是"二十四"。具体到仪式上的表演，歌手可以根据一定规则选择特定路数，并不拘泥于"12、24、36"这些数目。

哈尼哈巴的"路数"的特点并非其独有，事实上这是彝语支民族口

---

① 黄雯：《哈尼族迁徙史诗研究》，中央民族大学博士论文，2016 年，第 32 页。
② 赵官禄：《关于〈十二奴局〉及其搜集整理》，张牛朗、涂伙沙、白祖博、李克朗演唱，赵官禄、郭纯礼、黄世荣、梁福生搜集整理：《十二奴局》，云南人民出版社 1989 年版，第 198 页。

头传统共享的实践形式。比如巴莫曲布嫫对大凉山彝族"勒俄"的研究就指出了"勒俄册估阶"（hnewo cixggu jjie）的问题，也即勒俄的演唱可分为"十九枝勒俄"，就像若干条道路。① 尽管哈尼哈巴的十二、二十四未必是实数，但多数情况是偶数，也即存在一个二元的演唱路数。这也和彝族"勒俄"的"公母""黑白"② 之分非常相似。朱小和自己曾说："先祖传下来的古歌古礼，象十二条大路通向四方，一条大路又分两条小路通向八方。"③ 哈巴演唱总是"天地""阴阳""生死"相对，如"牡地米地""奥色密色"皆为"造天造地"。朱小和唱的"窝果策尼果"总体又分为"烟本霍本"（神的古今）和"窝本霍本"（人的古今）两大分支。

哈巴的路数，不仅仅是为了歌手便于组织演唱，更重要的是便于区分不同语境下所应该演唱的内容。2015 年 8 月 10 日，我参加了元阳县全福庄一户人家的丧礼。这天丧礼上，摩批们唱了一夜哈巴，从开天辟地、人烟诞生、祖先迁徙、安寨开田、开创习俗，一直唱到亡人的诞生、婚恋、生育、耕作、老去、生病、死亡，一系列过程都要——唱到。但是介于这次是中等规格葬礼（只杀了两头牛），因此丧葬哈巴就只唱 24 路 48 节。如果是低等丧礼就要唱 12 路 24 节；高等葬礼"莫搓搓"要唱 36 路 72 节。由此可见，"策尼果"实际上就是哈巴演唱的文本形态。

受到刘镜净的启发，我通过对比发现哈巴的 12 条基本路数或篇章，实际上就是 12 个核心性的神话母题。刘镜净发现，哈巴的分类有一种按照演唱内容的分法，这种内容分类恰恰与演唱的路数相吻合。李元庆的《哈尼哈巴初探》中对 12 种"哈巴"的分类，居然与哈尼族创世史诗《十二奴局》的篇目有着惊人的相似。④ 如果将李元庆对哈巴的分类、张

---

① 巴莫曲布嫫：《史诗传统的田野研究：以诺苏彝族史诗"勒俄"为个案》，北京师范大学，博士学位论文，2003 年，第 127—133 页。
② 巴莫曲布嫫：《史诗传统的田野研究：以诺苏彝族史诗"勒俄"为个案》，北京师范大学，博士学位论文，2003 年，第 134—147 页。
③ 西双版纳州民委编：《哈尼族古歌》，云南民族出版社 1992 年版，第 3 页。
④ 刘镜净：《口头传统文类的界定》，第 66 页。刘镜净是受到史军超的启发，具体篇目对比见史军超：《哈尼族文学史》，云南民族出版社 1989 年版，第 299—300 页。

牛朗等演唱的《十二奴局》①、朱小和演唱的《窝果策尼果》之篇目（内容）做一对比，就会发现不仅文本形态与演唱内容相关联，并且这些内容正好对应着神话母题。进一步说，十二路哈巴的主要内容，包括天地起源、人类起源、定居农业、生老病死、生产节令等等，都是站在"现时世界和群体起源"的角度进行叙事、表演和创编的。因此才会有学者使用"神话史诗""创世史诗"来界定之。

表8　　　　　　　　哈巴路数与神话母题的对应关系②

哈巴的"路数"	《十二奴局》篇章	《窝果策尼果》篇章	神话母题
		烟本霍本（神的诞生）	神祇的诞生
咪的密地（开天辟地）	牡底密底（开天辟地）	俄色密色（造天造地）	天地日月起源
咪坡咪爬（天翻地覆）	牡普谜帕（天翻地覆）	查牛色（杀查牛补天地）	补天补地
炯然若然（飞禽走兽）		毕蝶凯蝶则蝶（人、庄稼、牲畜的来源）	人类起源、动植物起源
阿撒息思（杀鱼取种）	昂煞息思（杀鱼取种）		
	阿扎多拉（火的起源）	俄妥奴祖（雷神降火）	火起源
		雪紫查勒（采集狩猎）	渔猎起源
		湘窝本（开田种谷）	农业起源
然学徐阿（三个弟兄）	觉麻普德（建寨定居）	普祖代祖（安寨定居）	社会制度起源
		厄朵朵（洪水泛滥）	洪水
		塔婆罗牛（塔婆编牛）	人类再生
阿兹兹德（砍树计日）	阿资资斗（砍树计日）	搓祝俄都玛佐（遮天树王）	宇宙树
		虎玛达作（年轮树）	历法起源
阿批徐阿（三个能人）	阿匹松阿（三个能人）	直、批、爵（头人、贝玛、工匠）	神祇（祖先）卵生
		艾玛突（祭寨神）	节日起源

---

① 张牛朗、涂伙沙、白祖博、李克朗演唱，赵官禄、郭纯礼、黄世荣、梁福生搜集整理：《十二奴局》，云南人民出版社1989年版。

② 这里所列举的哈巴分类"路数"只是一部分，并不是所有。事实上也很难罗列完所有"路数"，因为哈巴体量实在巨大，涵括了哈尼族的大部分古典文化。

续表

哈巴的"路数"	《十二奴局》篇章	《窝果策尼果》篇章	神话母题
伙结拉借（四季生产）	伙及拉及（四季生产）	奇虎窝玛策尼窝（十二月风俗歌）	稻作物候制度起源
咪布旭布（男女相爱）		然咪克玛色（嫁姑娘讨媳妇）	婚礼起源
目思巴嘎（生儿育女）	牡实米嘎（生儿育女）		
搓莫把堵（安葬老人）	汪咀达玛（孝敬父母）	诗窝纳窝本（丧葬起源）	死亡起源

哈巴的"路数"一般就是特定的演唱主题，而哈巴中最基础、最重要的"路数"大多数是神话叙事。这些主题往往以一个或几个母题来统摄，歌手则在这些母题的带领下，一步一步将每一路的内容演绎出来。以"造天造地"为例，虽然各方言中名称各异，计有"牡底米底""奥色密色""牡帕密帕"等若干名称，但是"造天造地"就是哈巴的一条路。在这个母题之下，可以沿着若干"小路"的母题演唱出庞大的宇宙起源神话：天帝造天——诸神的职司——天地有三层——天地的缺陷——撑天支地——补天补地——星辰日月的起源……

曲库丰富的歌手可以唱出非常丰富的"奥色密色"，而能力有限的歌手甚至只能演唱出其中一两个基本的母题路数。因而哈巴中的"这一路"本身就是一个庞杂的神话母题系统，并且宇宙起源的若干分支与其他"大路"也相互交织，比如和"补天补地""人类起源"就常有交叠。从上述比较还可以看出，宇宙起源、人类起源、文化起源是哈巴最基本、最核心的内容。

至此，从"哈巴"到"神话"的互文之路已经显现。可以说，哈尼哈巴自身的文本形态——基本的"路数"——正是在描述神话母题群的关联性衍生能力。母题作为叙事动机的特点在哈巴表演中非常显著。因此虽然本土文类"哈巴"和学术文类"神话"看似是两套知识体系，但它们在描述同一个语言实践行为上，却有着同频的共鸣。

五 哈巴惹：哈尼哈巴的实践形式

既然本土文类与学术文类在描述同一个文类表演事件上有共鸣，那么是否意味着两套文类知识体系可以共同运用于研究中？若仍以"哈巴"和"神话"为例，如何将神话文类研究的基本方法运用到"哈巴"研究上？

正如表8所示，哈巴的文本型态与神话母题系统对应的现象，绝非巧合，内中有哈尼族自身的文化逻辑做支撑。这实际上涉及哈巴"路数"如何实践的问题。

事实上，哈尼族社会生活中，有专门的"歌手"角色，他们不一定是摩批，但只要懂得多、唱得好，就会被邀请到仪式上唱歌。歌手在哈尼语中是"hal paq zil poq"，zil是唱，poq是职业词缀，意思就是"擅于唱哈巴的人""哈巴歌手"。像元阳县的卢万明就不是摩批，但却是非常优秀的哈巴歌手。同理，有些摩批甚至不会唱哈巴，只会驱邪退鬼的仪式。但不可否认，高等级的摩批（斯批）一定是懂得哈巴极多、唱哈巴水平极高的人。

在哈尼语中，演唱哈巴叫"哈巴惹"，其他方言又称"哈巴兹""哈巴卡""拉巴伊"，等等。"惹""卡""兹""伊"都是动词，意思都是"唱"。有时候，摩批或歌手也会讲述哈巴的故事，但只有唱出来的哈巴才具有文化权威性和合法性。因此，"唱"是哈巴实践的主要身体行为。

就语境而言，哈巴基本是在仪式上唱的。一方面，哈巴是许多重大仪式的必要内容，是仪式合法性的重要条件。在仪式上唱哈巴方能使仪式有效。另一方面，到仪式上唱哈巴是许多摩批、歌手重要的生存方式，其生计来源与此相关，因此许多摩批、歌手对待"唱哈巴"是职业的、专业的。当然，也有很多歌手唱哈巴并不因为生计，哈尼族文化内部对于"哈巴惹"的认知与实践是多样化的。

"哈巴惹"对仪式而言，"唱"本身是仪式程序的一个环节，但是其有效性、合法性、权威性却不完全因为演唱。在特定仪式中选择唱哪一"路数"的哈巴，是摩批、歌手面临的重要抉择。只有唱对了路数，仪式才能获得有效性。然而决定哪些"路数"被实践的，恰恰是哈巴的内容。对于哈巴中核心的部分，即涉及宇宙观、世界观、生命观的部分，这些内容或意义就可以视为一个神话母题，视为类似母题的一种标记神话观的手段。

在最重大的仪式，如婚礼、丧礼、建寨礼、祭天、祭寨神林、新年等，都有相应的哈巴"路数"与之对应。比如最典型的"昂玛突"，昂玛突节的起源、源流、仪式程序、节日活动、意义等，都在哈巴"hhaqmatul（昂玛突）"中被演唱。这些重大时间点的哈巴演唱，都遵循一个基本的程式规律，即以"造天造地"为开端，以仪式语境为线索展开演唱。这种叙事单元用史诗学的术语来说就是"大词"（large word）[①]。在弗里（John Foley）的界定中，"词"对一位歌手而言可以意味着全部演唱，或是其中任何有意味的部分。无论是路数还是大词，这种表演机制指向的是口头表演的技术。而母题所要描述的表演机制则关乎意义。

从核心母题开始，歌手可以关联出若干起源叙事的细节。"母题"与"大词"主要的区别在于，"大词"是伴随着口头演唱即生即灭的，但"母题"不仅在口头演唱中显现，甚至可以体现为图像、造型和自然物。母题不仅是口头表演中的一种标记机制，更是一个意义性单位，是一种使口头表演合乎文化逻辑的存在形式。

因此，从哈尼族本土知识出发的田野研究，并不是要提取一套自足的文类划分体系，而是在民俗生活中观察叙事资源、起源观念如何被运用、被实践。在哈巴所实践的仪式现场，神话之于仪式的有效性往往是由母题来表征的，而这些母题又恰恰是歌手选择"路数"的重要依据。尽管"神话"和"母题"的概念在哈尼族文化中并不存在，但是哈尼人同样有描述叙事存在的办法，有关于世界、人类起源的观念。母题是学术的概念，但哈尼族文化中也有相应的描述手段。

理解"哈巴"是研究哈尼族口头艺术的核心和前提。哈尼族传统知识体系中那些事关重大的主题，如天地、祖先、生死、人鬼等，都会在重大的时间、空间被摩批歌手演唱。歌手将这些重要主题及其铺展开的繁复情节，浓缩在有限的一些核心母题上。这些核心母题规定了哈巴演唱的不同"路数"，指引着歌手表演实践的走向。每一路哈巴所承载的起源叙事、神圣观念，都会在特定时空节点上，以仪式、表演、符号、造

[①] John Miles Foley, *How to Read an Oral Poem*, Urbana: University of Illinois Press, 2002, pp. 13 – 14.

型、观念、行为、道德等特定民俗型式加以重复和强化，从而形成一个稳定的实践框架。

神话母题在口头表演中的实践形式体现为哈巴"十二条路"的文本型态，并被歌手加以选择。母题是歌手选择"路数"的依据。神话母题的功能体现为其对仪式的有效性，并随着仪式合法地完成而得以实践。神话母题的意义体现为哈巴对哈尼族社会文化的阐释作用，神话作为族群的古典知识体系中最典雅、神圣、庄重的部分而被传承。即便在当代遗产旅游的语境中，神话符号也总是通过"他者"的想象与发明指向这种神圣感。

因此，在哈尼哈巴这个本土文类的框架下运用母题方法，不同于在大范围文本比较中把母题视为现成的成分，而是在生活实践中探索叙事存在方式被赋形的过程。正是哈尼人的文化实践生成了被学者称为"母题"的表达机制。如果从群体生活的实践中来看"母题"，而不是自上而下的自足性比较研究，就能看到母题对群体有何意义，如何被运用，从而管窥神话母题背后蕴涵的特定群体的世界观和人生观。即便在今天面临剧烈文化变迁的情形下，神话及其存在方式，依旧对哈尼族现代文化共同体的形成起着关键作用。因为哈尼人作为文化实践的主体，尚能够调用传统表达文化的资源，与新遇到的实践主体展开协商与交流，比如遗产旅游中的神话主义（详见本书第八章）。

"哈巴"本身构成了哈尼族最重要的口头艺术交流框架，即本土文类。在哈巴的实践中，又衍生出"窝果"这样的亚文类概念，即通过特定演唱来表现远古的故事。"窝果"是"哈巴"中和神话关系最密切的类型。在"窝果"的具体演唱中，歌手使用诸如 hhol（规矩）、doq（话语）、yeil（故事）这样的小文类概念来进一步界定每一段哈巴。可见歌手也在努力解释所演唱的"造天造地""杀鱼取种"这些篇章到底是什么？而歌手所使用的概念准确地将"神话"的形式、功能、意义都表达出来了："yeil（故事）"对应神话的意义；"doq（话语）"对应神话的形式；"hhol（规矩）"对应神话的功能。可见，在哈尼人的语言实践中，具备丰富的表达手段来表现学术上"神话"概念的基本内涵，而这些亚文类概念构成了哈尼哈巴这个总括性文类的具体实践方式。

这些本土文类知识在具体的口头表演实践中，往往被有经验的歌手把握得恰到好处，从而准确地传达仪式的核心信息，向听众（仪式参与者）展示自身所习得的古典知识。优秀的歌手如朱小和，正是因为擅长用多样化的文类概念来表现自己所掌握的渊博知识而备受赞誉。

第四章

造天造地：宇宙图式与神人谱牒

久闻阿者科寨的蘑菇房好看，阿者科也是现今为数不多保持旧貌的寨子。2015年8月12日，我遇到旅游公司的哈尼族导游阿雅，她正要带客人到阿者科参观蘑菇房，邀我同去。阿者科寨就在多依树梯田片区，已作为世界遗产地的典型传统民居受到国家传统村落保护工程的"挂牌保护"。

在一幢蘑菇房前，阿雅开始给游客介绍哈尼族蘑菇房。她说哈尼族原先住在山洞中，后来英雄祖先西斗阿耶（Sivldeq ayel）发现蚂蚁在蘑菇下避雨，因而发明了蘑菇房。传统蘑菇房分三层，第一层养家畜、第二层供人居住、第三层存粮。阿雅的导游词经过了加工，从而更符合现代都市游客的认知。她说这个蘑菇房起源叙事是卢朝贵跟她讲的。事实上在哀牢山区有关蘑菇房的起源有许多叙事。比如朱小和演唱的《窝果策尼果·普祖代祖》，仍是将蘑菇房放在创世框架中，归功于众神和英雄之力。

我对蘑菇房的"三层说"颇有兴趣，进去细细打量。在卢朝贵和朱小和的叙述中，宇宙分三层，建寨建房的大多数仪式，都要强化"三"的划分。无论建寨选址用三颗贝壳、三颗稻种占卜，还是安寨用三样祭品祭鬼、栽三蓬竹子，以及建房砍三棵树做柱梁……我忽然意识到，蘑菇房实际上投射着宇宙结构的观念图式。这种宇宙观还得从开天辟地的创世者说起。

哈尼族的创世神话中，宇宙起源和生命起源的部分构成了"现时世界来源"的知识系统。这个系统由原始之水中的鱼母神"密乌艾西"创造,后来天界众神诞生,又创造了人间世界的万物。人类也是神祇的后代,并且和鬼、动物都有血缘关系。这些起源叙事构成了哈尼族文化的核心观念。尤其是对神祇、祖先和血缘的神圣观念,是理解哈尼族社会网络的重要基础。

在哈尼人的日常生活中,有许多无形的界域规约着文化行为,比如寨门内外、人鬼界分、圣俗异域。这些界域实际上都是由宇宙观念在支配,而这些界域观念表现在口头叙事中,就是"造天造地""神人家谱""鱼母神创世""人鬼分家"等叙事图式。这些源于宇宙观的叙事图式正是神话母题所要表述的内涵。这些母题标记着特定的创世行为和来由,是哈尼人对远古历史的记忆与言说,是对人在自然中位置的认知,也是构成其宇宙观的具体表达。

宇宙观(cosmology)就是宇宙之运行以及造化万物在这个秩序中所处位置的观念。宇宙观是构成人类历史观的结构性源头。尽管大部分宇宙起源神话都与现代宇宙科学的观点有较大分歧,但不可否认这些神话是人类历史建构的事实,"神话叙事不断重复本身就构成了历史再生产的一部分"[①]。尤其对于汉藏语系文化的早期阶段而言,"历史"概念所对应的往往就是"神话"。有关创世的神话母题往往在口头表演中占据重要的位置,原因就在于这些母题背后蕴涵着一个群体的宇宙观和世界观。

一 神鱼创世观的口头传承

谈论哈尼人的宇宙观,绕不开创世之初的神鱼"密乌艾西"。在哀牢山区,能够口头表演神鱼创世的哈巴,是衡量一位摩批歌手知识渊博的重要标志。诸如杨批斗、朱小和这样的著名摩批歌手,都精于此道。

朱小和唱的《窝果策尼果》的开篇就是《烟本霍本》,是鱼母神"密乌艾西"造天造地、生育众神的一支哈巴。这一支哈巴由卢朝贵、杨叔孔、史军超于1982年搜集整理。《烟本霍本》韵文计千余行,是整部

[①] 万建中:《民间文学引论》,北京大学出版社2006年版,第114页。

《窝果策尼果》逻辑上的开端,① 也是目前所见有关鱼母神创世的最丰满的文本。后来卢朝贵、史军超等将这支哈巴连缀成散文,收入《哈尼族神话传说集成》和《中国民间故事集成·云南卷》。②

2015年夏天,我在卢朝贵先生家见到了他1986年翻译的《窝果策尼果》和2009年大幅修订的手稿,我花了一周时间研读手稿并对照已经出版的版本。结合前期对哈尼族鱼创世神话的专门研究,③ 我意识到能够如此传神地演唱"鱼创世"这一支哈巴的摩批歌手并不多见。目前,仅有朱小和、杨批斗两位著名摩批歌手演唱或讲述的大篇幅鱼创世神话得以记录。其他歌手多数只能演唱大概情节。因为其中所涉及的母题"创世者""鱼造天地""鱼生出神""鱼生出人"等是哈尼族古典知识中非常古老的经典部分。鱼母神对哈尼族而言不仅意味着创世者,更是神谱的"顶端",因此理解"鱼创世"是探究哈尼族神话世界的重要切入点。

在1992年"古歌版"的《窝果策尼果》中,卢朝贵将 Milhhuvq ngaqsil aqma 音译为"密乌艾西艾玛",意译为"金鱼娘"。由于"金鱼"二字在汉语中极易引起歧义,故我改称为更贴近辞义的"鱼母神"。到2009年《哈尼族口传文化译注全集》修订《窝果策尼果》时,卢朝贵将其改译为"咪吾艾西阿玛"。Aqma 意为"妈妈",引申为"始祖母",这是对鱼母神的尊称。因此,鱼母神的名号实际上就是"密乌艾西"(Milhhuvq ngaqsil),意为"金色的大鱼"。

---

① 《窝果策尼果》是由24支哈巴构成,这24支哈巴并非一次性唱出,而是朱小和分若干次唱出,再由史军超、卢朝贵等人参照朱小和的意见排序,构成一部完整作品。这种做法同样出现在《十二奴局》《哈尼阿培聪坡坡》等的搜集整理中。尽管这种做法遮蔽了哈巴本来的面目,但是歌手的曲库中确实存在这样一个完整的序列。因此"窝果策尼果"虽然是一个合成的口头传统作品,但有其整体性的现实根据。

② 散文体的"烟本霍本"最早见朱小和讲述,史军超、卢朝贵采录:《烟本霍本》,刘辉豪、阿罗编:《哈尼族民间故事选》,上海文艺出版社1989年版,第1页。该文本以《神的古今》为题收入"中国民间文学三套集成",《中国民间故事集成·云南卷》,中国ISBN中心2003年版,第19—20页。韵文体"烟本霍本"最早收入西双版纳州州委编:《哈尼族古歌》,云南民族出版社1992年版。该版本译为"神的古今"。2009年,红河州编纂《哈尼族口传文化译注全集》时,《窝果策尼果》位列第一、第二卷,这次修订卢朝贵将"烟本霍本"改译为"神的古经"。故本书的《烟本霍本》《神的古今》《神的古经》所指为同一文本。

③ 张多:《神话意象的遮蔽与显现——以哈尼族鱼创世神话为中心》,云南大学,硕士学位论文,2014年。

2015 年 8 月我在全福庄调查期间，专门询问过卢朝贵先生"密乌艾西"在古哈尼语中的意思。卢先生解释说：Mil 是"地"，Hhuv 是"下面"，Ngaq 是"金色"，Sil 是"鱼"，所以 Milhhuvq ngaqsil 就是"地底下的金色的大鱼"。① 鱼母神密乌艾西的名号明确标记了它是潜于"地下"的，这里暗含的是"原始之水"（primordial water）的神话母题。朱小和的唱本中也详细描述了鱼母神是原始之水中先于宇宙的造物神（创世者）。

A1-1 号文本	· 朱小和演唱"烟本霍本"片段，1982 年，元阳县新街镇 · 史军超、杨叔孔、卢朝贵搜集整理，卢朝贵翻译，张多校订	
行数	哈尼文直译	汉语意译
A1-1-1	Teilsal gaq e yeildoq yil nol 音 好听 的 神话 这个	这好听的有关神的歌
A1-1-2	Ngal yeil' heiq doqmeq meiqpil galma 我 神殿 话 好 口才 大路	是神借我之口唱出来的
A1-1-3	Gal' hu dama haimeil aqwul maq siq jiltaq 远古 爸妈 怎样 了 的 不知 时候	最老的祖先都记不清的远古时候
A1-1-4	Qqtav oq liq maq bo 天上 天 也 没生	上面的天还没生出来
A1-1-5	Tyuq hu mil yol kelnoq maq ssiq 下 看 地 把 脚踩 不稳	脚下还没有大地
A1-1-6	Aqwuv aqtav 底下 上面	上上下下
A1-1-7	Meiqhu nol' hu hu e 眼见 云雾 睡	是混沌的雾气
A1-1-8	Elpul oqdoq qiq li 水浑 天顶 一片	是一片莫测的大水（汪洋大海）
A1-1-9	Joqhyuq solpo po' lol 云雾 锅 倒罩 盖	雾气像锅盖笼罩

---

① 访谈对象：卢朝贵，访谈人：张多，时间：2015 年 8 月 14 日，地点：元阳县全福庄大寨。

续表

A1-1-10	Elpul lolma deiqpiq caq 水浑 海 大 盖住 了	盖住了无边的大水

朱小和在交代鱼母神的处境时，运用极富技巧的语言策略，将"原始之水"的神话母题嵌入哈巴唱辞。卢朝贵向我回忆起当时朱小和唱这几支"窝果策尼果"时，起初并不愿意多唱，因为当时"文革"结束后民族宗教人士刚刚平反，心有余悸。经过反复开导，朱小和渐渐进入状态。原本"烟本霍本"这一部分的重点在鱼母神"密乌艾西"生养众神，前面关于鱼母神创世的部分通常较为简略。但这一次朱小和非常动情，在经过百余行歌头后，他唱道："这好听的有关神的歌／是神借我之口唱出来的"（A1-1-1、-2）。在理查德·鲍曼早期的表演研究看来，这是哈巴进入口头艺术表演框架的惯用的"标定"（keyed）手段，是一段求诸传统（appeal to tradition）的套语。① 但是从神话学来看，这绝不仅仅是标定表演的套语，而且有着深刻的神话意义。

哈尼哈巴有关创世的部分，是整个群体文明记忆的逻辑开端。在摩批歌手看来，这些哈巴是从最早的摩批之祖"德摩斯批"那里传承下来的，近乎于神授。演唱关于"密乌艾西"的故事，是非常严肃神圣的，因此歌手对语辞的斟酌非常讲究。朱小和紧接着唱天地尚未形成的原始时空，雾气笼罩着原始大水，混沌不清。他使用了"Elpul oqdoq"（A1-1-8）这个词组来描述原始之水的状貌。Elpul 本义是"浑浊的水"，可引申为"神秘莫测的深渊"。Oqdoq 本义"天穹"，可引申为"寰宇"。因此朱小和头脑中的原始之水，是一个抽象的空间概念，也即"寰宇中幽暗莫测的深渊"。

母题"301 原始之水"或"620 原始之水"（见附录一）是各个支系的哈巴开篇通常会演述的神话母题，比如在雅尼支系《雅尼雅嘎赞嘎》

---

① ［美］理查德·鲍曼：《作为表演的口头艺术》，杨利慧、安德明译，广西师范大学出版社 2008 年版，第 16—17 页。

讲远古时候天下是无边无际的大海。① 雅尼支系神话《天与地》讲述最古的时候，天和地本来是个大水塘。② 墨江县的《青蛙造天地》讲述：远古时代，没有天没有地，没有人烟，只有漫无边际的海水。③ 元阳县已故大摩批杨批斗讲述的《祖先鱼上山》说原始之水叫"那突德取厄玛"。④ 可见对于创始之初的原始之水，哈尼族的口头传统中存在多样化的理解。但不管细节差异如何，其"寰宇中幽暗莫测的深渊"的核心意涵是基本稳定的。

朱小和为引出鱼母神，将原始之水的神秘性描述得入木三分，充分显示出这个神话是"神借我之口唱出来的"，因而是权威的、神圣的和庄严的。这个"原始深渊"落实为具象，就是被浓雾笼罩着（A1-1-9、-10），更加若隐若现。在这样的处境中，隐藏着一条巨大的神鱼——密乌艾西。鱼神的身躯极其庞大，正因为庞大因此足以承担造天造地、生养众神的开辟使命。朱小和为了描述鱼母神身躯的庞大、扇动鱼鳍造天地的壮举，将他的古典语辞艺术发挥得淋漓尽致。

A1-2号文本	·朱小和演唱"烟本霍本"片段，1982年，元阳县新街镇 ·史军超、杨叔孔、卢朝贵搜集整理，卢朝贵翻译，张多校订	
行数	哈尼文直译	汉语意译
A1-2-1	Milhhuvq ngaqsil aqma heq al 地下 鱼 金 阿妈 大 了	地下的金色鱼母太大了
A1-2-2	Aqloq mul e hhyuq tol hhyuq xal lol 身子 长 的 九 千 九 百 庹	身子有九千九百庹长
A1-2-3	Heq e halmiav nei heq 大 的 多少 地 大	要说它有多宽

① 景洪县民族事务委员会编：《雅尼雅嘎赞嘎》，云南人民出版社1992年版。
② 李万福讲述，杨万智搜集整理：《天与地》，《山茶》1986年第6期。
③ 金开兴讲述，蓝明红采录：《青蛙造天地》，《中国民间故事集成·云南卷》，中国ISBN中心2003年版，第34页。
④ 杨批斗讲述，史军超采录：《祖先鱼上山》，《中国民间故事集成·云南卷》，中国ISBN中心2003年版，第38页。"那突德取厄玛"哈尼语意为"有盐巴的大海"。参见史军超：《哈尼族文学史》，云南民族出版社1998年版，第517页。

续表

A1-2-4	Meivmol syuvqcil syuvq li 目力 七十七 程	足有七十七个眼程
A1-2-5	Ngaqsil aqma halmeiv tol huvq xavq wul maq siq 鱼 金 阿妈 多少 千年 百的 不知	金色的鱼母不知沉睡了几百个千年
A1-2-6	Hal huvq aqmol qiq puv 哪 年 的 见 一 翻	不知多少年才翻一次身
A1-2-7	Qiq puv syuvqcil syuvq taq 一 翻 七十七 次	翻了七十七回身
A1-2-8	Silmeiv bei lal al 金眼 亮 起 来	金色的眼睛睁开了
A1-2-9	Ngaqsil aqmq nyuqlal al 鱼 金 阿妈 醒来 了	金色鱼母醒来了
A1-2-10	Oq sol mil liq bo lal al 天 和 地 也 生 出 了	它把天和地来生养
A1-2-11	Oq sol mil liq col yol maq jol 天 和 地 也 人 的 不 在	这个天地不是给人住的
A1-2-12	Oqma milma jolhhal milmeq 俄玛 密玛 住处 地好	是天神俄玛和地神密玛的住处
A1-2-13	Ngaqmoq aqma qal dol bo e 鱼 老 阿妈 左 翅 吹 的	老鱼母扇动左鳍
A1-2-14	Oqdoq pellal wul al 天顶 蓝来 起 来	(雾散)露出了蓝天
A1-2-15	Oqpel yeilbe qiq hoq cuv 天 蓝 神殿 一 堂 建	蓝天上建起了天神殿
A1-2-16	Ngaqmoq aqma mal dol bo e 鱼 老 阿妈 右 翅 吹 的	老鱼母扇动右鳍
A1-2-17	Mil liq bia lal al 地 也 亮 来 了	地也露出来了
A1-2-18	Elma qiq tol lol suvq yil qava al 水大 一 千 河 落 去 掉 了	茫茫大水落了千丈

续表

A1-2-19	Oq doq hulwuv milsil duv al 天 底 下面 地黄 出 了	天空下面生出了黄生生的土地
A1-2-20	Ngaqmoq byul e mil' al ngal 鱼 老 飞 的 地方 是	老鱼母在这里神游

朱小和之所以成为名满哀牢山的"摩批哈腊"（摩批中的老虎）①，正因为他从不吝啬自己的语辞艺术表达能力。描述密乌艾西的身躯长宽，朱小和用了两个古哈尼语的计量单位 lol 和 Meivmol。Lol 指人的双臂展开的长度，对应汉语单位"庹"。原先卢朝贵将 lol 翻译为汉语西南官话昆贵片方言的长度单位"排/pe^{53}/"（所指同"庹"），但在 2009 年收入《译注全集》时改为"庹"。事实上，1992 年《哈尼族古歌》版的方言汉译和 2009 年《译注全集》版的普通话汉译，风格差异较大。而另一个量词 Meivmol 则是古哈尼语特有的词，没有对应汉语。Meivmol 指眼睛视野所能看到的最远距离，卢朝贵创造性地将其翻译为"眼程"。"九千九百"和"七十七"都是虚数词，为极其多之意。这种虚数修辞是哈巴演唱常见的修辞手法，也是东亚地区各语种口头传统共有的特征。通过这两个例子，一方面可以看出优秀歌手往往能够在即兴演唱的状态下选用最精炼、准确的词表达意义，这种能力必须基于其强大的语言储备。另一方面，我认为使用西南官话昆贵片方言（哀牢山哈尼族使用的汉语）翻译哈巴更能够体现哈尼族口头传统的地域特征。因为哈尼族使用汉语的历史至少有五六个世纪，土司时代已经有若干证据表明哈尼族与汉族有密切交往。因此汉语方言的语言运用（也即 performance）也是研究哈尼族口头传统不应忽略的问题。

创世观念的口头表演非常考验歌手的语言逻辑组织能力，面对复杂、交错的创世场景要将其流畅地唱出来，没有深厚的口头表演功力极难办到。例如庞大的密乌艾西苏醒了，翻了七十七（虚数）次身。朱小和唱道：金色的眼睛睁开了/金色鱼母醒来了（A1-2-8、-9），它扇动鱼鳍

---

① 史军超：《哈尼族文学史》，云南民族出版社 1998 年版，第 838 页。

创造出了天和地。这短短数行哈巴,将几个重要的神话母题熔为一炉。首先是"地震鱼(639 神圣的动物驮着大地)"母题,地下原始之水中的大鱼(鳌、龟)翻动身躯造成天地秩序改变,是广布世界的创世神话母题。其次是"大母神"(0 创世者)母题。始祖母作为创世者也是普遍的神话母题。分析心理学谈到大母神原型时,它所说的并非存在于空间和时间之中的任何具体形象,而是在人类心理中起作用的一种内在意象。①再次是"神祇创世"(352 神开天辟地)母题,这亦是一类常见的创世方式。因此,"密乌艾西"是一个复合性的创世造物神,它将"地震鱼""大母神"和"创世神祇"集于一身,并且先于众神而天然存在。密乌艾西本身就是宇宙、自然的化身。尽管哈尼族创世神话体系中不断粘连吸收进不同的创世神话母题,但是密乌艾西艾玛始终居于神谱的最顶端。②

但随后,另一个重要的信息被透露,"这个天地不是给人住的/是天神俄玛和地神密玛的住处"(A1-2-11、-12)。密乌艾西艾玛创造的宇宙是众神居住的世界,并非人类的家园。人类居住的世界,是天神带领众神创造的,也就是"窝果策尼果"的第二支"俄色密色"(造天造地)所演述的内容。

事实上,"烟本霍本""俄色密色"原本是两支独立的哈巴,"烟本霍本"是比"俄色密色"更为古老的创世神话,在彝语支民族漫长的迁徙过程中,鱼创世神话逐渐被神祇(始祖)创世神话取代,而哈尼族的鱼创世神话却得以孑遗。虽然神鱼创世和神祇创世显然是两种不同的创始观念,但是在哈尼哈巴中这两支哈巴并行不悖。这其中最主要的原因就是哈尼族宇宙观将宇宙划分为"神的世界"和"人的世界"。这不仅意味着"烟本霍本"的神鱼创世和"俄色密色"的神祇创世是同等重要且有逻辑先后的创世神话,同时这种宇宙层次划分也与哈尼族的"神人血缘谱牒"相吻合。宇宙图式与人类起源观念相勾连,构成了哈尼人神话观的核心部分。

---

① [德]埃利希·诺伊曼:《大母神——原型分析》,李以洪译,东方出版社1998年版,第3页。

② 史军超归纳的"神圣家族谱系"图也认为"密乌艾西"位居神谱开端。史军超:《哈尼族文学史》,云南民族出版社1998年版,第162页。

2014年8月1日,我曾在朱小和家中聆听他唱了这一段哈巴,由于当时是在筵席上,朱先生喝了不少酒,所以鱼母神造天地唱得很简略:

> 密乌艾西艾玛,是,它最先在那个水里边生存了以后,它的那个划道道的翅膀,那个鳍了嘛。左鳍刷了一下以后,天就亮啦。然后,右鳍甩过以后,就,地就明啦。①

后来卢朝贵对我说,朱小和最佳演述要数1982年那一次演述,由于年轻精力好,情绪正好到位,唱得非常动情。自那以后,他再也没有哪一次的状态能比1982年那次好。特别近些年来,来找他的学者、记者很多,他也就唱得简略了。我于2015年对卢先生的访谈笔记,反映了1982年对朱小和的演唱进行搜集记录的情形——

> 当时,同为攀枝花乡摩批的杨批斗,是更为著名的一位老歌手,他知识渊博,甚至在朱小和之上。但是他比较保守,"文革"期间被迫在采石场劳动,身心饱受摧残。"文革"后,他始终不愿意太多谈论自己掌握的"口头知识",因此目前杨批斗演唱、讲述的文本只有为数很少一些,比如《祖先鱼上山》《年月树》。但尽管如此,从这些仅有的文本已经可以窥见这位老人的渊博。
> 相比杨批斗,朱小和显得颇为大胆。他敢于公开唱哈巴,敢于讲述民族的记忆。卢朝贵说他是"不怕死"。朱小和的哈巴演唱技艺远近闻名,非常有感染力。他自己也是一个极富激情的人。文化馆将他邀请到新街镇,住在招待所里。一部《哈尼阿培聪坡坡》,他一唱就是三天,从早到晚,完全投入到民族迁徙的悲壮历程中。动情之处,他老泪纵横!一部《窝果策尼果》他一唱就是七天,将开天辟地到人类繁衍一气呵成。在《聪坡坡》的翻译过程中,他还亲自

---

① 朱小和讲述,卢朝贵现场翻译,张多搜集整理,2014年8月1日,于元阳县攀枝花乡硐埔寨。

参与校订，后来出版的这个文本，应该是他迄今为止最满意的一次演唱。后来文化馆还请了罗雍妣演唱《密刹威》。这几次录音设备依旧是那一台三洋牌录音机。①

虽然不少摩批歌手都会唱"烟本霍本"，但朱小和1982年的唱本以其高超的叙述技巧、丰富的古典修辞、优美的语言艺术、动人的情感表达，成为"烟本霍本"的经典文本。经过大量再版印刷后，这个文本在今天哈尼族地区影响力日增，见于各种描述创世的绘画、雕刻、景观、解说词中，反过来影响了鱼创世神话在当下社会中的传承。

在哈尼哈巴的表演实践中，神鱼"密乌艾西"创造世界的母题原本已经式微，因为这需要歌手具备渊博的知识和高超的口头表演技巧。能够自信地演唱这一支哈巴的歌手并不多，甚至朱小和的徒弟也唱不好。但是通过文本翻译，鱼创世的母题得到了广泛传播，一扫颓势，成为显著的哈尼族创世神话文本。但是，胜任这一支哈巴的歌手不多，并不意味着"鱼创世"的观念在日常生活中不显著。相反，哈尼族一直用非口头的手段记忆并强化"鱼创世"的观念。

二 "神鱼"意象的身体实践

鱼母神创世之所以在哈尼族神话谱系中如此凸显，其重要依据之一是"鱼创世"的观念在哈尼族的民俗生活中被不断地重复。其中，最典型的例子就是丧礼仪式舞蹈棕扇舞和日常女性服饰中的鱼银饰。

哈尼族传统丧礼"莫搓搓"的重要仪式环节，就是由摩批带领众人跳棕扇舞。棕扇舞的道具棕榈叶正是模拟鱼鳍的显圣物，棕扇舞的舞姿也正是"扇动鱼鳍造天地"（A1-2-13、A1-2-16）的肢体动作。2014年6月苦扎扎期间，我在元江县羊街乡尼戈上寨调查，当地文化站的倪先生是著名的棕扇舞艺术家。我详细观察了他对棕扇舞动作的分解动作，确实"上下扇棕扇"是整个舞蹈最核心的基本动作，但这个

---

① 访谈对象：卢朝贵，访谈人：张多，时间：2015年8月6日，地点：元阳县全福庄。

动作常被解释为"白鹇亮翅"之类的"艺术化名称"。我也曾于 2014 年 5 月在墨江县城、2015 年 11 月在绿春县十月年、2016 年 2 月在元阳漫江河村看到过棕扇舞的艺术性表演。遗憾的是我至今未碰到丧礼上大规模的摩批领跳棕扇舞，因为举办正式的"莫搓搓"规格高、耗费大，一般家庭只举办普通丧礼，仪式程序有所简化。2016 年 11 月，阿蒲曾发给我一段红河县莫搓搓的现场视频，丧礼最后一晚跳棕扇舞的场面很热烈。

所幸的是，额瑜婷 2010 年对元江县羊街乡水龙村糯比支系"莫搓搓"的田野调查提供了细致的民族志描写——身着仪式服装的大摩批首先单独跳棕扇舞，意味着将人间消息传递给天神和祖先。摩批龙卜才解释说开场第一套动作名为"开天辟地"，大意为：棕扇扇后，耕田开垦了，村子建起来了。[1]"开天辟地"要"扇"三次，分别代表人、庄稼、牲畜兴旺。龙卜才所言的"扇""开天辟地"这些关键词，已经说明棕扇舞的模拟对象就是密乌艾西，棕扇舞的动作是在模仿金鱼娘扇动鱼鳍造天地的创世行为。黄静华亦认为《烟本霍本》中创造天地的方式隐含在"晃动""翻""扇""扫""露"等动态语辞中。[2] 摩批跳完"开天辟地"及几套独舞之后，众人便开始加入棕扇舞的集体狂欢，通宵达旦，舞蹈动作奔放。[3] 通常，青年男女在"莫搓搓"丧礼期间被允许自由交游，充分彰显生死交替的生命创造力。

在摩批领衔棕扇舞的这个仪式环节，其含义主要是通过模拟鱼祖造天造地，以向祖神传达死亡的讯息，有时甚至会唱"烟本霍本"这支鱼创世的哈巴。[4] 正因为"鱼创世"的母题作为丧礼仪式的核心意涵，这种鱼创世的行为就被不断地通过舞蹈重现，"扇动鱼鳍造天地"的宇宙

---

[1] 额瑜婷：《扇舞哀牢——云南元江县羊街乡哈尼族棕扇舞文化历史变迁》，云南人民出版社 2011 年版，第 40 页。

[2] 黄泽、黄静华：《神话学引论》，海南出版社 2008 年版，第 108 页。

[3] 额瑜婷：《扇舞哀牢——云南元江县羊街乡哈尼族棕扇舞文化历史变迁》，云南人民出版社 2011 年版，第 40—41 页。

[4] 演唱"烟本霍本"需要渊博的知识和高超的技巧，很遗憾我至今未遇到仪式上演唱"烟本霍本"的情形。但是卢朝贵对我说，像杨批斗、朱小和这些著名的大摩批，都很擅长演唱。

起源观也得以强化。仪式舞蹈作为一种身体造型艺术，是将文化记忆刻写在身体上的民俗传承形式。因此，棕扇舞所记忆的肢体动作，正是对鱼神扇鱼鳍造天地的反复实践。尽管通常跳棕扇舞的人并不清楚其中含义，但摩批歌手头脑中却很清楚棕扇舞是丧礼上将亡魂送达祖先世界的仪式。

2016年2月我在元阳县沙拉托乡调查，阿蒲告诉我，沙拉托的哈尼人通常忌讳在村子里跳棕扇舞，大家都清楚这是死人的时候跳的。阿蒲特别提到在其他地方如元江县、元阳梯田景区，将棕扇舞变成舞台艺术天天表演，实际上并不好。在阿蒲看来，棕扇舞是有特殊含义的神圣舞姿，不能随便跳。

如果说将丧礼舞蹈的特定身姿与鱼母神造天地联系起来，还缺乏说服力，那么在未婚女性服饰中大量出现的银鱼，则是一个重要的旁证。

服饰是哈尼族造型艺术的重要形式，同时也是典型的神话观载体。邓启耀在其服饰研究中业已阐明："在没有文字的民族中，人们将神话、历史，以及他们希望记录的一切，投射在与身相随的衣装图样上，凝成一种文化的密码。"[①] 2012年7月，当我第一次到哀牢山区的江城哈尼族彝族自治县进行田野调查时，就被哈尼族服饰上的银鱼吸引了。有一天，房东拿出了她出嫁时穿的衣裳给我看，只见衣角上缀满了银打的小鱼，鱼身上还缀着一些碎银花。阿姨自己也说不清为什么衣服上要缀银鱼，只觉得很好看。后来到乡街子上，我看到了哈尼族银匠打好的银鱼。银匠说别的银饰比如银币、银泡销路很好，因为彝族、拉祜族、傣族等民族做衣服都会用到。但是银鱼就是专门给哈尼族自己做的。

自从这次亲眼见到哈尼族服饰上的银鱼，我的研究便开始聚焦鱼创世神话。李子贤认为："鱼作为一种特殊的神话形象及宗教神祇，曾出现于遍及世界的许多民族的宗教及神话之中。我国西南地区的一些少数民族，在其神话中亦出现了鱼这一神话形象。然而，像哈尼族创世神话所

---

① 邓启耀：《衣装秘语》，四川人民出版社2005年版，第4页。

描述的那样：鱼开天辟地，鱼创造了人类并让人类再生，鱼化生（或再生）谷物种子，这不仅在我国，就是在世界各民族中亦不多见。"① 这次和我一同到江城县田野调查的白永芳博士是研究哈尼族服饰的专家。她也认为这些少女服饰、婚礼服饰甚至成年妇女服饰上的银鱼就是金鱼娘"密乌艾西艾玛"造天造地神话的反映。后来，我在红河南岸四县的田野调查中发现银鱼比比皆是，它始终是哈尼族青年女性服饰频频表达的核心意象。

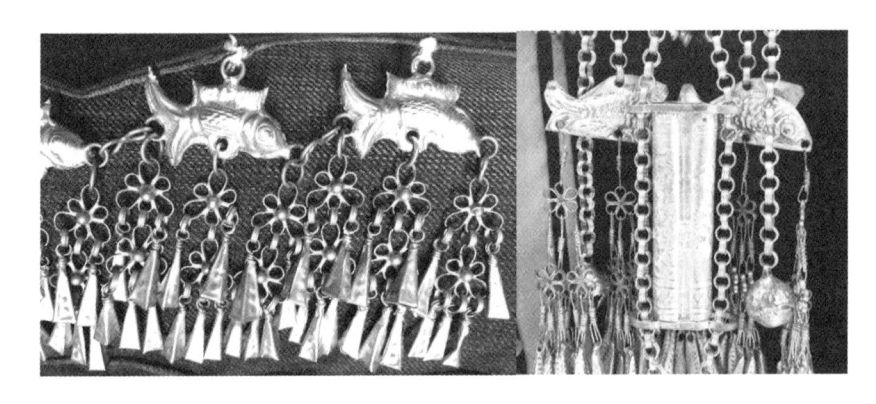

图6 哈尼族女性服饰中的银鱼。左为元阳县哈尼支系（果宏）银鱼菱花坠（张多2016年2月13日摄于元阳县漫江河村），右为新平县卡多支系银鱼针筒链串（绿春县博物馆藏，张多摄于2013年7月14日）

哈尼族各个支系女性服饰的服色、款式差异非常大，但是大部分支系哈尼族女性服饰都有或多或少的银鱼。哀牢山腹地一带的哈尼支系、奕车支系等尤其钟爱鱼银饰。红河县的哈尼族奕车人将银鱼用银链串联，身上可以挂多达20串的银鱼链串；元阳、绿春的哈尼人还会在银鱼上涂上珐琅彩，使鱼更加生动。这其中，有一个要点尤其需要注意：银鱼图案多见于未婚育龄女性服饰。已婚女性和未成年女性服饰中虽然也偶有银鱼做饰，但是未婚育龄女性的服饰是出现银鱼图案最为集中的。银鱼和生育的关联通过这种年龄限定得到凸显，这种生育能力是继承自鱼母

---

① 李子贤：《鱼——哈尼族神话中生命、创造、再生的象征》，《思想战线》1989年第2期。

神化育万物的能力。这种对于生命创造力的信仰和丧礼上跳棕扇舞寓意相融相通，都是希望从创世的鱼母神那里获得生生不息的能量。

银鱼除了具象化的银饰外，还被简化为三角鱼纹，广泛用于哈尼族男女服饰中。三角鱼纹的图像学演化逻辑，与黄土高原新石器时代彩陶文化（如西安半坡遗址）鱼纹的图像演化规律相类；而二者确实有远古的文化渊源。当然，有鉴于本书着眼于当代文化，对溯源和考证的问题暂且搁置。

在哈尼族女性服饰中还有一个重要的银饰——日月牌。这种圆形的银牌通常直径超过10厘米，上面除了日月的图案，还有浮雕的4种神圣动物，鱼、蛙、蟹、鸟。2015年8月，在全福庄，我曾向卢朝贵询问日月牌的含义，他说：

> 哈尼族为什么用日月牌做装饰品呢，那是吉祥物啊，可以保护人。比如晚上那个女孩子，出门对歌、会情人也不怕鬼，不怕魔鬼来抢了嘛。以前那个魔鬼来抢哈尼姑娘，所以那个银牌上的图案就是有一条鱼嘛。那个鱼是在，不知道在大海里边生活了几亿万年也不知道，几千万年也不知道，后来突然，翻了一百次身以后，一百年才翻一次身以后就，几千年以后，才翻了几百几十次。然后就挣开它的鱼鳞壳以后就抖出三对神，一对是天神地神嘛，一队是太阳月亮神嘛，一对是人祖神，凯碟碟玛和烟碟碟玛。还有留一个神在尾部那个地方，那个就是地震神嘛。所以现在哈尼族一发觉地震就，凳子桌子这些都会动了嘛，就说：阿舅阿舅，我们还活着呢。①

卢先生还说这4种动物中，青蛙是预报天气的，传说为猎人预警恶劣天气；螃蟹是水神，打洞以后泉水就冒出来；银牌上的鸟是原鸡，鸡一叫太阳就出来了；但是鱼是四种动物中最重要的，银牌的鱼纹与身上挂的银鱼都是对鱼母神创世的造型重复。当然，银牌本身是一个复合性

---

① 讲述者：卢朝贵，搜集整理：张多，时间：2015年8月6日，地点：元阳县全福庄大寨。

的母题符号，多个母题（日、月、鱼、蛙、鸡、蟹）组成了一组造型。可见哈尼人对于服饰上的神话表达，也有着多样化的手段。

在红河哈尼梯田于2013年被列入世界文化景观遗产后，元阳的梯田景区迅速建成开放。运营景区的旅游公司设计的景区商标就是日月牌。巧的是，这个商标的创意正是卢朝贵。卢先生深谙哈尼族神话的体系，他选择日月牌作为遗产旅游的神话符号，无疑是一个优秀的创意。现在，景区里到处都是日月牌的符号，许多导游和当地人也会向游客解释四种动物的涵义。鱼创世神话就在这样的过程中不断传播（详见第八章）。

不论是棕扇舞的肢体动作，还是服饰上的鱼银饰，还是遗产旅游语境下的日月牌，都在不断重复阐释"鱼创世"这个神话母题。相对口头艺术的表演，造型艺术无法将完整的叙事铺陈展开，而必须通过身体、视觉符号来传达神话的含义。因此，这些视觉造型、身体造型只能将信息集中在核心性的叙事图式"鱼创世"母题上。所以，"鱼创世"之所以成为哈尼族神话的核心性母题，并不仅仅是通过大量文本比较而归纳出来的，而是在哈尼族民俗生活中，通过各种方式不断实践、呈现的结果。

创世神话所规定的创世者、创世行为、创世方式这些基本部分，在哈尼人的文化观念中是一个完备的体系，它们构成了哈尼人的宇宙图式。当这种宇宙图式表现为口头表演时，是通过艺术性语言加以外化；表达为肢体表演时，是通过身体模拟加以具象化；同时，哈尼族的服饰也用工艺的形式强化"鱼创世"的观念。口头的神圣演述、舞动的肢体、包裹身体的服饰，都指向了宇宙观念中那个创世的时刻，鱼母神超凡的创造力是支撑哈尼人一路走来的基础性精神动力。

三 宇宙结构与家屋

神鱼经过一系列的创造性举动，创造了新的天地，开辟了新的时空纪元。神鱼创世的结果，直接落实到天、地、人三个空间上。这三个空间不能简单地对应汉语概念的理解。天界/神界、人与鬼共同居住的人间、牲畜水族居住的地下世界，在哈尼人的文化中具有复杂的社会意义。其造天造地的起源观念也存在多样性。

在母题索引中，哈尼族天地诞生的神话母题系统，主要包含4种方式。一是"天地自然形成"，见诸《天与地》（李万福）、《斯匹黑遮》（赵呼础）等口承文本中。二是"鱼造天地"，如《烟本霍本》（朱小和）、《祖先鱼上山》（杨批斗）、《俄色密色》（白摩浦）等。三是"神造天地"，如《查牛补天地》（朱小和）、《造天造地》（八秋）、《十二奴局》（张本①）。四是"青蛙造天地"，如《青蛙造天地》（金开兴）。但是通过田野调查，哈尼哈巴中最重要的天地起源方式，就是"鱼创世"和"神祇（天神）创世"。这两种天地起源主要体现在"窝果策尼果"当中的"烟本霍本"和"俄色密色"这两支哈巴中。

但是，就摩批在仪式中演唱哈巴的实际情形来看，"俄色密色"这一支远比"烟本霍本"更为常见。"俄色密色"即"oq seil mil seil"，又译为"奥色米色"等。在不同的支系方言中，尚有"木底米底""木帕米帕""木得米得""奥滇米滇""俄八美八"等称谓，都是"天开地造""天生地生""开天辟地"的意思。在朱小和的哈巴传统武库（repertoire）②中，这一支哈巴是作为人类世界的创造，从而区别于神界创造。出现这样的创世层次，与哈尼族神话中的宇宙观有关，具体而言是宇宙的空间结构。

哈尼族的宇宙观将世界分为三层，天界、地界和地下界，即母题"311宇宙的分层"。这在哈巴的创世部分是被反复吟诵的内容，因为神与人的界分关乎到仪式的合法性、有效性。天界"bel sol lha hei"，卢朝贵译为"奔梭哈海"，意为"太阳和月亮所在的场所"（A1-3-4）。地界"nieivq sol col hei"（涅搓搓海）是中间一层，意为"人和鬼居住的场所"（A1-3-14）。地下冥界"loq sol sol hei"（罗梭梭海）是地神咪措（Milcoq）的住

---

① "张本"指由哈尼族歌手张牛朗主唱，徐伙沙、白祖博、李克郎补充演唱，赵官禄、郭纯礼、黄世荣、梁福生等搜集整理的史诗文本《十二奴局》，该合集将原本独立的各个章节连缀成整篇史诗，1989年由云南人民出版社初版，2009年再版。史军超将这个版本称为"张本"。

② repertoire 是民俗学常用术语，除了在口头表演中译为曲牌，也常译为"传统知识贮备/武库和个人才艺"。美国民俗学家乔治斯指出，传统武库并不是封闭和定量的，而是动态和变化的。Robert A. Georges. "The Concept of 'Repertoire' in Folkloristics." *Western Folklore*, Vol. 53 (1994): pp. 313—323.

所，也是鱼类、爬行类水族居住的地方（A1-3-8、-9）。

鱼母神"密乌艾西"创造了这三层宇宙，也创造了天界、地界的众神。而中间的人鬼世界，在创世之初空无一物，是诸神起意要为中间一层创造新的天地。于是"造天造地"再一次发生在中间一层宇宙。后来人祖神繁衍了人类，又经历人鬼分家后，人间才具备了今天的样貌。

A1-3 号文本	· 朱小和演唱"烟本霍本"片段，1982 年，元阳县新街镇。 · 史军超、杨叔孔、卢朝贵搜集整理，卢朝贵翻译，张多校订。	
行数	哈尼文直译	汉语意译
A1-3-1	Gen gal qiq ma bo e yivqnil 讲了 一 妈 生 的 兄弟	我说，一娘生的亲兄弟
A1-3-2	Aqmil gal' hu jiltaq 从前 远古 时候	在那远古的时代
A1-3-3	Teilbyul milcaq sol teivq 平分 地 土 三 层	世界分为三层
A1-3-4	Aqtav qiq teivq bel sol lha hei 上面 一 层 日 和 月 场	上面一层是太阳和月亮
A1-3-5	Bel sol lha hei yeilssaq zuvq 日 和 月 场 神祇 集会	众神在日月的处所会聚
A1-3-6	Tavqyei oqdoq yeillol holyeiv 最高 天底 神 宫殿	最高的天上是天宫神殿
A1-3-7	Aqpyuq Yeilsal jol e yolma ngal 祖先 烟沙 住 的 房大 是	是祖神烟沙住的大房子
A1-3-8	Aqwuv qiq teiq loq sol sol hei 底下 一 层 龙 和 蛇场	最下面一层是龙蛇之地
A1-3-9	Milcoq jol e mihhal ngal 咪措 住 的 地方 是	是地神咪措住的地方
A1-3-10	Milcoq jol e maq cil 咪措 住 的 不只	那里不单住了咪措
A1-3-11	Kel loq bo yeil goqxoq maq tul 脚 是 有 的 直立 不 起来	还有长手脚但不走路

续表

A1-3-12	Lavq liq maq bo wuvq liq juv 手 也 不 有 肚子 也 爬	没手脚用肚子爬行的族类
A1-3-13	Qiq xal cil jeiq myul e jol ngal 一百 十 种 那 的 住 是	住在那的（龙蛇鱼鳖）有百十种
A1-3-14	Hholqi qiq teivq nieivq sol col hei 中间 一 层 鬼 的 人 场	中间一层是鬼和人住的地方
A1-3-15	Nieivq sol col hei alkaq kaq 鬼 和 人 场 界线 做	鬼和人之间还划分了界线
A1-3-16	Yeilssaq lal e hujol ol 诸神 来 的 查看 做	众神来这里查看
A1-3-17	Hal sal milnia naqduq ge 最好 地方 休息处 做	这里是最好的安身之所
A1-3-18	Oqtav yeilssaq milwuv sseqgal ol 天上 诸神 地底 走路 做	天界诸神会到地底世界走走
A1-3-19	Milcoq oqtav lei 咪措 天上 去	地神咪措也会到天上看看
A1-3-20	Nieivq sol col hei hhaqnaq naq 鬼 和 人 场 休息 做	它们常在人鬼的中间一层歇脚
A1-3-21	Oqma milma doqheiq po 天大 地大 话 门 开	天神地神开口说
A1-3-22	Daqtav oq sol milwuv qiq jeiq bi sal movq nga 人间 天 和 地底 一样 给 好 要 是	要把人间造得像天界地界一样好
A1-3-23	Oqma milma oqseil milseil zol lal 天神 地神 天开 地辟 做 来	于是天神地神都来造天造地

　　三层宇宙的观念在哈尼族的有关仪式中有明确体现。每年春天的昂玛突祭祀，在祭祀神树的时候，要用竹篾搭祭台。而传统的祭台正是三层。每一层象征着一层宇宙，祭品摆放在上层就是供奉天界诸神，放在下层就是供奉地下诸神，中间则是人类祖先和鬼。像在绿春"阿倮欧滨"这样地域性的昂玛突仪式中，搭建三层祭台更为严格。不仅如此，2016年2月我在元阳县漫江河村调查昂玛突，观察到祭品也通常是三个一组，

比如三个凳子、三个碗、三双筷子、三碗酒、三碗茶。另外，在绿春县大寨（窝拖布玛）的"阿倮欧滨"寨神林中，神树下还有三块神石，代表谷神、人神、畜神。① 在全福庄苦扎扎节迎请天神的仪式中，也是三碗祭品、三撮鸡毛。

三层宇宙的观念还深刻反映在哈尼族日常生活的空间秩序中。哀牢山哈尼族村落一般分布在半山腰，村落上方是森林，下方是梯田，这样构成了一个优越的水循环系统。在每年大大小小的仪式中，祭祀各路神祇都有特定的地点。但有一个空间规律，祭祀天神一般在高处的寨神林中，通过神树向天神传达人间祈愿，比如昂玛突。有时候也会在苦扎扎期间通过祭祀磨秋桩祭天神，磨秋桩和神树相类，都是指向天界的。而祭祀水神、地神则常常在村子下方的梯田，或者水井、水口等处，水流都是流向下方，这样就可以和冥界诸神（A1-3-13）沟通。而祭祀人类祖先，则必定在家屋中，有专门的祭台搭在墙上。祭祀鬼或驱邪赶鬼则在家屋外甚至寨门外（A1-3-15），这类仪式常常会用笤帚向外扫，象征扫除。这种空间是严格区分的，这是保证仪式有效的重要前提，也是宇宙观在日常生活中的规约性之体现。

人间居住的中间宇宙是关乎人类切身利益的空间，因此哈巴演唱重视"俄色密色"这一支也就可以理解。而在人间"涅搓搓海"，尚有鬼祟存在，因此区分人鬼变得尤为重要。在"窝果策尼果"的"奇虎窝玛策尼窝 Qiq huvq hholma cil niq hhol"（十二个月的古规）一支哈巴中，专门有一段驱鬼仪式。2015年8月15日，我在全福庄偶然遇到了一次驱鬼除疫仪式"纳索垒"。

【田野日志：2015年8月15日，元阳全福庄，小雨，七月初二，属蛇】

一大早，村里的广播就通知，今天要举行全村的驱邪仪式，各家各户不要出门，保证有人在家。这个仪式名叫"纳索垒" nal sol

---

① 访谈对象：白宝鲁、白永芳，访谈人：张多，时间：2015年11月30日，地点：绿春县大寨村。

leiq, nal 是"避免", sol 是"邪魔", leiq 是"驱逐"。全福庄举行这个仪式的时间是农历七月第一轮属蛇日,又称作 peiq al nal ngaq, 意为驱赶疫病。哈尼语各个方言对这个仪式称呼不一,如箐口村称作 pul aol jiao。

从岁时角度来说,这个仪式的驱邪祛疫功能,和端午相似。在夏季气温最高的时节,进行防疫的工作,对于接下来的秋收农忙十分重要。这个仪式是由摩批主持的,挨家挨户入户进行。

早晨就开始,两位摩批分别从一组二组和四组三组进行。吃过早饭我出去,在村里绕了一圈也没找到,就回到家里等。等到 12:30 左右,摩批李学辉带着队伍来到家里了。这个仪式的队伍由摩批主持,另有一名小摩批抬着稻草人,稻草人象征瘟神。其他有两名助手拿着编织袋收各家的米。队伍最有意思的是一群七八岁的男孩,一共 6 人,人人脸上抹着黑锅灰,衣服上也抹着一些锅灰。男孩们手持木质宝剑。

仪式程序首先是一干人进入院子,男孩子们手持宝剑四处巡走。这些男孩象征着驱邪的"兵"。随后,摩批李学辉和抬着稻草人的摩批来到堂屋。这时主人家要舀一碗米,助手将米送到堂屋。摩批象征性地撒一点米在地上。随后李学辉站在墙边,稻草人与其面对而立,李学辉开始念诵祭词。内容就是驱邪逐疫。念诵完之后,主人家象征性地拿扫帚将米粒从堂屋扫到大门外,意为将疫病清扫出门。孩子们上下里外游窜一番,仪式宣告结束。那一碗米被助手装入袋子带走,作为几位的酬劳。每家仪式前后也就 10 分钟,今天摩批要进行 400 多户的仪式,非常累。

类似的送瘟神、化妆巡游仪式,在云南许多彝语支族群中都有。卢先生介绍说原来这个瘟神是大型的,也是稻草扎的,要两个人前后抬着,抹黑脸的男孩也很多,有 10 个。现在简化了,用稻草人替代。一直到下午,全村的仪式做完之后,摩批将瘟神送到村口小河,与一些破碗碎渣一同焚烧,并念诵祭词,整个 nalsolleiq 仪式宣告结束。

李学辉是全福庄大寨的 puq pil,意为寨子专用的摩批。是摩批中比较高级的，能掌握较多村落性祭祀、驱避仪式。

图 7　全福庄纳索垒仪式上抹黑脸的儿童手持木剑（张多摄于 2015 年 8 月 15 日）

这次考察纳梭垒仪式原本并没有在我的田野计划中，或者说在此之前我并不知道哈尼族有此类仪式。我脑海中忽然想起，朱小和唱的《奇虎窝玛策尼窝》中有关"纳索垒"的段落，与我在全福庄经历的仪式完全吻合。纳索是"魔鬼爹妈"变出的害人鬼，但是它们最怕"蛇姑爷"，所以驱鬼仪式在属蛇日举行。朱小和唱道：

瞧哟，
亲亲的兄弟，
哈尼来撑纳梭了；
撑纳梭的是哪些人？
是十个健壮的小伙子，
是十个健壮的小娃。
……
纳梭，
快把罩人的病帽藏好，
快把染身的病水收好，

不干净的东西,
哈尼用水冲掉,
不好的东西,
哈尼用扫把扫掉。
……
瞧吧,
哈尼黑脸的神兵,
拿着大刀来砍你,
哈尼黄脸的神兵,
拿着长矛来戳你。①

  类似这样的对神话观念的模拟,第五章将详细解说。此处主要是说明纳索垒仪式中体现的"界"的观念。哈巴对摩批来说,就是其记忆一年十二个月仪式程序的表单,一年中的大小公共仪式及其具体操作程序都很清楚。而这个仪式的核心意涵是将村落中的鬼驱赶出去。
  在横向的比较中,这种每年春夏季节举行驱邪扮装巡游的仪式,是彝语支诸民族共同的文化。云南红河州弥勒县彝族阿细人每年春季举行"祭火"仪式,男性裸身涂装巡游以驱邪;云南楚雄州双柏县彝族纳苏颇人每年夏季举行"小豹子笙",少年裸身扮装巡游以驱邪;贵州威宁彝族每年春季举行"搓泰吉",男性扮装巡游以驱邪;大理州南涧县和祥云县彝族腊罗人春季的"哑神节",男性扮装巡游以驱邪。这些案例究其驱邪避役的性质,与哈尼人的纳索垒相同,而其仪式实践方式都是"扮装巡游",这背后都有各个民族支系的宇宙观作为观念支撑。
  纳索垒仪式中,摩批在每户人家家屋中都要念诵一段祭词,核心意思就是人和鬼是不能住在一起的,必须分开。摩批和抹着花脸的孩子挨家挨户将邪祟扫除家屋外,最后再将这些邪祟一并送出村子。② 送出村子

---

① 朱小和演唱,卢朝贵等搜集整理翻译:《窝果策尼果·奇虎窝玛策尼窝》,西双版纳州民委编:《哈尼族古歌》,云南民族出版社1992年版,第368—370页。
② 纳索垒仪式实际上是一种年度的社区防疫动员仪式,通过家庭扫除、村落扫除、驱邪逐瘟的行为,唤起人们防疫的意识。

的地点就是村落的出水口。地界的水域、人间的人鬼界限，无疑正是三层宇宙空间观念的具象。纳索垒仪式的行为如果没有对应特定空间，则是无效的。因此，"三层宇宙"作为一个神话母题，仍然是在哈尼族的生活世界中被实践的，是家屋、仪式、村落空间共同指向的核心性起源叙事图式。而有关"人鬼分家"的神话母题也在每年驱鬼仪式中不断重复，仪式中的稻草人正是害人鬼的具体形象物。对驱鬼仪式来说，仪式的地点、木刀木剑、稻草人（鬼）、黑脸的孩子（神兵）等，都是现实中被实践的哈巴神话母题。换言之，只要具备上述要素，纳索垒仪式就是有效的。所以对哈尼族的神话世界来说，仪式的有效性决定了三层宇宙、人鬼分家、鬼、神兵、神祇的宝物等能够成为一个有实践意义的母题。摩批歌手对哈巴演唱的个性发挥，也必须以"仪式有效性"为前提，并不能漫无边际地任意发挥。

在三层宇宙创造之后，天神地祇便在万神之王（母题"161 天帝"）①的带领下为人类世界造天造地。这种宇宙层次的观念在哈尼族对地球空间的认知中属于基础性的认识。在"窝果策尼果"中，领导造天造地的是第二代"天帝"梅烟（Meiqyeil）。梅烟是俄玛的女儿，是俄玛众多后代神祇中继承天帝权力的女神。朱小和在演唱这支"俄色密色"时，极富语言感染力，围绕几个核心母题，如"352 神开天辟地""354 诸神联合创造宇宙""414 神创造天""612 神创造地球"铺排出一个诸神造天造地的热闹场景。

A2-1 号文本	·朱小和演唱"俄色密色"片段，1982 年，元阳县新街镇 ·史军超、杨叔孔、卢朝贵搜集整理，卢朝贵翻译，张多校订	
行数	哈尼文直译	汉语意译
A2-1-1	Aqmil gal' hu jiltaq 过去 古老 时候	在远古的时候

---

① 母题及编号规则参见附录一《中国哈尼族神话母题索引》。

续表

A2-1-2	Oqseil seil wul aoqtav yeilssaq 天造 造 的 天上 诸神	天界诸神来造天
A2-1-3	Milseil seil wul miltav yeilssaq 地造 造 的 地上 诸神	地下诸神来造地
A2-1-4	Oqtav noqmil leivhoq zuvq e laqmeil 天上 世间 街场 赶 的 一样	天界地界像赶街子般热闹
A2-1-5	Seilteil gaq wul oqjiq jiq e laqmeil gyuq 造 声响 亮 天雷 打 的 一样 响	造天造地的声响像雷声炸响
A2-1-6	Seilteil gaq e saqhyuv byuv lal al 响声 听 的 肉 抖 抖 来 了	隆隆声响听得人心惊肉跳
A2-1-7	Oqtav yeilma aqpyuq Meiqyeil 天上 母神 先祖 梅烟	天上的万神之母梅烟
A2-1-8	Geljiq sakyul mel e Zaqnioq Alzeiq 战斗 号角 吹 的 扎略 阿则	令战神扎略阿则吹响号角
A2-1-9	Oqseil milseil seil e zaltoq hev al 天造 地造 造 的 日子 到 了	造天造地的日子到了
A2-1-10	Oq sol mima yeilssaq me zyul 天神 地母 诸神 吹 拢	号令天地众神聚拢
A2-1-11	Maq teiq qiq no sakyul maq me 不 急 一 天 号角 不 吹	没有要紧事号角不会吹响
A2-1-12	Halteiq qiq no sakyul me 最 急 一 日 号角 吹	最要紧的时刻才吹响号角
A2-1-13	Daqdaq wul…… 哒哒 呜	哒哒呜,哒哒呜
A2-1-14	Doq tol hhohaq po al 话 讲 门口 开 了	神谕的话门开启了
A2-1-15	Aqpyuq Meiqyeil doq tol al 先祖 梅烟 话 说 了	祖神梅烟说话了
A2-1-16	Oqtav yeilssaq taq sseq 天上 诸神 不 走	天上的众神不要走

续表

A2-1-17	Daqwuvq yeilssaq taq niv 地下 诸神 不 走	地下的众神不要走
A2-1-18	Oqwuvq milzeil jol e yeilssaq 天涯 地角 住 的 诸神	天地间的诸位神灵
A2-1-19	Oqseil milseil seil e nomeq hev 天造 地造 造 的 日 好 到	造天造地的好日子到了

朱小和的精湛语言艺术在整个《窝果策尼果》中比比皆是，上述这一段"俄色密色"是梅烟领导众神造天造地的开端，尤为精彩。"俄色密色"演唱"造天""造地"两部分，大体上是对举的，即造天的神祇、行为、方式往往有与之相对应的造地的神祇、行为、方式。因此出现的神祇角色非常多，造天造地的方式、步骤非常复杂。为了让听众对后面演唱的繁复内容有一个先入的总体把握，朱小和先唱了这段总领辞（A2-1号文本）。

在介绍梅烟时，朱小和使用了 Oqtav yeilma aqpyuq Meiqyeil（A2-1-7），oqtav 是"天上的"，yeilma 是"神之母"，aqpyuq 是"祖母"。这三个界定将梅烟的身份和性质进行了精准定位，即"天神+万神之母+始祖母"，这与哈尼族祭祀中对"天神"的理解吻合。从神话母题的角度看，"天神"一词实际上对应的是两个母题，即"161 天帝（天界的最高统治者）"和"162 天神（天界的一般神祇）"。但在梅烟之上还有一位"天帝"——俄玛。因此梅烟并非"最高统治者"，但是其能力超越一般天神。此外，梅烟也是人类所崇敬的始祖神，因为人类也是梅烟的后代。哈尼族的神谱和家谱是相连的，这种观念直接决定了村落祭祀的性质，比如昂玛突祭祀寨神、天神，而同时也是祭祀建寨始祖。因此"162 天帝"这个母题在哈尼族的神话世界中是复合的，其核心是"天帝"与"人祖"是一体的。

哈巴演唱虽然不能太过随意地发挥，但是在有限的发挥空间里，朱小和总能找到"神话"与现实生活的关联。他形容众神造天造地的热烈场景,说"天界地界像赶街子般热闹"(A2-1-4)。Leivhoq(街子)这个词意为"集市"。三层宇宙的名称中有"hei",也有街子的意思。赶街子是云南高原极其重要的公共生活,是各个民族相互交往的最重要方式。每一个哈尼人甚至每一个云南人,都熟悉赶街子的热闹场景和氛围。进一步说,天神地祇造天造地,与各民族营造共同生活,本质上是一致的,都是协力创造生活共同体的行为。这种神话思维在哈巴中很常见,比如"砍遮天大树"的哈巴中,是各民族兄弟姐妹合作砍树的;在兄妹婚神话中,再殖的人类包含了各个民族。

在梅烟的领导下,天界的众神负责造天,朱小和列举了太阳神、月亮神、雷神、雨神、大力神、匠神、飞神等。造天首先要搭天架,且需要金银来做天架。天架搭好后,还要用金银编织的扎绳捆天架。捆好天架之后,天稳固了,这时还要留下天眼。漫天的天眼就是星星。上述叙事基干是对朱小和长篇演唱的一个归纳。如果仅仅将这些神话母题从文本中抽绎出来,并不利于开展更深入的批评。以往的神话母题研究多数是从文本抽绎母题之后,展开类型、结构、传播方面的批评,但如果将母题视为文化观念的符号,将其放置于生活实践的语境中看,就能看到母题的生命力所在。朱小和唱的"扎天架"这一段最为典型——

> 造天还要金扎绳,
> 造天还要银扎绳,
> 没有扎绳天架会散,
> 没有扎绳天架会倒。
> 大神烟沙砍来九捆金篾,
> 扭成九抱金扎绳。
> 大神烟沙砍来九捆银竹,
> 大神烟沙破出九捆银篾,
> 扭成九抱银扎绳——
> 有了金绳一天也沤不烂,
> 有了银绳一天也发不泡。

烟沙阿波①派两窝银燕样的飞神，
扇着翅膀来绑绳，
天架绑得象生成一样牢了，
天架绑得象手掌一样平了。②

这段评说造天的过程，明显掺入了建房的劳动经验。哀牢山区哈尼族的传统家屋被称为"蘑菇房"，是石基土坯木构建筑，屋顶用竹木搭建蘑菇形的顶架，再铺上稻草。屋顶架是在房梁以上的凸起部分，主要起到通风、贮藏的功能。搭建屋顶架就需要用竹篾条和强韧的绳索捆扎固定。造天神话中搭天架的情节，显然是基于建房的经验。进一步说，"天架"（405 天维）这个母题在中国各民族神话中比较罕见，正是因为其与哈尼族的家屋建造发生了关联，才得以在哈巴中被传承。进一步说，是有关宇宙的图式规约着哈尼人建房的观念、行为与叙事。

图8 阿者科寨的蘑菇房（张多摄于 2015 年 8 月 21 日）

---

① "阿波"本义为"爷爷"，此处为男性神祇尊号。烟沙是梅烟之子。
② 朱小和演唱，卢朝贵等搜集整理翻译：《窝果策尼果·俄色密色》，西双版纳州民委编：《哈尼族古歌》，云南民族出版社 1992 年版，第 37 页。

在"俄色密色"中,朱小和将一系列神话母题串联,描绘了波澜壮阔的造天造地伟业。众神用绿石头造天,这些绿石头来自烟罗神殿的后山。众神用金撬杆采石,造了蓝汪汪的天。众神挖掘银河,是留给雨水过的路。天庭还建造了天门,这是天神们回天庭的路。天门有四扇,玉天门、金天门、银天门、铜天门,且有天锁和钥匙。天神造了金属箱子装人种。接着地下的众神造地,先打了四根地柱,金银铜铁。打地柱、地梁要使用金锤、金钳 金砧。最后用黄土、黑土造地壳,用金犁耙造出高山、深谷、坝子。这一系列造天造地的行为,都和建房的劳动程序相关联,可见哈尼族的家屋空间实际上就是一个微缩的宇宙。朱小和述唱到众神把金柱打在"密乌艾西"头上,银柱打在鱼尾,铜铁柱打在两边鱼鳍上,这样神鱼就不会乱动。① 宇宙、山地、村寨、家屋都在一种同构关系中得以表述,神话观与生活感知交融一体,渗透在哈尼人的生活文化里。

哈尼族家屋中都要选择一根中柱作为"祖先柱",大小祭祀都要在这里祭祖。这跟"撑天柱"能够通天、沟通祖灵和天神的功能有关。今天,大部分哈尼族村落的房屋都换成了钢筋水泥建筑,但即便如此,祖先柱依旧重要。2015年12月我在元阳县新街镇爱春村调查时,住在高鲁尼(化名)家。他家在路边新建了五层楼房,准备开旅馆。他们夫妇住在五楼,水泥墙柱粉刷一新。为了安放祖先柱,高鲁尼想出了一个办法,他选定了靠北的一根柱子,用一根手臂粗、和柱子一样高的木棒立在水泥柱子前。这样,祭祀时用鸡血生祭就不会污染到刷白的水泥柱子。"撑天柱"的神话观不仅没有因为传统家屋的消失而失落,反而在新式家屋中继续传承。

这种用木棒代替祖先柱的做法,并不是高鲁尼家的独创,而是元阳当地非常普遍的做法。我在全福庄、箐口也多次观察到这种现象。通过这个例子可见,神话母题确实是神话观的浓缩符号,其附着物比如建筑虽然发生了颠覆性改变,但"表达这种神话观"才是哈尼人在意的事情。

---

① 朱小和演唱,卢朝贵等搜集整理翻译:《窝果策尼果·俄色密色》,西双版纳州民委编:《哈尼族古歌》,云南民族出版社1992年版,第46页。

神话观的附着物可以随着社会发展而变化，但是文化观念却是相对稳固的，它没有我们想象的那样脆弱，反而容易适应外在环境的变迁。简而言之，宇宙观、血缘观的表达形式变了，但"表达"本身没变。

在"窝果策尼果"的"普祖代祖（安寨定居）"这一支哈巴中，朱小和明确解释了建房与宇宙的关联。开工建房最基础的程序就是打地基，哈尼族传统家屋的地基是石基，因此称为下石脚。石头的选择、安放都有特殊的要求。"石脚的石头是房子的脚趾甲，/石头要找老崖上的白石头，/白石头里住着天神的老儿子，/天神说出砌石脚的话：/石头的脸要朝上，/石头的眼睛要望着天……"① 石头不仅寄寓着天神的本体，也是造天的原料。朱小和在哈巴里说是"绿石头"造天，而西双版纳阿卡支系的一则神话也说马牙石造天：

> 谁来造天？谁来造地？老人们说：是女天神阿波米淹和加波俄郎造天造地。加波俄郎身材高大，力大无比，聪明能干。他的手长得可以伸到天空，他的脚大得可以踏平山川。他用三颗马牙石造天。天造好后，他又在天上镶嵌了日月星辰，布置了雷雨闪电、浓雾露水、五彩云霞。天不会下雨，他就在天上挖了三个指头大的口子，作为雨的过道……加波俄郎马不停蹄、一鼓作气，开始用三坨泥巴造地……②

石头不仅是造天的原料，也是补天的原料。朱小和唱的"厄朵朵（洪水泛滥）"里说补天用了七种颜色的玉石。石头作为主要的建筑材料，被哈尼族用来记忆众神造天造地的伟业。这些波澜壮阔的起源叙事被寄存于"祖先柱""石头""家屋"这些物质符号中，与歌手传统曲库中那些母题遥相呼应。正是口头演述与日常生活的相互强化，造成了核心性母题被反复实践，并内化为群体的精神气质。

---

① 朱小和演唱，卢朝贵等搜集整理翻译：《窝果策尼果·普祖代祖》，西双版纳州民委编：《哈尼族古歌》，云南民族出版社1992年版，第140页。

② 飘马讲述，白富章搜集整理：《奥颠米颠》，姚宝瑄主编：《中国各民族神话·哈尼族·傣族》，书海出版社2014年版，第79页。

从村落结构到民居结构，人的居住空间总是与宇宙的结构相适应。人的身体置于这样的空间里，与天地人鬼的界分相适应，各司其界，互不干扰。神话观念的实践就在这样的界域实践中反复强化，形成一种人居民俗惯制。在"如何居住"的选择上，哈尼人以宇宙结构作为文化图式的参照，营造出了现实生活中的"宇宙"。有关宇宙结构的诸多母题，也正是在这种多层面的生活实践中才得以呈现。

四　神谱与人谱

如前文所述，宇宙图示与人类起源观念紧紧相联系。三层宇宙划分了神界、人鬼界和动物界，而三层蘑菇房也将牲畜、人和神隔开，这种宇宙空间划分往往涉及人在宇宙中的位置问题、人类自我认知问题，也即"人观"。[①] 现代科学常常会秉持"人类中心"的自我定位，而这种人观和哈尼族有很大不同。哀牢山哈尼人创世神话中的神谱是与家族谱牒相连缀的，这是理解哈尼人的"人观"的重要出发点。

哈尼人的人类起源神话是嵌套在宇宙起源神话中的，虽然演唱时它们可能被分开，但是二者之间是互为解释的关系。创世神鱼密乌艾西生出了众神，众神又生养了人类的祖先，生出了三种能人（头人、摩批、工匠）。有的叙事中，还有"换人种"的母题，即起初的一代人不完善，经过换人种得以完善，这类神话颇有进化的意味。但无论神话异文如何粘连、变异，其核心的母题"神创造人"是始终稳定的。哈尼族的父子连名制将这种人类与神祇有血缘关系的神话观加以固化，从而形成了神谱与家谱相连的独特文化。

而在人类遭遇灾难，险些灭绝的紧要关头，兄妹卜天意传人种的神话成为显著的核心母题。兄妹婚神话广布世界，尤其在藏缅语诸民族中非常丰富，哈尼族也不例外。"兄妹婚"作为一个神话母题，与"洪水""避水工具""占卜神意"（包括"滚磨盘""合烟"等）等神话母题一

[①] "人观"的相关阐释参见黄应贵编：《人观、意义与社会》，"中研院"民族学研究所1993年版。

起构成了人类起源神话中重要的叙述类型——"洪水后兄妹婚再殖人类"型神话。但在逻辑上，兄妹婚神话属于创世后期的行为，因而必须将目光追溯至人类起源初期的诸神世界，才能更好地理解哈尼人的血缘谱牒观。

在哈尼哈巴的口头世界中，存在一个非常庞大的神祇体系，构成了一个井然有序的神谱。目前，朱小和演唱的《窝果策尼果·烟本霍本（神的古经）》是所见最为丰富完整的神谱。由于哈尼族神话中的神祇非常多，为了概括这些神祇及其职司，需要借助神话母题索引加以分析。在附录一中的母题索引里，"160 神祇的职司"目下包含了哈尼族主要的神祇——

  161 天帝。天界的最高统治者。（符号规则见附录一）
   161.2 天帝的家庭——161.2.1 天帝的儿女
   161.3 天帝的使者
  162 天神。天界的一般神祇。
   162.1 天神的孩子
  163 女神
  164 太阳神
   164.1 男性太阳神
   164.2 太阳女神
  165 月亮神
   165.1 月亮女神
   165.2 男性月亮神
  166 星辰之神
  168 雷神
   168.4 雷神被捉
   168.11 雷神的孩子——168.11.1* 雷神的女儿是火神
  171 风神
  172 雨神
  174 雪神

175 水神。一称水伯。普遍或局部水域的神圣管辖者。

176 河神。一称河伯或河精。

181 火神

184 地神

    184.1 地母

185 农神

    185.3 谷神

    185.6＊田神

    185.7＊粮仓神

187 植物之神

    187.1 草神

    187.3 树神

188 动物之神

    188.1 蛇神

    188.2 龙神（注：哈尼族的"龙"不同于汉族的"龙"。）

    188.3 牛神

    188.14＊蛙神（注：密乌艾西、白鹇等比较特殊，未列入动物神。）

189 山神。普遍或局部地方的山神。

193 灶神

194 工匠之神

201＊人神（管理人类之神）

202＊金属神。金银铜铁锡等金属的神祇。

203＊光神

204＊银河神

205＊石神

206＊土神

207＊管理神的神

208＊战神

209 神祇的职司——其他母题

209.7 恶神——209.7.1 瘟神

209.8 生死神

209.10 社神——209.10.1 * 寨神

209.14 铜神

209.15 妖魔

209.18 断事神——209.18.1 法神

209.22 畜神

209.23 * 甑神

209.24 * 增神。司掌增加、增产的神。

209.25 * 减神。司掌减少、减小的神。

209.26 * 崖神

209.27 * 水沟神

209.28 * 泉神

209.31 * 年神

209.32 * 智慧神

以上母题索引是依据杨利慧、张成福《中国神话母题索引》的编号体系对哈尼族神话母题的编排。因此能够反映哈尼族的神祇在整个中国神话母题系统中的状况。从这个母题索引的编号可以观照哈尼族神祇的复杂多样。但是，这绝不代表哈尼族"万物皆神"，更不是"万物有灵"，哈尼族的神祇终归是有限的，每一个神祇都有自己特定的神话含义。

根据朱小和《烟本霍本》可以归纳出一个神谱：密乌艾西从不同部位的鱼鳞生出了太阳神约罗（Yolloq）、月亮神约白（Yolbeiq）、天神俄玛（Aoqma）、地神密玛（Milma）、人神哥哥尤德（Yeildeivq）、人神妹妹德摩（Deiqmol）、大力神密搓搓玛（Milcoq Coqma）。这七位神祇是创世者密乌艾西神鱼的后代。而天帝俄玛则继承了鱼母神的最高神位，繁衍、分封了宇宙间诸神。俄玛也是人类的直接祖先。人神兄妹则是摩批、头人等的祖先。卢朝贵曾归纳过天神俄玛创立的神谱与哈尼族的父子连名家谱相连的情形（参见图9）。

哈尼族神祇中还有一些独特的神，比如增神、水神。哈尼语增神

第四章　造天造地：宇宙图式与神人谱牒　141

（增长之神）是 Loq，音与汉语"龙"相同，但并不像许多著述中说的与汉语"龙"相关。哈尼语 Yoqbei 才是作为动物的水中灵兽，但是 Yoqbei 也不是汉语的"龙"，虽然同为水中之动物，但是没有具体形象。Yoqbei 是所有爬行动物的祖先，梅烟恰（Meiqyeilqa）的四个儿子之一。同时还要注意，Yoqbei 也不是水神，水神有专门的 Elma，还有一位护法水神的法神 Aqboq。可见在哈尼族的世界观里，神祇的职司非常具体，这说明哈尼族神话的丰富性、复杂性。这种丰富的神祇体系也有赖于精细农业文化的发展，"增神"最直接的作用就是增加梯田水稻的产量。

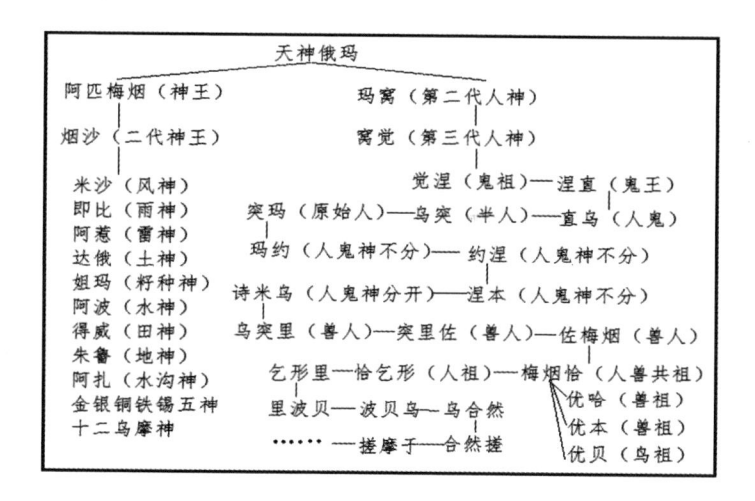

图9　《神和人的家谱》（卢朝贵）的神人家谱①（张多 绘制）

天神俄玛的后代梅烟建立了神谱，众神的职司掌管着自然界，同时这些神掌管着的部门也是关乎人类社会发展的重要部门。天神俄玛的次女玛窝则是人类和鬼的祖先。在这一谱系中，人和鬼直到第十二代"苏咪乌 Sulmilwul"才分开（见表2），而人与动物直到第十七代"恰乞形（恰体如）Qativqsiq"才分开。

哈尼族的人类起源神话有许多类型，比如天生人，见李万福讲述的《天与地》；葫芦生人，见张牛朗讲述的《葫芦出人种》；青蛙生人，见金

---

① 《中国民间故事集成·云南卷》，中国ISBN中心2003年版，第23—28页。

开兴讲述的《青蛙造天地》。但神祇创造（生育）人类是最主要的人类起源神话。人类与诸神的血缘关系确保人类死亡后祖灵可以成为神祇，从而得到景仰，并进入神人谱牒的序列。在哈尼族丧礼中，摩批念诵家谱，最重要的目的也就是让亡灵能够回到祖灵居住的天界，能够顺利地得到祖先认可，从而列入家谱。通常在世的人是不能列入家谱的，只有经过丧礼上摩批举行仪式的亡灵，其名字方能合法地接续前人。

在朱小和的神话观中，神祇的诞生、人类的诞生，都是整个宇宙创造过程的一部分。2014年8月，我在元阳县攀枝花乡硐浦寨朱小和家中对他进行了访谈。卢朝贵现场翻译他说唱的哈巴。同时，朱小和的大徒弟李有亮也在场。

8月1号早晨，我与卢先生来到硐浦寨，这时上午的浓雾还未散去。整个硐浦寨笼罩在雾中，只看得见高大的竹丛和芭蕉，连卢先生也一时分辨不出进村道路。硐浦寨位于山间鞍部，公路在村子上方。寨子人口众多，房屋密集。朱小和先生家的房子是众多房屋中夹着的一幢毫不起眼的楼房。

朱先生个子不高，身材精瘦，精神很好。他穿了件灰色外套，头戴毡帽，脚穿"解放"绿胶鞋。由于卢朝贵与他是忘年师生加好友，我们会面的气氛很亲切。朱先生是非常著名的哈尼族歌手，家中简朴超出我的想象。但转念一想，朱先生本来就是硐浦寨一个普通的稻农，朱先生爱喝酒，也好抽水烟筒，他和李有亮边喝酒边相互传烟筒。李有亮坐在我旁边，他从15岁便跟随朱小和学习仪式知识和哈巴。朱先生喝起酒来更加神采奕奕，我请他讲讲哈巴里有关天地来源的事情，他在席间为我们讲起了哈巴的内容。

（旁边电视播放中国中央电视台电影频道节目，声音吵闹。朱小和与李有亮不时交换水烟筒吸烟。）

朱：天地没有形成之前，是没有人类。天的形成，是属鼠的那一天生成的，地是属牛的那一天生成的。太阳是属虎的那一天生成的，月亮是属兔的那一天生成的。世界最先是太阳和月亮出来以后才有人类诞生。

第四章 造天造地：宇宙图式与神人谱牒

（卢朝贵、朱小和给李有亮解释了几句太阳、月亮诞生问题。）

朱：所以，那个，太阳是属虎那一天，照亮人间。是老虎在那地方吃那个小太阳，所以才会有日食，才会有这种现象。然后月亮是属兔那天产生以后，属狗的那天是照亮人间的时候。

张：么像那个"密乌艾西艾玛"？

卢：那个，密乌艾西艾玛，跟这个是一样的。

（李有亮转身去厨房拿酒来添。）

朱：密乌艾西艾玛，是，它最先在那个水里边生存了以后，它的那个划道道的翅膀，那个鳍了嘛。左鳍刷了一下以后，天就亮啦。然后，右鳍甩过以后就地就明啦。还有一个是金柱，这个手像这样拿起来看，也是，这个手指头也能看清楚啦。（越发抑扬顿挫，进入说唱表演状态。）

朱：那个地一样的脊背上，竖起那个金柱来以后，天神就上天啦。然后从这里开始就，其他那些事物就一步一步产生啦。

（张：竖起金色的柱子？）

朱：唔，金子做的柱子。然后那些神就顺着爬到天上。就产生了天神啦。

（由讲述转换到演唱。）

朱：那些神顺着那个金柱爬到天上以后，他们就在那协商啦。上面的几个说，那个世界上没有人，也不会在（云南方言"生存"），但是谁去领导那些人呢？第一个产生的是"pi"（摩批），第二个产生的是工匠，第三个产生的是"zi"，就是官了嘛。（指头人。）没有这三种能人是不会在世上生存的。所以人创造好以后还不能生存在这个世上，就是这个道理。

（剧烈咳嗽，又转为讲述。）

朱：天神和天母的儿子。天神是叫梭赫，梭赫的儿子是叫赫伯，那个赫伯就顶着那个工匠师的铁锥子，他顶在头上下来以后，把那个大海里面的那些动物、人类一起，他在那地方造了船以后，用船把这些人渡到岸上来啦。是这样说的。

张：就是说人原来是在水里面的？

卢：对对。后来是天神的那个儿子叫赫伯的，是一个工匠师，他顶着那个铁匠用的那个铁锥子，圆圆的木头上面有一个铁锥子嘛，他打造过去，造了船以后，把动物人类都送到岸上来了以后，才生存的。

朱：那个赫伯，所有人类包括动物都是吉祥的东西留下来，不吉祥的都被他敲死了。天神梭赫，他的儿子赫伯跟地神的姑娘，最美的那个美女，叫娜罗，跟她结婚以后，他们两个生下来的这些儿女，寿命不长，不久都死啦。娜罗死后，就剩下赫伯，那个工匠。老婆也死了，儿女也死完了。只有赫伯一个人在那个地方，大地上。

卢：赫伯后来咋个样啦？

朱：他也上不了天。上天的金柱也被他们搬倒了。到了这里以后，那个赫伯也找不到老婆，死掉了老婆，他很悲哀啊。但是后来那个天上的那些天神就说是，派太阳的女儿阿伯。

卢：嗯，最美的一个。太阳姑娘。派太阳的姑娘来和赫伯一起创造人类。

……

朱：（愈发绘声绘色）到了这里以后，那个天上的阿伯要嫁给地上最美的男子阿扎。但是她说太老了，我不愿意做那个人的老婆。回到天上去，跟太阳神说了以后，太阳神就跟她说，我们那个菜园里面有一棵树，就是哈玛树（月亮树），你只要把那个哈玛树的枝子拿下去，栽在地上，那些人就不会老了。用那个抽打地上的人。她用底下，树脚上面第一层枝枝，打了以后，他是年轻了一点。第二层的树枝打了以后，再年轻一点。第三层的打了以后，就变成一个年轻的小伙子了。

李：（插话补充。）

朱：这一代人产生以后。用那个月亮树枝枝抽打以后就成了年轻人啦。他们就生出来的这些人，就不会死啦。都成了些永生的人，啊，男的女的也不会死啦。然后到这里。这个，地壳，地壳不稳，最后来解决地壳的问题。他是这样说的。这个地壳不稳是为什么不稳。原来这个地壳是很大的，世界是很大的。但是这个地壳不稳以后就像油一样的摇晃，这个，就，世界就成了一片汪洋，然后地壳就七零八落地整成七大块。这些人就把这个地壳坐稳了以后,在这生活,然后那个,天神呢。天神阿匹梅烟的九个女儿嫁给这些。第一个是嫁给天。

　　李:第一个。

　　卢:嫁给天,天就可以永世万代地在上面,天就不会倒下来了。第二个是嫁给大地。

　　朱:第一个嫁给天,第二个大地,第三个嫁给太阳,第四个嫁给月亮。属鼠那天嫁给天,属牛嫁给地,属虎那天嫁给太阳,属兔那天嫁给月亮,天神的姑娘,九个姑娘中的。第四个嫁给庄稼神。

　　李:第五个。

　　卢:第五个,庄稼神了嘛。

　　朱:所以就产生了这个几个高能,前面这几个技能比较高的神。比如"威嘴"(农业神),就分配你去管什么,你去管什么,管人类也好,管天地也好。最后就是这个莫耶,就是第一代"爵"(头人),就当头人了。蛇的那个舌头撕开以后,它就不会讲话啦。牛也是只会哼哼,它也不会讲话啦。然后慢慢慢慢下来,这些都是属于下属了。他这一段是,到了这里下来以后,你也称雄,我也称雄,全都是相当大的,老大。那个苏咪鸟就叫了12次。

　　张:苏咪鸟是什么?

　　卢:是哈尼族一个始祖。这个神,他来到世上以后,他发现这个人是有三种眼睛,有竖眼、有横眼、有直眼,这个眼睛是不会四面八方的这样观看,也不能往天上望。看到这些以后,他就躲藏在树上,头上顶着一块石头,手里边抱着一个水葫芦。那个那个,来撵他的那一个,带着弓箭来撵他的那一个神说,这些人应该给他消灭掉,是不良的一些人种。然后就,他在那里相卦、打卦,就是占卦了嘛。

　　(朱小和、李有亮纠正补充。)

　　卢:人是躲在树上,然后人的头上是有石头。那个葫芦是夹在这(指裆部)。

　　李:坐着漂在水上了嘛。

卢：神占卦算不准，就把卦丢掉了。苏咪乌把卦捡回来。

朱：那个苏咪乌把卦捡回来以后，跑到山上，他发现有一个老头在山上，打那个荞子（荞麦）。这里是讲人吃的庄稼的来源。最先有的只是荞子，没稻子，稻子都不知道是什么东西。就是这个狗它盗回了77种。人也分为77种，77个民族。有77种庄稼，每一种庄稼都是有一种人吃的。

张：种子不是"塔婆"从鱼肚子里取出来的吗？

朱：那是以后的事了。

（哈巴的讲述基本结束，这时卢、朱交谈起家常，十多分钟后来想起之前"阿匹梅烟"九个女儿的下落没讲完，又补充。）

朱：第六个嫁给树。只有有了大树，才可以盖大的房子。也就是嫁给森林了嘛。第七个是嫁给路神，大路神。人类是要在路上走路嘛。第八个嫁给石头。

张：第九个呢？

卢：第九个就是嫁给人啦。①

朱小和由于喝了酒，讲唱中故事间的细节衔接不十分清楚，他将若干个创世神话的类型连缀起来，于是卢朝贵在一边不断解释。但可以看出，人类起源与神的创造、帮助密切相关。众神为人类创造了三种能人：头人、摩批和工匠，于是在他们的带领下，人类才能独立生存发展。但是起初的几代人种存在种种不足，导致生息受到阻碍，在神祇的帮助下（包括天婚），人种得以完善成型。

其中朱小和尤其提到人类始祖中有"横眼人""竖眼人""直眼人"，分别代表人类创造时不同的发展阶段。"1051 起初人的身体特征与现在不同"这个母题是彝语支民族共有的人类起源记忆。具体而言，"1051.4 起初人的眼睛竖着长"这个母题不仅在彝语支的彝、拉祜、基诺、纳西等民族的口头传统中比比皆是，在彝语支民族祖居地三星堆遗址也出土了

---

① 访谈对象：朱小和、李有亮，访谈人：张多、卢朝贵，时间：2014年8月1日，地点：元阳县攀枝花乡硐埔寨。

直眼、横眼的青铜立人像。伊藤清司曾对彝语支民族中纳西族神话的"独眼""直眼"人类起源神话做过分析,认为是象征问题;①傅光宇和张福三则从文化史的角度阐释了彝族等的"独眼""直眼"神话所反映的历史信息;②而鹿忆鹿则明确将彝语支民族的眼睛神话与三星堆考古关联起来。③根据白永芳的研究,三星堆所在的成都平原与哈尼族迁徙史诗中的祖居地"诺玛阿美"有密切的吻合关系。④这些研究说明眼睛的神话是哈尼族祖先(彝语支民族祖先)人类起源神话中一种独特的身体标记。

在朱小和口中,这些竖眼人种是"不良"的人种,神祇予以消灭。人类经过不断地更新、灾难后,终于繁衍生息。这一切都和创世诸神的帮助密不可分,因此神人谱牒将这种人、神之间的血缘关系加以固定。由于鸟兽、鬼的谱牒也是从神谱分出来的,因此人类和动物、鬼也是有血缘关系的。这种基本观念是支配诸多哈尼族文化实践的基本文化图式。摩批、歌手唱述"神"的事迹和谱牒,同时也是在回忆"祖先""人类"的历史。

五 兄妹始祖与兄弟民族

在世界范围内,人类起源神话中有关"兄妹婚"的神话非常普遍,尤其在亚太地区"兄妹婚"神话极为繁盛。从汉藏语系、南岛语系、南亚语系到阿尔泰语系,都密集地分布着"洪水后兄妹婚再殖人类"的神话类型。哈尼族口头传统中的兄妹婚神话,虽然神话母题的组合与其他民族大同小异(即灾难遗民、寻找人类未果、占卜神谕成婚),但是其叙事变异、传承的丰富性在亚太地区也算得上突出。从哈尼族内部的视角

---

① [日]伊藤清司:《眼睛的象征——中国西南少数民族创世神话的研究》,马孝初、李子贤译,《民族译丛》1982年第6期。
② 傅光宇、张福三:《创世神话中"眼睛的象征"与"史前各文化阶段"》,《民族文学研究》1985年第1期。
③ 鹿忆鹿:《眼睛的神话——从彝族的一目神话、直目神话谈起》,《民族艺术》2002年第3期。
④ 白永芳《哈尼族服饰文化中的历史记忆——以云南省绿春县"窝拖布玛"为例》,云南人民出版社2013年版,第267—291页。

出发，兄妹婚神话是哈尼族人类起源历史记忆中一个重要阶段，是哈尼族的人类群体观念的重要起源叙事。

兄妹婚神话在整个藏缅语民族集团中非常普及，几乎所有的有关"兄妹婚"的神话母题都可以在藏缅语神话中找到。2015年8月的一天上午，卢朝贵专门给我讲述的一则兄妹婚神话非常典型：

张：发洪水的原因是什么？

卢：发洪水的原因就是雷神。天上的神，那个雷神是最坏的一个，跟我们那个老祖宗搓莫吁（colmoqyu）打官司。那你种庄稼就要下雨嘛，雷神不打雷就下不了雨。后来那个雷神就说，他全部都要收到天上去，人们都没留下一些杆杆。

张：就是庄稼？

卢：嗯，没有吃的。搓莫耶就问他，你到底是要上面的部分，还是要下面的部分。他说你全部要也不行，我们还留点要吃。他说他要下半部，那我们全部都要呢个穗子，稻穗。高粱也是，荞子也是要上面嘛。就把那些杆杆全部堆积在那，他就生气。第二年又问，他要上半部，不要下面的东西。哈尼人就专门种一些块根植物，芋头萝卜之类东西的来吃，他就拿不到吃的东西，他就发脾气。后来，就想着要发洪水了嘛。淹死你们，你们最不讲信用。

张：哦，那还没有发。

卢：但是他，搓莫耶那两个小孩，佐洛（zolloq）和佐贝（zolbel）兄妹就作怪了嘛。叫他们看守。他爸爸打了一个笼子，关在那里面，那个雷神。

张：那为什么会关在笼子里？

卢：雷神经常捣乱，打人，动不动发火就要炸雷了嘛。人一片一片地炸死。又一次他叫人们把那个沾了水的笋壳全部翻盖在那个蘑菇房上，那个雷神来打雷时就踩滑了以后，就掉到地上，就用那个铜链子捆起来。就装在一个铜笼里面。传说金属最先产生的是铜不是铁。抓住以后，他们上山干活，家里只有佐洛佐贝，就叫他们看着。说是叫他不要靠近水，一点水都不能给他沾，给他困死、干死在里面。结果这两个小孩就,只听见是水,也没说是卫生的不卫生的水都不能沾。就打那个阴沟里的水,给他喝了嘛就。他就胀开那个笼子跑掉了。

张:哦,不能沾水。

卢:他就说,你们两个是世界上最好的人啦。我给你们一粒葫芦籽,然后你们就种下去以后,如果结出果实,你们遇到什么事情就躲进那个结出来的果子里面,就可以逃难。结果结出一个大葫芦来以后就,他们两个就钻进葫芦里面,随着水漂浮,最后在九条大水汇集的那个地方,就是大海边了嘛。落下去以后就落在大海边。就在那满怀希望地寻找人类,但没有人喽。去到什么地方都是专门挖土,做泥巴人,做泥巴人以后就。结果那个地神有个儿子,叫密玛阿子,这个就说,你们造什么泥人,造人就要你们两个结成夫妻,就出来了嘛。他们两个就感到害羞,不信那个密玛阿子的话。就找去找来地找人,一个是朝东走,一个朝西走。结果会面的时候,也是只有他们两个。后来觉得那个密玛阿子的话还是应该听得,他们就按照神的意志。你们不信,就,把这个簸箕筛子,一个在东山,一个在西山,这样甩出去以后,你们看这个簸箕筛子也会重叠。那个磨盘也是,一个搬到东山上,一个搬到西山上,滚下去以后也是就重合。所以为了人类的发展,他们两个就,两兄妹就忍辱负重,做夫妻啦。他们就生出一个,第一次生下来的一个娃娃是肉坨坨。

张:肉坨坨。

卢:嗯,一团肉了嘛,没有头脚。后来那个佐洛就发脾气。他就拔出他的刀来,砍碎了。砍碎了以后就撒向四面八方。第二天到处都有人烟,有人说话的声音。听见他们,粘在李子树上的就姓李,粘在桃树上的就姓桃,是这样来的。[①]

卢朝贵讲述的这段神话通常不会在仪式上表演,神圣性相对较弱,但却是一则非常典型的"洪水后兄妹婚再殖人类"神话。其中洪水的起

---

① 访谈对象:卢朝贵,访谈人:张多,时间:2015 年 8 月 14 日,地点:元阳县全福庄。

因粘连了"168.4 雷神被捉""244.6.2 人间英雄与雷公的争斗""244.6.2.4 用笼子关住雷公"的母题。而葫芦则是藏缅语洪水神话中最主要的避水工具。在兄妹成婚部分包含了最常见的"153.1 用滚磨的方式卜婚"母题,同时还有并不常见的"156 神祇婚姻的帮助者"母题。有关人类再生的部分,卢朝贵讲述了典型的碎胎神话,包含"1217.2 始祖生下的肉坨剁碎后,扔在李树上变成的人姓李"等姓氏起源母题。姓氏起源神话在哈尼族神话中很罕见,从母题索引的跨文化对比来看,极有可能是从别的民族神话中化用的。卢朝贵讲述的兄妹婚神话,不仅情节跌宕、丰富,结构完整,还包含了大量核心性神话母题。虽然讲述中有讲述者创新的部分,但依然是检视哈尼族人类起源神话、洪水神话的绝佳窗口。

哈尼族"兄妹婚"神话突出的特点是,兄妹卜神谕结婚后,诞生了若干种人类群体,歌手往往将其对应于今天的各民族。虽然"民族""族群"的概念是人类文明晚近的概念,但是不同人类群体对群体间差异的认识古已有之。哈尼族自"虎尼虎那"①时代,就和不同的人群打交道,因此在哈尼族文化中,定位自身与其他人类群体是很重要的基本观念。

A3-1号文本	・朱小和演唱"厄朵朵"片段,1982年,元阳县新街镇 ・史军超、杨叔孔、卢朝贵搜集整理,卢朝贵翻译,张多校订		
A3-1-1	阿妹佐白生出了各种各样的人	A3-1-38	阿妈胳肢窝里面
A3-1-2	为什么能生出不同的人	A3-1-39	生下两个儿女
A3-1-3	因为兄妹俩找人种的时候	A3-1-40	一个是老邹(Lavqwuvq)
A3-1-4	吃过七十七个山头的野果	A3-1-41	第二个是腊伯(Laqbeq)
A3-1-5	喝过七十七条江河的水	A3-1-42	这两种人喜欢穿长衣
A3-1-6	生出来了	A3-1-43	不怕后襟拖到地上
A3-1-7	耳朵上面也生儿		……
A3-1-8	住在高山崖边老林里	A3-1-44	又生出很多来了

---

① 哈尼族迁徙哈巴"哈尼阿培聪坡坡"或"哈尼阿培烟嘎"中族群最古老的祖居地,大约对应今天的甘青高原。

续表

A3-1-9	老林里面的蓝靛瑶（Myuqxal）	A3-1-45	胸膛乳间也生出人来
A3-1-10	吃的是旱谷荞麦饭	A3-1-46	阿妈小肚下也生出一个
A3-1-11	阿妈手掌上面生出来的人	A3-1-47	这是什么样的人种呢
A3-1-12	是白天会看书算账的人	A3-1-48	生出的就是哈尼人（Haqniq）
A3-1-13	动手指写字的人（汉人）		……
A3-1-14	他们能写会说嘴巴像八哥一样	A3-1-49	脚面上也生出人种
A3-1-15	又生出好多来了	A3-1-50	生在脚趾甲上的是谁
A3-1-16	鼻孔里面生出一对人	A3-1-51	卡佤（Kawa）卡桂（Kagyu）兄弟
A3-1-17	是多尼（Dolniq）和哈厄（Hal'el）	A3-1-52	……
A3-1-18	多尼住在山上茂密的竹林里	A3-1-53	从脚掌上生出来的人
A3-1-19	白天会编竹篾	A3-1-54	是穿黑衣的阿搓（Aqcoq）
A3-1-20	哈厄把阿妈的鼻梁当马骑	A3-1-55	后出世的不喜欢住高山
A3-1-21	于是到世上就爱骑马	A3-1-56	喜欢住在河谷的小坝子
A3-1-22	生出来了	A3-1-57	他们是世上最喜欢吃酸食的人
A3-1-23	耳朵后面的窝窝里		……
A3-1-24	生出的儿女是卜拉（Puvlaq）	A3-1-58	阿妈生养了七十七种人
A3-1-25	卜拉从耳后生出来	A3-1-59	地上所有人都是一娘生的儿孙
A3-1-26	来到世上讲话是反的	A3-1-60	阿妹佐白为什么会生养
A3-1-27	哈尼说："我们田里去。"	A3-1-61	她是孑遗的人种塔坡（Taqpoq）
A3-1-28	卜拉说："去田里我们。"		……
A3-1-29	生出来了	A3-1-62	塔坡父亲是莫于直（Moq'yulzyuq）
A3-1-30	下巴上生出人来	A3-1-63	佐白是直塔坡的乳名
A3-1-31	颧骨上生出的是苗人（Meiqciivq）	A3-1-64	她是哈尼的第十三代祖先
A3-1-32	苗人住在高寒的山岭	A3-1-65	是生了哈尼人七个支系的阿妈

续表

A3-1-33	在陡峭的山崖下安家	A3-1-66	头支直确乌（Zyuqqoqwuvq）
A3-1-34	生出来了	A3-1-67	二支直塔坡（Zyuqtaqpoq）
A3-1-35	肩膀上也生出人种	A3-1-68	三支先祖塔坡撒（Taqpoqsa）
	……	A3-1-69	四支先祖塔坡么（Taqpoqmol）
A3-1-36	后来生出的儿女是姆基（Mujil）	A3-1-70	五支先祖塔坡连（Taqpoqleiv）
A3-1-37	姆基从阿妈的喉咙上生出来	A3-1-71	六支先祖塔坡及（Taqpoqjiv）
	……	A3-1-72	七支先祖塔坡略（Taqpoqniol）

朱小和演唱的这一支"厄朵朵"，是目前所见哈尼族兄妹婚神话和多民族同源神话最为丰富的文本。他在演唱中详加区分了与今天哈尼族共同居住在哀牢山区的各种民族。同时，也有一些更为古老的族群群体仍然在歌手的曲库中被记忆。在今天哀牢山区，瑶族支系蓝靛瑶（Myuqxal）居住在高山森林地区（A3-1-8）；汉族的典型特征是能书写文字、并善于经商（A3-1-12、-13）；彝族支系卜拉（Puvlaq）的语言和哈尼族语法相异（A3-1-25、-26、-27、-28）；喉咙里生出的姆基（Mujil）也是彝族支系（A3-1-37）；苗族（Meiqciivq）居住在高寒山区（A3-1-32）；卡佤（Kawa）和卡桂（Kagyu）分别指佤族和拉祜族苦聪人；阿搓（Aqcoq）是居住在干热河谷的傣族（花腰傣），饮食喜酸（A3-1-56、-57）。朱小和对民族的区分，从语言、文字、服饰、银饰、居住地等方面入手，体现了哈尼族对于身边不同人群的划分。同时，朱小和也注意到哈尼族自身的支系差别，例如多尼（Dolniq）和哈尼（Haqniq）。哈巴中唱到的哈厄（Hal'el）、老邬（Lavqwuvq）、腊伯（Laqbeq）都是数百年前的古老族群。根据歌手的判断，这些民族大致属于古代白蛮群体。

在演唱多民族同源的同时，朱小和也保留了父子连名谱牒与兄妹婚神话的粘连。塔坡（Taqpoq，又译塔婆）是哈尼族各个支系记忆中一位共同的祖先，有关塔坡繁衍人类、繁衍动植物等的神话讲述非常普遍。

朱小和在这一支哈巴中将塔坡处理为兄妹中的妹妹（A3-1-61），并且补充塔坡的父亲是莫于直（Moq'yulzyuq）（A3-1-62）。而塔坡后代便是哈尼族各个支系，从 A3-1-65 行到 A3-1-72 行，歌手将父子连名谱牒嫁接到了兄妹繁衍人类的叙述中。可见，哈尼族除了存在对不同文化群体的区分，也有对血缘群体的区分。这种并行不悖、长期积淀的文化观念通过兄妹卜婚、繁衍人类的神话母题得以固化，从而作为哈尼族群体的知识得到结构性地传承。在这个意义上，神话母题在口头传统中的重要功能之一就是吸附事关群体生存的重大知识，并且以高效的叙事传播力传承这些经典知识。

在兄妹婚神话中植入民族同源的神话，是哈尼族在长期迁徙历史中形成的社会观，西南民族走廊的不同族群在数千年的迁徙、融合、接触过程中，发生了非常密切的社会联系，并且形成了一个地域共同体。由于横断山系巨大的立体空间，使得各民族得以找到各自的生息空间，形成了立体的民族分布。哈尼族在迁徙过程中逐渐与其他藏缅语民族分化，在与壮侗语诸民族接触中学习了水稻种植，在和汉人交往的过程中发展了贸易。因此，哈尼族同云南大多数民族一样，都将各民族视为与自己同出一源。这种观念除了与"兄妹婚再殖人类"嫁接，更重要的社会功能就是倡导群体间的和平共处、互利共赢。正如王丹所言："弟兄故事的讲述和传承在强调血缘关系、亲缘关系、地缘关系的基础上，关涉更为广阔的族缘关系、社会关系和人际交往关系，成为建构多民族生活关系与多民族文化共同体的根基。"① 历史上，西南地区各民族一直存在不同程度的争斗、冲突、战争，迁徙哈巴"哈尼阿培聪坡坡"就记忆了哈尼族迁徙历史上惨痛的战争教训。因此，哈尼族将这种群体和睦共处的观念与人类起源神话粘连，以强化道德规约和历史经验。

为了进一步说明"多民族同源"观念在哈尼族口头传统中的普遍性和重要性，论证神话母题吸附重大知识的叙事效力，下面再列举一些其他不同地区、支系歌手的兄妹婚神话文本。

---

① 王丹：《"弟兄祖先"神话与多民族共同体建构实践——中华民族共同体意识的生成路径》，《中央民族大学学报》（哲学社会科学版）2021 年第 2 期。

西双版纳州勐腊县：张猴（讲述），杨万智搜集整理。

这两个娃娃男的叫合多阿窝，女的叫拉多阿旁。阿窝阿旁还没长到十八岁，就结为夫妻生了娃娃，一年生一个，大的叫汉族，老二叫彝族，老三叫哈尼族，老四叫傣族。①

普洱市孟连县：李格、王富帮（讲述），张犁翻译，李灿伟、莫菲整理。

阿托拉扬和阿嘎拉优匹配成了亲，他们是人类和魔鬼的祖先。成亲后，阿嘎拉优生了一大群娃娃，有爱尼人、佤族、傣族、汉族等民族，最后一个娃娃出世时黑夜已来临，她生了一群魔鬼。②

红河州元阳县：卢木罗（讲述），刘元庆、阿罗搜集整理。

兄妹俩成亲后，妹妹莫佐佐棱全身上下都怀了孕，连手指、脚趾上都怀了孕。不久，她就生下了许多孩子。据说，大哥哈尼族是从腹部生出来的，常住森林边；二哥彝族是从腰部生出来的，常住半山腰；三哥汉族是从手指上生出来的，常住平地；四哥傣族是从脚板上生出来的，常住河坝；五哥瑶族是从耳背后生出来的，因此常住在森林里。③

红河州红河县：张牛朗（讲述），李期博记录翻译。

为了重新繁衍人类，在摩咪的撮合下，通过许多仪式，两兄妹做了夫妻。……从葫芦里出来的第一个人成了哈尼族，第二个人成了彝族，第三个人成了汉族，第四个人成了傣族，第五个人成了瑶

---

① 《天、地、人的起源》，云南省民间文学集成办公室编：《哈尼族神话传说集成》，中国民间文艺出版社1990年版，第31页。
② 《天、地、人和万物的起源》，云南省民间文学集成办公室编：《哈尼族神话传说集成》，中国民间文艺出版社1990年版，第36页。
③ 《兄妹传人（一）》，云南省民间文学集成办公室编：《哈尼族神话传说集成》，中国民间文艺出版社1990年版，第59页。

族,其他分别成了卡桂(佤族)、拉伯(白族)等。①

> 普洱市墨江县:李恒忠(讲述),李灿伟搜集整理。
>
> 者比和帕玛十分奇怪,生下来的竟是个葫芦。……他们用竹刀给葫芦轻轻挖了一个孔,过了一会,葫芦动起来了,从里面跳出如指头大的一对男女……接着又跳出二对、三对、四对……者比和帕玛按照山中野兽的名称给第一对孩子取名叫"压提"(野猪),第二对孩子叫"豪乌"(熊),第三对孩子叫"豪勒"(虎),第四对孩子叫"豪热"(竹子)。按照孩子的习性,他们把"压提"定为卡多人的祖先,把"豪乌"定为布都人的祖先,把"豪勒"定为碧约人的祖先,把"豪热"定为西摩洛人的祖先。②

多民族同源叙事之所以选择依附于兄妹婚神话,主要是因为哈尼族兄妹婚神话包含了洪水、兄妹孑遗、卜婚、葫芦、碎胎等常见的神话母题,这些母题共同指向晚近的、现世的人类整体来源问题,并且葫芦、碎胎母题都暗示着人类同源的逻辑。

勐腊县的张猴、孟连县的李格和王富帮、元阳县的卢木罗、红河县的张牛朗等歌手都在兄妹婚神话之后粘连了多民族同源的叙述。而墨江县李恒忠的讲述则粘连了哈尼族各支系同源的叙述,呼应了朱小和演唱的"厄朵朵"。在哈尼族漫长的迁徙历史中,已然积累了丰富的划分人群的经验,形成了从生态环境、语言、衣食、徽记、血缘等各个层面区分人类群体的知识结构。这个知识体系通过兄妹婚神话得以强化,并且合理地进入哈尼族创世口头传统序列,在哈尼哈巴的体系中形成了固定的叙事位置。王丹在研究"弟兄祖先"神话时发现:"神话记忆的民族历史主要呈现为两个方面:一是迁徙途中某一民族与其他民族发生关系,或者弟兄祖先彼此协作,和睦生活;二是弟兄祖先在迁徙途中分离,而后

---

① 《葫芦里出人种》,云南省民间文学集成办公室编:《哈尼族神话传说集成》,中国民间文艺出版社1990年版,第69页。

② 《兄妹传人(二)》,云南省民间文学集成办公室编:《哈尼族神话传说集成》,中国民间文艺出版社1990年版,第65页。

各自寻找不同的地方生活。"① 哈尼族并没有将这种多民族关系直接表现为"历史记忆",而是倾向于将其抽象为人类起源神话的"弟兄祖先"母题。

虽然多民族同源的叙事是藏缅语诸多民族共享的神话类型,但这恰恰说明了哈尼族人类起源神话"理性"的一面。也说明神话母题被实践的背后确实是观念在起作用,神话母题往往标记着群体的世界观、历史观和生命观。"它表面上追忆了族群的起源,实际上却在诠释现实,反映了现实生活中的族群认同与族群关系。"② 哈尼族生活实践中那些表述神话的努力,根本上是要表述母题背后的价值观念与共同准则。

六 宇宙观的核心地位

宇宙观并不是一经形成就固定不变的,它也是在生活实践中不断变化的。但是相比其他文化观念,宇宙观的变化往往具有颠覆性,其变迁进程更为缓慢。一旦宇宙观发生不小的变化,基于它所建立的社会文明体系也会随之变迁。就拿哀牢山的哈尼人村落来说,近年来出于"文化遗产保护"的名义,哈尼人传统村落建筑蘑菇房、水稻梯田被作为重点保护对象。但实际上这种"保护"是非常浅表的,保护了文化的"外壳",而忽视了"内里"。

哀牢山的哈尼寨子一定要建在梯田和森林之间,寨子下方是梯田、上方是森林。在寨子上方,有寨神林、有山神,那是神的居所,就好比那"三层高天的神殿"③。寨子内是人的居所,寨子外是鬼的居所,这是人间。寨子下方就是层层叠叠的梯田,千千万万条水系流过梯田,汇聚到峡谷里的河流,最终再汇入深不见底的元江—红河大峡谷。这是稻谷

---

① 王丹:《"弟兄祖先"神话与多民族共同体建构实践——中华民族共同体意识的生成路径》,《中央民族大学学报》(哲学社会科学版)2021年第2期。
② 高健:《兄弟的隐喻:中国西南山地民族同源共祖神话探讨》,《中国山地民族研究集刊》总第2期,社会科学文献出版社2014年版。
③ 朱小和演唱:《俄色密色》,西双版纳州民委编:《哈尼族古歌》,云南民族出版社1992年版,第36页。

神、田神、水神居住的地下世界。整个哀牢山的哈尼人聚落群就像一个微缩的宇宙，这既是因地制宜的农耕智慧，也是哈尼人按照心目中宇宙的样子营造的家园。

从宇宙到山地社会，从村寨到居所，哈尼人社会行为的背后始终存有宇宙观念的底蕴。这种观念投射到血缘谱牒、人际关系、村落布局、建房形式、仪式象征、人鬼界域等具体的生活实践中，造成了各种具体的文化表现形式，从而构成了一个文化空间。文化空间不是一个物理概念，而是一个文化概念，尤其离不开具体的文化表现形式。因此，保护哈尼人的文化遗产，核心是要保护文化空间，而其内涵则是保护特定文化表现形式尤其是背后的宇宙观。

宇宙起源、人类起源观念作为人类基础性的知识表述，承载着"社会"和"文化"得以建立的初始信息。从神话被调用的角度看，宇宙观更深刻地体现在人的日常生活实践中。[①] 而作为人对自身起源和本质的追问，人观贯穿了人类的全部历史。尽管创世神话所描述的宇宙起源、人类起源不完全符合现代天文学、遗传学的研究结果，但这些神话也绝不是文学家的浪漫想象。诸如"造天造地""创世者""兄妹婚"等这些全球人类共享的基本神话母题，是人类对现时世界、群体最初来源进行记忆性表述的手段，也是人类对终极问题进行哲学性思考的凝结物。

宇宙起源和人类起源的观念、知识，对任何群体社会文化来说都是基础性的。若要举例，最典型的例子就是《旧约》和古希腊神话，它们构成了欧美文明的基石。这种建立社会文化体系所倚重的基础性神话观念，并不因为其朴素、奇异而有损其奠基性意义。正如哈尼族学者指出的，哈尼族自然哲学有三大问题，宇宙本体论、宇宙衍生模式和宇宙结构，而其对"世界三层"和"天地支柱"的宇宙结构观念至今依然牢固。[②]

[①] Michael Herzfeld. *Anthropology: Theoretical Practice in Culture and Society*, Oxordo: Blackwell Publishers, 2001, p. 202. （中译本见《人类学：文化和社会领域中的理论实践》，刘珩、石毅、李昌银译，华夏出版社 2009 年版。）

[②] 白玉宝、王学慧：《哈尼族天道人生与文化源流》，云南民族出版社 1998 年版，第 240—252 页。

宇宙观的文化实践所倚重的这些神话母题，未必是群体文化最显著或与仪式最密切的母题，但它是基础性的。哈尼族神话中，金鱼娘造天地、金鱼娘生出神祇这些母题，虽然重要，但并不如死亡起源、遮天大树、杀牛补天地这些母题那样显著。哈尼族对于宇宙和人类起源的认知，除了女性服饰上的银鱼，大多数时候并不会表现为专门的仪式、器物。[①]

但是任何重大礼仪上演唱哈巴，都会以"天地来源"作为开头，有时虽然仅仅几句带过，但不可或缺。这种"优先序列"与那种专门作为起兴的"歌头"不同，它有着深刻的文化含义。宇宙起源的母题虽然数量非常有限，但是其背后却蕴含着庞大的知识体系，从朱小和的《烟本霍本》便可见一斑。这些有关天地生成、创世神祇、人神谱牒的知识，已经内化为哈尼人处理日常生活、非常事件的行为规范。无论岁时节日还是人生礼仪中的母题实践，都是以创世的宇宙观作为基础的。

人类起源包含了人类最初起源和再生的母题，透露出人类对自我认知的记忆信息。哈尼族有关人的认识，除了神祇创造人类，还包括人类缺陷的不断完善、洪水后兄妹婚再殖人类、多民族同源的部分。这种人类起源观念塑造了丰富的人观及其实践，比如性别服饰、人生礼仪、生育文化、驱邪赶鬼、姻亲制度、家支谱牒、摩批与咪谷等等。

虽然哈尼族神话中的这些宇宙起源母题和人类起源母题在其他氐羌群体中也有，并不特别，但是这就是哈尼人生活制度安排的依据。基础性母题在社会日常生活中的实践，往往与后起的观念、表述形成叠加积累关系。比如纳索垒仪式在仪式表现上看是驱邪仪式，然其"驱避"的逻辑却隐含着"人鬼分家"母题，而人鬼居所的区别又与"三层宇宙"密切相关。在生活实践现场，神话母题的实践并不是明显的一一对应关系，也不是二元对立这样对举的关系，而是层层累积、错综复杂的。

哈尼族的族群社会至少有两千多年文明积累，位于底层的宇宙观和人观是支撑其文化认同的基础。哈尼民众日复一日、年复一年生活劳作，都贯穿着对承载宇宙观和人观的神话母题的实践。在遗产旅游开展过程

---

① 在现代遗产旅游的建筑景观设计中，鱼母神被大量用于浮雕、绘画、影视，又重新成为显著的母题。

中，哈尼族神话经过重述向游客展示，对游客而言，这些神话离自己非常遥远，因为东道主与游客的宇宙观、人观是不一样的。那些移民到城市的散居哈尼族及其后代，由于不得不接纳不同的社会观念基础，往往导致其放弃原本的文化观，从而丧失哈尼族成员的文化特征。对一个群体来说，这些看起来"荒诞离奇"的神话，在文化特征的意义上确实是攸关存亡的。

个体一旦丧失了这种基础性的宇宙观，也就失去了奠定其思维、行为的观念基础，从而与"传统"渐行渐远。因此神话的存续很大程度上仰赖宇宙观的存续，而诸如哈巴口头传统、节日、礼仪、服饰等这些文化实践手段，都是为了不断强化核心性的宇宙观，从而不断形塑文化认同。文化变迁在很大程度上也须考察基础性的宇宙观是否依旧稳固，而不应仅仅关注外在的具体表达方式。正如英国古典学家柯克（G. S. Kirk）所言："很多神话，并非仅仅是茶余饭后的谈资，还必须具有非凡的艺术感染力和明法可依的、与社会生活休戚相关的现实功能，才能在一个社会中深深扎根并因此而成为传统的故事。"① 对哈尼族而言，在强化宇宙观的诸多文化实践形式中，模拟与象征是一种非常重要的方式，对这种方式的考察也促使我进一步反思神话母题。

---

① ［英］柯克：《希腊神话的性质》，刘宗迪译，华东师范大学出版社2017年版，第21页。

第 五 章

补天补地：神话模拟与象征性实践

对一个社会而言，秩序的建立与维持始终是重要的发展主题。神话所承担的社会功能，往往与秩序的建立与维系息息相关。比如宇宙秩序的建立、宇宙秩序的破坏、神祇重新恢复秩序、神祇规定人类生存秩序等。在宇宙起源神话中，宇宙秩序破坏与重建的神话母题往往与人类晚近（现时）社会秩序的奠定相关联，是从最初秩序过渡到现实秩序的重要叙述转换机制。在中国，洪水、宇宙缺陷、补天补地是最常见的这类神话。

在哈尼族的口承神话体系中，宇宙在形成之后总要历经若干次重新塑造才变成现今的状态。这其中，除了洪水神话之外，众神杀查牛（神牛）补天地的神话是一个典型例子。目前所见有关这一神话的哈巴搜集文本，仍旧以朱小和演唱的《窝果策尼果》最具代表性。哈尼人表述补天补地神话观的方式，除了口头演述外，主要是苦扎扎节仪式上的神话模拟。有关神话模拟，前文已经提及丧礼棕扇舞对鱼母神扇动鱼鳍造天地的模拟。神话模拟的本质是对象征符号、象征体系的一种实践。

在很多情况下，神话母题是通过符号象征（symbol）来实践的，或者说象征是神话在日常生活中被表现的常见方式之一。卡尔·荣格（Carl G. Jung）说象征蕴藉着某种模糊、未知、隐而不显的东西。在人类建立社会所需要的心理配备和力量中，文化象征是关键性的组成要素，一旦它们被连根拔除,就会造成重大损失。① 维克多·特纳(Victor Turner)将仪式象征符号最简明的特点概括为浓缩(condensation),也即用一个简单形式表达多种事物和行动。② 有一些神话观念的象征性实践体现为特殊的物件或行为,目的是借助神话来达到特定预期效果。

苦扎扎节就是一个典型的象征性实践。苦扎扎最核心的节日期待是水稻丰产,其岁时祝祭的目的很明显。但是节日的种种仪式看似和水稻生长毫无关系,比如杀牛分肉、荡秋千、骑磨秋。实际上这些节日行为与水稻丰产之间的联系是间接的,在这中间的中介就是神话象征。

从哈尼族的日常生活出发,这种有关秩序的观念,深刻影响着哀牢山区水稻梯田农业的生产。水稻梯田广布于东亚、东南亚和南亚地区,但只有哈尼族的水稻梯田和菲律宾伊富高族的水稻梯田获得联合国粮农组织"全球重要农业文化遗产(Globally Important Agricultural Heritage Systems)"和联合国教科文组织"世界文化景观遗产"(World Heritage Centre – Cultural Landscape)的双料殊荣。在哈尼族梯田农业背后,蕴含着一套精密的文化体系,这其中有关农时节律的文化极其重要。而在有关秩序的神话观与现实农业秩序之间,苦扎扎作为一个综合性节日,体现了农业文化秩序在口头传统中的确证。

一 杀翻神牛补天地

在本书开头已经简单描述了苦扎扎杀牛的场景。恰巧在哈尼哈巴中也有关于杀牛补天地的长篇描述。到底是先有杀牛仪式、后有解释性叙述,还是相反,这是一种无助于深入研究的思考方式。如果换一种思考方式,无论是杀牛仪式还是口头传统,都是对神话观的不同表述。在"杀牛"作为象征的背后,必有一套文化逻辑在运作。

在《窝果策尼果·查牛色》这一支哈巴里,核心的统领性神话母题

---

① [瑞士]卡尔·荣格主编:《人及其象征——荣格思想精华的总结》,龚卓军译,余德慧校,立绪文化事业有限公司2011年版,第2—3、95—96页。
② [英]维克多·特纳:《象征之林——恩登布人仪式散论》,赵玉燕、欧阳敏、徐洪峰译,商务印书馆2006年版,第27页。

是"牛化生"。在天神的领导下，众神宰杀了天界的神牛，牛的眼睛、鼻子、心肝、皮毛、腿等部位化生成为太阳、月亮、山峦、江河、草木等等。众神用牛皮修补了天空的漏洞，用牛腿支稳了大地的摇晃。"牛化生"的神话乃因为"补天""补地"的需求而起，实际上是为了说明宇宙秩序的修复乃天神、众神之神力所为，牛具有极强的化育力量。这种巨大的创造力成为哈尼族文化观念中重要的追求。

每年夏天，在水稻生长的关键期——扬花期，哈尼族都要举行苦扎扎节。苦扎扎节最重要的活动就是杀牛分肉和祭祀磨秋。这两项仪式的背后，正是对神话中天神与神牛巨大创造力的获取仪式。在范·根纳普（或译范热内普）看来，夏季的岁时仪式通常属于"聚合礼仪"（rites d'agrégation），[①] 且与作物、牲畜和人口的繁衍有关。

牛身体的各部分化生成为宇宙间万物，是彝语支民族共享的化生神话。例如在楚雄彝族的口头传统中，就有牛化生万物的神话。牛在彝语支民族古代历史中，扮演着极其重要的牧业角色，牛往往是氐羌牧人最重要的财富。随着迁徙，部分彝语支民族掌握了水稻种植业，而耕牛在水稻种植的社会也是重要的生产工具。尤其对于山地水稻种植而言，由于地形限制难以使用先进机械，因此耕牛始终在水稻种植中扮演重要角色。牛化生神话得以不断被歌手重复，与牛的生产资料重要性有密切关联。但是这种关联绝不仅仅因为牛是大宗财产，更重要的是神话内蕴的观念在农时节律的往复中被不断地以模拟的方式付诸实践。

在哈尼族的信仰文化中，但凡重大仪式都要杀牛，比如丧礼和苦扎扎。丧礼杀牛仪式的内涵，也是为了获得牛的化育能力，意味着死亡与新生的交替。但在苦扎扎节，杀牛之后还要分肉，并且牛头骨和牛鞭要作为祭品祭祀秋房和磨秋桩。因此，苦扎扎节成为探究化生、补天、天梯神话母题在农时节律中被象征性实践的最佳事象。

朱小和唱的"查牛色"中，从杀牛的原因、过程、结果三方面叙述了众神杀牛补天地的热闹场景。杀牛的起因是天地日月造出来之后，存

---

① ［法］阿诺尔德·范热内普：《过渡礼仪》，张举文译，商务印书馆2012年版，第130页。

在缺陷，而修补这些缺陷必须宰杀天界饲养的神牛。

A4-1号文本	· 朱小和演唱"查牛色"片段，1982年，元阳县新街镇 · 史军超、杨叔孔、卢朝贵搜集整理，卢朝贵翻译，张多校订	
行数	哈尼文直译	汉语意译
A4-1-1	Ge ngai qiq pu jol e yivqnil 讲了 一 寨 住 的 兄弟	讲了，一寨的亲兄弟
A4-1-2	Lhama duv wul soq lol maq bei nia 月亮 出 啊 三 庹 不 亮 会	月亮出来照亮不到三庹远
A4-1-3	Belma duv wul syuvq lol maq bei 太阳 出 啊 七 庹 不 亮	太阳出来照亮不到七庹远
A4-1-4	Beima maq lhol juqhyuq beq 太阳 不 热 云雾 乱	太阳无光云雾会堆积
A4-1-5	Juqhyuq maq beil kalyiv maqmy nia 云雾 不 散 庄稼 不 熟 会	云雾不散庄稼就不会熟
A4-1-6	Mil liq hha duvq nga 地 也 得 补 是	大地也得补
A4-1-7	Oq liq hha duvq wul 天 也 得 补 啊	天空也得补
A4-1-8	Mil maq duvq mildoq maq ssivq 地 不 补 地底 不 稳	地不补就不稳当
A4-1-9	Oq maq duvq maq bei 天 不 补 不 亮	天不补就不会亮
A4-1-10	Bel duvq lha duvq e yil mol 日 补 月 补 的 这 个	太阳月亮也要补
A4-1-11	Jiqpuq byultoq laqnioq maq movq 打锤 铁砧 钳子 不 要	不能用锤子铁砧和钳子补
A4-1-12	Solgel hal e moqzeq maq movq 铁熔 铸 的 模子 不 要	不能用熔铁浇铸模子补
A4-1-13	Tavqyeiv Oqma yeillol holyei 上界 俄玛 烟罗 宫殿	天上烟罗神殿里的天神俄玛

续表

A4-1-14	Caqniuq aqma seivq sol oq duvq mil duvq 泥牛 阿妈 杀 了 天 补 地 补	说要宰杀查牛之母来补天补地
A4-1-15	Nal; haq Haqniq ssaqsseq 听啊 哈尼 人 种	听啊，哈尼人
A4-1-16	Aqmil gal'hu jiltaq 从前 远古 时候	远古的时候
A4-1-17	Oqtav yeilma aqpyuq Oqyeil 天上 神 大 先祖 俄烟	天上的先祖大神俄烟
A4-1-18	Davqwuq beiyoq elloq nogo 龙宫 龙王 欧龙 跟前	龙宫里的龙王欧龙
A4-1-19	Caqniuq aqma seivq yeil oqduvq milduvq ngal ge 泥牛 阿妈 杀 了 天补 地补 是 讲	来讲杀查牛补天地的事

补天的原因是宇宙创造出来之后，日月无光（A4-1-2、-3），从而导致稻谷生长受到制约（A4-1-5）。因此，补天补地的终极目的，是为了稻谷更好地生长（A4-1-8、-9、-10），这关乎人类生存。而哈巴中明确限定，补天补地，不能用其他工具，只能用牛。哈巴中的神牛名叫 Caqniuq（A4-1-14），"niuq"是"牛"，是所有牛亚科动物的总称。而对于"caq"这个定语的意思，学界争论颇多，朱小和本人认为这个词意思是"泥土"。因为哈巴中有叙述说原本神牛是白色，因为大神欧龙疏于饲养，白牛浑身是泥。因此，卢朝贵将其翻译为"泥牛"。此外，这个词隐含着一种意思，也就是水稻生产中的耕牛（水牛），因为水牛在稻田中常常浑身是泥。

事实上，早在"俄色密色"造天造地的哈巴中，就已经有牛造地的神话。三个神王要选一种神物来在大地上造出高山、河谷、平坝，最后选中了长角的牛。"牛啊，/造地就选在属牛的日子，/世人忘不记你的功劳。/三个神王架起牛，/把地犁耙得低的低、高的高：/犁下去的沟沟，/变成峡谷和老箐，/翻过来的土堡，/变成高山和矮山"。① 虽然这个"牛协助神造地"的母题显然嵌入了精耕农业的经验，但可见牛的创造力依旧是这个神话母题着力强调的。

有关众神杀牛、牛化生万物的场景，朱小和的哈巴中用了相当长的篇幅来演唱，约有 350 行。因此下文分析这个场景只能用概括的方式。

在朱小和的演唱中，神牛的牛种是俄烟 Oqyeil 造的，养牛的饲料是烟沙 Yeilsal 送的，牛在龙王欧龙 Elloq 那里饲养。主刀杀牛的是天神俄玛 Oqma 的女儿俄白 Hholbei 和龙王欧龙的妻子俄娇 Hholjol，北方之神俄孔 Hholko 提示了杀牛的方法，即宰杀后要分牛肉。杀牛时，另有 3 个小天神按住牛脚，摩批之祖德摩斯批负责遮住牛眼。分肉的是俄窝 Oqhhol 和罗婆 Lolbo。② 这样，众神齐心协力宰杀了查牛。这些神祇中俄玛是最高天神"天帝"，其他都是一般的神祇。

众神合力杀牛，查牛像山一样的身躯轰然倒下。女神俄娇（Hholjol）用牛血（niuqsivq）涂抹天脸，化作了彩霞（nilkol）。牛喷出的鼻气（saq）化作云雾（joqhyuq）。牛垂死时眨了三下眼化作闪电（oqmyuq），闪电缝合了天边地边。牛鼻涕（nal'el）化作七月的雨水（oqsseil）和洪水（lha elzeq）。牛眼泪（meivbil）化作银河（ciqkov）里的霜露（ciqhaq），滋养了庄稼。牛的右眼补足了太阳，左眼补足了月亮。牛的牙齿化作了启明星（soqmel）、北斗星（qivqmel）和天上的其他星星（aqgel）。牛的血管（sivqhoq）化作沼泽地（sulziv）。牛舌头化作动物的声音（teil）。牛的嘴唇（meiqjil）化作动物们的嘴巴（meiqboq）。牛的耳朵化作动物们的听觉（naqyeil）。牛的苦胆（peiqkel）化作动物的勇气（daqzii）。牛脑髓（wuqnioq）化作黄土（milsil）。牛肉化作黑色尘土（halcaq）。牛的气管（koqnioq）化作天上刮风的通道（风口）。牛肺化作雷神（oqjiq）的大鼓（loqdoq）。牛肚皮（boma）化作了湖泊（lolma）。牛膀胱（saqpuq）化作泉眼或龙潭（elbyu）。牛的大肠和小肠化作河流。岔

---

① 朱小和演唱：《窝果策尼果·俄色密色》，西双版纳州民委编：《哈尼族古歌》，云南民族出版社 1992 年版，第 49 页。
② 红河哈尼族彝族自治州人民政府编：《哈尼族口传文化译注全集·第一卷·窝果策尼果（一）》，云南民族出版社 2009 年版，第 86—88 页。

肠（wullavq）化作道路。牛的脊椎（dolciivq）化作天地的梁（dav）。牛的肋骨（beilnol）化作天空的椽子（alniul）。牛角化为人间战争用的号角（savkul）。牛尾巴化为扫把星（geelsiq yavpyul）。牛脚化为树木。牛肚脐（qalbeil）化为大田（deima）。牛粪化作庄稼的籽种（kalsseq）。牛骨头化作高山。牛皮被俄白和俄娇用来绷天绷地。牛毛化作稻谷农作物。①

众神将牛身体的各个部分用来弥补创世时的缺陷或不足。人类现实世界的秩序也因为神牛的化育而得以奠定。补天、补地这两个神话母题，通常"990 补天"更为常见。文化英雄补天往往是因为宇宙秩序混乱、破坏之后天空出现残损。但"681 补地"的母题则往往和"682 支地"母题相关联。在附录一的哈尼族神话母题索引中，这 3 个母题都非常重要。

  990 补天。天空残损或缺漏，文化英雄设法补天。
  991 补天的原因
    991.2 补天是为了弥补被损坏的天空。由于某种原因，天空最初的完好被毁坏，天空出现了裂口，于是文化英雄补天。
    991.4＊ 天不补就会塌
    991.5＊ 洪水后天地不稳，兄妹始祖无法生存
  992 补天的方式
    992.1 用石头补天——992.1.1＊ 用五色的玉石补天
    992.4 用泥土补天
    992.8 神用自己的身体补天
    992.10＊ 牛补天
  680 修整与测试大地
    681 补地。大地出现残缺或漏洞，创世者或文化英雄因此补地。
    681.1 补地的是动物——681.1.5＊ 用牛补地
    681.5 用缝补或织补的方法补地——681.5.1＊ 用补天地的

---

① 红河哈尼族彝族自治州人民政府编：《哈尼族口传文化译注全集·第一卷·窝果策尼果（一）》，云南民族出版社 2009 年版，第 88—97 页。

>　　神牛眨眼形成的闪电把天边地边缝起来
>
> 682 支地。大地不稳固，神设法支地
>
> 　　682.3 用支地柱支地——682.3.1＊金柱玉柱支地

从母题索引可以看出，在哈尼族口头传统中，补天的方式不仅仅只有杀牛补天，还有石头、泥土、神（兄妹）自身补天的方式。而牛的身体不仅补天，还用来补地，同时化生成为山川万物，补足了日月星辰的缺陷。因此对"牛化生"神话来说，其实质不仅仅局限于补天补地，应该是修正创世时宇宙的不足。而直接用来修补天空和大地的是牛皮，这与牛皮的铺展形态有关。

正是在众神用牛补足了宇宙之缺陷的过程中，"创造（化育）力"这个叙事动机得到了凸显。天神们具有非凡的能力，可以创造新的宇宙。查牛的身体化育万物，具有非凡的生命力。哈尼族对这种力量的追求，是"查牛色"这一支哈巴传唱的文化动因，也是苦扎扎节日内涵的重要方面。

二　苦扎扎节的隐秘诉求

苦扎扎（Kuq Zalzal）是哈尼族三大节日之一，有的地区称为"耶苦扎"。苦扎扎的节期主要在初夏栽秧完毕到水稻扬花的农闲时段举行，各地并无统一的时间，甚至相邻村落的节期都不一样。同一个村落每年的节期也不固定。由于多数情况下苦扎扎的节期会在农历五六月，或对应公历六月，因此汉语里又把苦扎扎称为"六月年"或"六月节"。哀牢山区海拔高差大，各个村落所处的位置不尽相同，因此不同海拔播种不同水稻品种。由于不同稻种栽秧、扬花的时间千差万别，因此无法统一节日时间。通常各村的节期由各村的咪谷、村长等人商定。

苦扎扎节日活动由一系列仪式构成。苦扎扎节期的持续天数各地也不一样，从3天到13天不等。但杀牛、祭磨秋那3天是节日的正日子。这主要根据各村水稻生产的实际情况来决定。节日主要的仪式包括公共仪式、家庭仪式两个部分。

2015年夏天，我在全福庄过苦扎扎节。卢朝贵数十年来与上百位摩批打交道，听过极多的哈巴，自己也成为著名的歌手和故事家。卢先生讲述了一个在哀牢山地区广为流传的关于苦扎扎节日起源的神话：

> 哈尼先祖开挖梯田的时候，山里的动物纷纷遭殃，就到乌麈那个地方去告状，乌麈就是天上的法官嘛。那个也是个"聋子"，不问青红皂白地就说："好嘛，那我就叫所有的哈尼，一个寨子里面住的哈尼，如果他们到每年过苦扎扎的时候，不杀一个人，去祭献你们那些亡灵，你们就可以斩断他们的庄稼。"说了以后就。（这是我们元阳这一带上的说法，但是有些地方的说法就不是这样。）所以后来那个阿批梅烟就说天神错判了哈尼人，每年都是杀人以后哭声震天。他就下来跟那些动物说，你们既然这么恨哈尼人，我觉得还不过瘾，你们死了那么多、杀了那么多，只杀一个人，太便宜了哈尼人。我想一个办法，最好的一个办法，让他们的大人、小孩、男人、女人统统给他上吊，活也活不成。所以说，才……那些动物说，好嘛好嘛，就像你说的这样办吧。梅烟就下到人间来，就是那个神王就下来，说你们就用荡秋千的办法来欺骗动物，荡秋千、打磨秋的时候就喊："哟！哟！"甩起来就是（好比）活活吊死了嘛。那些动物就高兴了。①

哀牢山地区有关苦扎扎转磨秋、荡秋千的起源，通常源于这个神话类型。叙事中认为人类荡秋千、骑磨秋，是为了取悦因开垦梯田遭殃的生灵。但是这一则神话中有一个关键信息，卢朝贵在对我的讲述中省略了。因此有必要借助其他搜集整理文本加以还原。

2004年，马翀炜、卢鹏等人在元阳县箐口村调查苦扎扎节。他们搜集整理的苦扎扎起源神话，在叙述完天神用荡秋千的办法模拟吊死人类之后，天神派两位神到人间传话说："哈尼人每年六月节祭典的时候，高

---

① 讲述者：卢朝贵，搜集整理：张多，时间：2015年8月6日，地点：元阳县全福庄大寨。

高地架秋千立磨秋来荡，只准杀牛，不要再杀人，把牛头供上。从此，哈尼人苦扎扎节杀牛祭秋的规矩沿袭至今。"① 朱小和 1982 年演唱的哈巴也对这一点进行了着重叙述：

> 万能的大神梅烟，
> 又来教受苦的哈尼。
> 哈尼，
> 我的儿孙，
> 每年苦扎扎的时候，
> 不准再杀男人，
> 在杀人供祭的秋场上，
> 要立起高高的荡秋和磨秋，
> 在杀人供祭的秋场上，
> 要杀翻最壮的那条牛，
> 砍下牛头顶人头，
> 拿去贡献天上的神。②

与此类似的哈巴演述在哀牢山地区哈尼人中比较常见。例如金平县的糯毕支系也有明确说天神用杀牛祭替代杀人祭的神话。③ 这透露出一个重要信息，苦扎扎节在古代是要用人头祭祀的。

"猎头祭"是西南地区一些民族古代的祭祀方式，主要以人头祭祀祈求稻谷丰产。在 20 世纪早期，滇西南佤族仍有猎头祭祀仪式。苦扎扎起源的神话，看得出是一则晚近的起源叙述，其叙事意图是为了解释苦扎扎立磨秋和杀牛的来历。而用杀牛取代杀人祭祀，是哈尼族文明进程中

---

① 马翀炜主编：《云海梯田里的寨子——云南省元阳县箐口村调查》，民族出版社 2009 年版，第 332 页。
② 朱小和演唱：《窝果策尼果·奇虎窝玛策尼窝》，西双版纳州民委编：《哈尼族古歌》，云南民族出版社 1992 年版，第 353 页。
③ 蒋颖荣：《民族伦理学研究的人类学视野——以哈尼族为中心的道德民族志》，人民出版社 2015 年版，第 102 页。

一个重大事件，因此通过这一则起源叙事加以纪念。但这种转变起于何时何事，已难以考证。①

因此，研究秋千、杀牛这两项仪式活动须从"猎头祭"被取代的角度来看。首先杀牛是为了取代杀人，牛头要被放置在秋房里祭献天神。其次，秋千的作用是为了象征将人送上天空，以此模拟将人类献祭给天神。牛是天神们补天补地、化育万物的神圣动物，具有很强的化育能力，因此杀牛祭祀祈求稻谷丰产就合情合理。神牛化生、众神补天的神话母题具有了重要的阐释功能，因此"杀查牛补天地"这一支哈巴很重要。天神之所建议哈尼人杀牛来代替杀人，而不是用其他动物，正是因为牛具有补天补地的化育能力，可以胜任稻谷生长繁育的力量需求。

从"牛化生万物"这个核心母题可知，牛的化育能力是哈尼人文化中极其重要的神话观。其重要性不仅体现在杀牛祭祀天神以促进稻谷生长，更体现为这种"化育能力"在多个层面的反复表达。这就必须走进苦扎扎杀牛分肉的现场去详加观察。

三 人间对创世秩序的模拟

苦扎扎节核心的节日意涵是为了保证或强调稻作农事的节律秩序。从节期安排来看，严格依据各个村落的水稻栽秧情况来定。从节日仪式来看，祭祀仪式也是为了让稻谷丰收，祈求村落人丁兴旺。尤其是对磨秋桩的祭祀，突出了生殖、生育、生长的意义。苦扎扎节的磨秋、秋千活动也与获得天神的力量有关。

哈尼族每一个村落都有一块场地，叫磨秋场，是专门为苦扎扎节提供的场地。磨秋场一边建有一座祭祀的秋房。每年节日前，村中各户都要出几捆茅草，用来翻新秋房屋顶。咪谷的祭祀活动以及分牛肉都在秋房进行。

---

① 王平和沃尔夫冈·顾彬（Wolfgang Kubin）的对甲骨文的联合研究表明，殷商文明中人祭尤其是猎头祭是献祭祖先神、天神的重要仪式，其中羌人常被虏做牺牲。这说明先秦时期黄河流域文明盛行人祭。王平、[德]顾彬：《甲骨文与殷商人祭》，大象出版社2007年版。

磨秋是一种机械装置。用一根短圆木竖立土地中做桩，用一根长圆木通过旋转装置安放在磨秋桩上，于是形成一个可以360°旋转的磨秋，磨秋两端还可以上下活动（图17）。秋千则是木头或竹子竖立秋千架，用绳索做成秋千。哈尼族还有一种转秋，类似于摩天轮的构造。

在描述节日现场前，需要强调夏季节日中打秋千、磨秋、转秋的节日习俗是彝语支民族共享的古代文化。今天彝族的火把节也有秋千活动。分析秋千的神话内涵，也必须站在哈尼族文化独特性与彝语支民族普遍性两个角度来考虑。也即，从共同文化角度看，彝语支民族的秋千民俗有着共同的文化指向；但是随着族群分化，每个群体对秋千民俗的实践、阐释也会日益不同。

2015年8月3日，属蛇，是全福庄苦扎扎节的正日子，这天要举行杀牛仪式。早饭刚吃，就有村民跑来说开始杀牛了。于是我独自赶往磨秋场。这时下起雨来。磨秋场上已经有好多孩子在打磨秋、荡秋千。后面的秋房热闹非凡，众人将大水牛按翻在地，正要宰杀。

【田野日志：2015年8月3日，元阳县新街镇全福庄大寨，阵雨。】

咪咕端坐在秋房里坐镇指挥。看得出宰牛的众男人中，有一位是主要的屠宰能手，他一招一式都非常威风。由于下雨，众人都身穿雨衣冒雨宰牛。

宰牛先是割喉放血，献血盛出来放到神龛里献祭天神。等牛断气后进行"庖丁解牛"。先是把4个大蹄子砍下，单独装在背篓里。继而把牛头砍下，被两位村民抬走，应当另有用途。然后开膛破肚，分别把牛前腿、牛后退、肋骨、内脏，以及各部分肉依次分解，整个分解过程都由有经验的屠夫指挥，花了许多时间。最后还要处理牛尾和牛皮。每分解下一大块肉就由专人负责把肉堆到秋房。秋房地上铺了一层稻草，上面再铺一层芭蕉叶。肉要在芭蕉叶上进行进一步切分。有两位专门负责切分净肉、1人专门斩骨、1人分解肋条、1人负责分类摆放、1人负责称重。还有1位咪咕助手专门负责把心、肝、肺、肠、牛肚等内脏专门放在一个背篓里。

这宰牛、分肉虽然步骤不复杂，但是确实是重体力活，整个过程直到切分完全部肉，花了将近 3 小时。这时候，村民陆续背着背篓来分肉了，清一色的男人，大部分是每家的青壮年。分肉讲究公平，由一位专门的记录员负责登记，谁领了几份都要及时登记在他手中的小本子上。领肉并不是每家每户都来，像较远的五组、四组、一组等村小组是派代表来，统一领回去再分到各家各户。

　　每个来分肉的人，都要撕扯一块芭蕉叶垫在背篓底下。芭蕉叶在滇南地区是最重要的盛放食物的"餐厨具"，它代表洁净和神圣。滇南哈尼族、傣族、彝族、基诺族等在招待贵客或者节日中，都会用芭蕉叶来盛放重要的食物。

　　看着一条大水牛被一众男人合力屠宰分解，这个场景让我感受到文化震撼。在我自己的回族文化经验里，宰牛和分享牛肉也是古尔邦节重要的仪式，但是跟哈尼人的宰牛显然有非常不同的文化含义。哈尼人苦扎扎宰牛主要依靠男人们的强力，没有太多辅助手段。咪谷作为天神的代言，并不亲自参与。男人们呼喊着号子统一动作，场面非常热闹，喧哗声此起彼伏。男人们在宰牛中充分展现自己的力量、技巧、经验与协作精神，俨然就是哈巴里杀牛补天地的众神。

　　在文化震撼之余，我开始思考在祭磨秋这样一个神圣的场域，村民杀牛分肉，是不是在亲身实践着天神们杀牛修补天地的行为？这还要从前文所说的牛的象征意义谈起。杀牛之后，公牛的生殖器被用来祭祀磨秋桩，大咪谷、小咪谷都在磨秋桩前磕头，并献祭酒水，恭请天神威嘴和石批下界与民众共度节日。这两位神祇是司掌农业的神。生殖器的象征意义再明显不过了，因此苦扎扎节围绕水稻生长的意味十分明显。

　　全村集资买牛，最后各家各户平分，这也是村落治理的重要手段。既可以凝聚认同、联络情感，还可以让苦扎扎作为"阈限后礼仪"（rites postiliminaires）也即"聚合礼仪"[①]的效应得以体现。咪咕也在这样一个

[①] [法]阿诺尔德·范热内普：《过渡礼仪》，张举文译，商务印书馆 2012 年版，第 10 页。

图 10　苦扎扎待宰的水牛（张多 2015 年 8 月 3 日摄于全福庄）

图 11　众人合力把牛按翻在地（张多 摄影）

仪式场合，体现着自己的知识和权力。祭祀结束后，村民都带上各家的菜肴，在磨秋场分享圣餐，表征着人与神的交通。

牛肉分完后，牛头经过处理，头骨将挂在秋房中，而牛皮将保留着制作公用的牛皮鼓。牛皮鼓是哈尼族村落公共的神圣器物，每当要召集

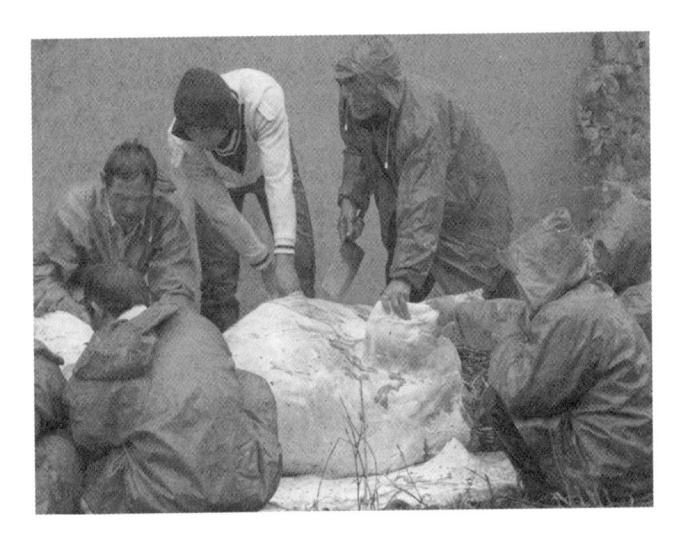

图 12　剥牛皮（张多 摄影）

图 13　"补天"的牛皮（张多 摄影）

全村人便会以鼓声为号，比如节日、祭祀、报丧、报喜、报灾等。牛皮因为牛本身的神圣属性，具备了向天界传达人间信息的功能，每当重大事件敲响牛皮鼓时，也就是向天神传达信号。有关牛皮鼓的制作工序，严火其进行过调查：一是选派青壮年男子到山中采伐圆木做鼓身。二是

第五章　补天补地：神话模拟与象征性实践　175

图 14　大咪谷坐镇秋房中指挥（张多 摄影）

图 15　村民前来分肉，肉切分好
铺在芭蕉叶上（张多 摄影）

杀牛取牛皮，摩批需要念诵祭祀。三是请村中德高望重老人蒙鼓，并跳祭祀舞蹈。四是将鼓送到摩批家存放，送鼓途中也有驱邪舞蹈的仪式。①

---

① 严火其：《哈尼人的世界与哈尼人的农业知识》，科学出版社 2015 年版，第 96—97 页。

当然，现在的哈尼族村落，大多已经安装了"村村通"广播喇叭，广播已经成为在全村传达信息的主要手段。牛皮鼓主要用于仪式活动。在各地区的"牡底米底""查牛色"等哈巴中，都有关于杀牛补天地时，用牛皮绷天、绷地的母题。① 尽管不同的哈巴演唱中补天补地使用了牛身上不同的部位，但无疑牛皮是补天补地的重要材料，因此牛皮鼓具备了通达天地人的神力。

8月3号这天杀牛结束后，本来村民应当在磨秋场上载歌载舞、骑磨秋、荡秋千，但由于下雨这一环节就省了。但还是有不少小孩子在磨秋场上玩秋千。孩子们骑磨秋也有模有样，人能在空中飞快旋转，这也算完成了每年苦扎扎的一项重要仪式。孩子们荡秋千花样很多，有单人的、双人的、交叉秋千绳的、左右转向的等等（图16）。

杀牛结束后，我回到家里，院子里已经是一派繁忙景象。亲戚们都陆续到了，正帮着洗菜、拣菜、切肉、煮牛肉、炒菜、烤牛肉、收拾场地。众人都忙活着，节日的盛宴拉开帷幕了。这天晚宴上，卢家分得的牛肉成为圣餐的核心食物，但是因为分得的肉十分有限，只能满足每位客人品尝。这些肉还要烟熏或腌腊后保存起来，在下半年的若干祭祀祖先、祭祀梯田的仪式中得使用。

事实上，在哈尼哈巴的记忆中，杀牛祭祀天神由来已久，在朱小和唱的《塔婆罗牛》这一支哈巴中，讲述了哈尼族祖先模拟天神的两次杀牛。一次是大洪水过后，洪水破坏了天地。孑遗的兄妹俩就用竹篾编织一头牛，杀牛后用牛眼睛、皮毛等补天补地。另一次是人祖神塔坡照着天上查牛的样子用竹篾编织了一头篾牛，杀翻篾牛后，用牛的眼睛、皮、骨头等补足天地日月的缺陷。朱小和的演唱中明确指出了杀牛祭天的目的：

神呵，
高能的神！

---

① 云南省少数民族古籍整理出版规划办公室编：《云南少数民族古典史诗全集·上卷》，云南教育出版社 2009 年版，第 665—666 页；本书编委会：《中国各民族宗教与神话大词典》，学苑出版社 1993 年版，第 169 页。

人间庄稼的种子枯了，
人间牲畜的种子死了，
人间财源的路断了，
我拿出篾牛的心肝献你，
我塔婆的心意也拿来献你；
神呵，
我为人间的庄稼向你求告，
我为人间的牲畜向你求告，
我为人间的七十七种人向你求告，
愿百样庄稼低头饱满，
愿数不清的牲畜关满大圈，
愿我的儿孙繁衍不断；
我的两手向你作揖了，
我的两脚向你下跪下了，
请你答应我的要求，
请你许下我的好话！

神呵，
高能的神，
愿你在太阳生出两个小儿的时候，
放出天虎把它吞下！
愿你在月亮养出一对小儿的时候，
放出天狗把它吃掉！
太阳有，
只能给它有一个，
月亮出，
只能给出有一个。①

---

① 朱小和演唱：《窝果策尼果·塔婆罗牛》，西双版纳州民委编：《哈尼族古歌》，云南民族出版社1992年版，第189—190页。

杀牛在天神那里是为了补天补地，补足日月光辉。但是当天空中出现多个太阳、月亮时，同样要杀牛祭天，用牛魂传递人间信息，① 祈求天神消除灾难。宇宙秩序改变带来的最终恶果，是庄稼牲畜无法繁衍，威胁到人类生存。因此对于哈尼族稻作生产的秩序来说，杀牛祭天是维持自然节律的重要文化手段。

杀牛分肉是苦扎扎标志性的仪式环节，同时也是村落强化内部凝聚力的重要表征。在今天，许多村落苦扎扎已经不再杀牛，原因主要是青壮年劳动力外出务工，而杀牛仪式需要大量青壮年劳动力协力完成。2014年夏天我到元江县羊街乡尼戈上寨调查苦扎扎，这年尼戈上寨就没有杀牛。村民无不表示节日氛围大打折扣，非常遗憾。可见，杀牛分肉，除了模拟众神补天补地的文化记忆，强化稻作生产的节律，还承担着凝聚村落认同的重要作用。苦扎扎不杀牛，已经成为预示村落衰落的风向标。杀牛分肉与生产发达、村落繁盛已经形成了密切的文化逻辑联系。

四　往来于天地之间

苦扎扎节是一个综合性的节日，祈求稻作节律顺遂虽然是一个核心意涵，但是并不是全部。苦扎扎既是确立稻作农业秩序的时间节点，也是确立血缘社会秩序的关键时机。从另一个角度来说，苦扎扎也是家庭与祖先、村落与天神沟通的重要契机。苦扎扎节的3天主要节期，每天早晨每户都要用若干祭品祭祀家中的祖先神龛。

【田野日志：2015年8月2日，元阳县新街镇全福庄大寨，阵雨。】

今天农历六月十八，属龙日。早晨依旧是大雾弥漫。马阿姨开始大扫除，迎接节日。

8点多，大哥大嫂开始准备祭祖先的祭品。要杀1只鸡，杀鸡时

---

① 黄泽：《西南民族节日文化》，海南出版社2008年版，第127页。

先进行生祭，然后取鸡肉煮熟。祭品共 15 小碗。4 碗鸡肉、4 碗白酒、2 碗姜汤、4 碗米饭、1 碗净水、4 双筷子。9 点，大哥抬着一盘祭品来到二楼正厅。祖先的神龛在南墙角的高处，是用三角铁平搭在墙上的竹笆。上面一块大的竹笆是本姓祖先，下面还有一块小的竹笆是外家祖先。本家祖先 3 碗肉、3 碗酒、3 碗米饭、1 碗姜汤、1 碗净水、3 双筷子；外家祖先 1 碗肉、1 碗米饭、1 碗姜汤、1 碗酒、1 双筷子。祭品摆放好后，家里孩子先磕头，千禧、千宏、千怡、大哥都分别向祖先磕头。家人磕头后，大哥还让我磕头，可能是希望我也沾沾福气，我就磕了头。

正堂侧面还有一根柱子一样的木头立在地板和天花板之间，柱子上插着一些鸡毛，是其他祭祀时插的。卢先生说就是因为现在钢筋混凝土房子没有木柱，只好用一根木柱放在这替代。

金华大哥是长子，卢先生早已将家中祭祖的重任交给他承担。长子祭祖是哈尼族父权秩序的重要象征，也是父子连名制得以续谱的重要依据。苦扎扎祭祖是一年中最重要的三次祭祖仪式之一，另两次是新年和昂玛突。祖先在父子连名谱牒中与创世神祇是相承续的，因此祖灵与天神血脉相连。但家中的祖先神龛、祖先柱，主要是供奉近几代新入谱牒的直系祖先，多数都追溯到三四代人。卢先生家祖先神龛旁，挂着卢先生父亲和祖父的黑白照片。我在与他的访谈中，听他常常回忆起父亲、祖父在战乱年代的传奇经历。

祭祖的一个重要隐含目的，是延续子嗣。只有人丁兴旺，父子连名谱牒才能不断铺展，血缘社会才能维系。人口、分支众多，分出子寨众多的家支，在哀牢山的农业社会中将容易获得更多公共资源。哈尼族并没有太多"重男轻女"的观念，因为姻亲关系同样是山地血缘社会总要的社会模式。2015 年 8 月我在全福庄过苦扎扎，8 号下午，金华大哥突然说带我出去走走，原来他是带我去胜村黄草岭的舅舅家过苦扎扎。黄草岭紧挨着多依树梯田片区，也是世界遗产核心区。金华大哥对舅舅极为尊敬，路上买了不少果蔬、烟酒。晚上席间，他舅舅虽然年事已高，但对外甥近况十分关心。这天，金华大哥陪着舅舅喝了不少酒。在哈尼族社会，舅权是非常重要的亲属制度，也是两个家族结为姻亲后正式关系的代言人之一。因此家庭祭祖时，也会有外家祖先的祭品。

在这样的亲属制度之下，子嗣延续成为社会生活中的头等大事，它是一切亲属制度指向的核心问题之一。因此苦扎扎节是强化这一问题的重要时机。首先，用公牛生殖器祭祀磨秋桩，使磨秋桩获得强大繁育能力。人们骑磨秋，也间接获得了这种力量。在节日祭祀结束后，将磨秋杆拆卸下来时，村中育龄男性便争相去触摸磨秋桩与磨秋杆接触的榫眼，以期获得这种生殖能力。其次，苦扎扎是青年男女确立婚恋关系、夫妻备孕的重要时机。一来这段时间相对农闲；二来因为这一段时间天神下凡与人类共度节日，更容易获得天神的福泽；再者，祭祖也是为了强化父子连名谱牒的权威，从而产生间接的生育激励机制和血缘划分。比如金华大哥让孩子对祖先磕头，也是他的长子优先，这体现了父权。金华大哥专程到舅舅家过苦扎扎体现了舅权。

苦扎扎隆重的祭祖仪式，是每年对血缘社会秩序进行"再确认"的节点，这与杀牛补天地对宇宙秩序的"再造""重塑"遥相呼应。苦扎扎是水稻扬花的关键生长期，也是稻谷授粉、灌浆的"再造"成型期。因此，苦扎扎在人类、稻谷、祖灵、天神之间建立起了一个共振、共鸣的岁时时空。在朱小和唱的《奇虎窝玛策尼窝》这一支哈巴中，明确表现了这种人神共娱的场景：

  阿批梅烟喜爱勤劳的哈尼，
  苦扎扎来到的时候，
  要来和哈尼一起过年，
  梅烟的后面跟着百个大神，
  骑着的大马象云彩一样好看。
  诚心的哈尼，
  早已备下敬神的吃食，
  各家的房顶上，
  放好九捆虫虫没有咬过的青草，
  各户的炕笆上，

放好一升金黄的稻谷,
这些都是天神骑马的吃食。
哈尼早已细心地备办。
大神阿批梅烟,
又许下大大的心愿,
哈尼过六月年的时候,
姑娘伙子要来谈情说爱。①

天神到人间过节,带来了补天补地的创造力,因此人间模拟众神杀牛就是为了获得这种力量,以利于稻谷生长和人类繁衍。在过去,苦扎扎期间甚至有青年男女在梯田中的田棚里过夜,节日期间人类的生殖力与水稻的繁育力是相通的。在猎头祭祀的古代时期,同样是出于这种逻辑,即人的生命与水稻的生命息息相关。换作牛祭祀后,牛化生万物、补天补地的神话则正好使得水稻生长获得了合法的天神之力。当然,苦扎扎期间还有一个更为直接的仪式——祭祀谷神。

【田野日志:2015年8月2日,元阳县新街镇全福庄大寨,阵雨。】

今天是苦扎扎正日子前的准备日。傍晚,金华大哥到稻田里祭水神、田神,我一同前往。大哥背篓里是祭祀用的一公一母两只鸡。……穿过村子,有一条路穿过一小片树林通往稻田。一路上,路边、房前屋后、树林中都布满大小水渠、水井,可见全福庄的水利设施非常完备。水渠最终汇集到村子和稻田之间的秧田,又通过秧田散布到下方的梯田中。

大哥在一条小溪里寻找小石子,需要找3颗周正的石子,祭田神、水神的时候使用。找到石子,他便顺着我走到梯田里了。梯田的田埂并不宽,就容得下一双脚。而上下两级梯田高差至少有1米。

---

① 朱小和演唱:《窝果策尼果·奇虎窝玛策尼窝》,西双版纳州民委编:《哈尼族古歌》,云南民族出版社1992年版,第354—355页。

我走在田埂上，左边是悬空的，右边是水田，田埂上满是杂草、石头和泥，加上在下雨，稍不留神就会人仰马翻……

穿过几丘田，就到了卢家的祖先田。他家的田不多，只保留着这几丘祖先田。祭水神、田神的地点在最大的这一丘田的进水口。卢家的田上方是别人家的秧田，进水口就在这家秧田边上挖一个口，水就顺留到下方卢家田里。卢家的田位置较高，几乎已经接近村子了。所以站在这里，山下层层叠叠的梯田一直看不到边。哈尼梯田层级数量最多的3000级，就是从这里的高度，往下数到中山的麻栗河。这风景也是奇绝，碧绿的稻浪、金银的稻花、无数的弧线，田间点缀着些许大树、田棚。远山渺渺，半山的村落若隐若现。云雾升腾，变化着无穷的图景。也难怪哈尼梯田一举夺得诸多世界级的荣誉。

……

大哥先折了一把田埂上生长的紫茎泽兰，用杆和叶在正对水口的水田边编织了一个台面，以供盛放祭品。

……

编织好祭祀台后，卢大哥把3颗小石子放到祭台上。后来卢先生介绍说3颗石子是象征着家庭的人丁。随后，卢大哥将蒸熟的红米饭堆了3小堆在祭台上。每堆米饭下有1颗石子。然后卢大哥在米饭上洒了一些白酒。接着，从背篓里拿出公鸡，先将鸡咽喉部的毛拔除，待露出了皮肤，使用快刀快速割喉，将咽喉流出的鸡血直接浇洒在米饭上，染红为止。然后用刀切下3个鸡脚指甲，放在米饭上。又拔下公鸡的翅尖飞羽，插在米饭一旁。接下来再取出母鸡，如法炮制，割喉、血祭、切指甲、拔飞羽。按惯例还应该念诵一些求吉利的话，但大哥没有，也许心里默念了吧，我也不便问。

这些环节做完后，祭祀水神便算是结束了。两只鸡装回家食用。后来卢先生说，原本应该在田里就地把鸡煮熟，就地享用……

祭祀田神、水神最直接的目的就是希望稻谷丰收，但是在仪式中放置3颗代表人丁的石子，透露出仪式的复杂性。稻米的丰产关乎人类生存,但是这个仪式细节还反映出苦扎扎节神祇(天神、农神、田神、水神)、人类(包括祖灵)、稻米(谷魂)紧密的一体关系。还有一个重要的细节,就是祭祀田神、谷神的地点是祖先田。祖先田是每户哈尼人家继承自父母的稻田,或者是最早开垦的稻田。祖先田一般都比较靠近村子(也就是位置较高)。祖先田通常肥力十足,产量较高,这里的稻米也被认为寄寓着祖灵。每年秋收过后的尝新节,也是要用祖先田的新稻穗挂在祖先神龛边祭祖。因此,苦扎扎的祭祀田神、谷神仪式透露出梯田稻作与血缘社会的紧密联系,这种联系经由哈巴演述得以强化。

结合苦扎扎起源的神话来看,天神阿批梅烟用杀牛代替了猎头,人类因此通过苦扎扎节来感恩。人类挖梯田伤害了动物,因此用磨秋、秋千来象征性惩罚。这是有关苦扎扎起源神话的最常见叙述。但也有一些解释节日来源的晚近叙事。比如我在全福庄听到的一个民间故事《桃花马》说,天神烟沙的女儿俄姒在苦扎扎期间下凡人间,与人间男子威惹相爱,故而苦扎扎期间是青年男女交往的时机。这是一则将天鹅处女型民间故事和神话杂糅在一起的复合叙事。尽管有关苦扎扎节日起源的著作叙事中,难免有晚近观念参杂其间。但是这些叙事都围绕着诸如化生、补天补地、天神拯救人类等母题,其用意还是要强调神祇、人类、稻谷在这个特定时空中能够获得繁衍的能量。这就是神话作为苦扎扎叙事集群中顶层叙事的意义。

苦扎扎节的磨秋、秋千是长期困扰哈尼族研究一个问题。秋千、磨秋、转秋的娱乐活动在彝语支各民族中都有。但在中国众多文化群体中,极少有像哈尼族这样将磨秋、秋千作为极其神圣的祭祀活动对待的。尤其是磨秋,这种类似可旋转的跷跷板的装置在其他地方很少见。显然,磨秋、秋千不是单纯的娱乐装置,而是祭祀仪式的装置。每年只有在苦扎扎期间才会搭建磨秋、秋千。一般存留13天,一年一轮的节期过后就拆除。

关于苦扎扎节磨秋、秋千的功能,目前学界有几种代表性的观点。第一种观点认为磨秋、秋千活动象征性惩罚人类,体现了人与自然的和谐。如严火其认为:"由于人烧山开田的活动确实伤害了部分野物,因此人也有按时祭献天神和各种被伤害野物的义务。……通过猎神神话和苦扎扎节神话，我们可以知道哈尼族处理与动物关系的规矩和礼节。"① 再比如马翀炜、卢鹏认为打磨秋是为了安抚田中野物，不让他们糟蹋庄稼。② 第二种观点认为磨秋与迎送天神、生殖象征有关。比如邹辉认为磨秋杆是谷神威嘴和石批下界骑的神马，磨秋桩有生殖的含义。③ 李泽然、刘镜净等认为，搌磨秋是为了借助磨秋旋转之力将威嘴送回天宫。④ 第三种观点认为秋千神能带来福泽。如张永杰、张雨龙认为："按照传说，秋千是为了祈求五谷丰登、六畜兴旺而架设的，人们通过架设秋千、祭拜秋千神和荡秋千，希望得到秋千神的保护，免灾除害，田地丰收，安居乐业"。⑤

这三种观点中，第一种观点直接从天神发明磨秋模拟吊死人类的节日起源神话中，推导出磨秋代表人与自然相处的模式，未免太浅表。但是这种观点有可取之处，即苦扎扎节确实有祛除水稻虫害的目的，和其他稻作民族夏季的节日有类似的农耕诉求。第三种观点较为朴素，虽言之有理，但不足以说明磨秋的深层次内涵。因此，我比较赞同第二种观点，即磨秋、秋千最直接的功能是在节日仪式中迎送天神，同时磨秋桩有明显的生殖象征内涵。

朱小和演唱的《奇虎窝玛策尼窝》中也将这种内涵表达出来了：

看哦，
邻寨的姑娘来荡秋了，
远处的伙子也来搌磨秋了，
荡秋荡得实在高，
荡到天宫的门口，

---

① 严火其：《哈尼人的世界与哈尼人的农业知识》，科学出版社 2015 年版，第 96—97 页。
② 马翀炜主编：《云海梯田里的寨子——云南省元阳县箐口村调查》，民族出版社 2009 年版，第 332—333 页。
③ 邹辉：《植物的记忆与象征——一种理解哈尼族文化的视角》，知识产权出版社 2013 年版，第 77—78 页。
④ 李泽然、朱志民、刘镜净编著：《中国哈尼族》，宁夏人民出版社 2011 年版，第 170 页。
⑤ 张永杰、张雨龙：《消失的秋千架——阿卡人"耶苦扎"节的变迁与文化调适分析》，《中南民族大学学报》（人文社会科学版）2010 年第 6 期。

磨秋转得实在快,
快脚的风神也难撵。

撵磨秋呵,
好像蜻蜓点水样撵,
荡高秋呵,
好像骑着龙马上天。
快快荡呵,
荡走一身的苦累,
快快撵呵,
撵走一脸的忧愁,
荡秋呵,
荡得三窝鸟雀,
也领着小儿飞到天边,
撵秋呵,
撵得天上的红云,
落上了姑娘伙子的脸。

姑娘伙子来荡秋,
眼睛瞧着眼睛,
笑脸对着笑脸,
高高荡起的秋千上,
有情的阿哥有情的妹,
合心的话说出来。①

朱小和形容磨秋、秋千可以荡起多高,用了一个夸张修辞,说可以"荡到天宫门口",比喻磨秋就像"骑着龙马上天"。实际上,这不仅仅是

---

① 朱小和演唱:《窝果策尼果·奇虎窝玛策尼窝》,西双版纳州民委编:《哈尼族古歌》,云南民族出版社1992年版,第355页。

一个修辞，它就是磨秋、秋千的本来作用。谷神威嘴、石批是骑着马下界的，而磨秋旋转时，上下摇摆，与骑马的体态一致。2015年我调查全福庄苦扎扎时，也看到了迎请天神必须在秋房中，秋房就是天神下界的寓所。

【田野日志：2015年8月2日，元阳县新街镇全福庄大寨，阵雨。】

回到村里，卢先生又带我去了磨秋场。这会儿村里的咪咕正在迎请天神。磨秋场坐落在村里小学校的后面，需要从学校里穿过。在校舍后面崖边，有一块不大的空地，立着高高的秋千架和新搭的磨秋。几个儿童正在荡秋千玩耍。学校是占用了原来磨秋场的建造的。

卢先生抱怨当初盖小学占了磨秋场的地，以至于现在只有这么一点点空地打磨秋。原先整个小学的范围都是磨秋场，可以想见还是很大的。确实，我见过的元江县尼戈上寨的磨秋场还有绿春县大寨的磨秋场都很宽阔。

秋场旁边就是秋房，全福庄的秋房实际上是个只一面有墙的亭子间。此时大咪咕、小咪咕、助手、村长一干人正在秋房里迎天神。大咪咕坐在中间，念诵祭词，卢先生介绍祭词内容是祈求风调雨顺、清吉平安。小咪咕负责摆放祭品。祭祀先是杀鸡生祭，然后助手在现场生火煮熟，鸡汤里加入红米煮成稀饭。然后盛3碗放到秋房墙壁上的神龛里，再倒3碗酒放入。放入3双筷子。然后用鸡的飞羽压在碗底。神龛底部也是预先铺了一层枝叶。

天神下界后就居住在秋房中。祭祀完毕后，咪咕一干人就在秋房享用圣餐。

请天神下界是苦扎扎的核心祭祀仪式，如果天神不下界，节日就无法继续进行。秋千、磨秋是天神下界的工具，请天神时，咪谷要亲自转3圈磨秋。天神下界后，秋房就是神圣之地。后来杀牛分肉在秋房中进行，也是为了与天神分享，使牛肉获得神圣性。这些牛肉未来会在祭祀谷魂、

图 16　骑磨秋、荡秋千（张多 2015 年 8 月 15 日摄于全福庄的秋千架和磨秋）

图 17　元阳县阿者科寨的磨秋（张多摄于 2015 年 8 月 12 日）

谷神、田神时使用，也就意味着用化育万物的神牛之力去促进水稻生长。

更重要的是，磨秋、秋千最直接的功能就是"可以通天"。因此，我认为磨秋、秋千不仅仅是迎送天神，它本是就"天梯"神话的现实模拟。"312 天梯"这个神话母题是世界性的神话母题，比如希伯来神话中的

"巴别塔"、中国古代神话"绝地天通"等都是天梯神话。天梯最主要的性质就是沟通天人,人类可以缘之上下往来于天地间。如果按照哈尼族搜集整理文本归纳的神话母题索引,并没有直接将磨秋、秋千归纳为天梯的文本体现。

  312 天梯。可以借它而上下于天界。
   312.1 宇宙树。从下界高耸入天界的大树,可以缘之上下,往来于天地间。
   312.5 天梯的毁坏。从此天地以及人神之间的交通被阻隔
    312.5.1 砍断天梯
    312.5.4 神收回天梯
   312.6* 草绳索编织的软梯为天梯
   312.7* 天梯用大象骨头搭建

但是通过田野调查,磨秋、秋千一方面是威嘴、石批神下界的乘骑工具,另一方面又是人类送神回天界的工具,同时,人类通过荡秋千、撵磨秋来模拟飞到天宫。因此磨秋、秋千具备了天梯的性质。在"312.6* 草绳索编织的软梯为天梯"这一哈尼族特有的母题中,"软天梯"和"秋千"已经非常类似。这个母题也出现在朱小和演唱的《烟本霍本》和卢朝贵讲述《神和人的家谱》这两个常见公开文本中。当然,也有时候神话中说威嘴是骑着白马下界,红河县哈尼族在过苦扎扎时会在墙上竹筒里装上香米、松毛,意为给天神白马备草料。① "马"在哈尼族文化中显然是后起文化,但"天神骑白马"与"骑磨秋"并不矛盾,某种程度上,骑磨秋也是在模拟骑马。

8月4日是节日的第3天,这天咪谷再次到磨秋场上祭祀天神。下午两点多,大咪谷在秋房准备好祭品,用酒水、牛肉、鸡肉等祭献天神。然后他走到磨秋旁边,向左转3圈磨秋,又向右转3圈。然后象征性地荡了几下秋千。大咪谷念诵了几句祭词,大意是希望稻子饱满、人丁繁衍、

---

① 黄泽:《西南民族节日文化》,海南出版社2008年版,第127页。

六畜兴旺。之后青年人和儿童们聚在磨秋场上骑磨秋、荡秋千。

在夏季节日中荡秋千、骑磨秋的活动，是彝语支民族共有的节日习俗。例如在彝族火把节中，也会有荡秋千、打转秋。拉祜族也有秋千。傈僳族有爬刀杆活动。这些活动如今大部分已经没有浓厚信仰色彩，娱乐性质更强，但这些道具本身是有象征意义的。哈尼族的祭祀磨秋仪式，继承了磨秋这一项活动沟通天人的本义，这都有赖于哈尼族用口头传统的方式不断强化神话记忆。

综上所述，在整个苦扎扎节的祭祀仪式中，始终贯穿着"牛化生""补天补地""农业神""天梯"这些神话母题。神话母题所代表的创世观、宇宙观、生命观是节日行为背后的最高指导原则。苦扎扎节日活动年复一年地重复实践，也就不断强化着"天神下界""杀牛补天地""磨秋通天"的神话观。坎贝尔（Joseph Campbell）用更为通俗的语言表述这种关系："仪式由神话象征组成，只有在参与仪式的时候，个体才会直接真切地感受到这些。"[①] 同时，正是在这样不断地民俗实践中，承载着象征意义的核心性神话母题才得以形成。哈尼哈巴传唱的，正是这些核心母题的具体象征意涵和叙事。哈尼人的神话世界，实际上就隐含在他们的民俗生活和仪式行为中，内化于他们的生活世界和精神世界中。

在众神杀牛补天地的神话中，神牛身体的各个部分化生成为日月星辰、山川万物，因此"牛"在哈尼族的文化观中具备极强的化育能力。苦扎扎节的"杀牛"实际上是在模拟众神杀牛，而"分肉"则象征化育能力的获得。用牛鞭、牛睾丸祭祀磨秋桩，则更明显地象征着男性的生殖能力。磨秋和秋千表面上象征着天神往来于人间的天梯，而在更深层面是猎头祭被杀牛祭替代后，用荡秋千、骑磨秋来模拟献牲活人的祭祀。杀牛祭祀磨秋桩，除了有生殖内涵，同时也象征着天界杀牛补天地与人间杀牛的互通。

磨秋、秋千架是苦扎扎最显著的象征符号，每个村落都有专门的场地用于每年建造秋千。但是普通民众并不很清楚秋千架的具体意义，他

---

① [美] 约瑟夫·坎贝尔：《指引生命的神话：永续生存的力量》，张洪友、李瑶、祖晓伟等译，叶舒宪等校，浙江人民出版社2013年版，第91—92页。

们更多地把荡秋千作为节日娱乐。咪谷和摩批作为仪式专家，要负责节日礼仪的有效性，并且提供解释。咪谷作为天神的代言人，要通过首先接触磨秋、享用最好的牛肉、在秋房中主持仪式等象征性行为，来宣示天神与民众同在。有关苦扎扎各种行为的解释，则由摩批歌手通过哈尼哈巴来叙述。总的来说，母题的象征性实践将叙事转化为实体符号，通过物和行为达到民俗事件的预期目的。

在哈尼人的宇宙观与水稻之间，是秋千和牛的符号，这就是特纳所说的支配性仪式象征的另一个特点"意义的两极性"，① 宇宙观是代表价值、规范的"理念极"，水稻丰产是和象征符号有密切联系的"感觉极"。在这个象征系统中，神话母题处于理念极，母题蕴藉的价值观通过象征手段转化为丰收、生育的生活目的，这个过程就是神话的象征性实践。

苦扎扎的节期是夏季生产周期中难得的农闲期，因此节日有着调适农事节律的重要功能。节日杀牛、荡秋千的制度性安排，保证了哈尼人的宇宙观、自然观、生育观拥有特定的象征物（或象征行为），以达到调适农事节律的目的。当然，除了这个核心意义，节日还吸纳了多重文化意义，是一个综合性的岁时节日。

神话母题的象征性实践是母题作为实践产物的一种重要生成途径。牛、秋千的象征意义是通过模拟神话来实现的，人的模拟行为就是参与仪式的过程。在这个意义转化的过程中，"牛补天地""天梯""天神"等神话母题被不断地重演，从而成为真正对哈尼族有核心意义的母题。这些特别的意义在学者通过文本比较抽绎出来的母题索引中，是看不出来的。

---

① ［英］维克多·特纳：《象征之林——恩登布人仪式散论》，赵玉燕、欧阳敏、徐洪峰译，商务印书馆2006年版，第28页。

第 六 章

魂归祖灵:在关键礼仪中
呈现核心母题

神话作为一种观念表达的文化叙事,往往关注事关人类存亡的重大问题,比如宇宙起源、宇宙毁灭、人类诞生等。对人类自身生命来说,"死亡"无疑是一个重大事件。世界上大多数文化群体都发展出了有关"死亡"事件的文化观念,包含对待生死的心态、措施、叙事和信仰。丧礼便是处理死亡事件的重大礼仪,人类所有群体的文化概莫能外。本章将要讨论的是,哈尼人在死亡观念和丧礼之间,是否产生神话母题这样的表达机制?关键礼仪呈现出核心母题怎样的实践方式?这里我特意使用中国文化中的"礼仪"概念,而不直接用"仪式",是为了避免将丧礼分析为一个冷冰冰的客观事件。①

哈尼哈巴最重要的表演场域之一就是丧礼。从民俗学人生礼仪的角度衡量,丧礼是哈尼族关键性的社会礼仪,其被重视程度甚至超过诞生礼和婚礼。目前,有关哈尼族丧礼的研究,代表性的成果主要有白玉宝、王学慧合著的《哈尼族天道人生与文化源流》② 中较为全面的文化哲学分

---

① 哈尼族丧礼和中原古代的"五礼"中凶礼(丧礼)有许多道德上的共同追求,因此"礼仪"一词能够更好地突出其中的道德规范和人情成分。
② 白玉宝、王学慧:《哈尼族天道人生与文化源流》,云南民族出版社1998年版。

析，此外还有张晨①、李云霞②、蒋颖荣③、白永芳④等学者的实地调查研究也提供了丰富的田野个案。另外，有红河县赵呼础和李七周演唱的《斯批黑遮》⑤、元阳县杨俣嘎演唱的《阿妈去世歌》⑥、元江县张罗者演唱的《米刹威》⑦、元阳县罗雍姒演唱的《密萨威》（手稿）等丧礼哈巴搜集整理文本尚存世。

  丧礼作为人生仪礼的关键部分，相比诞生、婚姻更具有不可预测性。这种突发性的民俗学事件，能够迅速调动民众承袭自先辈的民俗知识。正因为有了关于丧礼的公共制度，民众才可以在紧急情况中从容应对，使家庭、亲缘、生活、心理等能平稳度过变故期。一般而言，丧礼的主角是亡人，这一点使丧礼大大区别于其他人生礼仪。但是深究不同的文化群体，丧礼的针对性未必以遗体为核心，还可能是灵魂。就连范·根纳普也在《过渡礼仪》的结论中强调"过渡礼仪"模式用在描述丧葬仪式上必须谨慎。⑧

  丧礼是一个大型礼仪集群，包含咽气、报丧、入殓、吊丧、守丧、超度、出殡、葬礼、驱邪、安坟、戴孝等许多繁复的大小仪轨，在各个群体中差异极大。大部分文化中，丧礼主要涉及生者和逝者两种基本角色，着眼于处理亡者世界与生者世界的关系。因此，丧礼是人类文化中有限几个"关键礼仪"之一，它牵涉人类对自身性质、身处世界的根本性认知。这种哲学意义上的认知，往往就是以神话的形式加以表述。如

---

① 张晨：《哈尼族"指路经"仪式的审美阐释——以红河州元阳县昂罗支系为例》，云南民族大学，硕士学位论文，2014 年。
② 李云霞：《哈尼族丧葬礼仪中的舅权——以元阳县水沟脚村哈尼族多尼人为例》，《中南民族大学学报》（人文社会科学版）2003 年第 S1 期。
③ 蒋颖荣：《哈尼族丧葬仪式的伦理意蕴》，《思想战线》2009 年第 2 期。
④ 白永芳：《丧葬仪式：生命的另一种延续》，《中南民族大学学报》（人文社会科学版）2009 年第 1 期。
⑤ 赵呼础、李七周演唱，李期博、米娜编译：《斯批黑遮》，云南民族出版社 1990 年版。
⑥ 杨俣嘎演唱，卢朝贵、杨羊就、长石搜集整理：《阿妈去世歌》，云南民族出版社 2004 年版。
⑦ 元江县民委、文化馆编：《罗槃之歌》，云南民族出版社 1985 年版，第 93—108 页。
⑧ ［法］阿诺尔德·范热内普：《过渡礼仪》，张举文译，商务印书馆 2012 年版，第 139—140 页。

果说母题是神话的典型存在方式,那么丧礼上的观念表达很大程度上是在激活母题的表述能力。

就哈尼族而言,丧礼上的礼仪行为对应着生死观、宇宙观的知识内核,也即追问人在宇宙中的位置。丧礼的这些知识平时微缩成母题储存于摩批的知识库(或传统武库)中,而在丧礼上得到充分表演。哈尼族的摩批是引导整个丧礼平稳度过的核心角色,每一个高等级摩批都要经过主持丧礼的严格训练。而对摩批本人而言,唱哈巴无疑是丧礼中最耗费精力、最不容有失的实践。但哈巴同时也是指导仪式的题纲。哈巴路数所规定的核心性母题具有指引丧礼流程、彰显丧礼意义的功能。

一 丧礼制度

哈尼族的丧礼不仅是一个家庭的重大事件,也是村落的公共事件,甚至是一个地域亲属网络内的特别事件。丧礼的文化内涵不仅限于安葬逝者,同时还是血缘姻亲之间关系的再确认和调整,也是村落共同体协调内部关系的契机。摩批是丧礼上的礼仪主角,摩批不仅主持大小仪轨的实施,还担负着为亡魂指路、认祖归宗的重任。在摩批的礼仪实践中,最重要的行为就是唱哈巴和指路经。在这些繁复的礼仪过程、冗长的哈巴演唱中,哈尼族有关生死、寿命、祖先、灵魂等重大主题的神话叙事得以集中表演。丧礼是哈尼人主动干预生命历程,以期获得生者与逝者精神自由的重要实践,最能体现哈尼人的生命观和灵魂观。

哈尼族的丧葬形式,目前主要以有棺土葬为主,历史上曾以火葬为主,在个别地区和特殊情况下(比如儿童夭折)会有树葬、水葬的形式。哈尼族历史上的火葬,承袭了氐羌系民族传统的丧葬形式。在云南各地,多有元明以降的火葬罐出土,便能够证明这种葬制的历史存续。哈尼族大约在清代中期完成了由火葬向土葬的转变。白玉宝对此考查指出,在明天启《滇志》、清康熙《嶍峨县志》等方志中,有对于哈尼族火葬的记载。而清雍正《景东府志》有哈尼族"刳木为棺"的记载。但清乾隆

《开化府志》、清道光《元江州志》等方志依然有哈尼族火葬的记载。[①]因此,哈尼族有棺土葬和火葬易位的时间大约在清中期。

虽然目前土葬成为主流葬式,但在20世纪末有些地区哈尼族的有棺葬仍是将尸骨火化后入棺埋葬。可见哈尼族丧葬形式仍是多元的。在我调查的元阳县新街镇、攀枝花乡、沙拉托乡等地区,哈尼族村落几乎是直接土葬。

哈尼族的丧礼根据花费规模大小、仪轨繁复程度大致分为3个等级:高等丧礼"仰批突"（ngaqpiltul）、中等丧礼"窝批突"（olpiltul）和低等丧礼"枸批突"（ggepiltul）。Piltul 一词意为"摩批的祭典",因此这种层级划分最主要的依据是摩批举行仪式的繁简,仪式繁简也就造成花费资金多寡。2015年8月,我在全福庄遇到了一次丧礼,卢朝贵先生为我详细解释了3种规格丧礼的区别。

"仰批突"一般是为社会地位较高的逝者举办的。比如逝者生前有直（头人）、批（摩批）、爵（工匠）的身份,则必须按照仰批突的等级举办丧礼。如果逝者家庭非常富有,或社会地位很高,也可以按照仰批突举办。仰批突丧礼要进行四天三夜,祭品包括至少1头耕牛,至少1头黄牛,1只绵羊,若干头猪、若干只鸡鸭、若干鸡蛋和鸭蛋、若干甑糯米饭,若干布匹。有时候,仰批突丧礼也会杀若干头牛。可见这种规格的丧礼对一个家庭来说花费较大。摩批在丧礼的四天三夜里,要颂唱36章72节哈巴祭词,每一节祭词就是一个仪轨。由于这一整套仪轨非常繁复,很多大摩批都不掌握细节,无法操办。加上这种丧礼耗费资金巨大,因此现在的哈尼族村落已经很少见到仰批突了。

"窝批突"是中等规格的丧礼,也是丧礼中最为普通、普遍的一种。如果逝者的先祖曾经担任过直、批、爵,或者祖先担任过地方官员（如里长、土司）,就得按照窝批突规格举办丧礼。窝批突需要丧主自家杀两头牛,还要4头猪、若干只鸡鸭、若干鸡蛋鸭蛋、若干糯米粑粑和若干布匹。窝批突要举行三天两夜,逝者亲家、舅舅家得按自己的经济条件

---

① 白玉宝、王学慧:《哈尼族天道人生与文化源流》,云南民族出版社1998年版,第119—130页。

上祭牛和猪。亲戚上祭所需的米、酒、肉菜要自带，主家会安排村中 1 户寄宿户来帮助亲戚准备献祭活动，丧主家则不接待膳食住宿。窝批突丧礼中，摩批要唱诵 24 章 48 节哈巴祭词。

"枸批突"是低等级的丧礼，程序较为简单。如果丧主家境贫寒，且已婚，则可以举办枸批突。枸批突需要 1 头牛、4 头小猪、若干只鸡鸭，若干鸡蛋鸭蛋、若干糯米饭。这种丧礼举行两天一夜就结束，摩批只诵唱 12 章 24 节哈巴祭词。在出殡前，摩批给死者诵完指路经，把死者灵魂送到祖先居住的地方，就可以出殡埋葬。而仰批突、窝批突在念诵指路经之前，尚有若干大小仪式。

如果是未婚男女死亡，无论其家境如何，都只能举行"依散突"丧礼。因为哈尼族文化中未婚的人不算正式社会成员。这种特殊丧礼的祭品只需要 1 头猪，两只鸡。丧礼只需要一天一夜，摩批念诵 6 章 12 节哈巴，几乎只为亡灵指路即可。

如果遇到灾变，或者丧主家遭遇变故从而无力举办正常的丧礼，则只需要杀 1 只鸡，献 1 餐辞世饭即可埋葬。等将来丧主家的儿孙境况转好，可以补办丧礼。这种补办的丧礼仪式也不复杂，主要是为死者叫魂。这种丧礼也叫作"开冷丧"。

除了按照仪式程序划分的丧礼等级，哈尼族社会中还有一种对高等级丧礼的区分概念——"莫搓搓"（molcolcol）。Mol 是老人，col 是跳舞，因此莫搓搓直接的意思是"跳舞祭老人"。只要符合仰批突、窝批突的仪式规格，祭品和丧礼规模则可以在最低限度的基础上大大提高。哈尼族丧礼中等级高、耗费巨大的大规模丧礼，则被称为"莫搓搓"。在 19—20 世纪，哀牢山地区的哈尼族一度盛行莫搓搓丧礼。莫搓搓的举办有一些限制条件，比如逝者一般应为高龄老人，有一定社会威望，家庭经济条件可以担负丧礼耗费，其时村落的生活生产也须顺遂平静。

也有的家庭为了"夸富"举办莫搓搓，从而导致家庭耗费过大而负债。莫搓搓丧礼所杀的丧牛数量有下限要求，各地不一，一般都不少于 9 头牛，多的甚至超过 30 头牛。丧礼相应的猪、羊、鸡、鸭也数量颇多。从各地前来参加莫搓搓丧礼的人数也非常多，甚至常常超过 1000 人。由于耗费巨大，常常导致家庭负债，因此目前哀牢山区已经很少举办莫搓搓。当然，有的地区只要宰杀3头牛以上，也可以举行规模相对较小的莫搓搓丧礼。

衡量一次丧礼是否为"莫搓搓"，除了祭品数量、仪轨程序方面的基本要求，还有一些重要的区别性标志。首先，莫搓搓丧礼参加的人员不限于亲戚，包括全村人，也包括邻村甚至远处的亲朋好友，通常人员数量众多，来源复杂。其次，莫搓搓在出殡前一天，会有大规模的大摩批领衔跳棕扇舞的仪式。这一天晚间，会有非常盛大的集体歌舞狂欢活动。再次，出殡前一天的歌舞狂欢活动中，允许青年男女自由交往。这一点是莫搓搓丧礼最为独特的文化现象。对此，哈尼族学者白玉宝的田野调查有比较典型的记述。

> 1987年7月下旬，我们在元江县那诺乡红土坡村，参加我舅老爷的"抹撮撮"葬礼，看到一个奇观：绝大多数赴丧的宾客，都随意讲有关性内容的玩笑，晚间尤为突出。临出殡前的头天夜里，夜幕一降临，本村落的青年男女，会同来自邻近村落的青年男女，在丧家附近的一块空地上，燃起熊熊篝火，环火堆敲锣打鼓，欢歌纵舞，通宵达旦。青年男女眉目传情，男青年非常坦然地公开搂抱青年女子，不断有成双成对的男女离开舞场。在丧主家里，里里外外挤满了人群，挽歌声、情歌声和打情骂俏声盈盈贯耳。
>
> 我深感困惑，问本村一位50多岁的哈尼男子，何以如此时，他说："您这个半汉不夷的哈尼人，道理不是很明白吗？这个阿波（指死者）去了，应该有更多的孩子生出来！"据其介绍，"抹撮撮"之夜，未婚的青年男女不仅可以纵情说爱，他们彼此之间若有性爱行为，亦得到社会的宽容，不会受到过于严苛的指责。已有妻室儿女的成年男女，在"抹撮撮"之夜与昔日的情人相会，同样得到村落的默许。①

---

① 白玉宝、王学慧：《哈尼族天道人生与文化源流》，云南民族出版社1998年版，第165页。

莫搓搓丧礼的娱乐交游活动，是哈尼族生命观最为典型的一种表现。白玉宝用"生死交融"一词来归纳这种生命观。其实，作为一个山地农业民族，人口出生率高于死亡率是一种正常的社会发展诉求。但是在平常的日常生活中，种种伦理规范对男女行为有着严格的要求，并且有一系列禁忌。比如未婚先孕不得在村中分娩。因此，莫搓搓作为一个"非常时刻"，为哈尼族社会提供了一个相对宽松的时机。在这种丧礼制度安排的背后，深深烙印着哈尼族神话中"人类再生"的生命观。

首先是前文（第五章）已经详细论述的化生神话，牛化生的前提是牺牲了自己，因此"生"与"死"在化生时转换交融，生命也在生与死的交接中得以延续。在丧礼中，最重要的祭品就是牛，女歌手罗雍姒唱的《密萨威》中提道：

> 一娘亲生的兄弟，
> 老人不喜欢河坝的花牛，
> 老人不想要彝山的黄牛，
> 生前最喜欢自家的水牛，
> 把四蹄厚实的水牛给祖父。
> 一家最尊的长者，
> 有了开丧陪葬的水牛，
> 祖父回到祖灵安息的地方。①

这直接反映了"牛化生万物"的神话观在丧礼上的口头实践。这也和前文述及的若干与牛有关的神话仪式相呼应，验证了哈尼族有关牛的神话母题如何从"口头传统—仪式口头演述—仪式实践—礼仪传统"的非单线的民俗过程中被逐步呈现的机制。

另外，在通常的兄妹婚神话中，由于繁衍人类的需要，血缘婚的禁忌通过占卜得到暂时解除。这种暂时解除禁忌的社会运作机制也被运用到莫搓搓丧礼制度（涉性）的设计中。还有，在哈尼族人类起源神话中，

---

① 罗雍姒演唱：《密萨威》，卢朝贵搜集翻译（手稿），1979年，元阳县。

普遍有"不死药""不死草"或"不死的神女"的神话母题。人类原本不会死,后来为了人类发展,天神规定了人类的寿命,于是人类必须面对死亡。但是人类接受死亡安排的前提就是,人类能因此更好地繁衍生息。因此,死亡的发生,也是新生命应当接续的时机。基于这些神话叙事承载的生命观念,莫搓搓丧礼上的情爱活动就能够获得社会合法性。

总的来看,哈尼族丧礼制度的设计,一方面与社会、家庭、个人的实际情况相匹配。另一方面,丧礼也是社会性的文化契机,为亲缘、地缘、血缘、业缘关系提供了再确认和重塑的机会。同时,丧礼也是生死交替生命观的实践,背后蕴藉着哈尼人追求精神自由的文化特质。

二 聚焦全福庄的一次丧礼

2015年8月我在全福庄调查期间,偶然遇到一次丧礼。丧主家与卢先生家是远房亲戚关系。他家住在大寨东南侧。逝者是一位耄耋高龄的女性,她有4个儿子。丧事就是4个儿子合力举办的。这次丧礼的规模属于中等的窝批突规模,但耗费属于一次普通的丧礼,并不是莫搓搓。本来在苦扎扎前两天丧主家就报丧了,但是因为苦扎扎临近,经过和咪谷等人商议,丧礼推迟到苦扎扎过后举办。8月8号才请摩批进驻家中,开始丧礼。

(一)报丧

在亡人逝世当天,丧主家通过放鞭炮已经向村落邻里报丧。由于丧礼推迟,丧主家有比较充裕的时间准备丧事。报丧完毕后,丧主家族商议选出几名有经验的丧礼管事,负责协助丧主操办大小事宜。丧礼的地点就在逝者居住的长子家中,灵堂是位于一楼的一间房子。向村落邻里报丧后,家族迅速派人到其他村子的亲家、舅舅家等亲戚家中报丧。亲戚们得知消息,便迅速组织丧礼团准备前往全福庄吊丧。外村的丧礼团规模根据亲疏关系,少则6—7人,多则20—30人。一般要宰杀猪、牛带到丧主家献祭。

同村邻里前往吊唁则只需带4斤米或1只鸡,一般由女性做代表。8

号和9号这两天，村里家家户户都是女主人做代表去吊丧，身着民族服饰的正装，头上缠着白色的孝布。去吊丧都要随礼，有的是一背篓煮熟的米饭、有的是1只鸡、有的是猪肉。这样可以大大减轻丧主的经济负担，因为这两天他家要招待上百人。

（二）入殓

入殓仪式，需要等棺木齐备方进行。首先逝者需要换装，换上特定的寿服。逝者入殓时，左手放1块绣花手帕，右手持1把棕扇。卢先生告诉我说这是给逝者在阴间扇风散热用的。但实际上，棕扇象征创世神鱼"密乌艾西"的鱼鳍，这也是造天造地神话的一种象征（见第四章），表示亡灵将回到最古老祖先的世界。棺木不能用金属钉子钉盖，一般用竹木钉。在棺木上铺1块黑布，或者毯子，上面放一些碎银、贝壳。碎银通常有货币的含义，而贝壳象征着迁徙哈巴当中对哈尼人祖居地什虽湖的记忆，[①] 同时也是亡灵返回祖灵的信物。

入殓后，逝者的子孙则要戴孝布，孝布为白色。一般血缘近亲在整个丧礼期间都要戴孝，而前来吊唁奔丧的亲友，则只需在仪式现场戴孝。

（三）博扎

博扎是丧礼开始的一套礼仪。8月8日这天，丧主家从麻栗寨请来大摩批朱沙多的团队。朱沙多是著名摩批朱天云的儿子，也是新街镇一带许多村落卢姓家族的专门摩批。只有他们能够背诵卢姓家族的父子连名谱牒。全福庄卢姓家族早先正是从麻栗寨迁来的。这次朱沙多的摩批团队主要由5名摩批和几名助手、徒弟组成。进驻丧主家，摩批就开始博扎礼仪，也即宣布丧礼开始。这时全村停止劳动，前往帮忙。村中女歌手专门前来吊唁哭丧。

博扎主要是摩批在灵堂布置祭祀的物品，主要有碗筷、各色食物类祭品、蜡烛、酒水等。棺木上方搭建绣花五彩绸布的灵棚。博扎礼仪的

[①] 白永芳：《哈尼族服饰文化中的历史记忆——以云南省绿春县"窝拖布玛"为例》，云南人民出版社2013年版，第211—228页。

高潮是守夜，摩批彻夜演唱哈巴，从造天造地、人类诞生到逝者成家立业，生儿育女，生老病死。

【田野日志：2015年8月8日，元阳全福庄大寨五组，阵雨，六月廿四】

阳台上有1张方桌，上面放着1斗稻谷，四周有一些小碗装的酒、肉、姜汤等。这是丧礼准备仪式的祭品。稻谷是哀牢山区哈尼族的生产核心，也是梯田的最终产物，在生命终点的丧礼上出现稻谷，说明了稻谷在哈尼族文化中的重要性。阳台上还竖着招魂幡，用1根竹子挑着白幡，下面缀着木雕的日月、鹰、苍蝇饰物，这是丧礼的标志物，也是神话中天神派到人间查看丧礼的动物。

卢先生带我走进了灵堂。我一霎那体会到了"文化震撼"，因为眼前的景象激活了我多年研究哈尼族的万般思绪。这是我第一次亲眼见到灵堂内置。棺木停在屋子中央，棺木漆成黑色，前部棺身画着摩批之祖"德摩斯批"的龙形图案。棺盖上盖着一床厚厚的毛毯，毯子上盖着一层黑布罩，布罩边角缀着彩色的流苏坠。布罩上还盖有一些孝布。棺木是架空停放的，底部有一个装满炭灰的火盆。

在棺木后段棺盖上，用4片长条木牌搭成1个三脚架，架子顶端有1个竹编纸扎的伞盖。卢先生说这个架子是象征房子。木牌漆成白色，削成令箭状，上面画着星河纹（三角纹），就是中间一道波浪折线，两旁布满星点。棺木一边还放着6对半一样的木牌，这被称作"斯妥斯洛"（灵牌）。灵牌纹样和哈尼族妇女服饰上的三角菱纹一样。灵牌是亡魂回归祖灵的道路上的凭证，一整套共17根，8对半。第一对叫"白妥罗妥"，是给未成年亡魂的通行证；第二对叫"未阴班罗妥"，是给归灵路上专抢新亡者灵牌的未婚亡魂的灵牌；第三对叫"纳苦阿敞"，是丧礼祭品礼品的礼单；第四对叫"批玛莫诃萨玛莫比"，是摩批教亡魂在阴间各类仪礼的记录簿；第五对叫"雍终夺浦萨终夺豪"，是非正常死亡亡魂在阴间寓居的凭证；第六对叫"艾欧亨阿"，是亡魂在山垭口汇集的凭证；第七对叫"哩唠阿培相窝索德"，是亡魂在阴间田地的凭证；第八对叫"哩唠阿培终安妥啦",是亡魂阴间住所的地契;第九单牌叫"哩唠其夺罗妥",是亡魂在阴间山林的凭证。这次的6对应该是第二、三、四、六、七、八对,外加第九片单牌。

3位摩批及其几位助手坐在棺木头,棺头有1张桌子摆放祭品,包括1对高白蜡烛、1头褪了毛的小猪、12碗猪肉、1碗人民币(至少有5张百元大钞和1沓1角毛票)、1碗姜汤、1碗猪肝、1碗烟丝和卷烟、1碗葱蒜。这时,外面人又送进来6个刚刚砍下的小猪头。

棺木上方屋顶挂着1顶黑色幔帐,帐沿缀着上下3层五彩的流苏。帐内悬挂着亡人身前的盛装,还有几匹孝布。帐沿上还挂着一圈霓虹彩灯,通电后五光十色。这是电器技术运用到丧礼的典型标志。

图18　摩批和助手们在灵堂中举行丧礼博扎仪式
(张多2016年8月8日摄于全福庄)

博扎礼仪使用稻谷、米饭、糯米饭、糯米粑粑等,与哈尼族稻作文化息息相关。在神话叙事中,稻谷的生命力和人类的生命力息息相关。在"塔坡取种"的神话中,稻种与人种都是从竹筒中取出来的。苦扎扎节用杀牛分肉替代古代的猎头祭,也是将人的生命力与稻谷生长紧密关联的。秋收后的尝新节,祖先田里第一拨收获的稻穗,要供奉给祖先品尝。因此丧礼上给亡人供奉稻谷，也是出于相同的神话思维。此外，生姜这种植物也是哈尼族仪轨中常用的祭品，主要含义是驱邪。魂幡上的日月、鹰、苍蝇是丧礼起源神话中天神派到人间的动物，后文将详细论述。

棺木底部放置装满炭灰的火盆，是对哈尼族火葬葬式的一种记忆和呼应。这种象征性设置也是希望亡灵能够顺利返回祖灵世界，因此祖先熟悉的事物越多，越有利于认祖归宗。丧礼上逝者穿的寿衣就非常复杂，是哈尼族古代服饰的保留。白永芳的田野研究表明，男性寿服中保留了兵器银饰"琢窝 Zohhoq"和"帕案 Pallhhaq"束腰等古代服饰元素，女性寿服保留了花瓣银片"吾穆 Hhuqmuq"、梨花绣脚套、三色包头、嫁衣等古代服制。老人都说："平常穿什么都不怕，去世的时候一定要按照祖先的样式穿，不然祖先不认，不能顺利回归祖先故地。"① 我在全福庄丧礼上也看到女性家属的丧服有别于平日，除了蕨纹蓝色长衣，头部还要戴假辫子，这是典型的古代氐羌系民族"辫发"装束。

"斯妥斯洛"（灵牌）则是摩批制作的回归祖灵的凭证。灵牌上绘制的三角折线纹也是哈尼族非常古老的纹饰之一，其含义主要是标记亡魂在阴间的田产、祖先迁徙路上的地标。尤其是第六对"艾欧亨阿"是为回归祖灵做标记。

（四）上祭迎宾

8月9号是丧礼的第二天，上午丧主家已经陆续站满外村参加上祭的亲戚。丧主要在村口迎宾。外村奔丧的队伍要给亡灵献饭（合毕扎），一般须准备1甑子饭、6碗酒、6碗生牛肉、1条牛腿、2只牛脚、1个牛头。从麻栗寨、箐口、多依树、大鱼塘等村子赶来的奔丧团依次在村口排队等候主人迎宾。主人在摩批的指挥下，向亲戚下跪磕头，亲戚搀扶起丧主以示安抚。奔丧队伍都要有专人吹唢呐、敲锣，还有善于跳舞的妇女，善于唱丧歌的女歌手。男人头上裹上黑布包头。

---

① 白永芳：《哈尼族服饰文化中的历史记忆——以云南省绿春县"窝拖布玛"为例》，云南人民出版社2013年版，第160—163页。

【田野日志：2015年8月9日，元阳全福庄大寨五组，阵雨，六月廿五】

这个仪式地点在村口，就是从中寨进入大寨的路口。这时外村亲戚都已经等候在村口外的道路上。这些外村的亲戚，都是舅舅家、儿孙媳妇娘家、孙女嫁出去的婆家。他们以村为单位，一个村组成一个队伍，依次进行仪式。每个队伍前边是少数几位男性代表，身着黑色长马褂孝服；后面跟着清一色女性，人数最多，皆着黑色、藏青色的长衣丧服；队伍最后面是男性乐班，两名唢呐手、两名铓锣手。队伍中还有一名该村的女歌手，一直低声唱着《密萨威》，还有一人手中拿着便携播放器，播放着某位女歌手唱的《密萨威》的录音。每个村皆如此。可见电子媒介已经成为丧礼传统的一部分。

仪式程序大致是：丧主家男女儿孙组成队伍，男性在前，女性在后面。女性每人手撑一把伞。队伍在村口列队，队伍前有两名摩批指挥，有一张竹篾桌，放着酒饭祭品。先是摩批添酒，念诵祭词，让前面男性儿孙向亲戚来路跪下。这时第一个村的亲戚队伍开始行进进村，乐班奏乐，放鞭炮。外村队伍走到距离丧主儿孙队伍前还有三五米的地方时，亲戚家领头的男人要快步走上前，将跪倒在地的丧主家男人一一搀扶起来。然后该村队伍则被迎进村，丧主家队尾的几名女性则将队伍领进家，然后再回来领下一组。

每个村的队伍都重复同样的仪式。一共来了7个村，各村人数多寡不一，平均15人，但都是女性为主。多数是每个小家庭派1名女性代表前来。他们都带着礼，活鸡、牛头、牛腿、猪肉、米饭等不一而足。迎亲戚的仪式结束后，就是亲戚——吊唁。今天白天的仪式就基本结束。

上祭迎宾环节，可以看到丧主家的姻亲关系网络。这个环节场面较大，远道的村落专门包车过来。牛头、牛腿再次成为最重要的祭品，这同样是对牛化生补天地神话的实践。牛头上的眼睛化为日月，牛腿是献祭创世神鱼"密乌艾西"的祭品，同时牛腿也是撑天柱和支地柱。这些

图 19 前来上祭的外村亲戚（亲戚拿着鸡和米，一名年轻女性手中拿着播放器，正在播放丧礼的哈巴。这种服饰是哈尼支系艾倮人的正装，张多 2015 年 8 月 10 日摄于全福庄）

都有助于亡灵认祖归宗，回到创世神祇的世界，归入人神连名的谱牒。

便携多功能播放器是我在丧礼田野调查中的一个重要发现。当前，使用这种电子播放器循环播放哈巴，已经成为哀牢山地区非常普遍的"时尚"。这些哈巴是哪些歌手唱的已经无从知晓。播放器播放哈巴，省去了人力唱哈巴的辛苦，也可以无限循环，满足仪轨的长时间需求。在丧主家，也有一个播放器整天不间断放哈巴的录音。前来上祭的丧团，每个队伍都有播放器播放着哈巴，或者女歌手唱的《密萨威》，这已经成为当前哀牢山地区哈尼人丧礼的"标准配置"。

（五）哭丧

丧礼第二天主要的礼仪就是儿孙、亲属祭拜亡灵。这个礼仪会请一位公认优秀的女歌手在灵堂中唱《密萨威》，其音调哀婉悲伤，十分动人。在挽歌声中，逝者的子孙便一一向逝者献饭、磕头。

【田野日志：2015 年 8 月 9 日，元阳全福庄大寨五组，阵雨，六

月廿五】

　　这时，哭丧仪式开始了。女歌手（哭娘）进来，坐在棺尾，开始唱《密萨威》。这是我第一次在灵堂现场听到《密萨威》。歌声非常哀婉，催人泪下。在歌声中，子孙们进来。亡人的两位儿媳和1位妯娌跪在棺前，身着黑色孝服，头上缠着蓝色、黑色棉线编成的粗长辫，辫子披在后背。男性儿孙个个身着宝蓝丝棉长马褂的孝服，分3排跪在后面。随着歌手的哭丧调，前方摩批指挥着儿媳给婆婆献饭。儿媳随着歌调哭起丧来，并从甑子里添1碗饭，让摩批供在灵前。摩批则用筷子在碗中挑出一点米饭撒向棺木，再在菜肉祭品中每碗挑一筷子，撒向棺木。后面的男性儿孙则在摩批指挥下磕头。

　　哭丧仪式是女性主导的仪式，女歌手和女性晚辈用哭丧的方式向亡人表达哀悼。哀歌的音调在这样一个场域指挥着人们的情绪，让人的身体和感官无意识中进入到仪式的表演中。当然我也注意到，儿孙们也许在仪式中比较紧张，没有太在意女歌手正在唱挽歌。其间因为一位男性换孝服动作过大，两次干扰打断了身边的歌手唱歌。女歌手停顿下来，酝酿一番情绪后又接着唱。歌手唱《密萨威》需要一定时间的酝酿，以便"入神"进入挽歌演唱的语境中，全身心地将哀婉动人的音调表现出来。

　　女歌手唱完《密萨威》之后，情绪一会便可恢复到正常状态。唱《密萨威》需要十足的技巧和经验，是哈尼族口头传统中女性演述的重要实践。《密萨威》的内容主要是追忆亡人和彰显孝道，通常会用造天造地、天神祖神的几句歌词作为章节段落的歌头。

（六）捻突和指路

　　捻突（nieivq tul）是丧礼第二天晚间摩批祭奠亡魂的仪轨，主要念诵指路经，是一个核心性的丧礼仪轨。指路经也是出殡前诵唱哈巴的最后一个章节。"指路"在哈尼语称作"干玛每"。在指路仪轨中，摩批会背诵出祖先迁徙的每一个重要地点，以指导亡魂返回祖灵。

　　8月10日中午出殡，指路经是在头天夜里唱的，即9日晚间到10日凌晨这段时间。由于哈巴经文非常长，须通宵念诵，因此4位摩批轮流接力唱指路经。每位摩批平均唱20多分钟就需要休息片刻，唱一个多小时后便由另一位摩批接替，这时他会交代后一位唱到哪里。唱累的摩批倒在棺木旁边的法床上休息。在唱到关键的部分，比如岔路口、山口等处，还要杀小猪崽用鲜血生祭。

礼仪中，摩批敲击着鱼尾形竹筒"博 boq"，竹筒里装着碎银和海贝。边敲边唱祭词哈巴。竹筒的鱼尾朝向西北方，这是哈尼族迁徙来的甘青高原的方向。关于竹筒的神话"塔坡取种"，卢先生为我讲过。

> 塔坡是最能生的女人，背上有若干奶头，胸口也有若干奶头，她生了21个娃娃，第一个是老虎，第二个是老鹰，第三个是龙王。有一天她上山采山药吃，把那些石头泥土全部扒落，滚下山崖落到水里。龙宫里的龙王耐不住了，说成天往水里掉石头，烦不烦，就派鲤鱼将军去问。鲤鱼说塔坡你不要成天到山上挖山药啦，石头落到水里耐不住。塔坡说我生了那么多儿子，一个也不管我，我没有吃的了，只能上山挖山药充饥。于是龙王就把塔坡接到龙宫里住。在龙宫里吃也吃不完，住也住不完。在了一段时间，塔坡就在不住了。她说我生来是在陆地上生活的，水底下在不住了，我要上去。龙王说好嘛，但是拿东西给你你也背不动，我就给你三个竹筒吧。走到半路，一个竹筒窸窸窣窣地响，她就打开看，原来是竹筒里装的谷种、荞种、豆种在蹦跳，发出响声。塔婆说，既然你们在不住里面，就出来吧。他就将谷种撒向大地，从此人间开始有了五谷，不再挨饿。又走了一点，第二个竹筒又发出响声，嗡嗡呜呜的。她打开一看，是里面装的牛马牲畜发出的叫声。塔坡说你们不愿意在里面，就出来吧。她把牲畜种撒向大地，从此六畜繁衍。走着走着，第三个竹筒又响了。塔坡又把里面装的金银珠宝撒出来，从此有了金银铜铁矿。所以，今天我们过新米节吃新米的时候，都要用新米祭献龙王和塔婆。[①]

[①] 讲述者：卢朝贵，搜集整理：张多，时间：2015年8月14日，地点：元阳县全福庄大寨。

在哈巴神话中，塔坡是哈尼族一位重要的祖先，也是文化英雄。首先塔坡是最能生育的人，不仅生育了人类，还生育了百兽。其次，塔坡最伟大的文化功绩是从竹筒中取得了稻谷种子、牲畜种和矿物。这三种事物是哈尼族赖以生存的最关键的生产要素。可见"竹子"作为一种神圣植物，有着独特的神话位置。哈尼族认为敲击竹筒的声音可以传递给祖先神祇，因此丧礼敲击竹筒就是为了将亡人的消息告知祖先。竹筒尾部雕刻成鱼尾形，也是创世始祖神鱼的象征。云南是世界竹类分布的中心地区，其文化地位显著。哈尼族不仅建寨要栽种竹林，竹子被用到生活生产各方面，竹子也是沟通天人的法器，金竹还是驱邪的法器。

指路经主要从亡人生活的现实空间指起，最终朝向祖灵世界。返回祖灵之路大致可以分为阳世阴间两个阶段。阳世阶段是生活的范围，比如："要经过三条没走过的路，/上边一条不要走，/下边一条不能行，/朝着中间那条走""还会遇到三眼好水井""你会遇到三蓬树"。① 阴间的路在克服诸多鬼怪、神兽之后，有九扇门。九扇门的钥匙由死神陪斗的妻子和冥神培龙的女儿掌管。摩批就要向两位神祇求得钥匙。亡灵进入阴间九扇门之后，便可以与众祖先相会。

指路仪轨一般应在太阳升起之前完成，天亮之后，就要准备出殡前的事务。

（七）索要阿舅钱

10日上午出殡前，还要举行一个重要礼仪，就是索要阿舅钱（或称"围则自"）。索要阿舅钱在丧主家中进行，先放3个篾筛子。一个代表逝者的舅舅，上面放一杆秤。一个代表逝者的兄弟（丧主的舅舅），放一双脚套（丧服里腿部的服饰）。一个代表女婿，上面放一匹布。逝者舅舅家的代表和外家代表一边喝酒一边商议丧主的儿子应该给多少阿舅钱。一般钱的数目都是象征性的。但是如果两家此前有所嫌隙，舅舅就会在这

---

① 赵呼础、李七周演唱：《指路》，云南省民族古籍办编：《斯批黑遮》，云南民族出版社1990年版，第159页。

个场合数落外甥。

商定好阿舅钱数目后,丧主家长子就将钱呈给舅舅和舅爷。然后丧主家子孙都纷纷来讨福气。从丧礼的作用来看,索完舅舅钱后,逝者的娘家和丧主两家人的近亲关系就在民俗意义上告一段落。将来两家后辈的相处模式就可以相应调整,包括通婚问题。

(八) 出殡

10 日上午,村中卢家亲戚都派出男性青壮年前来帮忙出殡。金华大哥代表卢先生家来帮忙,他的任务主要是送葬时抬棺木。出殡前,丧主家子孙围绕棺木进行绕棺仪式。随后棺木离家,开始往坟山送。外村的丧团此时早已在村口准备停当,等着进行路祭。

【田野日志: 2015 年 8 月 10 日, 元阳全福庄大寨五组, 阴转大雨, 六月廿六】

到 13 点 50 分,棺木被抬出家门。我到巷口等着棺木出来……

金华大哥也在抬棺木的人中,他是卢家亲戚,必须要来出一份力。戴黑色头帕的摩批指挥众人将棺木在圆木上绑定后,就抬着出村了……

在棺木前面,是丧主家的妇女和本村各家妇女代表组成的送殡队伍,每人都撑着 1 把伞。最前面则是主要祭祀的摩批,拿着送魂幡、灵牌,引导队伍。

昨天来上祭的外村亲戚,早早在村口道路上摆好了拦路祭。拦路祭就是每个村各自摆放两条长板凳在路中间,7 个村的 12 条板凳相距不远摆放,组成一条板凳长龙。当然,各村两条板凳之间的距离不能比棺材长,板凳间还担着 1 块草席。各村在路边支好了芨桌,上面摆放着路祭的祭品,包括 1 只煮熟的整鸡、1 碗米、1 碗钱(将几张角票象征性泡在水中)、1 碗酒水、1 碗蔬菜、1 碗糖果点心,还有好几碗我没来得及看清是什么。

棺木到达前,前面的摩批和送殡队伍早已通过路祭,前往后山墓地去了。抬棺的众人抬着棺木依次通过这些板凳。每到一组,就将棺木落下停在两条板凳上几秒钟，趁着这几秒，一旁的妇女就迅速将米、钱、酒水等祭品泼洒在棺材底下，以示祭奠。依次通过7组板凳后，一众男人则抬着棺木出村了。我跟在棺木后面，前面每走十几米就放一挂鞭炮，硝烟四起。过了中寨，就到了公路，上山的路在公路对面，卫生所旁边。进山道路非常湿滑，一众男人抬着几百斤重的棺木，非常费力。

出殡队伍前面，有一名妇女"嫫萨玛"领路，又称领尸妇。她后面是列队穿着青色丧服的女性队伍，人手打一把伞。后面跟着女性舞蹈队，跳着棕扇舞等丧礼舞蹈。然后就是棺材。我跟着棺木行进到坟山入口，则不能再进入。下葬忌讳外人在场。下葬结束后，送葬的亲属返回村内，摩批还要举行招魂仪轨，确保人们不受到鬼魂的干扰。下葬后，家属当天即可除孝。在丧礼进行后的第二个月，丧主还要请摩批举行"斯俄突"，也就是人鬼分界的礼仪。礼仪要用小猪、公鸡、母鸡祭祀。分界礼仪结束后，亡人就位列享用祖先祭祀的行列了。

三 生命历程的口头表演

哈尼人丧礼的每一项仪轨，都有背后的神话观念作为原则性指导，尤其是有关死亡起源、丧礼起源的神话。丧礼上的哈巴演唱，同样是将不同的哈巴"路数"集合在一起，从而指导各项仪式顺利完成。丧礼之所以如此繁复，内在的原因就是哈尼人希望亡魂返回祖灵，以获得永恒的超越性；同时也让生者减少心理负担，获得精神解脱。哈尼族丧礼的这种礼仪诉求正是其死亡起源神话的内核。从神话母题的组合来看，世界范围内各民族死亡起源神话大致有两个类型：一是归因于神对人违反神的意志的惩罚，二是归因于某些偶然因素。[1] 而哈尼族死亡起源神话兼有这两种类型，此外还有自身的特点。

对于丧礼上的哈巴演唱，摩批虽然都是取材于自己的传统武库（曲

---

[1] 陈建宪：《神话解读——母题分析方法探索》，湖北教育出版社1997年版，第161页。

库），但是他们会根据情形做出调整。比如从1987年红河县的一次丧礼口头表演可以窥见一斑。赵呼础是红河县著名的大摩批，演唱极富技巧。他演唱的丧礼哈巴被李期博等集结成《斯批黑遮》（Siilpil Heiqzeil）出版。Siilpil即摩批之祖"德摩斯批"。

其中"造天造地"这一支哈巴，在一般丧礼上是必唱的。在李期博、米娜翻译的文本《斯批黑遮》中，"万物的诞生与衰亡"这一支哈巴哈尼语原文为"牡贝米贝"（Muq Bel Miq Bel），意为"开天辟地"，被归为演唱先祖从生到死一生历程时的第一诗章。但事实上"牡贝米贝"是一支独立的哈巴，也可以在其他仪式场域演唱。在这次丧礼的场域，摩批歌手演唱"牡贝米贝"也根据语境做出了调整。

B1-1号文本	・赵呼础演唱"牡贝米贝"，红河县洛恩乡贺然村，1987年 ・李期博、米娜翻译，《斯批黑遮》第20—22页（注：汉译与哈尼文有出入）		
行数	汉译	行数	汉译
B1-1-1	唉——突	B1-1-27	狡猾的狐狸胆小的兔子
B1-1-2	很古的时候	B1-1-28	样样都孕育
B1-1-3	上边没有天，下边没有地	B1-1-29	原始的住房古老的寨子孕育了
B1-1-4	哈尼古经说	B1-1-30	寨神下边男女孕育了
B1-1-5	世间万物不是不产生	B1-1-31	神圣的木鼓悦耳的铓锣孕育了
B1-1-6	时辰一到万物都降临	B1-1-32	鸡鸭鹅牛羊马狗猪
B1-1-7	事物有千千万	B1-1-33	家畜家禽三百五十种
B1-1-8	生灵有万万千	B1-1-34	也跟着孕育了
B1-1-9	样样都要先孕育	B1-1-35	世上万千物
B1-1-10	孕育成熟才诞生	B1-1-36	一切孕育好
B1-1-11	金花金箔里	B1-1-37	接着就诞生
B1-1-12	上天孕育了	B1-1-38	死去的老人跟着也诞生
B1-1-13	沙子石头间	B1-1-39	万物诞生后
B1-1-14	大地孕育了	B1-1-40	长大并成熟

续表

B1-1-15	洁白的云彩无形的大风孕育了	B1-1-41	万物成熟后
B1-1-16	万能的莫咪孕育了	B1-1-42	样样要求偶
B1-1-17	水中的龙王孕育了	B1-1-43	求偶开始了
B1-1-18	细小的虫虾圆圆的蝌蚪孕育了	B1-1-44	万物在繁殖
B1-1-19	鱼儿螺蛳泥鳅黄鳝孕育了	B1-1-45	万物在衰老
B1-1-20	江河中的乌龟扁耳的水獭孕育了	B1-1-46	有生必有死
B1-1-21	溪旁的青蛙横行的螃蟹孕育了	B1-1-47	天地日月星
B1-1-22	水中的万物样样皆孕育	B1-1-48	也要死一回
B1-1-23	云雀白鹇喜鹊乌鸦	B1-1-49	慈祥的老人呀
B1-1-24	有翅会飞的孕育了	B1-1-50	你也不例外
B1-1-25	猴子松鼠麂子马鹿孕育了	B1-1-51	留下满屋儿孙死去了
B1-1-26	熊象虎豹野猪		

B1-1号文本是赵呼础这一次演唱"牡贝米贝"的全文，这一支哈巴后面，紧跟着"帝孟孕育"（Muqshllvq Miq Ba Gaq）、"帝孟出世"（Heeq Qo Mol Qo）一直到成家立业、死亡、发丧。帝孟（Diqmaol）是哈尼族神话中最先死亡的人，后来在哈巴中也指称丧礼的逝者。因此，"牡贝米贝"这一支哈巴放在开头演唱，是为了阐明天地万物都有诞生、成长、衰亡的过程。原本"牡贝米贝"是演唱天地起源的巴哈，但在丧礼上为了强化对逝者生命历程的回顾，将生死的命题放置于宇宙自然发展的图景中看待，摩批显然改变了演唱策略。

B1-1-3表明天地是从无到有的，这一观念符合哈尼人的创世观。B1-1-9到B1-1-14这几句，强调了天地诞生是"孕育"（bei）的。"bei"这个词本义是"开始""苏醒"的意思，在哈巴里通常是天地日月诞生（创世）的专用词。但是翻译者将其引申为"孕育"，实际上并不妥当。在后面B1-1-16、-17讲天神Yeilsal、地神Eqlaoq两位神祇诞生也用了"bei"。B1-1-16 原文是"Gaqssuq bei e Yeilsal bei lal"（原初混沌中的烟沙苏醒了），B1-1-17 句原文是"Livcuv bei e Eqlaoq bei la"（原初大水中的欧龙苏醒了）。B1-1-18 到 -34 这一段，讲动物、村落、农业的起源，都用的"bei"。可见，万物和宇宙诞生是一体的，人类的生命历程与宇宙、自然也是一体的。由此导出了关键的 B1-1-46，说明有生必有死，逝者的死亡是自然规律。B1-1-47 和 B1-1-48 两句虽没细说天地日月如何会死，但显然这是有"补天补地""洪水泛滥""遮天大树"等若干支哈巴做支撑的。哈尼族追求"人的自然性"的生命观是其创世神话所承担的重要意涵，这种意涵在丧礼哈巴的演唱中，被发挥到了极致。

丧礼哈巴的曲目通常包括"请摩批""逝者一生""猿猴丧礼""丧礼仪轨""叫魂""指路""祈福"几个大类。每个类别的曲目又包含若干支哈巴。除了摩批唱哈巴，男性和女性歌手也会唱。在高等级丧礼上，还会有女歌手唱哈巴的比赛，优胜者会颁发给银花。女歌手在丧礼上唱的哈巴名为《密萨威》（哭丧）或"搓呜呜"（丧歌）。其内容与《斯批黑遮》《诗窝那窝本》等基本一致。但女歌手在演唱逝者生老病死一生历程时，更为动情感人。例如元阳县著名女歌手罗雍如演唱的《密萨威》擅长用连串的问句。"太阳死时白天成黑暗，/月亮死时无亮光，/山也会死吗？/山坍塌山就死了。/大地也会死吗？/地陷时地也死了。"[①] 哈尼族认为太阳月亮死亡就是日食、月食。因此万物都有生命历程。人类的生死也是一个自然的历程。丧礼哈巴将这种观念、情感演唱得起伏跌宕。

哈尼人逝世后，灵魂都要通过摩批念诵指路经回到祖灵。通常，哈尼人理解的祖灵地界就是重要祖居地"诺玛阿美"，在迁徙哈巴"哈尼阿培聪坡坡"中，诺玛阿美时期是其民族形成的重要阶段。据我研究，诺玛阿美大致位于今天成都至西昌一带，时间大致在先秦。[②] 哈尼族丧礼中，棺材尾部都要正对北方，正是诺玛阿美的方向。

---

① 罗雍如演唱：《密萨威》，卢朝贵搜集翻译（手稿），1979 年，元阳县。
② 详见张多：《神话意象的遮蔽与显现——以哈尼族鱼创世神话为中心》，云南大学，硕士学位论文，2014 年。

丧礼哈巴，除了为逝者指路，为祖先、天神报告亡人的消息，还有一个重要目的，就是唱给活着的人们听。丧礼是哈尼族最重要的社会教育机会，人们在参加丧礼的过程中，学习了民族的伦理、仪礼、道德和观念。摩批对"开天辟地"哈巴的巧妙变异，使得参加丧礼的人得以接受哈尼族生命观、宇宙观、生死观的教育熏染。许多哈尼族歌手，尤其是女歌手，就是在丧礼中学会哈巴的。

四 死亡神话母题群

对哈尼族而言，"死亡起源"是重要的神话母题。哈尼人认为人类诞生之初是不会死亡的，因此现实世界的死亡现象必有来源。在母题索引中，"死亡起源"母题下还有若干母题。哈尼族有关死亡的神话，是由"起初人不会死""死亡的起源""猴子发丧""人类寿命的来历"等众多母题组成的神话集群。

目前对死亡起源的演唱文本，仍旧是朱小和的演唱最具代表性。在"窝果策尼果"中，丧礼起源的哈巴名为"诗窝纳窝本"（Syulhhol Nalhhol Bei），意思是"死亡之规和疾病之规的开端"。

A5-1号文本	·朱小和演唱"诗窝纳窝本"片段，1982年，元阳县新街镇某招待所 ·史军超、杨叔孔、卢朝贵搜集整理，卢朝贵翻译，张多校订	
行数	哈尼文直译	汉语意译
A5-1-1	Aqmil gaihu jiltaq 在那 远古 时代	在远古的时候
A5-1-2	Colmoq syul nia e qiq taq jav 人 老死会 的 一次 有	人老死的事有过一次
A5-1-3	Colssil lolbaq elquvq meinei maqdil mul 寿命 河流 水 一样 不仅 长	但后来人的寿命像河流之水一样长
A5-1-4	Colmoq maq syul nia 人 老 不死 会	人老了不会死
A5-1-5	Ssaqguq bo duv maq syul nia 孩子 生 出 不 死 会	孩子生下来就不会死

续表

A5-1-6	Qiqhhaq maq syul nia 一个个 不 死 会	一个都不会死
A5-1-7	Qiqhhaq maq buvq nia 一个个 不 臭 会	一个都不会腐臭
A5-1-8	Colssaq halsol maq syul nia 人的 为什么 不死 会	人为什么不会死
A5-1-9	Colssaq alloq maq syul oqma ssaqmiq seq 人的 身子 不死 俄玛 女儿 娶	因为人类祖先娶了不会死的天神俄玛之女
A5-1-10	Daqtav maq syul eiqmeq jav 世界 不死 药 好 有	世上还有不死的好药
A5-1-11	Maq syul colsseq bo e 不死 人种 有 了	不死的人类有了
A5-1-12	Ssaqmiq deqma hhol yol cil duv 女儿 儿媳 古 礼 选 出	男婚女嫁的古规也立下了
A5-1-13	Daqtav colssaq jol e 世界 人的 在 的	世界上生存的人类
A5-1-14	Milma holteil soqpavq maqcil meiq 大地 山 树叶 还要 多	比高山上森林的树叶还多
A5-1-15	Noqmil jol e colssaq 世间 住 的 人类	世间住的人类
A5-1-16	Haqseil meinei maqcil jol ngal 鸡虱 多的 还要 在 了	比鸡身上的虱子还多
A5-1-17	Daqtav col syul bi bo aqsul 世界 人 死 给 有 谁	世上人死的规矩是谁定的
A5-1-18	Yul' oqma Yeilsal ngal 那 天神 烟沙 是	是天神烟沙定的

  人类诞生之初为什么不会死，A5-1-8和A5-1-9两句给出了答案。因为人类祖先娶了不会死的天神俄玛之女。这句哈巴虽然没有展开叙述，但是这个"人神婚配"的神话母题，背后有"烟本霍本"的创世神话做支撑，里面讲天神的九个女儿嫁给人神、日月神等，因而人类是神祇的后代。神祇造天造地，自然永生不死，因此其后代人类也不会死。

但是 A5-1-2 句明确说了"人老死的事有过一次",朱小和在这里并没有细说。实际上这句哈巴后面也有"烟本霍本"中关于死亡起源的哈巴做支撑。朱小和 1984 年讲述的神话正好可以解释这一点。

> 传说,在远古的时候,上面没有天,下面没有地,天神地神造了天,造了地,造了高山大海,造了世间万物。可是,天地有了,天地命不长,太阳月亮有了,太阳月亮命不长,万种庄稼有了,万种庄稼命不长,万股水源有了,万股水源命不长,年有了,年命不长,树有了,树命不长,人有了,人命不长。
>
> 天神、地神、太阳神、月亮神、庄稼神、年神、水神、树神还有人神,9 个大神走来商量:"兄弟们啊,没有长命,天要坍,地要陷,太阳要乌,月亮要黑,庄稼不饱满,日子不会长,水要干,树要枯,人要死,要找我们的长命去啦!"
>
> 9 个神一个跟着一个,去到大神沙拉那里。"阿波沙拉,你是我们的第三代神王,造天造地的时候,样样都造下来了,没有造的只有一样,就是长命这个东西,没有长命,我们不会活,你给我们一个长命吧。"①

后来,天神将阿批梅烟的 9 个不会死的女儿嫁给了 9 个神王,他们从此也永生不死。这则神话说明,在创世之初,人类和天地日月一样也是会死的。天地死亡就造成宇宙秩序破坏,从而有了补天补地。但是,当人类获得了永生不死的能力之后,相应的问题接踵而来。人类不会死,世上的人口越来越多,反而阻碍了人类生存。正如 A5-1-14 和 A5-1-16 句所言,人口数量的膨胀已经相当严重。老人老去后不会死亡,儿孙也管不过来这么多老人,于是人类秩序发生混乱。

> 这些永生不死的祖先,

---

① 朱小和讲述,史军超搜集整理:《永生不死的姑娘》,云南民间文学集成办编:《哈尼族神话传说集成》,中国民间文艺出版社 1990 年版,第 100 页。

晴天要搬到太阳光下晒太阳，
阴天还要烧火取暖，
这件事累坏了哈尼人的后辈儿孙。
慢慢地儿孙不愿侍候老不死的祖先了，
把他们象柴堆一样堆起来，
丢在野地里让茅草在老祖先的肉体上扎根，
……
被老虎、豹子、豺狼吃过的老人，
半死不活遍山岗，
……
掌管人间的天神烟沙，
看到哈尼人不会孝敬祖先的惨景，
他记在脑子里，
痛在心窝里。①

在这种混乱状况下，天神重新赋予人类死亡。歌手在 A5 - 1 - 17 和 A5 - 1 - 18 两句，确认了天神规定人类死亡的渊源。人类开始会死亡时，儿孙不会办丧礼，后来在天神启发下，通过给猿猴办丧礼，学会了丧礼。这里还有一个重要的神话母题，就是"人的寿命"。人的寿命到底有多长，本来天神是有一定期限安排的。但是由于摩批上天问人类寿命，回来时总忘记，说法不一，所以今天人类的寿命并不固定。2015 年 8 月 15 日，因为聊起前几天丧礼的情形，卢先生为我讲述了一段关于人类寿命长短来源的神话：

> 摩批的祖先德摩斯批去天上，问天神人类的寿命有多长。天神说石头一万年也不崩塌，树木一千年也不腐朽，那人类寿命就有一百年。结果德摩斯批回来忘记了具体数字，又回去问天神。问了三

---

① 红河哈尼族彝族自治州人民政府编：《哈尼族口传文化译注全集·第一卷·窝果策尼果（一）》，云南民族出版社 2009 年版，第 75—76 页。

次他都记不住。天神就生气了，不耐烦，于是把天梯砍断。从此人类再也上不了天。天神说你记得那么多祭词，怎么就记不得人类的寿命，那你说人活多久就是多久吧。德摩斯批也是昏昏叨叨，就说人生下来也会死，年轻也会死，老了也会死。从此人类就没有固定的寿命。①

图20　棺材上画的"德摩斯批"符号
（张多2015年8月9日摄于全福庄）

　　因为传错话或忘记神谕导致人类寿命有限，是一个常见的神话母题，见母题"1153由于传错消息而出现死亡"。德摩斯批通过天梯到天上问人类寿命，但是回程路上总发生意外，导致传错话或忘记神谕。朱小和演唱的"诗窝纳窝本"中说烟沙本来规定"老人死年轻人活"，但德摩斯批摔了一跤，导致传错话"老人死年轻人也会死"。②所以现实世界年轻人也会死的原因就是传错话。朱小和曾解释，德摩斯批是天神传授的第一个人间的徒弟，天神教会他天文地理、人类起源、农业礼仪等知识。德摩斯批具有往来于天地间的能力，可以沟通人神，因此德摩斯批也成为

---

①　讲述者：卢朝贵，搜集整理：张多，时间：2015年8月15日，地点：元阳县全福庄。
②　朱小和演唱：《窝果策尼果·诗窝纳窝本》，《哈尼族古歌》，云南民族出版社1992年版，第423页。

了司掌生死寿命、魂归祖灵的神祇。这一点在绿春县摩批高斗秋演述的丧礼祭词中也能得到印证：

> 死神德摩之女摩瑟
> 我送你翅膀有力的母鸡；
> 死神德摩之女摩艳，
> 送你司晨报晓的大红公鸡；
> 死神德摩之女摩则，
> 送你斗志昂扬的大红公鸡。①

这段祭词头一句的哈尼语原文是"Deivqmol ssaqimq Molseq"，直译为"德摩之女摩瑟"，并没有"死神"二字。"死神"是译者加进去的意译法，但恰好为"德摩"的身份做了注解。

总的来说，哈尼族死亡起源神话体现了人类的寿命、生死是由创世天神决定的。这不仅是对现实生命现象的解释，更是哈尼人看待生命的观念。并且还能与更多母题粘连在一起，比如死亡起源神话还通常会粘连"312 天梯"母题和"654.1 不死药"母题（如 A5-1-10 句）。这种神人血缘、天人相通的观念，与哈尼族其他创世神话所体现基本世界观、价值观是一致的。在母题索引中，可以通过母题群来认识哈尼人死亡起源观念的系统性。

  1150 死亡的起源
  1153 由于错传消息而出现死亡
  1158＊ 神掌管生死
    1158.1＊ 起初人不会死，造成社会乱套，于是神规定人要死亡。
  1159＊ 死亡起源于不死药丢失

---

① 高斗秋演唱，白居舟等翻译：《撮西能批突》，《哈尼族口传文化译注全集·第 26 卷》，云南民族出版社 2012 年版，第 354 页。

索引中的"1150死亡起源"作为一个连结其他死亡神话母题群的关键母题，也是哈尼人有关生死观念的重要载体。除了"传错消息"这个比较普遍的母题外，"起初人不会死""不死药""神掌管生死"的母题都是死亡起源神话群的重要内容，它们形成了相互关联的丧礼口头传统，这是哈尼族死亡起源神话的特点。这一特点与宇宙秩序的创造、破坏、恢复的结构有相似的逻辑。人类的生存秩序也是经过诞生、毁灭、再生的过程，而个体生命也是从不死到会死，再到丧礼发明。从"不死"到"死亡"暗含了丧礼"再生"的意义，亡魂返祖正是一种"再生仪式"。因此"灵魂"成为哈尼人看待生命、死亡、身体的关键。

五　不死药和灵魂观

在"诗窝纳窝本"死亡起源的哈巴中，粘连了不死药神话（A5-1-10）。母题"654 地界的神药"是"地界或神界神物"母题系列中的重要母题，其中"654.1 不死药"的神话是中国神话一个著名母题。汉族神话中有关西王母不死药的神话有着数千年的叙述传统。哈尼族丧礼哈巴中有一支叫"寻找起死回生药"（Nalciq Qo），这一支哈巴是丧礼上必唱的哈巴。

纳茨（Nalciq）是一种能让生命起死回生的神药，但是自从被日月偷走后，就没人知道去哪找神药。这一支哈吧演唱的内容主要是老人去世后，儿孙走遍千山万水、历经千难万险去寻找不死药，但是最终没有找到。"不见好药不回转，/不见良药不回返，/哪里有起死回生药，/爬山涉水去赶街。""古时有过起死回生药，/此药世间很稀少，/药是哪个找来的？/药是哪个背来的？/是聪明的阿龙勤劳的阿翁，/迫使龙嘴吐出来。""药被日月拿走了，/有脚追不着太阳，/有手够不着月亮，/从此世间没有起死回生药。"[①]阿龙（Allao）和阿翁（Al'aol）是哈尼族神话中

---

①　赵呼础、李七周演唱：《寻找起死回生药》，云南省民族古籍办编：《斯批黑遮》，云南民族出版社1990年版，第120—123页。

的文化英雄两兄弟,他们从塔坡之子龙神那里获得不死药,但是不慎被日月偷走。日月因为有了不死药,方得不死。

周星曾提出"宇宙药"的概念,源于他 1994—1996 年间在丽江纳西族地区,接触到纳西族东巴经籍和彝族毕摩经籍中的"不死药"神话。周星将氐羌系民族文化中的"不死药""长生不老药"等概括为"宇宙药",意指基于某种宇宙论或对宇宙秩序的想象、解说而成立的药物。与长生不死观念有关的"宇宙药"信念与人类试图通过巫术的方式和神话的讲述以克服"死亡",从而超越生命极限的努力有关。[1] 周星的概括较好地说明了贯穿于整个彝语支民族集团内部的"不死药"观念,并且和昆仑神话中的西王母"不死药"神话有莫大关联。至少在我的田野观察中,不死药纳茨(Nalciq)是一个核心性的神话母题,在哈尼族生命观、死亡观当中有重要意义。

丧礼上演唱不死药的哈巴,表面上是为了彰显儿孙的孝心,显示对生命的尊重。儿孙尽自己最大的努力挽回生命,哪怕明知不死药难寻。但在深层次意义上,在为亡魂指路之前寻找不死药,暗示了灵魂的永生远比肉体永生重要。哈尼族对待肉体的态度并不像中原人群那样重视,即便在土葬的时期,也不会用"玉"等可以"生发肉体"的珍宝厚葬逝者。这样的伦理观念和生命观,被隐藏在仪式、演唱背后的"母题"中。因此诸如"找不到不死药"这样特殊的母题,有力地说明"母题"作为叙事图式,不仅是形式所在,更是意义所寄。"不死药"作为一个母题,不是孤立的叙事成分,而是哈尼人面对死亡时态度的观念实践。它的关键作用不在于药本身能否起死回生,而在于引发"指路"的仪式,引导生者的生命观进入哈尼人的逻辑轨道。因此,摩批在演唱这一支哈巴时,会花费大量篇幅和精力讲述儿孙寻药的艰辛历程,惟其艰辛,方得超越。

只有在苦苦寻找不死药未果,从而确认了逝者肉体死亡之后,才能进行引导亡魂认祖归宗的礼仪。丧礼的本质就是在文化上宣告肉体死亡。在存有灵魂观念的群体中,丧礼也是灵魂脱离肉体,进入冥界的过渡礼仪。因此"丧礼起源"又是一个独立的母题,和"死亡起源"相比有不

---

[1] 周星:《中国古代神话里的"宇宙药"》,《青海社会科学》2010 年第 4 期。

同的意义。哈尼族的丧礼起源神话，主要是"猴丧"。

在朱小和唱的"窝果策尼果"中，用了700多行哈巴来讲人类给猴子发丧从而学会丧礼的过程，篇幅可谓很长。在这段哈巴开头部分，歌手简要交代了丧礼起源的时间关系。

A5-2号文本	・朱小和演唱"诗窝纳窝本"片段，1982年，元阳县新街镇 ・史军超、杨叔孔、卢朝贵搜集整理，卢朝贵翻译，张多校订	
行数	哈尼文直译	汉语意译
A5-2-1	Haqniq col syul bavqduq bei aqsul ngel 哈尼 人 死 抬埋 始 谁 是	哈尼人死后抬埋是从谁开始的
A5-2-2	Haqniq aqpyuq Hhol' heq ngel 哈尼 祖先 窝候 是	是从哈尼祖先窝候开始的
A5-2-3	Aqpyuq Hhol' heq aqsul yol bavqduq bei 祖先 窝候 那个 对 抬埋 始	祖先窝候给谁发丧呢
A5-2-4	Yul' haqniq aqpyuq Oqma yol bavq ngal 那 哈尼 祖先 俄玛 对 抬 了	是给哈尼先祖俄玛发丧
A5-2-5	Daqtav Haqniq Oqma yol bavq bei 世上 哈尼 俄玛 对 抬 始	是从给世上哈尼人的先祖俄玛发丧开始的
A5-2-6	Oqma syul e halgal 俄玛 死 的 哪里	俄玛死在哪里
A5-2-7	Oqma syulhhal Lhuvnil Lhuvnav hhaqgoq 俄玛 死之地 虎尼虎那 山崖	俄玛死的地方是虎尼虎那高山
A5-2-8	Oqma nolho Oqyeil halgal syul 俄玛 后面 俄烟 哪里 死	俄玛之后的俄烟死在哪里
A5-2-9	Oqyeil syulhhal Lhuvnil Lhuvnav hhaqgoq 俄烟 死之地 虎尼虎那 山崖	俄烟死的地方是虎尼虎那高山
A5-2-10	Oqma Oqyeil meiqhu syul ngal aq 俄玛 俄烟 先 死 是 吗	俄玛俄烟是最先死的吗
A5-2-11	Maq ngel 不是	不是
A5-2-12	Meiqhu syul e dolyei almyuvq lavqmul lil 最先 死 的 高山 猴子 手长 的	最先死的是高山上的长臂猿猴

A5-2-13	Almyuvq syul wul Oqma Yeillol maq gaq 猴子 死 的 俄玛 宫殿 不 听	如果不是猿猴的死讯传 到天神的烟罗宫殿里
A5-2-14	Nolho duv e Haqniq colsyul bavq wul maq siq 后来 生 的 哈尼 人 死 抬 不 知	后世的哈你人也不知道 人死要发丧
A5-2-15	Dolyei almyuvq bavq e aqsul 高山 猴子 抬 的 谁	给高山的猿猴发丧的 是谁
A5-2-16	Dolyei saqleiq Laqjei Laqzol niq nol 高山 狩猎 莱玖 莱忠 两兄弟	是高山上狩猎的莱玖莱 忠两兄弟
A5-2-17	Almyuvq bavq e niq hhaq jol pal 猴子 抬 的 两个 在 换	给猿猴发丧的还有两 个人
A5-2-18	Oiq hhaq Haqniq lavqqivq Hhoko baqseil 一个 哈尼 工匠 俄孔 胡子	一个是哈尼的工匠长胡 子的俄孔
A5-2-19	Qiq hhaq daqtav niapil tul e deivqmolsyulpil 一个 世上 大摩批 祭 的 德摩斯批	一个是世上掌管祭祀的 大摩批德摩斯批

在哈尼族父子连名谱牒中，俄玛 Oqma、俄烟 Oqyeil 部分都是神谱。但是由于神人谱牒相连，故前几代创世天神也被视为祖先。此处歌手将神祇人格化，将丧礼起源追溯到俄玛、俄烟的死亡（A5-2-4）。尽管此处神祇死亡有悖于哈尼族通常的神话叙事，但是俄玛、俄烟死的地方却非同凡响。虎尼虎那（Hunil Hunav）① 是哈尼族迁徙记忆中最早的祖居地（A5-2-7），其神圣性甚至比哈尼族历史上最为昌盛的"诺玛阿美（Noqmaaqmeil）"地方更甚。在朱小和唱的"哈尼阿培聪坡坡"中，说虎尼虎那："世间原没有高山大河，／天上也不见星月闪光，／天神地神杀翻查牛造下万物，／粗大的牛骨造成这座大山。"②

在 A5-2-2 句中，人祖窝候 Hhol'heq 是首先给先祖神俄玛发丧

---

① 虎尼虎那的记音"Lhuvnil Lhuvnav"，在《哈尼阿培聪坡坡》中为"Hunil Hunav"。这两个音皆为朱小和所唱，皆为卢朝贵参与记音，因此其语音差异不影响意义。由此可见同一位歌手在不同情况下演唱同一个词，发音也可能有差异。从普遍情形来看，虎尼虎那的记音，以 Hunil Hunav 为准。

② 朱小和演唱：《哈尼阿培聪坡坡》，云南民族出版社 1986 年版，第 3 页。

的。但是歌手话锋一转,紧接着就说事实上人类在此之前早已习得丧礼。A5-2-12 说最先在死后被人类发丧的是高山上的长臂猿猴。Almyuvq 是哈尼语对灵长类动物的统称,"Almyuvq lavqmul"疑似为长臂猿。目前几乎所有对"猴丧"神话的汉译,都使用了"猴",但根据 A5-2-2 句的"长臂"信息,翻译为"猿"更为妥当。猎人因为看到猿猴面貌很像自己的父母,因此于心不忍,给猿猴发丧。因此"猿"也符合人类对自身类人猿样貌的久远记忆。A5-2-18、-19 两句的工匠和德摩斯批则是丧礼上最重要的两类人。

  猎人兄弟和德摩诗批、工匠给猿猴举办丧礼,哈尼人哭声震天,惊动了天界众神。天神烟沙以为是地下的大鱼"密乌艾西"摇动,就派乌麾打探消息,才知道是哈尼人在办丧礼。烟沙又派老鹰下界查看是给谁办丧礼,但是老鹰看不见棺木里是谁。烟沙又派苍蝇飞进棺材里,才知道是给猿猴发丧。[①] 由此,鹰、苍蝇就成了向天界传递人间死亡消息的动物,在哈尼族丧礼上,魂幡下面挂着木雕的鹰和苍蝇,正是对这个神话母题的物质实践。魂幡本身就是丧礼的信号,而下面的挂饰是希望鹰和苍蝇将亡人的消息传递给天神。在丧礼出殡时,摩批要抬着竹枝魂幡走在前面,竹子、魂幡、日月雕刻、鹰和苍蝇,这些都是向天界、地界传达死亡消息的神圣法器。

  哈尼语中"灵魂"叫"约拉 yollal"。人死后灵魂离开肉体,若不处理会变成鬼,因此需要摩批举行丧礼让灵魂回到祖先居住地。白玉宝曾指出:"整个人类的渊源、毁灭和再生,其最终机制都是至上天神摩咪的意志,这一思想,从根本上决定了哈尼族认知个体人生发轫的思路。"[②] 不仅如此,哈尼族文化中,稻谷、村寨也是有灵魂的。叫谷魂仪式是哈尼族稻作生产中的重要仪式,每年初秋稻谷灌浆时,就要举行叫谷魂仪式,希望稻谷颗粒饱满。针对人的叫魂仪式也是哈尼族日常生活的常见仪式,是哈尼族解决突发性身心失调的一种文化性手段。

[①] 朱小和演唱:《窝果策尼果·诗窝纳窝本》,《哈尼族古歌》,云南民族出版社 1992 年版,第 408—423 页。朱小和、白学恩讲述:《丧葬的起源》,《哈尼族神话传说集成》,中国民间文艺出版社 1990 年版,第 353—362 页。

[②] 白玉宝、王学慧:《哈尼族天道人生与文化源流》,云南民族出版社 1998 年版,第 8 页。

哈尼族的丧礼是一个大型的非周期性公共仪典，其涵盖地域、村落、家庭的仪式行为是对群体生命观、伦理观、亲族观、灵魂观的有力实践。我2015年8月在全福庄调查的这次丧礼事件，其基本礼仪过程齐备，具有代表性。丧礼与神话的表里关系，是一个复杂的依存关系。一方面，礼仪实践与哈巴演唱是一体的，哈巴演唱是对群体道德观、生命观的一种宣示性实践，这种口头知识的宣示通过具体的大小仪轨得以秩序化，变得可操作。另一方面，这些生命观念在平时被寄存于"死亡"母题群之中。发生死亡事件时，"隐藏"的观念就在摩批的指引下，通过哈巴演唱得以呈现（或重演），并通过法器、祭品、牛、灵堂这些"物"的象征符号得以"显现"。在这一整套口头知识、仪式知识的展现过程中，那些具有特定意义的母题实际上发挥着"线索"和"关节"的作用。

哈尼人的神话世界与其生活世界密切相联，即便在当代建筑样式改变、基础设施更替、对外交往加深、外出务工兴盛的情形之下，丧礼依旧是可以最大限度地聚集亲族、村民，最高效率保持文化传统的一个民俗事件。丧礼对群体成员的凝聚力和对神话观的表现力，甚至超过岁时节日。丧礼的即时性和集中性特征，往往能调动哈尼民众的文化实践，并且这些实践直击要害，激发了日常生活表象之下的宇宙观、生死观、灵魂观和道德观。

对普通民众的生活经验而言，丧礼具体花了多少钱是没太大意义的问题，但是杀了几头牛、唱了几段哈巴、具体是哪几段，至关重要。因为这才是权衡丧礼办得如何的关键。进一步说，哈巴及其相关仪式实质上是在实践、强化特定的文化观念。这些特定观念中最核心的部分，即对生死、生命、伦理、世界、宇宙的诠释与追问。诸如"不死药""猿猴丧""德摩斯批""造天造地""神人谱牒""指路"这些母题，就是在代传一代、年复一年的丧礼实践中形成的。这些母题不仅可以表现为叙事，还可以是图画、雕刻、器物、服饰、用具、行为等。有了仪式专家摩批的统筹，哪些母题该以什么方式呈现，都井井有条。这些反复被实践、在关键礼仪中扮演重要角色的母题，就是核心母题。

根据我的田野观察，参加丧礼的村民大都不十分关心这些仪轨、器物、哈巴究竟是什么意思，但是大多数人认同其必要性、不可替代性和神圣性。换句话说，关键礼仪中的各种"存在形式"往往比"存在内容"重要。神话母题蕴含的观念形态未必是一种显在的、众所周知的知识，但是它在不断重复和表演中，潜移默化地塑造了民俗制度。民众在实践中已经习得了这些抽象观念所代表的道德、伦理、情感和生活方式。相比器物、图案、祭品，唱出来的哈巴更具阐释力和权威性。丧礼上歌手比赛口头技巧，正是为了最大限度地发挥哈巴的阐释作用。因此，核心神话母题所代表核心观念，其被实践的形式是礼仪合法性的重要因素。也许礼仪参与者并不十分在意哈巴演唱的具体内容细节，但却很在意哈巴演唱的整体方式，包括时机、长度、音调、歌手状态等。这时候，被实践着的神话观实际上凸显的是其形式、功能与礼仪意义，而内容意义并不一定是首要的问题。

从全福庄的经验可见，关键礼仪与核心母题是交互影响的。群体生活中被反复用以表述文化观念的核心母题，同时也是具有可操作性的礼仪指南。脱离了具体的人群、社区、场景、事件，生死母题对"他们"的意义就无从谈起。也正是在丧礼的民俗实践中，哈尼人有关生与死的深刻认知通过母题实践得以传承和强调。如果说生命观念（伦理）是丧礼的终极意义，那么生死母题就是生命观念与礼仪行为互为实践的生成物。

第七章

遮天大树：作为文化整合资源的核心母题

　　哀牢山区人口密度较大，但千百年来森林却始终茂盛。哀牢山丰富的森林资源造就了哀牢山哈尼族精密的梯田稻作系统。可以毫不夸张地说，哀牢山的森林植被可以直接决定这些稻农的生活，因为梯田的水循环系统完全仰赖森林植被。

　　因此，树在哈尼族文化中极其重要，这一点甚至在云南和东南亚的所有哈尼族支系中皆然。哈尼族在一年的周期里有数十项祭祀，其中3个祭祀发展成为全民性的三大节日，即新年十月年（Zalteilteil）、春祭昂玛突（Hhaqmatul）、夏节苦扎扎（Kuqzalzal）。其中，昂玛突节是围绕着祭祀神树、寨神林进行的节日。当代民族旅游中的明星项目"长街宴"也发端于昂玛突节。2011年5月，由元阳县申报的哈尼族"祭寨神林"被列入第三批国家级非物质文化遗产代表性项目名录。

　　在现有的哈尼族文化研究中，昂玛突是一个热点。有关它的田野调查报告和研究著述非常多，但鲜有从神话学的角度对神树祭祀进行分析的成果。事实上，昂玛突祭祀神树、神林恰恰是一种对群体神话观的实践。尤其是在当代哀牢山区遗产化运动和发展旅游业的情形下，这种民俗实践正日益发挥出文化重塑的力量。

　　昂玛突祭祀中的神树是典型的"宇宙树"神话母题的表现形式。宇宙树通常作为天梯，可以沟通天人、神人。当天梯被毁，绝地天通，大多数人类就丧失了通天、通神的本领，而相应地就会有专门的仪式专家负责继续通天、通神。哈尼族昂玛突祭祀的主持者"咪谷"即为这种专门人士。在元阳和绿春的两个祭寨神林仪式案例中,"遮天大树（宇宙树）"作为核心母题,显示出其参与哈尼族社会文化演进的诸多面相。

在生态条件与文化条件之间探问神话,还需要引入一个概念：文化调适（culture adaptation）。文化调适是人类基本的生存能力。人类具备面对生态环境变化做出身体调适的能力,这种能力也会在社会环境变化的情况下被激发。口头传统的"传统武库"① 是文化调适机制中一种重要的资源和工具,传统武库中的叙事机制具备文化整合与分化的能力,这种叙事机制也是文化记忆、语言和口头传统的主要载体。

围绕着昂玛突节神林、神树的祭祀,哈尼族有关"树"的神话集群得以鲜活地传承。这些神话叙事的核心母题是"宇宙树"（与"天梯"母题关联）,宇宙树沟通天人、接引祖灵,也能遮天蔽日造成灾难,同时宇宙树也为哈尼族带来了历法。宇宙树神话深刻烙印着哈尼族的生态观和宇宙观,赋予哀牢山区茂密森林以文化功能和意义。神树不仅规约哈尼人对森林的态度,也标记着母寨祖先的血缘。"神树"的神话观是哈尼族面对哀牢山区环境作出文化调适的重要实践。

一　昂玛突和宇宙树

植物历来在人的文化中扮演着重要角色。对人类而言,高大乔木的生命力神奇莫测,大树不仅远比人类高大,寿命也比人类长得多,且繁殖力与生命力皆强过人类。在世界各地创世神话中,普遍存在"宇宙树"的母题,意即高大的树木可以沟通天界与人间,有的作为天梯可以将人类送达天界。在附录一母题索引中的母题 187.3 树神、209.10 社神、209.10.1﹡寨神、312 天梯、312.1 宇宙树等,都和神树祭祀有关。在哈

---

① "传统武库与个人才艺"（repertoire）通常是针对歌手等口头传统传承人而言的,它指某一个表演者或表演群体随时准备调用以表演（performance）的全部曲目,也指保留的传统篇目,同时也包括表演个人的全部技能和本领。

尼人的观念中，树木具有灵验属性，它不仅关系到生存大计，同时也是沟通三层宇宙的桥梁。哈尼族的昂玛突将神树作为祭祀实体，通常意义上神林、神树象征着寨神、天神和祖灵，是一个复合的显圣物。

在神话学研究中，往往会将围绕树木的仪式文化简单统摄为"自然崇拜"（nature worship）或"万物有灵"（animism）之类。如果仔细追究树木之于特定文化群体的意义，其实不仅仅是泛灵论这么简单。哈尼族研究中，把"昂玛突"归结为"自然崇拜"是一种普遍观点。例如：王清华的名著《梯田文化论》中有"树木崇拜""森林崇拜"说，认为这种崇拜一方面是为了保护水源，另一方面是崇拜树木的神力。① 这种观点虽然有缺陷，但是其对植物与文化关系的基本分析仍有可取之处。树木在文化意义上的神圣性意味着树木关乎这种文化生存之根本，因此其重要性被民俗规约加以制度化。这一事实已经被生态学、农学的研究加以验证，② 森林确实关乎哀牢山哈尼人的存亡，这是分析昂玛突和宇宙树神话的一个基本事实前提。

哀牢山脉地处亚热带向热带过渡的地域，是云南和东南亚重要的立体气候森林地带，从干热河谷、热带雨林、季雨林、亚热带常绿阔叶林，到云南松林、针阔混交林、针叶林、高山草甸等，不同气候带的植被类型一应俱全。哈尼族世代在森林带中耕种水稻，深知森林乃维系稻田水循环的根本。因此对树的神话与信仰在其民俗中不断强化，从而形成昂玛突这样的大型综合祭祀节日。

随着民俗学、民族学调查的深入，学界对昂玛突性质、祭祀对象的讨论越来越丰富。李克忠通过对哀牢山区各县昂玛突的深入田野调查，认为昂玛突起到沟通天人、社会整合的作用，认为昂玛突祭祀的对象是

---

① 王清华：《梯田文化论——哈尼族生态农业》，云南人民出版社2010年版，第243—250页。（1999年云南大学出版社初版）

② 这方面的研究非常多，可参看王清华：《梯田文化论——哈尼族生态农业》，云南人民出版社2010年版；郑晓云、杨正权主编：《红河流域的民族文化与生态文明》，中国书籍出版社2010年版；黄绍文、廖国强、关磊、袁爱莉：《云南哈尼族传统生态文化研究》，中国社会科学出版社2013年版。

寨神，而不强调对树木本身的崇拜。① "昂玛"是"寨神"的观点也成为目前学界较为主流的认识。史军超则提出"神林文化"，围绕神树的象征意义来分析各项仪式。② 日本民俗学家稻村务认为，昂玛突是介于村落祭祀与亲族祭祀之间的仪式，他也强调昂玛突强化村落意识的功能。③ 邹辉提出昂玛突的实质是祭祀祖先神，神树是祖先具体的物化象征。④ 上述观点虽然表述各异，但是都认可了昂玛突祭祀对象是神树所代表的神祇。村落公共祭祀也是昂玛突的基本民俗性质。并且昂玛突之于山地稻作农业的重要性也成为基本共识。

还有一种从语言学角度解释 Hhaqmatul 的观点，哈尼语中 hhaq 是"力量"，ma 是"母亲或源头"，tul 是"祭祀"。因此"昂玛"意为"力量之源"。⑤ 20 世纪 50 年代以来汉语学界常把彝语支民族祭祀神树理解为"祭龙"，久而久之哈尼族昂玛突也被冠以"祭龙"或"祭竜"（为避免"龙"字歧义）之称谓。"祭龙"的称谓极容易给人以误导，认为祭祀对象是"龙"。"力量之源"和"祭龙"这两种语言学的生硬解释已被民族学家田野调查证明并不可靠。⑥ 但我通过观察认为，"力量之源"虽不是昂玛突的直接意义，但这种隐含意义未必不是仪式内涵中的一个因素。

日本学者欠端实认为哈尼族神树是起死回生的生命之源。"红河、元阳、绿春和金平地区的哈尼人因认为具有起死回生之力的圣树，其力量遍于树木全体，所以相信如果村寨或住宅地是位居于有圣树的树林中，

---

① 李克忠：《绿春县车里村哈尼族"阿玛托"节日整合文化特质的研究》，李子贤、李期博主编：《首届哈尼族文化国际学术研讨会论文集》，云南民族出版社 1993 年版，第 280—301 页。李克忠：《寨神——哈尼族文化实证研究》，云南民族出版社 1998 年版。
② 史军超：《文明的圣树——哈尼梯田》，黑龙江人民出版社 2005 年版，第 20—42 页。
③ ［日］稻村务：《哈尼族的昂玛突节——介于村落祭祀与亲族祭祀之间的仪式》，余志清译，戴庆厦主编：《中国哈尼学·第三辑》，民族出版社 2005 年版，第 191—202 页。
④ 邹辉：《植物的记忆与象征——一种理解哈尼族文化的视角》，知识产权出版社 2013 年版，第 66—69 页。
⑤ 持此说的比如［日］稻村务：《哈尼族的昂玛突节——介于村落祭祀与亲族祭祀之间的仪式》，余志清译，戴庆厦主编：《中国哈尼学·第三辑》，民族出版社 2005 年版，第 200 页。
⑥ 马翀炜、刘金成：《祭龙：哈尼族"昂玛突"文化图式的跨界转喻》，《西南边疆民族研究》2015 年第 1 期。

人们就可从圣树获得旺盛的生命力。"① 他还举了西双版纳阿卡支系的神树汁液可以治疗疾病的例子,以说明其生命力。但"生命力"或"生殖力"说仅仅是昂玛突复合性的一个层面,这种力量的获得主要并不是从树本身获得,而应该是树中寄寓的祖灵之力。

从昂玛突与村落、宗族的关系上来看,昂玛突的核心祭祀目的是与祖灵沟通,迎接祖灵回到寨子,从而带来力量和福泽。由于哈尼族父子连名制明确将造物天神视为最高祖先,而人类、动植物、众鬼神皆为其后代。因此天神是最久远的祖先,天神之力化身的村寨保护神同时也可以是祖先神。

许多学者忽视了一个仪式细节,就是每一棵寨神树下,都有一块石头。事实上,这块石头恰恰是标志寨神的关键。昂玛突祭祀时,都要用鸡血、鸡毛对这块石头进行生祭。神树下用石头标识神祇,是氐羌系诸民族共有的民俗。我曾调查过滇中白族、彝族的神树祭祀,其杀鸡生祭神树下的石头与哈尼族基本一致。在氐羌系各民族中,灵石信仰也非常普遍。

刘锡诚注意到石头对哈尼族的重要性。"神话中所记述的寨神石、寨门石,一般说来,是作为大地守护神的表象而存在的,主要功能是村寨福祚。哈尼族的寨神石是从神山上选来的一块长方形石板,传说是哈尼族先祖的骨殖变成的,置于神树之旁,既是神石又是祭台,主要功能是象征宗族繁盛。"② 神树下的灵石也是守护村落的力量来源,这种对石头的特殊情感也在创世神话中有所反映。朱小和讲述的补天神话说:有一棵撑天大树长得太高,把天都戳通了一个大洞,暴雨从洞里下下来,造成洪水。艾浦和艾乐兄妹先后跳进天洞堵住天洞,伴随着雷鸣闪电兄妹俩化作了两块大石头。③ 可见,神树和神石都对人间秩序的奠定产生重要影响,而补天的始祖最终化身为石头。

至此,关于昂玛突的性质,可以归纳出其复合性的七个基本方面:

---

① [日]欠端实:《圣树、稻魂和祖灵——哈尼文化与日本文化的比较》,《思想战线》1998 年第 12 期。
② 刘锡诚:《神话与象征——以哈尼族为例》,《中央民族学院学报》1993 年第 3 期。
③ 王正芳主编:《哈尼族神话传说集成》,中国民间文艺出版社 1990 年版,第 66—67 页。

一是村落保护神（寨神、社神）的祭仪；二是为保护稻田水源的民俗机制；三是祭祀祖灵和建寨始祖的亲族仪式；四是栽秧前祈求稻谷丰产的生命树祭祀；五是最高天神（灵石象征的创世力量）的祭祀仪式；六是分享圣餐和婴儿诞生礼的时机；七是强化社区认同和权力格局的时机。可见昂玛突作为哈尼族三大节日之一，承担了多重的民俗意义，这些不同的性质相互交织，深深嵌入哈尼族山地水稻农业文化之中。

昂玛突祭祀的对象也不是单一的，首先是神树，树木代表着沟通天人、祖先的天梯，并拥有强大生命力。树下的灵石是创世力量的标记。而寨神林是村落神、血亲保护神的寄居之所。所以，昂玛突祭祀的诸多对象通过寨神林的神圣空间得以统辖，并且其神圣性和内涵也随着年复一年的祭祀而得到强化。

刘锡诚和尹荣方都认为，哈尼族祭寨神林属于中国的"社祭"传统，[①] 神树灵石是作为社神的象征秉承了"以树为社""以丛为社"的上古习俗。[②] 在更大的汉藏语系民族集团历史视野中，以树为社神是非常普遍的民俗事象。因此看待哈尼族昂玛突，不能局限在本民族内部视角中，也应该拓展比较研究的视野。一个典型例子就是，在哀牢山以北的昆明石林县彝族撒尼人的民俗中，也有春季祭神树的仪式"祭密枝"，其祭神树林、选拔专门祭司、分猪肉、享圣餐等仪式要素，几乎和哈尼族昂玛突一致。甚至撒尼人选拔密枝祭司的诸般条件也与哈尼族选拔"咪谷"高度一致。可见，神树祭仪这一民俗事象本身至少在彝语支诸民族范围内是一种共同文化。

我认为，将"昂玛突"放在东亚悠久的"社祭"传统中进行比较，能够将哈尼族历史迁徙、民族融合的因素考虑进去，而不仅仅是一个共时个案的分析。但是民俗在发展过程中不断变迁，因此即便其本质与"社"一致，也不能据此就说"昂玛突就是社祭"。因为毕竟"社"的概念是外在于哈尼人本土知识的。

[①] 刘锡诚：《象征——对一种民间文化模式的考察》，学苑出版社2002年版，第194页；刘锡城：《哈尼族的"埃玛突"与古代的"社"》，《中国文化研究》1994年第2期。

[②] 尹荣方：《社与中国上古神话》，上海古籍出版社2012年版，第3—6页。

傅光宇是较早将昂玛突与神话相联系的学者，他经过对红河县昂玛突的调查，注意到哈尼族对锥栗树的崇拜现象。锥栗树①是哀牢山区常见的乔木，许多村落的神树都选择锥栗树。盖因为其树形挺拔、枝干笔直光滑。他认为以昂玛突为代表的诸多祭祀都与锥栗树有关，主要说明四个问题：一是自然崇拜和植物崇拜；二是自然崇拜的复合性（植物崇拜与鬼神崇拜的结合）；三是山地农耕的文化特性；四是符合"照叶树林"文化特征。②

"自然崇拜"的观点必须与哈尼族山地梯田农业的生态事实相联系，否则这一泛泛概念在分析哈尼族案例时难有说服力。作为大型综合性节日民俗，昂玛突的"复合性"也必须在田野中加以深描。傅光宇所言的"照叶树林"，是20世纪下半叶日本学界讨论的问题。佐佐木高明认为"照叶树林文化带"重要的共同文化就是神话，尤其是尸体化生型稻谷起源神话。③他的这一思想受到大林太良、伊藤清司等的影响。哈尼族的谷种起源神话主要包括"鱼化生谷种""竹筒生谷种""天神赐谷种"3种，通过化生产生的不仅有稻种，也包括各种农作物籽种。谷种起源神话是稻作民族重要的文化起源神话，这暗示着稻作生产是这些民族攸关存亡的重大行为。

因此昂玛突祭祀神树，祈求寨神和祖先保佑村落，实质上暗含着祈愿丰收的意义。神树多选择锥栗树、麻栗树，也正是因为栗树多子（果实团簇生长）。这也就能解释哈尼族婴儿诞生礼要在昂玛突节的寨神林中举行。对于此，欠端实认为咪谷在祭完神树之后第3天，要到村外象征性地播下数粒稻种。由于获得寨神昂玛的生命力，就能保证水稻秋季丰收。所以昂玛突是一种"预祝祭礼"。④朱小和的哈巴《窝果策尼果·艾

---

① 锥栗树拉丁学名为 Castanea henryi (Skan) Rehd. et Wils.，广泛分布于中国南方。
② 傅光宇：《大羊街一带哈尼族锥栗树崇拜简析》，李子贤、李期博主编：《首届哈尼族文化国际学术研讨会论文集》，云南民族出版社1993年版，第491—501页。
③ 佐々木高明：《照葉樹林文化の道：ブータン・雲南から日本へ》東京：日本放送出版協会，1982年、頁169。
④ ［日］欠端实：《圣树、稻魂和祖灵——哈尼文化与日本文化的比较》，《思想战线》1998年第12期。

玛突》里也唱了祭寨神林对作物丰收的作用：

> 祭过今天的好日子，
> 哈尼有了发财的门，
> 栽一蓬芋头得九背，
> 栽一蓬谷子得九碗，
> 栽一棵苞谷得十苞，
> 栽一棵芭蕉得十串
> ……①

虽然这种"神树有生命力"的神话和仪式，从弗雷泽（James George Frazer，1854—1941）《金枝》开始已经成为民俗学的经典命题。但在哈尼族研究中可与 Hhaqma 为"力量之源"的观点照应，这样的分析是有效的。同时，佐佐木高明认为洪水神话也是照叶树林文化带的共同文化，他分析了云南彝族、苗族等的洪水和兄妹婚神话。② 云南常见的洪水神话通常包括造陆、洪灾、兄妹婚、碎胎等母题，哈尼族的洪水神话与彝语支诸民族大同小异。

就昂玛突的情形看来，还应该注意树的神话。宇宙树神话同样广泛分布于中国南方和东南亚，尤其是彝语支民族。神树的祭祀仪式是彝族、哈尼族、纳西族、拉祜族、基诺族、傈僳族、普米族、怒族等彝语支民族共有的民俗文化。这些民族都有丰富的天梯神话、宇宙树神话和神树祭祀仪式。除此之外，诸如景颇族的目瑙示栋、苗族的枫木神话、白族的祭神树，还有《山海经》记载的建木、扶桑，三星堆出土的宇宙树等都能佐证宇宙树神话母题在西南的普遍性。③

---

① 朱小和演唱，卢朝贵等搜集整理翻译：《窝果策尼果》，西双版纳州民委编：《哈尼族古歌》，云南民族出版社1992年版，第306页。
② 佐々木高明『照葉樹林文化の道：ブータン・雲南から日本へ』東京：日本放送出版協会，1982年、頁173。
③ 可参见靳之林《生命之树》，中国社会科学出版社1994年版；靳之林《生命之树与中国民间民俗艺术》，广西师范大学出版社2002年版。

而哈尼族有关树的神话在众多相邻民族中显得尤其特别，尤其是哀牢山区哈尼族的历法起源、宇宙灾难神话都和树有关。在元阳、绿春一带，广泛流传着遮天大树的神话，讲述神女简收无意间种出了遮天大树，导致日月遮蔽，带来灾难。这个神话的基本母题形态见表9。

表9　　　　　　　　　遮天树神话的母题群

基本母题	母题对应的具体语境	
神祇的诞生	简收（神异女性）诞生	
神祇的成长	简收生长得奇快	
神祇的婚姻	因违规而出走	因被逼婚而逃婚
神祇的宝物	简收拄着拐杖流浪	
神祇的行为	因喝水，把拐杖插在泉水边的土地中	
天梯（宇宙树）	拐杖瞬间成长成参天大树	
世界大灾难	大树遮天蔽日	大树把天戳通引发洪水
灾难时地界的混乱	人间暗无天日，无法生存	
太阳的死亡、补天	另一文化英雄射穿树冠	简收补天
砍伐神树，随即愈合	人间合力砍神树，但树的伤口随即愈合	
动物通风报信	动物或神祇告知砍树的秘诀	
时间的划分	通过数遮天大树的树枝和叶子创造了历法	
世界秩序的恢复与重建（太阳重新出来）	人间重获光明。遮天大树的枝叶化生为万物	
	人间生活恢复正常秩序	

遮天大树神话在这一基本形态结构下，产生了众多异文。在哈尼族哈巴的十二支基本路数中，遮天树这一路名为"索直俄都玛佐"（Soqzyuq Hovqtuv Massol），最著名的文本类型包括元阳朱小和的《窝果策尼果·嵯祝俄都玛佐》①和绿春县卢保和等搜集整理的《都玛简收》（Dulma Jelseq）②。在整个神话叙事中，"宇宙树"是最核心的母题，不论异文

---

① 朱小和演唱，卢朝贵等搜集整理翻译：《窝果策尼果》，西双版纳州民委编：《哈尼族古歌》，云南民族出版社1992年版，第192—219页。

② 白们普等演唱，卢保和、龙元昌等搜集整理翻译：《都玛简收——哈尼族神话古歌》，云南民族出版社2004年版。

如何变化,这一母题始终稳定。"宇宙树"就是可以通天的神树(天梯),它有时带来灾难,有时充当撑天的天柱。

神女"简收(杰妣)"是哈尼族历史上的女性英雄。在遮天大树神话中,简收应当是晚近时期粘连进去的民间传说,因为在迁徙哈巴中也有简收的原型历史人物。而神杖成长为参天大树、大树遮天蔽日造成宇宙秩序破坏、砍倒遮天大树、发明历法等显然是更为久远的神话传统。通过神话母题的粘连,都玛简收的叙事已经形成了较为固定的类型。

傅光宇注意到哈尼族历法起源神话与宇宙树的关联,他20世纪90年代初在红河县大羊街乡也记录了一些简单的"年月树"神话。① 对此,尹荣方认为宇宙树信仰与神话,可能与先民用特定树木之作木表观测太阳,从而制定历法有关。神树也正因为测日而获得通天能力。② 在已故摩批杨批斗讲述的神话《年月树》中,哈尼族从天神那里得来神树种子,种出神树后通过数神树的枝丫、叶片,才制定了年月日的历法。③ 树在这里依然是扮演者规定人间秩序的角色。树在宇宙秩序的毁坏、重建过程中扮演着重要角色,其力量可以遮天、穿天、通天,哈尼族的神话观里对树的敬畏根深蒂固。

历法起源神话是哈尼族重要的时空观念载体。具体而言,诸如"1660 时间的划分""1661 季节的划分"这些母题表达了哈尼人宏观时间划分的观念。而像"1662 一年有三百六十五天的来历""1663 月份的确立""1664 历法的发明"几个母题,则是精确时间划分系统的体现。哈尼族的历法起源是通过植物获得的,因此哈尼族的"1662.4 * 神树有三百六十五片叶子,一年就有三百六十五天""1663.1.4 神树长成了十二支,一年遂分为十二个月""1664.3 * 年月树"等这类母题就显得非常独特。这种时间划分的观念与宇宙树神话有紧密联系,虽然两个神话是粘连起来的,但是都反映了神圣植物的宇宙象征。朱小和唱的"虎玛达

---

① 傅光宇:《大羊街一带哈尼族锥栗树崇拜简析》,李子贤、李期博主编:《首届哈尼族文化国际学术研讨会论文集》,云南民族出版社1993年版,第491—501页。
② 尹荣方:《社与中国上古神话》,上海古籍出版社2012年版,第28—31页。
③ 王正芳主编:《哈尼族神话传说集成》,中国民间文艺出版社1990年版,第157—171页。

作（年轮树）"唱道："天神俄玛拿出一片金鱼鳞，/叫大儿子去栽年月树；/栽树的窝塘在哪里？/在天神房子背后四角的平地里。"① 金鱼鳞就是创世者鱼神密乌艾西的鱼鳞。鱼鳞种出神树，人类通过神树划分了时间，发明了历法。可见，树的神话也是哈尼族创世神话体系中的有机部分，时间的划分也是世界秩序奠定的重要前提。

二　漫江河村的咪谷和寨神林

昂玛突的节期一般在春季栽秧前举行，由于各村祭祀自己的寨神林，所以昂玛突的时间各村差异很大。通常每年公历1月就有村寨陆续过昂玛突，有的村寨要到3月。节期通常由本村的咪谷提前确定，一般主要选择属龙日。节日由全村的公共活动和家庭祭祀两部分组成。公共活动包括祭寨神林、婴儿诞生礼、杀猪分圣肉、祭寨门、祭水井水神、长街宴等；家庭活动包括祭祖、染蛋、舂糯米粑、待客等。

2016年，元阳县沙拉托乡漫江河村的昂玛突选择在农历春节期间举行。2016年漫江河村昂玛突的日子定在2月13日（正月初六），属虎日。漫江河村海拔约1570米，位于元阳县和绿春县交界的中高山地带。这里由于山体坡度陡、水源相对缺乏，因此梯田规模不如新街镇的大。但是这里也属于世界文化景观遗产"红河哈尼梯田"的缓冲区。村子下方的山谷底是漫江河，一直向东北流到南沙镇注入元江—红河。

这次漫江河村的昂玛突，正巧碰到咪谷换届。原先的老咪谷年事已高，村子便需另选举大咪谷。选举事宜在我来之前一星期方才敲定。村里的村长、老咪谷、原小咪谷（副手）、摩批、长老等人在一起开会，商议新任咪谷人选。最终，大家议定由原来的小咪谷许叔龙接任大咪谷。可是还需要增补1名小咪谷做副手。村里一时没有选出合适人选。

担任咪谷意味着生活上有诸多限制，比如家里孩子不能爬咪谷的床，正月不能出村干活，祭祀前后不能行房事，言行必须严格自律，等等。

---

① 朱小和演唱：《窝果策尼果·虎玛达作》，西双版纳州民委编：《哈尼族古歌》，云南民族出版社1992年版，第229页。

图 21　沙拉托乡漫江河村（漫江河村的山势陡峭，村后就是寨神林，
张多摄于 2016 年 2 月 14 日）

图 22　漫江河村的梯田（坡度较大，因此田亩面积较小，耕种难度
也随之大大增加，马继春摄于 2016 年 2 月 12 日）

选来选去，最后只好选出村里一名彝族男性出任小咪谷。当时漫江河村一共 156 户，其中大约 16—20 户是彝族。村中彝族都掌握哈尼语，其民俗也深受哈尼族影响。因此由彝族村民出任小咪谷，虽然不是最佳选择，但也可以借机促进村民关系。在漫江河村寨神林的入口处，有一座小型简易神庙，里面只有一块石头作为神祇标记。这个庙就是村中彝族祭祀寨神的地方。在哈尼族祭祀寨神林的同时，彝族村民就在小庙祭祀寨神。这种祭祀关系直观反映了漫江河村村民的民族认同，他们并不以族属作

为排他性边界,哈尼族、彝族都是本村人,虽然各自的宗教观不同,但是却共享神圣空间与时间。

在这次咪谷换届当中,村长、老咪谷、摩批、寨老形成了村落话语的权威,这与传统的直(头人)、批(摩批)、爵(工匠)的社会权力格局有很大不同。传统头人的权力分散到村长和咪谷身上,摩批的地位依旧,而工匠则基本退出了社会权力格局。村中一些有威望的老人则进入村落议事的序列。

由于咪谷换届,原先每年昂玛突的长街宴当年暂停。事实上要暂停3年。这主要是出于新任咪谷平稳过渡的考虑。也让村民减轻负担。12日,村中年轻人已经将寨神林道路上的枯枝败叶清扫干净。

13日上午8点半,我来到新任大咪谷许叔龙家。新任小咪谷也到场,帮助大咪谷准备昂玛突祭祀的物品。先是面对祖先神位换装,大小咪谷都换上藏青色的棉布祭祀服。服装通体净色,没有图案。最重要的是头饰,用一条黑色宽布带缠头,呈同心圆冠状。大小咪谷背上还披着一件蓑衣,蓑衣是用棕榈树的棕丝编织的。大小咪谷在屋子里准备酒、姜汤、水烟筒、糯米、肉等祭品。大咪谷妻子拿出一盘鸡蛋,用清水逐一清洗干净,然后在火上将鸡蛋煮熟。

鸡蛋在昂玛突节日祭祀中十分重要,这与哈尼族的卵生人类起源神话有关。哈尼族的3种能人,头人、摩批、工匠是从神蛋中生出来的。而昂玛突祭祀寨神,其实质是祭祀建寨宗族的祖先,祖先不仅具有神性,也有保护村寨的力量。有条件的村落,咪谷必须出自最早建寨的家族。这就是保证咪谷具备请回祖先能力的一种规定。从更大的地域范围看,一个寨子必定是从原先的母寨中分迁出来,而昂玛突祭祀也是指向母寨的。昂玛突中染成彩色的鸡蛋,就象征着对神圣祖先诞生的模拟,也是节日的3天里寨神重新回到寨子的象征。

昂玛突节日中,用植物染料染的彩蛋是使用频率极高的祭品。除了家中祭祀、寨神林祭祀均需用彩蛋之外,哈尼族还将彩蛋用彩线网兜穿起来,做成挂饰,或悬挂于家中,或给孩子挂在身上。在哈尼族神话中,头人、摩批、工匠都是从神蛋中生出的。母题"101 神从卵中降生""1076 人从卵中生出"对哈尼族而言有重要意义。昂玛突这天借助祭祀寨神、祖先的时机，通过彩蛋来标记"三个神蛋"的神话，以强化传统社会中三种能人祖先的重要性。

9点左右，助手提着两只公鸡，背着锅碗等炊具来了。我被特许一同前往寨神林。路过彝族小庙时，几位彝族村民正在庙外空地上杀猪备祭品。

漫江河村的寨神林就在村子后面的小山包上。神林规模不大，但是森林茂密，植被极好。在神林中央，一棵不粗但笔直的锥栗树被砖墙围了一圈，有一个出入口。墙内大约三四平方米，神树在北侧，树下有一块牛头大小的石头作为神位标识。只有大小咪谷可以进入围墙范围内，助手不得进入。我得到特许得以在神林现场，否则外人在祭祀时也不能进入寨神林。平日里村民也不会随意闯入寨神林。

出乎我意料的是，神树竟然不是林中最高大粗壮的树木，反而是茂密森林中一棵非常不起眼的、细小的树。随后大咪谷为我解开了谜底，他说建寨时神树一旦选定，一般不能更换。且神树是非常神圣之所在，不能受到破坏、玷污。选择密林中一棵并不高大粗壮、且不枝不蔓的树做神树，有利于保护树木生长，防止鸟类筑巢。当然，哀牢山区也有村落选择高大的、生命力旺盛的树做神树。这个事件提醒我决不能用自己的一般经验去意会小社区中的文化。

图23 咪谷准备进入寨神林中的神树围墙（张多摄于2016年2月13日）

大、小咪谷都光脚进入祭祀场，鞋子放在外面。小咪谷在围墙内神树下支起一张竹篾桌用以摆放祭品。他将姜汤、肉、蛋、米、酒等祭品摆放好。鸡蛋放在一碗稻米上。小咪谷用一个陶罐装满山泉水放在供桌上。然后大咪谷面对神树站立念诵祭词。主要内容是请寨神回到村寨。然后小咪谷出来把公鸡抱进围墙，大咪谷用刀刺进鸡的咽喉，鲜血涌出接在碗里。血是重要的生祭品。接着小咪谷又出来把另一只鸡抱进去，依次放血生祭。紧接着大咪谷拔下一些鸡毛（腹部和颈部绒毛）沾血后粘贴在神树下石头上，又拔下一些飞羽并排插在石头前面土地上。然后大小咪谷跪地念诵祭词，这一部分祭词是请寨神享用祭品，并为村寨祈福。然后小咪谷把两只鸡拿出来交给助手宰杀烹煮。小咪谷把水烟筒灌满水拿进去，象征性地吸了几口烟。随后大咪谷做最后祈祷，祈祷礼成整个祭礼的核心仪式便结束。

有趣的是，在祭祀过程中，大咪谷的手机突然响了。他不慌不忙中断仪式，接通电话，说完事情之后继续进行仪式。对于咪谷来说，接听电话似乎不影响仪式的神圣感。或者说，手机作为新出现在社区的事物，还没在哈尼族文化中形成稳定的文化意义，因此仪式上的电话并不构成对传统仪式的破坏。

祭寨神林的祭祀部分结束后，大小咪谷和助手就在神林中享用圣餐，餐毕方才宣告昂玛突祭祀结束。大小咪谷回村以后，就开始张罗下午的另一个仪式——分圣肉。

村里的4个村民小组抽签，分别承担杀猪、挑水、砍柴、分肉四项事务。用作分肉的这头猪是全村各户平均出资购买的本村养殖的健硕阉猪。只有出资的家庭才能分肉。"神圣之肉"或"祭祀过神的肉"，哈尼语为 zalhe（祭）saqni（肉），简称 Helsaq。杀猪在寨神林中进行，由咪谷助手下刀后，分肉的屠夫便指挥众人宰猪切割。按照参与分肉的户数，将肉等分为相应分数。大咪谷将其中最好的部位取出，在寨神树前祭祀。随后将与分肉同时进行一项重要的仪式——新生儿谢寨神。

三 "寨神没下来！"

昂玛突的祭肉分好后已经下午3点多了，这时候村里各户男人陆续来到寨神林等待分肉。同时，以昂玛突算起的过去一年中，凡是有婴儿诞生的人家，都必须由年轻的男性长辈（通常是叔舅或父亲）背着婴儿到寨神林里，感谢寨神，并接受寨神祝福。只有经过这个仪式，新生儿才能被认可为文化意义上的"人"，并成为村落正式成员。在法国民俗学家范·根纳普看来，这种诞生礼属于聚合礼仪，并且属于"将个体聚合入已明确界定之群体"的礼仪。①

这时候，在神树围墙外等待大咪谷举行仪式的背着婴儿的男人已经排了长队。有的是十几岁舅舅背着外甥，有的是三十多岁的叔叔背着侄女，有的是父亲背着儿女。男人们的衣着颜色，以及背婴儿的襁褓都是黑色或藏青色。黑色在昂玛突仪式中是贵色。婴儿在寨神林期间，不能哭，否则将被视为寨神不喜欢的孩子。为此各家各户都使尽招数不让婴儿啼哭，通常是用糖果和玩具。婴儿出发前也必须充分休息。

仪式时，大咪谷坐在围墙内门口。叔舅们背着婴儿跪在门口，向大咪谷磕头。大咪谷将献祭神树的鸡肉或猪肉（煮熟的），抹一点肉或油在婴儿嘴里。叔舅将备好的一瓶酒交给大咪谷在神树前献祭，然后递出来还给家长。随后背着婴儿的男人拿着祭酒迅速离开神林，因为怕婴儿啼哭。将婴儿送回家后，家长还要回到寨神林，在寨神林一隅分享圣餐，向自家年长的长辈敬酒献菜，以示尊敬和感谢。长辈也向新生儿表示祝福。这时候，新生儿就已经被村落接纳为正式成员了。这种在神林中共同分享圣餐的宴席，实际上就是"长街宴"的原型。

在这个仪式中，大咪谷实际上充当了寨神代言人的角色。大咪谷在整个昂玛突节期间，也被视为是寨神的化身。因此，婴儿实际上是直接接受了寨神的认证和赐福。同样，各户分得的"扎赫"圣肉也是直接来自寨神所赐。每户分得的肉很有限，只有巴掌大的一块。而当天晚餐每户需煮熟其中一部分，与家人和客人分享圣肉。同时还得留下一半左右风干保存，栽秧时要用"赫撒"祭祀梯田的田神和水神。

昂玛突这天，各家在家中祭祀祖先。哈尼族民居的堂屋，都会在墙

---

① ［法］阿诺尔德·范热内普：《过渡礼仪》，张举文译，商务印书馆 2012 年版，第 50 页。

上用竹篾编一个平台，代表祖先神位。每年重大节日都需要在家中祭祖。哈尼族房屋中都有一根柱子代表祖灵，称为祖先柱，通常是房屋中柱。建房时，立中柱要举行隆重仪式，除了生祭，也要用熟鸡蛋祭祀。这些仪式标志着中柱获得通达祖灵的灵验性质。有时祖先灵位就挂在祖先柱旁。祭祀时，也用鸡毛鸡血生祭柱体。有时还在祖先柱旁放一杆竹叶。竹子在哈尼族神话中也是通达祖灵的植物。因此整个房屋的中柱，以及竹子、鸡血、鸡毛，都指向通达他界的功能诉求，可以将其视作往来于天地之间的"天梯"神话观在日常居住空间里的实践。

房屋中的祖先柱布局体现了其宇宙观（第四章），这根柱子对家庭祭祀的作用等同于神树对昂玛突的作用。这种"宇宙树"可以沟通天人，从而成为仪式合格与否的关键。严格说来，哈尼族完整的村落布局，应该是一片山头的若干同源寨子有一片总寨神林，一个村寨有一片本寨的寨神林，一个家族有本族的神树，而各户则有各自家庭的神树即祖先柱。这些神树体系，构成了哈尼族地域血缘集团的认同，神树成为一种出身渊源的标记。母寨、分寨、村小组、家族、家户被神树、神林有序地标记与整合，因此即便地域分隔也不会导致血缘地缘混乱。但今天只有绿春县的"阿倮欧滨"神林还保持着地域性总寨神林的祭祀传统。

区分血缘地缘对哈尼族山地文明至关重要。举办丧礼时，只能请本家支的摩批来把亡灵送回祖先居所。有时本村并没有本家支摩批，就得到母寨或同源村寨去请摩批。哈尼人都有各自家族的父子连名系谱，由摩批记忆，有的摩批甚至能背诵60—70代家谱。欠端实认为："根据其家谱，人类和树木，都是第34代的华然搓的子孙。对于远古的哈尼人来说，树木和人类同是生命力很强的兄弟。其后，一代人的生命变短，而树木则是万年不枯。于是当人类面对具有共同祖先的树木之时，一面是想回忆远古的祖先之魂；另一方面则是希望求取万年常绿的秘诀。"[①] 虽然不见得祭祀神树是因为树木是人类的兄弟，但是欠端实的观点说明神树神林体系确实是标记久远血缘的显圣物。

---

① ［日］欠端实：《圣树、稻魂和祖灵——哈尼文化与日本文化的比较》，《思想战线》1998年第12期。

在昂玛突这天，大咪谷作为寨神、祖先的代言人，其言行极其谨慎。在某些情况下，大咪谷会有寨神"附体"的感应。我在田野中虽没有亲眼见到这种附体，但是却亲历了漫江河村大咪谷在"普押吉作"（Pyuqya Zilzol）圣宴上，因为寨神"没有附体"而拒绝唱哈巴的情形。

【田野日志：2016年2月13日，元阳县沙拉托乡漫江河村，晴。】

晚饭过后，阿蒲带我们去了大咪谷家。晚上他家要举行"Galwu Pyuqya Zilzol"仪式。"Galwu Pyuqya Zilzol"意为"传承祖先的古宴"，是一个圣宴仪式。Pyuqya Zilzol 实际上是当代长街宴的原型。这个仪式是由大小咪谷、摩批等权威人士，坐在一桌非常丰盛的"首席"前，向赴宴的村民和客人祝福。当然最核心的仪式要素就是大咪谷以寨神的身份享用圣餐并赐福。宴席上咪谷、摩批或者歌手通常会演唱哈巴，内容便会涉及开天辟地、人类诞生、洪水滔天等神话叙事。

往年在村里摆长街宴时，Pyuqya Zilzol 就是长街宴的开席仪式。大咪谷等人坐在首席。而今年由于暂停长街宴，仪式就在大咪谷家进行。参加的人（能够上席的人）包括大咪谷、小咪谷、大摩批、小摩批、村长、4位长老，一共9人。而阿蒲和我们仨属于特邀的客人和贵宾。能够坐上首席，是村落昂玛突的最高礼遇。去年绿春十月年长街宴上，首席除了大小咪谷，就是红河州州长、绿春县县长等人。

原本席间是要唱哈巴的。但是喝了一会酒，大咪谷说"寨神没下来"，不能唱哈巴了。于是唱哈巴就取消了。根据现场情形，我认为这是大咪谷通神的自然反应，不像是托词。

依照昂玛突的性质来看，在"传承祖先的古宴"上唱哈巴，自然是代表祖先的祝福。那天晚上，我是作为贵宾得到大咪谷亲自邀请的，唱哈巴也是村长和在场的几位乐手提议的，因此大咪谷拒绝唱哈巴并不是因为我的在场。大咪谷认为寨神没有临现，因此自己不能强行唱哈巴。从这次事件可以看到，昂玛突的节日神圣性主要来自于对寨神、祖先的灵验观念。祖先柱在日常生活中是祖先下降的天梯，而在特殊的节日时间，祖先是否"授意"大咪谷也被视为仪式合法性的来源。这时候，有关天界、天神、祖先的宇宙图式开始发挥作用，规约着具体的仪式行为。哈尼人有关天界、祖灵的抽象宇宙观通过实物、行为表现为具象的文化实践。

如果把哈尼人有关"祖先柱"与"家屋"的观念放在西南研究的视野中，就能看到宇宙观与家屋的普遍联系。比如何翠萍在讨论前人对西双版纳傣族傣泐支系"魂柱""家神""寨神"研究时注意到家屋的观念属性。她认为人观、家屋灵力空间与社会阶序存在紧密关联。[①] 祖先柱作为家屋中蕴含祖先之力的核心，不仅是天柱撑天、天梯宇宙观的体现，也是仪式实践不断强化的重点部分。圣宴上咪谷说"寨神没下来"，也是基于对祖先柱的空间认知，认为寨神是通过祖先柱上下往来的。

如果将家屋比喻为身体的延伸，那么祖先柱就是祖先灵力的实体化构件。从神话学的角度来说，象征"天梯""天柱"的神树、中柱之所以对哈尼人构成一个重要的神话母题，正是因为这些宇宙支撑物能够沟通祖孙、天人，能够巩固血缘社会的界分观念与凝聚力。这些神树、中柱的灵力能够赋予社会成员与家庭成员作为"哈尼人"的合法性，能够通过口头传统和仪式的重复形成群体共识。神话在仪式、节庆、社会交往中的实践，并不取决于它是否作为一种浪漫主义的审美情操，而首先是出于理性目的的社会组织机制和生命实践机制。

四 "隐秘的祭祀"与"公开的祭祀"

神树不仅在村落内部具有社会整合力，这种隐性力量有时也能够在大范围的区域社会中产生影响力。在元阳县和绿春县交界的山梁上，就有这样一片神秘的神林——阿倮欧滨（Aqloelbyul）。

阿倮欧滨是位于绿春县与元阳县交界处东仰山头的一片水源林。这

[①] 何翠萍：《人与家屋：从中国西南几个族群的例子谈起》，张江华、张佩国主编：《区域文化与地方社会》，学林出版社2011年版，第332—335页。

里森林茂密，泉眼遍布，是整个东仰山一带数十个村落、数条河流的重要水源地。东仰山一带由大寨村分出了12个子寨。这13个村落每年都要联合祭祀阿倮欧滨的神树林，形成一个祭祀圈。祭祀圈即以主神为经、以宗教活动为纬建立在地域组织上的模式。① 在祭祀圈的基础上，阿倮欧滨逐渐发展成盛大的地域性节日。因此，"阿倮欧滨"一词除了指代地名，也指对神树林的祭祀活动及其组织。

要理解阿倮欧滨须先理解哈尼族的传统节日体系。哈尼族在一年的周期里有数十项祭祀，其中3个祭祀发展成为全民性的三大节日，除了前文述及的春祭昂玛突（Hhaqmatul）、夏节苦扎扎（Kuqzalzal），还有新年十月年（Zalteilteil）。昂玛突节是围绕着祭祀神树、寨神林进行的节日，一般以村落为单位。昂玛突节日中有村民在寨神林中享用圣宴的传统，由此发展出在村落道路上的露天宴席，通常被称为"长街宴"。阿倮欧滨实质上就是区域性的大型昂玛突。传统的祭祀阿倮欧滨的日期正是在春季"昂玛突"节期间，一般在13个村落祭祀完各自的寨神林之后举行。

在绿春人的节日文化实践中，阿倮欧滨、长街宴、十月年发生了巧妙的整合。绿春从2004年开始有政府支持举办了首届"哈尼十月年旅游节"，后来更名为"中国·绿春哈尼十月年长街古宴旅游节"。旅游节最吸引人眼球的，是数千桌规模的长街宴以及祭祀阿倮欧滨。

在当今哀牢山哈尼族社会，村落和宗族的寨神林、神树很常见，几乎每个自然村都有，因为选定神树是建寨的必要条件。在古代哀牢山社会中，也会有若干同源村落联合祭祀母寨神林的"昂玛突"，但是今天这种跨村落的总神林已经非常罕见。目前哀牢山区保留的地域性大型总神林以"阿倮欧滨"最为典型，甚至可以说是最大规模的祭寨神林。

既然阿倮欧滨的实质是大型昂玛突，在春季举行，而十月年是在冬季，那么现在的阿倮欧滨为什么会出现在十月年呢？

2015年11月30日我抵达绿春县大兴镇参加中国·绿春哈尼十月年

---

① 施振民：《祭祀圈与社会组织——彰化平原聚落发展模式的探讨》，《"中研院"民族学研究所集刊》，1973（36）：199。

长街古宴文化旅游节。2015年"十月年"宣传阵势比往年大。整个节庆的核心仪式有三大部分：巡游、祭神树、长街宴。此外还有各种游艺、商贸、观光、歌舞活动。这天早晨，县城主街道摆满了下午长街宴的竹篾桌子。我数了一下编号，长街宴摆出了3700多桌，远远超过往年。长街宴每桌客人3—4名，主人1名，主人负责敬酒劝菜。通常每户村民负责2桌宴席，每2桌另有后勤服务人员1—2名。

按照绿春县官方的公告，旅游节的重头戏是"礼俗祭祀活动及文艺表演活动"，具体内容为："大咪谷（龙头）坐牛车带领阿倮欧滨所属哈尼村寨咪谷及26支（大兴镇18支文艺队，8支乡文艺队）民族歌舞文艺队沿街游行至神树祭祀。"① 这里的大咪谷是大寨村的 A 咪谷②，事实上，他不仅是大寨的大咪谷，也是整个13个村落祭阿倮欧滨的总祭司。因为大寨是母寨，他家为世袭咪谷家族，因此享有极高地位。可见，原本在春季举行的祭祀神树仪式已经成为冬季十月年旅游节的核心仪式，并且这种变化是得到了世袭总祭司认可的。

30日上午9点，巡游队伍从县城西边的大寨村出发，大咪谷 A 咪谷端坐在黄牛牵引的花车上。后面跟随各村的大小咪谷和摩批（另一类祭司）。有一名摩批歌手专门跟随队伍行进唱哈巴。祭司方阵后面是祭品方队和各村的文艺队。长达数百米的巡游队伍，一边跳着扇子舞、同尼尼、罗作舞、棕扇舞、打跳等舞蹈一边行进。因为绿春县尚有傣族、瑶族、苗族、彝族等民族，文艺方阵中也安排了这些民族的舞蹈方队。队伍一直行进到县城东边的民族风情广场，然后才开始祭阿倮欧滨。广场边一棵绿化树木被临时作为神树的替代。

祭祀的基本程序与昂玛突类似，但省掉了生祭的环节，只有熟祭。因为各项流程衔接紧凑，没有时间当场杀猪，因此杀猪分圣肉的环节另找时间开展。在近万名哈尼族民众、各地游客的瞩目下，大咪谷带领一众咪谷对神树叩首祭拜。祭台上还有一名司仪，用扩音话筒照着文稿宣布各项流程。祭台下四周围满了各种镜头，包括各类新闻媒体、游客以

---

① 引自张多在绿春县田野调查所获得的当地宣传资料，2015年11月30日。
② 为遵循民俗学田野伦理，此处采用化名。

及我这样的"专家学者"。整个祭祀仪式的氛围与21世纪中国各地兴起的公祭人文始祖的仪式非常相类,都带有半官方、半民间性质,司仪主导,嘉宾参与,游客围观,附带节庆活动的特点。

在十月年旅游节加入神树祭祀项目之前,绿春每年春季本要举行一次传统的阿倮欧滨,即在原本的泉眼神树林的祭祀。这个祭祀只有咪谷团队能在场,其他人严禁入内,因而一直非常神秘。在参加这次十月年之前,我也一直以为十月年旅游节上植入的阿倮欧滨仅仅是一种展示性的文化表演。我的逻辑受到英国文化遗产学者贝拉·迪克斯(Bella Dicks)的影响,他提出文化展示中"可参观性"(visitability)的生产。①

但是这次调查让我感到问题没有这么简单。阿倮欧滨在原本的民俗语境中是不公开的,而自十月年旅游节上加入阿倮欧滨,就能让游客和民众体验、参与这种神秘的民俗祭祀活动。如果十月年旅游节上的阿倮欧滨仅仅是文化展示,那为何大咪谷依然全程参与、主持祭祀,且十分严肃?在哈尼族信仰文化中,咪谷在仪式上是天神、祖先的代言人,具有非常的神圣性。大咪谷对待十月年的阿倮欧滨非常认真,因此十月年的祭祀很可能也是神圣的,同样是合法的。为了解答这个问题,我访问了大咪谷A咪谷以及绿春县政府部门,试图理解这种节庆现象背后的动因。

阿倮欧滨的神林是一片神圣之地,除了祭司,任何人不得入内。这在绿春县当地是一条灵验的禁忌,民众绝不会冒着触犯禁忌的风险去满足好奇心。也正因为如此,极少有人目睹过春季在寨神林中祭祀阿倮欧滨的现场。因此阿倮欧滨也被学者称为"隐秘的祭祀"。② 根据咪谷对自己父子连名谱牒测算,阿倮欧滨祭祀至少有700多年历史,大寨A家族一直担任大咪谷。③

原本的"隐秘的祭祀"在春季(农历正月第二轮属牛日)各村举行

---

① [英]贝拉·迪克斯:《被展示的文化——当代"可参观性"的生产》,冯悦译,北京大学出版社2012年版,第1—2页。
② 秦臻:《隐秘的祭祀———个哈尼族个案的分析》,《民族艺术研究》2004年第5期。
③ 访谈对象:A咪谷,访谈人:张多,时间:2015年11月30日,地点:绿春县大寨村咪谷家。

昂玛突之后进行，由大寨村的大咪谷带领各村咪谷联合施行各项准备活动。阿倮欧滨的影响力不仅仅在绿春县，周边的元阳县、红河县、江城县、金平县等的哈尼族民众都会赶来参加祭祀，甚至有老挝、越南、缅甸的族胞前来。民众只能参加巡游以及其他庆祝活动，都不能进入阿倮欧滨神树林的范围。越是如此，祭祀的神秘性越强，反而加强了祭祀的灵验性质。祭祀后，按照昂玛突的节庆习俗，要宰杀 1 头猪，分享圣肉"扎赫"（zalheel）。祭祀的猪骨则被分成成千的小碎片，能分到一片猪骨，对民众来说是莫大的福气。这种猪骨在当地被称为"龙骨"，从我对村民的访问来看，绿春当地哈尼族民众对"龙骨"护身的灵验性有普遍且特别的信仰。年轻人如果谁拥有一块龙骨，绝对是向伙伴炫耀的重大资本。而拥有龙骨也成了绿春人身份认同的重要符号。

根据秦臻（2003 年）和白永芳（2008 年）的田野调查，① 阿倮欧滨神林内的祭祀仪式主要是祭神树和简收女神。祭祀现场需保持安静，咪谷在神树前搭祭坛，一共 3 层。底层象征田地里的农作物，中层象征人类，顶层象征牲畜和财富。祭坛献祭的对象是女神简收，在宰杀黑公猪献祭时还必须念诵"简收"的名号。

简收（Jeiseq）是绿春、元阳一带哈尼族口头传统中非常重要的民间传说人物。在口头传统的记忆中，简收是哈尼族迁徙历史上一位文化英雄，因逃婚而得到"反叛传统"的评价。简收的民间传说与哈尼族创世神话中遮天大树的叙事粘连，形成了著名的口头演唱文本"索直俄都玛佐"（Soqzyuq Hovqtuv Massaol）。民间歌手的演唱主要叙述了简收四处流浪，一天来到阿倮欧滨泉边，因饮水就把拐杖插在地上，拐杖迅速成长成一棵遮天大树，日月无光，人间遭遇灾难。后来人们在神明启示下砍倒遮天树，通过数树枝树叶发明了历法。如今阿倮欧滨神林就被认为是简收发现泉眼的地方。

---

① 这两位学者的调查非常重要，秦臻是极个别系统访谈过已故前任大咪谷白阿发的学者之一，白永芳是极个别被特许进入阿倮欧滨神林的学者之一。两位的调查成果参见，秦臻：《隐秘的祭祀——个哈尼族个案的分析》，《民族艺术研究》2004 年第 5 期；白永芳：《哈尼族服饰文化中的历史记忆——以云南省绿春县"窝拖布玛"为例》，云南人民出版社 2013 年版，第 48—54 页。

简收的叙事在绿春、元阳一带非常流行，民众对她的功过是非有不同评价，简收其人的历史与事迹也非常神秘。但是民众普遍信仰简收女神的力量，认为她对阿倮欧滨水源、神树具有超自然力量，进而可以影响稻谷、牲畜、人丁的生长。在搜集整理的史诗文本《都玛简收》中，简收成为"天神奥玛的女儿"和"地神咪玛的姑娘"。① 简收的拐杖成长为遮天大树，给人间带来灾难。因此神树的力量也成为民间信仰中的灵验之力。口头传统是民族文化中古典知识的总汇。可见，简收的民间口头传统是阿倮欧滨祭祀被民众信仰的内在原因。简收和遮天大树的叙事进一步强化了"隐秘的祭祀"的灵验性和神圣性。

2003 年前后，绿春县筹划开展旅游业。而阿倮欧滨的民族宗教文化是当地独有的文化资源。但是阿倮欧滨在民众心目中具有极强的神圣性，加上它不公开的隐秘性，使得利用这个资源非常困难。但绿春政府、大咪谷和当地民众经过充分协商后，想出了一个办法。即在十月年利用县城只有一条主道路的地形优势摆长街宴，在长街宴中加入阿倮欧滨祭祀的文化表演。文化表演主要突出民众巡游的环节，使游客可以参与其中。于是，2004 年 11 月 22 日绿春县举办了首届"哈尼十月年旅游节"。这年长街宴摆出了 2041 桌，吸引了大批外地游客。从此之后，旅游节主要突显长街宴的特色，而阿倮欧滨则作为"公开的祭祀"，成为一个内涵着哈尼族神秘宗教文化的旅游吸引物。

唐雪琼团队对哈尼族长街宴的文化适应有过深入研究，他们认为长街宴在主动适应现代旅游的过程中，"基于哈尼族长街宴文化和当地阿倮欧滨文化的'地方性'想象而重构的新节日——'绿春哈尼族长街古宴'成为当地的旅游品牌"。② 唐雪琼团队也发现绿春过去的十月年不摆长街宴，长街宴也是被嫁接到十月年的。而由于他们 2007—2009 年调查的时候，阿倮欧滨的公开祭祀尚未形成显著的节庆程序，因而他们未能论及十月年节庆中新移植的阿倮欧滨祭祀。但是直到今天，每年的十月年旅

---

① 白们普等演唱，卢保和、龙元昌等搜集整理翻译：《都玛简收——哈尼族神话古歌》，云南民族出版社 2004 年版，第 133、135 页。
② 唐雪琼、钱俊希、陈岚雪：《旅游影响下少数民族节日的文化适应与重构——基于哈尼族长街宴演变的分析》，《地理研究》2011 年第 5 期。

游节不仅吸引越来越多的游客，更成为绿春哈尼族一年一度最盛大的节日。这个新节日将十月年、阿倮欧滨、长街宴三者整合在一起，而其得到当地人认可的重要原因就是这些文化因素背后有关神树灵验的神话观。

在 2011 年"祭寨神林"成为国家级非物质文化遗产代表性项目，特别是 2013 年"红河哈尼梯田文化景观"成为世界遗产之后，绿春旅游节越来越重视对阿倮欧滨文化的宣扬。不仅长街宴的规模越摆越大，祭祀神树的重要性也越来越突显。2015 年我调查时，绿春县依照往年做法，专门在县城东部的民族风情广场选了一棵绿化带中的大榕树，作为阿倮欧滨神树的"替身"。巡游队伍从西边的大寨一路行进到东边民族风情广场，就在广场上公开祭祀这棵替身神树。虽然是临时替身，但是它在仪式的时刻就是合法的神树，就代表着"阿倮欧滨"。

从阿倮欧宾祭祀被加入到十月年巡游，绿春哈尼族有了两次阿倮欧滨祭祀，一次是每年农历正月的阿倮欧滨，另一次是每年公历 11 月的"中国·绿春哈尼十月年长街古宴文化旅游节"。"隐秘"与"公开"的两次祭祀并行不悖，但要判断旅游节上的祭祀是否具有哈尼族文化的合法性，还需要进一步分析。

五 一个仪式的两次节庆

早在半个月前，大寨村的大咪谷就开始精心筹划十月年的阿倮欧滨祭祀，他和政府工作人员、各个村的咪谷频繁沟通各项事宜。29 日，A 咪谷非常担忧巡游用的大黄牛会因为肥胖而走不动。县领导得知此事后，专门派人前往大寨商议大黄牛的事。最终 A 咪谷认为这头牛既然被选为每年阿倮欧滨巡游的专用牛，它就具有神圣性，因此不能换。

30 日上午的巡游，黄牛拉着花车带领巡游队伍一直走到终点，就是广场上那棵替身的神树下。神树前已经搭建好了祭坛。祭坛其实就是一个钢架舞台，非常宽，台上几张供桌一字排开，上面有香炉、各色祭品。这时候，一名记者为了抢机位，跑到祭坛后面神树下占位。这名记者显然没搞清楚祭祀的核心就是那棵树，就只顾着拍祭祀团队的正脸。祭坛上的司仪看见后很生气，用扩音器喊话让他离开神树："请你离开那点，

图 24　绿春县民族风情园广场东侧用于代表"阿倮欧滨"神树的绿化带大榕树（卢璘 2017 年 2 月 8 日摄于绿春县城）

听见没有？这是我们哈尼人的神树，等下要祭拜，你受得住就在着！"①司仪这番话透露出，这一次祭祀神树并非文化表演，而是一次非常严肃的祭祀。后来我对现场民众的随机询问，以及对 A 咪谷的访谈，也证实了这一点。

随后 A 咪谷带领 8 名咪谷，念诵祭词，向神树跪拜，献上祭品。并带领广场上近万名民众、游客一齐向神树跪拜。场面非常肃穆。祭祀结束后，咪谷团队就在祭坛下面摆开 10 桌圣宴，象征性享用圣餐。这和所有昂玛突的核心仪式程序一致，也和"隐秘的"阿倮欧滨仪式一致。在圣宴现场，民众争相涌到咪谷桌子前，希望得到咪谷的祝福。咪谷就把桌子上的各色坚果分散给民众。民众但凡得到几粒坚果便非常兴奋，尤其是哈尼族民众更相信这是神明所赐。在十月年旅游节举办阿倮欧滨之前，民众从来不可能如此深度地参与阿倮欧滨。

---

① 张多田野现场的记录，时间：2015 年 11 月 30 日，地点：绿春县大兴镇民族风情广场。

综合这些观察，我认为"公开的祭祀"与"隐秘的祭祀"具有同等的仪式效力，具有合法性与神圣性。基于此，可以说绿春县通过十余年的节庆实践，已经把阿倮欧滨再造成为"一个仪式的两次节庆"。这种节庆实践是一种文化调适的努力，这一点，在唐雪琼等的论述中也有相似结论。①

高丙中对现代中国新年"元旦""春节"两个庆典的研究，② 也属于通过节庆再造实现文化调适的案例。元旦和春节是针对历法改变进行岁时制度的整合，而阿倮欧滨则是针对一项重要的祭祀仪式做出的调整。这两个案例都表明节庆再造是当代社会文化调适的重要手段。

祭寨神林作为一项国家级非物质文化遗产代表性项目，代表着"民族文化"对国家文化的适应，也即现代国家文化政治对地方群体民俗文化的整合。大咪谷在节庆再造的过程中充当了重要的角色。2003 年，绿春县打算在十月年旅游节当中加入阿倮欧滨表演时，首先征求了当时的大咪谷 B 的意见。已故的 B 咪谷是一位睿智的社区精神领袖，他权衡再三，认为一年举行两次阿倮欧滨并无不妥。既可以有效保护"隐秘的"阿倮欧滨，又可以在新的社会条件下发扬民族文化。在后来的实践中，绿春县官方在如何筹划阿倮欧滨方面，始终尊重大咪谷以及各村咪谷的意见。而咪谷实际上也代表着各个村落民众的民意。"公开的"阿倮欧滨之所以在十多次实践中，越来越得到民众认可，一个重要原因就是社区参与、社区赋权、社区获益。

除了"祭寨神林"列入国家级非物质文化遗产代表性项目之外，绿春县申报的口头史诗《都玛简收》也列入了云南省级非物质文化遗产项目名录。绿春县围绕着祭寨神林和《都玛简收》开展系列旅游、舞台表演活动，让一个地方性祭祀节日被纳入大的市场经济网络，促使其向公共文化转变。从 2011 年起，绿春县开始在县城东边建造阿倮欧滨原始宗教文化圣地旅游景点，规划中包括一个圣水池和若干文化雕刻，后来又

---

① 唐雪琼、钱俊希、陈岚雪：《旅游影响下少数民族节日的文化适应与重构——基于哈尼族长街宴演变的分析》，《地理研究》2011 年第 5 期。

② 高丙中：《作为一个过渡礼仪的两个庆典——对元旦与春节关系的表述》，《中国人民大学学报》2007 年第 1 期。

计划建立一个阿倮欧滨文化传承中心。

"公开的祭祀"在绿春哈尼人的文化实践中,并不是那种伪造的民俗(fake lore),① 它并不像学者描述的那样,是一种"二手的"民俗。新的节庆与旧的节庆并置,这本身就是社区通过文化调适进行创造性转化的实践。绿春哈尼人通过社区参与,赋予了新兴节庆中阿倮欧滨与"隐秘的"阿倮欧滨同等的文化意义。这样的新机制,既满足了发展旅游业、建设公共文化的现代化发展需求,又满足了保持社区仪式传统、维护隐秘祭祀神圣性的需求,可谓在"传统"与"现代"之间找到了一条共同行进的"潮汐车道"。

"一个仪式的两次节庆"对绿春县来说不仅意味着公共文化的发展,更意味着这里的社区充分运用了遗产化的运作机制。他们并不排斥现代商业、消费对"传统"的介入。正如周星所言:"现代社会的民俗文化未必就一定是和商业文明及消费主义水火不容,恰恰相反,民俗文化要在现代社会的日常生活中生根存活,反倒是借助商业消费的路径才较有生机与活力。"② 面对遗产化的情形,哀牢山区的哈尼人自有应对之道。一方面他们积极适应文化遗产带来的改变,另一方面也在思考自身的传统文化如何发展。文化遗产化的追求并不是要传统文化固守原样,而是在遗产框架下合理发展。遗产化在全世界的推进已成为一个不可逆的进程。

阿倮欧滨祭祀的传统终究要面对现代化的社会转型,揭示出"传统发明"并不是为了否定"发明"。当人们强调各种民俗传统时,总会不断地在当前的话语、行为与过去的话语、行为之间创造关联,以获得文化代言的合法性。③ 文化传统有时候并没有想象中那么脆弱。当遗产旅游进入哀牢山区时,社区表现出积极的参与诉求。UNESCO 大会在定义文化多样性(cultural diversity)时特别强调,文化多样性不仅体现在文化遗产表现形式的丰富,也体现在借助各种方式和技术进行艺术创造、生产、传

---

① Richard Mercer Dorson: "Folklore and Fake Lore", *American Mercury*, 1950 (70).
② 周星:《民俗主义、学科反思与民俗学的实践性》,《民俗研究》2016 年第 3 期。
③ 康丽:《传统与传统化实践——对中国当代民间文学研究的思考》,《民族文学研究》2010 年第 4 期。

播、销售和消费的多样性。① 从"隐秘的祭祀"到"公开的祭祀",当代遗产化话语中的文化多样性观念在幕后悄然发挥着作用。

六 遮天大树王

在哈尼哈巴中,"索直俄都玛佐"（Soqzyuq Hovqtuv Massaol）这一支主要叙述神异女性简收在泉边误植遮天大树从而遮天蔽日的神话。这一支哈巴在元阳、绿春较为流行。阿倮欧滨祭祀与遮天大树的神话密切相关。在绿春,大部分歌手会唱"索直俄都玛佐"或"都玛简收"的哈巴。简收（Jelseq,或译杰妣）是神话中一名头人家作恶的女儿,因众叛亲离穷途末路,拄着天神赐予家族的拐杖走到泉边喝水,拐杖霎时长成参天大树,把日月光华遮蔽,导致人间灾难。后来英雄用箭射穿树叶,透下阳光。人间合力砍倒遮天大树,方恢复秩序,并且从遮天大树的枝叶中获得了历法。这支哈巴是将历史人物传说与遮天树神话相粘连,叙事感染力很强。绿春民众几乎人人能讲出一些关于简收和砍倒遮天树的情节。

绿春阿倮欧滨的神林里恰好有大型泉眼群,被认为是简收当年误植遮天树的神泉,林中的参天大树也一直被作为象征着简收化身的神树。哈巴中的这棵遮天神树具备通天的神力,人类可以爬上树到达天庭,是一个典型的天梯母题。祭祀阿倮欧滨神林实际上是为了向天神、祖灵祈福,传递人间愿景;同时消除简收和遮天树的破坏力,防止新灾害发生。荒屋丰认为:"杰妣是作为给人带来灾难的人而被送上天,化作'遮天树王'的,这棵树诚然是灾害的象征。但是在哈尼族讲述村寨祖先起源的'哈尼阿培聪坡坡'的神话中,杰妣又是村寨的鼻祖……是村寨的守护神,是最直的大树,在神山上保护哈尼族的子孙。"② 简收既有破坏力,又有创造力,因此对她灵魂寄宿的阿倮欧滨进行祭祀,有着双重的含义。民众即希望将灾祸通过神树送走,又希望神树赐予力量保障生产生活。

---

① UNESCO:《保护和促进文化表现形式多样性公约》,第4页。
② ［日］荒屋丰:《"遮天树王"与"森林之王"》,李子贤、李期博主编:《首届哈尼族文化国际学术研讨会论文集》,云南民族出版社1993年版,第591页。

但在今天的阿倮欧滨祭祀中，简收的神话已经发生了改变。绿春当地哈尼族知识分子认为不应该宣扬所崇敬的女神简收有恶习或破坏力，故而在对外宣传上只强调简收的创造力。在《都玛简收》搜集整理本中，遮天大树的神话成为一个美丽的哈尼女子出生、成长、谈情、逼婚、逃婚到流浪，最后回归天界的神话。简收成为"天神奥玛的女儿"和"地神咪玛的姑娘"。[①] 这个整理本中美丽聪慧的都玛简收因爱情遭受打击而出走，拐杖在她喝水时瞬间长成一棵遮天大树。人们历尽艰辛砍倒大树，获得了阳光和历法，生活重回有序状态。史军超在史诗文本序言中更是升华道："她正是正义、力量、热情的化身，更是敢爱、敢恨、敢怒、敢抗争的女性的代表。"[②] 这种在当代社会语境尤其是文化产业的语境中对神话重述、挪用，并展示给不同受众的现象，杨利慧称之为"神话主义"（Mythologism）[③]。在神话主义的重述逻辑下，都玛简收逐渐变为一个当代哈尼族文化的典型人物形象。当然，简收形象的变迁不仅仅是口头传统文本化的结果，也是多方面文化实践的共同结果。

2008年由红河州歌舞团创作的歌舞剧《都玛简收》在绿春演出。这部歌舞剧中，简收是美丽聪慧的女子，魔鬼杀死了她的丈夫，她便出门为丈夫报仇，一路走到阿倮欧滨，她到泉边喝水，就把拐杖插在地上，拐杖生根长成遮天大树，把简收送到天上。这部歌舞剧是现代文艺创作，但是挪用了遮天大树神话，并且将简收重述成为一个光辉形象。现代歌舞剧的传播效力远非摩批、歌手的传播可比，势必对遮天大树神话的变异产生较大影响。这次剧目演出还被录制成光碟，广泛发行。

同样，在张福杰作词的流行歌曲《阿倮欧滨》中，歌词写道："拐杖长成，参天大树。都玛简收，驾树梯归，故里天国。人间为失去的太阳，挥斧伐树。一棵树倒下，一部历史站起。哈尼人有了自己的历法和太

---

① 白们普等演唱，卢保和、龙元昌等搜集整理翻译：《都玛简收——哈尼族神话古歌》，云南民族出版社2004年版。
② 史军超：《神女的歌唱》，白们普等演唱，卢保和、龙元昌等搜集整理翻译：《都玛简收——哈尼族神话古歌》，云南民族出版社2004年版，代序第5页。
③ 杨利慧等：《神话主义：遗产旅游与电子媒介中的神话挪用和重构》，中国社会科学出版社2020年版，第11—20页。

阳。"歌词回避了简收插拐杖前的前因，直接叙述大树遮天和获得历法的后果。歌词挪用了"天梯"的神话母题，比较符合宇宙树作为天梯沟通天人的神话性质。这首歌也在绿春当地的多种现代传媒中传播，颇得当地人欢迎。

2015年1月22日，绿春县出台的《云南省非物质文化遗产名录叙事史诗〈都玛简收〉保护工作实施方案》中，依照卢保和搜集整理本将这则神话叙述为："都玛简收出生、成长、谈情、逼婚、逃婚、大树王出世、砍大树、认年月、祭祀大树。"其非遗保护措施中包括："每年举办中国·绿春哈尼族'十月年'长街古宴活动期间，把叙事史诗《都玛简收》演唱活动纳入县级法定民族节日，加大对哈尼族叙事史诗《都玛简收》的保护以及宣传力度，提升绿春民族文化品位。"① 十月年长街宴不仅公开祭祀阿倮欧滨，还传唱新整理的"都玛简收"神话，使得神话的传承发生语境转换，神话主义式的挪用和重述成为主要的传承手段。

在绿春县博物馆，专门有"都玛简收"的展厅，展厅中央有一尊"简收女神"的白色雕塑，旁边是一个假树，树冠布满展厅顶部以模拟遮天大树。大树下还有一根拐杖。展厅四壁则展览《都玛简收》的文本和相关民俗文物。整个展厅的景观设计再现了遮天大树和简收的神话，并且将简收塑造为女神。这种对口承神话的景观化重述，在哈尼族地区越来越多。

在神话主义的逻辑下，简收恶的一面被筛除，遮天大树灾难的叙述重点转移到哈尼人民战胜困难的勇气。事实上，都玛简收在民间的神话主义重述早已有之。荒屋丰记录了一则哈尼族诸葛孔明传说，便挪用了遮天大树神话母题，说孔明的拐杖插在地上长成一棵茶树王，从此哈尼族懂得了种茶。② 神话的变异与其他民间文学文类一样，从来没有固定的文本，只有相对稳定的母题和类型。神话主义概念所强调的"语境转化""挪用"和"重述"，事实上彰显了承载着神话观的核心母题具有文化整

---

① 绿春县非物质文化遗产保护中心：《云南省非物质文化遗产名录叙事史诗〈都玛简收〉保护工作实施方案》，2015年1月22日，绿春县文化体育局。
② ［日］荒屋丰：《"遮天树王"与"森林之王"》，李子贤、李期博主编：《首届哈尼族文化国际学术研讨会论文集》，云南民族出版社1993年版，第598页。

第七章 遮天大树：作为文化整合资源的核心母题 257

图 25 绿春县博物馆《都玛简收》展厅的遮天树景观和简收雕像（张多 2015 年 11 月 29 日摄于绿春县大兴镇）

合的能力。在当今文化遗产化、文化产业化、文化全球化的语境中，神话母题依旧自由地流动，不断变换面目，形成新的叙事和实践。绿春哈尼人在面对社会环境变迁时，依旧选择阿倮欧滨祭祀和遮天大树神话作为文化调适的资源，主动塑造出新的节庆文化。

绿春"阿倮欧滨"的案例，显示出在面对现代化的文化变迁时，神话也充当着文化整合的先锋角色。在现代化社会语境中，文化调适大致有三种表现：结构分化（structural differentiation）、整合机制（integrative mechanism）与传统（tradition）。① 整合机制对抗分化的力量，而传统同时在对抗分化与整合力量。通常，面对旅游业，民族主义情绪容易激发出固守传统的观念，强调一成不变。但是绿春通过"公开的阿倮欧滨"的发明，完成了神林文化对新兴旅游节庆的整合。一个节日的两次仪式，化解了传统礼仪隐秘性与现代节庆公共性的矛盾。

在神话主义的逻辑下，宇宙树神话以及祭寨神林仪式被创造性地挪用和重述，在新的语境中继续发展。虽然节庆民俗的形式发生了变化，

---

① ［美］威廉·A. 哈维兰：《文化人类学》，瞿铁鹏、张钰译，上海社会科学院出版社 2006 年版，第 476 页。

但其中内蕴的对血缘认同的强化、对森林重要性的认知未曾改变。公开的阿偊欧滨祭祀为宇宙树神话的变异提供了机会，衍生出了文化表演、博物馆景观和现代艺术，核心的神话母题"砍倒遮天大树"和"女神简收"在新的节庆建构中促进了哈尼人当代文化生活的塑造。这些变异和创新，恰恰说明核心的神话母题面对社会变迁往往具有极强的适应能力，这些母题能够被当代人化用为传统叙述资源，在文化调适的过程中迅速构成新叙事，并且还保持了核心神话观的稳定。

祭寨神林作为一项国家级非物质文化遗产代表项目，代表着"民族文化"对国家文化的适应，即现代国家文化政治对地方群体民俗文化的整合。元阳和绿春围绕祭寨神林开展的旅游活动、文艺活动，让一个地方性祭祀节日纳入市场经济的网络，促使其向现代公共文化转变。遮天大树的神话脱离了哈巴演唱的语境，进入到舞台叙事、景观叙事和旅游叙事。宇宙树的母题也从寨神林的祭司语境中扩散开，进入节庆、博物馆、广场、出版印刷品、现代歌曲与舞台的多元语境。

文化调适是人面对文化变迁时表现出的一种特殊状态，而神话母题往往被用作调适的资源。这种实践有别于直接对神话加以创新、创作、创编的情形。这种调适性实践是在积极保持传统的前提下，将新的文化机制整合到原先的制度中。也正是在这种调适性的安排下，"砍倒遮天大树""简收"作为核心神话母题依旧在新语境中不断被重复和强化，从而依然是对哈尼人有意义的核心母题。虽然母题表演的场域、受众成分都发生了改变，但是核心的意义（祖先与森林）被延续下来。正如杨利慧发现的那样：神话表演的语境在不断改变，但核心性的母题往往保持稳定，[①] 这就是因为母题描述的是神话的存在方式。只要核心母题承载的神话观没有被抹去，母题所标记的神话就能传承下去。

[①] 杨利慧：《语境的效度与限度——对三个社区的神话传统研究的总结与反思》，《民俗研究》2011 年第 1 期。

第八章

哈尼梯田：异质性语境中神话的存续力

　　2015年12月1日清晨，我从普高老寨前往多依树梯田景区。这个时间是每天游客观赏梯田日出的高峰期。刚到门口，七八个儿童便蜂拥把我围住。向我兜售煮鸡蛋。我客气地拒绝了，但是孩子们却硬往我包里塞鸡蛋，一旁的妇女不时还劝说我就范。我无法脱身，将一个鸡蛋摔在地上。我很后悔这样失态，也支付了鸡蛋钱。许多游客亦迫于面子付钱了事。但这件事在我田野记忆中一直挥之不去。哈尼人的生活现场已然不可逆地发生了改变，而这种剧变对儿童的影响应得到关注。我对儿童被卷入旅游业开展初期的粗放贸易活动而感到愤怒，孩子是无辜的，不应被设计为营销手段。到观景台后，一名讲普通话的游客大声惊叹："真是大自然的鬼斧神工！"旁边的游客则嘀咕："这明明是人造的。"我意识到"梯田"作为一个旅游凝视物，已经越出了农业生活的范畴，元阳作为一个复杂文化空间也正在悄然改变着。

　　在哈尼梯田景区，兜售各种商品的当地农民，我早已司空见惯。在一个刚刚建立现代化旅游目的地的景区，当地民众以简单贩卖的形式参与旅游业完全可以理解。但这恰恰反映了哈尼人在"世界遗产"以及遗产旅游中位置的模糊性，而我还发现神话并未缺席这个身份变迁的过程。对游客来说，梯田的绝美景致是吸引他们不辞辛苦踏上纳尔逊·格雷本

(Nelson Graburn)所言的"神圣旅程"①的核心吸引物。而对哈尼稻农来说,这些外来者首先意味着商机,参与旅游业对稻农而言何尝不是一次与自身生活经验相区隔的"神圣旅程"。这种新的生计正在快速将资本吸引到梯田。由此我开展了田野调查的新环节,希望在文化遗产语境下进一步观察在新的生活现场中神话和母题如何被实践。

面对全球化、现代化的情形,哀牢山区的哈尼人自有应对之道。一方面他们积极学习文化遗产旅游业的运作,另一方面也在思考自身的民俗文化如何发展。文化遗产化的追求并不是要传统文化固守原样不变,而是在遗产框架下合理发展。遗产化在全世界的推进已成为一个不可逆的进程,这也是人类迈向信息社会和文化命运共同体的必然结果。当资本涌入哀牢山区时,稻农的种种应激反应折射出社区参与的诉求,透射出当代文化政治对社区的改造。但是从哈尼人运用神话母题塑造新的叙事和景观的实践来看,遗产化话语中所表述的那些文化传统有时候并没有想象中那么脆弱。

有关哈尼梯田景区导游对神话的重述,肖潇已经有更为专门的田野研究。② 她的研究以箐口村为主,描述了箐口村对神话的文化展示、导游的讲述与神话观、哈尼哈巴的非遗传承中心等内容。本章不再重复这些方面,而重点从"遗产化"的视角探讨神话在新语境中的种种表达形态。

一 遗产化与神话主义

随着"世界文化遗产""非物质文化遗产"等评选、保护工作的推进,元阳县这个经济欠发达的小地方转而成为炙手可热的"云南旅游新方向",其文化空间发生了巨大改变。"哈尼梯田"作为一个知识生产的产品,其最核心的凝视点在"哈尼"。从1990年起,元阳县的梯田一直

---

① [美]纳尔逊·格雷伯恩:《旅游:神圣的旅程》,[美]瓦伦·L.史密斯主编:《东道主与游客——旅游人类学研究》,张晓萍、何昌邑等译,云南大学出版社2007年第2版,第22—25页。

② 杨利慧等:《神话主义:遗产旅游与电子媒介中的神话挪用和重构》,中国社会科学出版社2020年版,第87—157页。

是摄影爱好者的"圣地"。冬天放水泡田，梯田的各种光影变化在田埂线条、天气和水面的三重作用下千变万化。然而真正使这种特殊"景观"（landscape）成为"文化遗产"的，是耕耘者的"文明智慧"，也就是前文论述的神话价值观念（第五、七章）。

哈尼梯田除了"世界文化景观遗产"这个重量级头衔之外，还有若干重量级"遗产"头衔（见表10），这在世界范围内很罕见。学术建构在哈尼族文化遗产化过程中发挥着重要作用（第一章）。遗产化（heritagization）是文化遗产研究的重要概念，意为将"过去"——值得珍视的、具有选择性的过去——的文化遗存，通过官方部门评定为"遗产"的方式，对遗产进行规划、保护和利用的过程。[①] 红河哈尼梯田身兼若干个世界级、国家级的遗产头衔，其遗产化程度之深颇为少见。哈尼族神话传统在剧烈的"遗产化"过程中反而显示出神话母题的多样化实践能力，主要表现出口头叙事的符号化、传承场域的公共化和讲述策略调整等特点。

红河哈尼梯田主要分布于红河南岸四县，其中以元阳县最为集中。20世纪90年代，学者发现哈尼族的稻作文化是森林、村落、稻田、水系相协调的精密生态体系，是可持续农业文明发展的典型代表。学术定义的"发现"，再加上梯田景观本身的"梦幻"，使"哈尼梯田"逐渐被学术界塑造为一个显著的文化符号，相继被列入地方政府和国家层面着力宣传的文化名片。

哈尼梯田之所以"冠绝中国"，除了本身的规模、海拔高差、劳作模式、农业祭仪都非常典型之外，学术的知识生产功不可没。比如梯田冠以"哈尼"之名，本身就包含了少数民族文化想象的命名考量。在红河

[①] "遗产化"概念的相关研究参见 Barbara Kirshenblatt – Gimblett, *Destination Culture: Tourism, Museums, and Heritage*, Berkeley, Los Angeles and London: University of California Press, 1998; John Urry, *Consuming Places*, London: Routledge, 1995；才津祐美子『世界遺産「白川郷」の近代：＜民なるもの＞の「文化遺産」化をめぐる言説と実践の諸相』大阪大学博士論文，2004年；燕海鸣：《从社会学视角思考"遗产化"问题》，《中国文物报》2011年8月30日；Haiming Yan, *World Heritage in China: Universal Discourse and National Culture*, Ph. D thesis. University of Virginia, 2012；刘晓春：《文化本真性：从本质论到建构论——"遗产主义"时代的观念启蒙》，《民俗研究》2013年第4期等。

南岸四县，耕耘梯田的不只有哈尼族，还有彝族、傣族、汉族等。我在元阳调查期间，多次听到彝族农民抱怨"哈尼梯田"这种称谓似乎将自己排除在外。

"红河哈尼梯田"近20年来的文化变迁集中体现在遗产化进程中。从世界文化景观遗产到全球重要农业文化遗产，从重点文物保护单位到非物质文化遗产，再加上传统村落保护名录、文化艺术之乡等各类头衔，哈尼梯田在不到20年时间里汇集了众多重要身份。

表10　　　　　　　哈尼族文化遗产化的项目列表

项　目	头　衔	时　间	评审机构
红河哈尼梯田	国家湿地公园	2007年11月15日	国家林业和草原局
红河哈尼稻作梯田系统	全球重要农业文化遗产（保护试点）	2010年6月	联合国粮农组织
红河哈尼稻作梯田系统	中国重要农业文化遗产	2013年5月	农业农村部
红河哈尼梯田文化景观	世界文化景观遗产	2013年6月22日	联合国教科文组织
红河哈尼梯田	全国重点文物保护单位	2013年11月	国家文物局
哈尼族多声部民歌（红河州）	第一批国家级非物质文化遗产代表性项目名录	2006年5月20日	文化和旅游部
四季生产调（元阳县）	第一批国家级非物质文化遗产代表性项目名录	2006年5月20日	文化和旅游部
哈尼哈巴（元阳县）	第二批国家级非物质文化遗产代表性项目名录	2008年6月7日	文化和旅游部
乐作舞（红河县）	第二批国家级非物质文化遗产代表性项目名录	2008年6月7日	文化和旅游部
棕扇舞（元江县）	第三批国家级非物质文化遗产代表性项目名录	2011年5月23日	文化和旅游部
洛奇洛耶与扎斯扎依（墨江县）	第三批国家级非物质文化遗产代表性项目名录	2011年5月23日	文化和旅游部
祭寨神林（元阳县）	第三批国家级非物质文化遗产代表性项目名录	2011年5月23日	文化和旅游部

续表

项　　目	头　　衔	时　　间	评审机构
铓鼓舞（建水县）	第四批国家级非物质文化遗产代表性项目名录	2014年12月3日	文化和旅游部
都玛简收（绿春县）	第五批国家级非物质文化遗产代表性项目名录	2021年6月18日	文化和旅游部
矻扎扎节（元阳县）	第五批国家级非物质文化遗产代表性项目名录	2021年6月18日	文化和旅游部
红河元阳哈尼梯田	国家4A级旅游景区	2014年7月	文化和旅游部
红河县撒玛坝万亩梯田	国家4A级旅游景区	2021年4月	文化和旅游部
普洱景迈山古茶园（布朗族、哈尼族）	全国重点文物保护单位、中国重要农业文化遗产（保护试点）	2013年	国家文物局
红河哈尼梯田水利系统	西班牙萨拉戈萨世界博览会中国馆展示项目	2008年6—9月	国际博览局
红河哈尼梯田稻作文化（哈尼族古歌）	意大利米兰世界博览会中国馆展示项目	2015年5—10月	国际博览局

备注：1. 本表未包含国家级以下的项目，从省级到州市级的非物质文化遗产项目数量还有很多。2. 本表未包含文化生态保护区、文化艺术之乡等项目。3. 时间截至2021年6月。

联合国教科文组织（UNESCO）倡导的"世界文化遗产"和"人类非物质文化遗产代表作"保护项目，代表了当前全球化条件下倡导文化多样性和普世价值的努力。而联合国粮食及农业组织（UNFAO）倡导的"全球重要农业文化遗产"保护项目，则代表了全球生态变化条件下农业可持续发展的努力。这几个全球性遗产化实践，都有相应国家层面的措施。

UNESCO《保护世界文化和自然遗产公约》（1972）的宗旨是："为集体保护具有突出的普遍价值的文化遗产和自然遗产建立一个依据现代

科学方法组织的永久性的有效制度。"① 世界遗产主要包括自然遗产、文化遗产、自然与文化复合遗产、文化景观遗产。红河哈尼梯田属于文化景观遗产。《公约》的一个重要前提是："文化遗产和自然遗产越来越受到破坏的威胁，……变化中的社会和经济条件使情况恶化，造成更加难以对付的损害和破坏现象。"② 但是梯田景观的保护却不是单纯的文化政策问题，而涉及梯田的耕耘者——农民。对红河哈尼梯田而言，1995 年列入文化景观遗产的菲律宾科迪勒拉山水稻梯田（Rice Terraces of the Philippine Cordilleras）之退化就是前车之鉴。

红河州申报"红河哈尼梯田文化景观"世界遗产用了 13 年，是诸多"遗产"头衔中耗时最长的。1993 年国际哈尼族文化研讨会③期间便有学者提议梯田"申遗"。2000 年红河州成立了红河哈尼梯田申遗办公室，并邀请 UNESCO 亚太地区办公室主任理查德（Richard Engelhar）和文化顾问白海思（Heather Peter）到元阳县考察梯田。2001 年，世界文化遗产委员会官员亨利·克莱尔（Henry Clare）到元阳调查，并支持哈尼梯田"申遗"。2002 年、2004 年、2006 年红河哈尼梯田三度进入中国世界遗产申报预备名单，但因种种原因皆未果。

2006 年 3 月红河哈尼梯田保护与发展协会成立。2007 年 8 月红河州出台"申遗"文件，④ 并在州建设局下设红河州哈尼梯田管理局。2008 年元阳县梯田管理局成立。2009 年国家文物局将哈尼梯田列入"申遗"预备名单。2010 年云南省红河哈尼梯田"申遗"领导小组成立。2010 年 11 月首届哈尼梯田大会在蒙自举办，成立世界梯田联盟。2011 年红河州向国家文物局提交文本，⑤ 并于当年 10 月通过 UNESCO 世界遗产中心的预审和格式审查。2012 年红河州颁布《云南省红河州哈尼梯田保护管理

---

① 《保护世界文化和自然遗产公约》，UNESCO 大会第 17 届会议，1972 年 11 月 16 日，巴黎。

② 《保护世界文化和自然遗产公约》，UNESCO 大会第 17 届会议，1972 年 11 月 16 日，巴黎。

③ 详见第一章。

④ 红河哈尼族彝族自治州人民政府：《关于进一步加快红河哈尼梯田申报世界文化遗产工作的意见》（2007）。

⑤ 《红河哈尼梯田世界文化遗产提名文本》和《红河哈尼梯田保护管理规划文本》。

条例》。2012年9月国际古迹遗址理事会①委派石川干子到红河州评估，并于2013年1月公布评估报告，建议列入名录。

2013年6月22日，在柬埔寨金边举行的第37届世界遗产大会上，中国申报的红河哈尼梯田文化景观（Cultural Landscape of Honghe Hani Rice Terraces）以"文化景观遗产"列入联合国教科文组织《世界遗产名录》。次日，中央电视台等国家媒体和《云南日报》等省内媒体对红河哈尼梯田"申遗"成功作了重点报道。"申遗"成功后，红河州梯田管理局更名为红河州世界遗产管理局。

在哈尼梯田农耕文化诸多遗产化实践中，世界文化遗产最有代表性。在地方政府眼中，世界遗产的"品牌效应"显著，因此对其重视程度远大于其他几项遗产。2014年10月我调查了昆明长水国际机场的广告，红河哈尼梯田的巨幅广告在航站楼多个重要位置展示，旅游广告着重彰显"红河哈尼梯田世界文化遗产"字样。② 从大张旗鼓的宣传可以看出"世界遗产"在地方政府眼中的重要定位是——旅游业。虽然1972年《公约》并不反对在遗产地发展旅游业，甚至在保护的前提下鼓励合理可控、多方受益的发展。但是红河州各级政府的做法显然急功近利。和航空枢纽的大规模宣传同时进行的，就是梯田景区迅速建设。户晓辉对这种现象有较为公允的批评：

> 中国遗产保护实践中出现的一些有名无实现象，其根本原因是缺乏对遗产和传承人本身的尊重，也就是缺乏对公约倡导的普遍价值的贯彻和执行，从而导致行政包办和唯利是图，仅仅把遗产及其传承人当作手段而没有同时当作目的，造成本末倒置。这种与作为理想概念的文化先验立场的严重脱节，首先发生在学者的头脑和意

---

① 国际古迹遗址理事会（International Council on Monuments and Sites）是世界文化遗产评估机构。
② 该广告落款"红河哈尼族彝族自治州旅游发展委员会"。需要强调，昆明长水机场2019年客运吞吐量4807.6万人次，为中国国家门户枢纽机场和全球第37大机场，这里是地方文化遗产国家化、国际化展示的重要平台。

识之中，而不是在官员和老百姓那里。①

户晓辉再次强调了"普遍价值"。哈尼梯田所能代表的普遍价值正是其对"自然、历史与人"之关系的认知，前文已经花了很大篇幅描写。前文曾述及2000年以来，哈尼族研究吸引了几十个学科的学术力量。但是不断涌入哀牢山的学者中真正了解文化遗产意义的并不多。许多学者走马观花地"调研"，很少带来以稻农本身为目的知识和实践。在箐口、大鱼塘等民俗村，村民早已熟悉"专家学者"的工作方式，专家学者的"莅临"已经成为农民日常生活的一部分。因此我的调查，实际上面对的是一个由政府、农民、地方精英、学者、游客、摄影爱好者、商贩组成的新的遗产社区，同时这也是哈尼族的"新的生活现场"。

诚然，哈尼族梯田水稻农业本身的"普遍价值"一直是其得以国家化、国际化的硬条件。比如早在2008年，哈尼梯田就作为西班牙萨拉戈萨世界博览会（Zaragoza EXPO 2008）中国馆的重要展示项目，得以代表国家走向世界。此次世博会的主题是"水与可持续发展"，哈尼梯田无疑是极为切题的。但是，遗产化伴随着文化越出社区边界进而展示自身，也是当代文化生产的重要途径。在这个过程中，民族传统文化，尤其是神话、传说、故事、歌谣、表演艺术等被裹挟进遗产化浪潮，在文化变迁进程中扮演着积极角色。在广义神话学的视野中，"哈尼梯田"本身就是在一个现代社会中，都市人对浪漫主义田园想象的"神话"。

外界的学术知识对哈尼梯田的建构，主要围绕着人与自然和谐共处做文章。王清华、卢朝贵、史军超等学者研究认定，"森林—村落—梯田—水系四位一体"（或曰"四度共构""四素同构"）已经成为一个基本核心话语。整个哈尼梯田各项"申遗"的文本，都围绕这个核心观点来撰写。2000—2010年代有关哈尼梯田的大量论著，多数都会表述这个观点。"四位一体的稻作文化体系"也成为哈尼族稻作农业文化的"特色""智慧"和"普遍价值"。围绕这个基本逻辑，哈尼族的祖先崇拜、

---

① 户晓辉：《〈世界遗产公约〉的修订及其中国意义》，《中原文化研究》2016年第6期。

农耕祭祀、昂玛突、栽秧山歌、鱼创世神话、稻种起源神话都常常被用来佐证这种"四位一体"的合理性、非凡性、特殊性。

当然，不可否认"四位一体"确实比较精当地概括了哈尼族梯田水稻农业的核心特征，这种劳作模式的良性维系也确实有赖于口头传统和信仰实践。但是，利用山地植被、水系的天然动力来维系水稻种植是所有梯田稻作农业的基本原理，也是因地制宜的无奈之举。明末学者徐光启（1562—1633）的遗著《农政全书》对当时各种田制都有详细研究，其中就有梯田。

> 梯田。谓梯山为田也。夫山多地少之处。除磊石及峭壁。利同不毛。其余所在土山。下自横麓。上至危颠。一体之间。裁作重磴。即可种蓺。如土石相半。则必叠石相次。包土成田。又有山势峻极。播殖之际。人则佝偻蚁沿而上。耨土而种。蹴坎而耘。此山田不等。自下登步。俱若梯磴。故总曰梯田。……山乡细民。必求垦佃。尤胜禾稼。其人力所至。雨露所养。不无少获。①

从对梯田田制的本质认识来说，当下大多数对哈尼梯田的研究论著，并不比徐光启更高明。徐光启的认识提示我们应对"梯田"的当代知识生产保持清醒。作为文化景观遗产和农业文化遗产的哈尼梯田，其内含的价值观主要是文化多元主义意义上的，而非农业本身。也即，梯田遗产化的实质是将哈尼族的山地农业民俗进行典范化、人类化，从而彰显文化多样性，其实话语权并不在农民那里。梯田"景观"对哈尼人而言再普通不过，他们向往的反而是都市"景观"。

在新的生活现场，哈尼族口头传统包括神话，也和梯田农业一起被抽绎出来，演变为知识精英"声称的神话"。2015年8月12日我对梯田景区的导游进行了采访，某导游明确说："外国游客对神话传说比较感兴趣，我们就尽量多跟他们讲如何祭祀田神树神，如何保护森林。他们听

---

① （明）徐光启：《农政全书》，台湾商务印书馆1968年版，第88页。

了就很高兴。"① "神话传说"对保护生态的作用已经成为一种成熟的话语，在"神圣旅程"中彰显文化遗产的价值。当遗产化运动将梯田纳入人类共享的文化遗产时，梯田农业所依赖的观念实践（尤其是神话观）面临一个新的实践语境，尤其是非物质文化遗产评选的跟进，使"神话"本身也成为遗产。神话越出了社区和族群的边界，迎来了新的观众。

2003年10月17日，《保护非物质文化遗产公约》②在第32届UNESCO大会上通过。根据《公约》2006年汉语订正本的界定，"非物质文化遗产"指被各社区、群体，有时是个人，视为其文化遗产组成部分的各种社会实践、观念表述、表现形式、知识、技能，以及相关的工具、实物、手工艺品和文化场所。③在这个定义中，"社区"（communities）是一个十分重要的关键词，巴莫曲布嫫指出："将非物质文化遗产的价值认定赋权给相关社区和群体，正是许多民俗学者和人类学家在这份国际法律文书的订立过程中苦心谋求的'保护之道'。可以毫不夸张地说，'丢掉'社区就等于丢掉了《公约》立足的基石。"④

哈尼族的"哈尼哈巴""四季生产调""祭寨神林"这几项国家级非物质文化遗产，都和神话演述有着密切关联。而红河州政府对"非遗"的保护工作，主要是建立哈尼哈巴的传承点，我曾数次拜访过箐口村和沙拉托乡的哈尼哈巴传承点。箐口村的传承点实际上已经成为"箐口民俗村"景区里的观光景点，而沙拉托乡的传承点实际上就是原先的乡文化站。

红河州以及南岸四县从2010年开始每年都会举办大大小小的"歌舞比赛""歌舞展演"。这些保护"非遗"工作的总体思路继承了20世纪80年代以来"群众文艺工作""民族民间文艺工作"的文化行政实践

---

① 访谈对象：景区某导游，访谈人：张多，时间：2015年8月12日，地点：元阳县梯田景区售票大厅。

② 汉语是联合国正式工作语言之一，因此《公约》汉语文本具有与英语、法语、阿拉伯语、西班牙语、俄语文本同等的法律地位。

③ 《保护非物质文化遗产公约》，UNESCO文件编号为：MISC/2003/CLT/CH/14 REV.1，第2页。

④ 巴莫曲布嫫：《从语词层面理解非物质文化遗产——基于〈公约〉"两个中文本"的分析》，《民族艺术》2015年第6期。

（第一章）。用新街镇政府宣传栏的话语来说就是："新街镇以哈尼梯田申报世界文化遗产为契机，通过组建民族文化传承文艺队……培育民族文化特色产业……"① 虽然这些举措部分合乎文化遗产保护的精神，但有盲目、粗放的问题。这些传承点、比赛、展演大部分是舞蹈、民歌的排练和表演，而少见演唱哈巴。其重要原因就是哈巴不能随便唱，必须有仪式语境。所以这些保护举措还是沿用了"文艺工作"的思维。但从结果来看，这些文化表演也确实为社区传承哈巴带来了更多选择。

这种群众文艺工作制造出大量"神话表演"来作为梯田景观的有力补充。例如：硐埔寨的李有亮在2015年米兰世界博览会（Milano EXPO 2015）表演了"昂玛突"的哈巴。② 这样有助于扩大公众对哈尼哈巴的认知度，有利于保护；但同时也会潜移默化地将哈巴"舞台艺术化"，或"碎片展示化"。元阳县梯田景区将米兰世博会上的哈巴表演改编成为梯田景区的固定演出剧目《诺玛阿美》，其中祭寨神林的舞台上还有遮天大树的道具。在爱春村和大鱼塘村，祭寨神林竟然作为旅游参观项目。对游客来说这就是更加"本真""原生态"的"神话景观"。游客参与到祭祀场域实际上已经悄然改变了哈巴演唱的语境。

无论哪一个层面、哪一类遗产化实践，都在事实上改变了哈尼族口头传统实践的语境。作为文化遗产保护，应致力于消除快速、集中的遗产化运动给哈尼族"社区"日常生活带来的负面扰动。而作为田野研究者，我更关注遗产化运动背后的来自权力、资本与知识生产层面的话语，如何不可逆地重塑着哀牢山的社区。

需要强调，商业、消费并非"洪水猛兽"，而应善加利用。就像绿春"阿倮欧滨"的两次仪式（第七章），就是社区的创造性文化变革措施，既保留了隐秘的祭祀，又发展了公共的节庆。正如周星所言："现代社会的民俗文化未必就一定是和商业文明及消费主义水火不容，恰恰相反，民俗文化要在现代社会的日常生活中生根存活，反倒是借助商业消费的

---

① 元阳县新街镇人民政府大院宣传栏，2014年8月3日。
② 第42届世界博览会于2015年在意大利米兰市举行。这届世博会主题是"给养地球：生命的能源"（Feeding the Planet, Energy for Life），这是世博会历史上首次以食物为主题。哈尼梯田的粮食种植理念非常契合这个主题，因此作为中国馆的重要展示项目。

路径才较有生机与活力。"①

当然，即便没有遗产化运动，哀牢山的梯田社区也要向现代化发展，最终避免不了商业、旅游业的开展。而有了若干"文化遗产"的"护身符"，哈尼人的口头传统、风俗节庆确实得到了相对良性的保护与传承。从这个意义上说，遗产化运动对哈尼人既有文化的存续与发展而言，无疑是一道福音。无论社会如何变迁，哈尼人的神话观念始终是支撑文化的基石，这些核心性的文化动机往往具有很强的文化适应能力，不容易轻易丧失。但是一旦丧失，就意味着文化本质的剧变。

二 异质的生活现场和异质的神话

2014 年夏天，在哈尼梯田成功列入"世界文化景观遗产"之后，我回到梯田遗产地核心区元阳县新街镇调查。这时哈尼梯田景区已经完全建好，土锅寨成为景区入口。而全福庄—坝达—胜村—多依树—硐浦寨—阿党寨一线原来的县乡道路也被设计改造为旅游环线。原本能够自由进出的道路变为凭票进入的景区，这与人类学家三浦惠子论述的柬埔寨吴哥窟"遗产的公园化"②非常类似。梯田是哈尼人的生活现场，而生活现场整体被纳入文化遗产，这种类似的情形还有很多，比如老挝琅勃拉邦、丽江古城等社区类文化遗产。以新街镇为核心的这一带梯田，现在的新身份是"世界文化遗产"。

红河哈尼梯田"遗产地"的范围主要是元阳、红河、绿春、金平四县的哀牢山东北坡，遗产区与缓冲区共 461.04 平方公里。核心区就是元阳县的坝达、多依树、老虎嘴 3 个集中连片梯田区域，即景区范围。多依树、坝达、老虎嘴，加上民俗文化村箐口村的梯田，成为哈尼梯田景区的"四大景点"。景区环线道路将四大景点、各个小的观景台等全部串联起来，沿途设有统一的路牌，大小景点设有统一的介绍栏。

---

① 周星：《民俗主义、学科反思与民俗学的实践性》，《民俗研究》2016 年第 3 期。
② ［日］三浦惠子：《遗产旅游的光与影——以世界遗产吴哥窟为例》，［日］山下晋司编：《旅游文化学》，孙浩、伍乐平译，云南大学出版社 2012 年版，第 161—168 页。

图 26　景区的木质哈尼梯田导游图（张多 2015 年 11 月 29 日摄于多依树梯田观景台）

大鱼塘村位于旅游环线边，村落房屋错落，因此被选作民俗村。在村口立着一块大型"大鱼塘民俗村"介绍栏，栏目分为"大鱼塘村扶贫概况"和大鱼塘村旅游地图。"扶贫概况"上显示这个自然村有 101 户 366 人，2009 年被列入上海市长宁区、青浦区帮扶的梯田核心区"一镇六村"项目。① 旁边的"旅游地图"上列出了咪谷家、山神水、祭祀房、祭田神、祭水神、开心梯田等景点。在日本民俗学家岩本通弥看来："文化遗产化，或称文化资源化，是在'珍视文化'这一堂皇冠冕的招牌下，且在更多的场合是以顺应居民的要求为名义进行的。"② "扶贫"和"旅游地图"的并置展示看似无关，实则彰显了民俗旅游的社区参与。民俗旅游村本身就是社区主动参与到旅游活动的产物，"扶贫"话语则展示了国家的在场。

民俗村的展示策略，大量挪用了口承神话的母题。比如村里的"山

---

① 1996 年，中共中央和国务院在扶贫开发工作的部署中，决定由上海市对口支援云南省。经两地政府商定，思茅地区（今普洱市）、红河哈尼族彝族自治州、文山壮族苗族自治州为帮扶重点地区。

② ［日］岩本通弥：《围绕民间信仰的文化遗产化的悖论——以日本的事例为中心》，吕珍珍译，《文化遗产》2010 年第 2 期。

神水"景点是位于主干道边的一处公共水井。井边木牌介绍说："哈尼人认为万物有灵，水是神灵给予的生命之血液，而森林和大山是水的家，只有注重保护森林、大山及其一草一石，才有清澈甘甜自然的水。此井水来自大山深处原始森林里，无污染纯生态，喝了这样的水，能健胃养颜，幸福长寿。"在哈尼族的原本生活中，水井只有在"昂玛突"节日中祭水神时才体现出其神圣性，而旅游标识将"175水神"母题挪用到水井叙事中，发明出了"万物有灵""纯生态""健胃养颜""幸福养颜"的"传统"，也建构了一个"神灵给予的生命之血液"的神话叙事。实际上在哈尼族神话传统中，并未强调水是神创造的，这处旅游讲解牌的叙事显然是为了迎合城市游客的浪漫主义需求。哈尼族神话观念中具有神圣灵性的自然物是很有限的，"万物有灵"这个人类学术语在这里被塑造为现代知识话语，向游客展示一种"原生态"的民族文化。

这种在新的语境中，为新的观众展示所挪用、重述的神话的现象，被杨利慧概括为"神话主义"（Mythologism）。神话主义概念更多地参考了民俗主义（folklorism）以及民俗化（folklorization）等概念的界定，强调神话被从原本存续与实践的社区日常生活语境中抽取出来，在新的语境中为不同观众而展现，并被赋予新的功能和意义。神话主义并不限于文艺创作，广泛存在于现当代社会的诸多领域。① 而在遗产旅游语境中，遗产化本身就体现出一种表演机制。"非物质文化遗产"不仅被用来描述行将绝迹的传统，更是通过成套话语体系，把文化传统、地方社群、民族国家乃至全球政治结合在一起，有意识地重塑主体身份与文化认同。② 神话在这种遗产化的表演中扮演着重要的展示角色，神话被从日常生活实践中抽绎为现代性的公共文化。

而这种神话主义式的对神话资源的挪用与重述，依旧是运用了神话母题的表述机制。这些最容易被挪用的表达资源，恰恰是神话传统中既定的神话母题，比如"山神""寨神林"等。母题在新的叙事中被实践，

---

① 杨利慧：《遗产旅游语境中的神话主义——以导游词底本与导游的叙事表演为中心》，《民俗研究》2014年第1期；杨利慧：《"神话主义"的再阐释：前因与后果》，《长江大学学报》（社会科学版）2015年第5期。

② 王杰文：《表演研究：口头艺术的诗学与社会学》，学苑出版社2016年版，第209页。

从而将其携带的神话观带入新叙事。这样的例子并不少见。

大鱼塘村西边的另一处水井,标牌换成了"祭水神"。这里确实是"昂玛突"祭祀水神的地点。标识文字如是写道:"举行祭祀活动时要用1只公鸡和1只母鸡,并用篾片编织1只篾箩筛样大的螃蟹,用竹竿挑着插在泉水边作为水神的象征。"同样是水井,却显示出差异化的展示策略。显然"山神水"是在昂玛突祭祀水神基础上"再创造"的神话,也迎合了游客祈福纳吉的心理。现场也确实有若干游客争相饮用"山神水"。"解说"是旅游活动中重要的环节,而在民俗村中,解说常常求助于神话传统,因此形成了神话主义式的解说策略。原本在仪式语境下的神话观被挪用到现代科学的话语中。那么,这种对神话母题的挪用是否失掉了神话传统的本真性(authenticity)?本迪克斯(Regina Bendix)认为追求"本真性"在旅游活动中并不是一个负面的话题:

> 传统在现实中是清晰的,其参与者做出界定时并不需要像学者们察觉到的那样,担心一个节庆或艺术片段是"本真"或者"伪造"的问题。他们会达成自己想要达成的表现形式。"传统的发明"(Inventing Traditions)不是反常的事情,反而是一种法则,它尤其适用于对工业化和后工业化的"国家—地方"的研究,以揭示广泛的跨文化交往。①

尽管"山神水"景点的神圣叙事并非过去的"传统",但其被运用于在遗产旅游语境中标榜传统,仍旧达成了交流实践和文化表达。无论是旅游公司、学者、游客还是村民,都借助这样一个神话主义的叙事达成了各自的理解,完成了民俗文化的多向流动(传播)。当然,这个神话叙事实践的背后还有"非物质文化遗产"与作为表演在"神圣旅程"中交织的隐性逻辑。富有经验的游客大多可以识别出这些神话主义现象的"非本真性",但是他们依然可以通过这些"神话主义产品"获得度假中

---

① Regina Bendix, "Tourism and Culture Displays: Inventing Traditions for Whom?", *Journal of American Folklore*, 1989 (102).

的跨文化体验。

在山神水对面是咪谷家,门楣上赫然挂着"哈尼饮食文化传承中心"的匾额。① 门边墙上挂着"游客定点接待户"的牌子。实际上这就是一家营业的餐厅,但因为"咪谷"和"传承中心"而显得特别,暗含着享用圣餐的体验。餐厅的菜单包括梯田螺、梯田红米、梯田鸭蛋、锣锅饭、炸竹虫等"特色"菜品。餐厅包间装修成哈尼族蘑菇房草屋风格。文化遗产的管理者和经营者在精心打造"景观"的同时,还不忘宣示社区参与的成果。包间内张贴着县文体局印制的《哈尼饮食文化传承中心前言》,明确提及:"本传承中心就是结合哈尼梯田申遗,挖掘哈尼传统饮食习俗而建立的。"农家的生活现场同时作为民俗文化的展示台,被赋予了营销、消费和观光游览的功能。餐厅的餐具是由"元阳梯田餐具消毒配送中心"配送,工业流水线上的餐具放大了隐藏在"传承中心"后面的现代生产活动。咪谷是公共祭祀的主持人,在仪式中象征着天神、祖灵。这个饮食中心将咪谷的神圣性挪用到消费现场,从而完成对餐饮消费的神话主义包装。

大鱼塘村里还有若干神话主义式的展示。比如磨秋场②地砖上的白鹇图案以及白色图腾柱,被标榜成哈尼族的"图腾崇拜"。磨秋桩立在场地上,导游给游客讲述着苦扎扎节日祭磨秋的场景。昂玛突祭祀的必经之路被命名为"昂玛干玛",头人常走的道路名为"索爬干玛",摩批招魂和丧礼送魂的道路名为"苏拉干玛"。("干玛"是哈尼语"道路"之意)这些被一个个标牌解说的道路、空间,实际上就是在通过母题挪用来对空间进行解说,游客通过空间体验想象哈尼族的神话仪式,即使眼前的场地空空如也。

建构主义是遗产学研究的重要出发点,也契合民俗学建构论的观点。菅丰认为"传统""民俗"以及"遗产"等都是社会的建构物,是被人为的想象出来和创造出来的东西,并不具有连接过去的"连绵的"以及

---

① 2021年1月我再次返回大鱼塘村时,这里的匾额已经撤下,村落民居外立面已经经过统一粉刷。

② 磨秋场是哈尼族"苦扎扎"节日祭祀天神、撵磨秋、荡秋千的专门场所,也是村落重要的公共空间。

"本质的"意义。其意义是被围绕着我们的政治、经济以及社会所建构出来的。① 但元阳的调查显示出更多的信息。神话叙事在民俗文化"再创造"的时候,被用于确证"传统"的权威性,功能上接近马林诺夫斯基所言的"宪章(charter)"。但这种权威叙事的约束对象却是游客,已非哈尼稻农。神话在这里被用作遗产化和遗产旅游的本真性的确证。神圣的地点、道路、道具、建筑、名称、标识被统摄在村落地图和标牌叙事中,为外来游客迅速勾画村落的民俗画面,让无声的神话潜移默化地完成了表演。更重要的是,梯田景观旅游容易视觉疲劳,有不可持续的缺陷,而遗产地的经营者迫切希望借助哈尼族的民间文学来弥补这种缺陷。

文化遗产的建构是系统工程,各种名目的"遗产"在其中各有角色。"遗产化"过程实质上是知识话语介入遗产领域的过程,这样的话语不仅通过设立标准达到选择"正确"遗产的目的,更通过话语方式介入到遗产叙事的建构之中。② 遗产的历史文化意义被重新阐释并整合到公共话语之中,从而建立新的遗产化的文化记忆。对哈尼梯田来说,不论是"非物质文化遗产"与"文化景观遗产"都非常倚重神话叙事资源。神话作为承载着世界观、价值观的表达文化,潜移默化地参与到遗产化进程中,在遗产地社区体现出全方位的魔力。

当然,在反思与批评之后,仍然需要正视遗产化运动的主要积极面。假如哈尼梯田没有任何"文化遗产"的头衔,这里的社区依然要面对城镇化的影响,会有更多年轻人外出打工,反而面临更为严峻的梯田退化风险。因此文化遗产给哀牢山带来的积极影响是显而易见的,至少给了哈尼人一个选择的机会。神话在遗产化运动中也不是"运用"与"被运用"这么简单,而呈现出复杂动态的表演机制。当民间文学面向现代化进程,人们强调各种民俗传统时,总会不断地在当前的话语、行为与过去的话语、行为之间创造关联,以获得文化代言的合法性。③ 神话的挪用

---

① [日]菅丰:《日本现代民俗学的"第三条路"——文化保护政策、民俗学主义及公共民俗学》,陈志勤译,《民俗研究》2011年第2期。
② 燕海鸣:《从社会学视角思考"遗产化"问题》,《中国文物报》2011年8月30日。
③ 康丽:《传统与传统化实践——对中国当代民间文学研究的思考》,《民族文学研究》2010年第4期。

与重述在多种异质性话语的交锋中成为重要的叙事资源。这些重述的神话表面上声称是源于哈尼族的传统,但实际上却是为"遗产地"这个新的生活现场创造表述,其最直接的表演是在各种社会角色的"神圣旅程"中展开的。

三 地方精英的创造力

在哀牢山哈尼人的社区生活中,本民族的地方知识精英是一个不容忽视的群体。他们接受过国民基础教育,通晓汉语。我的田野合作者卢朝贵先生就是其中的典型代表。由于高质量地翻译了朱小和的《窝果策尼果》《哈尼阿培聪坡坡》等口头文本,卢朝贵渐渐成长为哈尼族民间文学搜集、整理、翻译的权威专家。在他身上,有着强烈的民族文化自豪感与责任感。在哈尼梯田遗产化的过程中,他也扮演着重要的角色。他非常像高荷红归纳的满族民间文学专家富育光那样的"书写型传承人"。[①]

地方知识精英由于掌握大量口头艺术的资源和表演技术,因此面对遗产化的新语境,他们往往能发挥母题构造叙事的创造力。地方知识精英主要有两类:一类是传统精英,如摩批、咪谷;另一类是新式精英,如公共知识分子。这两类人在运用神话方面各有特点,传统精英更擅长运用口头传统中那些既定的规则和技巧,而新式精英更善于使用现代通行话语。

相比大鱼塘、箐口,全福庄虽然也在旅游环线边,但是村落庞大,人口和建筑密集,暂未进行旅游开发。但已经有部分村民在大路边建房开旅馆。全福庄是元阳县较为著名的村落,梯田规模大、研究者到访较多。

卢朝贵家在全福庄村落的中部,房子隐藏在密集的民房中间。1945年暮春,卢朝贵出生在全福庄大寨,父母都是本寨哈尼族稻农。1952年卢朝贵进入箐口村的高小读书。当时,民族区域自治工作还在推进初期,元阳县成立了麻栗寨哈尼族自治乡,土锅寨、箐口、全福庄都属于麻栗

---

① 高荷红:《满族说部传承研究》,中国社会科学出版社2011年版,第86—112页。

寨乡。后来他接连转学到新街、麻栗寨、水卜龙村直到高小毕业。

1956—1957年，由中国作家协会昆明分会组织的民族民间文学调查队来到元阳，这次调查活动当时在元阳县轰动一时（参见第一章）。卢朝贵对这次调查也印象深刻。但后来在"大跃进"和"文化大革命"中，许多摩批都被视为"牛鬼蛇神"，祭祀活动遭到全面禁止。1963年卢朝贵初中毕业。初中学历在当时的哀牢山区是很高的学历。毕业后他被分配到元阳县粮食局工作。卢朝贵在粮食系统工作了5年。这期间因为工作关系，他跑遍了元阳各村各寨的梯田，熟悉了各个寨子的情况。

"文革"期间卢朝贵因为"家庭出身"的原因，离开政府机关回家务农。他在家务农11年，梯田里的长期耕耘使他更加深刻地理解自己的村落乃至哀牢山哈尼族的稻作文化，他也是在"文革"期间结识了朱小和。"文革"期间朱小和一直在攀枝花乡铁厂务工，但是他动听的歌喉、渊博的知识，使他成为远近闻名的歌王和故事家。卢朝贵经常到攀枝花乡铁厂去听朱小和唱歌（哈巴）、讲故事。一来二去，他们成为了亦师亦友的至交。

1980年卢朝贵正式到元阳县文化馆工作。1984年他调任元阳县文学艺术界联合会，1991年调任元阳县政协文史委员会。20世纪80年代初，卢朝贵在文化馆搜集、翻译、整理了若干哈尼族民间文学作品，访谈了若干摩批、歌手。当时，与朱小和同村的摩批杨批斗是更有名的歌手，知识渊博在朱小和之上。但是他比较保守，"文革"期间被迫在采石场劳动，身心饱受摧残。"文革"后，他始终不愿意太多谈论自己掌握的口头知识，因此目前杨批斗演唱、讲述的文本很少，仅有《祖先鱼上山》《年月树》等个别文本。相比杨批斗，朱小和显得颇为大胆，敢于公开唱哈巴。卢朝贵说他是"不怕死"。朱小和的演唱技艺远近闻名，富有激情。文化馆将他邀请到新街镇招待所，一部《哈尼阿培聪坡坡》他一唱就是3天，动情之处老泪纵横。一部《窝果策尼果》他一唱就是7天，从开天辟地到人类繁衍他一气呵成。

1985年，卢朝贵被选派到中央民族学院举办的少数民族古籍班①学习。在京期间，卢朝贵学习之余翻译了《窝果策尼果》的一部分文稿。《窝果》体量庞大，单录音磁带就有24盘。卢朝贵开玩笑说，如果当时在北京没有翻译任务，自己还可以多学点英语。1987年卢朝贵回到元阳，且已经小有名气。外面来的学者凡要了解哈尼族文化的通常都找他。

1989年，卢朝贵在接待北京来的某教授时第一次知道了"世界文化遗产"。当时，他应约写了一篇报告《元阳梯田与哈尼族》给了该教授。这篇文章里，他提出了哈尼梯田"森林、水系、村落、梯田"四位一体的特征，并称之为"良性人类生存空间"。②这是他运用现代科学话语阐释哈尼族文化的一个典型事例。1991年他调任县政协文史委。1990年代，他多次向元阳县政府建议，应加快进行申报世界遗产和旅游开发的工作。他认为，农民种植水稻的收入应该比外出打工高，才能保证梯田的存续。

2000年，元阳县成立了申遗办公室，卢朝贵任副主任。在元阳县基层的卢朝贵始终是申遗与旅游开发的幕后重要参与者。2008年退休后他参与到梯田旅游景区的规划设计工作中，比如箐口民俗村的民俗陈列馆就是他设计的。2013年"申遗"成功后，他又担任了旅游公司的顾问，参与景区设计、民族文化应用和员工培训。

卢先生家有许多藏书，尤以民间文学搜集整理文本为多。卢先生本人就是民间文学"三套集成"哈尼族部分的主要搜集整理、翻译者。这些搜集整理的作品集大都和哈尼哈巴尤其是神话有关。几乎每位到卢朝贵家的学者，都翻看过这些源于"哈巴"的神话文本。尤其是《窝果策尼果》《哈尼阿培聪坡坡》《都玛简收》等鸿篇巨制。他家这些文本化的神话叙事无疑成为哈尼族"神话"表达的重要载体。户晓辉认为："人为搜集整理的理想文本形式同样是民间文学体裁叙事行为的一种表演。"③文本化的口承神话显然是知识生产的产物，但是卢先生家的文本，让到

---

① 该班有105名学员来自全国19个省区，其中云南省有20人。民族古籍班开设古代汉语、民俗学、民族语文、民族史等课程，由马学良、王辅良等教师任教。
② 卢朝贵：《元阳梯田与哈尼族》，卢朝贵手稿。
③ 户晓辉：《民间文学的自由叙事》，社会科学文献出版社2014年版，第106页。

访者体验到在文本的原生地和搜集者家中阅读的戏剧感。当印刷厂生产的神话文本又回到它的原生地时，神话文本、神话讲述、神话仪式、神话景点得以重新在其原生地交织，塑造着全福庄新的神话世界。这种神话主义的魔力正是遗产化渗入文化内部，又从文化内部获得新生的真实写照。

这种民间文学搜集整理并出版的文本，实际上也是一种民俗主义现象。尤其是神话文本，更体现为多元语境转换的重述特征。搜集整理并文本化之后的口承神话，也是神话主义的重要表现。高健通过对佤族神话文本化的研究，也注意到"神话文本"回流的现象。

> 神话书面文本化后会脱离社区日常生活原有的文化持有者，而走向识字阶层，但还是有些书面文本在工厂里经过印刷出版后又回流到社区日常生活中。于是，就出现一群特殊的读者，即作为局内人的读者。书面文本的内容虽然已经被固定了，但是当它重返社区日常生活中，有时还可以影响到口头传统原来的存在形态。……神话主义所注重的是如何通过对书面神话进行有效的调节与运作，使其既不完全脱离原来的神话叙事传统，同时又可产生新的意义。①

卢先生兼通哈尼族、汉族语言文化。因此他在"哈尼哈巴"神话、史诗的翻译解释工作中扮演着无可替代的角色。他带我在村落四处调查，为我讲解。显然他已经将哈尼族民间文学进行了全面吸收消化，并完成了可向族群内外"表演"的知识生产。一切传统似乎因为来自社区内部的知识分子而变得传承有序，在这种情况下，我的调查似乎"显得多余"。

但我还是从中找到了社区变化的标志，也是梯田核心区"神话主义"知识生产最明显的例子——神话商标。在景区，哈尼族服饰中的日月牌图案被挪用为旅游公司商标。日月牌是哈尼族少女服饰的一种银饰，悬

---

① 高健：《书面神话与神话主义——1949 年以来云南少数民族神话书面文本研究》，《云南师范大学学报》（哲学社会科学版）2016 年第 6 期。

挂于胸前，圆盘上面有鱼、蛙、螃蟹、鸟4种动物图案。4种动物都是哈尼族口承神话中重要的神话意象。鱼神"密乌艾西艾玛"是创世神祇，位于神谱顶端。① 蛙是始祖神，螃蟹是水神，鸟是口头叙事中神祇。4种动物排列在银牌中，圆银牌本身又象征日月。这种服饰的核心意义既象征生命力和丰产，又是女性护身的祥物。

在景区，这种神话银牌已被设计为商标形象识别系统（LOGO type），大量出现在建筑彩绘、标牌、路标、票券等处。这个商标是一个典型的神话主义意象，内中蕴含着哈尼梯田稻作文化的顶层观念，确实不失为极佳的标志符号。但在哈尼族日常民俗生活中，这种银牌仅仅是少女服饰中诸多银饰的一种，并不是显著的文化符号，甚至今天的日常生活中已经少见。可见，经过地方知识精英的发掘，哈尼族神话的典型物质符号被挪用做旅游形象标识。四兽银牌所承载的宇宙观也在新的语境中获得了第二次生命。

图27 日月牌（左：景区标识；中：宣传册上的商标；右：景区建筑上的装饰）（张多2015年、2016年分别摄于多依树景区和箐口村）

不出所料，这个符号正是卢先生的创意。他曾担任旅游公司的顾问，景区的文化展示大多出自他手。可见，地方精英已然在推进传统神话知识与旅游业的融合。本民族"新式地方精英"，尤其是深刻理解神话传统与梯田文化关系的卢先生，自觉地将典型神话意象转化为新的神话商标

---

① 张多：《神话意象的遮蔽与显现——以哈尼族鱼创世神话为中心》，云南大学，硕士学位论文，2014年。

符号。究其根本,这是神话的"解释性"(explanatory)①特征使然,神话本身是人类解释自身在世界中的位置以及文化起源的努力。而这种图像表达,其承载神话观的方式,与母题十分类似。这些求诸传统的符号同样承担着文化解释的功能,并且需要有专门人士为此做出解释,地方知识精英或者景区导游就扮演了这种角色。

一个与育龄女性有关且表征神话叙事的饰物,演变为面向游客的民族神话符号,完成了神话主义的话语转换。这也表明"遗产是一种在当下求助于过去的文化生产的新方式"。②在遗产化运动这个大的"表演"实践中,神话是其中非常活跃的表述资源,而将这种表述资源对接到遗产化当中的正是掌握现代科学话语的新式知识精英。他们对文化发展形势的"审时度势"让他们得以发挥自己兼通本民族文化与公共话语的才能。

当然,这里又牵涉另一个问题,像卢朝贵这样生活在传统寨子里的本民族知识分子,多大程度上是实践民俗学者所说的"普通民众"③"(民俗事象)背后的实实在在的人"④"文化公民"⑤?他的个人叙事能否反映集体用神话叙事构建民俗生活的逻辑?我的看法是,在一个具体的社区中,几乎找不到谁是最典型的"普通民众",每个人都有自己的"传奇生涯",他们共同构成了社区民俗生活的"场域"。因此就神话观的民俗实践研究而言,我并不避讳卢朝贵这样的"讲神话的精英"。我们过去常常把少数民族民间文艺的演述者表述为"民间""草根""底层民众",但事实上他们往往是群体里并不普通的精英分子。例如藏语里表达格萨尔歌手的概念"仲堪",就含有"精于此道者"的含义。卢朝贵虽然不是

---

① [英]杰克·古迪:《神话、仪式与口述》,李源译,中国人民大学出版社2014年版,第89页。

② Barbara Kirshenblatt–Gimblett, *Destination Culture*:*Tourism*,*Museums*,*and Heritage*, Berkeley,Los Angeles and London:University of California Press,1998,p. 149–150.

③ 户晓辉:《实践民俗学的日常生活研究理念》,《民间文化论坛》2019年第6期。

④ 刘铁梁:《个人叙事与交流式民俗志:关于实践民俗学的一些思考》,王杰文主编:《实践民俗学的理论与批评》,学苑出版社2020年版,第190页。

⑤ 高丙中:《中国民俗学的新时代:开创公民日常生活的文化科学》,《民俗研究》2015年第1期。

仪式专家"摩批"或"咪谷",但毫无疑问他是新时代的民俗解释权的掌握者。没有他,抑或是换一个真正的民俗理解水平"很普通"的村民来与我合作,我可能很难"看到"那些仪式现场隐含的意义。

四 胜任表演:摩批歌手的应对之道

相比旅游化、公园化、遗产化对梯田文化的知识生产,2014年8月1号我拜访朱小和先生的情形显得十分不同。朱小和是名满哀牢山的哈尼族著名摩批歌手,被誉为"摩批哈腊"(摩批中的老虎)。[①]他唱的《窝果策尼果》和《哈尼阿培聪坡坡》可谓哈尼族口头传统的"双璧"。朱小和有关哈尼族口头传统的古典知识非常渊博,现在又有"国家级非遗传承人"的头衔。但实际上,身为哈尼族山区的"歌王","国家级非遗传承人"头衔对他而言无非是农民身份之外的一个额外角色。本质上他还是传统的地方知识精英。我请他讲讲哈巴里有关造天造地的神话,他就在席间讲起了哈巴的故事。

……

朱:密乌艾西艾玛,是它最先在那个水里边生存了以后,它的那个划道道的翅膀,那个鳍了嘛。左鳍刷了一下以后,天就亮啦。然后,右鳍甩过以后地就明啦。还有一个是金柱,这个手像这样拿起来看(竖起五指),也是,这个手指头也能看清楚啦。

朱:(越发抑扬顿挫,进入兴奋的表演状态)那个地一样的脊背上,竖起那个金柱来以后,天神就上天啦。然后从这里开始,其他那些事物就一步一步产生啦。

张:竖起金色的柱子?

朱:唔,金子做的柱子。然后那些神就顺着爬到天上。就产生了天神啦。么就,那些神顺着那个金柱爬到天上以后,他们就在那协商啦。上面的几个说,那个世界上没有人,也不会在(注:云南

---

① 史军超:《哈尼族文学史》,云南民族出版社1998年版,第838页。

方言"生存"之意），但是谁去领导那些人呢？第一个产生的是"pil"（注：祭司），第二个产生的是工匠，第三个产生的是"zyuq"（注：头人），就是官了嘛。没有这三种能人，人是不会在世上生存的。

……①

朱小和讲了将近1小时，这一次讲述实践展现了神话传统在歌手的表演中，具有极强的语境适应力。而这种应变能力的基础是口头传统的内在稳定性。今天朱小和讲的"天地万物起源"的内容，和同出他口的经典文本如"三套集成"中的宇宙起源神话叙事相比，核心母题基本上是稳定的。这并不取决于核心母题处于叙事的什么位置，或者有什么功能，这种稳定主要取决于核心母题本身的叙事内容和意义。正如杨利慧指出，尽管"语境"研究成为新的时尚，但不能无限夸大语境的效用，在口承神话传承过程中，那些核心母题往往变化很小。② 朱小和头脑中的神话知识库浩如烟海，但是他的每一次演唱和讲述，都是基于有限的核心性母题来作为基本叙述架构。在他的神话表演实践中，核心性母题的稳定性与语言艺术的创造性比较突出。

朱小和几十年来为"三套集成"、各类"神话故事选"讲述的神话，情节、词汇与结构花样繁多，但金鱼娘"密乌艾西艾玛"造出神界；天神在鱼脊背上打天柱地梁；三种能人诞生等母题与这次讲述是一致的。这也是《窝果策尼果》的《烟本霍本》诗章的核心母题。这样的稳定性透露出哈尼族摩批"口头传统"的规则性，尤其是"创世神话"的部分，在摩批头脑中的"传统武库"里是神圣且稳定的。但是，朱小和"这一次"讲述又是生动且独一的，他既是对我（访问者）讲述，也是对多年合作者卢先生的讲述。在这一个不同寻常的语境中，朱小和一边喝酒、一边抽水烟筒、一边讲述；卢先生和我一边讨论、一边记录。面对听众

---

① 朱小和讲述，卢朝贵翻译，张多记录整理，2014年8月1日，元阳县攀枝花乡硐浦寨。
② 杨利慧：《语境的效度与限度——对三个社区的神话传统研究的总结与反思》，《民俗研究》2012年第3期。

的异质性（heterogeneous）①，朱小和对此表现出自然和适应，将一次作为展示自己交流能力（communicative competence）的表演②在饭桌上令人满意地完成了。

实际上，辨别听众的异质性，是口头传统（民间叙事）表演者胜任表演的基本能力。面对异质性的新听众，表演者的自信来自于他对口头传统形式、意义与技巧的全面把握。查尔斯·布瑞格斯认为"表演框架"的视角改变了看待"胜任"（competence）问题的方式。表演理论并不试图去分辨是什么制造了特殊的文本类型，而是要寻求识别言说者发出信号的特征，也即诉诸形式和意义之分享模式的假定责任。③ 朱小和无论是20世纪60年代在禁止"迷信"的政治高压下在心中记忆哈巴，还是20世纪80年代在宾馆里为民间文学搜集者唱哈巴；无论是为研究者讲哈巴故事，还是面对摄像机录制哈巴，他的知识表述总是分毫不乱。他高超的哈巴驾驭能力就体现在不论面对什么样的情境，不论听众是谁，他的演唱策略就体现在诉诸形式和意义之分享模式的假定责任之中。

这样说，是因为他所掌握的口头知识与技能浩如烟海，单"创世"部分就千头万绪。但他的"表述策略"却非常清晰，取舍变化间能够适应仪式演唱、应邀演唱、讲述、录像、录音、采访、直播等等表现形式。他乐意与不同的听众分享自己的知识和技巧，但并不是出于向外界展示的积极愿望，而是出于歌手的"责任"。一方面，可以说这是优秀"歌手"必备的技能；另一方面，歌手高超的胜任能力，能够确保哈尼人的本土知识在遗产化的新语境中自信地表演。进一步说，本土知识完全不必抗拒社会环境的剧变，反而应当利用遗产化契机进行自我媒介更新和自我知识阐释。这也正是 UNESCO"非遗"《公约》所致力于达成的目标。在当代社会，人类小群体的知识不再为其独享，转而成为"全球化"

---

① Ruth Finnegan, *Oral Traditions and the Verbal Arts: A Guide to Research Practices*, London and New York: Routledge, 1992, p. 94.

② ［美］理查德·鲍曼：《作为表演的口头艺术》，杨利慧、安德明译，广西师范大学出版社2008年版，第12页。

③ Charles L Briggs, *Competence in Performance: The Creativity of Tradition in Mexicano Verbal Art*. Philadelphia: University of Pennsylvania Press, 1988, p. 8.

语境下"文化多样性"思潮的重要表述资源。

歌手表演的责任与作为"国家级非物质文化遗产代表性项目代表性传承人"的责任也有着紧密关联。朱小和就同时具有这两种身份。他作为传承人的首要责任就是传播、传承哈巴的表演与实践，而表演就意味着为观众负责。因此，歌手个人的创造力显得尤为重要。"非遗公约"的前言部分明确提及："承认各社区，尤其是原住民、各群体，有时是个人，在非物质文化遗产的生产、保护、延续和再创造方面发挥着重要作用，从而为丰富文化多样性和人类的创造性做出贡献。"[①] "再创造"这个关键词表明，"非遗"保护并不是要做标本，而是要赋予"非遗"第二次生命。正如上述朱小和为我讲唱的神话，虽然不是仪式上的哈巴，但是"宴席"本身就是哈巴演唱的传统场域。他基于哈巴规则调整表演策略，有效地实践了一次"再创造"的哈巴。不论是"非遗""神话"还是"哈巴"，表演者能否胜任表演确实是推进文化传承与保护的重要基础。

在农民、歌手、地方精英、学者、商人、官员、游客共同参与下的遗产旅游，为神话提供了多样化的表演场域。虽然新的旅游语境和原本日常生活的语境有明显差异，但是"遗产旅游"正在变成哈尼人新的生活现场。朱小和灵活地表演哈巴的例子、卢朝贵运用神话的例子，都表明口头传统自身也在试图适应新的语境。只要处理好经济利益、旅游经营与稻田存续的关系，承载哈尼人世界观、价值观的那些核心母题完全具备对新语境的适应力。只要神话所蕴涵的那些天地、生命、血缘的价值观得到传承，哈尼梯田的稻作文化也就能重获生机。

神话在社区生活中原本就是一个幕后角色，在遗产化运动中也不显眼。表面上"文化景观""国家景区""农业遗产"要保护的对象是梯田，但如果没有神话观念做支撑，作为"文化"的哈尼梯田也就不复存在。正是神话中那些有关树的神圣观念、牛的化育观念、神人血缘相连的观念，使得合理的梯田耕耘制度得到贯彻。因此若论社区文化治理的

---

① UNESCO：《保护非物质文化遗产公约》，文件编号 MISC/2003/CLT/CH/14 REV.1，第 1 页。

实操，在哀牢山区诸多遗产化话语系统中应特别重视"非遗"保护，因为这些"无形的"民俗实践是梯田景观得以维系的基石。但是恰恰"非遗"保护中难度最大的就是口头传统。并且，在许多学者的批评中，"非遗保护"本身就是一种异质性的话语生产。如彭牧所言，虽然非遗保护的根本意义仍在于"社区文化空间内原有的意义"，但是列入"名录"这一举措本身赋予了项目得以超越自身文化空间内部意义的可能性。①

但如果换一个视角，地方的知识精英也许不善于分析"遗产话语"的本质，但他们更善于在历史机遇中抓住关键问题。他们善于不失时机地把哈尼族民间叙事中的核心母题提炼为新的文化表述。这种表述既可以是哈尼哈巴的舞台化表演，也可以是旅游符号、景观的呈现。用发展的眼光来看，那些核心母题的确是在社区中传承民间文学的一个着力点。进一步讲，维系农耕的价值观、宇宙观、生命观都能够透过母题的再现，重新得以表述，向全球游客重新讲述哈尼梯田的稻作文化内涵。即便从社区文化空间内部来看，哈尼哈巴的演唱之所以代代相传，根本动力就是要把文化观念和信仰通过民俗制度得到贯彻。那些体现为"母题"的叙事存在方式，是民俗制度中非常重要的记忆、再现和表述手段。无论是对稻田的耕耘、对丰产的干预，还是对繁衍的强调、对死亡的追问，哈尼人都会选择特定的叙事标记来反复表述。

哈尼人虽然选择口头表演作为表述神话观的主要方式，但是神话观也可以化作图像、符号、造型、商标。这并不代表口头传统遭到破坏，反而显示出核心母题的稳定性。地方知识精英在新语境下努力地试图更新神话表述的媒介，他们对神话的重述是口承神话的发展的重要推动力。新生的神话主义现象正是神话适应新语境的产物，这恰恰说明母题描述的是叙事的存在方式，而不是现成的成分。相比叙事成分，一种叙事方式更具有稳定属性。神话母题不是一个静态的成分概念，它承载的是宇宙观、生命观等根深蒂固的观念和信仰。

母题是人用来标记神话存在的一种方式，它可以进入不同语境的叙

---

① 彭牧：《非物质文化遗产的当下性：时间与民俗传统的遗产化》，《民族文学研究》2018年第4期。

事，也包括遗产化语境下的表述。当神话母题被人们挪用到新的语境中，为新的观众表述时，母题承载的世界观、价值观就传播到更广的范围。当游客在神圣旅程中凝视那些商标、解说、雕刻时，实际上是在凝视哈尼人的世界观、价值观。"母题"概念正是要描述这种神话观在不同语境中被表达的情形。只要背后的观念稳定，母题也会保持稳定，这或许就是许多表达起源观念的神话母题遍布世界的一个原因。

在哈尼人文化遗产化的过程中，神话的重述看似波澜不惊，事实上再次提示我们文化遗产保护的根本问题是文化多样性，即尊重文化差异，体认世界观、价值观的多元。遗产化的文化政治实践不是单向的，一方面它塑造了遗产地，另一方面地方知识精英也在积极利用遗产化运动重新表述哈尼文化。总的来说，哈尼族的神话传统不再是孤立的文化注脚，也不仅仅是语境中的讲述，而成为文化政治的显在符号和重要角色。新生的神话主义现象表明，哈尼族神话叙事在遗产化进程中非但没有终结，反而显示出强大的稳定性和存续力。

结论　追索神话观在民俗实践中的复杂呈现

通过在哀牢山区对哈尼人神话世界的持续追索，以及联系我对中国其他神话传统的实际感受，我感到"神话"并不是一个和"史诗""传说""歌谣"并列为民间文学文类的同一范畴的概念。"神话"的边界难以捉摸，但其核心性的指向，也即宇宙观是明确的。包括宇宙观在内的人类重大基础性观念，如生命观、世界观、文明观，构成了学术概念"神话观"的基本内涵。因此，神话在文化实践中的诸多复杂面向，实际上是为了表达神话观。口头叙事仅仅是表达神话观的一种主要方式。

就神话学而言，探索神话叙事的叙事机制、表演机制、思维机制和价值机制是一项基础性的工作。以母题、类型为代表的文本结构研究，就是一种行之有效的方法。但是以往大多数神话母题研究是基于书面文本进行形式比较，秉持静态的母题概念。固然这种母题概念在分析普遍的叙事规律中有效，但是这种比较忽视了神话在特定群体、社区生活中的意义。许多学者把母题视为现成的叙事成分，忽略了其在实践中动态生成的本质属性。[①] 神话母题作为一种特殊的叙事图式，乃是对群体神话观念之表征，是在文化实践中不断被投射的文化根谱。

哀牢山区元阳县、绿春县一带的哈尼族农业社会，在整个人类社会中只是一个小地方。但这里的哈尼人神话观的多样、深刻、复杂、蕴藉和活力令人印象深刻，远不是一本专著所能廓清。"历史—地理学派"的

---

① 需要重申，这个观点受到丹·本—阿莫斯、刘铁梁、户晓辉等前贤的启发。

文本比较研究严重忽视了"文化实践现场"所承载的文明厚度,用杨利慧的话说就是"只见森林、不见树木"。① "现成的"和"动态的"两种母题概念,有着不同的学术工具意义。目前学界对后一种动态母题概念的认识十分不足。因此,本书试图运用民族志方法,深入特定群体中探究这种动态母题如何在实践中生成? 追索神话在文化实践中有着怎样的表达机制? 神话表达机制对特定群体有何意味? 母题作为描述神话叙事表达机制(或存在方式)的概念,在分析哈尼人文化实践中的观念表达问题上,依旧是一个有效的分析工具。

一 在民俗实践中动态生成的母题

斯蒂·汤普森的母题概念既强调其"最小元素"的特征,也强调"可重复",他对母题概念的模糊表述已经受到许多批评。母题并不是像分子、原子那样现成的、可以无限分割的成分单位。正如丹·本—阿莫斯指出的,汤普森及其学生没有清楚地认识到"母题"是学者有关民俗的话语,是故事中存在的成分的符号,而非叙述成分本身。② 因此,神话母题作为对特定叙事的标记,是在叙述活动中形成的一种表达机制。在文化实践现场,哈尼人自己虽然未必从神话观的种种表达中归纳母题,但是他们的口头艺术实践(哈巴)却让母题显现出来,使我能够观察到内中的图式,并通过民族志书写加以呈现。

只有那些核心性的、基础性的母题才会被以多样的形式反复实践。正是在仪式、图像、造型、演唱、讲述、扮演等多种文化实践的过程中,那些被反复着力突显的神话观念,就呈现为核心神话母题。在哈巴演唱中,这些母题会被提炼为诸如"奥色米色""烟本霍本""索植俄都玛佐"这样的"标题"式语辞标记。正是通过这些语辞标记,我找到了哈尼人哈巴演唱的内在结构形态。这些叙事图式提示歌手顺着一条条歌路

---

① 杨利慧:《现代口承神话的民族志研究——个案调查与理论反思》,《民族艺术》2014年第2期。
② 户晓辉:《返回爱与自由的生活世界:纯粹民间文学关键词的哲学阐释》,江苏人民出版社2010年版,第159—160页。

渐次演唱，演绎出哈尼人文化观念中的天地、人神和生死。

核心母题往往在不同语境中粘连其他母题组合成各具特点的叙事，但核心母题本身能基本保持稳定。比如宇宙起源神话中创世者、造天造地的母题，在丧礼死亡起源神话中粘连了不死药母题，而在"阿倮欧滨"遮天大树神话中则粘连了宇宙树母题。这些横向的母题粘连，愈加巩固了核心母题的地位。而这种"粘连"与"巩固"是一个实践的动态过程，单凭母题索引并不能判定。

神话母题承载着哈尼人的宇宙观、价值观、世界观，因而母题在不同语境中的适应能力实际上是背后的观念与信仰在起作用。"母题/motif"一词蕴含有"动机（motivation）"的意思，这个概念描述的是叙事的存在方式。对神话母题而言，这种实践意义上的叙事动机实际上是文化观念表述的需要。神话母题对应的文化观念的表述必须依赖特定语境中的实践。比如只有在丧礼实践中生成的特定母题被用于指导仪式、标记道德、形塑器物时，母题才能显现出其攸关哈尼人核心价值观的意义。母题生成的基础是摩批歌手的传统武库，它是传统武库中的神话观进入文化实践的时候才呈现为母题的。因此神话母题是用以分析神话观的实践的一个概念工具。当然，它同时也是分析哈尼哈巴叙事路径的一个有效概念。

在哀牢山的田野中，我重点分析了几种哈尼人运用母题的描述机制来表达神话和信仰的情形。这几种母题的实践机制大致围绕三个问题：其一，在哈尼人的本土文类知识中如何表述神话的存在方式；其二，在文化实践的具体语境中哈尼人如何呈现他们的神话观；其三，在文化变迁的语境中观察神话母题的稳定性和存续力。这三个问题相互之间是动态关联的，并不是截然区隔开的。

围绕第一个问题，即在哈尼人的本土文类知识中如何表述神话的存在方式，我主要分析了"哈巴"作为一种哈尼人基于共同理解的本土文类，是一种神话表达的交流框架。在"哈巴"这个总领性的语言艺术类型中，其被表演的文本形态往往由母题来引领。比如"造天造地""补天补地""牛化生""昂玛突""砍倒遮天大树"等，它们既是核心母题，又标记着哈巴的路数。哈巴的演唱就是在这些母题的引导下各自分工、井井有条。每一路哈巴内又包含若干母题，来形塑这一支哈巴所要演唱的顺序、内容、详略。歌手正是根据核心母题所提示的表演单元，根据不同场景变换组合。哈巴是哈尼人本土知识中表达世界观、价值观的方式，其具体实践须依靠对这些观念的标记来指引情节的展开。这种标记也就是学者所概括的母题。因此母题可以作为一个分析性概念，在本土知识与学术知识之间展开对话。

围绕第二个问题，即在文化实践的具体语境中哈尼人如何呈现他们的神话观，我主要在典型的文化事件中展开观察。我选取了造天造地神话的诸多表现方式、苦扎扎节以及丧礼展开调查。

价值观、世界观（宇宙观）、人观（生命观）、历史观等都是人类社会赖以运转的最基本意识形态。而神话母题承载的恰恰是这些意识形态的元意义。比如哈尼人认为鱼母神生出了众神，众神合力造天地，天地又分三层，人类居于中层。这种宇宙观是哈尼族文化的基石，其整套社会文化制度都是建立在这种起源认知和界域划分之上的。再比如父子连名谱牒将神谱与人谱相连，从而发展出祭祀祖神、天神的礼仪，衍生出父权舅权的制度。而当这套宇宙观体现为育龄女性的生育制度时，就化为服饰上的银鱼，虽然没有附带任何解释，但是银鱼及其佩戴制度就是"鱼母神"的创世观念内化为社会意识并生成母题表达的结果。神话中多民族同源的价值观，指导着哈尼人与哀牢山诸多民族的相处之道。尽管多民族同源的神话在许多藏缅语民族中都有，但是在哈尼族神话体系中这种观念是基于人类起源神话的，仍然具有基础性意义。这种母题实践方式的特征是形塑基本的文化行为，是一种奠基性的实践机制。这些观念在哈尼人的日常生活中未必是一种众所周知的知识，但却是奠定他们文化实践行为的知识底蕴，或曰认知图式。

象征性实践是人运用母题塑造文化符号与行为模式的重要机制。象征性符号是文化规约日常生活的基本工具，某些普通人"一知半解"的文化观念，通过象征符号的转换就变得可操作。苦扎扎节的杀牛分肉、荡秋千、骑磨秋是这个节日标志性的文化行为，这些标志物和行为就是神话母题通过象征能力不断塑造出来的。骑磨秋和荡秋千象征着天神与人间的沟通，杀牛分肉是通过对补天补地的模拟来象征化育、生育能力。相对来说，这些象征符号集中出现在苦扎扎，其直接的诉求就是促进稻谷丰产、人丁兴旺。

每个社会都有极少数关键性礼仪，且往往是文化认同的必要条件。丧礼对多数文化而言就是这种关键少数，甚至是最关键的礼仪。哈尼族丧礼的实施有赖于核心神话观的表述，母题不仅承载神话观，母题的实践也关乎仪式的合法性，是丧礼上那些物质符号的意义所系。丧礼上"死亡母题"的表述与仪式有明显的相互作用。如果没有丧礼，诸如"不死药"的母题不会这么显著；反之如果没有诸如"神人谱牒"这样的母题，丧礼就不会有送灵归祖的系列礼仪实践。这种核心母题与关键礼仪相互依存、相互表述的实践机制在哈尼人神话世界中比较典型，也一定程度上说明动态的母题概念的有效性。

围绕第三个问题，即在文化变迁的语境中观察神话母题的稳定性和存续力，我主要观察哈尼人运用母题的表述力以适应新语境的情形。神话母题承载着许多基础性的文化观念，因此面对文化变迁，哈尼人对神话观的表述也会出现调整和适应。

昂玛突节上，祭祀神树神林是核心仪式，这种对树木崇拜的观念寄托于遮天大树、天梯、历法起源神话。而当绿春县哈尼人在原本"隐秘的祭祀"之外发展出"公开的祭祀"，将一个仪式分别在两个节庆中实践时，神话母题的表述力就显示出强大的文化调适作用。同一个仪式能够分别被实践的合法性正是源于宇宙树母题对简收神女叙事的重述，这后面是有宇宙观做支撑的。重新表述宇宙树母题不仅可以保存原有的寨神林祭祀的文化意义，也可以适应新语境，为大型寨神林祭祀的制度性调整提供可能性。

神话母题承载的观念对文化制度的规约和塑造，并不是那种因循守旧的力量，反而可能是灵活自由的先锋力量。面对哀牢山区遗产化的浪潮，面对遗产旅游的迅速推进，当普通农民还没有适应变化时，地方知识精英们首先察觉到了变化。歌手在哈巴表演的规则下，面对来自社区外部的异质性听众实现了多样化的表演。知识分子则充分运用核心母题的灵活性，在旅游现场实现多样化的表述。地方精英努力调整文化表述策略，正是因为母题仅仅是神话观念与信仰的一个标记，其并不容易因为表述形式的变化而变化。核心性神话母题的稳定性也正是源于其描述的是核心观念的存在方式，只要核心观念的意义稳定，无论其存在方式（或表现形式）如何变化，其标记的神话观就可能存续下去。

这些核心母题，正是在哈尼人的文化实践中动态生成的。而能够生成母题的文化实践形式远不止我所观察到的这些。我所观察的这几种母题实践机制之间也有复杂的关联。我通过哈尼族社区的田野调查，"母题在文化实践中生成"这一理论命题逐渐清晰。"母题对谁有意义"并不取决于大范围的比较，而是生活现场的具体实践。神话母题标记着群体文化中的世界观、价值观，只要文化观念不轻易改变，这种标记也就具有稳定性。神话经久传承而生生不息的原理，也和神话母题表征观念、结构叙事、形塑制度的实践机制有莫大关联。

二 "以观念实践为中心"的神话研究

母题是神话研究中攸关本体的概念工具之一，这种概念工具也被其他学者发现并概括为"功能"（普罗普）、"神话素"（列维—斯特劳斯）、"母题位"（邓迪斯）等。但是这三个概念都是将神话视为一种普遍的语言叙述现象，着眼于在语言组合结构中探索叙事单元所起的作用。我所关注的是母题作为一种描述叙事和观念存在方式的机制，如何去表达神话观，就是说"以神话观的实践为中心"的神话研究。而神话观被实践的最典型的方式就是母题，尤其对于核心母题来说，它标记神话观念的特征更为明显。正因为神话母题是神话观被实践的结果，表现为现实世界和群体起源的叙事，从而被许多学者误以为母题是现成的叙事成分。

如果不摒弃"最小（基本）叙事单元"的理解，神话母题研究就仅止于单元之间的比较，往往走向类型研究。"类型"起码能说明叙事在语言组合中的共同形式，而母题往往沦为类型分析的亚概念。因此，"在实践中动态生成"的母题概念，能够为神话研究乃至口头艺术（或民间文学）研究开辟新的研究路径。

"以神话观的实践为中心"就是透过神话叙事的表象探究其内里的观念图式如何被实践，基于田野经验追索神话在特定群体中的存在形式。说到底这种研究关注"语境中文本的呈现"。这种转变看上去很简单，但是从文化实践出发来理解文本实际上并不容易。并且这种思路并不限于神话研究，也可以运用到史诗、民间故事、民间传说、歌谣、曲艺、民间音乐、民间写本等领域的民族志研究。

从哈尼族研究的结果来看，哈尼哈巴是其群体生活中最重要的口头交流框架，也即本土文类。哈尼人对哈巴文类的认知基于其演述场域、演述方式和演述内容，同时其界定也具有开放性和流动性特征。在本土知识中，哈巴演唱的"路数"标记着特定的叙事及其文化观。每一路哈巴都有一个语辞标记来统领，比如"俄色密色（造天造地）""查牛色（神牛补天地）"等。这恰恰和母题概念描述叙事存在方式的原理相类。哈巴的"路数"实际上就对应着学术概念"母题"，尽管这种对应是局部的。在本土概念与学术概念之间，往往存在对同一文化现象的共识。

哈巴内容的演述实践，有赖于母题的指引和标记。这些母题所标记的文化观念都是攸关群体存亡的重大命题，如宇宙、人神、生命、祖先。而这些观念正是神话学所关注的核心研究对象。如果把母题概念视为一种存在形式，而非成分，那么母题方法就具有超越语辞的自由属性，并且可以和本土知识对话。核心母题就是在文化实践中起关键作用的观念标记。比如"尸体化生"的母题虽然广泛存在于许多民族中，但是对各个民族的意义却不一样。在哈尼人的文化实践中，"牛化生"母题在苦扎扎节日中起到关键作用，因为它标记了特定的宇宙观、生命观。因此，神话学研究应当重视对神话观的关注，而不是停留在叙事的表面。

进一步说，在哈尼哈巴中，神话母题的意义并不在于它在具体的句子、段落中充当了何种结构性的功能，也不在于它出现在文本中的频率。神话母题的意义在于它是文化观念和信仰的表征，且能够指引哈巴的演唱实践。只要神话观得以存续，神话母题就可以自由进入口头表演、服饰、仪式、美术等不同的实践语境中。简言之，"实践中动态生成的母题"是一个概念工具，而"以神话观的实践为中心"的神话研究则是理论命题。

但是也要看到，在哈尼人诸多神话母题显现、激活的方式中，口头表演具备核心的权威地位，其他神话母题的表现形式都是以口头表演为前提的。在哈尼人的神话世界中，核心母题只有在哈巴的口头表演中具备元意义。哈巴作为一种交流框架，是哈尼族文化中具有神圣性、权威性的表达宇宙观、世界观、价值观的重大文类。哈尼哈巴的口头传统是哈尼人文化的总典，神话观只是其中一部分。也即，虽然神话观可以有多种实践方式，但是"口头表演"仍是其中最重要的。

从神话学的研究范式来说，"以文本为中心"或"回归文学"的理论主张，容易脱离持有神话的特定群体，忽视神话的动态的一面；"以表演/表演者为中心"的理论主张，容易陷入一种表面化的实践研究，忽视神话本质的特征。"以神话观的实践为中心"，虽然也有局限，但至少是对前两种理论主张的修正和完善。

而要实现"以神话观的实践为中心"的神话研究，就须在一个相对具体的社区、群体的文化生活中，才能回答"神话母题如何在实践中生成"的问题。正如古典学家巴克斯顿（Richard Buxton）在对古希腊神话生发的语境研究后总结道："我的目的之一就是要显示希腊神话那看似无穷无尽的**变化**，其实是位于**那种**地理环境下、有着**那种**制度的**那个**社会的产物。"① 神话学的任务除了揭示神话传播中那些纷繁复杂的多样性，也要致力于揭示基于文化实践现场的特定表达机制。

同时也要注意，在特定语境中研究神话很容易弱化对神话本体的阐释，而流于语境描写。对经典的"母题"概念进行反思、纠偏与再运用，就是为了避免文化实践描述陷入细节而偏离神话本体。这种主张意在深掘神话存在的典型形式——母题——如何塑造神话，进而赋予特定群体独具辨识度的文化。

从"文化"到"文本"的论证必须经由概念工具的逻辑转换，对哈尼族而言，"哈巴"就是一个可充当桥梁角色的本土概念。"本土文类"是对"哈巴"进行学理转换的过渡概念。而"母题"（动态的）则是在学理层面揭示哈尼人神话观表达机制的概念工具。放大到民间文学口头艺术研究，如果语境研究不注意辨析文类，不注意叙事图式的实践，则容易流于文化与文学共生关系的简单描述。中国民间文学已经积累了丰

---

① ［英］理查德·巴克斯顿：《想象中的希腊：神话的多重语境》，欧阳旭东译，华东师范大学出版社2014年版，第212页。粗体为原文所加。

厚的文本比较研究、结构研究和文论阐释，如果在民族志研究上能够融汇文本研究的传统优势，就能开拓出面向实践的民间文学研究新路径。

三 呈现哈尼人的神话世界

如果在民间文学和民俗学的学术论域内研究神话，说到底是研究"人"。民间文学的生活属性决定了其文学生命形态并不是一个"作品"，而是一种实践。和那些成熟的舞台戏剧与作家出版物相比，民间文学的创编与接受就在生活现场，这种生活审美意识形态具有更为复杂的文化实践属性。因此民间文学研究通常不局限在文学理论方法内部。

田野民族志作为一种描写群体与文化的方法论，对神话研究而言不可或缺。民族志要求研究者在有限的田野调查中提炼信息，从而描绘所处文化场域的清晰图景，指向对文化本质的探寻。在这个意义上，民族志书写与文学书写有高度相似性。民族志学者已经意识到"文学家是人类故事的执着观察者"，① 其实民族志学者亦然。民族志方法注意从内部的视角理解人的文化，也强调以学术的书写方式对文化进行阐释与深描。

本书导论部分已经评述过 20 世纪至今的神话民族志研究，从中不难看出这种方法在神话学问题研究中的有效性。在诸多神话研究范式中，我尤其关注那些致力于呈现口头艺术内部意义的民族志成果，他们的方法大多数指向了实践研究，比如表演研究（performance study）、个人叙事研究等。但是对神话学而言，并不适合直接套用这些现成的方法，神话研究必须顾及神话本身的特征。通过田野调查，我认为"母题"概念在描述神话的本体特征上依旧是有效的。但是我的民族志研究并不是简单地去田野中验证索引里的神话母题，而是在田野现场观察哈尼人如何实践他们的神话观、如何运用特定描述手段构筑他们的神话世界，进而与学术概念进行对话。我并不谋求通过调查和阐述来推翻以往的母题研究，而是从调查本身出发理解哈尼人的文化实践并检视既有研究新的可能性。

---

① ［美］大卫·惠特曼：《民族志：步步深入》，龚建华译，重庆大学出版社 2007 年版，第 100 页。

基于这种研究思路，我陆续发现哈尼族昂玛突节的多重内涵中祖先的神祇化是一个核心意涵；苦扎扎的神话模拟是经过象征意义多次转换的；阿倮欧滨祭祀对仪式的调适性创新是利用神话建构新节庆的重要文化事件……这些民族志意义上的研究结果已经体现在各个章节，成为神话民族志书写的有机部分。正如杰克·古迪所概括的那般，神话虽然关注宇宙，但常常是最本地的文体，它深刻地嵌入文化行动中，并时常与仪式精确地捆绑。① 民族志方法在描写文化实践和本土知识方面有突出的优势，但也有种种局限性。我须再次强调，我的神话民族志研究，是从特定群体的文化实践出发来呈现他们的神话世界，理解神话对"人"的生活的直接意义，直观人如何表述神话观念，以及如何运用神话来塑造文化行为。神话在文化实践的现场，远不是一副古旧面孔，反而呈现出极富生机的人类表达力和文化存续力。

从神话本体角度看，神话文类往往涵括人类生存的根本性问题，就其内容和意义而言都围绕着终极的哲学命题展开叙事。神话中那些主要内容：宇宙起源、人类起源、文化起源、诸神起源，都是现代科学尚难以廓清的宏大议题。现代科学尚不能完全解答人与宇宙之起源、本质和未来诸问题，然而这些创世神话却早已伴随人类文明一路走来，且并没有因为科学技术的高度发达而消失。神话之"神"就在于它将人与事物的整体呈现出来，而不像在经验认识和实证知识中那样总把人和事物分割为片面的东西。②

如果把人本身看作一个"宇宙"，人的心灵世界也像宇宙一样深邃。当哈尼人面对突如其来的死亡，整个地域社会都感受到社会成员减员带来的紧张。生命逝去最容易引发普通人对生命的追问，生命的意义在这种时刻显得尤为重要。在一个依赖血缘谱系的山地农业社会，死亡带来的除了家庭情感的断裂，更意味着亲缘关系面临调整。如何在短时间内妥善处理好情感、情绪、家庭、亲缘、人际、社区诸多关系的紧张，就

---

① ［英］杰克·古迪：《神话、仪式与口述》，李源译，中国人民大学出版社2014年版，第51页。
② 户晓辉：《返回爱与自由的生活世界：纯粹民间文学关键词的哲学阐释》，江苏人民出版社2010年版，第282页。

有赖于一套成熟的知识。这些知识能有效解释生命的意义、人在宇宙中的位置等必答的疑虑。哈尼人藉以实践这些知识的直接方式就是民俗制度即礼仪,而其背后的文化逻辑正是他们的宇宙观、世界观和生命观。像这样的对终极问题的哲学性认知也正是神话学自成型以来一直在关心的重要研究对象。在实践层面上继续推进神话学的掘进,有助于民俗学者更好地认识当代人类文明的承传和存续,更能为我们直面自身深邃而复杂的人性提供启示。

面对神话学的宏大涵括,动态的母题概念有助于呈现特定人群对神话观的实践机制,能有效地分析群体知识、观念、信仰在口头艺术层面的表达方式。"神话"作为一种以神话观为核心的知识范畴或文类,贯穿了人类思想史的全部过程,是人类思考宏大终极问题的智慧。对多数人类群体来说,神话观是文明建构的基石。即便在现代科技面前,神话不仅依旧在文学、宗教和艺术领域被不断实践,甚至也影响着现代科学的思考力。

走出哀牢山,我深感自己依旧徘徊在哈尼人神话世界的边缘。那是一列高峻伟岸的亚热带山脉,哈尼、拉祜、彝、傣、苗、壮、瑶、汉等民族群体在这个山地社会中你来我往,他们必将吸引渺小的我一次次回到梯田,感受众神"杀翻神牛补天地"那个振奋人心的时刻。

主要参考文献

一 民间文学文本（按姓氏音序排列）

《中国民间故事集成·云南卷》，中国ISBN中心，2003年。

《中国歌谣集成·云南卷》，中国ISBN中心，2003年。

阿海、刘怡主编：《西双版纳哈尼族民间故事集成》，云南少年儿童出版社1989年版。

白富章、傅光宇、兰克：《哈尼族文学概况》，中国社会科学院云南少数民族文学研究所、云南省社会科学院民族民间文学研究所、中国民间文艺研究会云南分会编印：《云南少数民族文学资料》第2辑，1981年，内部资料。

白克仰主编：《红河哈尼族文化调查》，红河州委宣传部，2006年，内部资料。

白们普、白木者等演唱，卢保和、龙元昌等编译：《都玛简收》，云南民族出版社2004年版。

白祖额搜集整理，段贶乐翻译：《哈尼族四季生产调》，云南民族出版社1998年版。

本书编辑组编：《哈尼族民间故事》，云南人民出版社1984年版。

陈布勤讲述，杨万智搜集整理：《始祖塔婆然》，《山茶》1986年第6期。

红河哈尼族彝族自治州人民政府编：《哈尼族口传文化译注全集》（1—26卷），云南民族出版社2010—2012年版。

景洪县民委编：《雅尼雅嘎赞嘎》，云南人民出版社1992年版。

李七周、赵呼础演唱，李期博、张佩芝搜集翻译：《哈尼求福歌》，云南民族出版社 1996 年版。

李松梅、白岩松搜集整理：《红河县哈尼族民间故事选》，云南民族出版社 2011 年版。

李万福讲述，杨万智搜集整理：《天与地》，《山茶》1986 年第 6 期。

李文有讲述，熊兴祥搜集整理：《风姑娘》，《山茶》1983 年第 4 期。

李章法讲述，毛佑全、傅光宇搜集整理：《天狗吃月亮》，《山茶》1982 年第 5 期。

刘辉豪、阿罗编：《哈尼族民间故事选》，上海文艺出版社 1989 年版。

罗雍姒演唱：《密萨威》，卢朝贵搜集翻译，1979 年，元阳县。（卢朝贵手稿）

马蒲成演唱，李永万翻译，史军超整理：《送葬歌》，《山茶》1984 年第 2 期。

勐海县民委编：《西双版纳哈尼族歌谣》，云南少年儿童出版社 1989 年版。

批则讲述，杨万智搜集整理：《地下人》，《山茶》1986 年第 6 期。

普金打、陈阳则等演唱，刘辉豪、白富章搜集整理：《奥色密色》，《山茶》1980 年第 3 期。

西双版纳州民委编：《哈尼族古歌》，云南民族出版社 1992 年版。

杨俫嘎演唱，卢朝贵、杨羊就、长石搜集整理：《阿妈去世歌》，云南民族出版社 2004 年版。

杨松主编：《中国民间故事丛书·云南玉溪·元江卷》，知识产权出版社 2015 年版。

姚宝瑄主编：《中国各民族神话·哈尼族》，书海出版社 2014 年版。

元江哈尼族彝族傣族自治县民委、文化馆编：《罗盘之歌》，云南民族出版社 1985 年版。

元江哈尼族彝族傣族自治县文化馆编印：《元江民族民间文学资料》第三辑，1984 年 12 月，内部资料。

元阳县民委编：《绚丽的山花》，1984 年 7 月，内部资料。

云南省民间文学集成办公室编：《哈尼族神话传说集成》，中国民间文艺出版社 1990 年版。

云南省少数民族古籍整理出版规划办公室编：《云南少数民族古典史诗全集》，云南教育出版社 2009 年版。

张牛朗等演唱，赵官禄、郭纯礼、黄世荣、梁福生搜集整理：《十二奴局》，云南人民出版社 1989 年版。

赵呼础等演唱：《斯批黑遮》，李期博、米娜译，云南民族出版社 1990 年版。

中国文学艺术界联合会、中国民间文艺家协会总编纂：《中国民间文学大系·神话·云南卷（一）》，中国文联出版社 2019 年版。

朱小和讲述，卢朝贵、杨笛搜集整理：《天地人》，《山茶》1983 年第 4 期。

朱小和讲述，卢朝贵搜集整理：《塔坡取种》，《山茶》1985 年第 1 期。

朱小和演唱，史军超、芦（卢）朝贵、段贶乐、杨叔孔译：《哈尼阿培聪坡坡》，云南民族出版社 1986 年版。

二　汉语文献（按姓氏音序排列）

《保护世界文化和自然遗产公约》，联合国教科文组织，1972 年，巴黎。

《保护非物质文化遗产公约》，联合国教科文组织，2003 年，巴黎。

《保护和促进文化表现形式多样性公约》，联合国教科文组织，2005 年，巴黎。

《尚书正义》，阮元校刻：《十三经注疏》，中华书局 2009 年影印本。

巴莫曲布嫫：《史诗传统的田野研究——以诺苏彝族史诗"勒俄"为个案》，北京师范大学，博士学位论文，2003 年。

巴莫曲布嫫：《克智与勒俄：口头论辩中的史诗演述（一）（二）（三）》，《民间文化论坛》2005 年第 1、2、3 期。

巴莫曲布嫫：《在口头传统与书写文化之间的史诗演述者——基于个案研究的民族志写作》，《北京师范大学学报》（哲学社会科学版）2008 年第 1 期。

巴莫曲布嫫：《从语词层面理解非物质文化遗产——基于〈公约〉"两个中文本"的分析》，《民族艺术》2015 年第 6 期。

白永芳：《丧葬仪式：生命的另一种延续》，《中南民族大学学报》（人文社会科学版）2009 年第 1 期。

白永芳：《"阿倮欧滨"祭祀的生态实践解析——兼谈哈尼族的生态文化对生物多样性的保护功能》，《哈尼族研究》2011 年第 3 期。（内部刊物）

白永芳：《哈尼族口述史地名"谷哈"考及哈尼族南迁历史》，《云南师范大学学报》（哲学社会科学版）2013 年第 2 期。

白永芳：《哈尼族服饰文化中的历史记忆——以云南省绿春县"窝拖布玛"为例》，云南人民出版社 2013 年版。

白宇：《仰者形象嬗变论》，《红河民族语文古籍研究》1988 年第 1 期，内部刊物。

白玉宝、王学慧：《哈尼族天道人生与文化源流》，云南民族出版社 1998 年版。

本书编写组：《哈尼族简史》，民族出版社 2008 年版。

本书编委会：《中国各民族宗教与神话大词典》，学苑出版社 1990 年版。

朝戈金：《从荷马到冉皮勒：反思国际史诗学术的范式转换》，《中国社会科学院文学研究所学刊》，中国社会科学出版社 2008 年版。

陈建宪：《神话解读——母题分析方法探索》，湖北教育出版社 1997 年版。

陈建宪：《神祇与英雄——中国古代神话的母题》，生活·读书·新知三联书店 1994 年版。

陈建宪：《走向田野，回归文本——中国神话学理论建设反思之一》，《民俗研究》2003 年第 4 期。

陈建宪：《略论民间文学研究中的几个关系——"走向田野，回归文本"再思考》，《民族文学研究》2004 年第 3 期。

陈建宪：《论中国洪水故事圈——关于 568 篇异文的结构分析》，华中师范大学，博士学位论文，2005 年。

陈建宪：《论神话生境》，《长江大学学报》（社会科学版）2015 年第 7 期。

陈连山：《走出西方神话的阴影——论中国神话学界使用西方现代神话概念的成就与局限》，《长江大学学报》（社会科学版）2006 年第 6 期。

陈器文：《玄武神话、传说与信仰》，陕西师范大学出版总社有限

2013年版。

陈泳超：《背过身去的大娘娘——地方民间传说生息的动力学研究》，北京大学出版社2015年版。

楚图南：《中国西南民族神话的研究》，《西南边疆》（昆明）第1、2、7、9期，1938—1940年。

丁晓辉：《母题、母题位和母题位变体——民间文学叙事基本单位的形式、本质和变形》，《民族文学研究》2013年第1期。

丁晓辉：《阿兰·邓迪斯民俗学研究》，社会科学文献出版社2017年版。

董作宾：《一首歌谣整理研究的尝试》，《歌谣》周刊63号，1924年10月12日第1—2版。

段丽波：《中国西南氐羌民族源流史》，人民出版社2011年版。

额瑜婷：《扇舞哀牢——云南元江县羊街乡哈尼族棕扇舞文化历史变迁》，云南人民出版社2011年版。

范雯：《"分析性文类"与"本土文类"——基于蒲溪羌族口头民俗的田野研究》，《民间文化论坛》2017年第2期。

傅光宇、王国祥：《哈尼族文学简介》，《思想战线》1979年第5期。

傅光宇、张福三：《创世神话中"眼睛的象征"与"史前各文化阶段"》，《民族文学研究》1985年第1期。

高丙中：《作为一个过渡礼仪的两个庆典——对元旦与春节关系的表述》，《中国人民大学学报》2007年第1期。

高丙中：《中国民俗学的新时代：开创公民日常生活的文化科学》，《民俗研究》2015年第1期。

高健：《表述神话——佤族司岗里研究》，云南大学，博士学位论文，2015年。

高健：《书面神话与神话主义——1949年以来云南少数民族神话书面文本研究》，《云南师范大学学报》（哲学社会科学版）2016年第6期。

高志明：《傈僳族神话存在形态研究》，北京师范大学，博士学位论文，2020年。

关永中：《神话与时间》，台湾学生书局2007年版。

何翠萍：《人与家屋：从中国西南几个族群的例子谈起》，张江华、张佩国主编：《区域文化与地方社会》，学林出版社 2011 年版。

贺学君、蔡大成、[日] 樱井龙彦编：《中日学者中国国神话研究论著目录总汇》，中国社会科学出版社 2012 年版。

胡适：《歌谣的比较的研究法的一个例》，《歌谣》周刊 46 号，1924 年 3 月 9 日第 7 版。

胡万川：《台湾民间故事类型索引（含母题索引）》，里仁书局 2008 年版。

户晓辉：《内容与形式：再读汤普森和普罗普——"一个馒头引发的血案"：对吕微自我批评的阅读笔记》，《民间文化论坛》2007 年第 1 期。

户晓辉：《返回爱与自由的生活世界——纯粹民间文学关键词的哲学阐释》，江苏人民出版社 2010 年版。

户晓辉：《民间文学的自由叙事》，社会科学文献出版社 2014 年版。

户晓辉：《〈世界遗产公约〉的修订及其中国意义》，《中原文化研究》2016 年第 6 期。

户晓辉：《实践民俗学的日常生活研究理念》，《民间文化论坛》2019 年第 6 期。

黄季平：《彝族的源流史诗》，台湾政治大学，博士学位论文，2010 年。

黄静华：《史诗文类视角中的拉祜族"古根"叙事传统》，《中国社会科学报》2015 年 11 月 6 日。

黄静华：《一则"神话"的诞生：民间文学知识的实践和反思》，《民族艺术》2016 年第 3 期。

黄绍文、廖国强、关磊、袁爱莉：《云南哈尼族传统生态文化研究》，中国社会科学出版社 2013 年版。

黄雯：《哈尼族迁徙史诗研究》，中央民族大学，博士学位论文，2016 年。

黄应贵编：《人观、意义与社会》，（中研院）民族学研究所，1993 年。

黄泽：《红河哈尼族造型文化》，《思想战线》1991 年第 2 期。

黄泽、黄静华：《神话学引论》，海南出版社 2008 年版。

黄泽、洪颖：《南方稻作民族的农耕祭祀链及其演化》，《思想战线》2001 年第 1 期。

蒋观云：《神话历史养成之人物》，《新民丛报》1903 年第 36 号。

蒋颖荣：《哈尼族丧葬仪式的伦理意蕴》，《思想战线》2009 年第 2 期。

蒋颖荣：《民族伦理学研究的人类学视野：以哈尼族为中心的道德民族志》，人民出版社2015年版。

金荣华：《"情节单元"释义——兼论俄国李福清教授之"母题"说》，《湖北民族学院学报》（哲学社会科学版）2001年第3期。

金荣华：《民间故事类型索引》（上中下），台北：中国口传文学学会，2007年。

靳之林：《生命之树与中国民间民俗艺术》，广西师范大学出版社2002年版。

康丽：《传统与传统化实践——对中国当代民间文学研究的思考》，《民族文学研究》2010年第4期。

康丽：《民间文艺学经典研究范式的当代适用性思考——以形态结构与文本观念研究为例》，《清华大学学报》（哲学社会科学版）2016年第1期。

雷兵：《哈尼族文化史》，云南民族出版社2002年版。

［俄］李福清：《神话与鬼话：台湾原住民神话故事比较研究》，社会科学文献出版社2001年版。

李红武：《现代民间口承神话演述人及其神话观研究——以陕西省伏羲山、女娲山演述人为个案》，北京师范大学，硕士学位论文，2005年。

李克忠：《寨神——哈尼族文化实证研究》，云南民族出版社1998年版。

李克忠：《形·声·色——哈尼族文化三度共构》，云南民族出版社2001年版。

李生柱：《冀南醮仪中"功"的逻辑与实践——兼论民俗语汇作为民俗学研究的一种可能路径》，《民俗研究》2016年第6期。

李元庆：《哈尼族哈吧》，《云南戏曲曲艺概况》，云南人民出版社1980年版。

李元庆：《哈尼哈吧初探》，云南民族出版社1989年版。

李云霞：《哈尼族丧葬礼仪中的舅权——以元阳县水沟脚村哈尼族多尼人为例》，《中南民族大学学报》（人文社会科学版）2003年第S1期。

李泽然、朱志民、刘镜净编著：《中国哈尼族》，宁夏人民出版社2011年版。

李子贤:《鱼——哈尼族神话中生命、创造、再生的象征》,《思想战线》1989年第2期。

李子贤:《牛的象征意义试探——以哈尼族神话、宗教仪礼中的牛为切入点》,《民族文学研究》1991年第2期。

李子贤:《探寻一个尚未崩溃的神话王国》,云南人民出版社1991年版。

李子贤:《红河流域哈尼族神话与梯田稻作文化》,《思想战线》1996年第3期。

李子贤:《再探神话王国——活形态神话新论》,云南人民出版社2016年版。

李子贤、胡立耘:《西南少数民族的稻作文化与稻作神话》,《楚雄师专学报》2000年第1期。

李子贤、李存贵主编:《形态·语境·视野——兄妹婚神话与民俗暨云南省开远市彝族人祖庙考察与研究国际学术研讨会论文集》,云南大学出版社2011年版。

李子贤、李期博主编:《首届哈尼族文化国际学术讨论会论文集》,云南民族出版社1996年版。

林继富:《民间叙事传统与故事传承——以湖北长阳都镇湾土家族故事传承人为例》,中国社会科学出版社2007年版。

林继富、王丹:《解释民俗学》,华中师范大学出版社2006年版。

刘大先:《现代中国与少数民族文学》,中国社会科学出版社2013年版。

刘镜净:《口头传统文类的界定:以云南元江哈尼族哈巴为个案》,中国社会科学出版社2018年版。

刘魁立:《刘魁立民俗学论集》,上海文艺出版社1998年版。

刘魁立等:《民间叙事的生命树》,中国社会出版社2010年版。

刘守华:《比较故事学考论》,黑龙江人民出版社2003年版。

刘铁梁:《个人叙事与交流式民俗志:关于实践民俗学的一些思考》,王杰文主编:《实践民俗学的理论与批评》,学苑出版社2020年版。

刘锡诚:《拉开民间文学集成计划的序幕——在云南省民间文学集成工作会议上的讲话》,1984年3月20日,刘锡诚藏稿。

刘锡诚:《神话与象征——以哈尼族为例》,《中央民族学院学报》1993

年第 3 期。

刘锡诚：《哈尼族的"埃玛突"与古代的"社"》，《中国文化研究》1994 年第 2 期。

刘锡诚：《象征：对一种民间文化模式的考察》，学苑出版社 2002 年版。

刘锡诚：《二十世纪中国民间文学学术史》，中国文联出版社 2014 年版。

刘晓春：《文化本真性：从本质论到建构论——"遗产主义"时代的观念启蒙》，《民俗研究》2013 年第 4 期。

刘宗迪：《超越语境，回归文学——对民间文学研究中实证主义倾向的反思》，《民族艺术》2016 年第 2 期。

鹿忆鹿：《眼睛的神话——从彝族的一目神话、直目神话谈起》，《民族艺术》2002 年第 3 期。

吕大吉主编：《中国各民族原始宗教资料集成》，中国社会科学出版社 1999 年版。

吕微：《神话何为——神圣叙事的传承与阐释》，社会科学文献出版社 2001 年版。

吕微：《母题：他者的言说方式——〈神话何为〉的自我批评》，《民间文化论坛》2007 年第 1 期。

马翀炜主编：《云海梯田里的寨子——云南省元阳县箐口村调查》，民族出版社 2009 年版。

马翀炜、刘金成：《祭龙：哈尼族"昂玛突"文化图式的跨界转喻》，《西南边疆民族研究》2015 年第 1 期。

［美］马克·本德尔：《怎样看〈梅葛〉："以传统为取向"的楚雄彝族文学文本》，《民俗研究》2002 年第 4 期。

马学良：《云南土民的神话》，《西南边疆》（昆明），第 12 期，1941 年。

毛巧晖：《民族国家与文化遗产的共构——1949—1966 年中国少数民族神话研究》，《中南民族大学学报》（人文社会科学版）2015 年第 1 期。

毛巧晖：《20 世纪下半叶中国民间文艺思想史论》（修订版），学苑出版社 2018 年版。

毛佑全：《哈尼族原始图腾及其族称》，《思想战线》1982 年第 6 期。

毛佑全：《哈尼族文化初探》，云南民族出版社 1991 年版。

毛佑全:《哈尼族文化史》,辽宁人民出版社 1994 年版。
毛佑全:《论哈尼族"莫批"及其原始宗教信仰》,戴庆厦主编:《中国哈尼学·第二辑》,民族出版社 2002 年版。
彭牧:《实践、文化政治学与美国民俗学的表演理论》,《民间文化论坛》2005 年第 5 期。
彭牧:《作为表演的视觉艺术:中国民间美术中的吉祥图案》,吕微、安德明编:《民间叙事的多样性》,学苑出版社 2006 年版。
彭牧:《非物质文化遗产的当下性:时间与民俗传统的遗产化》,《民族文学研究》2018 年第 4 期。
潜明兹:《中国神话学》,上海人民出版社 2008 年版。
[日] 欠端实:《圣树、稻魂和祖灵——哈尼文化与日本文化的比较》,《思想战线》1998 年第 12 期。
秦臻:《隐秘的祭祀——一个哈尼族个案的分析》,《民族艺术研究》2004 年第 5 期。
芮逸夫:《苗族的洪水故事与伏羲女娲的传说》,《人类学集刊》1938 年 1 卷 1 期。
施爱东整理:《作为实验的田野研究——中国现代民俗学的"科玄论战"》,中国社会科学出版社 2016 年版。
史军超:《神话的整化意识》,《云南社会科学》1988 年第 1 期。
史军超:《洪水神话:生殖的花原——从哈尼族洪水神话系统出发》,《红河民族语文古籍研究》1988 年第 1 期,内部刊物。
史军超:《"图腾"的迷惘——从哈尼族族称来源的误识到泛图腾论的式微》,《红河民族研究》,1990 年年刊。
史军超:《哈尼族神话传说中记载的人类第一次脑体劳动大分工》,《云南民族学院学报》1997 年第 3 期。
史军超:《哈尼族文学史》,云南民族出版社 1998 年版。
史军超:《哈尼族文化大观》,云南民族出版社 1999 年版。
石硕:《从旧石器晚期文化遗存看黄河流域人群向川西高原的迁徙》,《西藏研究》2004 年第 2 期。
舒梓:《论哈尼族神话的结构》,云南大学,硕士学位论文,2010 年。

孙官生：《古老·神奇·博大——哈尼族文化探源》，云南人民出版社1991年版。

谭佳：《神话与古史：中国现代学术的建构与认同》，社会科学文献出版社2016年版。

唐伟胜：《认知叙事学视野中的叙事理解》，《外国语》2013年第4期。

唐雪琼、钱俊希、陈岚雪：《旅游影响下少数民族节日的文化适应与重构——基于哈尼族长街宴演变的分析》，《地理研究》2011年第5期。

万建中：《民间文学引论》，北京大学出版社2006年版。

万建中：《神话的现代理解与叙述》，《北京师范大学学报》（社会科学版）2009年第1期。

万建中：《"民间文学志"概念的提出及其学术意义》，《云南师范大学学报》（哲学社会科学版）2015年第6期。

王丹：《"弟兄祖先"神话与多民族共同体建构实践——中华民族共同体意识的生成路径》，《中央民族大学学报》（哲学社会科学版）2021年第2期。

王杰文：《"民俗文本"的意义与边界——作为"文化实践"的口头艺术》，《民间文化论坛》2014年第2期。

王杰文：《表演研究：口头艺术的诗学与社会学》，学苑出版社2016年版。

王京：《论神话学田野调查的功能与方案设计》，《贺州学院学报》2018年第2期。

王珏纯、李扬：《略论邓迪斯源于语言学的"母题素"说》，《青岛海洋大学学报》（社会科学版）2000年第2期。

王铭铭：《中间圈："藏彝走廊"与人类学的再构思》，社会科学文献出版社2008年版。

王清华：《梯田文化论——哈尼族生态农业》，云南大学出版社1999年版。

王宪昭：《中国神话母题W编目》，中国社会科学出版社2013年版。

王宪昭：《中国人类起源神话母题实例与索引》，中国社会科学出版社2016年版。

王宪昭、郭翠潇、屈永仙：《中国少数民族神话共性问题探讨》，中央民族大学出版社2013年版。

王孝廉：《中国神话世界》，洪叶文化事业有限公司2005年版。

乌丙安：《满族神话探索——天地层·地震鱼·世界树》，《满族研究》1985年第1期。

乌丙安：《萨满教的亡灵世界——亡灵观及其传说》，《民间文学论坛》1990年第2期。

乌丙安：《20世纪日本神话学的三个里程碑》，《东南大学学报》（哲学社会科学版）2003年第4期。

吴乔：《宇宙观与生活世界——花腰傣的亲属制度、信仰体系和口头传承》，中国社会科学出版社2011年版。

吴晓东：《神话、故事与仪式——排烧苗寨调查》，学苑出版社2020年版。

西村真志叶：《日常叙事的体裁研究——以京西燕家台村的"拉家"为个案》，中国社会科学出版社2011年版。

（明）徐光启：《农政全书》，台湾商务印书馆1968年版。

燕海鸣：《从社会学视角思考"遗产化"问题》，《中国文物报》2011年8月30日。

严火其：《哈尼人的世界与哈尼人的农业知识》，科学出版社2015年版。

杨成志：《罗罗族的文献发现》，《地学杂志》（天津）1934年第1期。

杨利慧：《女娲的神话与信仰》，中国社会科学出版社1997年版。

杨利慧：《民间叙事的表演——以兄妹婚神话的口头表演为例，兼谈民间叙事研究的方法问题》，吕微、安德明编：《民间叙事的多样性》，学苑出版社2006年版。

杨利慧：《神话与神话学》，北京师范大学出版社2009年版。

杨利慧：《中原汉民族中的兄妹婚神话——以河南淮阳人祖庙会的民族志研究为中心》，《云南师范大学学报》（哲学社会科学版）2010年第6期。

杨利慧：《语境、过程、表演者与朝向当下的民俗学——表演理论与中国民俗学的当代转型》，《民俗研究》2011年第1期。

杨利慧：《语境的效度与限度——对三个社区的神话传统研究的总结与反思》，《民俗研究》2011年第1期。

杨利慧：《遗产旅游语境中的神话主义——以导游词底本与导游的叙事表演为中心》，《民俗研究》2014年第1期。

杨利慧：《现代口承神话的民族志研究——个案调查与理论反思》，《民族艺术》2014年第2期。

杨利慧：《"神话主义"的再阐释：前因与后果》，《长江大学学报》（社科版）2015年第5期。

杨利慧等：《神话主义：遗产旅游与电子媒介中的神话挪用和重构》，中国社会科学出版社2020年版。

杨利慧、张成福：《中国神话母题索引》，陕西师范大学出版总社有限公司2013年版。

杨利慧、张霞、徐芳、李红武、仝云丽：《现代口承神话的民族志研究——以四个汉族社区为个案》，陕西师范大学出版总社有限公司2011年版。

杨六金：《红河哈尼族谱牒》，民族出版社2005年版。

杨素娥：《伊利亚德写作的背景》，伊利亚德：《圣与俗——宗教的本质》，杨素娥译，胡国桢校，桂冠图书股份有限公司2001年版。

尹荣方：《社与中国上古神话》，上海古籍出版社2012年版。

云南省民间文艺家协会、云南省民间文学集成编辑办公室编：《云南民族民间文艺通讯》（第十四辑·民间文学志专号），1993年，内部资料。

张晨：《哈尼族"指路经"仪式的审美阐释——以红河州元阳县昂罗支系为例》，云南民族大学，硕士学位论文，2014年。

张多：《神话意象的遮蔽与显现——以哈尼族鱼创世神话为中心》，云南大学，硕士学位论文，2014年。

张多：《田野伦理与田野突发事件——以一次"田野奇遇"为个案》，《民间文化论坛》2014年第6期。

张多：《"朝向当下"的神话学实践——评〈现代口承神话的民族志研究——以四个汉族社区为个案〉》，《民俗典籍文字研究》第16辑，商务印书馆2015年版。

张多:《从哈尼梯田到伊富高梯田——多重遗产化进程中的稻作社区》,《西北民族研究》2018年第1期。

张静:《西方故事学转型与民族志故事学的兴起——以琳达·德格的"以讲述者为核心的叙事表演研究"为中心》,《广西民族大学学报》(哲学社会科学版)2016年第3期。

张永杰、张雨龙:《消失的秋千架——阿卡人"耶苦扎"节的变迁与文化调适分析》,《中南民族大学学报》(人文社会科学版)2010年第6期。

张雨龙:《哈尼族"阿卡"释义》,《云南社会科学》2013年第2期。

张正军:《文化寻根——日本学者之云南少数民族文化研究》,上海交通大学出版社2009年版。

张紫云:《哈尼族古歌〈窝果策尼果〉的口头诗学分析》,中南民族大学,硕士学位论文,2013年。

赵官禄:《试论哈巴的源流、形式及发展》,《民族音乐》编辑部编:《探索神奇土地上的说唱艺术之花》,云南民族出版社1986年版。

赵心愚、秦和平编:《西南少数民族历史资料集》,巴蜀书社2012年版。

郑少雄、李荣荣编:《北冥有鱼:人类学家的田野故事》,商务印书馆2016年版。

钟敬文:《与爱伯哈特谈中国神话》,《民间》月刊(杭州)1933年第2卷第7期。

钟敬文:《论民族志在古典神话研究上的作用——以〈女娲娘娘补天〉新资料为例证》,《北京师范大学学报》1981年第2期。

钟敬文、巴莫曲布嫫:《南方史诗传统与中国史诗学建设——钟敬文先生访谈录(节选)》,《民族艺术》2002年第4期。

周星:《中国古代神话里的"宇宙药"》,《青海社会科学》2010年第4期。

周星:《民俗主义、学科反思与民俗学的实践性》,《民俗研究》2016年第3期。

朱刚:《民俗学的理论演进与现代人文学术的范式转换》,《青海社会科学》2013年第1期。

朱刚:《作为交流的口头艺术实践:剑川白族石宝山歌会研究》,中国社会科学出版社 2015 年版。

朱宜初、李子贤编：《少数民族民间文学概论》，云南人民出版社 1983 年版。

祝秀丽：《村落故事讲述活动研究——以辽宁省辽中县徐家屯村为个案》，中国社会科学出版社 2013 年版。

曾静、郑宇：《哈尼族丧礼中"哈巴惹"的戏剧特征探析》，《北方民族大学学报》2018 年第 1 期。

邹辉：《植物的记忆与象征———种理解哈尼族文化的视角》，知识产权出版社 2013 年版。

三 汉语翻译文献（按汉译姓名音序排列）

［美］阿兰·邓迪斯：《世界民俗学》，陈建宪、彭海斌译，上海文艺出版社 1990 年版。

［美］阿兰·邓迪斯：《民俗解析》，户晓辉译，广西师范大学出版社 2005 年版。

［美］阿兰·邓迪斯：《西方神话学读本》，朝戈金等译，广西师范大学出版社 2006 年版。

［法］阿诺尔德·范热内普：《过渡礼仪》，张举文译，商务印书馆 2012 年版。

［英］埃里克·霍布斯鲍姆：《民族与民族主义》，李金梅译，上海人民出版社 2006 年版。

［德］埃利希·诺伊曼：《大母神——原型分析》，李以洪译，东方出版社 1998 年版。

［日］大林太良：《神话学入门》，林相泰、贾福水译，中国民间文艺出版社 1989 年版。

［美］大卫·惠特曼：《民族志：步步深入》，龚建华译，重庆大学出版社 2007 年版。

［日］稻村务：《哈尼族的昂玛突节——介于村落祭祀与亲族祭祀之间的仪式》，余志清译，《中国哈尼学·第三辑》，民族出版社 2005 年版。

［俄］弗拉基米尔·雅可夫列维奇·普罗普：《故事形态学》，贾放译，中华书局2006年版。

［美］弗里：《口头程式理论：口头传统研究概述》，朝戈金译，《民族文学研究》1997年第1期。

［美］古塔、弗格森：《人类学定位——田野科学的界限与基础》，骆建建，袁同凯，郭立新译，华夏出版社2013年版。

［日］菅丰：《日本现代民俗学的"第三条路"——文化保护政策、民俗学主义及公共民俗学》，陈志勤译，《民俗研究》2011年第2期。

［美］克利福德·格尔茨：《文化的解释》，韩莉译，译林出版社2014年版。

［日］福田亚细男：《日本民俗学的至今为止和从今以后》，彭伟文译，《民俗研究》2015年第3期。

［日］斧原孝守：《云南和日本的谷物起源神话》，郭永斌译，《思想战线》1998年第10期。

［美］F. V. 格朗菲尔德：《泰国密林中的游迁者——阿卡人》，刘彭陶译，云南省民族研究所编印：《民族研究译丛》第5辑，1985年，内部资料。

［英］杰克·古迪：《神话、仪式与口述》，李源译，中国人民大学出版社2014年版。

［瑞士］卡尔·荣格主编：《人及其象征——荣格思想精华的总结》，龚卓军译，余德慧校，立绪文化事业有限公司2011年版。

［英］柯克：《希腊神话的性质》，刘宗迪译，华东师范大学出版社2017年版。

［法］克洛德·列维—斯特劳斯：《结构人类学》，张祖建译，中国人民大学出版社2006年版。

［英］理查德·巴克斯顿：《想象中的希腊：神话的多重语境》，欧阳旭东译，华东师范大学出版社2014年版。

［美］理查德·鲍曼：《作为表演的口头艺术》，杨利慧、安德明译，广西师范大学出版社2006年版。

［英］马凌诺斯基：《西太平洋的航海者》，梁永佳、李绍明译，华夏出版

社 2002 年版。

［英］马林诺夫斯基：《巫术科学宗教与神话》，李安宅译，上海社会科学院出版社 2016 年版。

［日］鸟越宪三郎：《倭族之源——云南》，段晓明译，云南人民出版社 1985 年版。

［法］皮埃尔·布迪厄：《实践感》，蒋梓骅译，南京：译林出版社 2012 年版。

［日］松村武雄：《神话传说中底话根和母题》，钟敬文译，《艺风》（杭州），1935 年 8 月。

［日］山田仁史：《大林太良与日本神话学》，王立雪译，《长江大学学报》（社科版）2011 年第 9 期。

［日］山下晋司编：《旅游文化学》，孙浩、伍乐平译，云南大学出版社 2012 年版。

［美］斯蒂·汤普森：《世界民间故事分类学》，郑海等译，上海文艺出版社 1991 年版。

［美］瓦伦·L. 史密斯主编：《东道主与游客——旅游人类学研究》，张晓萍、何昌邑等译，云南大学出版社 2007 年版。

［英］维克多·特纳：《象征之林——恩登布人仪式散论》，赵玉燕、欧阳敏、徐洪峰译，商务印书馆，2006 年。

［美］威廉·A. 哈维兰：《文化人类学》，瞿铁鹏、张钰译，上海社会科学院出版社 2006 年版。

［俄］维谢洛夫斯基：《历史诗学》，刘宁译，天津：百花文艺出版社 2003 年版。

［日］岩本通弥：《围绕民间信仰的文化遗产化的悖论——以日本的事例为中心》，吕珍珍译，《文化遗产》2010 年第 2 期。

［日］伊藤清司：《眼睛的象征——中国西南少数民族创世神话研究》，马孝初、李子贤译，《民族译丛》1982 年第 6 期。

［美］伊万·斯特伦斯基：《二十世纪的四种神话理论——卡西尔、伊利亚德、列维—斯特劳斯与马林诺夫斯基》，李创同、张经纬译，生活·读书·新知三联书店 2012 年版。

［美］约瑟夫·坎贝尔：《指引生命的神话：永续生存的力量》，张洪友、李瑶、祖晓伟等译，叶舒宪等校，浙江人民出版社2013年版。

［英］詹姆斯·乔治·弗雷泽：《〈旧约〉中的民间传说——宗教、神话和律法的比较研究》，叶舒宪、户晓辉译，陕西师范大学出版总社有限公司2012年版。

［英］詹姆斯·乔治·弗雷泽：《金枝——巫术与宗教之研究》，汪培基、徐育新、张泽石译，商务印书馆2012年版。

四 英语文献（按姓氏音序排列）

Bascom, William. "Cinderella in Africa." In Dundes, Alan. (ed.), *Cinderella: A Casebook*, Milwaukee: University of Wisconsin Press, 1988.

Basso, Ellen B. *A musical view of the universe: Kalapalo myth and ritual performances.* Philadelphia: University of Pennsylvania Press, 1985.

Bastien, Joseph W. *Mountain of the Condor: Metaphor and ritual in an Andean Ayllu.* Long Grove: Waveland Press, Inc., 1985（1978）.

Bauman, Richard. "The La Have Island General Store: Sociability and Verbal Art in a Nova Scotia Community". *Journal of American Folklore*, 85. 1972.

—*A World of Others' Words: Cross–Cultural Perspectives on Intertextuality.* Oxford: Blackwell Publishing, 2004.

Bauman, Richard. Briggs, Charles L., "Poetics and Performance as Critical Perspectives on Language and Social Life", *Annual Review of Anthropology*, Vol. 19.

Ben–Amos, Dan. (ed.). *Folklore Genres.* Austin: University of Texas Press, 1976.

—"The Concept of Motif in Folklore" (1980), In Dundes, Alan (ed.), *Folklore: Critical Concepts in Literary and Cultural Studies*, Volume IV, London and New York: Routledge, 2005.

Bendix, Regina. "Tourism and Culture Displays: Inventing Traditions for Whom?". *Journal of American Folklore*, 1989 (102).

Boas, Franz. *Tsimshian Mythology*, Washington, D. C.: United States Government Printing Office, 1916.

—*Kwakiutl Culture as Reflected in Mythology*, Memoirs of the American Folklore Soc. 28. New York: Stechert, 1935.

Briggs, Charles L. *Competence in Performance: The Creativity of Tradition in Mexicano Verbal Art*. Philadelphia: University of Pennsylvania Press, 1988.

Cashman, Ray. *Packy Jim: Folklore and Worldview on the Irish Border*, Madison: The University of Wisconsin Press, 2016.

Cook, Guy. *Discourse and Literature: The Interplay of Form and Mind*. Oxford: Oxford University Press, 1994.

Darnell, Regna. "Correlates of Cree Narrative Performance". In Bauman, Richard. and Sherzer, Joel. (eds.) *Exploration into Ethnography of Speaking*, New York, Melbourne: Cambridge University Press, 1989, pp. 315–336.

Dégh, Linda. *Folktales and Society: Story-telling in A Hungarian Peasant community*, translated by Schossberger, Emily M. Bloomington: Indiana University Press, 1989 (1969).

—*Narratives in Society: A Performer-Centered Study of Narration*, Helsinki: Academia Scientiarum Fennica, 1995.

Dodge, William A. *Black Rock: A Zuni Cultural Landscape and the Meaning of Place*, Jackson: University Press of Mississippi, 2013.

Dorson, Richard M. 'Introduction: Concepts of Folklore and Floklife Studies', *Folklore and Folklife: An Introduction*, Dorson, Richard M. (ed.), Chicago: University of Chicago Press, 1972.

Dover, Robert V. H. Seibold, Katharine E. McDowell, John H. (eds.), *Andean Cosmologies Through Time: Persistence and Emergence*, Bloomington, Indianapolis: Indiana University Press, 1992.

El-Shamy, Hasan M. *Types of the Folktale in the Arab World: A Demographically Oriented Tale-type Index*, Bloomington: Indiana University Press, 2004.

Finnegan, Ruth. *Oral Traditions and the Verbal Arts: A Guide to Research Practices, London and New York: Routledge, 1992.

Firth, Raymond. *We the Tikopia: A Sociological Study of Kinship in Primitive Polynesia.* London: Allen and Unwin, 1936.

Foley, John Miles. *How to Read an Oral Poem*, Urbana: University of Illinois Press, 2002.

Foster, Michael K. "Form the Earth to Beyond the Sky: An Ethnographic Approach to Four Iroquois Longhouse Speech Events". *Canadian Ethnology Service Paper* No. 20. Ottawa: National Museums of Canada, 1974.

Garry, Jane. El-Shamy, Hasan. (ed.) *Archetypes and Motifs in Folklore and Literature: A Handbook*, Armonk: M. E. Sharpe Inc., 2005.

Georges, Robert A. "The Concept of 'Repertoire' in Folkloristics." In *Western Folklore*, Vol. 53 (1994).

Gossen, Gary H. *Ghamulas in the World of the Sun: Time and space in a Maya Oral Tradition.* Cambridge: Harvard University Press, 1974.

Grass, Henry. *All Silver and No Brass: An Irish Christmas Mumming.* Bloomington: Indiana University Press, 1975.

Griffith, James J. *Folk Saints of the Borderlands: Victims, Bandits & Healers*, Tucson: Rio Nuevo Publishers, 2003.

Haring, Lee. *Verbal Arts in Madacascar: Performance in Historical Perspective.* Philadelphia: University of Pennsylvania, 1992.

Herzfeld, Michael. *Anthropology: Theoretical Practice in Culture and Society*, Oxdord: Blackwell Publishers, 2001.

Hiroko, Ikeda. *A Type-and Motif-index of Japanese Folk literature*, FFC 209, Helsinki, 1971.

Ho, Ting-jui. *A Comparative study of Myths and Legends of Formosan Aborigines.* Taipei: The Orient Cultural Service, 1971.

Honko, Lauri. *Textualising the Siri Epic*, Helsinki: Suomal Ainent Iedea atema academiasc entuarumfennica, 1998.

Hymes, Dell. "Introduction: Toward Ethnographies of Communication", *American Anthropologist*, Vol. 66, No. 6, 1964.

Kammerer, Cornelia Ann. *Gateway to the Akha Would: Kinship, Ritual, Community among Highlanders of Thailand*, Ph. D. dissertation, University of Chicago, 1986.

Kirshenblatt – Gimblett, Barbara. *Destination Culture: Tourism, Museums, and Heritage*, Berkeley, Los Angeles, London: University of California Press, 1998.

Leenhardt, Maurice. *Do Kamo: Person and Myth in the Melanesian World.* Translated by Basia Miller Gulati. Chicago: University of Chicago Press, 1979 (1947).

Lewis, Paul W. *Ethnographic Notes on the Akhas of Burma.* 4 vols. New Haven: HRAFlex Book, 1969 – 1970.

Lewis – Williams, J. D. *Myth and Meaning: San – Bushman Folklore in Global Context*, Walnut Creeh: Left Coast Press Inc, 2015.

Lincoln, Bruce. *Theorizing Myth: Narrative, Ideology, and Scholarship*, Chicago: University of Chicago Press, 1999.

Mould, Tom. *Still, The Small Voice: Narrative, Personal Revelation, and the Mormon Folk Tradition.* Logan: Utah State University Press, 2011.

Oakdale, Zuzanne. *I Foresee My Life: The Ritual Performance of Autobiography in an Amazonian Community.* Lincoln and London: University of Nebraska Press, 2005.

Östör, Akos. *The Paly of Gods: Locality, Ideology, Structure, and Time in the Festivals of Bengali Town*, Chicago and London: The University of Chicago Press, 1980.

Paredes, Américo. *With His Pistol in His Hand: A Border Ballad and Its Hero.* Austin: University of Texas Press, 1958.

Schipper, Mineke. Ye, Shuxian; Yin, Hubin. eds. *China's Creation and Origin Myths: Cross – cultural Explorations in Oral and Written Traditions.* Leiden: BRILL, 2011.

Schrempp, Gregory. Hansen, William. (ed.) *Myth: A New Symposium*, Bloomington and Indianapolis: Indiana University Press, 2002.

Segal, Robert A. *Myth*: *A Very Short Introduction*, London: Oxford University Press, 2004.

Sims, Martha. Stephens, Martine. *Living Folklore*: *An Introduction to The Study of People and Their Traditions*. Logan: Utah State University Press, 2011.

Thompson, Stith. *Motif – Index of Folk Literature*: *A Classification of Narrative Elements in Folktales, Ballads, Myths, Mediaeval Romance, Exempla, Fabliaux, Jest – Books and Local Legends*, New Enlargde and Revised Edition, Vol. 1 – 6, Bloomington: Indiana University Press, 1955 – 1958.

Uther, Hans – Jörg. *The Types of International Folktales*: *A Classification and Bibliography* (FF Communications, 284 – 86) (3 Vols), Helskinka: Academia Scientiarum Fennica/Suomalainen Tiedeakatemia, 2004.

Wilbert, Johannes. Simoneau, Karin. *Folk Literature of South American Indians. General Index*, Los Angeles: UCLA Latin American Center Publications, 1992.

五　日语文献（按姓氏音序排列）

陈志勤『中国江南地域の紹興周辺における水神信仰——治水に関する神話伝承を中心として』，櫻井龙彦编『東アジアの民俗と環境』奈良：金寿堂出版，2002 年。

居駒永幸『歌の原初へ：宮古島狩俣の神歌と神話』東京：おうふう，2014 年。

稲村務『ハニ族の村門：西双版納ハニ族の階層とリニジの動態』，『比較民俗研究』1991（9）。

——『比較民俗学と文化人類学における「比較」概念点描：「アカ種族」社会における村門の意味』，『比較民俗研究』1995（9）。

——『イデオロギーとしての「他界」：雲南省紅河のハニ族の葬歌を通じて』，『比較民俗研究』2003（19）。

伊藤清司『日本神話と中国神話』東京：学生社，1979 年。

欠端實『ハニの生命観——聖樹崇拝を中心として』，『比較家族史研究』

1994（8）。

——『ハニ社会における聖なる空間』『ハニ（アカ）族の社会と文化』麗澤大学東南アジア研究会，1994年。

——『聖樹と稲魂：ハニの文化と日本の文化』東京：近代文芸社，1996年。

——『ハニの新嘗：家の祭としての新嘗』，『アジア民族文化研究』2002（1）。

工藤隆：『現地調査報告・中国雲南省剣川白族の歌垣』（1）（2），『大東文化大学紀要』1997（35），1999（37）。

町健次郎『奄美大島開闢神話の民俗学的研究』琉球大学博士論文，2012年。

森田真也『沖縄における司祭者と祭祀組織の民俗学的研究』神奈川大学博士論文，1999年。

森田勇造『「倭人」の源流を求めて：雲南・アッサム山岳民族踏査行』東京：講談社，1982年。

村井信幸『西南中国のナシ族の神話に現れる竜』，『東洋研究』1997（123）。

——『ナシ族の神話伝承に現れる鶏の役割について』，『東洋研究』1998（128）。

中尾佐助『照葉樹林文化論』札幌：北海道大学出版会，2006年。

荻原秀三郎『雲南——日本の原乡』東京：佼成出版社，1983年。

冈部隆志『神話と自然宗教（アニミズム）：中国雲南省少数民族の精神世界』東京：三弥井書店，2013年。

佐々木高明『照葉樹林文化の道：ブータン・雲南から日本へ』東京：日本放送出版協会，1982年。

菅原寿清『フィールドノート—アカ（ハニ）の人びとの稲作儀礼についての覚え書き』麗澤大学東南アジア研究会，1992年。

谷野典之『雲南少数民族の創世神話』，飯倉照平『雲南の少数民族文化』東京：研文出版，1983年。

鳥越憲三郎編『雲南からの道：日本人のルーツを探る』東京：講談社，

1983 年。

津田順子『神歌の伝承と変成——沖縄県宮古島狩俣集落の事例から』総合研究大学院大学博士論文，1997 年。

楊紅『現代満州族シャーマニズムの研究：シャーマンの神話・成巫過程・儀礼を中心として』名古屋大学博士論文，2008 年。

姚琼『日本疫病神祭祀儀礼研究——スサノオ神話に由来する疫病神祭祀儀仪を中心として』成都：四川大学出版社，2017 年。

曽紅『雲南省ハニ族の神話と日本神話』『東アジアの古代文化』（66）東京：大和書房，1991 年。

附　录

附录一　中国哈尼族神话母题索引

说明：

一、本索引依据的底本是杨利慧、张成福编著：《中国神话母题索引》，陕西师范大学出版总社有限公司2013年版。该索引主要框架借鉴了汤普森索引。

二、本索引在杨利慧索引编号框架内，根据哈尼族神话添加的编号，以"＊"标示。哈尼族神话不涉及的编号则省略，故本索引编号中会出现不连续的编号。

三、本索引的编号原则与杨利慧索引相同，主要原则是从一般到具体，以"0"结尾的编号为一般性母题。

四、以"＊"标示的母题仅仅是杨利慧索引未见的母题，并不一定是哈尼族独有的母题。

五、本索引依据的神话文本，大多数与杨利慧索引不同。本索引的神话文本全部为现代口承神话，讲述、演唱的时间都在1956年以后，本索引的文本出处将标示汉译篇名，讲述、演唱者，地域三个要素。

六、由于有些文本是多位演唱、讲述者采录文本的融合，因此本索引尽量将所有演唱、讲述者标出。

七、由于许多神话文本反复被收录、引用在若干著述中，因此本索引将不一一标明出处。

八、由于大多数文本的搜集、整理、翻译、注释者不是同一人，有时多达 5 人以上，因此本索引通常不标示。除非讲述、演唱者不详，则标明搜集整理者。读者很容易按照汉译篇名、讲述演唱者、参考文本查询到搜集整理者。

参考文本代号：

（一）西双版纳傣族自治州民族事务委员会编：《哈尼族古歌》，云南民族出版社 1992 年版。

a1 朱小和演唱，《窝果策尼果·烟本霍本》，红河哈尼族彝族自治州元阳县

a2 朱小和演唱，《窝果策尼果·俄色密色》，红河哈尼族彝族自治州元阳县

a3 朱小和演唱，《窝果策尼果·查牛色》，红河哈尼族彝族自治州元阳县

a4 朱小和演唱，《窝果策尼果·毕蝶凯蝶则蝶》，红河哈尼族彝族自治州元阳县

a5 朱小和演唱，《窝果策尼果·俄妥奴祖》，红河哈尼族彝族自治州元阳县

a6 朱小和演唱，《窝果策尼果·雪紫查勒》，红河哈尼族彝族自治州元阳县

a7 朱小和演唱，《窝果策尼果·湘窝本》，红河哈尼族彝族自治州元阳县

a8 朱小和演唱，《窝果策尼果·普祖代祖》，红河哈尼族彝族自治州元阳县

a9 朱小和演唱，《窝果策尼果·厄朵朵》，红河哈尼族彝族自治州元阳县

a10 朱小和演唱，《窝果策尼果·塔婆罗牛》，红河哈尼族彝族自治州元阳县

a11 朱小和演唱，《窝果策尼果·搓祝俄都玛佐》，红河哈尼族彝族自治州元阳县

a12 朱小和演唱，《窝果策尼果·虎玛达作》，红河哈尼族彝族自治州元阳县

a13 朱小和演唱，《窝果策尼果·直琵爵》，红河哈尼族彝族自治州元阳县

a14 朱小和演唱，《窝果策尼果·艾玛突》，红河哈尼族彝族自治州元阳县

a15 朱小和演唱，《窝果策尼果·奇虎窝玛策尼窝》，红河哈尼族彝族自治州元阳县

a16 朱小和演唱，《窝果策尼果·然密克玛色》，红河哈尼族彝族自治州元阳县

a17 朱小和演唱，《窝果策尼果·诗窝纳窝本》，红河哈尼族彝族自治州元阳县

a18 朱小和演唱，《窝果策尼果·苏雪本》，红河哈尼族彝族自治州元阳县

a19 朱小和演唱，《窝果策尼果·虎珀拉珀补》，红河哈尼族彝族自治州元阳县

a20 朱小和演唱，《窝果策尼果·哑罗多罗》，红河哈尼族彝族自治州元阳县

b 阿蒂演唱，《天地人鬼》，西双版纳傣族自治州勐海县

c 阿大演唱，《阿培阿达埃》；西双版纳傣族自治州勐海县

d 高和记录整理，《葫芦里走出人种》，西双版纳傣族自治州勐海县

（二）红河哈尼族彝族自治州人民政府编：《哈尼族口传文化译注全集·窝果策尼果》，云南民族出版社2009年版。

e1 朱小和演唱，《窝果策尼果·普索西格堵》，红河哈尼族彝族自治州元阳县

e2 朱小和演唱，《窝果策尼果·萨腊萨科窝》，红河哈尼族彝族自治州元阳县

e3 朱小和演唱，《窝果策尼果·阿慧凯》，红河哈尼族彝族自治州元阳县

e4 朱小和演唱，《窝果策尼果·莱祖》，红河哈尼族彝族自治州元阳县

（三）中国民间文学集成全国编委会：《中国民间故事集成（云南卷）》，中国 ISBN 中心，2003 年。

f1 朱小和讲述，《神的古今》，红河哈尼族彝族自治州元阳县

f2 卢朝贵讲述，《神和人的家谱》，红河哈尼族彝族自治州元阳县

f3 朱小和讲述，《查牛补天地》，红河哈尼族彝族自治州元阳县

f4 金开兴讲述，《青蛙造天地》，普洱市墨江哈尼族自治县

f5 杨批斗讲述，《祖先鱼上山》，红河哈尼族彝族自治州元阳县

f6 朱小和讲述，《侯波与那聋》，红河哈尼族彝族自治州元阳县

f7 卢朝贵讲述，《太阳和月亮》，红河哈尼族彝族自治州元阳县

f8 龙八秋讲述，《射太阳的英雄》，西双版纳傣族自治州勐海县

f9 李干正讲述，《公鸡请太阳》，红河哈尼族彝族自治州金平苗族瑶族傣族自治县

f10 周德平采录，《玛勒携子找太阳》，普洱市宁洱哈尼族自治县

f11 朱小和讲述，《永生不死的姑娘》，红河哈尼族彝族自治州元阳县

f12 李克郎讲述，《砍遮天大树》，红河哈尼族彝族自治州红河县

f13 张牛朗讲述，《兄妹传人》，红河哈尼族彝族自治州红河县

f14 李恒忠讲述，《兄妹传人》，普洱市墨江哈尼族自治县

f15 朱小和讲述，《补天的兄妹俩》，红河哈尼族彝族自治州元阳县

f16 李七周讲述，《喝水石》，红河哈尼族彝族自治州红河县

f17 段卡里讲述，《燕子救人种》，玉溪市元江哈尼族彝族傣族自治县

f18 赵呼础讲述，《杀鱼取种》，红河哈尼族彝族自治州红河县

f19 周德顺讲述，《三个神蛋》，红河哈尼族彝族自治州红河县

f20 鲁然讲述，《三个神蛋》，红河哈尼族彝族自治州红河县

f21 杨批斗讲述，《年月树》，红河哈尼族彝族自治州元阳县

f22 朱小和讲述，《塔婆取种》，红河哈尼族彝族自治州元阳县

f23 陈阿波讲述，《阿扎》，红河哈尼族彝族自治州红河县

f24 李书周、李七周讲述，《起死回生药》，红河哈尼族彝族自治州红

河县

f25 朱小和讲述,《动植物的家谱》,红河哈尼族彝族自治州元阳县

f26 朱小和讲述,《先祖的脚印》,红河哈尼族彝族自治州元阳县

f27 王定均讲述,《豪尼人的祖先》,普洱市墨江哈尼族自治县

(四)云南省民间文学集成办公室编:《哈尼族神话传说集成》,中国民间文艺出版社1990年版。

g1 卢万明讲述,《天地人》,红河哈尼族彝族自治州元阳县

g2 朱小和讲述,《俄妥努筑与仲墨依》,红河哈尼族彝族自治州元阳县

g3 朱小和讲述,《三个世界》,红河哈尼族彝族自治州元阳县

g4 李期博采录,《阿都射日的故事》,红河哈尼族彝族自治州红河县

g5 李染候讲述,《男扮女装祭寨神的来历》,红河哈尼族彝族自治州元阳县

g6 朱小和讲述,《红石和黑石的岩洞》,红河哈尼族彝族自治州元阳县

(五)赵呼础等演唱,李期博、米娜翻译:《斯批黑遮》,云南民族出版社1990年版。

h 赵呼础、李七周演唱,《斯批黑遮》,红河哈尼族彝族自治州红河县

(六)白们普等演唱,杨学臻、白金三记录,卢保和、龙元昌翻译整理:《都玛简收》,云南民族出版社2004年版。

i 白们普、白木者、普立规、李立才演唱,《都玛简收》,红河哈尼族彝族自治州绿春县

(七)元江哈尼族彝族傣族自治县民委、文化馆编:《罗槃之歌》,云南民族出版社1985年版。

j1 龙浦才演唱,《阿波仰者》,玉溪市元江哈尼族彝族傣族自治

j2 张罗者演唱，《米刹威》，玉溪市元江哈尼族彝族傣族自治县

（八）史军超：《哈尼族文学史》，云南民族出版社1998年版。（史军超搜集未刊稿）

k1 陈阳则演唱，《色十加十色》，红河哈尼族彝族自治州元阳县

k2 杨批斗演唱，《毕蝶、凯蝶、则蝶》，红河哈尼族彝族自治州元阳县

k3 白摩浦演唱，《俄色密色》，红河哈尼族彝族自治州元阳县

k4 普金打演唱，《俄色密色》，红河哈尼族彝族自治州元阳县

k5 陈阳则演唱，《俄铺密攀》，红河哈尼族彝族自治州元阳县

（九）李章法讲述，毛佑全、傅光宇搜集整理：《天狗吃月亮》，《山茶》1982年第5期。

l 李章法讲述，《天狗吃月亮》，玉溪市元江哈尼族彝族傣族自治县

（十）赵官禄、郭纯礼、黄世荣、梁福生搜集整理：《十二奴局》，云南人民出版社2009年版。

m 张牛朗、徐秋沙、白祖博、李克朗演唱，《十二奴局》，红河哈尼族彝族自治州红河县

（十一）2015年田野调查搜集整理的口头文本和手稿。

n 卢朝贵讲述的口头文本，张多搜集整理，红河哈尼族彝族自治州元阳县

一 诸神起源母题（0—299）

0—99 创世者

0 创世者。创造宇宙的神。a1. a12. c. f1. f2. f5. f21. g1. j1. k3

1 单个创世者 a1. a12. c. f1. f5. f5. g1. k3

3 创世的原因

3.5 * 繁衍出的人类不喜欢住在原始之水中。c

4 创世者的后代 a1. a12. a16. f1. f5. f21. j1. k3

4.2 创世者的两个孩子 c

4.5 创世者的女儿 a1. f1. j1

4.6 创世者的孩子成为人的祖先 a1. c. f1. f21. g1. j1. k3

4.7 * 创世者的若干孩子（五个以上） a1. a12. a16. f1. f5. f21. f22. g1. j1

10 创世者的起源

16 * 创世者出自雾 c

16.1 * 创世者出自作为天神衣裳的雾 c

16.2 * 创世神鱼的肉是雾凝结成的 c

17 * 创世者出自原始之水 a1. a12. f1. f2. g1. k3. n

20 创世者的性质

21 动物是创世者

21.8 * 鱼为创世者 a1. a12. c. f1. f5. f21. g1. k3. n

23 创世者的形貌

23.13 * 创世神鱼很大 c. f21. g1. k3

23.13.1 * 创世神鱼很大，并有具体衡量数据 a1. a12. f1. f21. n

23.14 * 创世神鱼没有头尾 c

23.14.1 * 创世神鱼的头是水底泥沙变的 c

23.14.2 * 创世神鱼的尾是水草变的 c

26 * 创世者的原初状态

26.1 * 创世者在创世之前沉睡 a1. f1. k3

70 创世者——其他母题

72 创世者的宝物

72.5 创世者的鱼鳞 a1. a12. f1. f21

100—299 诸神、始祖与文化英雄

100 神祇（包括始祖与文化英雄）的起源
101 神从卵中降生 f19. f20
102 神是其他神灵生育出的后代 a1. f1. f25. j1. k1. k3
109 神的其他起源方式
109.10 * 神由作为创世者的鱼生出 a1. a12. f1. f21. g1. k3

110 神祇的诞生
112 神的非同寻常的孕育时间
112.3 神在母亲腹中孕育了三年 f19
112.11 * 神的母亲沉睡了七千七百年 a1. f1
114 神的不同寻常的出生方式
114.4 母亲背部（裂开）生出了神 a1. f. 1. g1
114.8 * 母亲的鱼鳍煽动生出了神 a1. a12. f. 1. f21. k3. n
114.9 * 母亲的鱼鳞中生出了神 a1. a12. f1
114.10 * 神从母亲脖子生出 a1. f1
114.11 * 神从母亲腰部生出 a1. f1
114.12 * 神从母亲尾巴生出 a1. f1

120 神祇的相貌
133 * 神祇的穿戴
133.1 * 神头戴着金冠银帽 a1
133.2 * 神的长衣裳 a1. f1. k1
133.3 * 头戴白帽，身穿白衣 a1

150 神祇的婚姻 a16. b. k5
152 始祖的兄妹（或姐弟）婚 a9. c. f4. f13. f14. f27. g1. g2. j. 1. k5. m. n
153 始祖的卜婚。始祖用某种方式占卜天意，以决定能否结成血缘婚
153.1 用滚磨（或石头、锅等）的方式卜婚。把两扇石磨从不同的地

方下，如果合在一起，证明始祖可以成亲。a9c. f14. g1. k5. m. n

153.1.2 用滚簸箕和筛子的方式卜婚。始祖兄妹混姐弟各拿簸箕和筛子往山下滚，如果它们滚到一起，证明兄妹可以成婚。a9. g1. n

153.1.3 用合石的方式卜婚。始祖兄妹或姐弟分别往天上扔石头，如果两块石头合在一处，证明二人可以成亲。a9. m

153.2 用追赶的方式卜婚。一位跑在前面，一位在后面追，如果后者追上前者，证明始祖可以成亲。a9

153.21 * 用相反而行的方式卜婚。从相反方向行走，能碰面则证明始祖可以成亲。c

153.21.1 * 兄妹反向行走中哼吹调子，兄妹都以为还有人烟，就朝着调子方向走去，结果导致兄妹会面。C. f27. g1

153.22 * 用合木刻的方式卜婚。兄妹各抛起两段木刻，合在一起则证明兄妹可以成亲。g1

153.23 * 用合叶的方式卜婚。兄妹将两片叶子（芭蕉叶）扔到河里，叶子合在一起，证明二人可以成亲。a9. k5. m

156 神祇婚姻的帮助者。建议或者帮助神祇结亲的神、人、动物或者物体

156.1 神为帮助者 a9. f13. f14. g1. n

159 神祇的婚姻——其他母题

159.1 神的爱情 j1

159.1.1 * 生殖神在始祖身上种下爱情 g1

160 神祇的职司

161 天帝。天界的最高统治者。a1. a9. a16. d. e1. f1. f2. f3. f21. f25. i. j1. j2. k1. k2. k3. k4. k5. m

161.2 天帝的家庭

161.2.1 天帝的儿女 a1. f1. f2. j1. k1. k5

161.3 天帝的使者 a17. f4

162 天神。天界的一般神祇。a8. a9. a16. e3. e4. f3. f19. f20. f21. g3. h. j1. k1. k4. m. n

162.1 天神的孩子 a8. g3. j1. k1. k5

163 女神 a1. a8. f1. f2. f22. i. j1. k1

164 太阳神 a1. a9. a16. b. e2. e4. f1. f2. f7. f21. h

164.1 男性太阳神 b. f7

164.2 太阳女神 a1

165 月亮神 a1. a9. a16. b. e2. e4. f1. f2. f7. f21. h. l

165.1 月亮女神 b. f7

165.2 男性月亮神 a1

166 星辰之神 b

168 雷神 a5. e4. f2. h. n

168.4 雷神被捉 n

168.11 雷神的孩子 a5

168.11.1 * 雷神的女儿是火神 a5

171 风神 e4. f1. f2. h. k4

172 雨神 e4. f1. f2

174 雪神 f1

175 水神。一称水伯。普遍或局部水域的神圣管辖者。a16. e4. f1. f2. f22. g3. h. k5. n

176 河神。一称河伯或河精。a1. f2. k5

181 火神 a5. f23. h

184 地神 a1. a9. a16. e4. f1. f2. f3. f21. h. j1. k5. m

184.1 地母 b

185 农神 a1. m

185.3 谷神 a1. a16. b. e4. f2. m

185.6 * 田神 a4. e4. f1 f2

185.7 * 粮仓神 a4

187 植物之神

187.1 草神 a1

187.3 树神 a1. a8. a11. a16. f2. i

188 动物之神

188.1 蛇神 f2. h. n

188.2 龙神（注：哈尼族的"龙"不同于汉族的"龙"。）a1. a3. f1. f2. f4. f22. f25. j1. l. n

188.3 牛神 a3

188.14 ∗ 蛙神 f4

189 山神。普遍或局部地方的山神。a1. f2

193 灶神 a1. f2

194 工匠之神 e1. f1. f3

201 ∗ 人神（管理人类之神）a1. a4. a16. e1. f1. f2. f25. m

202 ∗ 金属神。金银铜铁锡等金属的神祇。a1. e1. f1. f2

203 ∗ 光神 a1

204 ∗ 银河神 a1

205 ∗ 石神 a1

206 ∗ 土神 a1. f2

207 ∗ 管理神的神 a1. f2

208 ∗ 战神 a1. f1. f2

209 神祇的职司——其他母题

209.7 恶神 h

209.7.1 瘟神 h

209.8 生死神 h

209.10 社神

209.10.1 ∗ 寨神 a8. a14. a15. n

209.14 铜神 a1. e1. f2

209.15 妖魔 a1. a15. f18. f23. h

209.18 断事神

209.18.1 法神 f2. n

209.22 畜神 a1. a4. f2

209.23 ∗ 甑神 f2. n

209.24 ∗ 增神。司掌增加、增产的神。h. n

209.25 ∗ 减神。司掌减少、减小的神。h. n

209.26 ∗ 崖神 a1

209.27＊水沟神 f1. f2. n

209.28＊泉神 a1. f2

209.31＊年神 a16

209.32＊智慧神 f3

210 神祇的本领

214 神知禽兽。神了解禽兽的起源和性格。f2

215 神有非凡的力气。a1 a9. f1. k4

217 神有非凡的速度

217.1 文化英雄能飞行。a1

219 神祇的本领——其他母题

219.4＊神有七只耳朵，知晓天下事 a1

220 神祇的日常生活

221 神的家 a4

221.1 神的父母 a1. a4. j1

221.3 神的儿女 a1. a4. f1. f2. j1. k5

222 神的宝物

222.1 神的绣花针 f7

222.3 神的太阳宝、月亮宝。太阳、月亮是神的宝贝。f7

222.24＊雷公的大鼓. n

222.24.1＊补天地的神牛的肝脏化成雷公的大鼓 a3. f3

222.25＊神的权杖 a11. n

222.26＊神的宝螺号 i

222.27＊神灯 j1

222.28＊玉 j1

224 神的坐骑

224.1 神的马 f27

225 神的助手 f1. j1. k4. m

226 神的衣服 a4. k3

230 神祇的行为

232 射日。文化英雄去除多余的太阳。f8. f9. g4

232.1 射日的原因

232.1.1 多日并出，为害人间。f8. f9. g4

232.2 文化英雄用箭射落多余的太阳 f8. f9. g4

233 文化英雄寻找太阳 f10

237 修补残破的天空 f3. f15. j1

241 盗食不死药 f24. h. l

242 盗火 f23

244 神祇或神人之间的争斗与杀戮

244.1 天神之间的争斗 a1. f1. k5. m

244.2 天神与地神之间的争斗 a9

244.3 杀死或制服妖魔 a11. a15. f23. g5

244.6 人间英雄与神的争斗

244.6.2 人间英雄与雷公的争斗 n

244.6.2.3 用青苔铺在屋顶上，使雷公滑倒，从而捉住雷公。n

244.6.2.4 用笼子关住雷公 n

250 文化英雄创造文化 a2. j1

266 * 三种能人（头人、祭司、工匠）由天神所造 a2. a13. f19. f20. j1. m. n

270 神祇的死亡或离去 a4. j1

279 神的死亡——其他母题

279.6 * 神不会死亡 a1

二 宇宙起源母题（300—1049）

300—349 宇宙的初始状况与构造

300 宇宙的初始状况

301 原始之水。起初宇宙中只有一片茫茫大水。a1. a20. c. f1. f2. f5. f21. k3

302 原始的混沌

302.2 起初宇宙间充满了大气 b

302.5＊宇宙间充满茫茫雾露 a1. b. c. f1

303 原始的黑暗 a1. a12. b. j1. m

303.2 宇宙的黑暗是由于天未开 a12. b. j1

304 天地相连 a1. b. f1. f2. h

304.3 起初天上与人间没有阻隔，神与人常来常往 a17. f2

304.4＊天地相撞 h

305 起初宇宙是不完美的 a16. f1. f3. j1

310 宇宙的构造

311 宇宙的分层

311.1 起初天地间分上、中、下三层 a1

311.2 天有多重

311.2.1 天有三重 a2. a16. f1. f2. f21

312 天梯。可以借它而上下于天界。a4. f1. f2. f24. f25. j1. k4. l

312.1 宇宙树。从下界高耸入天界的大树，可以缘之上下，往来于天地间。a11. f12. f15

312.5 天梯的毁坏。从此天地以及人神之间的交通被阻隔 f24. f25. l

312.5.1 砍断天梯 a1. f2. f25

312.5.4 神收回天梯 a1. f2

312.6＊草绳索编织的软梯为天梯 a1. f2

312.7＊天梯用大象骨头搭建 a4. f2

317 天庭。或称"天宫"，是众神在天上的居所。a1. a4. e1. f1. f3. f21. j1

317.2 天门。天庭之门 a1. a2. f1

317.2.1＊天门有四个，分别为玉天门、金天门、银天门、铜天门。a2. f1

317.3 天门的看守 a2

317.3.1 ＊天门的钥匙由看门的神掌管 a2

317.5 天庭中的宫殿 a1. a4. e1. f1. f3. f21. j1

320 天界的神物

322 天界的神兽

322.11 神牛 a3. f3. k4. m

350—399 宇宙的起源

350 宇宙的创造。神以某种方式创造了宇宙

351 创世者单独创造宇宙万物 a1. a12. c. f1. f21. k3

352 神开天辟地 a2. a12. a16. f1. f3. j1. k3. m

353 创始者及其协助者联合创造宇宙

353.2 协助者是动物

353.2.1 协助者是青蛙和蛇 f4

353.3 协助者是女神 a2. a16. f1. j1

353.4 协助者是多位神祇 a2. a16. f1. j1. k4. m

354 诸神联合创造宇宙 a2. a16. f1. j1. k4. m

354.1 二神联合创造宇宙

354.1.5 兄妹创世 f4

354.3 多个神联合创造宇宙 a2. a16. f1. f4. j1. k4. m

355 动物创造宇宙

355.2 ＊鱼造天造地 a1. a12. c. f1. f5. f21. k3. n

355.3 ＊青蛙创造宇宙 f4

356 世界的父母 b. j1

370 宇宙的进化。没有创造神的介入，宇宙是从某种原始的物质和胚胎中自然而然地发展起来的。h

373 尸体化生宇宙 a3. k4

379 宇宙的起源——其他母题

379.1 系谱式起源。A 产生 B，B 产生 C，最后产生了今天的世界。a1、a2

379.2 * 天怀孕、地怀孕 b

400—599 天界诸物的起源

400 天界的性质和状况

401 天的初始状况

401.6 * 起初天充满着黑雾（白雾）a1. b. c. f1

401.7 起初天不稳 f3. j1. m

402 天的性状

402.5 * 天为什么是蓝色的，是因为神用绿石造天。a2. f1. j1

402.6 * 用金银造天 a2. f1

402.7 * 天像手掌一样平 a2. j1. m

403 撑天柱。是天地之间的支撑。a1. b. f1. f4. j1. k4. m

403.1 用撑天柱撑天的原因 a2. j1

403.3 * 因为天空黑暗 b

403.2 打造撑天柱 b. j1. k4

403.3 撑天柱的种类

403.3.5 动物为撑天柱 f4. k4

403.3.12 * 蛙足做撑天柱 f4

403.4 多根撑天柱

403.4.1 四根撑天柱 a1. b. f1

403.9 * 用光做撑天柱 b

403.10 * 用草做撑天柱 . j1

405 天维。天有绳子维系，所以才不会下坠。a1

408 * 天空起源的时间

408.1 * 天空出生在属鼠日 a1

409 * 起初天命不长，会塌。a16

410 天空的起源

413 清轻之气形成天 b

414 神创造天 a1. a12. a16. f1. f3. j1. m

414.1 神用青石造天 a2. j1

415 动物造天

415.3＊神鱼煽动鱼鳍，露出了天 a1. a12. c. f1. f21. k3. n

415.4＊青蛙造天 f4

415.5＊青蛙的粪便造天 f4

419 天空的起源——其他母题

419.6＊兄妹协助青蛙母亲造天 f4

419.7＊天空是在金子中孕育的 h

420 天空的变化

425 使天变大。天起初太小，神设法使之变大 b

426 量天。天地造好之后，神测量天的大小和宽窄。f3

428＊粘天。天地造好后没合拢，因而要粘严。a2

429＊缝天。闪电做银线缝合天地 f3

430 太阳的起源

431 太阳由神的身体化成

431.1 太阳由神的眼睛变成

431.1.1＊太阳由神牛的右眼化成 a3. a10. f3. k4

431.1.2＊太阳由青蛙的黑眼化成 f4

432 太阳是神的儿女 a1. b. f1. f7

433 太阳由神创造 a16. b. f3. j1. k4. m

439 太阳的起源——其他母题。

439.7 神搅动海水，搅出太阳。a2

439.8＊造太阳的时间是属虎日 a2

440 太阳的性质和状况

442 以前有多个太阳 a9

442.6 从前有九个太阳 f9

442.9 以前有六个太阳 f8. h

442.11 以前有两个太阳 a1. a9. k5

448 太阳作为人

448.4 太阳和月亮是夫妇 f7. f19

448.5 太阳和月亮是兄妹

448.5.1 太阳是姊妹，月亮是兄弟 a2. f7

448.6 太阳和月亮都是女人

448.6.3 太阳和月亮是姊妹或姑嫂 b

451 浴日。太阳的母亲给太阳洗澡。a2

457 神管辖着太阳的运行 a1. a9. f2. f4. k4. m

457.2 天神管辖太阳 a1. a9. f2. m

457.5 * 神用金刀刻出太阳运行的轨道 a2

457.6 * 神命公鸡在太阳出来时打鸣 a2

457.2.1 * 天神每天只让一个太阳出去 a1. f2

458 太阳的光和热 j1 k5. m

458.2 为什么人眼不敢看太阳。因为太阳有绣花针，谁看它就刺谁的眼睛。a2. f7

458.3 太阳的热量给人类带来灾难 a9. f7. f9. k5

458.5 阳光起源于神的尸体化生 a3

458.7 * 太阳的光是神洗太阳后才变亮的。a2

459 日食

459.1 日食的发生是由于动物吞食太阳 f7

461 太阳的死亡 a17

461.1 文化英雄射死太阳 f9

461.8 * 太阳起初会死亡是由于命不长，只热一天。a16

461.9 * 太阳滴血 h. m

462 太阳幸免于难。一个太阳躲过了被射杀或捉拿，因而存留下来。

462.2 太阳因躲在山底而幸免于难 f9

463 太阳重新出来

463.2 动物喊太阳重新出来

463.2.1 公鸡喊太阳出来 f9. h

469 太阳的性质和状况——其他母题

469.6 * 补太阳。因为太阳不亮 a3. f3

470 月亮的起源

472 月亮源于神的身体化生

472.1 月亮由神（或动物）的眼睛化成

472.1.1 * 月亮由神牛的眼睛化成 a3. a10. f3. k4

472.1.2 * 月亮由青蛙的白眼化成 f4

473 月亮是神生出的孩子 b. f7

474 月亮由神创造 a1. a16. b. f1. f3. j1. k4. m

479 月亮的起源——其他母题

479.2 神搅动海水，搅出月亮 a2

479.3 * 造月亮的时间是属兔日 a2

480 月亮的性质和状况

482 从前有多个月亮 a1. a9

486 浴月。月亮的母亲给月亮洗澡 a2

488 月亮里有树 a11. f4

488.3 月亮里有娑罗树 a11. f4

488.3.1 * 砍倒遮天大树时，树头飞进月亮里变成梭罗树 a11

489 月亮里有动物

489.5 * 月亮里有狗 f24.1

494 神管辖着月亮的运行 a1. a9. f2

494.4 * 神用金刀刻出月亮运行的轨道 a2

494.4 神每天只让一个月亮出去 a1. f2

495 月亮的光和热 j1

495.1 从前，月亮的热量给人类带来灾难 a9.f7

495.3＊月亮的光是神在水中洗月亮后才变亮的 a2

495.4 月亮的光是补天地的神牛的左眼变成的 a3

497 月食

497.1 月食的发生是因为动物吞食了月亮 .l

497.1.1 天狗吞（吐）月亮 f7.f24.l

498 月亮的死亡 a17

498.4＊月亮起初会死亡，是因为命不长，只亮一晚。a16

498.5＊月亮滴血 h

509 月亮的性质和状况——其他母题

509.3＊补月亮。因为月亮不亮 a3.f3

510 星星的起源

511 星辰起源于神的尸体化生

511.2 星星由神的发须化成 b

511.4 星辰由神的牙齿化成 a3.a10.f3.k4

511.6 血珠化成星星 f4

516 星星由神创造 a2.j1.m

517 星星起源于神的行为

517.1 神戳天后形成的洞和眼成为星星 a2

517.1.1 星星源于神造天时留下的天眼 a2

521 北斗星的起源

521.4＊北斗星是补天地的神牛的牙齿变 a3.a10.f3

528 启明星的起源

528.3＊启明星是补天地的神牛的牙齿变 a3.a10.f3

531 银河的起源

531.1＊补天地的神牛的大肠化为银河 a3.f3

532＊ 彗星的起源

532.1＊补天地神牛的尾巴化生扫把星 a3.f3

540 星星的性质和形状

548 ＊ 星星为什么闪烁

548.1 ＊ 神从天眼看人间，所以星星眨眼睛 a2

550 其他自然现象的起源

552 彩霞的起源

552.1 神的血形成彩霞 f4. f15

552.1.5 ＊ 补天神牛的血形成彩霞 a3. a10. f3

554 云的起源

554.1 云起源于神的尸体化生。神死后，气息形成云。a3. f4

554.2 云起源于物体变形

554.2.4 神的衣衫变成云 b

554.5 ＊ 瓦块云的起源

554.5.1 ＊ 补天地神牛的牛角纹化成瓦块云 a3. f3

555 雾的起源

555.4 ＊ 雾起源于造天时神拉风箱排出的烟雾 a2

555.5 ＊ 雾起源于补天神牛鼻子的气息 a3. a10. f3

555.6 ＊ 雾起源于神的脚印 j1

556 雷的起源

556.2 雷起源于神的行为 . m

556.2.9 ＊ 雷起源于神造天时拉风箱的声音 a2

556.2.10 ＊ 雷是雷神向地面射箭形成的 a5

556.2.11 ＊ 雷是雷神用刀砍向地面形成的 a5

556.2.12 ＊ 神在天上打鼓形成雷 f4. n

556.4 ＊ 雷是天在笑 a2

556.5 ＊ 雷起源于神用牛皮补天时发出的响声 a3. f3

557 闪电的起源

557.3 神眨眼睛形成闪电 a3. a10. f3

557.10 ＊ 闪电是地在笑 a2

557.11 * 闪电是雷神用斧子劈向地面形成的 a5. m

558 雨的起源

558.1 雨起源于神的尸体化生

558.1.3 补天地的神牛的鼻涕变成雨水 a3. a10. f3

558.5 * 雨起源于造天时留下的银河之水 a2

558.6 * 雨起源于神的脚印 j1

566 空气的起源。神造出空气。a2. f3

600—849 地界诸物的起源

600 地球的初始状况 a1. f1

607 * 地球起源的时间

607.1 * 大地出生在属牛日 a1. a2. f1

608 起初，地的命不长，会塌陷。a16. f3

610 地球的起源

612 神创造地球 a1. a2. a12. a16. f1. f3 j1. m

613 动物创造地球

613.5 * 鱼创造大地 a1. a12. f1. f5. f21. k3

613.5.1 * 神鱼煽动鱼鳍，造出了地。a1. a12. f1. f5. f21. k3. n

613.5.2 * 鱼身子变成了地 c

613.6 青蛙造地 f4

618 地球是神生育出来的 f5

620 原始之水。最初，水覆盖了一切。a1. a12. a20. c. f1. f4. f5. f21. k3

621 潜水者。创始者派动物们去原始之水的底部取些土来。许多动物都失败了，一种动物成功了。地球就由带上来的一点泥土形成。

621.2 * 青蛙是潜水者 f4

622 地球由仍在原始之水上的物体（如泥土、沙土、树叶、石块等）形成 f4

624 地球从海中升起 f4

624.1＊原始之水退去，露出地面。a1. f1

630 地球的性质和状况

632 地有多层

632.3 地有三层 a2

636 大地有四极 a2

638 大地的支撑。大地由某种或某些东西支撑着。a2. f1. k4

638.1 支撑大地的原因

638.1.1 大地摇晃不定 a2. f1. f3

638.1.2＊没有支撑大地会坍塌或翘起 a2. a3. f1

638.3 支撑大地的东西

638.3.1 动物支撑大地 . k4

638.3.1.3 牛支撑大地 a3. f3. k4

638.3.2 巨大的柱子支撑着大地 a2. f1. f3

638.3.3 用金银铸造撑地柱 a2. f1. f3

638.3.3.1＊用金银铜铁造撑地柱 a2. f1

638.3.4 有多根撑地柱 a2. f1. k4

638.3.5＊地梁 f3. k4

639 神圣的动物驮着大地

639.2 鱼驮负着大地 a1. a2. a3. f1. f3. k3

641＊造地先打地基 a2

642＊造地时打下的地梁 a2. a3. f1. f3

643＊造地的工具

643.1＊风箱（用来化铁水）a2. f1

643.2＊木料（风箱的燃料）a2

643.3＊锤 a2

643.4＊钳 a2

643.5＊砧 a2

643.6＊撮箕 a2

643.7 * 土壤（黄土、黑土）a2. f1

634.8 * 犁耙 f1. m

650 地界的神界与神物

652 地界的神树 a11. a12. f12. f15. f21. h. i. n

652.4 * 可以缘之从地面通往天庭的神树 a11

653 地界的神圣动物 a20

653.3 龙 a4. c. f1. f24. j1. j2. k4. m. n

653.8 * 鱼 f18. m

654 地界的神药

654.1 不死药。食之可以长生不死或起死回生 f24. h. j2. l. n

660 地球的地形特点及其起源

664 * 地有地眼以通地气 a2. f1

680 修整与测试大地

681 补地。大地出现残缺或漏洞，创世者或文化英雄因此补地。a3. f3 j1

681.1 补地的是动物 a3. f3

681.1.5 * 用牛补地 a3. f3. k4

681.5 用缝补或织补的方法补地

681.5.1 * 用补天地的神牛眨眼形成的闪电把天边地边缝起来 a3. f3

682 支地。大地不稳固，神设法支地 a9. f3

682.3 用支地柱支地 a9. f1

682.3.1 * 金柱玉柱支地 a9. f1. f3

685 量地。大地造好之后，测量地的大小和宽窄。f3

687 * 粘地。天地造好后没合拢，因而要用黄泥粘严。a2

690 水及其特点的起源

694 水起源于神的创造 a16. f1

700 江河湖海的起源与性质

701 江河湖海起源于神的尸体化生

701.2 神的五脏变成江河湖海

701.2.1 神的肚子或肠子变成江河湖海 a3.f3

704 江河湖海起源于神的创造 a2.a12 j1

710 其他水的起源

711 泉水的起源

711.2＊泉水起源于神的尸体化生

711.2.1＊补天地的神牛的膀胱化成泉水 a3.f3

713 露水的起源 a2.f1

713.2 眼泪变成露水 a3.a10.f3

720 陆地的起源 a1 a2.a16.f1

721 陆地（田地）的起源

721.4 神造出田地 .k4

721.5＊创世者将原始之水退去，露出陆地。a1.f1

721.6＊补天地神牛的肚脐化生为田地 a3

721.7＊遮天大树倒下的树枝化为田地 i

722 土壤的起源 a2

722.1 土壤起源于神的尸体化生

722.1.1 土壤由神的筋脉或肌肉化成

722.1.1.1＊补天地的神牛的牛肉化成黑土 a3.f3.k4

722.1.3＊土壤由神的脑化成

722.1.3.1＊补天地的神牛的脑化成黄土 a3.f3

723 平地（平坝）的起源

723.8＊牛帮助神犁出平地 a2.f1.k4

732.9＊大雁尸体化生为平坝 f26

725 道路的起源

725.1 道路起源于神的尸体化生

725.1.3 * 神或神圣动物的气管化成道路 a3

725.1.4 * 神或神圣动物的肠子化成道路 a3. f3

730 山的起源

731 山起源于神或动物的尸体化生

731.2 山起源于创世者的骨头

731.2.1 * 补天地神牛的骨头化成山 a3. f3. k4

733 山起源于神的行为

733.1 神造山 a2. f1 j1. k4

736 山的特征的起源

736.1 山之所以高低不平的由来。a2. f1 j1. k4

741 丘陵的起源

741.1 丘陵起源于神的行为 j1

741.1.4 * 丘陵是牛帮助神犁出来的 a2. f1. k4

742 峡谷的起源

742.3 * 峡谷是牛帮助神犁出来的 a2. f1

742.4 * 遮天树倒下在地面砸出峡谷 f12. i

743 沟壑的起源

743.3 * 沟壑是牛帮助神犁出来的 a2. f1

743.4 * 遮天树倒下在地面砸出沟壑 f12. i

744 沼泽的起源

744.4 * 神牛用犁耙造成凹塘（沼泽）a2. f1

744.5 * 沼泽是神的尸体化生

744.5.1 * 沼泽是补天地的神牛的血管化成 a3

740 其他地形地貌及其特征的起源

760 珠宝的起源 f22

766 * 珠宝起源于竹子中 f22

770 金属的起源 e1. f22

771 黄金的起源 e1. f22

772 白银的起源 e1. f22

773 铜的起源 e1. f22

774 铁的起源 e1. f22

775 锡的起源 e1

810 鬼的起源

815 * 人与鬼有血缘关系 a1. a4. a8. b. f2

820 下界的起源

826 龙宫 a2. a9. e1. f1. f22. l

850—1049 世界的毁灭与重建

850 世界大灾难。世界的现存秩序遭到极大破坏，或被毁灭。d. k5. m

851 灾难是由于对罪恶的惩罚

851.5 * 因为人口太多，互相争斗，所以神降灾难 f6

852 雷公复仇。天上的雷公或雷婆为报复人间而降下大洪水. n

853 灾难是由于神祇之间的争斗。神祇之间发生了纷争，结果毁坏了世界的正常秩序。a1. a9. f27. k5

860 灾难的预兆，预示灾难即将发生

872 神祇预告灾难的降临 a9. i. n

880 世界大灾难时天界的混乱

883 天空出现漏洞 f15

883.1 * 遮天树长到天庭，长到天神门口。a11. i

887 太阳运行的规律混乱 a11. i. k5

888 月亮运行的规律混乱 a11. i

890 世界大灾难时地界的混乱

892 魔鬼为害 a11. f23

893 天下大旱 a1. a9

895 五谷不登,草木横生,人民无处居住。a11

896 * 遮天大树 f12 f15. f21. i. j1. m. n

896.1 * 遮天大树遮住日月,人间一片黑暗。a11. f12. f21. i. j1. m. n

896.2 * 爬上遮天树寻找光明 a11. m

896.2.1 * 猴子爬上遮天树,没下来。a11. i. m

896.2.2 * 公鸡飞上遮天树,没找到光明。a11. i. m

896.2.3 * 蜜蜂飞上遮天树,找到了光明。a11. f12. i. m

896.3 * 射穿遮天大树 a11. i. m

896.4 * 砍倒遮天大树 a11. f12. i. j1. m. n

896.4.1 * 遮天树砍口会自动愈合 a11. f12. i. j1. m

896.4.2 * 倒下的大树压死了大部分人类 a11. i. m

896.4.3 * 遮天树倒下时,鹦鹉救了小部分人。a11

896.4.4 * 斧子后抹鸡屎,砍树时伤口不再愈合。a11. f12. i. m. n

900 洪水朝天。世界或局部地方洪水泛滥 a1. a9. c. d. f13. f14. f15. f16. f17. f18. f27. j1. k5. m. n

902 天空出现大洞,降下大雨形成洪水。f15. j1

905 洪水源于神祇之间的冲突 a1. a9. c. f27. k5

906 洪水的发生是由于神与人之间结仇. n

906.4 * 人类因旱灾过度捕捞鱼虾,龙王发怒降下洪水。f14

915 * 蔓结的葫芦堵住了喝水石的洞口,于是洪水泛滥。f16

920 从洪水中逃生

925 在葫芦或瓜中躲避洪水 c. d. f14. f27. k5. m. n

925.4 神授予始祖葫芦 a9d. f27. n

925.5＊神提前种葫芦，结出一个大葫芦。a9. k5

925.6＊老鼠咬破葫芦，始祖得以出来。d

929 在木房（木柜）中躲避洪水 f17

939 从洪水中逃生——其他母题

939.5 失败的逃生

939.5.1 在铁柜子（或铁房子）中逃生失败 a9

939.5.2 在铜柜中逃生失败 a9

939.5.3 在金银做的柜子中逃生失败 a9

939.6 洪水中动物获得救助而保存了生命 a9

940 洪水的试探与结束

944 神疏导洪水，洪水结束。f17. j1. k5

949 洪水的结束——其他母题

949.4＊天地命众神结束争斗，恢复秩序。a9

949.5＊神用钥匙打开落水洞的锁眼，洪水退去。a9

949.6＊燕子打开避水器（木箱）救出人种 f17. k5

950 世界大灾难的其他形式

951 大火成灾。毁灭了人类与世界。d. f6

951.6 从世界大火中逃生

951.6.3 在石洞里躲避大火 d

951.6.5＊躲在葫芦里躲避大火 d

952 太阳或月亮的暴晒毁灭了人类或宇宙 a9. k5

952.3＊人类始祖躲在芭蕉树下免遭晒死 a9

952.4＊人类始祖在毛竹根下找到水源免遭晒死 a9

958 地震造成灾难

958.1 支撑大地的神圣动物（鳌鱼、鳄鱼、神牛、神龟等）的活动造成地震 a2

958.4＊神搬动支撑大地的鱼的尾巴造成地震 a1. f1

961 天塌地陷 a9. j2. m

970 大灾难后人类重新繁衍 a9. a10. f18. f27. m

971 幸存的兄妹用泥土创造人类 c

972 幸存的始祖血亲婚配,重新繁衍人类

972.1 幸存的兄妹结亲,重新繁衍人类 a9. f14. f27. k5. m. n

975 始祖结亲后,生下怪胎。把怪胎打开,里面出现人类;把怀胎剁碎撒向各处,或埋入地下,几天后挖出,怪胎变成了人。m. n

975.1 怪胎是肉坨 f13. n

975.5.1 怪胎是葫芦。把葫芦切开出现了人。f13. f14. m

980 大灾难后世界秩序的恢复与重建

981 灾难中物种得救。在大灾难中,一对对动物被预留下来。a9. m

982 灾难后物种的重新繁衍 a9. f14. i. n

990 补天。天空残损或缺漏,文化英雄设法补天。a3. f15. j1

991 补天的原因

991.2 补天是为了弥补被损坏的天空。由于某种原因,天空最初的完好被毁坏,天空出现了裂口,于是文化英雄补天。f15. j1

991.4 ＊ 天不补就会塌 a3. j1. m

991.5 ＊ 洪水后天地不稳,兄妹始祖无法生存 a9

992 补天的方式

992.1 用石头补天 a9. f15. j1

992.1.1 ＊ 用五色的玉石补天 a9. j1

992.4 用泥土补天 f15

992.8 神用自己的身体补天 f15

992.10 ＊ 牛补天 a3. a10. f3

1000 治水。洪水为灾,文化英雄及其协助者想方设法治理水患 f15. f16

三 人类起源母题（1050—1399）
1050—1069 人类的初始状况

1050 人类的初始状况

1051 起初人类的身体特征与现在不同 a1. f2. f5. g6. m. n

1051.4 起初人的眼睛竖着长 . m. n

1051.6.1 起初人只有一只眼睛 . m. n

1051.11 起初人有尾巴 f5

1051.12 起初人全身长满了毛 a1. a7. d. f2. g6

1051.14 * 起初人有若干个脑袋

1051.14.1 * 起初人有九个头 a1. f2

1051.15 * 起初人四肢像鸡爪 a7

1053 起初男人生孩子 f4

1054 起初人是不会死的 a12. a17. f6. f21

1054.4 * 不死的人只有头人、祭司、工匠三种能人 a9

1054.5 * 起初有九个不死的姑娘 a16. f11

1055 起初人不住在地球上

1055.3 起初人住在地下 d. f5

1056 * 起初人不会走路 a1. f2. m

1057 * 起初人是生活在水中的猴子 d

1058 * 起初人是鱼 f5

1059 人类的原初状况——其他母题

1059.10 起初人和鬼生活在一起 a8. b. f2. f25

1059.10.1 起初人与鬼是兄弟 a1. a4. a8. b. f2

1059.14 * 起初人与动物通婚 a4. a8

1059.14.1 * 起初人与毛虫通婚 a4

1059.14.2 * 起初人与豹通婚 a4

1059.14.3 * 起初人与猴子通婚 a4

1060 远古的黄金时代。那时人类生活得无忧无虑，幸福快乐，或长寿永生。a8

1064 天地相通，人可以自由的上天 a4. f2

1065 人神相通。人与神可以沟通、交流，和睦相处 f20

1066 人与禽兽语言相通，都会说话。a8. f5

1068 * 起初人的寿命很短 a16. f11

1070—1199 人类的起源

1070 人类的起源

1071 人类的多次创造。人类经过了多次创造，或者经过了多次更新换代，才最终形成今天这样。a7. a8. a9. a10. f2. f5. m. n

1073 造人的原因

1073.1 神由于孤独寂寞而创造了人 f2. f6. f21. j1

1074 神创造了人 a1. a8. a16. f2. j1. k1. m

1074.1 神用泥土创造了人 c. n

1074.2 神用植物创造人类

1074.2.5 * 神用创世神鱼的鱼鳞种出茨菇，茨菇果为人种。a12. f21

1075 神生育了人类 a4. c. f2. f6. j1. k1

1075.1 始祖血亲婚配后生育人类 c. j1. k5

1075.1.1 兄妹始祖生育人类 a9. c. j1

1075.4 创世者生出人类 c

1075.8 天地结合生育人类 a4

1075.10 * 鱼生出人 c. f5

1076 人从卵中生出 a1. f19. f20. m

1079 人从神的身体的某一部分生出

1079.2 人从神的肚子里生出 c. k2

1079.3 * 人从始祖的脚趾生出 c. k2

1079.4 * 人从神的耳朵生出 c. k2

1079.5 * 人从神的衣服里生出 k1

1082 人通过进化而产生 f5. m. n

1082.1 人从猴子进化而来 b. d

1085 人从植物中出现

1085.2 人从葫芦中出现 d. m

1085.8＊人是茨菇种子种出来的 a12. f21

1089 人类的起源——其他母题

1089.8＊天神打造的铜箱装着人种 a2

1089.9＊人从兄妹始祖的身体各部分生出。手指、脚趾、肩膀、肚子、胸、腰。a9

1090 人类身体特性的起源

1095 身体毛发及其特征的起源

1095.1 为什么人身上没有毛

1095.1.3＊人自从吃粮食和牲畜后，身体逐渐变光滑 a7

1100 人类生命期限的确定

1101 分寿命。神为人及动物规定各自的生命期限。a16. a17

1105 为什么人活到现在的年纪。因为分寿命时人把长寿丢弃了。a17

1105.1 文化英雄从天上回到人间时，忘记了神分给人的寿命 a17. n

1106＊ 人类寿命在始祖与天女婚配后被延长 a16. a17. f6

1107＊ 天神为人类找长寿 a16. f11

1110 人类麻烦的开始

1111 疾病的起源

1111.11＊天花的起源。人想设法杀死魔鬼时被魔鬼喷出的铁砂袭击。a8

1130 人类两性区别的开始

1133 女性性征及器官的起源

1133.3 女性月经的原因

1133.3.1 ＊经血是天地日月滴下的血 h

1150 死亡的起源

1153 由于错传消息而出现死亡 a17. n

1158 ＊ 神掌管生死 a17. j2

1158.1 ＊起初人不会死，造成社会乱套，于是神规定人要死亡。a17

1159 ＊ 死亡起源于不死药丢失 f24. h

1180 人类生活秩序的奠定

1181 人与鬼的分离 a8. b. f2

1181.4 ＊人鬼兄弟分家时分财产 a8. b

1182 人与鬼之间的争斗 a8. b. f20

1182.1 ＊人鬼分家后，鬼还要祸害人 a8

1182.2 ＊人鬼分家后，出现对付魔鬼的神 a8

1182.3 ＊文化英雄带领人杀死魔鬼 a8

1182.4 ＊魔鬼非常厉害，用尽办法也斗不过 a8

1200—1299 姓氏的起源

1200 百家姓的起源

1217 李姓的起源

1217.2 始祖生下的肉坨剁碎后，扔在李树上变成人的姓李。n

1229 陶姓的起源

1229.2 始祖生下的肉坨剁碎后，扔在桃树上变成人的姓陶。n

1300—1399 部落或民族的起源 k2

1320 特定部落或民族的起源

1321 白族的起源 a9. f27. j1. k5

1325 傣族的起源 a9c. f27. j1. k2. k5. m

1329 哈尼族的起源 a9. c. f14. f27. j1. k2. k5. m

1329.1＊男始祖与天女婚配繁衍后代 a16

1331 汉族的起源 a9. f27. j1. k5. m

1335 拉祜族的起源 a9. j1. k2

1341 苗族的起源 a9. k2

1342 纳西族的起源 . j1

1346 佤族的起源 a9

1347 瑶族的起源 a9. m

1348 彝族的起源 a9. f27. j1. k2. k5. m

四 文化起源母题（1400—1899）
1410—1549 文化事象的起源

1410 火的起源与使用 a5. d. f23. m

1412 火的守卫者 f23

1414 盗火。人类原本无火，文化英雄从火的持有者那里盗来了火。f23

1414.6 盗火英雄受到惩罚 f23

1421 火的获得得到了动物的启发或帮助。f23

1421.3＊得到鹿的帮助 f23

1423＊ 火珠 f23

1430 人类食物的获得

1434 文化英雄发明熟食

1434.1＊文化英雄因为森林大火烧焦动物而发现熟食 a5. d. m

1440 粮种的起源与获得

1440.1 起初只是天上才有粮食 a4. a20. m

1440.4＊起初粮种存放在天神的金箱银箱里 a4. f25

1443 文化英雄为人类找来粮种 a4. a20. n

1444 粮种起源于神的尸体化生

1444.1＊补天地神牛的牛粪化为粮种 a3

1445 粮种来自上天或神的给予。上天或神有意无意地给予人间粮种。a4. a20. b. d. j1. m. n

1445.3＊文化英雄上天从神那里取来粮种 a4. a20. b. f25. j1

1447 动物帮助人取来粮种

1447.1 狗为人类取来粮种．n

1448＊天神撒下粮种 a20. b. d. f25. j1. m

1449 粮种的起源与获得——其他母题

1449.5＊鱼腹中取出粮种 f18. m

1450 特定食物的起源

1461 谷子的起源

1461.2 神给予人类谷种 a4. f25. j1. k1. m

1461.10＊鱼腹中取出谷种 f18. m

1461.11＊竹子中取出谷种 f22. n

1462 高粱的起源

1462.3 神给予人类高粱种子 a4. f22. m

1463 稻子的来历

1463.7＊稻谷起源于神或动物的尸体化生

1463.7.1＊补天地神牛的金黄牛毛化成稻谷 a3. f3

1464 麦子的起源

1464.1 神给予人类小麦种子 a4

1464.1.1 神给予人类荞麦种子 a4. f25

1464.12＊荞麦起源于神的尸体化生 f3. f18

1465 玉米的起源

1465.1 神给予人类玉米种子 f25

1465.7＊鱼腹中取出玉米 f18. m

1465.8＊竹子中取出玉米种子 f22

1446 豆类的起源

1446.8 * 鱼腹中取出豆种 f18. m

1446.9 * 竹子中取出豆种 n

1471 大蒜的起源

1471.3 * 神给予人类大蒜的种子 a4. f25

1473 生姜的起源

1473.3 * 神给予人类生姜的种子 a4. f25

1483 * 香椿的起源。神给予人类椿树种子。a4

1484 * 薄荷的起源。神给予人类薄荷种子。a4. f25

1485 * 鱼腹中取出各种瓜种 f18. m

1490 水果的起源

1490.3 文化英雄寻找并发现水果 a6

1494 * 樱桃的起源。神给予人类樱桃种子。a4. f25

1495 * 核桃的起源。神给予人类核桃树种子。a4

1496 * 花红的起源。神给予人类花红种子。a4

1530 工具的发明

1531 弓箭的发明 a5

1531.1 文化英雄发明弓箭以对付野兽 a5

1533 斧的发明 a5

1550—1699 生产和生活方式的起源

1550 耕种的起源

1557 * 动物教会人耕种

1557.1 * 老鼠教会人耕种 a1. a7

1557.2 * 水牛教会人开垦水田 a7

1557.3 * 猪教会人翻地 a7

1557.4 * 螃蟹教会人引水泡田 a7. m

1560 农具的发明

1568 粮食加工工具的发明

1568.1 碓的发明

1568.1.1 ＊补天地神牛的膝盖骨化成碓 a3

1568.3 杵臼的发明

1568.3.1 ＊补天地神牛的膝盖骨化成杵臼 a3

1570 驯化动物的起源 a4. j1

1571 鸡成为家禽的起源 a4

1574 狗成为家畜的起源 a4

1578 牛被驯化的起源 a4

1591 狩猎的起源 a5

1591.4 ＊蚂蚁教会人类集体狩猎 a6

1593 纺织的起源

1593.3 衣裳的发明 e2. g6

1593.3.1 文化英雄始做衣裳 e2. g6

1593.3.3 文化英雄教人纺线 e2. g6

1593.3.4 文化英雄教人织布 e2. g6

1593.6 ＊穿山甲启发人类发明纺织 a6

1594 建房的起源

1594.1 建造房屋的起源

1594.1.1 文化英雄发明建造房屋 g6. m

1594.1.3 ＊鸟启发人类搭建窝棚 a6

1594.5 ＊建房要选日子 a8. m

1595 交通的起源

1595.1 交通工具的发明

1595.1.2 舟船的发明

1595.1.2.1 ＊补天地神牛的小骨化成桨 a3

1596 贸易集市的起源

1596.3 ＊秤的起源

1596.3.1 ＊秤起源于创世神牛心脏化生 a3

1596.4 ＊神创造集市 e4

1597 冶炼铸造的起源 e1

1597.1 炼铁的起源 e1

1610 文字的起源

1614 神赐予人类文字 j1

1614.1 天神教汉族人认字 j1

1615 为什么有的民族没有文字

1615.2 有文字的载体被吃掉，从此失去文字。f26. j1

1620 语言的起源

1628 ＊天神教人类说话. j1

1630 民族语言的起源

1631 汉语的起源 j1

1631.1 ＊天神教汉族说汉语 j1

1633 彝语的起源 j1

1633.1 ＊天神教彝族说彝语 j1

1634 ＊傣语的起源 j1

1634.1 ＊天神教傣族说傣语 j1

1635 ＊哈尼语的起源 j1

1635.1 ＊天神教哈尼族说哈尼语 j1

1650 文学艺术的起源

1651 歌舞音乐的起源

1615.6 ＊棕扇舞的起源 a18

1615.7 ＊天神教会纳西族歌舞 j1

1653 乐器的发明

1653.8 其他乐器的发明

1653.8.1＊巴乌的起源 a18

1654 书法艺术的起源

1654.2＊笔的起源

1654.2.1＊补天地神牛的小骨化成笔 a3

1657＊哈尼哈巴的起源。摩批吃掉了文字经书，所以会唱哈巴。f26

1660 时间的划分

1661 季节的划分。神将一年划为四季 a12. a19. f21. j1

1662 一年三百六十五天的来历

1662.4＊神树有三百六十五片叶子，一年就有三百六十五天。a12. f21. i. j1. m

1663 月份的确立

1663.1 月份的确立

1663.1.4 神树长成了十二支，一年遂分为十二个月 a12. a19. f12. f21. i. m

1663.1.4.1＊神树有十二条根，一年遂分为十二个月 a12. f21. j1

1663.2 一月分为三十天的起源。源于神的规定。

1663.2.3＊茨菇开出三十朵花，一月遂分为三十天 a12. f21. m

1663.2.4＊神树有三十条枝干，一月遂分为三十天 j1

1663.3 闰月的起源。神设置了闰月。a12. f21

1664 历法的发明

1664.3＊年月树 a12. a19. f12. f21. i. j1. m

1664.3.1＊神用创世神鱼的金鱼鳞栽种年月树 a12 f21

1666 属相的起源

1666.5＊神生下十二种动物，以其生日纪日 a4. f25

1666.6＊十二种动物从年月树下走过，遂有十二生肖纪年月日 a12. f21

1669 时间的划分——其他母题

1669.2＊时间的丢失 f21. j1. m. n

1700—1899 风俗的起源

1700 婚姻习俗的起源 a16

1701 婚姻制度的起源 a16

1701.1 神设立了婚姻制度 a16

1704 订婚习俗的起源。

1704.2 * 订婚习俗是天神规定的 a16

1705 婚礼的起源 a16

1710 丧葬习俗的起源

1711 葬礼习俗的起源 a8. a17. j1. n

1711.7 * 哈尼族葬礼送灵要敲竹筒 a4. a17. n

1711.8 * 丧礼时尸体裹白布的起源 a8. a17

1711.9 * 丧礼时亡人面部盖一块布的起源 a8. a17

1711.10 * 丧礼时亡人鼻孔耳朵用棉花塞住习俗的起源 a8

1714 棺椁的起源 a17

1714.4 * 文化英雄发明棺椁 a17

1715 * 丧礼起源于先祖给猴子办丧礼 a17. n

1730 崇拜习俗的起源

1736 植物崇拜的起源

1736.3 * 敲击竹子的声音能传达到阴间 a4. a17. f25. h. n

1740 其他信仰习俗的起源

1743 献祭的起源 a14. a15. a19. i

1743.9 * 用牛献祭天神的起源 a10. a15. a19

1745 祭祀鬼神习俗的起源

1745.4 供奉火神的起源 a5

1745.7 * 祭祀雷神的起源 a5

1745.8 * 祭祀山神的起源 a5. a19

1745.9 * 祭祀水神的起源 a5. a19

1749 信仰习俗的起源——其他母题

1749.2 "叫谷魂"仪式的起源 a19

1760 服饰习俗的起源

1761 人为什么要穿衣裳

1761.1 人要穿衣裳是因为身上的毛被拔光或烧光了 g6

1762 特定服饰习俗的起源

1762.8 * 哈尼族右衽服饰的起源 g6

1764 * 衣服和裤子分开的起源 g6

1770 居住习俗的起源

1772 村庄的起源

1772.1 * 村寨是人鬼的分界线 a8

1772.2 * 神启发人类把村寨建在半山 a8

1775 为什么建立新寨子时要撒糠灰、倒顶三角、敲铜锣、请护寨女神 a14

1777 * 建寨子时要用三颗白色贝壳竖立占卜神意 a8

1778 * 安寨献祭 a8

1790 岁时节日的起源 a15. a19

1802 * 祭寨神林的起源 a14. a19

1803 * 苦扎扎的起源 a15. a19

1803.1 * 秋千、磨秋的起源 a15. a19

1804 * 十月年的起源 a15. a19

1805 * 祭阿倮欧滨的起源 i

1820 文化的起源——其他母题

1823 * 战争的起源

1823.1 * 补天地的神牛的牛角化成打仗时的喊声 a3

1830 ＊ 社会制度的起源

1831 ＊ 头人（官）的起源 a2. a4. a9. a13. f19. f20. m

1831.1 ＊ 初始（第一代）头人或社会领袖的穿戴外貌 a2. a4. a13. m

1831.2 ＊ 头人的等级 a13. m

1832 ＊ 宗教神职人员的起源 a2. a9. a13. f19. f20. m

1832.1 ＊ 宗教领袖的起源 a2. a4. a13. f19. f20. f25. h. m

1832.2 ＊ 一般神职人员的起源 a13. m

1832.3 ＊ 第一代神职人员的穿戴外貌 a2. a4. m

1832.4 ＊ 神职人员的等级 a13. m

1833 ＊ 其他特定社会角色的起源

1833.1 ＊ 工匠的起源 a2. a9. a13. f19. f20. m

1833.1.1 ＊ 工匠的穿戴外貌 a2. m

1833.1.2 ＊ 工匠的等级 a13. m

五　动植物起源母题（1900—2649）
1900—1919 动物起源的一般母题

1900 动物的初始状况

1902 起初动物是不会死的 a12

1910 动物的起源

1911 动物源于神或人的尸体化生 f18

1911.4 鱼腹中生出各种动物 f18

1914 动物起源于神的创造 a2. a8. f4. j1. m

1915 神生育了动物 a1. a4. f2. f22. f25

1917 动物从植物中出现

1917.3 ＊ 动物是茨菇种子种出 a12. f21

1917.4 ＊ 动物从竹子中出现 f22

1918 ＊ 天神打造的铁箱（竹筒、袋）装着动植物种子 a2. f22. j1

1920—2099 特定动物的起源

1920 家禽家畜的起源 . j1

1921 鸡的起源

1921.5 鸡来自天上 a4

1921.7 * 神生育了鸡 a4. f25

1924 狗的起源

1924.3 狗来自天上 a4

1924.6 * 神生育了狗 a4. f25

1925 兔子的起源

1925.1 * 神生育了兔子 a4. f25

1925.2 * 老虎生出兔子 a4

1926 猫的起源

1926.7 * 豹子生出猫 a4

1927 羊的起源

1927.5 * 岩羊是鹿生的 a4. f25

1927.5 * 神生育了羊 a4. f25. j1

1928 猪的起源

1928.7 神生育了猪 a4. f25. k2

1929 马的起源

1929.5 * 神生育了马 a4. f25

1931 牛的起源

1931.8 * 神生育了牛 a4. f25

1940 走兽的起源 a1

1940.4 * 神生育了走兽的祖先 a4. f25

1941 老虎的起源

1941.10 神生育老虎 a4. b. f22. f25. j1. k2

1942 豺狼的起源

1942.3 ＊神生出狼 a4. f25. j1. k2

1942.4 ＊豺是狼生的 a4

1943 熊的起源

1943.6 ＊神生出熊 a4. b. f25

1945 豹的起源

1945.4 ＊老虎生出豹 a4. f25

1954.5 神生出豹 b. f25. j1

1946 鹿的起源

1946.1 ＊神生出鹿 a4. b. f25. j1

1947 麂的起源 . j1

1947.1 ＊麂子是鹿生的 a4. f25

1948 猿猴的起源

1948.2 始祖生育了猴子 a4. b. f25

1951 老鼠的起源

1951.4 ＊神生育了老鼠 a4. f25

1951.5 ＊遮天树的枯枝化为老鼠 j1

1952 ＊狐狸的起源

1952.1 ＊豹子生出狐狸 a4. f25

1952.1 ＊神创造狐狸 j1

1953 ＊鼯鼠的起源。熊生出鼯鼠 a4

1954 ＊黄鼠狼的起源。黄鼠狼是狼生的 a4. f25

1955 ＊大象的起源。

1955.1 ＊大象是神的鼻子化生。b

1955.2 ＊神创造大象 j1

1960 爬行动物的起源

1960.2 ＊神生育了爬行动物的始祖 a4. f25

1961 蛇的起源

1961.7 蟒蛇的起源

1961.7.1 ＊龙生出蟒蛇 a4. f25

1961.8 ＊ 神生育了蛇 a4. f25

1961.9 ＊ 龙生出蛇 a4

1961.7.2 ＊ 遮天树的枯枝化为蛇 j1

1966 ＊ 龟的起源

1966.1 ＊ 龙生出乌龟 a4. f25

1980 两栖动物的起源

1983 ＊ 龙的起源

1983.1 ＊ 神生出龙 a4. f22. f25

1990 水族动物的起源 a1

1900.3 龙生出水族动物 a4. f25

1991 鱼的起源

1991.7 ＊ 龙生出鱼 a4. f25

1991.8 ＊ 黄鳝的起源

1991.8.1 ＊ 黄鳝是蛇生的 a4. f25

1991.8.2 ＊ 遮天树的枯枝化为黄鳝 a11

1991.9 ＊ 鱼是植物尸体化生

1991.9.1 ＊ 砍遮天树的木渣化成鱼 a11

1995 螃蟹的起源

1995.1 ＊ 螃蟹是大鱼生的 a4. f25

1995.2 ＊ 螃蟹是遮天大树倒下时的木渣化生 i

1996 ＊ 泥鳅的起源。

1996.1 ＊ 蚯蚓生出泥鳅 a4

1996.2 ＊ 遮天树的枯枝化为泥鳅 a11

1997 ＊ 田螺的起源。遮天树的果实化成田螺。a11. i

2010 鸟类的起源 a1

2012 孔雀的起源

2012.1 神创造出孔雀 j1

2012.3 ＊太阳神的胡须化生为孔雀 b

2014 喜鹊的起源

2014.1 神创造出喜鹊 a4. b. f25

2015 乌鸦的起源

2015.2 ＊鹰生出乌鸦 a4. f25

2016 麻雀的起源

2016.1 麻雀起源于天上 a2. b.

2019 布谷鸟的起源。a2. a19

2019.1 ＊其他报春鸟类的起源 a2. a4. a19

2021 鹦鹉的起源

2021.1 ＊乌鸦生出鹦鹉 a4

2024 大雁的起源

2024.1 神创造出大雁 j1

2024.4 ＊天怀孕生出大雁 b

2026 鹰的起源 a17

2026.7 ＊神生出鹰 a4. f22. f25. k2

2026.8 ＊鹰生出猫头鹰 a4. f25. k2

2028 ＊天鹅的起源。神的胡须化生。b

2029 ＊白鹇的起源。神的胡须化生。b

2040 昆虫的起源

2041 蝉的起源

2041.2 ＊月亮眨眼睛变成蝉 b

2042 蜂的起源

2042.6 ＊月亮眨眼睛变成蜜蜂 b

2044 蚂蚁的起源

2044.1 ＊地怀孕生出蚂蚁 b

2051 ＊蚯蚓的起源。龙蛇生出蚯蚓 a4. f25

2052 ＊蚂蚱的起源。蚯蚓生出蚂蚱 a4

2010—2119 动物特征的一般起源

2109 动物特征的起源——其他母题

2109.1 动物叫声特征的起源

2109.1.1 * 动物声音是补天地的神牛的舌头化成 a3

2109.2 * 动物听觉的起源

2109.2.1 * 动物听觉是补天地的神牛的耳膜化成 a3

2109.3 * 动物的嘴巴的起源

2109.3.1 * 动物嘴巴是补天地的神牛的嘴唇化成 a3

2109.4 * 动物勇气的起源

2109.4.1 * 动物勇气是补天地的神牛的嘴唇化成 a3

2109.5 * 动物的肛门的起源

2109.5.1 * 动物肛门是补天地的神牛的肛门化成 a3

2120—2399 特定动物特征的起源

2120 家禽家畜特征的起源

2121 鸡的特征的起源

2121.12 * 闪电引发森林大火时动物四散逃命，鸡脚被踩踏，只剩三趾。a5

2122 鹅的特征的起源

2122.3 鹅的嘴为什么是扁的

2122.31 * 闪电引发森林大火时动物四散逃命，鹅被夹伤成了扁嘴。a5

2123 狗的特征的起源

2123.11 * 狗听得见地下的动静是因为它的心是土做的 a4.f25

2123.12 * 够嗅觉灵敏是因为它的鼻子是气做的 a4.f25

2124 兔子的特征的起源

2124.3 * 兔子为什么耳朵长。人鬼兄弟争吵，兔子劝架被殃及。a8

2127 猪的特征的起源

2127.7＊猪鼻子为什么短。人鬼分家时争夺猪，被鬼用刀砍断鼻子。a8

2129 牛的特征的起源

2129.1 牛角的起源

2129.1.4＊牛角的横纹是因为黑暗时代，人们把火把扎在牛角上烧出来的。a10. i. j1

2129.7 牛蹄子为什么分叉

2129.7.7＊闪电引发森林大火时动物四散逃命，牛蹄子被踩踏。a5

2129.7.8＊人鬼兄弟争吵，水牛劝架被殃及。a8

2133＊鸭子脚掌为什么是扁的

2133.1＊闪电引发森林大火时动物四散逃命，鸭脚被踩扁。a5

2134＊羊角为什么是弯的

2134.1＊白天和黑夜分不清的年代，人们把火把扎在羊角上，烧弯了。a10. i. j1

2140 特定走兽特征的起源

2141 老虎的毛上为什么有花纹

2141.1＊老虎身上的花纹是闪电引发森林大火烧成的 a5

2143 豹子身上为什么有花纹

2143.1＊豹子身上的花纹是闪电引发森林大火烧成的 a5

2143.2＊人鬼兄弟争吵，豹子劝架被殃及。a8

2147 狐狸头顶上为什么有一处是黑的

2147.2＊狐狸鼻子小是被闪电引发的森林大火烧成的 a5

2158＊黄鼠狼屁股被闪电引发的森林大火烧焦，所以放臭屁 a5

2170 特定爬行动物特征的起源

2176＊蛇为什么有毒、咬人，因为神传错话 a4

2190 水族动物特征的起源

2198 螃蟹为什么眼睛凸出。因为教人引水时劳累。a7

2200 鸟类特征的起源

2209 乌鸦为什么是黑色的。被火烧黑

2209.3＊乌鸦被闪电引发的森林大火烧成黑色 a5

2218 鹌鹑为什么没有尾巴。被扯掉了。a8

2400—2419 植物起源的一般母题

2410 植物起源的一般母题

2411 植物起源于神的尸体化生

2411.1 神的毛发化为草木 a3. b

2411.1.1＊大雁的翎毛化成植物 b

2411.1.2＊青蛙的血肉化成植物 f4

2411.4＊鱼腹中取出草木种子 e3. f18. m

2415 植物起源于天上 a2

2415.1 天神把种子撒下 a4. a8. f25. j1. k1. m

2415.1.1＊春风神帮助天神把种子撒下 a4

2415.3 神给予人类植物种子 a4. f22. f25. j1. k1. m

2415.3.1＊由于传错话，神给的树种多于谷种 a4

2420—2499 特定植物的起源

2420 农作物的起源 a8. a16. f21. f22. j1

2423 棉花的起源。天神把棉花种子送到人间。e2

2423.2＊补天地神牛的白毛化成棉花 a3. f3

2423.3＊鱼腹中取出棉花种子 f18. m

2423.4＊竹子中取出棉花种子 f22

2423.5＊遮天大树倒下时木渣化成棉花 i

2424＊荞麦的起源

2424.1＊补天地神牛的油亮的牛毛化成荞麦 a3. f3

附 录 373

2424.2 * 鱼腹中取出荞麦种子 f18. m

2424.3 * 竹子中取出荞麦种子 f22

2430 树木的起源

2430.1 神死后身上的毛发变成树

2430.1.1 * 大雁的翎毛化成树木 b

2430.2 神死后骨头变成树

2430.2.1 * 补天地神牛的小腿骨化成树木 a3. f3

2430.5 * 神造出树 a16. j1. k1

2430.6 * 鱼腹中取出树种 f18. m

1430.7 * 竹子中取出树种 f22

2442 松树的起源

2442.4 * 神给予人类松树的种子 a4. f25

2449 其他树的起源

2449.1 * 麻栗树的起源。神给予人类麻栗树种子 a4. f25

2449.2 * 多依树的起源。神给予人类多依树种子 a4. f25

2449.2 * 棕榈的起源。神给予人类棕榈种子 f25

2450 花草的起源

2450.5 * 花朵起源于补天地神牛的胡须 a3. f3

2450.6 * 草起源于补天地神牛的灰毛 a3. f3. k4

2464 * 靛蓝的起源。黑牛毛变成靛蓝。a3. f3

2465 * 攀枝花的起源。神给予人类攀枝花种子 a4. f25

2466 * 烟草的起源。神给予人类烟草种子。e3

2500—2509 植物特征的一般起源

2500 植物特征的一般起源

2509 * 植物的特征起源于神或动物的尸体化生

2509.1 * 树木枝丫起源于补天地神牛的蹄子分叉 a3

2509.2＊树叶起源于补天地神牛的蹄尖 a3
2509.3＊补天地神牛的肛门化生为叶柄和叶托 a3

附录二 我与哈尼

促使我加入到田野科学行列的，正是我自身与生俱来的有关困惑。我出生在云南昆明，这座城市汇聚了来自全省的各种民族。云南被称为"亚洲的十字路口"，它位于东亚、东南亚、南亚和青藏高原的交接点上。从旧石器时代开始，这一地区就是人类迁徙、接触、融合极为活跃的地带。"云南"作为一个省域在历史上便是文化多样性的突出地区，时至今日，这里拥有26个官方定义的世居民族，还有几十个人口较少或暂未界定的世居族群群体。

从民族史的源流来看，云南的数十个世居民族群体可以分为：汉族、回族、氐羌族系、百越族系、百濮族系、苗瑶族系、阿尔泰语族系七大民族集团。可见云南的民族成分有多复杂。云南是亚洲多元的地理、气候、生物、民族、宗教交流融汇的中心地带，但是在"中原中心主义"的观念下一直被视为"边疆"。事实上，云南的民族文化多样性在"中华民族"认同的形成过程中起到了举足轻重的作用。

作为田野工作者，自我经验在理解文化的过程中扮演重要角色。如果一名田野工作者投身田野仅仅是为了职业发展，田野研究之于研究者主体的魅力将大打折扣。就我而言，民俗学田野研究的最初动力是来自于对自我经验的叩问。

我来自昆明的一个回族家庭，家族中尚有汉族、白族、彝族亲属。在云南，尽管汉族人口最多，但人们对多民族的相处已习以为常，并不会感到彼此"民族"的身份有多么特殊。昆明是全省的中心，少数民族文化的展示一直是文化政治工作的重点。在城南滇池边有一座著名的少数民族文化中心——云南民族村。全省各个民族的村寨建这个公园中，向游客展示直观的少数民族文化。哈尼族村是当中重要的景点，哈尼族的员工会向游客展示哈尼族的建筑、工艺、服饰和宗教。在昆明城里，还有许多哈尼人开的特色餐厅，都以民族饮食作为卖点。因此，我自幼对哈尼族并不陌生。

在我的成长过程中，民族、宗教自始至终是自我的一个身份标记。在云南，回族群体是经济发展程度较高的一个群体，但是由于伊斯兰宗教文化的相对封闭性，向来被视为一个陌生而神秘的"他者"。我成长至今，来自其他"他者"对我的各种好奇疑问如影随形。因此我一直对这种"互为他者"困惑不已。为此，我曾经较为认真地体验佛教三大系统、道教、基督教、天主教的宗教现场；参与过各种民间信仰的活动；也较为认真地体验探究过白族、傣族、彝族、景颇族、藏族、东乡族、撒拉族、蒙古族等民族的生活世界。在面对一个更为复杂的主流群体"汉族"时，我既是"内部的"又是"非内部的"。

当然，回族本身也是一个十分复杂、特殊、相对松散的政治、经济、宗教、文化共同体。除了云南，我也曾在兰州、临夏、银川、固原、西宁、西安、北京、呼和浩特、齐齐哈尔、芜湖、扬州、广州的回族社区生活或拜访过，这些经验让我更为深入地理解了回族文化的多样性。在我进入哀牢山哈尼族地区调查的路上，会经过几个云南著名的回族社区（回坊），如呈贡回回营、玉溪大营街、通海纳家营、弥勒竹园、开远大庄、个旧沙甸、建水馆驿等。从建水到元阳的客运班车，也大多被回族经营者把持。上述种种文化经验决定了我对自身回族文化身份的认同是朝向文化多样性的。

哈尼族神话研究的课题是我探问人类文化多样性道路上的一个环节。一次次穿越回族聚居区，再前往高峻的哀牢山，去了解一个对我来说显然是"他者"的群体，我因此常常会被同行质问：这样的研究有何意义？为何选择一个对你如此困难的项目？这些质问言下之意是说，我的饮食禁忌在哈尼族地区将十分棘手。确实，每一次进哀牢山田野，我都将面临忍饥挨饿的风险。但我的反思在于，难道回族学者不能跨越所谓障碍去研究非穆斯林群体吗？我认为，回族学者恰恰应该跳脱出回族研究的领域，带着自身松散文化群体的经验去观察身处的广大中国社会。

事实上，我个人的饮食禁忌反倒成为我体验"民族"边界的突破口。2012年，到江城县调查，自己背了一大包食物。房东得知我是回族，第一时间到乡街子上买了植物油，每顿饭专门为我洗锅洗灶，先给我炒菜。

吃饭时，男主人特地关照我专用碗筷，专享菜肴。席间，大家也非常都乐意向我打听回族的清真寺、礼拜和斋月。后来，我到元江县羊街乡尼戈上寨，到元阳全福庄、硐埔寨、爱春村、漫江河村，到绿春大寨去调查，每到一户人家，专门为我洗锅、买菜、开小灶的情形一遍遍重复。我忽然意识到，这一切根本上不是因为我是"回族"，而因为我首先是客人、是朋友、是学者。

  我选择研究哈尼族民间文学的初衷，前文已经交代是研究兴趣使然。但实际上我一直希望有机会去认真探索一个"第三民族"（非汉族、回族）。民俗学、民间文学的专业视角给了我体悟"民族"群体边界的特殊视角，也给了我探索不同文化群体的机会。从研究的角度说，人口太少的群体易受到数量悬殊带来的显著边界效应影响，而像彝族、苗族这样分布分散的群体和回族的情形又有几分相似；哈尼族集中分布于哀牢山区和澜沧江—湄公河流域，群体基数较大，族际交往频繁，是一个理想的田野目标。同时哈尼族又有典型生计——水稻梯田和茶叶种植，并且在当代文化遗产化的浪潮中表现活跃，这些原因促使我走进哀牢山。

  与哈尼人一江之隔就是回族聚居区，几百年来，这一地区的哈尼人、回族人、汉人、彝人、傣人、苗人、瑶人、壮人、拉祜人，以及越南人都共享同一种地域文化，形成了四通八达的驿道网、互通有无的街子、紧密联系的贸易、和而不同的文化、或大或小的摩擦、背地调侃的心眼……在现代化进程尚未如此迅猛地改造哀牢山区以前，"民族"的身份往往只是影视作品、政治话语中的浪漫主义想象。正因为深谙群体相处的方式，哀牢山的居民并不会刻意将自己塑造为一个封闭不可近的孤岛，交流、接触、共处一直是这个地区人群生存方式的主流。在哈尼族的洪水神话中，哈尼族、彝族、傣族、汉族等都是共出一源的。这种"社群观"被植入哈巴的口头传统中，成为祖先留给哈尼人的处世之道。

  与此形成对照的是，在 21 世纪初，遗产化的浪潮和全球化政治博弈给这一地域带来了深刻的改变。世界遗产冠名以"红河哈尼梯田"，而在遗产地核心区，许多梯田实际上是彝族农民在耕耘。我曾经在 2014 年 8 月在大鱼塘村、2015 年 8 月在多依树，都听到彝族农民抱怨"哈尼梯田"似乎把他们排除在外了。"文化遗产"作为一种文化政治的发明，反而带来了"民族"边界的凸显。同样，21世纪初的一些针对中东地区的负面政治概念被发明并被现代传媒操弄，在事实上造成将特定宗教与群体绑架其中。为此，面对他人的"新闻知识"，我不得不在哀牢山田野时一次次为我的"民族"耐心解释、合理辩护。然而这也让我切身感受到族群民族主义（ethnicism）的发生。在霍布斯鲍姆（Eric J. Hobsbawm）看来，族群民族主义的眼界局限于"我族"，而将其他绝大多数人类视为"他者"，从而排他。① 民俗学的工作正是要"由我知他""利人利己"，探究人类生活文化常态的运作机制，而不是制造一个个新的文化壁垒。我愈发感到田野科学在当代世界的重要性，起码这是重新彼此了解、交往、共处的一种有效方式。

民俗学学科曾经在19世纪欧洲浪漫民族主义的思潮中扮演重要角色，继而在20世纪中国民族意识觉醒的过程中扮演重要角色。当代中国的非物质文化遗产保护运动，文化民族主义也在其中影影绰绰。哈尼族的"哈尼哈巴""四季生产调""祭寨神林""棕扇舞""多声部民歌"都成了国家级"非遗"，而围绕"非遗"资源分配的竞争、评选、分隔也成为哈尼族社会新的现象，这些工作毫无疑问推动了哈尼族传统文化保护与复兴，但某些不当的操作反而为哈尼族的传统文化树立了新的边界。②

我身处面临剧变中的哀牢山乡，更能够切身体会当代文化的种种面目。总的来说，我依旧秉持开放、包容的文化立场，就像我在田野调查中对饮食禁忌问题作出了更为开明的选择。尽管洗锅、开小灶并不能完全为我提供"清真"的食物，但在回族的宗教文化中，也为我这种情况留足了余地。③ 一种能为多数人群认同的文化从不会是以禁锢人、封闭人

---

① ［英］埃里克·霍布斯鲍姆：《民族与民族主义》，李金梅译，上海人民出版社2006年版，第159—184页。
② 张多：《社区参与、社区缺位还是社区主义？——哈尼族非物质文化遗产保护的主体困境》，《西北民族研究》2018年第2期。
③ 《古兰经》"黄牛章"173节、"筵席章"3节皆说："凡为势所迫，非出自愿，且不过分的人，（虽吃禁物），毫无罪过。因为真主确是至赦的，确是至慈的。"这段阿拉伯语经文的译者马坚（1906—1978）教授，正好是与元阳县一江之隔的个旧市沙甸的回族。

为目的。我通过对哈尼族文化的田野研究，充分认识到"我群"与"他者"的界分多么苍白，人类的交往应致力于创造可共享的文化，致力于不断形塑各种层次的共同体。

在云南，各种不同的人群共享着公共的街子（市集）、道路、跨区贸易和政治资源。对于我和哀牢山的哈尼人而言，共享着"云南人""西南官话""朋友""同龄人"等共同的身份，回族、哈尼族反倒不是一个很重要的身份。通过对自我身份的"他观"，我坚信人类相处的关键在于文化理解，民俗学研究应当致力于促进文化群体之间的多向度的理解，尤其是立足于文化主体的实践，而不应拘于"我群—他者"的界分模式。

身处文化对话的时代，现代民俗学应当为人类文明提供一种文化理解的途径，就民俗学之所长而论，这种途径应是站在文化实践者主体立场上的行动，是建立在交互主体的理解基础上的实践。基于此，我赞同户晓辉关于"民间文学关乎德先生而非赛先生"的观点。他认为民间文学是"人按照民间文学体裁叙事行为传统的要求进行的一种主体实践，更确切地说，它既是民间文学体裁叙事行为传统让人做出的应答和回应，也是人与人通过体裁叙事行为的表演进行交流的方式"。[①] 民间文学是时时刻刻在人群中实践着的语言艺术，它本身就是基于共同理解的交流与对话，是蕴含着"美美与共"（费孝通）智慧的群体道德，更应该成为塑造当代公共文化的重要出发点。

附录三　田野日志选摘

2015 年 8 月 2 日，元阳全福庄大寨，雾有阵雨，六月十八，属龙

中午，一早就出去的大哥大嫂以及一双儿女回来了，还带来了侄儿。他们是去新街采买，为苦扎扎做准备。

今天是苦扎扎正日子前的准备日。傍晚，大哥到稻田里祭水神，我一同前往。大哥背篓里是祭祀用的一公一母两只鸡。出门前大哥要我换上胶鞋（黑色长筒雨鞋）。我只小时候穿过胶鞋，这一猛然穿上，反倒不

---

① 户晓辉：《民间文学的自由叙事》，社会科学文献出版社 2014 年版，第 224 页。

会走路了。天下着小雨，村里道路湿滑，大哥走路很快，而我跟在后面脚下踉踉跄跄，生怕滑倒。穿过村子，有一条路穿过一小片树林通往稻田。一路上，路边、房前屋后、树林中都布满大小水渠、水井，可见全福庄的水利设施非常完备。水渠最终汇集到村子和稻田之间的秧田，又通过秧田散布到下方的梯田中。

大哥在一条小溪里寻找小石子，需要找三颗周正的石子，祭水神的时候使用。梯田的田埂并不宽，仅容得下一双脚。而上下两级梯田高差至少有1米。我走在田埂上，左边是悬空的，右边是水田，田埂上满是杂草、石头和泥，加上在下雨，稍不留神就会人仰马翻。我左手撑着伞、右手拿着相机、穿着脚感极生的胶鞋，在田埂上行走简直是步履维艰。大哥在前面倒是健步如飞，我只能勉强跟上。好在我行走山野的经验还算有一些，尽力调整脚步，选准上下坎的落脚点，总算也可行走得顺畅。这时我脑子里竟然想起了身体民俗学，身体的经验在这一瞬间对我来说如此凸显。我感叹，书斋里的学者是多么脱离这泥泞的田野。这时我切身体会到身体实践对于民俗学田野调查的重要性，如果身体没有"感觉"，那研究也是无感的。

穿过几丘田，就到了卢家的祖先田。他家的田不多，就保留着这几丘祖先田。祭水神的地点在最大的这一丘田的进水口。卢家的田上方是别人家的秧田，进水口就在这家秧田边上挖一个口，水就顺流到下方卢家田里。卢家的田位置较高，几乎已经接近村子了。所以站在这里，山下层层叠叠的梯田一直看不到边。哈尼梯田层级数量最多的3000级，就是从这里的高度，往下数到中山的麻栗河。这风景也是奇绝，碧绿的稻浪、金银的稻花、无数的弧线，田间点缀着些许大树、田蓬。远山渺渺，半山的村落若隐若现。云雾升腾，变化着无穷的图景。也难怪哈尼梯田一举夺得诸多世界级的荣誉。

大哥先折了一把田埂上生长的紫茎泽兰，用秆和叶在正对水口的水田边编织了一个台面，以供盛放祭品。

这里再插一句，梯田里的紫茎泽兰和秧田里的水葫芦（凤眼莲），是云南臭名昭著的两种入侵物种，都来自南美洲，对高原湖泊和森林生态破坏极大。这几年，滇池的水葫芦已经基本遏制住了。但是遍布云贵高原的紫茎泽兰肆虐问题一直无法解决。科学家们研究几十年，也未能找到紫茎泽兰的有效天敌和用处。但是在哈尼梯田，梯田水面上里的水葫芦已经完全被驯服了，只是点缀一般地在角落里开着蓝花。紫茎泽兰似乎也没有疯长，不但可以用作祭祀的材料，其根系发达的特点也正好加固田埂。看来梯田的生态系统确实有比较强的可塑性和兼容性。这让我想到近几年入侵梯田的外来物种小龙虾和福寿螺，我想，哈尼人一定也能将其化害为利。

编织好祭祀台后，大哥把 3 颗小石子放到祭台上。后来卢先生介绍说 3 颗石子象征家庭的人丁。随后，卢大哥将蒸熟的红米饭堆了 3 小堆在祭台上。每堆米饭下有 1 颗石子。然后大哥在米饭上洒了一些白酒。接着，从背篓里拿出公鸡，先将鸡咽喉部的毛拔除，露出鸡皮，用快刀快速割喉，然后将咽喉流出的鸡血直接浇洒在米饭上，染红为止。然后用刀切下 3 个鸡脚趾，放在米饭上。又拔下公鸡的翅尖飞羽，插在米饭一旁。接下来再取出母鸡，如法炮制，割喉、血祭、切指甲、拔飞羽。按惯例还应该念诵一些求吉利的话，但大哥没有，也许心里默念了吧，我也不便问。

这些环节做完后，祭祀水神便算是结束了。两只鸡装回家食用。后来卢先生说，原本应该在田里就地把鸡煮熟，就地享用。我猛然想起 2012 年调查昆明谷律白族祭祀墓竜树的情形，他们也是用活鸡生祭，那次就是在祭祀现场用开水烫鸡拔毛，也就是相当于模拟当场煮熟了。

2015 年 8 月 10 日，元阳全福庄，阴转大雨，六月廿六，属鼠

往前跋涉了一段坡路，到了进入墓地的路口，前面忽然跳蹦出一个男人，当着众人大声呵斥我："你不准往前走啦，你只能到这里啦，不准拍照啦！管你是谁都不准上去！回去啦，听到没有，回去啦！不准再往前走啦，这是我们哈尼族的规矩！回去！不准来！"

我懵了，猝不及防，走在我前面的金华大哥也很无奈。我一想，他就是前天跟卢先生说不欢迎拍照的那个人，应该是他家小儿子，50 多岁。我当然就不再前行了，还很客气地表示我知道了。我原地站了一会儿，他竟然还在赶我，生怕我跟去似的。其实我心里非常生气，因为事先已经沟通好的，而且他家其他几个儿子都很客气的。但我仍然是完全尊重他的，我就往回走。

刚往回走了一段路就下起大雨来，下得很猛。我打着把破伞孤零零地往回走去，非常委屈。我不辞辛苦，浑身被叮咬得百孔千疮，为了了解这里的人和文化并做一点事情，我容易嘛！但转念一想，我的委屈和辛苦在这样的情境里是不成立的。丧主最关心的是我会不会做出不利于葬礼的举动，这我非常理解。况且他也不知道我是谁，这样的态度也是可以理解的。换作是我家里的丧礼，我也会非常警惕生人的。

唉，理解万岁吧！能够参与这么多，我已经很满足了。但是这样的参与是田野研究的一个必需环节，因为我如果没有亲身参与过丧礼的过程，我就无法理解和捕捉无数的细节，没有感受和内心的碰撞，我也就无法深刻地理解神话叙事对于这个社区的当下生活意味着什么，更加无从知道哈尼哈巴到底是什么。

丧礼的田野作业涉及非常多的田野伦理问题。作为事实上的非奔丧者，田野工作者如何介入一场与自己毫不相干的丧礼，这就需要非常谨慎。我想起几年前，我的大伯逝世，丧礼按照白族习俗操办，非常隆重。但是我当时非常悲痛，我无法将那次丧礼作为参与观察的对象去研究，我放弃了任何记录行为，全身心扮演好自己在丧礼上的角色。我至今也没有在任何文章和演讲中以那次丧礼的民俗情形为材料，甚至现在记忆已经模糊了。我个人比较倾向于，田野工作者不要以自己亲友的丧礼为研究对象。

那么问题就来了，我凭什么就可以研究别人家的丧礼？唯一的理由是：我是民俗学专业人员，目的是调查社会生活的真实细节，为社会文化发展提供知识依据。但是这个理由显得多么苍白。民俗学研究恰恰要警惕这种冷酷的"苍白"。

丧礼的调查讲究具体操作的伦理规范。我们一定要事先征得丧主的许可，这种许可包括被允许的行为，如拍照；被允许行为的时间，如何时不能拍照；研究者允许出现的地点，如不能去墓地；被允许的活动频率，如走动的路线。其次，我们必须充分了解丧主所在社区的仪礼习俗，特别是禁忌。我这次就是穿着黑色衣服去的，符合哈尼族的服饰习惯。

我发现黑色衣服是最能够广泛适应民俗学田野作业的，因为在多数文化情形中，黑色都是合法的服色。

再者，田野工作者在丧礼现场，必须注意自己的言行，尽量不要干扰丧事各项程序的正常进行。有时候宁愿拍不到理想的照片，也不要在仪式现场去占位置、抢镜头。如果是摄制影像，就更加要注意，不可为了镜头而做出干扰举动。拍照和摄像还要充分尊重丧礼现场所有人的肖像，尽量避免拍正脸，不要使用闪光灯。这种情况下，田野工作者的观察能力和记忆力就变得十分重要，这是一项核心的素质。如果一位田野工作者经过了良好训练，做足了功课，那么在丧礼现场，即便不拍摄，也可以通过眼耳感官记录下丧礼的过程甚至细节。这样的训练需要达到"大脑拍摄"的效果，即通过身体感官去拍摄，并用大脑储存。储存不需太长，能保证丧礼结束后自己能及时做笔记为宜。

在丧礼田野中，灵堂与棺木所在的空间是核心空间，对于这样的空间，不论事先丧主要求如何，都一定要进行试探性举动。因为丧礼现场人群的情绪几乎都是高度紧张的，非常容易失控。因此田野工作者在靠近灵堂时，都应分步靠近，观察周围情况和人群情绪，如果时机成熟再行进入。如果时间不成熟，就不要进入。在丧主允许进入灵堂的情况下，也不要过分靠近仪式现场和棺木。如果远距视线不佳，宜通过相机焦距来观察仪式细节，特别是细小的祭祀用品。

丧礼田野调查使用的影像设备尽量小巧，尽量不要用单反或者大摄影机，这样既不方便自己行动，也给人以不佳的观感。在"手机时代"用拍摄功能好的手机收集影像资料是一种机智的选择。再者即便丧主允许拍摄，也尽量少拍，抓拍关键。当然如果丧主邀请你专门拍摄丧礼，这是另外一码事。

丧礼上，要注意自己的空间位置，比如站立、靠立、坐、行走、蹲等，都要注意自己选择的位置、姿势是否合宜。比如不要挡在通道上，不要完全遮挡住后面的人，不要挡在别人说话的中间，不要正冲着仪式现场，不要占据仪式场域的中间线位置，等等。

当然这些行为规范是灵活的。最重要的伦理就是自己要肃穆，要得体，要与丧礼本身的氛围相协调。往深层次讲，我自己若不是为了研究，也绝不会去"不相干"的丧礼现场，因此我们内心对逝者要充满敬畏，对家属要心存慰问，让自己做一个懂得人情世故的人。

今天由于受了很大委屈，满脑子在想丧礼的事，写了这么多感想。就这样吧。

2015年11月26日，昆明，阴，十月十五

早晨6点，我从学校打车去首都机场。今天早晨的北京寒风凛冽，气温下跌到-10℃，11月份这样寒冷在北京也非常少见。去机场的路上，一些商业广告提醒我今天是感恩节。雪后的京城处处是白雪覆盖的美丽景象，但我的心却早已在2000多公里外的云南高原了。

中午，航班降落在昆明长水国际机场。我从机舱的廊桥进入航站楼，迎面扑来的巨幅广告让我眼睛一亮。在长长的到达出口走廊墙上，大约有20米的距离都是红河哈尼梯田的广告。让我万万没有想到的是，这广告的主题竟然就是这次计划调查的"绿春十月年长街宴"。我的田野调查就这样开始了。

自从2013年红河哈尼梯田被列入世界遗产名录之后，红河州政府就在长水机场的到达出口、候机楼、行李提取大厅等重要位置投放了旅游宣传广告。去年，我就曾经专门调查过长水机场的红河哈尼梯田广告。去年的广告主要是突出"世界文化遗产"的字样，并且打出了"云南旅游新方向"和"云上梯田，梦想红河"的口号。广告图案也主要是梯田的摄影和哈尼族新婚新娘穿着婚礼服饰的形象。

今年，广告虽然延续了"世界文化遗产""云南旅游新方向"的基本内容，但主题主要是推介11月30日在绿春举办的十月年长街宴活动。广告画面是身着节日服装的哈尼族青年男女在各自的竹篾桌盛宴前欢迎来客，场面非常热烈。广告还在形式上有创新。广告喷绘一直延伸到墙角下的地面上，墙角到地面的图案是波光粼粼的梯田，通过电脑设计，制造出立体的画面效果。因此，整个20米的4幅广告非常震撼，和前后的其他旅游目的地广告相比显得突出。

我停下脚步来拍照，也引得刚刚进入航站楼的人群纷纷注意广告内容。我身旁的一位小伙子对同伴说："这个梯田我以前拍过。"

  我没想到，绿春长街宴今年的宣传攻势这么猛，不仅微信、网站上宣传，还在长水机场的到达出口精确投放广告。可见在"申遗"成功后短短两年时间，红河州的旅游开发工作推进非常迅速。在行李提取大厅，红河哈尼田的广告也在数十个放置于行李转盘上的电子显示屏上滚动播放。

  我心里非常担忧这次去绿春的交通拥堵问题。绿春每年十月年的"哈尼长街古宴"旅游活动，少说也办了10年了，但像今年这样大规模宣传的情形还是第一次，可谓盛况空前。由于绿春县城的山脊地形，前几年的长街宴就已经非常拥堵了，今年如此宣传，可以预见大量游客涌入带来的交通问题。

2015年11月30日，绿春，晴，十月十九

  早晨天不亮，我就摸着黑出发了。到俸马点这一段遇上大雾，视线非常糟糕。在哈尼小镇那一段又有大雾，车差点开到岔路上去了。等从土锅寨穿过隧道，到良心寨那一段路又起雾，好在有点天光了。一路上不断有雾，等穿过雾层，爬到高山，又可以看到山谷中的云海壮景。云海雾海是哀牢山永远也看不够的景色。

  快到沙拉托乡时，天才大亮。我早早出发的策略是正确的，一路上往绿春方向赶的车子越来越多，以云G和云A牌照最多。云G是红河州的。云A是昆明的。近十年来，昆明的私家车越来越多地出现在全省各个犄角旮旯，甚至在老挝、泰国、缅甸的街头也已常见，于是被戏称为"昆虫"。昆明人反倒很喜欢"昆虫"这个雅号。

  到达绿春时，才7：45。我打了个电话给秦老师，问他一会儿阿倮欧滨巡游的线路，这通电话真及时。今年的巡游线路变了，以往是从民族风情园出发往大寨去，今年反过来从大寨双拥广场出发往民族风情园引进。这样线路比较合理，因为民族风情园的场地更宽，适合祭祀，而双拥广场紧邻大寨，也方便咪谷和牛车准备。长街宴的桌号也是从双拥广场开始算1号桌，然后沿着街一直不间断地排到民族风情园广场上，一共3600桌。此外沿途还有零散的未编号的100多桌，加起来3700桌，我也非常惊讶，真不愧是吉尼斯世界纪录保持者。

我一路向大寨方向走去，沿途一个接一个的竹篾桌已经立在路边预备好了。东仰山梁的13个村子，每个村子负责一段，根据人口多寡而长短不一。平均每1户农民负责2—3桌的菜肴和招待。我后来打听到，政府每桌补贴300块钱，这样农户都会有不少结余，反而增加营收。一路上我看到牛洪村、坡头村等的桌子和板凳。13个村落共同祭祀阿倮欧滨，白永芳老师说，这样就形成了一个"祭祀圈"，我认为这个祭祀圈如果借鉴林美容有关台湾妈祖祭祀圈的理论来分析，也是可行的。13个村落以大寨，即窝拖布玛Hholtolbuma为母寨，其他12寨从西到东依次为西哈腊依Siiqhaqlaqyil、小新寨（大寨分出）、广玛Gaolma上寨、广玛下寨、松东Saoldao、上新寨Hhaqmapuqsiq、阿倮那Aqloqnal、那倮果Naqlolgo、牛洪Niuqhaoq、阿倮坡头Aqloputeel、洛瓦Loqhhaq、俄批轰巩Hhoqvpihaolgaol。

大约走到县人民医院的位置，街道两边此时已经挤满了人，大多数人身着鲜艳的哈尼族盛装，有多个支系。男装基本是坎肩小褂，其色为黑色或藏青，边角饰有花边图案；里面则是普通的衬衫、毛衣或T恤，有的戴着头饰。女装则非常繁复，头饰、里衬、外套、银饰、臀布、裤子都非常复杂，各个支系差异非常大。当然大红色基调的哈尼支系服饰是绿春独有的。

9：50分左右，前面人群开始骚动起来，队伍来了。只见几名警察率先过来让人群后退，并清理街道上的人员车辆，接着一辆先导车开过，由警察驾驶。然后是打头阵的祭品方队，只见一个男人抱着一只活的大红公鸡，背着一竹篓芭蕉叶，走在最前面。后面是铓锣和鼓方队。后面跟着4个男人抬着1头宰好的大猪，两旁各有1人抬着宰好的鸡鸭。然后十多个男人每人抱着1只竹篓，装着红米、白米、小米、糯米、紫米、水果等祭品。后面跟着的就是牛车了，这是整个队伍的核心。一头健硕无比的黄牛，头扎红绸花，拉着一辆彩车，车中央端坐着大寨的大咪谷，其身着一色藏青祭祀服。他前面一对童男童女，七八岁的样子，身着盛装，端坐微笑，双手摊开。彩车装饰满各色塑料花和饰物，让人一看便知这是核心所在。

彩车后面是数十名各村的大小咪谷组成的队伍，身着藏青或黑色的净色祭祀服,神情肃穆。咪谷后面是猎人方队,人人扛着一杆长长的猎枪(真枪),非常威风。猎人后面引进的是县里的党政领导。

紧接着是绿春哈尼支系老年妇女敲小铓锣的方队。随后是哈尼支系从儿童到婚后的服饰展示。儿童和青少年方队,一半男孩、一半女孩。后面是婚龄少女和婚后妇女,婚龄女性穿红衣,婚后妇女着藏青色衣服,对比明显。其后是绿春哈尼支系女性嫁衣的展示方队,典型特点是头戴竹篾斗笠;少男少女方队边走边拍手,还不时跳舞行进。嫁妆方队,身着婚礼正装的女性"亲友",背着各种嫁妆。后面是水烟筒方队和木屐方队。水烟筒方队全是青年男性,手里拿着各种型号的水烟筒。木屐则由青年女性拿着。木屐是哈尼族传统的鞋子,但现在已经几乎消失了。后面跟着一队中年妇女的锣鼓队伍。接着是霸王鞭方队,青年男女手持一对竹竿,表演霸王鞭,这是象征族群迁徙的对色厄(洱海)的记忆。接着是棕扇舞方队。后面是竹筒舞方队,象征竹子的重要性。接下来的方队也有锣鼓,其中重点是青年男女展示蓑衣,棕榈是哈尼族生活中重要的植物。后面是犁耙方队,前后两人抬着一个木犁,方队不时用舞蹈表演犁田的情形;锄头方队,展示稻作农耕的核心工具。紧跟着是插秧方队,妇女手里拿着秧苗舞蹈,模拟插秧的情形。紧接着是稻穗方队,手里拿着稻穗,象征秋收。然后是簸箕方队、筛子方队,象征收获脱粒筛谷;圆筛子方队,其筛子是收割后在梯田里捉鱼、泥鳅、螺蛳用的;背新水方队,妇女肩上架着一对龙竹筒,里面装着新年的泉水。后面"接龙"都是几个豪尼、哦怒等支系的舞蹈表演队。

绿春彝族、瑶族、拉祜族、傣族各一个方队接续而来。他们跳着各自独特的舞蹈,表示对哈尼族新年的祝贺。

外一篇:田野中的身体感

这天是 2015 年哀牢山区哈尼族"苦扎扎"节的第一天。傍晚,金华大哥说要去梯田里祭祀水神、谷神,我说也要跟着去。下了一天小雨,天地都是湿漉漉的。

出门前大哥换上了高筒橡胶雨鞋,他也找了一双让我换上。我从没有穿过这种老式的高筒胶鞋。穿上雨鞋,我竟然不会走路了,完全没有脚感。因为鞋底较硬,我感到自己的脚底失去了抓地力;由于鞋筒齐膝,脚踝也使不上力。可大哥已经在前面走了好远,我只能三步一个趔趄地追赶,颇为狼狈。

村中的小路非常湿滑,我很费力才能追上大哥。从村子穿过一片森林,就要进入梯田里了。田里只有窄窄的田埂可以行走。在出村的路上我一直后悔换了这种陌生的鞋。可是进入梯田,我两次失足踩到水田里,这才明白这种雨鞋的好处。原来大哥早知道我走不惯田埂。

田埂实在太窄,又湿又滑,满是泥泞。田埂一侧是高崖,崖下是下一级水田。在这样的道路上行走,大哥竟然健步如飞。我一只手拿着相机,一只手撑着伞,一步一步地在田埂上挪,生怕失足掉下去。可我又必须追上去看祭祀,只能使出浑身解数。我终于切身体会到耕耘梯田的不易。

我并不惊讶大哥能健步如飞,因为他生长于斯。但我惊讶的是自己步履维艰、狼狈不堪。我忽然那意识到,我对这片土地竟然如此陌生!自己以前写的文章,都是脱离了土地感的,就像我的脚穿上雨鞋那样"无感"。我意识到田野作业不能仅仅是参与观察,研究者的身体必须要熟悉这片土地。只有当身体真正参与到田野中去,才能真实地体味到身体对于这片土地的陌生,那些陌生的用具、陌生的体位、陌生的言说、陌生的触觉……这种陌生感让田野地点的生活变得真实可触。

我想起2012年我到哀牢山西麓李仙江流域的哈尼族村落调查。那里由于海拔低、热量好,河谷中以种植橡胶树为主要生计。我关注橡胶种植给村落生活带来的改变,但调查了几天始终感觉不到问题的实质在哪里。我决心跟着小吴哥去体验一次割胶。

凌晨3:30,小吴哥叫醒我。这时村里的胶农们都陆续起床,准备前往胶林割胶。雨季的凌晨4:00,村子周围的橡胶林湿度很大,雾锁青山。经过夜间的光合作用,这时胶林里空气沉闷。小吴哥用摩托车载着我在土路上飞驰,一会就来到他家胶林。胶林顺着山势层级而上,割胶要从山坡下层胶林割起,依次向上到顶层。

橡胶树的株距一般有2.5米,小吴哥怕我割坏了树,不让我上手,就叫我跟着他看。一棵树的割胶动作主要包括:割胶、检查胶舌和胶杯、安置防雨裙。熟练的胶农大约30秒就能完成一棵树的割胶工作。小吴哥身手极快，我还没反应过来，他已经窜到下一棵树了。三个动作在成百棵橡胶树不断重复，从山下到山顶。小吴哥越干越起劲，我才跟他上了三层胶林，已经累得爬不动了。来之前只睡了两三个小时，爬到最后两层我又累又困，实在体力不支，就在一旁休息。直到6：40日出，小吴哥已经完成工作，割胶约360棵树。此时夜间流出的胶乳已凝固成胶饼，胶农开始第一次收胶。7：20，小吴哥收完胶饼，我们这才回家。

  这次割胶，让我的身体置身于真实的时空中，感受到层层胶林对人的身体意味着什么，感受黑白颠倒对生活意味着什么。我忽然明白了橡胶种植与过去水稻种植相比，完全改变了胶农的作息时间。于是我在时间制度上找到了观察文化变迁的突破口。

  在田野作业中，如果研究者的身体没有参与到关键的生活环节，光靠询问是远远不够的。生活文化是"刻写"在身体上的，研究者的"参与"应以建立地方的身体感为目的。只有当一种文化的身姿和体态慢慢刻写在研究者身上的时候，才是学术与土地融合的时刻。

  但是这种"刻写"也可能是刻骨铭心的疼痛。我在滇南哀牢山区田野作业，总要面对毒虫、虱蚤的叮咬。2015年夏天最严重，全身被叮咬80多处伤口，起初是奇痒无比，我自带的国产药膏、缅甸万金油全部失效。后来伤口一经触碰就疼痛。我不得不提前结束调查。后来，我休养了三个月才痊愈，而且身上留下了永久的疤痕。从此以后，每次进山我都要购买市面上最强效的防蚊液、防虫液。

  在哀牢山，我深刻体会到身体与土地的距离。有时候我很沮丧，感觉自己的身体对这里的山地社区来说就像一个异类，格格不入，处处不适。但是当我克服了身体的陌生，初步建立了身体感的时候，我的田野也才真正进入更深入的阶段。对每一个田野工作者来说，自己的身体如何建立对田野地点的身体感，始终是绕不过去的问题。但对我来说，毒虫的身体感还是"无感"为好！

  （原文收录于林红、刘怡然主编的《鹿行九野：人类学家的田野故事》，商务印书馆2018年版。）

附录四　田野突发事件与田野伦理

在我的田野经历中，总体上困境多于顺境，不仅要面对饮食上的禁忌，还要面对亚热带森林中凶猛毒虫的叮咬。但是还有比这些更加极端的事件。为了将田野伦理的问题呈现出来以供讨论，也为了从另一个侧面呈现我的田野过程，我冒着风险，将这次突发事件以隐晦的方式写出来。原文发表于《民间文化论坛》2014年第6期，被施爱东编的《作为实验的田野研究——中国现代民俗学的"科玄论战"》（中国社会科学出版社2016年版）收录，此处有修订。

一　还原田野突发事件的叙述策略

从狭义的角度讲，田野作业（fieldwork）是田野研究（field study）的前期基础工作，而写作民族志（ethnography）是田野研究后期的重要工作，也是一场民族志语言的游戏。面对一次"非比寻常"的田野经历，如何写作，采取何种表述策略是棘手的。我首先考量的是作为田野工作者的"职业道德"和"语言伦理"，也即不能对我的报道人（informants）产生任何不利影响。"在文化的荒野中寻找一条符合逻辑的道路，民族志学者要小心，不能伤害当地人的感情或亵渎他们的神圣文化。"[1] 其次，我还考虑应该如何将这次经历加以文本化，也许类似于实验民族志（experimental ethnographies）的写法更有利于还原事件。

为了达到保护报道人的目的，更因为这次田野事件涉及死亡，我对田野点概况的交代将采用模糊和隐晦的范畴。首先是时间，我只能透露是在"某年某月某日夏秋之际"，因为时间对这次事件来说很容易"泄密"。（但一些时间不得不提及，例如"假期"等。）这次田野调查为期10天，在表述事件中，我将使用"第x天"来标记日期。每一天中具体事件发生的时间为真实时间（24小时制）。

---

[1] ［美］大卫·费特曼：《民族志：步步深入》，龚建华译，重庆大学出版社2007年版，第102页。

田野地点位于中国西南地区，是一个氐羌族（某族群拟称）村落。村落代号为"丁村"，这个村属于某省甲市、乙县、丙乡，是一个山区里的小坝子。丁村与丙乡政府驻地之间还有一个小规模但长期性的市集，其代号是戊街子。

由于这里的生计模式、历史、空间等与事件本身不直接相关，故不做描述。

事件中的人物，我将用"男主人""女主人""大女儿""小女儿"代替。这4个人物是一个家庭，其中包括我的报道人。一切的保密措施都是为他们的。

我的田野同伴可以证明田野事件的真实性。这次田野调查，我一共有16位同伴。但事件本身有3位同伴与我共同经历。我也不能透露这3位同伴的姓名，因为在这次事件中，我们也受到心理上的"伤害"，同样属于民族志写作的保护对象。他们的代号是A、B、C。A博士，女，氐羌族。B博士，男，汉族。C硕士，男，汉族。

事件的叙述过程以时间为线，大部分采用全知叙事的视角。（因为有很多事是我事后才知道，用倒叙、插叙会破坏事件完整性。）

田野伦理（ethics）要求我必须保护研究对象，因此最好的方式就是不写作。但是"有些时候，你会需要得到附加的资讯，但这样的资讯最好是在偶发的参与下获得的"。① 我经历的事件正是"偶发的参与"，我将在写作民族志的过程中尝试伦理和技术的调和。"人类学者的道德故事不能给那些在支配性的文化体系中受到压制的人们带去伤害（没有伤害原则），……读者有权知道人类学者发现了什么，但是这一权利必须和另一个原则（即没有伤害）协调好。"② 这样的表述策略旨在将写作民族志本身也作为研究对象，同时也希望读者将注意力放在事件本身，而不是其他。

---

① ［美］Paul Kutsche：《田野民族志：人类学指导手册》，赖文福译，华泰文化事业公司2003年版，第11页。

② ［美］诺曼·K. 邓金：《解释性交往行动主义：个人经历的叙事、倾听与理解》，周勇译，重庆大学出版社2004年版，第15页。

二　突发事件的参与——"绿线虫"事件及其风波

某年某月某日，我们的田野调查队来到丁村。进驻丁村的第 1 天，我们根据各自研究的差异分成小组，住进不同的家庭。我与 B 博士、C 硕士一同住进男主人和女主人家。我住的房间是小女儿的房间，B 博士住在大女儿的房间，这两个房间在二楼，相邻。房间门外是一条走廊阳台，出门凭栏，可以将楼下门前的情形尽收眼底。C 硕士住在三楼阁楼客房。男女主人住在一楼。

这家的大女儿在乙县县城一家医药公司工作，这一年正好是她的"本命年"。小女儿在省内某高校"读大学"，我们到来正好是假期，为了腾房间，她就到大姐那里住。

第 3 天，女主人 7：10 起床。8：00 左右女主人在楼下厨房准备早饭，男主人在楼下客厅播放氐羌族歌曲光碟，音乐声很大。9：00 开饭。这里一日两餐，所以早饭一般在 9：00 左右用餐。

饭后男主人外出"打牌"，我们上楼回房间。此时，B 博士在他的房间整理录音。9：30 我在自己住的房间中间的地板上发现 1 条虫。这条虫长约 15 厘米，细如丝线（目测圆截面直径 1—2 毫米），通体绿色，无肢、无触须。头尾在线体两端稍突出，几乎看不见。我向来对生物颇有兴趣，但这条虫从未见过，不是生活中常见的物种，于是它引起了我的好奇。这条虫暂时称之为"绿线虫"。更"奇怪"的是，绿线虫在地上蜷成一团"乱麻"，剧烈蠕动。由于它没有任何肢体，所以只能在原地不断蠕动。在绿线虫旁边，还有一只死蚂蚱。

这时 C 硕士到我房间见状也很好奇。于是我们决定将绿线虫捉住，到楼下询问女主人。女主人看到绿线虫立即色变，问我们从哪里得来。当听闻虫子在二楼房间时，女主人更加惊慌。绿线虫的来源成为我们 3 人讨论的焦点。（此时 B 博士闻声下楼，也在场。）

第一，我房间的纱窗除了我亲自临时打开外，从未打开过，我开窗后都会随手关上纱窗，因此绿线虫自己从窗户进来的可能性排除。第二，我一直随手关门。第三，女主人说这种虫是山里溪水中的，无足无翅，怎么会"跑到"二楼房间里。第四，我可以确定昨天晚上之前都没有绿线虫。（昨天晚上 B 博士和 C 硕士在我房间讨论，23：30 才回各自房间，他们走后我便就寝。）

于是，女主人立即断言："是别人放鬼，人家嫉妒我家。"女主人说要将绿线虫处理掉，处理方式有两种，将其掩埋，或者焚烧。我想起绿线虫旁边还有一只死蚂蚱。女主人看到后更加惊奇。

女主人找来一个酒精瓶，将绿线虫和死蚂蚱装入瓶中。瓶中有目测约 60 毫升医用酒精。她说等男主人回来再处理掉。10：00，我们 3 人外出作业。

我们走后，女主人特意到我的房间打扫。正在打扫中，一只斑鸠从开着的房间门飞蹿进来，在窗户上乱撞，飞不出去。女主人赶忙将门窗全打开，用扫帚驱赶斑鸠。斑鸠从门飞出去之后，从二楼一头撞向一楼地面。（女主人说是"一头撞死"，我们分析也有可能是昏迷。）家里一楼的猫一下扑到鸟身上，将鸟吃掉。

女主人将绿线虫和斑鸠联系，更加惊慌失措。10：40 左右，女主人将男主人叫回家。夫妇商议之后，决定立即到戌街子找"祭司""看看"。"祭司"是氐羌族传统的神职人员，因其称谓会透露该族群信息，此处拟称"祭司"。夫妇俩认为戌街子的这位祭司"最灵验"，于是第一时间想到找他。

祭司"看"（占卜）的结果是：

1）"你们家最近要出大事。"

2）"家里属狗的小娃不要出门，出门就会有事。"

3）"要属龙和属虎的那天才可以解。"这天（第 3 天）距离最近的一个"虎日"还有 7 天。

13：27，夫妇回到家中，此时我们 3 人已经早 1 小时回家。13：40，男主人在家门前空地东南角的一棵树下，用灶灰画了一个圆圈。他用拖拉机的柴油将绿线虫和死蚂蚱烧毁。这个过程我们在楼上看到，男主人并不知情。（事实上也不避讳有人在场。）

此后一直到 18：00，女主人洗衣服、做饭，男主人睡午觉起床后和我们打牌。并无异样。

18：00 开饭。在吃晚饭的时候，女主人突然问我们："你们有没有属狗的?"我们3个都不是,便如实回答。女主人神色黯然,说道:"那就是老二了。"他便将去找祭司的事告诉我们。小女儿的生年不属狗,但是她出生那天属狗。女主人认为祭司说的是小女儿。正好发现绿线虫和飞进斑鸠的房间就是小女儿的(我住的那一间)。

第7天,夫妇将小女儿从大女儿那里(县城)叫回家来。此后无事。

三 突发事件的观察——死亡事件及应对措施

第9天,10:00,我和B博士去村里银匠家访谈,C硕士在家。12:00我先行回家,当我来到家门口,看到聚集了很多人,大家都沉默不语。我走进人群,又看到女主人在哭泣。当我询问人群,得到的答案是:"大姑娘死啦!"

我的大脑一片空白!

理智迫使我继续询问事情的真相,当时我并不相信这是事实!C硕士为我描述刚才发生的事情经过。10:20左右,村里有人传言,从乙县县城开往甲市的班车出车祸了,当场死亡两人。10:40,又有传言,车上有村里的人,看见大女儿受重伤。11:00,传回消息说交警证实死亡2人,其中1人就是大女儿。于是男主人和小女儿立即赶往事故现场。

大女儿身亡的消息证实后,家里亲戚都赶来,抚慰伤心欲绝的女主人。也就是我看到的一幕。我急忙将B博士叫回家。他听到消息后,也始终不相信这是事实。我们3人必须马上做出反应,处理这一事件。

经过快速商议,我们作出如下应对:

1)继续追问事情真相。

2)马上停止一切手头工作,参与后事处理。

3)通知其他队员,暂时不要轻言妄动,也不要过来。

4)请A博士过来,因为她是领队,之前在这个地点做过前期田野作业,也是氐羌族。

经多方了解,我们基本掌握了事情经过。大女儿所在的医药公司计划组织员工到甲市培训,原本定的时间是3天以后(正是祭司说的虎日之后),可是昨天临时决定提前到今天。大女儿随其他培训员工一起乘上了今早开往甲市的班车。在行驶到距甲市还有40公里处,客车司机因为驾驶操作失误导致车侧翻路边，幸而路边有树木，否则将翻下山崖。至于车祸原因，有三种答案：一是路上有油导致打滑，二是醉驾，三是为避让对面车辆。由于没有看到相关报道和通报，至今我们不知道事发真正原因。

我们原计划第 10 天离开丁村返程，现在只能优先处理今天的事，再看情况。A 博士到达后，极力安抚女主人。男主人和小女儿后随交警直接到了甲市，要将尸体火化后才能回来，要到明天了。我们 3 人没有多说什么，一个下午都同亲戚一道，打扫院子、劈柴做饭、收拾场地。总之力所能及的事都尽量做，尽管他家亲戚仍以待客之礼对我们。"行动胜于语言。民族志学者在田野中的行为通常是最有效的巩固关系和建立信任的方法。"①

按照当地氐羌族的观念，未婚女性意外死亡，尸骨不能带进村里，否则将对整个村落不利。这样的事件也尽量要避讳，因此前来慰问的只有她家亲戚，多数是从外村赶来。除了村组长，本村邻里自始至终一个也没有来。大女儿外婆用 5 种植物扎成一束，进行了简单的驱邪仪式。正式仪式要等男主人回来才进行。

这天晚上，我们一再要求腾出房间给亲戚们住，但女主人不肯，说亲戚都安排好了。一来我们确实不愿占着 3 间房，二来我们本身也面临极大的精神压力。尤其是 B 博士，他住的房间就是大女儿的。我们 3 人中，B 博士和 C 硕士均是第一次进行田野作业，接下来每一个举动都要慎重商议。但这样的事件前所未遇，又太突然，我们当时真的没有把握该如何面对，即使电询田野专家也称从未遇到。

根据当地习俗，这样的事情需要随（捐助）慰问金，一般一家给 30—50 元。我们反复商议，决定代表团队随 300 元。一来我们代表整个团队，二来我们 3 人住在他家，三来如果超出当地标准太多，会带来不必要的误会。

当晚，处理完家务后，我们 3 人"硬着头皮"回到各自房间。这一

---

① ［美］大卫·费特曼：《民族志：步步深入》，龚建华译，重庆大学出版社 2007 年版，第 111 页。

夜我们几乎都没好好休息。

第10天早晨,我们团队还是按原计划返程了。(我们的考虑是,如果继续参与后事会给主人带来很多干扰和不便。)直至返程我们一直未见到男主人和小女儿。我们3人都留下了具体联系方式,叮嘱女主人有需要帮助随时联系我们。女主人通情达理,在自己承受巨大悲痛的情况下,一直没有让我们感到为难,这让我们非常感动。

四 突发事件的叙事——各异的解释

对事件的讨论成为我们返程过程中的焦点。因为绿线虫事件和车祸竟然通过祭司的"预言"发生了联系。

虽然祭司预言的是"属狗的小娃",按照女主人认为所指是小女儿,但大女儿出事也可以说"应验"了祭司的预测。这一点,女主人和亲戚深信不疑。因为有以下事实也在祭司预测范围内:

1)大女儿出事距离"虎日"之解还有两天。

2)大女儿培训的原计划是在"虎日"之后。

3)出车祸的时间是上午,天气多云,路况很好。(我们返程时走同一条路,勘察沿途路况,确实没有险情。)

4)小女儿的确回来了,没出门。

5)因此此事被认为"无解"。女主人事后反复哭着说一句话:"我以为是老二,就没防着老大。"

在10天的田野中,男主人和女主人还不止一次讲起这一年年初发生的一件事。当年正月初七,夫妇开拖拉机去赶街子。中午,在柏油路上,迎面一个小伙子喝得"烂醉如泥",在路中间曲线行走。夫妇减速绕道避让,可是小伙子仍然冲着拖拉机撞来,当场死亡。事后交警认定夫妇没有责任,由醉酒上路一方承担全责。可是死者家属"不依不饶",要5万元赔偿。夫妇出于"人道主义"给了6000元左右。但死者家属仍然"不肯罢休",要上诉。结果至今仍未解决。

女主人也反复说:"为什么倒霉的事都是我们家?"这一事件中最"巧合"的是两点。第一,在太阴历文化圈中,"正月初七"在古代为"人日",向来是一个"占卜"祸福的岁时。且大女儿车祸这天也是"初七"。第二,被撞的人的姓名和男主人一模一样。当然"发现"这两点巧合,也是我不由自主参与到突发事件叙事建构中的一种表现。

通过其他队员我们了解到,大女儿出事之后,村中传言四起。有以下几种解释或态度较为典型:

1)"就是这些搞调查的把不干净的东西带进来。"(尤其针对我们3人。)

2)"是那家来索命"。(指正月初七事件。)

3)"是有人放鬼。"(指绿线虫。)

4)"祭司都解不了,没办法了。"

5)"车祸就是车祸,没什么好讲的。"

6)"他家男人那么自私小气,报应。"(持这种说法的人还列举了男主人以前做过的事,此处从略。)

7)同情。

出事之后,村里家家户户用草果和生姜辟邪。还发给我们的队员携带并叮嘱我们队员:"不要到他家去。"在氏羌族观念里,非正常死亡者的灵魂变成的"鬼"是最可怕的,必须进行特殊的送魂仪式。

事件发生后,我们3人的处境非常"尴尬",这种尴尬既是对我们而言的,也是对主人而言的,更是对村落而言的。我们的出现使得本来就"非常"的事件变得更加"非常"。英国医学人类学家 Susan Beckerleg 和 Gillian Lewando Hundt 在肯尼亚研究吸毒者群体时,认为"实施参与观察就要求我们在一种尴尬的空间待到足够长的时间直到我们能够书写人们生活的本质"。① 这提醒我们,田野作业的"尴尬"不仅仅因为是"突发事件",它也存在于常规的作业,因为研究者毕竟对研究对象的生活产生了扰动。对民俗学而言,这种"扰动"和"尴尬"是特别要注意的。

施爱东在与吕微的对话中认为:"田野实践中不存在理想主义的平等。我们必须正视调查者与被调查者之间的现实不平等关系,他们在身

---

① [英]苏珊·伯克莱、吉莉安·洪特:《对肯尼亚海洛因吸食者的田野工作的反思》,[澳]林恩·休谟、简·穆拉克编著:《人类学家在田野——参与观察中的案例分析》,龙菲、徐大慰译,上海译文出版社 2010 年版,第 181 页。

份地位、知识结构、前途命运、现实考虑等方面，都有很大的差异。这种差异是无法通过内心理想去消除的外在的权利和义务。"但是"平等的姿态是对话的策略"。吕微认为："伦理的命令就是绝对的命令，因为它不需要我们将伦理的理念回放到经验的'物质性'实践当中以检验其是否正确。"① 我的田野"奇遇"一方面验证了田野研究者与研究对象的"不平等性"。（即田野不应该为了"平等对话"而干扰研究对象的生活，也不可能因为"平等对话"就轻易进入他文化的生活世界。）另一方面，我的确感受到伦理的命令。我们试图进入帮助者角色的努力让研究者自身尽可能摆脱伦理的困境，但实际上并未消除"搞调查的"的研究者身份。我们尽管放弃了研究计划，参与到后事料理，但这样的行为真的能达成我们的初衷吗？

作为我们自身，假设我们没有将绿线虫告知女主人，那么也不会有祭司的"预言"，但是车祸仍然会发生。我们仔细回忆绿线虫的来源，只有一种可能。C硕士在第2天下午去山上访谈住户，曾经走过山溪湿地。回来后他就到我房间交流。绿线虫应该是他鞋底的泥或者衣裤携带进来的。但是这一系列事件竟然如此巧合，尽管这样的概率是存在的。那么在书写民族志的时候又该怎样解释？"撰写民族志是一项积极的事业，它的活力来自双重动力。一方面，田野研究者必须进入新的世界，建立新的关系。另一方面，他必须学会如何以书面形式呈现自己亲历的所见所闻和自己的理解。"② 我有限的解释是，村民对事件的处理，在经验和被经验的生活世界是一种生存策略。无论"迷信"还是"概率"这样的科学话语存在与否，生活的逻辑不能轻易"被科学说服"。

五　田野研究的伦理反思和科学反思

作为反思，我们切身体会到，田野研究过程中人与人的关系处理远比理论上更复杂。首先，我们与他们夫妇是宾主关系，这一关系是自始

---

① 吕微、刘宗迪、施爱东：《两种文化：田野是"实验场"还是"我们的生活本身"（续）》，《民间文化论坛》2006年第1期。
② ［美］罗伯特·埃默森、雷切尔·弗雷兹、琳达·肖：《如何做田野笔记》，符裕、何珉译，上海译文出版社2012年版，第20页。

至终存在的。在车祸后,亲戚们对我们的态度更加体现这种主客关系。其次,面对村中的传言,我们又是与他们夫妇站在一边的。面对某些传言,我们的整个团队和村落又形成对立。我们3人与团队其他队员在某些叙事中又被分别对待。由于之前的"异兆"在我住的房间发现,我在事件中又处于极特殊的位置。

面对女主人极其不佳的情绪,我们选择"少说话、多做事"。A博士由于身份更加亲近,她的安抚和协调也起到很大作用。我们又必须面对亲戚们心中各异的眼光。我们注意到,亲戚们皆无过于悲伤的表现,只是理性的处理具体事务,这使得气氛比想象中缓和得多。部分亲戚也表示对我们3人参与后事劳动行为的肯定(或是某种谢意)。

在车祸之后,我们选择立即放弃田野工作者的立场和视角,放弃参与观察的身份,立刻投入日常生活的伦理秩序。但正因为如此,我们个人的情绪经历极大波动,我们的心理也一直承受巨大压力。一方面,我们对事件报以极大的同情和悲痛;另一方面,我们也承受着"村落舆论"的安全威胁。最重要的是我们无法用"科学"知识解释发生的一切。

绿线虫、死蚂蚱、斑鸠、我、B博士、C硕士、祭司、大女儿、小女儿、生肖、数字7、车祸、另一起车祸,在科学知识里是没有必然联系的,但是在"地方知识""文化传统""生活世界"中他们并非没有联系。这就是生活世界和科学世界的生动差异。田野研究要面对的,往往不是"工具理性"的知识。

这一突发事件给田野工作者、报道人都带来无法弥补的"伤害",但这并不是否定田野研究方法的理由。田野研究方法的潜在风险也正说明这种方法在真正接近复杂事实、接触实际问题。如澳大利亚社会学家西尔维尔·托尔尼(Sylvie Tourigny)所言:"在民族志研究中,我们之所以需要考虑风险及对风险的感知,是因为这些因素能够在某种程度上有意或者无意地建构我们的田野经验。"① 我们团队成员的学科背景各不相同,

---

① [澳],西尔维尔·托尔尼:《"你,母狗……"及其他挑战——对高风险民族志的探讨》,[澳]林恩·休谟、简·穆拉克编著:《人类学家在田野——参与观察中的案例分析》,龙菲、徐大慰译,上海译文出版社2010年版,第146页。

包括民族学、人类学、民俗学、社会学、文学、管理学、宗教学。用不同的"学科"眼光看待这一突发事件，得到的思考不尽相同，但是无论是什么"学科"，都必须回归到"实地研究"的空间本身——田野点。在这里，田野工作者的"头衔""学科""立场"都必须隐去，因为在"当地人"眼中，你就是"客人""他者""陌生人"和"外来者"。

> 火灾是一件迫使民族志学者同时进行观察、分析和行动的关键事件。参与型观察者的义务和责任是相互抵触的。最理想的立场是观察和记录在那个场景之下发生的事，但是作为一个参与者，研究者有道德上的义务去帮助救火。然而，这种义务并不相互排斥。①

事实上，"道德""责任"和"义务"并不能完全概括突发事件与田野工作者的关系。"死亡"事件让我们必须经受"伦理"的考验，这是来自他者内心和自我内心两方面的冲突。民俗学"石榴之争"争论一个问题：田野是"实验场"还是"我们的生活本身"。② 在伦理和技术两个层面上田野研究方法都不能置身事外。作为"科学"，其方法的本质是相通的，技术层面的参与观察、获得资料甚至实验是必要的。但是研究对象本身如果是"生活"，学术就不可能漠视"伦理"。当车祸发生后，我们从绿线虫事件以来的"担心"终于"变现"，如果当时我们继续"参与观察"，那么自己的道德认知将面临挑战。但是我在事后仍然选择书写这样一个"民族志"，是不是依旧属于"参与观察"？我们假设如果没有绿线虫事件，结果会怎样？"发现绿线虫"是不是一种"实验"或者条件设定？这些疑问放在学术上也不过是一个"话题"，但是讨论这个"话题"

---

① ［美］大卫·费特曼：《民族志：步步深入》，龚建华译，重庆大学出版社2007年版，第79页。
② 参见刘宗迪、施爱东、吕微、陈建宪：《两种文化：田野是"实验场"还是"我们的生活本身"》，《民间文化论坛》2005年第6期。吕微、刘宗迪、施爱东：《两种文化：田野是"实验场"还是"我们的生活本身"》（续）》，《民间文化论坛》2006年第1期。刘宗迪、吕微、施爱东、任双霞、祝秀丽：《两种文化：田野是"实验场"还是"我们的生活本身"》（续二）》，《民间文化论坛》2006年第2期。

有没有"学术暴力"和"违背伦理"的嫌疑？

另外，作为一名民俗学学者，我也时时思考和体验民俗学与田野研究的关系。尽管中国民俗学界在21世纪初曾有过"告别田野、回归文本"的讨论，但是民俗学无论如何也不可能真正意义上放弃田野研究。因为民俗学学科一直有赖于在"以田野为文本"和"以文本为田野"的双向互动中开掘、深入、遇见、体会生活之本和人性之源。我本人在面对这一突发事件时强烈地认同应当立即放弃参与观察和研究行为，并且不自觉地调动自己的"民俗知识"，希望最大限度地在"礼""俗"方面帮助当事人。然而结果证明我始终无法摆脱"他者的眼光"，就算是在进行家乡民俗学的田野调查时，我也始终感到和土地的距离。但庆幸的是，我感受到了。也许这就是刘铁梁所言的"感受生活的民俗学"。①

面对突发事件，科学世界的知识常常无助于认识问题，这就要求我们回到经验的主体意志，回到日常生活的伦理秩序。这时候，"学者"也是"民（folk）"。这时候，学者田野研究的语境就转换成普通人日常生活的语境，再也没有参与观察，只有成为其中一员。

---

① 刘铁梁：《感受生活的民俗学》，《民俗研究》2011年第2期。

后　　记

　　一改再改，始终忐忑不安……就此搁笔吧！这本小书主要记录着我攻读博士学位那个阶段的印记，既然是一个阶段的答卷，青涩些又何妨？

　　2021年春天，新冠肺炎疫情仍旧在全球肆虐。因为参与到联合国《生物多样性公约》第十五次缔约方大会（COP15）筹备方的一些前期咨询工作，我得以重回元阳。与我九年前初到元阳开展田野工作的情形相比，2021年的元阳可谓变化巨大，在梯田边上接待游客的哈尼小镇已营业多时，梯田核心区的半山酒店项目也正在建设。这不仅是世界文化景观遗产带来的遗产化红利，更是"脱贫攻坚""乡村振兴"工作为山乡带来的历史性剧变。哈尼族口头传统在这种快速的、不可逆的变迁中何以存续？我站在多依树梯田顶部的山道上凝眉思索，晨雾从山谷底部弥漫上来。

　　回望十年哈尼文化研究之路，哈尼族的学友和田野中的朋友是我的贵人和恩人，没有他们的接纳，我这个"他者"不可能完成这项跨文化研究。再此郑重向卢朝贵先生申谢，他引导我从哈尼语的角度逐步深入到哈尼族口头传统的内部。在我田野调查最困难的时候，卢先生的耐心和嘉许如山中甘泉，他对哈尼哈巴传承的一生坚守深深感染着我。感谢朱小和、白宝鲁、马继春、李有亮、卢保和、龙元昌、倪伟顺、朱沙多、许撒斗、马智、卢金华、马木妮等哈尼族祭司、歌手、农人和本地学人；以及白永芳、钱勇（阿罗）、刘镜净、张雨龙、黄雯、罗丹、卢璘等哈尼族师友，是他们携着我一点点走近哈尼人的神话世界。

　　当初博士论文开题时，我就清楚，选择"母题"作为核心概念工具要冒很大风险,因为这个概念在民俗学、民间文学同行们那里有太多争论。我担心一些同行看到这个"老掉牙"的字眼就已失去进一步阅读的兴趣。但随着研究的深入,我越来越肯定研究思路可行,我对母题的使用与学界惯常的用法不同,乃将其视为实践中动态生成的叙事图式。重新审视母题不是最终目标,我要通过动态的母题概念来解释神话观如何被实践,说明神话研究的关键在于神话观。

本书最终呈现的结果,与2017年夏天在北京师范大学文学院参加中国民间文学专业答辩的博士论文相比有大幅修改,甚至在一些理论阐释、论证部分几乎推倒重来。这首先得益于我的博士导师杨利慧教授和博士后合作导师巴莫曲布嫫教授的教诲。对杨老师的谢意绝不是这里能言尽的。毫无疑问,恩师杨利慧教授对我的学术道路有着至关重要的影响,她在专业、治学、为人、处世等诸多方面给予我全方位的训练与提升。在神话学研究上,我们也有着诸多默契和共同追求。巴莫老师同时也是我的博士论文答辩委员,她在开展博士后合作研究期间,给予我非常严苛的第二次训练。她也从自身彝族口头传统的学术经验与我切磋哈尼族研究的诸多问题。两位恩师与本书的最终成型有直接的关系。

同时,要感谢我的博士论文答辩委员之一,北京大学中文系陈泳超教授,他提出的许多建议对我修改书稿极为受用。感谢中国社会科学院文学研究所吕微研究员和户晓辉研究员,对我的博士论文毫无保留地提出许多中肯批评和建议,让我保持对自身学术训练的省思。

在北京师范大学求学,是我一生中无可替代的宝贵经历。记得在入学之初,杨老师就将继承自钟敬文先生的"正直、勤奋、淡泊"的为人治学之道用来严格要求我。在这里,要郑重感谢我在北师大文学院的授业恩师:刘铁梁、万建中、康丽、岳永逸、彭牧诸位教授,他们参与了我博士论文的整个研究历程,给予我系统、前沿、严格的学术训练。同时也要特别感谢萧放、朱霞老师的关心和帮助。

2019年秋天我结束了在中国社会科学院民族文学研究所的博士后研究工作,回到母校云南大学任教。在从硕士生到教师的身份转变过程中,云大中文系的李子贤、段炳昌、黄泽、秦臻、李道和、董秀团、黄静华、高健诸位师友对我的哈尼族神话研究持续关心。这其中,我的硕士导师秦臻老师是重要启蒙者。秦老师对哈尼族研究有许多独家视角和材料；他指导我完成了有关哈尼族神话的省级优秀硕士论文。在本书的最初选题方面，李子贤先生和黄泽老师亦是重要的启蒙者。高健博士是本项研究一路走来无二的伙伴，他不仅是我的兄长、同窗、同事、学友、同行，更是一起在中国民俗学会志愿者团队共事的同伴。这里，也要感谢十多年来一同建设中国民俗学会互联网融媒体平台的伙伴们，凝结着我们心血的"中国民俗学网""民俗学论坛"将载入史册。

对本书的整个研究历程而言，下列前辈、师友也从不同方面起到了关键作用：乌丙安、朝戈金、王清华、叶舒宪、尹虎彬、吴晓东、叶涛、安德明、施爱东、刘惠萍、王宪昭、高荷红、毛巧晖、孙正国、杨杰宏、张勃、谭佳、丁晓辉、周全明、祝鹏程、王旭、王靖宇、廖元新、高志明、林海聪、王晓涛、秦枫、程亮、张晨，感谢你们让艰辛的研究之路充满启迪、机缘与温情。感谢《民俗研究》《民族艺术》《民族文学研究》《西北民族研究》《民间文化论坛》《红河学院学报》《哈尼族研究》等刊物提供阵地发表我有关哈尼族研究的论文。

感谢美国印第安纳大学民俗学与民族音乐学系的 Sue Tuohy（苏独玉）、Roger Janelli、Henry Glassie、Gregory Schrempp、John Mcdowell、Roy Cashman 诸位教授，他们的授课与帮助对我拓展国际学术视野至关重要。2016 年在美丽的印大做访问学者的时光令我永生难忘。感谢日本神奈川大学的佐野贤治、小熊诚和周星教授，以及美国崴涞大学的张举文教授、俄亥俄州立大学的 Mark Bander 教授、波特兰州立大学的张霞师姐，他们在本书研究过程中都给予我许多教益和帮助。

这里还要特别说起两件憾事。在我搁笔前，先是 2018 年白永芳老师因病辞世，2020 年夏天李子贤先生亦驾鹤西去，我为他们再也见不到这本小书而感到无比遗憾。李子贤老师不仅是我的神话学师承所系，更在学术道路上给予我这个后辈点滴关爱，愿我的工作能为先生钟爱一生的神话研究事业微阐见地。白老师对我走上哈尼族研究道路至关重要，她不仅带领我到哀牢山田野，也时常解答我的疑惑，她的早逝让我久久不能释怀。愿她回到祖先居住的诺玛阿美，化作一颗星照耀后人的哈尼研究之路。

此外，还要感谢中国民俗学会、中国少数民族文学学会、中国民间文艺家协会、云南省民间文艺家协会、美国民俗学会、日本比较民俗研究会、民间文化青年论坛、敬文民俗学沙龙、中国社会科学院民族文学研究所"民文沙龙"、云南大学文学院、中国社会科学院文学研究所民间文学研究室、华中师范大学文学院民间文学教研室、北京大学中文系民间文学教研室、山东大学儒学高等研究院民俗学研究所、神奈川大学常民文化研究所、中国国家图书馆、中国社会科学院图书馆、北京师范大学图书馆、云南大学图书馆、印第安纳大学威尔斯图书馆民俗学特藏部、云南民族博物馆、红河州博物馆、绿春县博物馆等机构在学术交流、文献资料、文物资料方面的帮助。

感谢中国社会科学出版社的张林编辑以及诸位校稿人、编辑人员，你们专业、细致、辛劳的工作为本书的问世扫清了诸多讹误，表达出卓越的可读性。

父母恩，不言谢！家母、家父对本书的贡献是全方位的，他们不仅多次跟我去哀牢山感受哈尼人的生活世界，也是我许多章节最初的读者，这本小书是献给他们的！

从这项研究最初谋划到最终成书，我的生活和研究轨迹跨越了地球上不同的地点，这些"地点"所表征的多样的"空间诗学"，构成了学术成长的有机成分，感谢这些地点。

　　　　冬晴，昆明翠湖，
　　　　市民在透蓝的天色中等待，
　　　　一群西伯利亚的海鸥归来；

　　　　春风里的北京，
　　　　新街口外大街杨絮飘白，
　　　　车流在地图上画出红色的早高峰；

　　　　夏至，红河哈尼梯田，
　　　　没有摄影家镜头下的流光溢彩，

却有层层叠叠的稻浪惹人爱；

布鲁明顿的郊外，
大片熟后待收的金黄地带，
美国人却用它造了座玉米地迷宫（corn maze）；

站在横滨中华城看海，
头脑中浮现1902年，
梁启超在这儿办了《新民丛报》，
种下一粒中国神话学的种子……

2018年国庆节于北京初稿
2021年古尔邦节于昆明定稿